本书得到北方民族大学学术著作出版项目
及国家民委重点学科“中国语言文学”项目经费资助

唐代文学屈宋接受研究

祁国宏 著

黄河出版传媒集团
阳光出版社

图书在版编目（CIP）数据

唐代文学屈宋接受研究 / 祁国宏著. -- 银川 : 阳光出版社, 2019.11
ISBN 978-7-5525-5149-5

Ⅰ. ①唐… Ⅱ. ①祁… Ⅲ. ①中国文学－古典文学研究－唐代 Ⅳ. ①I206.42

中国版本图书馆CIP数据核字(2019)第265615号

唐代文学屈宋接受研究　　祁国宏　著

责任编辑　靳红慧　林　薇
封面设计　晨　皓
责任印制　岳建宁

黄河出版传媒集团
阳光出版社　出版发行

出 版 人　薛文斌
地　　址　宁夏银川市北京东路139号出版大厦（750001）
网　　址　http：//www.ygchbs.com
网上书店　http：//shop129132959.taobao.com
电子信箱　yangguangchubanshe@163.com
邮购电话　0951-5014139
经　　销　全国新华书店
印刷装订　宁夏凤鸣彩印广告有限公司

印刷委托书号　（宁）0015745

开　　本　710 mm × 1000 mm　1/16
印　　张　24.25
字　　数　320千字
版　　次　2019年11月第1版
印　　次　2020年5月第1次印刷
书　　号　ISBN 978-7-5525-5149-5
定　　价　59.80元

目 录

绪 论

自20世纪80年代以来,随着海外文艺思潮的译介和引入,国内学术界一时“西风”劲吹。古典文学研究也受到此风潮的波及和影响,古典文学接受史研究即于此背景下浮出水面,并渐而成为学者们普遍认同的一种研究新视角、新理论和新方法。接受美学理论诞生于20世纪60年代,其诞生地是德国一所不甚知名的大学——康士坦茨大学,其主要创立者是该大学的文艺理论家姚斯[①]和伊瑟尔[②]等人。接受美学关于文学史的主要理论多出自姚斯的《文学史作为向文学理论的挑战》。在该文中,姚斯指出“文学事实不是一种纯客观的历史性因果锁链,而是包含着两种主体(作家与读者)的参与和介入。它的历史发展并非完全由它本身决定的,而是由作家、作品、读者之间,主客体之间多重交互作用决定的。”[③]这就否定了传统文学史依时间顺序描述文学现象、介绍作家作品的通常做法,姚斯认为依这种方式编写的文学史是徒有虚名的“历史”,只是一连串历史碎片而已。那么,客观真实的“文学史”是什么

① 我国翻译界对Robert Jauss有三种译法,分别是“尧斯”、“耀斯”和“姚斯”,笔者采用“姚斯”一名。标志接受美学提出的著名论文即姚斯的《文学史作为向文学理论的挑战》,该文本是姚斯1967年在康士坦茨大学发表的就职演说。

② 伊瑟尔的代表作品是1970年发表的《文本的召唤结构》,偏重于分析文本与读者的具体关系,与姚斯偏重于论述宏观接受相较,伊瑟尔的理论则是对微观接受的论述。

③ 朱立元《接受美学》,上海人民文学出版社,1989年8月第1版,第12页。

呢?姚斯的回答是文学的历史性存在于作者、作品与读者的历史交流中,存在于读者对作品的历史接受中。

接受美学对文学研究的意义在于它提供了一套从读者出发进行研究的全新视角,为文学研究开垦出了一片广阔的新园地。依照接受美学理论,文学接受研究,主要是考察作品由作者创作出来并进入接受领域后的审美境遇和历史命运,即作品经由读者的阅读“消费”活动之后可能释放出的各种意义、产生的不同理解,及主体对其或褒或贬的评价等。自接受美学理论进入古典文学研究领域以来,学界运用该理论进行了如下几方面的工作:其一,总结中国古典文学的接受方式和接受观念,如陈文忠的《中国古典诗歌接受史研究》、郭英德等编著的《中国古典文学接受史》、邓新华的《中国古代接受诗学》,都属于总体性的把握。其二,对古代作家接受史的研究,如台湾杨文雄的《李白诗歌接受史》、尚永亮的《庄骚传播接受史论》、李剑锋的《元前陶渊明接受史》、朱丽霞的《清代辛稼轩接受史》等。其三,单篇作品的个案研究。如程千帆先生的《〈春江花月夜〉的被理解和被误解》等。因为接受史研究是一个新的研究视角和新的学术领域,所以上述研究成果在古代文学研究中皆具有“填补空白”的意义。同时,这种研究方法也改变了传统文学史研究以“作家创作史”为唯一对象的格局,形成了由“作家创作史”和“读者接受史”两条线索并存互补的现代文学史观和文学研究局面。此外,这些研究成果也为我们从更宽广范围内,对中国古典文学史上的系列名家名著及文学流派的接受史研究奠定了基础,提供了可资借鉴的经验。作为古典文学研究领域内的一方重镇,楚辞作品研究自当与此研究走向同步,从接受美学角度加以全新的阐发,使其发出更瑰丽的光彩。然而,据笔者调查,除了一些零星的单篇论文外,迄今还鲜见专门著述对楚辞作品在后世的传播与接受进行全面系统地考察、探究与综括。同样,因为在“楚辞”研究史上,唐代相对来说是一个低谷,这样便更无一部专门著作来厘清楚辞作品在唐代的传播流布及唐代文学对它的接受情状。有感于此，笔者不揣浅陋，遂拟以“唐代文学屈宋接受研究”为题，幸或能在楚辞研究之路上留下一道浅浅的印记。

“楚辞”在文学史上，是与《诗经》并峙的双峰，也是我国古代文学的源头之一。而唐代文学，尤其是唐诗又堪称是文学史上一颗璀璨的明珠。毋庸赘言，处于古代文学发展长河中下游的唐代文学，自然要继承此前千余年文学发展所形成的某些传统，要汲取前代文学遗留的丰富养料，要接受前代文学的种种影响。在唐代文学散发出的耀眼光芒中，我们明显能够感受并捕捉到楚辞作品融乎其中的瑰丽色彩。也就是说，唐代文学在其自身的发展新变过程中，对前代文学遗产是有所扬弃有所选择的，但这种扬弃和选择始终不会置“屈宋”于不顾，始终与“楚辞”有着千丝万缕的关联。在我国古代文学史上，“楚辞”与《诗经》一样，自它们诞生之日起，就注定成了后世文学永远也绕不过去的学习典范，而就唐代文学而言，对楚辞作品的学习和接受甚或在《诗经》之上。[①]换言之，楚辞作品——耸立于古代文学滥觞之地的一座高峰，唐代文学——排空奔响于古代文学中流的一次高潮，它们之间究竟存在着怎样的影响与接受关系，应当被我们的研究者探析、清理并揭示出来。面对“楚辞”和唐代文学这两宗我们中华民族的巨额文学财富，笔者以为若不能比照、勘察并梳理其承变之迹，实为一憾事。在前修时贤零星片断的研究基础之上，现在应是我们踵武其迹而系统厘清楚辞作品对唐代文学的影响广度和影响深度，以及唐代文学对楚辞作品的接受情态和接受轨迹之时了。

由于“楚辞”自身突出的文学史地位决定了“楚辞”研究著述汗牛充栋，据统计，仅1979年以来出版的“楚辞”研究专著即达一百多部。此外，在海内外各类报刊上发表的“楚辞”研究论文更是难以统计，估计其总量大约在四千种以上。一言以蔽之，在中国文学研究史上，关于《楚辞》，自古而来便论者纷起，

---

① 按，林庚认为唐代的诗人可能有未读过《诗经》的，但都读过《楚辞》。详参周建忠《楚辞讲演录》，广西师大出版社，2007年7月第1版，第99页。

蔚成大观，至当代更是发展成为一门专门学科——“楚辞学”。当代学者罗漫《关于楚辞学学科建设的思考》、周建忠《当代楚辞研究论纲》及黄凤显《二十世纪楚辞研究综述》等，都对楚辞学研究进行了划分和界定。综合起来有这样九个分支学科，其中包括三个大型学科：楚辞文献学、楚辞文艺学、楚辞社会学；四个中型学科：楚辞美学、楚辞学史、楚辞比较学、海外楚辞学；两个小型学科：楚辞传播学和楚辞再现学。这当中的楚辞学史学科，是当代楚辞学研究的热点之一，已问世的相关著作有易重廉的《中国楚辞学史》、李大明的《汉楚辞学史》、李中华、朱炳祥的《楚辞学史》。此外，还有北京大学褚斌杰教授先后指导完成的三篇博士学位论文，它们是朴永焕《宋代楚辞学研究》，林润宣《清代楚辞学史论》，徐在日《明代楚辞学史论》等。近期如黄建荣《〈楚辞〉古代注本研究》、陈炜舜《明代楚辞学研究》、蒋骏《宋代屈学研究》等。而单篇论文亦是相当可观，由此可见楚辞学史研究之繁荣。根据接受美学理论，楚辞学史研究应当包含接受史的研究。但从目前已问世的专著及上述硕博论文来看，它们都重在爬梳历代《楚辞》研究资料，描述《楚辞》研究历史，更近于《楚辞》阐释史的研究。至于屈宋两位楚辞体代表作家及其辞赋对后世文学的影响及历代文学对《楚辞》的接受，它们则明显地缺乏考察，或浅尝辄止，或不置一词。这也就反映出楚辞学界对从文学接受史角度研究屈宋及其作品还认识不够，探讨未深，故而至今也还没有一部研究楚辞作品接受史的专门著述。据笔者调查所得资料，仅有孟修祥的《楚辞影响史论》一书“楚辞汉韵”与“唐诗骚影”两部分较集中地论述了《楚辞》对汉唐一些作家的影响。另外，涉及或探讨《楚辞》接受史研究的单篇论文，近些年来日渐其多，现举其要，如蒋方《说“楚辞”之名——楚辞文体在汉代的接受情况刍议》、郭建勋《论词对楚辞的接受》、蒋方、张忠智《论楚辞文体在魏晋六朝的传播与接受》、郭建勋《乐府诗对楚声楚辞的接受》、李灿朝《祖骚与非屈——元代屈原接受史片论》、郑明璋《论汉赋对楚辞的接受与创新》等。这些文章都以接受美学为理论依据，梳理相关资料并对其进行排比解析，从而考察了不同文体，如汉赋、宋词、乐府诗及元曲等对《楚辞》从表现形式到文学精神等不同方面不同程度的接受，为《楚辞》接受史研究导夫先路，给我们很多启发。

具体论述到唐代文学之屈宋影响与接受的研究论文，从 1987 年至今，也陆续发表了一些，凡笔者寓目者共有 22 篇次。今举其要，如刘学锴的《李商隐与宋玉——论中国文学史上的感伤主义传统》；戴伟华的《柳宗元贬谪期创作的“骚怨”精神》；刘洪仁的《论柳宗元辞赋对屈赋的继承和发展》；房日晰的《李贺歌诗与屈原楚辞之比较》；黄震云、管亚平的《杜甫诗歌题目、笔法、语言与楚辞》；张鹤的《〈楚辞〉和韦庄的诗歌创作》；蔡觉敏的《论李白人生境界与并庄屈以为心》。综合这些论文来看，它们皆或多或少地参照接受美学理论，重点研究了两方面的问题：一是唐代一些重点诗文作家对屈宋的接受，如柳宗元、杜甫、李商隐等人，探讨他们接受屈宋的心理机制与内在动因；二是唐代文学接受楚辞作品的表现形式，如语词意象及句法体制的借用、化用与模拟，乃至篇章结构、立意主题与文学精神的一致。简言之，这些成果为我们进一步研究唐代文学对楚辞作品的接受开辟搭建了一方场地，虽属草创阶段，但亦初具梁屋架构。其尚待继续与完善的方面亦有二：一是要求我们提高理论素养，更好地运用接受美学指导我们的文学接受研究实践。即克服只重对比、探究并描述唐代作家作品与屈宋楚辞作品的异同及其承变脉络，而较少对这种现象进行思考，未能从接受美学角度阐释其何以接受及何以如此接受的深层原因。二是要求我们多角度出发，注意关照历史地理与文学、地域文化与文学、古代政治与文学等多重关系，尽力确定唐代文学在不同历史时空中接受楚辞作品的具体坐标，进而描述说明这条坐标曲线图的走向和成因，从接受美学角度给出我们的答案。

饶宗颐先生早在一九七八年就倡言建立“楚辞学”。他在论述《楚辞》对后代文学之重要影响时特意指出：“《楚辞》对于后代文学沾溉之深，已如上述，不特骚人墨客为然，即使遁入空门的和尚缁流，亦未能忘情，隋释道骞作《楚辞音》，唐初法琳作《悼屈原篇》，更是哀感动人，如果能够从文集中作进一步的搜讨，把历代拟骚的作品，详细加以论列，这亦应该是‘楚辞学’的重要项目。”①笔者亦得饶先生此说之启发，认为我们现在发掘唐人追念屈宋并效法学习其辞赋的诗文作品，探求唐代文学接受楚辞作品的具体演进之迹和接受面貌，其意义盖凡有三：其一，从宏观角度总体性把握阐述唐代文学对楚辞作品的接受脉络情状，以及如何接受的具体表现样态，使我们对屈宋作品在唐代的流布影响有一个较清楚的全景式的认识，对屈宋其人其作在唐代诗词文赋等具体文学作品创作方面的滋养之功有一个较切实全面的把握。并进而使我们对古代文学史上前后交相辉映的这两朵奇葩能够更深一层地领略其格律声色，咀嚼其神理气味，理解其精髓旨归。其二，通过考察有唐一代士子们随社会时局及治乱政情等要素变化而表现出的不同精神风貌，与楚辞作品在唐代不同时期流布传播范围的广狭和文化地位的升降，具体探查、辨析并论述唐代不同时期的不同作家对屈宋的不同接受态度、接受倾向及接受方式。其三，通过此番研究，期以写出一篇较系统较完整的唐代文学屈宋接受史，为古代文学接受史研究之链续接上一环新的内容。同时，亦期以能够发现文学传播接受中的一些普遍规律，在一定意义上，或可对完善古代文学研究的现代学术体系有添砖加瓦之用。

但是，摆在我们面前的困难也不少，其中最重要的一个困难就是唐代《楚辞》研究相对薄弱，不像汉代、宋代与清代出过一些研骚大家，也没有产生多少影响深远的研究成果。但这并不意味着唐人对楚辞的文学接受活动也随之中断，因为在具体的文学实践中，接受与研究是两个不同的概念，研究是接受的延伸和深化，而接受是主体对某一接受对象进行体认，由审美感受上升为

① 饶宗颐《澄心论萃》，上海文艺出版社，1996年版，第22—23页。

理性认识，并将自己的体验与认识融入到艺术再创造中，使接受对象的价值与意义得以重新确立的过程。唐代的《楚辞》研究虽然相对薄弱，但楚辞作品在唐代的传播渠道通畅，传播范围亦很广泛，唐代的文学创作实绩又十分突出，故唐人对楚辞作品的接受并未因其对《楚辞》的研究不够而受到什么影响。在文学接受过程中，接受者又同时是创作者，他们的价值取向与审美标准往往会直接反映在他们所创作的作品中。因此，笔者以为文学接受研究更应从具体的作家作品入手，并以此为重点去探析后来者对前代作家作品的接受情状。对此，笔者还想补充如下两点理由：一是文学史上往往会有这样的现象，即某些诗文作家在理论上批判前人，但在自己的创作实践中又继承前人接受前人，而且有时继承接受的恰恰就是他自己所批判的那些方面。对这种情况我们更要据其作品来立论，以免偏听偏信而导致结论偏颇。二是我们现在来研究唐人对屈宋的接受，除了诗话等文献而外，最可依据也最直接的材料还是作家的作品本身。我们只有从作家的具体作品中去挖掘出他们接受前人的第一手证据，然后才能据此联系作家所处的时代文化背景、个性气质、审美趣味等其他因素，推究演绎其对前代作家作品的接受态度、接受表现、接受原因及接受新变等。当然，由于唐人对楚辞作品的研究成果不多，留给我们可资依凭的文献寥寥，所以我们便很难像通常的做法那样将具体的屈宋接受史研究细化为效果史、阐释史和影响史这样三个板块。而且究其实际，唐代文学对屈宋及其辞赋的接受表现出一种融效果史、阐释史和影响史为一炉的情形。依接受美学理论所言，“接受史”应以审美经验为中心，重点考察历代接受者对诗歌文本的审美反应、理性沉思和创造性借用，进而窥探审美观念和价值取向的发展变化及其深层原因。以此，我们完全可以“避”唐代《楚辞》研究之“虚”，而“就”其文学创作接受之“实”，尽力在具体诗文作品中探求二者影响与接受之关系。

基于上述认识，笔者考虑借鉴接受美学的理论方法，重点以唐代文学发展史上的具体作家作品为观照对象，兼及历代论述楚辞作品和唐代文学的诗学批评文献，对有唐一代的楚辞作品接受史作较为系统全面的研究，欲以对唐代文学与楚辞作品的种种离合关系，以及一些重点诗文作家和诗文作品接受楚辞作品的细部形态作清理分析。笔者的思路是：首先回顾并综述先唐楚辞接受的大致情况，简要勾勒其史变轨迹，以便与唐代文学的楚辞接受研究"对接"。具体到唐代文学的楚辞接受，笔者拟先对唐代文学的楚辞接受背景作一交代，即考述唐代的《楚辞》研究及楚辞作品在唐代的传播流布，借以说明唐人接触、阅读并研究楚辞作品的历史情境，为阐述唐代文学的楚辞接受作一文献方面的梳理。同时就唐代文学思想中贬抑屈宋与推扬屈宋两种不同论调进行一番历史追踪与辨析，并考察论述唐代诗文作家接受楚辞的普遍性与地域性特征。此后进入研究的微观层面，先讨论唐代诗歌对楚辞的接受，即唐诗楚辞接受概略、唐诗楚辞接受演进和唐诗楚辞接受个案。最后再探讨唐代辞赋对楚辞的接受。笔者之所以安排这样的论述框架，意欲先宏观把握后具体剖析，将历时性的接受演进史与唐代文学楚辞接受的细部特征结合起来考察。一方面，从一个个文学家自身的生命历程及其鲜活生动的诗文作品切入，尽力去把捉唐人的生命脉息与心灵颤动，进而就他们的人生态度、思想境界及审美趣味诸方面探讨其接受屈宋的可能性与必然性，接受屈宋的同一性与多样性。另一方面，还要通过唐代一些具体作家的具体作品，联系其产生背景与作品本身欲表达的主旨、借以表达的语词意象和文本结构模式等多重要素，探讨其接受屈宋的不同角度、接受的具体表现及接受过程中的新变等。略言之，笔者希图以此种论述考辨，较为全面细致地梳理唐人对楚辞作品的接受，使我们对唐代文学与楚辞作品间的关系有一个较清晰完整的认识。

第一章　先唐屈宋接受史说略

楚辞作品诞生于战国楚地，历秦、汉、魏晋六朝及隋而至唐，几近千年。在这段较为漫长的文学发展史上，它们以何种方式存在？以何种方式传播？在多大程度上以何种方式为人们所接受，并产生了怎样的文学效应和影响？凡此种种——在论析唐人接受楚辞作品之前——笔者以为有必要作一梳理，一方面可使我们更清楚地看到一条由源而流的屈宋接受史，同时还能让我们看到唐人接受楚辞作品的"前因"，即先唐近千年间楚辞作品传播流布之迹对后世的影响，便于我们具体探讨唐人对楚辞作品的接受；另一方面，此番梳理从文学史角度而言，可以提供一个纵向比较的模式，同时亦可与我们讨论唐人如何接受楚辞作品相对接，庶几可使我们的论述更显完满一些。

依照接受美学理论，接受史研究应分为三个层面：一是作为一般读者对作品主题的接受所产生的效果，可以称之为效果史；二是后代的诗评家对前代诗人诗作的阐释，可以称之为阐释史；三是经典作家经典作品对历代诗人的影响，可以称之为影响史。[①]据此，我们以下的综述拟分为效果史、阐释史和影响史三部分。

① 参见安徽师大陈文忠《古典诗歌接受史研究刍议》，《文学评论》，1996年第5期。

第一节　先唐屈宋接受效果史

接受美学的一大特色即是突出读者在文学史上的极端重要性，强调文学只能存在于读者的阅读实践之中，离开了读者的文学作品实际上也就失去了其现实存在。“从历时性上看，文学只能存在于读者的一代又一代的反复阅读过程中。换言之，文学的历史生命系于读者，文学的历史性是由生活在历史中的读者赋予的。”[①]因此，作品的社会效果才是其真正的历史样态，即文学史在很大程度上就是文学作品的效果史。那么，什么又是文学作品的效果呢？朱立元在其《接受美学》里给出了这样的答案：“文学的价值是作品与读者之间一种审美需求与满足需求的关系，是作品对读者的有用性和意义，一种审美效应关系，而文学价值关系的现实建立，即文学作品的诸价值在读者身上的具体实现就是文学的效果。文学价值关系的建立是一个动态的发展过程，其间会有基本价值与浮动价值的对立统一的运动过程；而文学的效果，则是某一阶段具体的价值关系的最终建立，就是文学价值在读者身上实现的静态成果。”[②]借此，我们可对楚辞作品诸价值在先唐近千年间的具体实现过程作追踪性描述。亦即以时段为序，以在此近千年间传习诵读楚辞作品的受众对其表现出的不同态度、评价等感应行为为研究对象，尽力将楚辞作品在先唐阶段所建立的具体价值关系——文学的效果——从历史的角度一一厘析。

楚辞作品产生之初，其时究何如传之？其同时代人究何如视之？由于文献不足征，后人一直心怀茫然，至于今之学者亦然。虽说者纷纷，但据以立论的材

① 朱立元《接受美学》，上海人民文学出版社，1989年8月第1版，第338页。

② 朱立元《接受美学》，上海人民文学出版社，1989年8月第1版，第262页。

料却总是那么几条，而且这些材料还都是从汉人的记述开始的。[①]楚辞学大家游国恩先生在其《楚辞的流传与编辑》一文中分析：《楚辞》的流传，首先是由于楚国广大人民对爱国诗人屈原的爱护和同情；其次是由于屈原的后辈对于屈原作品的爱好与祖述。至于流传的主要方式，先是士大夫文人的记诵和传抄，然后是编辑校订。周建忠在《关于楚辞的传播与“楚辞学”的分类——撰写〈楚辞学史〉的思考与探索》一文里引述了游先生的上述说法并加一申述，认为游氏此说乃较完整的分析。最早记述屈原行事的《史记·屈原贾生列传》谓：“屈原既死之后，楚有宋玉、唐勒、景差之徒者，皆好辞而以赋见称；然皆祖屈原之从容辞令，终莫敢直谏。”[②]；《襄阳耆旧记》称：“(宋)玉识音而善文，襄王好乐而爱赋。既美其才，而憎之似屈原也。”[③]班固《汉书·地理志》中亦有近于司马迁的记述：“始楚贤臣屈原被谗放流，作《离骚》诸赋以自伤悼。后有宋玉、唐勒之属，慕而述之，皆以显名。”[④]另，班固在《离骚赞序》中又云：“原死之后，秦果灭楚，其辞为众贤所悼悲，故传于后。”[⑤]王逸《楚辞章句·离骚叙》也说：“楚人高其行义，玮其文采，以相教传。”[⑥]从这些史料我们可以看出《楚辞》就是在如此时代氛围及缅怀追念先贤的心态下得以祖述授受、得以保存流传的。换言之，《楚辞》的流传主要是通过非官方的渠道，以口耳相传的方式在民间进行的。[⑦]

较之《诗经》的编纂、传播及其产生初期为人们所接受的效果而言，楚辞作品早期的流布之迹甚为隐晦，其接受状况显然也要冷清许多。屈原一生遭

① 关于“屈宋”其人其文，先秦史籍无一言明确记载。今人赵逵夫先生《屈原与他的时代》一书里推论并提出，《战国策》中有两处记载屈原事迹的史料，一为《张仪相秦谓昭睢章》；一为《孟尝君出行五国章》。可参看。

② 司马迁《史记·屈原贾生列传》，中华书局点校本，1959 年 9 月第 1 版，第 2491 页。

③ 习凿齿撰、黄惠贤校补《校补襄阳耆旧记》，中州古籍出版社，1987 年第 1 版，第 2 页。

④ 班固《汉书》，中华书局点校本，1962 年 6 月第 1 版，第 1668 页。

⑤ 引于洪兴祖《楚辞补注》(重印修订本)，中华书局，1983 年第 1 版，第 51 页。

⑥ 引于洪兴祖《楚辞补注》(重印修订本)，中华书局，1983 年第 1 版，第 48 页。

⑦ 参见周建忠《关于楚辞的传播与“楚辞学”的分类 —— 撰写〈楚辞学史〉的思考与探索》，《中州学刊》，2006 年第 3 期。

放流数次[①]，其作品可大致确定创作时地者于今学界仍难以统一意见，我们现就大家看法较一致的《离骚》简说之。司马迁在《史记》里说："王怒而疏屈平……故忧愁幽思而作《离骚》。"后人多据此以为《离骚》作于屈原为怀王"抑退"至顷襄王初立之际，其时屈原应仍在楚郢都或其近郊。[②]《离骚》为屈子抒写忧思之歌哭，从受众的反应来看，当时可能会有哪些人读到它呢？他们会有怎样的阅读感受呢？一类人可能是屈原的政敌，如上官大夫靳尚、令尹子兰等。也有可能为楚怀王及其继任者顷襄王所看到。[③]另一类人可能会是屈原的学生友朋，如宋玉、景差等。前者读到《离骚》或狼狈、或愤恨、或恼羞成怒；后者读到《离骚》或同情、或钦敬、或感发肺腑。要言之，前者的接受是一种消极接受，《离骚》的正面价值不会在他们身上有实现的可能；而后者的接受则是一种积极的接受，《离骚》的思想意义、怨愤情感及美学形式，只有在后者的阅读过程中才能具体实现，并对后者产生重要作用。以此推之，屈原的其他作品，尤其是《九章》那样"发愤以抒情"[④]且表明作者政治立场与追求的诗章，它

① 有认为屈原被放一次者，如姜亮夫先生便持此看法，他在《史记·屈原列传疏证》一文里说"屈子放逐，仅此一次"，见其《楚辞学论文集》第25页，云南人民出版社，2002年第1版。有认为屈原被放两次者，如游国恩先生即主此说：第一次为怀王放于汉北、第二次为顷襄王放于江南，"汉北之放盖尝召还，江南之迁一往不返"，见其《楚辞论文集·论屈原之放死及楚辞地理》，中华书局，1989年版。陆侃如《屈原评传》亦用此说。也有认为屈原被放三次者，如黄震云即持此观点：第一次是为怀王所"疏"、第二次是为怀王所"放"、第三次是为顷襄王所"迁"，见其《楚辞通论》第33页至第41页之相关论述，湖南教育出版社，1997年第1版。

② 《仪礼·丧服》云："传曰：大夫为旧君何以服齐衰三月也？大夫去君，埽其宗庙，故服齐衰三月也。言与民同也。何大夫之谓乎？言以其道去君而犹未绝也。"郑玄注云："以道去君，谓三谏不从，待放于郊。未绝者，言爵禄尚有列于朝，出入有学于国"。学者以此古礼为据，认为屈原为怀王"疏"后多半居于郢郊。可参看汤炳正先生《楚辞类稿》之《关于〈屈原列传〉中的"疏"、"绌"、"放"、"放流"、"迁之"等问题》，巴蜀书社，1988年第1版；亦可参看黄震云《楚辞通论》之《屈原生平考》的相关论述，他又据班固《白虎通》中关于古代君如何处理谏诤之臣的记述，再次申述了屈原被怀王"抑退"后"待放于都邑之郊"。湖南教育出版社，1997年第1版。

③ 司马迁《史记·屈原贾生列传》云："屈平虽放流……一篇之中，三致志焉……令尹子兰闻之，大怒，卒使上官大夫短屈原于顷襄王，顷襄王怒而迁之。"姜亮夫先生即认为此乃"于《离骚》一篇之中，三致意焉。""闻之'之'字，指上文之'一篇'言，即《离骚》也。"见其《楚辞学论文集》第24页，云南人民出版社，2002年第1版。

④ 屈原《九章·惜诵》，引自[宋]朱熹《楚辞集注》，上海古籍出版社，1979年10月第1版，第73页。

们产生之初，其受众大略也可分为这样两类，其所激起的反应大略也是这样两类。此外，根据司马迁、班固、王逸等人提供的历史信息，我们还可约略窥测到屈原辞赋作品在楚国的“教相传授”状况。因了屈赋精美绝伦的辞采、浓烈高扬的情怀，以及屈原的社会地位，故而其创作之初在楚国士阶层当中就应得到了较广泛的传布。宋玉、唐勒、景差等人，皆“好辞而以赋见称”，皆“祖屈原之从容辞令”，甚至有人认为宋玉等可能就是屈原的学生。如此说来，屈原辞赋作品首先当是通过其亲友门生辈传播出去的。楚为秦所亡后，屈作由于饱含了楚人的文化礼俗、楚人的光荣与梦想、楚人念国怀家之深痛感情，因而班固说“其辞为众贤所悲悼，故传于后”；王逸也说“楚人高其行义，玮其文采，以相教传”。从这里我们能够看到一条较清晰的屈赋传承线索，这就是由“宋玉”等到“众贤”，由“众贤”再到“楚人”。传播距离由近而远，传播范围由小而大。屈赋之所以能够得到楚人这般较大规模地“教相传授”，除了上述原因外，我们还应注意到这同时也是文学作品自身审美等诸价值在受众身上的实现，即屈原辞赋作品本身内蕴的以审美为中心的多元价值在楚地逐渐转化而成的多元社会效果，称之为文学自身的伟大胜利也无不可。因为从“皆祖屈原之从容辞令”“其辞为众贤所悲悼”“玮其文采”等记述中，我们都可读出楚人对屈原之“辞”的喜爱珍重之意，这正表明了屈原辞赋作品具有出众秀拔的文学审美价值，并主要借此而得以流布于世人口耳之间。至于宋玉其人其作，由于可资依据的信实史料较之屈原则更是稀缺。自汉迄唐的一些著作中，除上引司马迁《史记·屈原贾生列传》中耳熟能详的那句话外，另有刘向《新序》[①]、王

① 刘向《新序·杂事》有三条关于宋玉的材料，其一，楚威王(当为襄王之误)问于宋玉曰：“先生其有遗行邪？何士民众庶不誉之甚也？”宋玉曰：“唯，然，有之……”引自石光瑛《新序校释》，中华书局，2001年1月第1版，第126—130页。其二，宋玉因其友以见楚襄王，襄王待之无以异。宋玉让其友。友曰：“夫姜桂因地而生，不因地而辛；妇人因媒而嫁，不因媒而亲。子之事王未耳，何怨于我？”宋玉曰：“不然。……”第747—751页。其三，宋玉事楚襄王而不见察，意气不得，形于颜色。或谓之曰：“先生何谈说之不扬，计画之疑也？”宋玉曰：“不然。子独不见夫玄蝯乎？……”第751—759页。

逸《楚辞章句》[1]、《韩诗外传》[2]、郦道元《水经注》[3]、习凿齿《襄阳耆旧传》[4] 和《北堂书钞》[5]等，亦有关于宋玉的零星记述，但多含传说轶闻性质。根据这些极为有限的史料及《九辩》中的自述，我们大略知道宋玉似曾背井离乡，经友人推荐，在楚顷襄王宫廷做过一段时期的“小臣”，但很不快意，而且不久就“失职”了。《汉书·艺文志》载：“宋玉赋十六篇。”我们今天可以看到署名宋玉的作品有《九辩》《招魂》《风赋》《高唐赋》《神女赋》《登徒子好色赋》《对楚王问》《笛赋》《大言赋》《小言赋》《讽赋》《钓赋》《舞赋》《微咏赋》《高唐对》《郢中对》，恰合十六篇之数。但长期以来，人们在宋玉作品的真伪问题上分歧甚大，时至今日，尽管很多学者做了很多考证工作，但学界的意见仍未取得一致。不过就其大端而言，除了争议较大的《笛赋》《舞赋》外，《微咏赋》一般认为是刘宋时王微所作《咏赋》之讹；《高唐对》系《高唐赋》开头的一段异文，《郢中对》系《对楚王问》的异文或改写，故两篇“对”均不能看作单独成文的作品。其余诸作，近年来随着对银雀山汉墓出土之“《唐勒》赋残简”[6]的深入研究，不断有学者著文为宋玉翻案，把上述多数作品自明代以来曾渐次被剥夺的著作权又

---

① 王逸《楚辞章句》中为《九辩》所作的注文称宋玉曾“数遭患祸，身困极也。亡财遗物，逢寇贼也。心常愤懑，意未服也。丧妃失耦，块独立也。远客寄居，孤单特也。后党失辈，惘愁独也。窃内念己，自悯伤也”。引自洪兴祖《楚辞补注》(重印修订本)，上海古籍出版社，1983 年 3 月第 1 版，第 183 页。

②《韩诗外传》云：宋玉因其友见楚襄王，襄王待之无以异，乃让其友。友曰：“夫姜桂因地而生，不因地而辛；女因媒而嫁，不因媒而亲。子之事王未耳，何怨于我？”宋玉曰：“不然……”见屈守元《韩诗外传笺疏》，巴蜀书社，1996 年 3 月第 1 版，第 637 页。

③《水经注》中谓宋玉“隽才辩给，善属文而识音也”。见《水经注疏》卷二十八，杨守敬、熊会贞疏，江苏古籍出版社，1989 年 6 月第 1 版，第 2398 页。

④ 按，《襄阳耆旧传》中关于宋玉的文字基本上是对汉人记述的转载，没有什么新内容。可参舒焚、张林川《襄阳耆旧记校注》卷一，荆楚书社，1986 年 12 月第 1 版，第 15—16 页。

⑤《北堂书钞》卷三十三录《宋玉集序》云：“宋玉事楚怀王，友人言之宋玉，玉以之为小臣。王议友人，友曰：‘姜因地而生，不因地而辛；女因媒而嫁，不因媒而亲也。’”又将襄王变为怀王，宋玉和友人的主客关系较之《新序》和《韩诗外传》所载也进行了颠倒。疑为编纂类书时抄撮误置，不可信。

⑥ 李学勤等学者认为“《唐勒》赋残简”当为宋玉佚赋，宜参照宋玉其他赋作命名方式，定名为《御赋》。

还归于宋玉。由于史料乏缺，考察宋玉作品在其创作之初的接受效果，便显得尤为困难。不过并不是所有的通道都已堵死，我们还有一条路可走，那就是从宋玉辞赋作品本身出发去寻找答案。今案宋玉诸作，大多设为问答形式，且出场人物中往往有楚襄王的影子。如《风赋》《高唐赋》《神女赋》《登徒子好色赋》《大言赋》《小言赋》《讽赋》《舞赋》《笛赋》《对楚王问》等皆然。结合宋玉“小臣”身份及其作品内容，我们认为这种近乎一致的作品形式传达出一个信息，即宋玉赋作多半是随侍襄王左右为娱乐君王之目的而创作的。既如此，则这些作品创作之初的读者群理当为楚襄王及其近臣所组成，有可能包括唐勒、景差等人。那么，这些人面对宋玉辞赋会有怎样的接受反应呢？由宋玉自己“贫士失职而志不平”[①]的叹息、由顷襄王“憎之似屈原也”的态度等，我们隐约能够感到宋玉这些作品，在当时除了可能引起襄王及其近臣的一番娱笑而外，大概再也不会对他们产生什么有效的作用了。当然，唐勒、景差等人在楚王宫廷的地位应与宋玉相当，又因同是好屈原之辞的文人，也许他们对宋玉辞赋还抱有欣赏感佩之意。宋玉辞赋在顷襄王那里被忽略被遮蔽的文学之多元价值，在唐勒、景差等一类人身上理当有某种程度的实现并转化为多元效果之可能。质言之，宋玉作品初创之时，因其社会地位逊屈原远甚，兼以其作品本身蕴含之楚人文化、精神等信息量亦不如屈作，故而其为时人接受并传播的程度及范围大概均不如屈作。但我们也应看到由于宋玉《九辩》等集中地抒写了低层士子进身无阶的个体呼喊、落寞人生的苍凉寒苦，以及丰词丽句所编织出的千古悲秋之伤，如此种种文学质素都极有可能在当时便使他获得一大批“知音”。惜乎史无载记，我们只能进行这样大致的悬测。

嬴秦短祚，其社会自身在政治、经济、文化等方面的发展只是昙花一现，一切都未及开始便又匆匆落幕。尽管有过秦始皇摧残文化的“焚书”之举，但

① 引自宋玉《九辩》，见朱熹《楚辞集注》，上海古籍出版社，1979 年第 1 版，第 119 页。

先秦诸子百家的重要著述还是凭借种种机缘而得以保存下来，其中不少还在后世重又燃起燎原之火而大放异彩。研究者们对先秦典籍能够经秦火而存留下来多有索解，其较为重要的一条就是时人的“口耳相传”使被焚毁的书册于秦亡后再一次为人们笔之竹帛。揆之秦楚交恶史实及屈宋作品内容，楚辞作品在秦时之命运当不容乐观，以常理应在禁毁之列。屈宋之作在此时期能够保存并传播也应当归功于楚人的“口耳相传”，换言之，楚人的“口耳相传”即是秦时楚辞作品最主要的传播方式和传播途径。至于屈宋作品在此时期较为具体的流布接受状况，因为史料乏绝，我们只好存而不论。但可以想到的是，既然楚人在秦时能够以“口耳相传”的方式传授屈宋作品，那么这些作品中高昂激越的气势、恋国怀土的情感，以及浓烈厚重的楚风楚味，必会让接受者们或神凝气咽、或心志蹈厉、或愤恨交加、或悲怨叹喟。一句话，在其可能的范围内，屈宋作品以审美为中心的多元文学价值，只要有所传播就一定会在某些个体接受者身上得以实现，并转化为社会效果。

刘氏建国，楚文化勃尔复兴。西汉初期，帝国文化气氛中弥漫着一层浓厚的楚族色彩。由于汉帝国高层统治者相当一部分来自楚地，所以楚歌、楚舞、楚声、楚辞等亦在刘氏政权里得到提倡与张扬。《史记·高祖本纪》载，刘邦十二年十月破英布，还归留沛，“置酒沛宫，悉如故人父老子弟纵酒。发沛中儿得百二十人，教之歌。酒酣，高祖击筑，自为歌诗”[①]，这便是著名的《大风歌》，其词曰：“大风起兮云飞扬，威加海内兮归故乡，安得猛士兮守四方！”汉高祖对楚地楚风的如此钟情，必当引起臣下对楚地歌谣辞赋的关注和兴趣，也必当引起时人对楚辞作品的关注和兴趣。考察有汉一代楚辞作品的传播流布及其接受情状，我们不得不承认这是一个楚辞独得荣光的时代。

汉初贾谊作《吊屈原赋》，既是对屈原的追悼，同时也是自伤身世。为什么

① 司马迁《史记》，中华书局点校本，1959 年第 1 版，第 389 页。

贾谊会对屈原抱有如此的景仰和追思，并以骚体赋的形式来表达自己伤屈亦自伤的情感呢？笔者以为即是他在汉初社会普遍的楚文化熏陶之下，极可能广泛阅读并较全面接受屈子辞赋内蕴之诸价值的结果。《汉书·艺文志》著录贾谊辞赋七篇，归于“屈原赋之属”，大体而言都是拟则以屈赋为主的楚辞作品。其后，以屈宋作品为主的楚人辞赋主要在深受楚文化影响的一些侯国流传，并因之滋养成长起了一批辞赋作家，尤以梁孝王门下的文人集团为盛。其较著名者有羊胜、公孙诡、邹阳、枚乘、庄忌、路乔如、公孙乘、韩安国、司马相如等。从流传存世的梁孝王门客辞赋作品来看，它们几乎都是取法屈宋的楚辞体作品。如“赖吾王之广爱，虽禽鸟兮抱恩”[①]；“鹍鸡舞于兰渚，蟋蟀鸣于西堂”[②]等句，从“兮”字的使用，到句式意象都带有浓重的楚辞体色彩。后人亦多注意到此点，如明人焦竑云：“司马相如、东方朔、吾丘寿王，谲谏之文也，而宗《楚辞》。”[③]刘勰《文心雕龙》云：“相如好书，师范屈宋，洞入夸艳，致名辞宗。”[④]明人王世贞《艺苑卮言》卷三云：“枚生《七发》，其原、玉之变乎？”[⑤]清人刘熙载《赋概》亦云：“枚乘《七发》出于宋玉《招魂》。枚之秀韵不及宋，而雄节殆于过之。”[⑥]由活动于梁孝王周围的文士及其辞赋作品看来，对楚辞作品的接受在汉初一些侯国确曾彬彬为盛。正是此类接受活动，使屈宋人格精神在汉初文士身上得以激发再现，使楚辞作品体制风格在汉初文苑得以传承发展。

文、景而后的帝国天子汉武帝有高祖之习，也是一位喜好辞赋的君王。以帝王之尊位而好辞赋，自然会吸纳一大批文士并极大地激发起辞赋接受与创

---

① 路乔如《鹤赋》，引自成林、程章灿译注《西京杂记全译》，贵州人民出版社，1993年第1版，第137—138页。

② 公孙乘《月赋》，引自成林、程章灿译注《西京杂记全译》，第143页。

③ 焦竑《焦氏澹园集·与友人论文》，引自《续修四库全书》第1364册，上海古籍出版社，第103页。

④ 刘勰著、范文澜注《文心雕龙注》，人民文学出版社，1958年9月第1版，第698页。

⑤ 王世贞《艺苑卮言》，引自丁福保辑《历代诗话续编》，中华书局，1983年第1版，第986页。

⑥ 刘熙载《艺概·赋概》，江苏古籍出版社，2001年10月第1版，第126页。

作的高潮。《汉书·艺文志》载武帝"自造赋二篇"①,隶于"屈原赋之属"。又载"出行巡狩及游歌诗十篇"②。据李大明先生考述,汉武帝的这些歌、赋基本全为骚体,深得楚辞作品神韵。③考之史籍,以汉武帝为中心而论辞说赋者主要有刘安、朱买臣、庄助、吾丘寿王、东方朔、枚皋、倪宽、孔臧、庄忽奇、董仲舒、司马迁等。刘安曾"招致宾客方术之士数千人"聚于淮南,形成了一个重要的文化学术集团,以刘安及其宾客组成的这个学术集团在楚辞作品的研习、阐释及拟骚之作的创制诸方面皆有突出表现。其一,刘安及其宾客收集楚辞作品,并编辑了《楚辞》一书。汤炳正先生在《〈楚辞〉成书之探索》一文里考证,汉初曾流传过屈原《离骚》和宋玉《九辩》的合集,纂辑者可能即是宋玉。④这个合集编定和流传的区域,可能也就是故吴一带,即以寿春为中心的地区。刘安及其宾客在当时普遍的楚文化熏染之下,应时代需要而搜集、整理并编定《楚辞》一书乃顺理成章之事。据《汉书·淮南王传》载:"时武帝方好艺文,……初,安入朝,献所作《内篇》,新出,上爱秘之。使为《离骚传》,旦受诏,日食时上。"⑤由此言之,武帝时多半已经出现了编定成书的楚辞类作品集,而且刘安还受诏对其中的《离骚》(或者不止《离骚》一篇)进行过注释讲析。揆之史实,当时最有可能对楚辞类作品进行搜集、整理并编辑成书的即应是刘安及其众宾客。换言之,刘安所读至少当是已略具雏形的楚辞类作品集,所以他对楚辞类作品应相当熟悉,不然绝不可能"旦受诏,食时而奏之",在如此短的时间内完成这样一项并不简单的任务。其二,刘安及其宾客对屈宋之作进行过全面深入的研习。李大明在其《汉楚辞学史》里即指出《淮南子》一书中多有袭用楚辞作品文句辞意之处,从中反映出他们对楚辞作品的理解。刘安及其门客学习

① 班固《汉书·艺文志》,中华书局点校本,1962年第1版,第1748页。

② 班固《汉书·艺文志》,中华书局点校本,1962年第1版,第1754页。

③ 参见李大明《汉楚辞学史》(增订本),中国社会科学出版社、华龄出版社,2004年第1版,第110—116页。

④ 汤炳正《屈赋新探》,齐鲁书社,1984年2月第1版,第93页。

⑤ 班固《汉书·淮南王传》,中华书局点校本,1962年第1版,第2145页。

屈宋创作经验，勤于歌赋创作，《汉志》即载“淮南王赋八十二篇”、“淮南王群臣赋四十四篇”，且归于“屈原赋之属”。今可见者当以辑入《楚辞》专书的《招隐士》为著，乃汉代拟骚名篇。

据《汉书·艺文志》所载，武帝群臣辞赋创作约略有二百多篇，由今可见者管窥其体貌，多为祖述屈宋模拟楚辞的。另，考之史传也多有涉及他们与楚辞之关系的记述。如《史记·酷吏列传》载：“始，长史朱买臣，会稽人也，读《春秋》。庄助使人言买臣。买臣以《楚辞》与助俱幸。”①《汉书·朱买臣传》亦有类似记载：“会邑子严助贵幸，荐买臣。召见，说《春秋》，言《楚辞》，帝甚说之，拜买臣为中大夫，与严助俱侍中。”②此外，董仲舒有《士不遇赋》，见于《古文苑》。此赋在体制上拟则屈宋作品，句式全为骚体，并多踏袭楚辞作品语汇。东方朔有《七谏》之作，后亦被辑入《楚辞》专书之中。王逸称其“追悯屈原，故作此辞，以述其志”③。《七谏》不仅有与屈原身世遭遇有关的小标题，如《初放》《沉江》等，而且其内容也屡次及于屈原，如“赴湘沅之流澌兮，恐逐波而复东。怀沙砾而自沉兮，不忍见君之蔽壅”④。司马迁不仅在《史记》中为屈原立传，高度评价屈原的人格精神，而且还在《太史公自序》及《报任安书》中明确表明自己效法学习屈原以“发愤著书”，最终完成了《史记》的伟大写作。在《屈原列传》的“太史公曰”部分，司马迁不无动情地说：“余读《离骚》《天问》《招魂》《哀郢》，悲其志。适长沙，观屈原所自沉渊，未尝不垂涕，想见其为人。”⑤司马迁自己还作有《悲士不遇赋》等骚体作品，这也是他学习接受楚辞作品的一种具体效果之显现。

西汉后期的屈宋研究与接受史上，先后出现过这样几位代表人物，他们

---

① 司马迁《史记》，中华书局点校本，1959 年第 1 版，第 3143 页。

② 班固《汉书·朱买臣传》，中华书局点校本，1962 年第 1 版，第 2791 页。

③ 引自洪兴祖《楚辞补注》（重印修订本），中华书局，1983 年 3 月第 1 版，第 236 页。

④ 东方朔《七谏·沉江》，引自洪兴祖《楚辞补注》（重印修订本），第 242 页。

⑤ 司马迁《史记》，中华书局，1959 年第 1 版，第 2503 页。

是王褒、刘向刘歆父子及扬雄。这一时期的屈宋研究与接受，循着前此的研究成果和接受者的足迹，向前又推进了一步。其一，汉宣帝修武帝故事，重视文化建设，且喜赋好骚，延引了一批辞赋作家[①]，这便极大地激发了时人对辞赋，尤其是屈宋楚辞体作品的研读、阐述和模拟创作。其二，在研读、阐述和拟则楚辞的时代风习之下，涌现出了一大批赋家赋作，刘勰在其《文心雕龙》里即称赋"繁积于宣时"[②]。这当中创作实绩较为突出的有王褒、刘向、张子侨等。据《汉书·艺文志》所载：王褒赋十六篇、刘向赋三十三篇、张子侨赋三篇，且皆归于"屈原赋之属"。这至少说明在班固眼中，这三人的辞赋之作都是取法屈宋，受屈宋影响的产物。其三，刘向在此时期对《楚辞》一书进行了增辑和校定，其子刘歆也可能参与了此项工作，并于向卒后承父业而"奏其《七略》"，其中也可看出他对楚辞作品有一定研究。刘向新辑的《楚辞》主要流传于两汉之际，为楚辞作品的传播及人们对屈宋的接受作出了很大贡献。此外，刘向在其《新序》《说苑》中，还记载了一些有关屈宋生平事迹的史料[③]，其中有些为《史记》所无，可谓弥足珍贵。刘向歆父子不仅是研究屈宋的专家，同是他们也创作了一些祖述屈宋的骚体辞作，最著者当为刘向的《九叹》[④]。王逸《楚辞章句·九叹序》云：

> 《九叹》者，护左都水使者、光禄大夫刘向之所作也。向以博古敏达，典校经书，辩章旧文。追念屈原忠信之节，故作《九叹》。叹者，伤也，息也。言屈原放在山泽，犹伤念君，叹息无已，所谓赞贤以辅志、骋词以曜德者也。[⑤]

---

① 按，《汉书》载："宣帝时修武帝故事，讲论六艺群书，博尽奇异之好。征能为《楚辞》，九江被公召见诵读。益召高材刘向、张子侨、华龙、柳褒等待诏金马门。"中华书局点校本，1962年第1版，第2821页。

② 刘勰著、范文澜注《文心雕龙·诠赋》，人民文学出版社，1958年9月第1版，第135页。

③ 按，可参看前论宋玉生平之处。

④ 按，《九叹》亦收在《楚辞》一书中，理当是刘向自己在增辑《楚辞》后附入的。

⑤ 引自洪兴祖《楚辞补注》（重印修订本），中华书局，1983年3月第1版，第282页。

由《九叹》之序及刘歆《遂初赋》内容考之[①]，刘向歆父子于屈原实以先贤视之，对其不幸遭遇亦深叹惋之，并在自己模拟楚辞作品的创作中借以咏叹抒怀。这自然也是一种十分典型的接受效果。

西汉后期最后一位屈宋接受代表人物当是扬雄。《汉书·扬雄传上》云：

> 先是时，蜀有司马相如，作赋甚弘丽温雅，雄心壮之。每作赋，常拟之以为式。又怪屈原文过相如，至不容，作《离骚》，自投江而死。悲其文，读之未尝不流涕也。以为君子得时则大行，不得时则龙蛇，遇不遇命也，何必湛身哉？乃作书，往往摭《离骚》文而反之，自峄山投诸江流以吊屈原，名曰《反离骚》。又旁《离骚》作重一篇，名曰《广骚》。又旁《惜诵》以下至《怀沙》一卷，名曰《畔牢愁》。[②]

据此可见，扬雄对楚辞——尤其对屈原及其辞赋的接受，较之此前贾谊、刘安、王褒、刘向诸人的接受，更显全面而深入。其一，作为一个具体接受者，屈骚文本在扬雄的阅读过程中，作品中的事件、人物和意境等，激发起了他的强烈共鸣，从而在他身上彻底实现了文学作品的审美价值及认识价值。依照接受美学，这就是文学作品获得其生命力的过程，也是文学作品最终得以完成的过程。当然，每一个接受者对文本的接受都要受制于其自身文化素质、审美观点及社会时代背景等要素。我们说扬雄对屈骚的接受达到一种最佳效果，只是从其自身接受屈骚这样一种个体角度出发而言的，并不包含对此种接受任何是非对错的评判。其二，此前还没有任何一位楚辞接受者像扬雄那样对屈骚作品自觉进行大量的模拟仿作。惜乎《广骚》与《畔牢愁》已佚，不过从存世的《反离骚》中我们就已经能够感受到扬雄对屈子的敬仰、同情与无限惋惜。

---

① 按，刘歆《遂初赋》内有"彼屈原之贞专兮，卒放沉于湘渊。何方直之难容兮，柳下黜而三辱。蘧瑗抑而再奔兮，岂材知之不足？扬蛾眉而见妒兮，固丑女之情也。曲木恶直绳兮，亦小人之诚也"等语。引自严可均辑《全上古三代秦汉三国六朝文·全汉文》，商务印书馆，第408页。

② 班固《汉书·扬雄传》，中华书局点校本，1962年第1版，第3515页。

东汉之际，屈宋接受史上又出现了一批新人物，表现出了一些新特点。东汉一代《楚辞》专书当为文士广读之书，楚辞体作品及楚辞作家也便成了东汉文人研习评论的对象。前期有班彪、班固、梁竦、崔骃、王充等人对屈宋及楚辞的评论，后期有王符、崔寔、寇荣、应奉、应劭、蔡邕等人对屈宋及楚辞的评论。具体来说，东汉屈宋接受效果史上有这样几点值得注意：一是《离骚》开始被尊称为"经"。《离骚》称"经"是屈宋接受史上的大事，至少表明在东汉前期文士心目之中，以屈骚为主的屈宋作品是他们所十分看重的文化精神遗产。这对屈宋作品在当时的传播、教授、研习和模拟创作皆当产生重要作用和影响，也对此后屈宋作品的理解和阐释发生过重要作用和影响。二是学者开始较大范围地注解《楚辞》，并最终由王逸完成了"楚辞学"史上一个十分重要的注本——《楚辞章句》。现存最早最完整的楚辞学著作即是《楚辞章句》，它既是一部集大成之作，也是"楚辞学"史上的一座里程碑，因而文献价值及学术地位皆相当重要。王逸在《楚辞章句》里称美屈原"膺忠贞之质，体清洁之性，直若砥矢，言若丹青，进不隐其谋，退不顾其命，此诚绝世之行，俊彦之英也"①；同时又推尊屈骚是"金相玉质，百世无匹，名垂罔极，永不刊灭者也。"②《楚辞章句》为楚辞作品的传播流布提供了相对可靠的媒质保证，对后人接受屈宋人格精神、屈宋作品内蕴之情感意绪、屈宋作品之文学形式及美学艺术特征等，皆奠定了一个重要而厚实的基础。三是继续前汉拟骚传统，创作了一些新的追步屈宋的辞赋作品。今举其要者言之，前期有班彪的《悼离骚》和《北征赋》、梁竦的《悼骚赋》、班固《幽通赋》、崔篆《慰志赋》、冯衍《显志赋》等，中后期有王逸的《九思》、张衡的《思玄赋》、蔡邕的《述行赋》等。

汉末魏晋六朝时期，屈宋接受呈现出这样几个特点：一是因《楚辞》专书的编定及《楚辞章句》的行世，从而使屈宋之作的传播更为广泛普及，受众自

① 引自洪兴祖《楚辞补注》(重印修订本)，中华书局，1983 年 3 月第 1 版，第 48 页。
② 引自洪兴祖《楚辞补注》(重印修订本)，中华书局，1983 年 3 月第 1 版，第 49 页。

当亦随之有较大扩充。如史载:“(萧)洽幼敏寤,年七岁,诵《楚辞》略上口”[①];“(陈宣皇后章氏)善书计,能诵《诗》及《楚辞》”[②]。由幼童妇孺皆能口诵《楚辞》便可推知其时楚辞体作品流布当十分广泛,《楚辞》一书很像是当时的文学普及读物。二是“建安”文学随时代乱离而兴起“志深而笔长,梗概而多气”的“雅好慷慨”[③]之风格,与楚辞体文学抒写悲怨之特征相合相激,从而在此时期创作出了较多数量较高质量的模拟楚辞作品的作品,如应玚《正情赋》、祢衡《鹦鹉赋》等;六朝时随文学自觉意识出现而开始重视强调辞采之美,此种风潮又与楚辞体作品惊采绝艳之艺术特色相一致,楚辞作品自然也就成了人们学习模写的对象,从而又创作出了一批追摹楚辞作品的作品,如傅玄的《拟天问》和《拟招魂》、其子傅咸依宋玉《小言赋》而作的《小语赋》、陆云的《九愍》等。三是在文学一步步走向自觉的过程中,文体辨析之风渐起,并陆续出现了一些文章总集及论文专著。举其大者如挚虞《文章流别论》、李充《翰林论》、刘勰《文心雕龙》、萧统《昭明文选》等,便皆产生于此一时期。与此文学大潮之涨落相应,汉末魏晋六朝文士看待以屈宋之作为代表的楚辞体作品的角度和观点,也悄然发生了变化。质言之,与两汉人对楚辞体文学作品的接受态度及接受方式比较,汉末魏晋六朝人最大的变化是转向研读揣摩作品形式、学习作品的音响辞采,而不是像此前文士那样注重作家人格精神和作品的内容情致。从某种意义上说,两汉文人不是在阅读楚辞文学,而是在阅读屈子其人[④];而汉末魏晋六朝人恰恰相反,他们接受的重点不是楚辞体文学传达的意蕴精神,而是楚辞体作品自身的文学特色。

依接受美学理论,文学史在很大程度上可以说即是文学作品的社会效果

---

① 《梁书》,中华书局点校本,1973 年 5 月第 1 版,第 589 页。

② 《陈书》,中华书局点校本,1972 年 3 月第 1 版,第 126 页。

③ 刘勰《文心雕龙·时序》,见范文澜注《文心雕龙注》,人民文学出版社,1958 年 9 月第 1 版,第 674 页。

④ 参蒋方,张忠智《论楚辞文体在魏晋六朝的传播与接受》,湖南师范大学社会科学学报,2002 年第 4 期。

史。揆之屈宋楚辞体作品在汉末魏晋六朝这一时期的传播与接受，笔者以为其文学诸价值达到了较为完满的实现，即随着较大范围的流布、较多受众的阅读研习和数量不少的模拟创作，从而使屈宋楚辞体作品获得了具体可感的文学生命。也可说屈宋楚辞体作品以此种较广泛较普及的传播与接受，最终建立了它与此一时期众多接受者之间的价值关系，表现出特别明显的接受效果。

第二节　先唐屈宋接受阐释史

"阐释史以诗评家为主体，是历代诗评家对作品的创作根源、诗旨内涵、风格特征、审美意义等进行分析阐释所形成的历史。"[①]就先唐楚辞作品之阐释史而言，笔者拟选取秦汉以来评屈论骚的相关史料，期以能够交代清楚此一时段人们认识、评价屈宋及其辞赋作品的具体情状和历史进程。

楚辞作品产生之初，阅读接受者对其有何感受评述，史籍几无记述。我们现在来考察屈宋接受之阐释史，便只能从西汉开始。前文已言，汉人立国后楚文化复兴，从帝王、近臣到一般文士都好楚声、楚歌、楚舞、楚赋。而且屈宋之作在那时已有所辑录，为人们的传授学习提供了便利，随之亦即出现了对屈宋及其辞赋的批评。可惜关涉是时之屈宋及其辞赋批评的资料，载于史籍并能为我们今日所见者却不多。依时代先后，值得重点注意的评屈论辞者有这样一些，他们是西汉前期的贾谊、庄忌、刘安、东方朔、司马迁；西汉中后期的王褒、刘向和扬雄。

贾谊论屈骚之言论见其《吊屈原赋》，其核心论点是批评屈子不能"自引""自珍""自藏"，即不知权变而陷身污渎之中。以此贾谊批评屈原"般纷纷其离

① 陈文忠《中国古典诗歌接受史研究》，安徽大学出版社，1998 年第 1 版，第 17 页。

此郇兮，亦夫子之故也”，其意是说屈子落得如此结局乃咎由自取，为什么不像凤凰那样“览德辉而下之”呢？为什么不“历九州而相其君”呢？伤悼屈原的贾谊却对屈原的思想行为产生了不能理解的困惑，这多半源于贾谊自己安时处顺以避世患的道家思想一面，也多少透露出了时移世易的时代变化对人们思想观念的影响。自贾谊此论一出，即在汉世文士批评阐释屈原的进程上标记了一道鲜明的印痕，以消极避害思想责难屈原未能全生保身的观点，便始于此。庄忌《哀时命》乃汉前期拟骚名篇，篇中尽管多处流露出世不我用而要归隐远祸的思想，但却对屈原为追求政治理想而殉身表达出真切的钦敬态度，表示自己愿学先贤“志怦怦而内直”的高尚品节，“履绳墨而不颇”的行事准则。换言之，庄忌没有以自己明哲保身的思想强加于屈原。非但如此，依笔者之见，庄忌在《哀时命》中称颂屈原，恰恰是为了与自我胸中较为强烈的消极退隐思想相对抗，也是为了给自己打气，为了强调自己所求皆美善之事皆中正之道的需要。

淮南王刘安阐释屈骚的重要文献是留存于《史记·屈原列传》中的《离骚传》叙文，从正面解说了屈原作《离骚》的旨意及《离骚》的内容，阐发了对屈原的高度评价。今人姜亮夫[①]、汤炳正[②]、褚斌杰[③]等在其各自的著述中，皆对《史

---

① 按，姜亮夫称自“《国风》好色而不淫”至“推此志也，虽与日月争光可也”一段，“当是淮南王《离骚传》中语，史公录而用之者也”。见其《楚辞学论文集·史记屈原列传疏证》，云南人民出版社，2002年第1版，第18页。

② 按，汤炳正称《史记·屈原列传》中有两段文字是由刘安《离骚传》中窜入的，前一段是从“《离骚》者，犹离忧也”至“推此志也，虽与日月争光可也”；后一段是从“虽放流，睠顾楚国”至“王之不明，岂足福哉”。见其《屈赋新探·〈屈原列传〉理惑》，齐鲁书社，1984年第1版，第1页。

③ 按，褚斌杰则称只有班固《离骚序》和刘勰《文心雕龙·辨骚》明确引述的句子属刘安《离骚传》中语，即：“《国风》好色而不淫，《小雅》怨诽而不乱，若《离骚》者，可谓兼之矣。蝉蜕于浊秽，以浮游尘埃之外，皭然泥而不滓者也。推此志也，虽与日月争光可也”。余为司马迁语。见其《楚辞要论》之《史记·屈原传讲疏》，北京大学出版社，2003年第1版，第38—40页。笔者以为持论有呆板之嫌。

记·屈原列传》作过专门研究[①]。概括刘安的论述,主要有这样几方面的内容:一是训解屈原《离骚》题名之义。“《离骚》者,犹离忧也”,即解“离骚”为遭忧、逢忧之意。尽管后世注屈骚者对“离骚”二字多有不同理解,但刘安此说始终占据着《离骚》题名阐释史上最主要之地位,于今视之仍当不失为最接近屈原本意之理解。二是探究解说屈原创作《离骚》的缘由。“屈平之作《离骚》,盖自怨生也”,在刘安看来,屈原正道直行而穷,“信而见疑,忠而被谤”,自然会生出无尽怨愤。换言之,《离骚》的创作就是屈子一腔无处发泄的“怨愤”所催化出的结果。三是从总体上评价《离骚》的旨义。“《国风》好色而不淫,《小雅》怨诽而不乱,若《离骚》者,可谓兼之矣”,刘安在此以儒家诗论观点比照考量《离骚》[②]旨义,我们且不论这种“中和之美”是否符合《离骚》的实际,但可以看出刘安如此评论,显然是为了肯定并突出《离骚》的价值。在儒家经学思想长期占统治地位的古代社会,刘安评价屈骚的这种方式在屈骚阐释史上实际也长期占主导地位,至少也是对屈骚价值一种正面的认识和评价。四是具体概括《离骚》的内容。“上称帝喾,下道齐桓,中述汤武,以刺世事。明道德之广崇,治乱之条贯,靡不毕见”,刘安用此数语,简明概括地介绍了屈原《离骚》叙写的具体内容。从他的概括性语句里,我们可以看出刘安十分重视《离骚》中有关君臣相得以成就王业等治国安邦的道理。这也可能与他的《离骚传》是奉诏为汉武帝所作有一定关系,其意或在引起今上对《离骚》的重视。五是对《离骚》

---

① 按,学界一般的意见是刘安《离骚传》之叙文大要系以下文字:“《离骚》者,犹离忧也。夫天者,人之始也;父母者,人之本也。人穷则反本,故劳苦倦极,未尝不呼天也;疾痛惨怛,未尝不呼父母也。屈平正道直行,竭忠尽智以事其君。谗人间之,可谓穷矣。信而见疑,忠而被谤,能无怨乎? 屈平之作《离骚》,盖自怨生也。《国风》好色而不淫,《小雅》怨诽而不乱,若《离骚》者,可谓兼之矣。上称帝喾,下道齐桓,中述汤武,以刺世事。明道德之广崇,治乱之条贯,靡不毕见。其文约,其辞微,其志洁,其行廉,其称文小而其指极大,举类迩而见义远。其志洁,故其称物芳;其行廉,故死而不容。自疏濯淖污泥之中,蝉蜕于浊秽,以浮游尘埃之外,不获世之滋垢,皭然泥而不滓者也。推此志也,虽与日月争光可也。”引自司马迁《史记·屈原列传》,中华书局点校本,1959 年第 1 版,第 2482 页。

② 按,《论语·八佾》有“《关雎》乐而不淫,哀而不伤”之语,刘安于此言“《国风》好色而不淫,《小雅》怨诽而不乱”,盖本此也。

文章风格特色的研讨。“其文约,其辞微,其志洁,其行廉,其称文小而其指极大,举类迩而见义远”,刘安以为《离骚》之文,遣词用语省净明晰而蕴含大义,从中能表现出创作者屈原的高洁情志和正道直行。所以尽管《离骚》多从自我家世、服饰、形貌等小处、细处和近处写起,但其终极指向却意义远大。王逸后来在《楚辞章句·离骚序》中概括出“香草美人”的《离骚》比兴手法说,并称《离骚》“其词温而雅,其义皎而朗”[①],显然也受到了刘安此评的启发。六是对屈原人格精神的推尊肯定。“其志洁,故其称物芳;其行廉,故死而不容。自疏濯淖污泥之中,蝉蜕于浊秽,以浮游尘埃之外,不获世之滋垢,皭然泥而不滓者也。推此志也,虽与日月争光可也。”刘安明确称扬屈子高峻纯洁的伟大精神非同一般,甚至可与日月争光。这是屈骚阐释史上一声颂美屈子的嘹亮号角,其音调是如此高昂绵长,响彻千年而不绝如缕。

东方朔作《七谏》以“追悯屈原”[②],从中可见他对屈原的认识和态度,也可视之为一种阐释接受。东方朔此文拟屈原口吻写成,文中亦多袭用化用屈骚文句之处。东方朔对屈原的评价有这样几点值得注意:其一,肯定屈原的“怨君”、“怨愤”之情,如“窃怨君之不寤兮,吾独死而后已”表达的即是此意。其二,对屈原沉江殉身持理解态度,未像贾谊那样提出责难。在东方朔看来,屈原沉江有两点理由:一个是“不忍见君之蔽壅”,一个是“安能久见此浊世”。在这“不忍见”和“不能见”的两难情形逼迫之下,屈原唯有一死方能解脱。通观《七谏》全篇,我们感觉东方朔跟庄忌一样,都有较浓厚的远祸避害而顺生保身思想,但他们都对屈原矢志不渝而九死未悔的进取精神又能从正面肯定,给予足够的尊重和理解。

在屈宋接受阐释史上,司马迁无疑是一位重量级学者。他不仅第一个为屈原在《史记》里立传,而且对楚辞作品多有研究,提出过一些十分重要的意

① 引自洪兴祖《楚辞补注》(重印修订本),中华书局,1983 年 3 月第 1 版,第 3 页。

② 王逸《楚辞章句·七谏序》,引自洪兴祖《楚辞补注》,第 236 页。

见。司马迁在《屈原列传》中阐述屈原作《离骚》的因由时，指出了当时楚国“王听不聪、谗谄蔽明、邪曲害公和方正不容”的黑暗政治现实，屈原即是在一种忧时伤国的情怀激荡下，愤而创作了《离骚》。较之庄忌、刘安、东方朔等人，司马迁对屈原所处时代情势观察分析得更为细致，对屈原作《骚》的心理动因也给出了更为明确更为深刻的答案。结合司马迁在《太史公自序》中言“作辞以讽谏，连类以争义，《离骚》有之”①，及“屈原放逐，著《离骚》……大抵贤圣发愤之所为作也。此人皆意有所郁结，不得通其道也，故述往事，思来者”②来看，我们可以说他真正做到了以“知人论世”的原则，并结合作品自身内容，较为全面地推绎综括了屈原作《离骚》的原委、动因及意旨。司马迁的此种阐释，是屈骚阐释史上最重要的一块奠基石，对后来千余年间的屈骚阐释规定了基本路向，产生过很大影响。

此外，司马迁在《屈原列传》里还说过“余读《离骚》《天问》《招魂》《哀郢》，悲其志。适长沙，观屈原所自沉渊，未尝不垂涕，想见其为人”③的话，从中表露出作者对屈原好修品格、伟岸人格，及追求高尚理想目标之精神的仰慕和敬佩，也表明了他对屈原悲剧命运的深切同情。除了对屈原及其辞作有评论阐释外，司马迁还对宋玉等其他楚辞作家进行过介绍论说，其文曰：“屈原既死之后，楚有宋玉、唐勒、景差之徒者，皆好辞而以赋见称，然皆祖屈原之从容辞令，终莫敢直谏。”④对屈原之后的楚辞流传及楚辞体作品的创作，司马迁此段论述极为重要。一方面他交代了宋玉、唐勒等人对屈骚在学术层面上的学习继承，并指出他们“皆好辞而以赋见称”，说明楚辞体作品在屈原之后有传承有发展，此乃屈宋效果史的内容；另一方面，从屈宋阐释史角度言之，司马迁说宋玉等人“皆祖屈原之从容辞令，终莫敢直谏”，即再次对屈子正道直行的

① 司马迁《史记·太史公自序》，中华书局点校本，1959年9月第1版，第3314页。
② 司马迁《史记·太史公自序》，中华书局点校本，1959年9月第1版，第3300页。
③ 引自司马迁《史记·屈原贾生列传》，中华书局点校本，1959年9月第1版，第2503页。
④ 引自司马迁《史记·屈原贾生列传》，中华书局点校本，1959年9月第1版，第2491页。

人格精神和屈骚讽谏品格进行褒扬，同时对宋玉等人的辞赋风格特点也有所暗示。后人往往据司马迁此语来评论宋玉等人及其辞赋，或认为他们上逮屈原远甚，或认为他们虽乏直谏精神但其作品亦有谲谏微讽的一面，也是对屈原的一种继承。①

西汉中后期的宣帝修武帝故事，重视文化建设，宣帝本人又好《楚辞》诗赋，故此一时期的楚辞作品研究及拟骚创作亦颇繁盛，出现了九江被公这样的诵读专家及王褒这样的创作名家。后来又出现了刘向歆父子这样的《楚辞》研究学者和兼辞赋创作与评论为一身的扬雄，自然也就出现了一些新的阐释意见。如王褒《九怀》代屈子立言，言其"顾念兮旧都""思君兮无聊"，其所表现的怀国念君之情是此前司马迁等人的屈骚阐释中所没有的。再如刘向曾校书中秘，对《楚辞》专书进行过增辑校定②、对屈宋事迹亦作过补叙记述③、且有对楚辞作品的模拟创作④。其《九叹》中多有评屈论骚的语句⑤，对屈子端直诚行而不阿世取容的人格操行评价极高，且反复陈说，足见其对屈子崇高精神品质的景仰钦敬之意。甚至于认为屈原的诚信高洁可与日月同光，与刘安"推此志也，与日月争光可也"同调。此外，刘向还高度评价了屈原的文辞之美，说他

① 按，宋人陈师道论《高唐》、《神女》二赋云："载巫山神遇楚襄王，盖有所讽也。"见其《后山师话》；明人陈第说："刘勰论《登徒子好色赋》云：'意在微讽，有足观者。'宋玉之作，纤丽而新，悲痛而婉，体制颇沿于其师，风谏有补于国，亦屈原之流亚也。"见其《屈宋古音义·自序》。

② 按，汤炳正《屈赋新探·〈楚辞〉成书之探索》一文对此有详细讨论，可参。见其《屈赋新探》，第85页。

③ 按，刘向《新序·节士》中有专文记载屈原事迹，与司马迁《屈原列传》的记述有同有异，两文参看，可帮助我们更进一步地探究屈原生平，及屈原辞赋作品的创作时地、题旨等问题；此外，《新序·杂事》中还有三条关于宋玉的材料，这也是除司马迁《史记》外，较早记载宋玉事迹的史料，对后人研究宋玉有很重大的价值和意义。

④ 《汉书·艺文志》载刘向赋三十三篇，今存其叹伤屈原的骚体作品《九叹》；刘歆赋作今存《遂初赋》，亦为拟骚名篇，对后世同类题材作品有较大影响。

⑤ 按，如"原生受命于贞节兮，鸿永路有嘉名。齐名字于天地兮，并光明于列星。吸精粹而吐氛浊兮，横邪世而不取容。行叩诚而不阿兮，遂见排而逢谗。"引自洪兴祖《楚辞补注》（重印修订本），第282页；再如"申诚信而罔达兮，情素洁于纽帛。光明齐于日月兮，文采耀于玉石"，同上引书，第289页。

“文采耀于玉石”。较之此前人们多关注论说屈原其人,或只阐释屈骚作品意蕴而言,刘向对屈辞文采的强调当是屈骚阐释史上的新内容。刘向在《九叹》中还有专门论及《离骚》及《九章》的一些句子,如“览屈氏之《离骚》兮,心哀哀而怫郁”[①]、“叹《离骚》以扬意兮,犹未殚于《九章》”[②]、“兴《离骚》之微文兮,冀灵修之一悟”[③]等。在刘向看来,《离骚》乃屈子陈说悲怨忧愁之文,其辞博雅,其情沉郁,其意旨在“冀王之一悟”,较全面地概括了《离骚》的作意及特色。刘向在这里还明确提到了《九章》,并与《离骚》同等视之,这也可以看作是他对《九章》内容主旨的一种认识和阐释。

西汉屈宋阐释史上最后一位大家是扬雄,他论评屈骚的观点与贾谊为近。尽管他也对屈原的人格深表感佩,对屈原的不幸深表同情,甚至“悲其文,读之未尝不流涕也”[④]。但扬雄却认为屈原不当投江而死,而应顺时应命以全身避祸,用他自已的话说就是“君子得时则大行,不得时则龙蛇,遇不遇命也,何以湛身哉”[⑤],“夫圣哲之不遭兮,固时命之所有”[⑥]。要说与贾谊有所不同的话,那就是扬雄在贾谊的“远世高蹈说”之外又提出了一个“宿命说”,好像屈原遭谗被放等际遇都是命中注定之事,与其抗争倒不如顺受更好些。扬雄的这种消极观点上承贾谊而下启班固,对屈原以身殉志行为所作的负面评价,在屈原阐释史上产生过较大的消极作用。然而对屈骚作品,扬雄的评价则是积极推崇的,他认为“赋莫深于《离骚》”[⑦],并有《反离骚》《畔牢愁》等拟屈骚之作。但对宋玉等后于屈原的辞赋家之作,扬雄则又持批评态度,其《法言·吾子》云:

---

① 引自洪兴祖《楚辞补注》(重印修订本),中华书局,1983年第1版,第295页。
② 同上引书,第300页。
③ 同上引书,第307页。
④ 班固《汉书·扬雄传》,中华书局点校本,1962年6月第1版,第3515页。
⑤ 引自洪兴祖《楚辞补注》(重印修订本),中华书局,1983年第1版,第3515页。
⑥ 扬雄《反离骚》,引自班固《汉书·扬雄传》,第3521页。
⑦ 班固《汉书·扬雄传赞》,中华书局,1962年6月第1版,第3583页。

或问：景差、唐勒、宋玉、枚乘之赋也益乎？曰：必也淫。淫则奈何？曰：诗人之赋丽以则，辞人之赋丽以淫。[①]

我们且不论扬雄此说在辞赋学史上有何意义，单从屈宋阐释史角度来看，这是较早评述宋玉等屈原后学辞赋作品的文人言论，对后世学者评析阐释宋玉等辞赋作家及其辞赋作品有很重要的影响。另外，结合扬雄其他关乎辞赋的议论[②]，可以看出他对宋玉、景差等屈原后学及汉人赋作多有不满，甚至有从根本上否定赋体作品价值的倾向。

东汉时的屈宋批评阐释，较之西汉更进一步，增添了新的内容，同时也出现了较大的分歧和争议，有些批评意见甚至成了楚辞学史上聚讼千年的话题，譬如说班固与王逸评屈论骚观点的对立。在东汉对屈宋进行阐释的全过程中，先后也出现过一些重要人物，他们是前期的班彪、班固、梁竦，中后期的王逸、王符、崔寔、寇荣、应奉、应劭、蔡邕等。

东汉早期，先是班彪在其《悼离骚》一文里对屈原有所评论。其文曰："圣哲之有穷达，亦命之故也。惟达人进止得时，行以遂伸，否则诎而坼蠖，体龙蛇以幽潜。"[③]这与前汉末年扬雄"君子得时则大行，不得时则龙蛇。遇不遇命也，何必湛身哉"[④]之论如出一辙，甚至就是转述而已。后有梁竦作《悼骚赋》，称"屈平濯德兮，絜显芬香"，表达了对屈原的敬仰之情。同时梁竦还一反此前汉人对屈原沉身汨罗的惋惜甚至责难，从儒家"志士仁人，无求生以害仁，有杀身以成仁"[⑤]的思想出发，完全肯定了屈原以身殉志的壮烈行为，认为其既"匡救而不得"，那么"殒命而后仁"便是最好的选择和最好的归宿。梁竦不仅

---

① 引自汪荣宝撰《法言义疏》，中华书局，1987 年 3 月第 1 版，第 49 页。

② 按，如扬雄论司马相如《大人赋》"非法度所存，贤人君子诗赋之正"，见班固《汉书·扬雄传》，第 3575 页；在《法言》里对自己早年醉心作赋表示后悔，说"童子雕虫篆刻"，"壮夫不为也"，见汪荣宝撰《法言义疏》，中华书局，1987 年 3 月第 1 版，第 45 页。

③ 引自严可均辑《全上古三代秦汉三国六朝文》，商务印书馆，第 229 页。

④ 扬雄《反离骚·自序》，引自班固《汉书·扬雄传》，第 3515 页。

⑤ 语出《论语·卫灵公》，引自《论语正义》，中华书局，1990 年 3 月第 1 版，第 620 页。

正面提出了自己的观点,而且还驳斥了贾谊、扬雄对屈原的指责和误解,说他们的意见是“违指”,是“欺真”。所谓“违指”,即言贾谊怪屈原不能远世自藏而自得其辜是不理解屈原的操守志向,所以也就不能理解屈原沉江行为的意义所在,同时以此来责难屈原更是不合忠孝仁义的道德准则;所谓“欺真”,即言扬雄将屈原的悲剧追求归结为不知进退不知认命也是一种不实谬论,与屈原其时所处之实际境遇和屈原宁为玉碎不为瓦全的人格精神相去甚远。要言之,梁竦此论是对屈原的一种全新阐释,是屈原阐释史上的一个重要转折,有助于深化后来者对屈原的理解和评价。

东汉一代,屈宋阐释史上最重要的两位人物当属班固和王逸,两人在评价屈子及楚辞体文学上针锋相对,几成水火不容之势。班固在《离骚赞序》里并没有对屈原提出具体的评价,而主要是综合刘安《离骚传》、司马迁《屈原列传》及刘向《新序》中的记载,交代了屈原的生平事迹,并对《离骚》篇名题旨、内容大意等进行解说,从行文中可以看出他对屈原的忠信品格还是持肯定态度的。但其《离骚序》却对屈原提出了明显的批评,甚至是否定。[①]班固由批驳刘安发端,其主要观点上承贾谊、扬雄及乃父班彪,认为屈原不知明哲保身,是为不智。但班固似乎不愿停留在前人对屈原的此种认识评价上,他要跨进一步,于是就开始了指责:一谓屈原“露才扬己”导致自己陷身谗贼;二谓“责数怀王,怨恶椒兰,愁神苦思,强非其人”而不容于世;三谓屈骚多称“虚无之语,皆非法度之政,经义所载”,所以不应评价太高。对班固的种种指责,王逸《楚辞章句·离骚后叙》中专门进行驳斥:

---

① 按,其主要言论有:“淮南王安叙《离骚传》,以《国风》好色而不淫,《小雅》怨诽而不乱,若《离骚》者,可谓兼之。蝉蜕浊秽之中,浮游尘埃之外,皭然泥而不滓,推此志,虽与日月争光可也。斯论似过其真。”“今若屈原,露才扬己,竞乎危国穷小之间,以离谗贼。然责数怀王,怨恶椒兰,愁神苦思,强非其人,忿怼不容,沉江而死,亦贬絜狂狷景行之士。多称昆仑、冥婚、宓妃虚无之语,皆非法度之政,经义所载。谓之兼《诗》风雅,而与日月争光,过矣。”引自洪兴祖《楚辞补注》之《离骚经章句》后注文中,中华书局,1983年第1版,第49—50页。

人臣之义，以忠正为高，以伏节为贤。故有危言以存国，杀身以成仁。……若夫怀道以迷国，佯愚而不言，颠则不能扶，危则不能安，婉娩以顺上，逡巡以避患，虽保黄耇，终寿百年，盖志士之所耻，愚夫之所贱也。今若屈原，膺忠贞之质，体清洁之性，直若砥矢，言若丹青，进不隐其谋，退不顾其命，此诚绝世之行，俊彦之英也。而班固谓之“露才扬己”，“竞于群小之中，怨恨怀王，讥刺椒、兰，苟欲求进，强非其人，不见容纳，忿恚自沉”，是亏其高明，而损其清洁者也。……屈原之词优游婉顺，宁以其君不智之故，欲提携其耳乎？而论者以为“露才扬己”、“怨刺其上”、“强非其人”，殆失厥中矣。夫《离骚》之文，依托《五经》以立义焉：“帝高阳之苗裔”，则《诗》“厥初生民，时惟姜嫄”也……屈原之词，诚博远矣。自终没以来，名儒博达之士著造词赋，莫不拟则其仪表，祖式其模范。取其要妙，窃其华藻，所谓金相玉质，百世无匹，名垂罔极，永不刊灭者矣。[①]

就王逸所处时代能够运用的思想理论工具而言，可以说他对屈原的理解是深刻的，他对班固的批驳也是很有力的。在王逸对屈原及屈骚的阐释里，值得注意的要点有如此数端：其一，屈原为国奔走呼号乃人臣本分，是“绝世之行，俊彦之英”，高度肯定颂扬了屈原的人格精神，这也是继梁竦后又一次从正面对屈原以身殉志行为高唱赞歌；其二，王逸认为屈骚之辞“优游婉顺”，这主要是为了批驳班固“怨刺其上”等论点而发的，究之屈辞实际是有所偏差的；其三，王逸强调了屈骚对后世的巨大影响，称其为辞赋“仪表”、“模范”，并将“名垂罔极，永不刊灭”。

此外，王逸在其《离骚序》里也有对《离骚》的一些阐释，如：“《离骚》之文，

① 引自洪兴祖《楚辞补注》，中华书局，1983 年第 1 版，第 48—49 页。

依《诗》取兴，引类譬谕。故善鸟香草，以配忠贞；恶禽臭物，以比谗佞……"[①]这与其《离骚后叙》谓"《离骚》之文，依托《五经》以立义焉"的思维方式相类，都体现出他以儒家思想来解释推尊屈骚的倾向和努力，尽管将二者处处比附必定会有牵强不一致的地方，但王逸的阐释确实也道明了屈骚的一大特色，即创作者在构思行文过程中运用的比兴象征手法，后世学者往往以"香草美人"概言之。

对比班固、王逸两家之论，前者指责屈原虽属无理，但却指出了屈骚"刺上"这一属性；后者驳斥班固大都理据严正，但却似有意淡化了屈骚"怨君"的重要品格。于此我们不拟细论两家评屈论骚时为什么会出现立论偏差甚大的时代及思想原因，只欲强调一点，即他们一贬抑一谕扬的态度及具体阐述，是屈骚阐释史上两种对立观点的一次正面冲突和交锋，对后世的屈骚阐释影响甚为重大而深远。

除屈骚外，对宋玉等辞赋作家，班固和王逸也有所评论。班固在《汉书·地理志》[②]及《离骚序》[③]里都提到了宋玉、唐勒等人继屈原制作辞赋的事实，还在《汉书·艺文志》里著录了他们的作品。说宋玉等人对屈原其人其作"慕而述之"，"故世传《楚辞》"[④]王逸在《楚辞章句·九辨序》中云："宋玉者，屈原弟子也，闵惜其师忠而放逐，故作《九辨》以述其志。至于汉兴，刘向、王褒之徒咸悲其文，依而作词，故号为'楚辞'，亦承其九以立义焉。"[⑤]这些叙说虽简短，但却是后人进一步探讨宋玉等楚辞体作家及其作品的重要依据，对后人理解宋玉等人的辞赋作品有启发意义。同时从文学阐释史角度看，这也是后人"屈宋"

---

① 引自洪兴祖《楚辞补注》，中华书局，1983年第1版，第2—3页。

② 《汉书·地理志》云："始楚贤臣屈原被谗放流，作《离骚》诸赋以自伤悼。后有宋玉、唐勒之属慕而述之，皆以显名。"见班固《汉书》，中华书局，1962年6月第1版，1668页。

③ 《离骚序》称屈原"为辞赋宗，后世莫不斟酌其英华，则象其从容。自宋玉、唐勒、景差之徒；汉兴，枚乘、司马相如、刘向、扬雄骋极文辞，好而悲之，自谓不能及也"，见《楚辞补注》，第50页。

④ 班固《汉书·地理志》，中华书局，1962年6月第1版，第1668页。

⑤ 引自洪兴祖《楚辞补注》，中华书局，1983年第1版，第182页。

对举的因由之一。

东汉末年政治生活乱象丛生，评论屈骚的文士也多为在现实中难骋其志或遭遇祸患之人。检其要旨，或同情屈原命运而肯定其志节，如王符[1]；或叹悲屈原幽愤而赞赏其行事，如崔寔[2]；或以屈原自况而诉己冤屈，如寇荣[3]。因这些评论皆出于其时文士的片言只语中，在屈骚阐释史上无大的发明，故不具论。

魏晋六朝被视为文学自觉意识萌芽初长的时代，随着文学时潮风尚的变化，人们对屈宋的阐释相应地也进入了一个新阶段。大体而言，此阶段的屈宋阐释有这样一个较鲜明的特征，那就是人们不再像过去那样关注屈原的高尚行义、人格精神，以及屈骚所表现出的志节追求等内蕴题旨，而是转向了对楚辞作品本身艺术风貌、审美风格等外部形式的重视和讨论。从某种意义来说，这一阶段的屈宋阐释开始走近真正的文学，开始了文学视角下的屈宋阐释。虽说也有一些文士对屈原其人有所评论，但其基本观点无出汉人或抑或扬的立论根据之外者[4]。相反，在对屈宋楚辞体文学特征的探讨方面却取得了远超汉人的成绩，需重点提及的评论家先后有曹丕、皇甫谧、挚虞、沈约、萧统、刘勰等。

---

① 按，王符的《潜夫论》有引屈原等前人立论者，从中可见作者对屈原遭遇的同情态度及对屈原人格的尊崇。

② 按，崔寔《政论》中有“屈子之所以摅其幽愤者也”之语，结合前文可见作者对屈原在楚国造作宪令等政治变革行为的赞赏，及遭谗被放后发愤著《骚》的理解。

③ 按，据《后汉书·邓寇列传》载，寇荣得祸逐亡，上书辨冤，中云：“臣闻勇者不逃死，智者不重困，固不为明朝惜垂尽之命，愿赴湘、沅之波，从屈原之悲。”从中可见作者以屈原自况，并视其为勇者智者之意。

④ 按，譬如颜延之在其《祭屈原文》里称美屈原云：“兰薰而摧，玉贞则折。物忌坚芳，人讳明洁。曰若先生，逢辰之缺。温风迨时，飞霜急节。嬴芊遘纷，昭怀不端。谋折仪尚，贞蔑椒兰。身绝郢阙，迹遍湘干。比物荃荪，连类龙鸾。声溢金石，志华日月。”（见严可均辑《全上古三代秦汉三国六朝文》，第376页）所言基本都是汉人说过的意思；颜之推在其《颜氏家训·文章》篇里贬抑屈原云：“自古文人，多陷轻薄：屈原露才扬己，显暴君过；宋玉体貌容冶，见遇俳优。”（见王利器撰《颜氏家训集解》，中华书局，1993年12月第1版，第237页）评屈原的话其实就是拾班固之唾余。

曹丕《典论·论文》中有这样一段话：

或问："屈原，相如之赋孰愈？"曰："优游案衍，屈原之尚也；穷侈极妙，相如之长也。然原据托譬喻，其意周旋，绰有余度矣。长卿、子云，意未能及已。"①

曹丕此论表现出了他从两家辞赋自身文学艺术风貌出发而概括辨析的立论角度和思维方式，即也表现出了他的文学自觉意识。曹丕认为屈原辞作的特点是"优游案衍""据托譬喻，其意周旋，绰有余度"，其大意即谓屈原行文从容不迫张弛有度，修辞造语寄托有据，构思命意章法明晰，都是从文章学角度进行评判的；说司马相如的赋作特点是"穷侈极妙"，即谓其遣词铺叙富丽夸张而能穷尽事物形貌。细究曹丕所言，"优游案衍"与"穷侈极妙"当同属靡丽之表现，二者的主要区别只是在辞赋具体创作过程中刻画叙写之轻重程度有所不同。此外，若从作者思想感情的抒发及文章的整体表达效果而言，屈骚挥洒自如有度而司马相如赋作则有无节制之嫌。②

皇甫谧的《三都赋序》及挚虞的《文章流别论》中皆有对屈宋的阐释评价③，他们大致沿袭了汉人的思维模式和评价准则，即分别屈骚宋赋，认为前者"遗文炳然，辞义可观"，"有古诗之义"；后者则"言过于实"，"多淫浮之病"，"风雅之则于是乎乖"。这些说法及用语，几同于班固在《汉书·艺文志·诗赋

---

① 引自严可均辑《全上古三代秦汉三国六朝文》，中华书局影印本，1958年12月第1版，第1098页。

② 可参蒋方，张忠智《论楚辞文体在魏晋六朝的传播与接受》，《湖南师范大学社会科学学报》，2002年第4期。

③ 按，皇甫谧《三都赋序》云："至于战国，王道陵迟。风雅寖顿。于是贤人失志，辞赋作焉。是以孙卿、屈原之属，遗文炳然，辞义可观。存其所感，咸有古诗之意。皆因文以寄其心，托理以全其制，赋之首也。及宋玉之徒，淫文放发，言过于实，夸竞之兴，体失之渐，风雅之则，于是乎乖。"引自严可均辑《全上古三代秦汉三国六朝文》，中华书局影印本，1958年12月第1版，第1873页。挚虞《文章流别论》云："前世为赋者，有孙卿、屈原，尚颇有古诗之义，至宋玉则多淫浮之病矣。楚辞之赋，赋之善者也，故扬子称赋莫深于《离骚》。"同上引书，第1905页。

略》所言[①]，及扬雄“诗人之赋丽以则，辞人之赋丽以淫”的表述。但细绎之，则会发现较之汉人他们对屈宋的阐释还是有变化的，即他们在对比屈骚与宋赋异同时，更偏重于文辞形式的判断，而不像汉人那样更偏重于作品内容情感方面的价值判断。对这种评判角度的细微变化，皇甫谧和挚虞自己也未必会有自觉清醒的认识，因为这实在是他们所处时代文学风尚作用之下的一种无意识评判。

齐梁文坛领军人物沈约在《宋书·谢灵运传》里也发表过对屈宋的看法[②]，他从文学发展史的角度审视屈宋的文学地位，给了他们很高的评价。较之前人，沈约的观点有如下数端新意：一是将“屈宋”并称，视为同一流的文学开创者。这便与此前人们区分“屈宋”并扬屈抑宋的做法大为不同；二是将个体文学创作的源头定为“屈宋”，认为他们上接“歌咏所兴，宜自生民始也”的集体文学创作，翻开了文学史上个体创作的新篇章；三是高度评价“屈宋”及汉人辞赋的文学价值，说它们是“英辞润金石，高义薄云天”。这也与前人往往从正统经学观点出发批评辞赋或“劝百讽一”或“文丽用寡”的见解相左；四是沈约以“屈宋”发端，勾画了一条文学自身的传承发展线索。今观沈约的这些意见，笔者以为最有价值的就是并称“屈宋”，肯定他们的文学创作成就，并指出二人在文学史上的重要地位。沈约的这种屈宋阐释，我们且不论其具体细节，最主要的是他提供了新的阐释视角，并从此视角出发阐释出了新的内容。这对后人认识并阐释屈宋，无疑有很大的启示意义。

刘勰是魏晋六朝时屈宋阐释的总结者，也可说是此前屈宋阐释的集大成

---

① 按，班固《汉志》言：“春秋之后，周道浸坏，聘问歌咏不行于列国，学《诗》之士逸在布衣，而贤人失志之赋作矣。大儒孙卿及楚臣屈原离谗忧国，皆作赋以风，咸有恻隐古诗之义。其后宋玉、唐勒；汉兴，枚乘，司马相如，下及杨子云，竞为侈俪闳衍之词，没其风谕之义。”见《汉书》，中华书局点校本，1962 年 6 月第 1 版，第 1756 页。

② 按，沈约的论述是：“则歌咏所兴，宜自生民始也。周室既衰，风流弥著，屈平、宋玉，导清源于前；贾谊、相如，振芳尘于后，英辞润金石，高义薄云天。自兹以降，情志愈广。王褒、刘向、扬、班、崔、蔡之徒，异轨同奔，递相师祖。”引自《宋书》，中华书局点校本，1974 年 10 月第 1 版，第 1778 页。

者。其《文心雕龙》里即有专门的《辨骚》之篇，同时在其他部分还有较多的屈宋评论。在《辨骚》篇中，刘勰综合汉人观点，并提出自己的看法，认为楚辞体作品有四点“同于《风》《雅》者”，也有四点“异乎经典者”①，刘勰的阐述基于其“宗经”、“征圣”的文学思想，认为《楚辞》之文是对儒家经典的取法学习，同时更是作者独创的词赋英杰。而后他又分别概括总结了《离骚》《天问》《九辩》《招魂》等多篇屈宋作品的风格特色，并总评为“气往轹古，辞来切今，惊采绝艳，难与并能”，给予了极高的赞许。此外，刘勰还细致分析了屈宋作品在具体构思创作时，作者能随文学素材内容的不同而赋予作品不同的情感意绪，从而使阅读者感受到不同的文学风味。质言之，刘勰的论述紧紧抓住文学本体立论，对楚辞作品的阐释既有总体把握也有微观解剖，从源头、风格、创作、鉴赏等多方面入手分析并提出深刻见解，实在是楚辞阐释史上十分重要的一页。

除《辨骚》外，散见于《文心雕龙》其他篇章的屈宋评论也不少，具体情形见下表：

“屈宋”分述	“屈宋”并称
逮楚国讽怨，则《离骚》为刺。(《明诗》)	屈宋逸步，莫之能追。(《辨骚》)
然则赋也者，受命于诗人，而拓宇于《楚辞》也。于是荀况《礼》《智》，宋玉《风》《钓》，爰锡名号，与诗画境，六义附庸，蔚成大国。(《诠赋》)	观夫屈宋属篇，号依诗人，虽引古事，而莫取旧辞。(《事类》)
宋玉含才，颇亦负俗，始造对问，以申其志，放怀寥廓，气实使文。(《杂文》)	屈平联藻于日月，宋玉交彩于风云。(《时序》)
楚襄宴集，而宋玉赋《好色》。意在微讽，有足观者。(《谐隐》)	屈宋以《楚辞》发采。(《才略》)
自宋玉、景差，夸饰始盛。(《夸饰》)	相如好书，师范屈宋。(《才略》)
然则屈平所以能洞监《风》《骚》之情者，抑亦江山之助乎？(《物色》)	
及《离骚》代兴，触类而长，物貌难尽，故重沓舒状，于是嵯峨之类聚，葳蕤之群积矣。(《物色》)	

① 刘勰《文心雕龙·辨骚》，见范文澜注《文心雕龙注》，人民文学出版社，1958 年 9 月第 1 版，第 47 页。

观上表可以得到如下意见:其一,刘勰大体上是“屈宋”不分的,由他在《文心雕龙》里屡屡“屈宋”并称进行论述即可看出这一点。刘勰文学观念中的楚辞作品,抑或就是文辞富赡、情韵深致,且能怨刺微讽的典型作品。其二,较之前人的屈宋阐释,刘勰对宋玉更为重视,充分肯定其文学成就,明确指出其文学史地位。其三,刘勰十分重视屈宋作品的文辞奇艳之美,无论是评述屈宋的文学价值还是论析后世文士对屈宋的踵武学习,都强调突出了这一点。

魏晋六朝时,对屈宋及其辞赋作品做过评析阐释的还有裴子野①、萧绎②、王恭③等人,但多为片言只语,其论亦无甚新颖卓特之处,故不再论。

第三节 先唐屈宋接受影响史

美国学者布罗姆在其《影响的焦虑》一书中提出过一个著名的命题:诗的历史就是诗的影响史。④从接受美学角度而言,文学文本好比乐谱,演奏家依照乐谱演奏好比读者的阅读活动。而且只有通过读者的阅读接受,文学文本才可能获得真正意义上的生命和存在。换言之,文学作品只能在一代代读者的阅读接受过程中得以传承并实现其文学效果。真正富有文学价值的作品,一经作者创作诞生后,它们即会以多种方式流传并拥有越来越多的读者。除了一般大众读者的阅读与诗文评论家的阐释而外,对作家作品

① 裴子野《雕虫论》云:“若夫悱恻芳芬,楚骚为之祖;靡漫容与,相如扣其音。由是随声逐响之俦,弃指归而无执。”见严可均辑《全上古三代秦汉三国六朝文》,中华书局影印本,1958年12月第1版,第3262页。

② 萧绎《金楼子·立言》云:“夫子门徒,转相师受,通圣人之经者谓之儒,屈原宋玉枚乘长卿之徒,止于辞赋则谓之文。”见清刻本《知不足斋丛书》第九集,第57页。

③《世说新语·任诞》载王恭言:“痛饮酒,熟读《离骚》,便可称名士。”见徐震堮著《世说新语校笺》,中华书局,1984年2月第1版,第410页。

④ 可参看布罗姆《影响的焦虑》相关论述,徐文博译,江苏教育出版社,2006年2月第1版。

更为重要的一种接受方式就是创作接受，即后世作家通过研读揣摩前代作家的具体作品，从题材、体裁、意象、技巧等多方面接受其影响，并在他们自己的文学创作中着意借鉴学习，从而形成了文学史上大量同题同类作品绵延不绝的现象，这就是作家作品的影响史。当然，伟大作家作品作用于后世的影响力是全面而深刻的，一些看似在题材、体裁方面与前代作家作品很不一样的创作，往往也含有其隐性的“遗传基因”。综括这两个方面，我们说作家作品影响史也就是后世受其作品中一些文学原型、抒写母题、艺术风格、表现手法等要素的作用与启发，从而形成文学发展过程中一系列的历代作品史。就屈宋其人其文而言，先唐文人接受其影响甚大甚广。直接的拟骚创作历两汉魏晋六朝而不断，间接的学习摹仿之作更是代代相延，其间还有难以计数的距离屈宋较远的辞赋诗文作品，但实际也或多或少接受了他们的影响。以下试作一简单梳理。

屈骚作品问世后，最早通过具体的辞赋创作表明接受其影响的是楚人宋玉。今考宋玉诸作，其语汇、句法、意象、声色等多方面都有屈骚的明显印记，而《九辩》尤甚。通读宋玉《九辩》全文，可知其受屈骚的影响非常之大，作者学习追摹屈骚的用意也极其显然。《九辩》之于屈骚，“或直抄其词句，或暗袭其意义，或模仿其语调，或承用其文法，分合变化，颠倒割裂，上下牵扯，前后连搭，或一句而化为几句，或数语而并为一词。”[①]据游国恩先生的考证统计，宋玉在《九辩》中直接引用或间接袭用、化用屈原作品语汇文句的地方约三十多条，在此各举数条以窥其要[②]：

---

① 游国恩《〈楚辞·九辩〉的作者问题》，引自吴广平编著之《宋玉集》，岳麓书社，2001年第1版，第177页。

② 按，该表依游国恩《〈楚辞·九辩〉的作者问题》一文中的相关统计数据制成。

	宋玉《九辩》	屈原作品
文句袭用化用	何时俗之工巧兮,背绳墨而改错;何时俗之工巧兮,灭规矩而改凿。	何时俗之工巧兮,偭规矩而改错。(《离骚》)
	尧舜之抗行兮,瞭冥冥而薄天。何险巇之嫉妒兮,被以不慈之伪名?	彼尧舜之抗行兮,瞭冥冥而薄天。众谗人之嫉妒兮,被以不慈之伪名?(《哀郢》)
句意袭用化用	专思君兮不可化。	专惟君而无他。(《惜诵》)
	秋既先戒以白露兮,冬又申之以严霜。	何芳草之早夭兮,微霜降而下戒。(《惜往日》)
	朗杪秋之遥夜兮,心缭悷而有哀。	悲回风之摇蕙兮,心冤结而内伤;终长夜之曼曼兮,掩此哀而不去。(《悲回风》)
词汇袭用化用	老寥廓而无处。	上寥廓而无天。《远游》
	独申旦而不寐。	申旦以抒中情兮。(《思美人》)
	霰雪纷糅其增加兮。	霰雪纷其无垠兮。(《涉江》)
	信未达乎从容。	孰知余之从容。(《怀沙》)

通过具体对比可见,宋玉《九辩》对屈原作品的学习摹仿不是专门针对某一篇,而是包括《离骚》《哀郢》《远游》等大多数屈原辞赋;也不是专门学习摹仿屈原作品的某一个方面,而是从艺术形式到作品题旨全面地接受其影响。除《九辩》外,宋玉其他赋体作品,诸如《高唐》《神女》《对楚王问》等,也无不受屈原辞赋的启示和影响,并在接受其文学遗产的基础上才得以创作诞生的。正是为此,后人才将"屈宋"并称,宋玉自己的作品也与屈原的辞赋一道成为后人效法学习的对象了。

汉代是屈宋接受史的开端,跟其效果史与阐释史一样,汉代的屈宋影响史也非常重要,汉代文学无论是辞赋还是诗歌,都受屈宋影响甚深,在作品创作方面结出了累累硕果。今参孟修祥《〈楚辞〉对汉诗的影响》、郑明璋《论汉赋对楚辞的接受与创新》、李大明《汉楚辞学史》等论文及专著,略述汉人接受屈宋影响而创作的具体情形如下。

先说屈宋楚辞体作品对汉诗的影响与汉诗对楚辞的接受。逯钦立《先秦汉魏晋南北朝诗·汉诗》分汉代诗歌为楚歌、汉乐府和文人五言诗三类,我们亦即以此为据来论述。第一,楚歌与屈宋楚辞体作品。汉王朝本为楚人所创立,故王朝初立之际，实亦楚文化大兴之时，楚声、楚歌、楚舞也便在王朝上下大受欢迎。我们知道，屈宋的楚辞体作品，尤其像屈原《九歌》那样直接源于民间歌舞的诗章，它们与楚歌有着血肉相连的密切关系。故而两汉楚歌诗体，实际也就是在楚文化盛行大背景下，一方面直接受楚地传唱之民歌本身影响，另一方面受经屈宋雅化后书于笔墨的案头文学影响，合二力为一而催生出的文学形式。今日可见之汉代楚歌多为汉王室成员作品，其他大量楚歌作品则消失在历史尘埃之中了。鲁迅先生《汉文学史纲要》专列《汉宫之楚声》一节，具体介绍了一些主要的汉代骚体诗，即楚歌诗体作品。现稍加整理，再补充蔡琰《悲愤诗》等它作，列表如下：

时代	诗题	作者	文句摘要
西汉	大风歌	刘邦①	大风起兮云飞扬，威加海内兮归故乡，安得猛士兮守四方。
西汉	幽禁歌	刘友②	诸吕用事兮刘氏危，迫胁王侯兮强授我妃。我妃既妒兮诬我以恶，谗女乱国兮上曾不寤。……
西汉	秋风辞	刘彻③	秋风起兮白云飞，草木黄落兮雁南归。兰有秀兮菊有芳，携佳人兮不能忘。……欢乐极兮哀情多，少壮几时兮奈老何！
西汉	空城歌	刘旦④	归空城兮狗不吠，鸡不鸣。横术何广广兮？固知国中之无人。
东汉	答秦嘉	徐淑	妾身兮不令，婴病兮来归。沉滞兮家门，历时兮不差。旷废兮侍觐，情敬兮有违。……长吟兮永叹，泪下兮沾衣。
东汉	悲歌	刘辩⑤	天道易兮我何艰，弃万乘兮退守蕃。逆臣见迫兮命不延，逝将去汝兮适幽玄。
东汉	悲愤诗	蔡琰	嗟薄祜兮遭世患。宗族殄兮门户单。……虽苟活兮无形颜，惟彼方兮远阳精。阴气凝兮雪夏零，沙漠壅兮尘冥冥。……还顾之兮破人情，心怛绝兮死复生。

① 刘邦另有骚体歌诗《鸿鹄》，相传为戚夫人所歌。其辞曰："鸿鹄高飞兮一举千里，羽翼已成兮横绝四海。横绝四海兮无奈何，虽有增缴兮安所施？"引自《白氏六帖》，文渊阁四库全书本。

② 刘友为高帝庶子，为吕后幽禁而作此歌。

③《汉书·艺文志》载汉武帝"出行巡狩及游歌诗"十篇，今可考见者多为骚体歌诗，如《白麟》《宝鼎》《瓠子》《芝房》《天马》等皆是。

④ 刘旦为汉武帝四子，昭帝时谋废帝自立，事泄被诛。此歌为谋反事泄，刘旦自知难免一死，集群臣姬妾宴饮时所作。刘旦妻华容夫人作歌和曰："发纷纷兮寘渠，骨籍籍兮亡居。母求死子兮妻求死夫，徘徊两渠间兮君子独安居。"引自班固《汉书》，中华书局点校本，1962年6月第1版，第2757页。

⑤《后汉书》载董卓废少帝为弘农王……王悲歌云云。王令唐姬起舞，抗袖而歌："皇天崩兮后土颓，身为帝王兮命夭摧。死生路异兮从此乖，奈我茕独兮心中哀。"见范晔《后汉书》，中华书局点校本，1965年5月第1版，第451页。

除上表所列外，西汉尚有细君公主远嫁乌孙昆莫所作歌，其调凄悲苍凉；李陵与苏武诀别时所作“径万里兮度沙漠，为君将兮奋匈奴。路穷绝兮矢刃摧，士众灭兮名已聩……”，也是较知名的骚体歌诗。终两汉之世，楚歌诗体作品时有创作，绵延不绝。考其基本走向，大致可说是随楚人建汉而由民间进入宫廷，再由宫廷扩散影响到文人士大夫。同时也可能渐渐失去了可歌唱的性质而变成了保留“兮”字句法和悲怨特征的徒诗，成了汉人抒情诗中的一个独特而重要的品种。第二，汉乐府与屈宋楚辞体作品。萧涤非在《汉魏六朝乐府文学史》中论汉乐府时说：“故吾人谓‘三言体’导源于《楚辞》固可，谓三言体托始于唐山夫人亦无不可。《房中歌》本楚声，则此体亦出于《楚辞》，自可无疑也。”[①]此处所论虽仅及乐府“三言体”诗歌，其实不仅“三言体”出于《楚辞》，整个汉乐府诗歌可以说都深受楚声楚辞的影响。萧涤非认为汉乐府中三、七言的配合形式，就是学习借鉴楚辞体作品的成果。譬如《相和歌辞·今有人》就是对《九歌·山鬼》的改写，去掉了原楚辞体句中的“兮”字，一变而为三字句与七字句相搭配的新形式。[②]另据李大明考证，汉武帝改制定礼，其所用祭祀礼乐即先楚夜祭乐歌，仿《九歌》而作《郊祀歌》[③]。刘勰《文心雕龙·乐府》亦谓“朱马以骚体制歌”[④]，即是指武帝时朱买臣、司马相如等仿楚辞体作品而制《郊祀歌》之事。当然，汉乐府诗中有很多“缘事而发”的具有强烈现实性的作品，其风神似较《诗经》为近，但由于楚文化在汉代，尤其是汉初的强势地位所致，在其普遍影响力所及之下，乐府诗对楚辞体作品的吸收接受还是很突出的一个特色。第三，文人五言诗与“屈宋”楚辞体作品。汉代文人五言诗的杰出代表当

---

① 萧涤非《汉魏六朝乐府文学史》，台湾长安出版社，1976 年 10 月第 1 版，第 36 页。

② 按，《相和歌辞·今有人》之“今有人，山之阿，被服薜荔带女萝。既含睇，又宜笑，子恋慕予善窈窕”云云，就是对《九歌·山鬼》原句“若有人兮山之阿，被薜荔兮带女萝。既含睇兮又宜笑，子慕予兮善窈窕”的改写。

③ 李大明《汉楚辞学史》(增订本)，中国社会科学出版社、华龄出版社，2004 年第 1 版，第 100—106 页。

④ 范文澜注《文心雕龙注》，人民文学出版社，1958 年第 1 版，第 101 页。

属《古诗十九首》及相传为李陵所作的几首五言诗，古今学者对其源流多有论评。如钟嵘《诗品》云“其源出于《楚辞》，文多悽怆，怨者之流”[①]，鲁迅《汉文学史纲要》云“风神或近楚《骚》”[②]。纵览《古诗十九首》，我们往往能读出游士浪迹异地他乡之孤苦无依、夫妇离散而渴念团聚之温厚亲情、寒士求进无门之恓惶悲凉、人生无多岁月不居之深沉叹息……无怪乎古人或称其“文温以丽，意悲而远”[③]，或称其“婉转附物，怊怅切情”[④]。其实两种说法都是同一个意思，即《古诗十九首》强烈的悲情效果能使读者心灵产生深刻共鸣而震颤不已。由《古诗十九首》的风格特征出发，进而寻求其艺术效果的成因，我们即会发现屈宋楚辞体作品存乎其中的重要影响。这种影响一方面表现在《古诗十九首》看似结体松散而实则浑然一体的艺术形式，更重要的方面是它浓缩渗透在字里行间的悲凉意绪、虽也叙事但实为抒情的艺术手法，以及抒写社会中下层寒门士子坎坷际遇与人生感慨的文学主题。[⑤]

再说屈宋楚辞体作品对汉赋的影响与汉赋对楚辞的接受。最能代表汉代文学成就的文学样式是汉赋，而汉赋又是楚辞作品直接作用影响下的产物。刘勰《文心雕龙·诠赋》云：“灵均唱《骚》，始广声貌。然则赋也者，受命于诗人，拓宇于《楚辞》也。”[⑥]就是说赋体源自楚辞，至汉而蔚成大国。在此我们不欲细究汉赋创作接受楚辞影响的具体形态，只拟略言大致的接受方式和一些代表性的辞赋作品，以期窥一斑而知全豹。

汉代赋作可概分为骚体赋和散体赋。就其与楚辞作品的血脉亲疏关系而言，当先骚体赋再散体赋，故先说骚体赋。现仅举一些从主旨到表现形式皆直

---

① 钟嵘《诗品》，引自清何文焕辑《历代诗话》，中华书局，1981 年 4 月第 1 版，第 6 页。
② 鲁迅《汉文学史纲要》，人民文学出版社，1973 年 9 月第 1 版，第 45 页。
③ 钟嵘《诗品》，引自清何文焕辑《历代诗话》，中华书局，1981 年 4 月第 1 版，第 6 页。
④ 刘勰《文心雕龙·明诗》，见范文澜注《文心雕龙注》，人民文学出版社，1958 年第 1 版，第 66 页。
⑤ 按，《古诗十九首》中的寒士形象与寒士悲叹，与宋玉《九辩》甚为接近。
⑥ 刘勰《文心雕龙·诠赋》，见范文澜《文心雕龙注》，人民文学出版社，1958 年第 1 版，第 134 页。

接追屈绍骚的作品为例，从西汉初贾谊的《吊屈原赋》算起，历庄忌之《哀时命》、刘安宾客之《招隐士》、东方朔《七谏》、王褒《九怀》、刘向《九叹》、扬雄《反离骚》和《畔牢愁》，到东汉班彪《悼离骚》、梁竦《悼骚赋》、王逸《九思》等，继作者可谓代有其人。这些拟骚作品，多数后来都被收入了《楚辞》专书。它们一般都以追念屈原起笔，以骚体形式抒发情思，具体行文也往往袭用屈骚文句，深得屈骚悲怨之文学精神。两汉其他较著名的骚体赋作还有贾谊《惜誓》和《鹏鸟赋》、司马相如《长门赋》和《大人赋》、刘歆《遂初赋》、班彪《北征赋》、崔篆《慰志赋》、冯衍《显志赋》、班固《幽通赋》、张衡《思玄赋》和蔡邕《述行赋》等。这些赋作虽非直接追屈悼骚，但亦受屈骚沾溉颇多且深，今仅举班彪《北征赋》为例以观之。其辞云：

余遭世之颠覆兮，罹填塞之阨灾。旧室灭以丘墟兮，曾不得乎少留。遂奋袂以北征兮，超绝迹而远游。朝发轫于长都兮，夕宿瓠谷之玄宫。……雁邕邕以群翔兮，鹍鸡鸣以哜哜。游子悲其故乡，心怆恨以伤怀。抚长剑而慨息，泣涟落而沾衣。揽余涕以于邑兮，哀生民之多故。夫何阴噎之不阳兮，嗟久失其平度。谅时运之所为兮，永伊郁其谁诉。①

刘师培《文说·和声》篇言此赋学屈原《涉江》②，而且文中还大量袭用、化用楚辞作品文句，李善注《文选》时即已注意于此并一一点出了。如“余遭世之颠覆兮，罹填塞之阨灾”中的“阨灾”，即系化用《远游》中“悲时俗之迫阨兮”一句中的“迫阨”；“旧室灭以丘墟兮，曾不得乎少留”中的“少留”，即系袭用《离骚》“欲少留此灵琐”一句中的“少留”；“遂奋袂以北征兮，超绝迹而远游”系化用《远游》中的“愿轻举而远游”一句；“朝发轫于长都兮，夕宿瓠谷之玄宫”又系化用《离骚》“朝发轫于苍梧兮，夕余至乎县圃”一句。……“雁邕邕

① 引自严可均辑《全上古三代秦汉三国六朝文》，中华书局影印本，1958年第1版，第597—598页。
② 刘师培《文说·和声》，参见《刘申叔遗书》，江苏古籍出版社，1997年11月第1版，第706页。

以群翔兮，鹍鸡鸣以哜哜”当是袭用宋玉《九辩》“雁廱廱而南游兮，鹍鸡啁哳而悲鸣”一句。由李善注文来看，班彪《北征赋》几乎是无一字无来处，无一句不袭用或化用屈宋辞赋语汇和文句的。其他辞赋家的骚体赋作，其构思模式和创作方法亦多类班彪《北征赋》，屈宋辞赋作用于它们的影响皆甚为明显。再来看散体赋。清人程廷祚在其《骚赋论》中说：“荀卿《礼》《智》二篇，纯用隐语，虽始构赋名，君子略之。宋玉以瑰伟之才，崛起骚人之后，奋其雄夸，乃与雅颂抗衡，而分裂其土壤，由是词人之赋兴焉。《汉书·艺文志》称其所著十六篇，今虽不尽传，观其《高唐》《神女》《风赋》等作，可谓穷造化之精神，尽万类之变态，瑰丽窈冥，无可端倪，其赋家之圣乎？后之视此，犹后夔之不能舍六律而正五音，公输之不能捐规矩而成方圆矣。”[①]此论不但肯定了宋玉在赋体文学发展史上的重要开创地位，而且也指出了后世赋家对宋玉赋的借鉴、学习和接受。程廷祚的论述是在分别辞赋为二体的前提下展开的，这里的所谓赋家即指散体大赋作家。也正是在此意义上，他认为宋玉赋体作品奠定了后世散体赋的形制、结构及制作模式。两汉散体大赋创作繁盛，名家辈出，又紧密上承楚赋产生时代，自然要深受其影响了。譬如说散体大赋设为对问的体制、铺采摛文的夸饰手法及托旨微讽的创作目的等，在宋玉赋作中都有所体现并近于成熟了。枚乘、司马相如等汉代赋家即循着楚赋开辟的道路，在散体大赋的创作方面继续向前拓进一步。今以司马相如《美人赋》与宋玉《讽赋》作一比照，具体勘察一番汉散体赋对宋玉赋作的接受情形。

先比较两赋的开头。《讽赋》云：

楚襄王时，宋玉休归。唐勒谗之于王曰：“玉为人身体容冶，口多微词，出爱主人之女。入事大王，愿王疏之。”玉休还，王谓玉曰：

① 程廷祚《青溪集·骚赋论中》，金陵丛书本，蒋氏慎修书屋校印，第115—116页。

“为人身体容冶，口多微词，出爱主人之女，入事寡人，不亦薄乎？”①

司马相如《美人赋》云：

司马相如美丽闲都，游于梁王。梁王悦之，邹阳谮之于王曰：“相如美则美矣，然服色容冶，妖丽不忠，将欲媚辞取悦，游王后宫，王不察之乎？”王问相如曰：“子好色乎？”②

由引文观之，两赋作者以对问方式起笔、以己受人谗而王责之的构思完全一样。不仅如此，两赋正文部分都以对作者亲身历经之事的铺叙描述来为自己辩白，从而反驳了进谗者对自己的诬陷。当然，这只是两赋的表层，更深的寓意可能是以此来讽谏君王要明察善恶而进用贤士。从整体结构、叙写模式到语词内容、具体情节和中心意旨，司马相如的《美人赋》都类同于宋玉的《讽赋》，其亦步亦趋的程度几近于抄袭。依接受美学，这便是后人通过自己的创作接受前人前作的典型表现。

当然，我们说宋玉是散体赋的开创者，两汉散体赋接受宋玉赋作影响甚大，并不是说屈骚作品就没有作用影响于两汉散体赋的创作。实际的情形是两汉散体赋是在接受楚辞作品的全面影响之下诞生并发展的。从汉代著名赋家散体赋作，如司马相如《子虚赋》和《天子游猎赋》、王褒《洞箫赋》、班固《两都赋》等作品中，我们皆能觅到屈骚和宋玉楚赋的各种文学因子。今再举扬雄《甘泉》《羽猎》《河东》《长杨》为例。四赋皆为扬雄从汉成帝或祭祀或狩猎后所作，其体制为散体大赋但行文中又多用骚体句式，且仿屈骚以“乱曰”收束全文，是为形式上的接受；其立意在讽劝成帝戒奢勤政，安民养民，这也是对屈宋以来托旨讽谏精神的学习和继承，是为内容上的接受。

魏晋六朝是文学自觉的时代，文士们在创作方面普遍表现出对文学形式美的重视和追求，诸如辞采、声韵等文学要素皆为其时文人们关注并探讨

① 引自严可均辑《全上古三代秦汉三国六朝文》，中华书局，1958年第1版，第72—73页。

② 引自严可均辑《全上古三代秦汉三国六朝文》，中华书局，1958年第1版，第245页。

的主题。①以此时代风习熏染之下，文学创作领域的屈宋接受也表现出对屈骚宋赋形式诸要素的浓厚兴趣。在前文“屈宋接受之阐释史”部分，我们已指出过汉人偏重于对屈宋人格精神及其辞赋内容情感的接受，所以他们往往要区别屈宋的不同；而魏晋六朝人则偏重于对楚辞作品本身的接受，所以他们常常屈宋并举。换言之，在魏晋六朝人看来，楚辞作品皆精美可观顽艳可喜，似乎并无什么不同，诵读之可陶醉于其特殊音韵所酝酿出的艺术氛围中②，模仿之可学习富词丽句的创作技法和怨嗟悲吟的抒情方式。以下试列一简表，以魏晋六朝文士较直接学习模拟楚辞作品而创作出的作品概貌，来窥其接受屈宋之一斑。

汉末魏晋六朝一些重要作家	汉末魏晋六朝作家模拟“屈宋”创作之主要篇目③（据严可均辑《全上古三代秦汉三国六朝文》统计）
应　玚	《愁霖赋》《灵河赋》《正情赋》《鯱驥赋》（皆见《全后汉文》卷四十二）
祢　衡	《鹦鹉赋》（《全后汉文》卷八十七）
王　粲	《初征赋》《登楼赋》《浮淮赋》《寡妇赋》《迷迭赋》《神女赋》（皆见《全后汉文》卷九十）
阮　瑀	《纪征赋》《止欲赋》（皆见《全后汉文》卷九十三）
徐　幹	《序征赋》《哀别赋》（皆见《全后汉文》卷九十三）
繁　钦	《秋思赋》《砚赋》（皆见《全后汉文》卷九十三）
曹　丕	《临涡赋》《述征赋》《浮淮赋》《感离赋》《寡妇赋》《迷迭赋》《柳赋》（皆见《全三国文》卷四）
曹　植	《愁霖赋》《秋思赋》《洛神赋》《感婚赋》《娱宾赋》《东征赋》《登台赋》《临观赋》（以上皆见《全三国文》卷十三）《迷迭香赋》《白鹤赋》《离缴雁赋》《蝉赋》《九咏》（以上皆见《全三国文》卷十四）

① 按，如沈约在《与陆厥书》中炫耀自己对四声的自觉讲求，又在《谢灵运传论》里阐述：“夫五色相宣，八音协畅，由乎玄黄律吕，各适物宜。欲使宫羽相变，低昂互节，若前有浮声，则后须切响。一简之内，音韵尽殊，两句之中，轻重悉异。妙达此旨，始可言文。”再如刘勰《文心雕龙》中即有探讨文学形式要素的《声律》《丽辞》等专文。

② 按，史书中多有魏晋六朝人诵读《楚辞》的记述，如《世说新语》载东晋王胡之在一次文士集会上咏“入不言兮出不辞，乘回风兮载云旗”，后语人曰“当尔时，觉一座无人”；《梁书》载（萧）洽幼敏寤，年七岁，诵《楚辞》略上口；《陈书》载：（陈宣皇后章氏）善书计，能诵《诗》及《楚辞》。

③ 按，此表所列篇目大多纯用骚体，或杂以骚体；另有一些是题目即标明为拟某篇具体之楚辞体作品者，如傅玄《拟天问》《拟招魂》。

续表

汉末魏晋六朝一些重要作家	汉末魏晋六朝作家模拟“屈宋”创作之主要篇目（据严可均辑《全上古三代秦汉三国六朝文》统计）
缪　袭	《喜霁赋》《藉田赋》(皆见《全三国文》卷三十八)
阮　籍	《东平赋》《首阳山赋》《猕猴赋》《清思赋》(皆见《全三国文》卷四十四)
左　棻	《离思赋》(见《全晋文》卷十三)
庾　儵	《冰井赋》(见《全晋文》卷三十六)
庾　敳	《意赋》(见《全晋文》卷三十六)
傅　玄	《喜霁赋》《阳春赋》《大寒赋》《桃赋》《柳赋》《橘赋》(以上见《全晋文》卷四十五)《蝉赋》《拟天问》《拟招魂》(以上见《全晋文》卷四十六)
傅　咸	《患雨赋》《感凉赋》《小语赋》《芸香赋》《仪凤赋》《鸣蜩赋》《萤火赋》(皆见《全晋文》卷五十一)
成公绥	《天地赋》《大河赋》《琴赋》《鸿雁赋》《乌赋》(皆见《全晋文》卷五十九)
夏侯湛	《雷赋》《鞞舞赋》《夜听茄赋》《宜男花赋》《浮萍赋》《石榴赋》《秋夕哀》《长夜谣》《山路兮》《离亲咏》《江上泛歌》(皆见《全晋文》卷六十八)
向　秀	《思旧赋》(见《全晋文》卷七十二)
挚　虞	《思游赋》(见《全晋文》卷七十六)
潘　岳	《秋兴赋》《登虎牢山赋》(以上见《全晋文》卷九十)、《悼亡赋》《寡妇赋》《藉田赋》(以上见《全晋文》卷九十一)、《哀永逝文》《哭弟文》(以上见《全晋文》卷九十三)
陆　云	《岁暮赋》《愁霖赋》《喜霁赋》《登台赋》《遗民赋》(以上见《全晋文》卷一百)《九愍》(见《全晋文》卷一百一)
江　逌	《风赋》《井赋》(皆见《全晋文》卷一百七)
孙　惠	《纑车赋》《龟赋》(见《全晋文》卷一百十五)
何　瑾	《悲秋夜》(见《全晋文》卷一百四十)
湛方生	《风赋》《怀归谣》(皆见《全晋文》卷一百四十)
刘　瑾	《甘树赋》(见《全晋文》卷一百四十)
王韶之	《咏雪离合》(见《全宋文》卷十八)
谢灵运	《怨晓月赋》(见《全宋文》卷三十)《侍泛舟赞》(见《全宋文》卷三十三)
谢惠连	《雪赋》《甘赋》《橘赋》(皆见《全宋文》卷三十四)
谢　庄	《曲池赋》《山夜忧吟》《怀园引》(皆见《全宋文》卷三十四)
颜延之	《赭白马赋》(见《全宋文》卷三十六)
鲍　照	《芜城赋》《游思赋》(皆见《全宋文》卷四十六)

续表

汉末魏晋六朝一些重要作家	汉末魏晋六朝作家模拟“屈宋”创作之主要篇目（据严可均辑《全上古三代秦汉三国六朝文》统计）
王　融	《拟风赋》（见《全齐文》卷十二）
褚　渊	《秋伤赋》（见《全齐文》卷十四）
谢　朓	《临楚江赋》《游后园赋》（皆《全齐文》卷二十三）
萧　绎	《鸳鸯赋》《秋风摇落》（皆见《全梁文》卷十五）
沈　约	《拟风赋》《愍衰草赋》（皆《全梁文》卷二十五）
江　淹	《江上之山赋》《待罪江南思北归赋》《去故乡赋》《伤友人赋》（以上见《全梁文》卷三十三）《扇上彩画赋》《青苔赋》《应谢主簿骚体》《刘仆射东山集学骚》《山中楚辞五首》《构象台》《访道经》《镜论语》《悦曲池》《爱远山》《遂古篇》（以上见《全梁文》卷三十四）
范　缜	《拟招隐士》（见《全梁文》卷四十五）
王僧孺	《赋体》（见《全梁文》卷五十一）
吴　均	《碎珠赋》（皆见《全梁文》卷六十）
张　缵	《拟若有人兮》（见《全梁文》卷六十四）
褚　玠	《风里蝉赋》（见《全陈文》卷十六）
拓跋宏	《吊殷比干墓文》（见《全后魏文》卷七）
阳　固	《演赜赋》（见《全后魏文》卷四十四）

除上表所列抒情小赋而外，魏晋六朝人在散体大赋及诗文等其他体类作品的创作方面，同样也接受了屈宋的较多影响。钟嵘《诗品序》在探求诗作风格源流时就列有源自楚辞的一类，包括曹丕、王粲、陶潜、鲍照、谢朓、沈约等二十二名诗人。钟嵘的归类也许存在不少问题，但至少表明当时就有人已经注意到了魏晋六朝人在创作中对楚辞的接受。今天看来，被钟嵘列入源自《诗经》一派的诗人，其中很多人同时也是深受楚辞影响的。仅以曹植为例，其著名的《洛神赋》即是对宋玉《神女赋》的有意效仿，赋中对神女容色姿态的大段描绘更是直接取资于《神女赋》的相关语汇和句式；其诗作如《美女篇》《白马篇》《野田黄雀行》等，从某种角度而言都学习继承了屈骚托意象征的表现手法，具有屈骚极意想象的文学浪漫主义质素；其文如《求通亲亲表》《求自试

表》等，在具体内容上亦颇类于屈原《离骚》《九章》，多有向君上表白一己忠心而思为国效力之语。

要言之，先唐楚辞接受，无论就其效果史、阐释史，还是影响史而言，都是楚辞接受史上至关重要的环节。观照先唐楚辞接受亦当是我们研究唐代楚辞接受的前提。

第二章　唐代文学屈宋接受背景

文学是人学,也是社会意识形态之一种。任何时代的文学都会表现出对既有文学传统继承的一面,更会展现出自身所处时代的印记。以此,在具体论析唐代的楚辞接受之前,我们须先介绍唐代文学楚辞接受的相关背景。重点内容当涵括楚辞作品在唐代的传播流布、唐代诗学思想中屈宋评价的抑扬变化及唐代楚辞接受的普泛性与地域性特点等。我们之所以称这几方面的内容为背景研究,主要是相对于唐代文学创作接受楚辞之影响而言。若依前文所介绍的文学接受理论分类,其实这些内容也应包括在唐代楚辞接受的范畴之内,具体可视为唐代楚辞接受效果史和阐释史的有机组成部分。

第一节　屈宋辞赋在唐代的传播流布

以屈宋辞赋为核心的楚辞作品历经先唐千余年的传播,随前人一代代的吟咏唱叹而发挥着其浸润后世文学之功。那么,这些沧桑的文字初到唐人那里时是怎样一个面目? 唐人以怎样的态度看待它们,以怎样的方式接纳了它们?唐人后来又是怎样让这些文字星火在帝国的文学天空中闪亮并散发光热的呢?要回答这些问题,我们首先须搞清楚楚辞作品在唐代的传播渠道、传播方式及流布范围等。换言之,我们要对楚辞作品在唐代的版本源流及其为唐人接触、阅读并研究的具体情形，作一文献方面的梳理。

楚辞作品在唐以前的主要物质载体及传播途径有一个较为复杂的发展变化过程，综合各家说法，学者们较一致的意见是屈原作品产生之初即为楚人所爱赏并递相传诵，楚亡后又因其丰富的楚文化内蕴而最先为楚人所珍藏并口耳相传。在此时期，极有可能出现过屈原作品的结集，其编纂者也极有可能就是宋玉[1]。经嬴秦末年的社会大动乱之后，来自楚地的刘氏建汉而致楚文化大盛一时。汉初几位帝王都好楚歌、喜楚声、爱“楚辞”，其中尤以武帝为甚。正是在汉帝国此种文化导向及文化氛围的熏染之下，楚辞作品得以普遍地流传，屈宋辞赋自然是这股文化潮流中的重要角色了。换言之，应此文化需求，屈宋辞赋于汉代获得到了较宽广的传播空间，对屈宋辞赋作品进行必要的汇集编纂亦当是水到渠成之事。今可知者，在西汉先有刘安后有刘向，他们都曾搜集过屈宋作品并编纂成书；东汉有校书郎王逸依前人旧本而增添部分汉人辞赋作品，最终编成《楚辞章句》一书。自此，屈原作品基本被网罗集中于一书并因王逸章句之功而几成定本，溯源后世大量的《楚辞》选本，皆本《楚辞章句》。但《楚辞章句》于宋玉之作却只收了《九辩》和《招魂》两篇，宋玉的其他作品到哪里去了呢？现今可见最早著录宋玉作品的文献是《汉书·艺文志》，其文曰：“宋玉赋十六篇”。我们知道班固的《汉志》其实是在刘向《七略》原稿基础上删省改写而成，由此可以推想既然刘向在《诗赋略》里说“宋玉赋十六篇”，那么在他编定的《楚辞》里也就应该有合于此数的宋玉辞赋。退一步说，即便刘向未编定《楚辞》，或者说他所编纂的《楚辞》基本篇目即王逸《楚辞章句》所见之数，这也不能否定刘向歆父子此前校书时已经搜求到宋玉辞赋十六篇。只能说明他们还没有来得及将之整理编次，或只从这些作品中抽取一部分将其编著成了一部“屈原集”式的

① 参见前文《先唐屈宋接受史说略》之《先唐屈宋接受效果史》一节的相关论述。

《楚辞》，即王逸为之章句之《楚辞》。[①]从刘向《楚辞》到王逸的《楚辞章句》，二者之间到底有怎样的关系，至今还是一个聚讼纷纭的话题。笔者以为刘向《楚辞》即王逸《楚辞章句》的底本，但王逸对其进行了增删，其基本体例是全部收录屈原作品及代屈原设言之作。从某种意义上说，是王逸把刘向的《楚辞》改造成了一部"屈原集"。[②]依此体例，《楚辞》中原有的宋玉作品只保留了《九辩》和《招魂》两篇。王逸《楚辞章句》未收录宋玉其他作品，并不表明宋玉的其他辞赋在汉代就散佚失传了，只是其具体传播流布的形式我们今天确实已很难详考得知。不过，正是因了宋玉辞赋作品客观存在并流布于世这一前提条件，所以在汉以后不同时代所编著的文集中便不时会出现一些"新"的宋玉作品。这样，后来梁代萧统在编撰《文选》时，即收录了《楚辞章句》已著录的《九辩》《招魂》外，又增添了《风赋》《神女赋》《高唐赋》《登徒子好色赋》和《对楚王问》五篇作品，使宋玉辞赋的传布又多了一条重要的通道。然而，《昭明文选》所收亦非当时所能见到的宋玉全部作品，而是经过萧统"事出于沉思，义归乎翰藻"这一标准的遴选。因为《文选》毕竟是一部文学作品选集，它不可能尽行收录所有作家的所有作品。举例说，屈原的二十五篇辞赋作品，《文选》也只选录了其中的十篇而已。据此，我们更可推想萧统从十六篇宋玉辞赋中收录七篇入《文选》，较之多数作家也已经是难能可贵的高比率了。

大略而言，在先唐数千年间，楚辞作品的传播主渠道是始自宋玉，中经刘安、刘向等进一步地搜集编纂，而终成于王逸之手的《楚辞》传本系统。汉以后又新增了《文选》这一文学选本系统，亦可谓是楚辞作品传播流布的重要辅助介质。除此两条通道外，楚辞作品在先唐千余年间也可能会有一些以散篇形式传布于世，尤其是宋玉的作品更有可能以此种方式传布。至隋时，见于文献

---

① 参见力之《楚辞学三题》，《广西师院学报》（哲社版），1997 年第 4 期；《从〈楚辞〉成书之体例看其各非屈原作品之旨》，《四川大学学报》（哲社版），2000 年第 2 期。

② 按，力之先生以为此体例为刘向本意，笔者以为多半是王逸所为。

记载的楚辞作品大致情形是：一方面《楚辞》专书系统的传播得以昌盛，《隋书·经籍志》中即著录有九种不同的传本，如晋郭璞的《楚辞注》、宋处士诸葛氏的《楚辞音》，及隋释道骞的《楚辞音》等。另一方面，宋玉作品的传播又多一渠道，此时期有人将有关宋玉的作品编为两书，即《隋志》中所载的《宋玉集》和《宋玉子》。其中《宋玉集》收录的应该是隋代所能见到的全部宋玉辞赋，而《宋玉子》据日本学者稻畑耕一郎的说法，它是被作为“小说”收录到《隋书·经籍志》当中的，所以“可以认为是一部收录巷间流传的有关宋玉的逸事和言行的著作。”[①]

由隋入唐，楚辞作品的传播流布渠道基本未发生什么大的改变，但也有一些新的具体情况出现。除此前的《楚辞》专书系统、《文选》文学选本系统，及宋玉别集《宋玉集》系统外，唐人编纂的类书—— 如《北堂书抄》《艺文类聚》《白氏六帖》等——又成为楚辞作品赖以传播流布的新媒介。以下试考述并分言之。

一、《楚辞》专书系统

据《旧唐书·经籍志》及《新唐书·艺文志》所载有关《楚辞》专书版本及其研究著述的著录，我们可以得到下表：

《旧唐书·经籍志》	①《楚词》十六卷，王逸注。②《楚词》十卷，郭璞注。③《楚词九悼》一卷，杨穆撰。④《楚词音》一卷，孟奥撰。⑤又一卷，徐邈撰。⑥又一卷，释道骞撰。
《新唐书·艺文志》	①王逸注《楚辞》十六卷。②杨穆《楚辞九悼》一卷。③郭璞注《楚辞》十卷。④孟奥《楚辞音》一卷。⑤徐邈《楚辞音》一卷。⑥僧道骞《楚辞音》一卷。

从表中可见，《新唐书》与《旧唐书》的著录完全一样，书目与各自的卷数都未曾变化，这说明欧阳修等撰《新唐书·艺文志》时，于唐代《楚辞》一书的传

① 稻畑耕一郎《〈宋玉集〉佚存勾沉》，原载《楚辞研究》，齐鲁书社，1987年版，第143页。

本及研究专著可能没有再发掘出新资料，因此只是照录《旧唐书·经籍志》而已。由“两唐书”的著录，我们明确可知唐代王逸所注之《楚辞》仍是最主要的传本，围绕它的研究之作有五种，但都是由晋至隋的前人著述，文武彬彬的唐代竟没有产生出一种见于史志的《楚辞》研究著作。核之文献，王逸《楚辞章句》诞生之初本有十六卷①，而《隋书·经籍志》却著录为“《楚词》十二卷，并目录。后汉校书郎王逸注”②，至新旧《唐书》时又著录为十六卷。从传播学角度而言，此种不同或许即意味着其具体篇目与内容的不同，若能查核清楚自然甚好，但诚如姚振宗《隋书经籍志考证》所言：“卷数分合，多不齐一，无从核实，”③在没有可资凭信的文献发现之前，对此我们也只能置之不论了。不过，依李大明考述：“《隋志》所谓的十二卷并目录，当指此本《楚辞》正文为十一卷，而第十二卷为目录。此乃《隋志》著录体例。”④这为我们考察唐本《楚辞》有些许启发，即古人对书册进行整理时，往往会据不同的情况进行分卷。今虽不知《隋志》所录十二卷本《楚辞》正文的具体篇目与唐时之十六卷本到底有何差异，但我们可以揆测“两唐书”所载之十六卷本《楚辞》，很有可能是唐人为使该书合于王逸所言十六卷之数，而对隋时十二卷本《楚辞》重加整理，并析之为十六卷。今据后汉王逸《楚辞章句》篇目，及宋人关于《楚辞》版本、篇目的论述，可以考知唐代《楚辞》专书的卷帙及大略篇次。详见下表：

---

① 王逸《楚辞章句·离骚·后叙》云：“今臣复以所识所知，稽之旧章，合之经传，作十六卷章句。”见洪兴祖《楚辞补注》，中华书局，1983 年第 1 版，第 48 页。

② 《隋书·经籍志》中华书局点校本，1973 年第 1 版，第 1055 页。

③ 引自《师石山房丛书》，上海开明书店，1936 年版，第 627 页。

④ 李大明《汉楚辞学史》，中国社会科学出版社、华龄出版社，2004 年第 1 版，第 386—387 页。

王逸《楚辞章句》篇目	唐本《楚辞》篇目	备　注
《离骚》第一	《离骚》第一	1. 王逸注《楚辞》本十六卷,即《大招》以上十六卷。《九思》乃王逸后作,而被附入《楚辞章句》之末。唐、宋时称《楚辞》十六卷,就不包括《九思》;或称十七卷,当是指把《九思》计算在内。 2. 宋代黄伯思用唐旧本校定宋本《楚辞》时称:"此书旧十有六篇,并王逸《九思》为十七,而伯思所见旧本,乃有扬雄《反骚》一篇在《九叹》之后。此文亦见雄《本传》,与《九思》共十有八篇"。①由此而言,黄伯思所见之唐本《楚辞》,其篇次已有所调整变化,与汉代王逸以来的传本不尽相同。因《隋志》所载十二卷本《楚辞》的具体篇次不可知,故此唐本的具体篇目及调整次序今亦难言其详。然揆之实际,其基本篇次与汉以来传本当不会有很大的差异。另,明确可知的信息还有:一是唐本内有附于刘向《九叹》后的扬雄《反离骚》;二是《九思》仍附于全书之末,故该本计有十八篇。据此,我们推定唐本《楚辞》的篇次如右。也就是说,新旧《唐书》著录《楚辞》十六卷,皆未计《反离骚》与《九思》两篇。 3. 依宋人言,唐本《楚辞》可能在篇次上已按著者时代先后,将宋玉《九辩》由第二调整为第八。
《九辩》第二	《九歌》第二	
《九歌》第三	《天问》第三	
《天问》第四	《九章》第四	
《九章》第五	《远游》第五	
《远游》第六	《卜居》第六	
《卜居》第七	《渔父》第七	
《渔父》第八	《九辩》第八	
《招隐士》第九	《招隐士》第九	
《招魂》第十	《招魂》第十	
《九怀》第十一	《九怀》第十一	
《七谏》第十二	《七谏》第十二	
《九叹》第十三	《哀时命》第十三	
《哀时命》第十四	《惜誓》第十四	
《惜誓》第十五	《大招》第十五	
《大招》第十六	《九叹》第十六	
附:《九思》	附:《反离骚》	
	《九思》	

说明:本表制作时参考了姜亮夫《洪庆善楚辞补注所引释文考》之《试论〈释文〉篇目篇次之异同》,及李大明《汉楚辞学史》第四章《东汉前期的楚辞研究》之相关论述。

斟酌上表,也许还存在不少漏洞和疑问,譬如说,唐代《楚辞》传本是否就只有这样一种?就此传本而言,其具体篇次是否就真与笔者所列的顺序合辙一致?由宋代尚存多种《楚辞》传本可推知②,唐代《楚辞》传本亦当有多种,惜

① 吕祖谦编《宋文鉴》卷九十二《新校楚辞序》,中华书局,1992 年第 1 版,第 1307 页。

② 按,由宋人记述可窥知宋代《楚辞》传本甚多。举其要者,如黄伯思《新校楚辞序》云:"此书既古,简策迭传,亥豕帝虎,舛午甚多。近世秘书监晁美叔独好此书,乃以春明宋氏、赵郡苏氏本参校得失。其子伯以、叔予又以广平宋氏及唐本,与《太史公》诸书是正。"见《宋文鉴》中华书局版 1992 年第 1 版,第 1306 页;又,晁公武《郡斋读书志》著录洪兴祖《补注楚辞》十七卷、《考异》一卷,并记洪氏《自序》云:"以欧阳永叔、苏子瞻、晁文元、宋景文家本参校之,遂为定本。"又,陈振孙《直斋书录解题》亦著录《楚辞考异》一卷,其题解云:"洪兴祖撰。兴祖少时从柳展如得东坡手校《楚辞》十卷,凡诸本异同,皆两出之。后又得洪玉父而下本十四五家参校,遂成定本,始补王逸《章句》之未备者。书成,又得姚廷辉本,作《考异》,附古本《释文》之后。其末又得欧阳永叔、孙莘老、苏子容本于关子东、叶少协,校正以补《考异》之遗。"见《直斋书录解题》上海古籍出版社,1984 年第 1 版,第 434 页。

乎今已文献无征,所以我们也只能就“两唐书”所载十六卷本之《楚辞》大体上考察一番。笔者以为从上表我们已可约略窥见唐本《楚辞》的内容,至于其他传本的存在及其具体篇次排列并不是十分的重要,因为我们现在考察唐本《楚辞》面目的归宿是为了探究唐人究竟能够阅读到哪些楚辞作品,并进而接受其文学影响的。以此,我们只要知道了唐本《楚辞》传本中包含有哪些楚辞作品便可,至于其篇卷的细部分合可置之不论。由上表十六卷本《楚辞》的篇目来看,唐人通过《楚辞》专书能够接触到的屈原作品有:《离骚》《九歌》《天问》《九章》《远游》《卜居》《渔父》,合于王逸《楚辞章句》之数,亦合于《汉志·诗赋略》所言“屈原赋二十五篇”之数;能够接触到的宋玉作品有:《九辩》和《招魂》两篇。

除《楚辞》专书外,唐代尚有从前世流传而来的《楚辞》研究著述数种,如郭璞等人的注本及孟奥、徐邈、释道骞等人的音注。这些著述也是楚辞作品在唐代的重要传播媒介,是唐人阅读、学习并接受楚辞作品的重要通道之一种。尤其是三种音注本《楚辞》的存在,无疑透露暗示了唐人接触阅读《楚辞》的普遍性。[①]在唐诗中我们即可读到不少吟咏《楚辞》的诗句,如张祜《江南杂题》云:“幽栖日无事,痛饮读《离骚》”、白居易《湖上闲望》云:“闲弄水芳生楚思,时时合眼咏《离骚》”、李贺《赠陈商》云:“《楞伽》堆案前,《楚辞》系肘后”、韦庄《宿泊孟津寄三堂友人》云:“分明昨夜南池梦,还把渔竿咏《楚词》”等。因为如果没有广大读者的现实阅读需求作为支撑的话,即不大可能有新旧《唐书》所著录的三种以上的《楚辞》音注本。由今存释道骞《楚辞音》残卷可知,此类音注本主要是为了方便人们学习诵读《楚辞》作品而写成的,“其不言音者,不过

① 按,据《新唐书》卷七十六载:“太宗贤妃徐惠,湖州长城人。生五月能言,四岁通《论语》《诗》,八岁自晓属文。父孝德,尝试使拟《离骚》,为《小山篇》曰:‘仰幽岩而流盼,抚桂枝以凝想。将千龄兮此遇,荃何为兮独往?’孝德大惊,知不可掩,于是所论著遂盛传。太宗闻之,召为才人。手未尝废卷,而辞致赡蔚,文无淹思。帝益礼顾,擢孝德水部员外郎,惠再迁充容。”由此可见,“楚辞”作品在唐代当为极重要的文学范本,自然对《楚辞》一书的传播会产生较大的推动作用。

百分之二三”①。一句话，经由《楚辞》专书系统这一传播通道，唐人已能读到全部的屈原辞赋、两篇宋玉辞赋，以及一些从音义等方面对这些屈宋作品进行注解和阐释的研究著作，为唐代文学从多方面接受楚辞作品提供了必要的文献保障和前提条件。

二、《文选》文学选本系统

梁萧统编纂《文选》时，收录了不少屈宋作品，它们是屈原的《离骚》《九歌》六首（即《东皇太一》《云中君》《湘君》《湘夫人》《少司命》《山鬼》）、《九章》中的《涉江》，还有《卜居》和《渔父》，计十篇；宋玉的《九辩》《招魂》《风赋》《高唐赋》《神女赋》《登徒子好色赋》和《对楚王问》，计七篇。《文选》一书在唐世盛极一时，是其时非常重要的文学选本。唐高宗时李善遍征群籍为《文选》作注，成《文选注》六十卷，“大行于时”②；唐玄宗时，吕延济、刘良、张铣、吕向、李周翰五人重新为《文选》作注，又成《五臣注文选》三十卷，并得到玄宗的嘉奖。③外此，唐代还有许淹、公孙罗、陆善经等多人注过《文选》，今存唐写本《文选集注》即首录李善注，次录《钞》和《音决》④，再次录五臣注、陆善经注，最后是“今

① 姜亮夫《敦煌写本隋释智骞楚辞音跋》，收《姜亮夫全集》第八卷《楚辞学论文集》，云南人民出版社，2002 年第 1 版，第 368 页。

② 《旧唐书·文苑中·李邕传》中华书局点校本，1975 年第 1 版，第 5039 页。

③ 按，可参看《六臣注文选》出版说明，中华书局，1987 年第 1 版。

④ 许逸民“《〈文选〉学”史上的一座里程碑—— 推介〈唐钞文选集注汇存〉》一文称：《钞》和《音决》这两种书，在《文选集注》里皆不署撰人。遍检我国历代书目，唯见两《唐志》著录“《文选》六十卷，李善注。又六十卷，公孙罗注”及“《文选音》十卷，萧该注。又十卷，公孙罗注”。又见日本藤原佐世的《日本国见在书目录》著录“《文选钞》六十九，公孙罗撰”、“《文选音决》十，公孙罗撰”。我们知道，两《唐志》的著录多采自盛唐开元时期毋煚编撰的《古今书录》，而《日本国见在书目录》的问世亦在宽平年间（889—897），相当于我国晚唐昭宗在位（889—904）时期，中外两种著录正可以互为佐证，应属可信。那么，《文选集注》所称《钞》和《音决》或为同一作者，即公孙罗。此说如能成立，则《日本国见在书目录》所谓“《文选钞》六十九”，实乃“六十”之误。不过也有学者认为《钞》与《音决》的作者非同一人，《音决》为公孙罗撰“殆无可疑”，而《钞》则当出于李善弟子之手。见《古籍整理出版情况简报》2003 年第 4 期。

案”，亦即《文选集注》纂集者的案语[①]。由如许之多的注本可见唐代“《文选》学”之兴盛，而且这兴盛的背后还有一个现实的功利原因作支撑，那就是唐代科举考试对诗文的重视促使学者士子们竞相研习《文选》。正是因为唐代蔚然兴起了这样一股“《文选》学”热潮，《文选》一书便广为流布并深得天下士子们的喜好，很多一流诗文作家都曾经过一段深入学习《文选》的过程。如，段成式《酉阳杂俎·语资》载：“白前后三拟词选（即《文选》），不如意，悉焚之。唯留《恨》《别》赋”[②]，记述的即是李白学习《文选》的典故；杜甫亦言“呼婢取酒壶，续儿诵《文选》”[③]；又言“熟精《文选》理，休觅彩衣轻”[④]。这些都表明《文选》是唐人习见习用之书，一般读书人都须精摩细研以获得必要的文章写作技法，培养并提高自己的基本文学素质。既然《文选》在唐代学术史及文学史上的地位是如此突出，那么见于《文选》的楚辞作品亦当借此东风而广为唐人所研读、学习并接受其文学影响了。考之史籍，情形正是如此。以下试举两例以证之，其一，《新唐书·萧至忠传》载：

> （萧至忠）尝出主第，遇宋璟，璟戏曰：“非所望于萧傅。”至忠曰：“善乎宋生之言。”

宋璟所引用的“非所望于萧傅”一句，出自潘岳的《西征赋》（见《文选》卷十）；萧至忠所引用的“善乎宋生之言”则出自潘岳的《秋兴赋》（见《文选》卷十三“物色”类第二篇，首篇为宋玉《风赋》）。这些帝国高层官僚们在日常生活情境中能够随口吟出《文选》文句，足见其确实精熟《文选》。另外，我们若寻检《秋兴赋》原文，则萧至忠所言“善乎宋生（原文为‘宋玉’）之言”一段，恰恰即是对

---

① 按，周勋初在《唐钞文选集注汇存》（上海古籍出版社2000年第1版）前言里综合学界研究成果，认为《文选集注》“当为唐人钞本”，“为我国唐人所编，唐末宋初已传入日本”，这说明《集注》里的“今案”也就是唐人的意见。

② 段成式《酉阳杂俎》卷十二，中华书局，1981年12月第1版，第116页。

③ 见《全唐诗》卷二二一：杜甫《水阁朝霁奉简严云安》一诗。

④ 见《全唐诗》卷二三一：杜甫《宗武生日》一诗。

楚辞作品文句引用化用的集中体现：

> 四时忽其代序兮，万物纷以回薄。[①]览花莳之时育兮，察盛衰之所讬。感冬索而春敷兮，嗟夏茂而秋落。虽末士之荣悴兮，伊人情之美恶。善乎宋玉之言曰："悲哉！秋之为气也。萧瑟兮，草木摇落而变衰。憀栗兮若在远行，登山临水送将归。"夫送归怀慕徒之恋兮，远行有羁旅之愤。临川感流以叹逝兮，登山怀远而悼近。彼四慼之疚心兮，遭一涂而难忍。嗟秋日之可哀兮，谅无愁而不尽。野有归燕，隰有翔隼。[②]游氛朝兴，槁叶夕殒。

潘岳此段抒写，中间不仅引用了宋玉《九辩》著名的开首语，同时也化用了屈原《离骚》中"日月忽其不淹兮，春与秋其代序"的语意。观此段整体意境，实际上亦即是对宋玉《九辩》悲秋伤别、登高怀远主题的继踵与深化。萧至忠能够机敏地引《秋兴赋》中的语句对答宋璟，可想见他必当熟习此赋，进而亦可推知他必当熟习《文选》所载同类性质之楚辞作品。

其二，宋计有功《唐诗纪事》卷五十八载：

> 蟾廉问鄂州，罢，宾僚祖饯，蟾曾书《文选》句云："悲莫悲兮生别离"、"登山临水送将归"，以笺毫授宾从，请续其句。逡巡，有妓泫然起曰："某不才，不敢染翰，欲口占两句。"韦大惊异，令随念，云："武昌无限新栽柳，不见杨花扑面飞。"[③]座客无不嘉叹，韦令唱作杨柳枝词。

韦蟾在宴会上手书的《文选》语句，"悲莫悲兮生别离"出自屈原《少司命》；"登

① 按，此句下李善注云："《楚辞》曰：日月忽其不淹兮，春与秋兮代序。"实即化用屈原《离骚》语意。

② 按，此句下李善注云："《楚辞》曰：燕翩翩其辞归。"即是对宋玉《九辩》语意的化用。

③ 按，该诗亦收于《全唐诗》卷八〇二，题为武昌妓《续韦蟾诗》，并有小序云："韦蟾廉问鄂州，及罢，宾僚祖饯，韦以笺书《文选》句，授坐客请续。有妓起，口占二句，无不嘉叹，蟾赠数十千纳之。"盖从前代记述并演绎之。其诗云："悲莫悲兮生别离，登山临水送将归。武昌无限新栽柳，不见杨花扑面飞。"

山临水送将归”出自宋玉《九辩》。也许韦蟾之所以手书了两句屈宋文句是缘于这次宴集的送别主题，但笔者以为这也能表明唐人对楚辞作品的喜好和精熟，进而也可以窥知楚辞作品在唐代得到了较广泛的传播，并产生了较深远的影响。此外，这两篇屈宋作品在《楚辞》专书中皆有收录，而《唐诗纪事》载“蟾曾书《文选》句”云云，其中透露出的信息就是《文选》在唐代传布甚广，唐人对前代诗文的接触学习多始自《文选》。换言之，唐人对楚辞作品的接触学习，同样也多始自《文选》一书，而非《楚辞》专书。

萧至忠、宋璟是盛唐时人，而韦蟾是晚唐时人。从上述文献来看，从盛唐至晚唐，《文选》在唐人那里一直都颇受重视，是士子们必须研习的文学选本。[①]由此我们认为，楚辞作品在唐代凭借《文选》以传，并取得了非常明显的传播效果，使其在相当广阔的范围内为大批学者士子们所阅读、学习、抑或作为成功的文学范例而被摹拟。这般较大规模的传播，一方面使唐人普遍熟习楚辞作品，另一方面也普及提高了屈原、宋玉两位先秦作家在唐代的知名度，在一定意义上也有助于熏染并形成一种时人接受屈宋及其辞赋作品的社会大众心理。对此，有学者已经注意到了，稻畑耕一郎即说：“从六朝后期到唐代，宋玉评价之高的原因之一，出于昭明《文选》的巨大影响”[②]，也就是说《文选》在推动唐人接受屈宋文学影响方面，其功甚莫大焉。

与《楚辞》专书及其研究著述共同作用而形成一个传播楚辞作品的文本介质群相类似，《文选》一书在唐代有多家注本，传抄甚广，同样也便形成了一个传播楚辞作品的文本介质群，而且其传播屈宋作品的实际效果较《楚辞》专

---

① 按，《全唐诗》卷四五三有白居易《偶以拙诗数首寄呈裴少尹侍郎蒙以盛制四篇一时酬和重投长句美而谢之》诗，中云“投君之文甚荒芜，数篇价直一束刍。报我之章何璀璨，累累四贯骊龙珠。毛诗三百篇后得，《文选》六十卷中无”。白氏此处所言“《文选》六十卷”，即当指李善所注之《文选》。白氏为中唐人，此诗句亦表明《文选》在当时应为文人学士们的案头之书。

② 见《〈宋玉集〉佚存钩沉》，原载《楚辞研究》，齐鲁书社，1987 年版，第 136—147 页。笔者转引自吴广平编著之《宋玉集》附录部分，岳麓书社，2001 年第 1 版，第 324 页。

书系统的传播效果要更胜一筹。个中原因，除上文所言及者外，也许还得补充一条，那就是《文选》在唐代盛行，从而使选录其中的楚辞作品直接沾溉得益。同时，我们还应考虑到“《文选》学”在唐代盛极一时，为之作注的学者亦多引用楚辞作品文句注解《文选》中的其他作品①，唐人也可以通过《文选》中这些涉及楚辞作品文句的注文，认识、了解、学习屈宋及其辞赋，从而使屈宋作品

① 据笔者不完全统计，李善注《文选》里征引楚辞作品文句有数百条之多。举例言之，仅张衡《思玄赋》一篇注解中引《楚辞》文句即达七十二处之多，其中大部分是引屈原作品中的文句。如“扈江离与薜芷兮，纫秋兰以为珮”、“怨灵脩之皓荡”、“麾蛟龙以梁津兮，诏西皇使涉予”等数十条出自《离骚》的文句；“云霏霏而承宇”等出自《涉江》的文句；还有“愿轻举而远游”等出自《远游》的文句；“岁既晏兮孰华予”等出自《山鬼》的文句；“日安不到，烛龙何照？”等出自《天问》的文句。另据香港郑良树教授统计，李善注《文选》征引宋玉作品（不包括《招魂》）计有120次，它们分别是《九辩》（1次）、《高唐赋》（54次）、《风赋》或《讽赋》（计21次）、《登徒子好色赋》（11次）、《对楚王问》（7次）、《笛赋》（22次）、《大言赋》（3次）、《钓赋》（1次）。参见郑良树《论〈宋玉集〉》的相关论述，该文原载《文献》1995年第4期，后经作者修改后收入其所著《辞赋论集》，台湾学生书局1998年2月出版。笔者转引自吴广平编著之《宋玉集》附录部分，岳麓书社，2001年第1版，第314—318页。

补注：①郑良树先生未统计李善注《文选》征引《神女赋》的情况，据笔者查检所得，《文选》注文引《神女赋》计有33条次，它们分别为：卷四张衡《南都赋》（1次）、卷七扬雄《甘泉赋》（1次）、司马相如《子虚赋》（2次）、卷九班昭《东征赋》（1次）、卷十四鲍照《舞鹤赋》（1次）、卷十五张衡《思玄赋》（1次）、卷十六司马相如《长门赋》（1次）、卷十七王褒《洞萧赋》（4次）、卷十八成公绥《啸赋》（1次）、卷十九曹植《洛神赋》（9次）、卷二十孙楚《征西官属送于陟阳侯作诗》（1次）、卷二十二鲍照《行药至城东桥》（1次）、卷二十三阮籍《咏怀诗》（1次）、潘岳《悼亡诗》（1次）、卷二十五陆云《为顾彦先赠妇》（1次）、卷二十七曹植《美女篇》（1次）、卷二十九《古诗十九首》（1次）、卷三十四枚乘《七发》（1次）、曹植《七启》（2次）。②郑良树先生此处统计李善注文引宋玉《风赋》和《讽赋》文句条次时，将其混为一篇且统计颇有失误。据笔者重检，李善注文引《风赋》计14次，引《讽赋》计4次，合则为18次，而非郑先生所言之21次，此其一；其二，郑先生称《文选注》卷十三谢庄《月赋》、卷二十一王粲《咏史诗》及卷五十九王中《头陀寺碑文》，皆引了宋玉《风赋》或《讽赋》。实际的情形是，谢庄《月赋》李善注文所引乃牵秀《相风赋》“幽林绝响，巨海息波”句（严可均辑《全上古三代秦汉三国六朝文·全晋文》卷八十四有牵秀小传，其文云：“秀字成叔，武邑观津人。太康中为新安令，迁司空从事中郎、免；后为司空张华长史。惠帝西幸，进尚书、河间王颙以为平北将军，镇冯翊。为长史杨腾所杀。”）卷二十一李善在注左思《咏史诗》时称“《风赋》曰：廓抱影而独依”，但宋玉《风赋》及《讽赋》两文中皆无此句。李善自己在《文选注》其他地方又两次征引该文句，又称为“《楚辞》曰”，其实此句本是《楚辞》所收汉严忌《哀时命》中之文句，李善注左思《咏史诗》时称“《风赋》曰”云云，盖为误记，郑氏不察而随之失误；卷五十九王中《头陀寺碑文》李善注文所引亦为牵秀《相风赋》中文句，其文云“故无来而不应兮，何适莫之足婴”，并不见于宋玉任何作品之中。另，此文作者《文选》题为王简栖，李善注云：“《姓氏英贤录》曰：王巾，字简栖，琅琊临沂人也。”郑氏因“巾”、“中”字形相近而又误“王巾”为“王中”。

得以间接地传播流布。这也当算是《文选》系统传播屈宋作品之功的另外一面，但却又是易于为人们所忽视的一面。

三、《宋玉集》系统

宋玉辞赋在唐代的传播流布媒介除《楚辞》专书系统与《文选》系统外，还存有一个别集系统，即《宋玉集》。《旧唐书·经籍志》与《新唐书·艺文志》皆著录“楚《宋玉集》二卷”，然具体篇目不详。幸而李善注《文选》时曾大量征引过宋玉辞赋文句，唐代编著的一些类书中也有少许关于《宋玉集》的记述文字，现今只能根据这些资料来探测唐时《宋玉集》的卷帙及篇目概貌。郑良树《论〈宋玉集〉》与稻畑耕一郎《〈宋玉集〉佚存钩沉》两文，对此问题都有讨论。笔者检索爬梳李注，并参考上述两文的相关论述，制成下表：

	卷次篇目	原文	引自《宋玉集》的注文
李善注《文选》	卷十八 嵇康《琴赋》	绍陵阳，度巴人。	宋玉《对问》曰：“既而曰陵阳白雪，国中唱而和之者弥寡”，然《集》所载，与《文选》不同，各随所用而引之。又《对》曰：“客有歌于郢中者，始曰巴人。”
	卷三一 江淹《杂体诗·潘黄门》	我惭北海术，尔无帝女灵。	《宋玉集》云：“楚襄王与宋玉游于云梦之野，望朝云之馆，有气焉。须臾之间，变化无穷。王问：‘此是何气也？’玉对曰：‘昔先王游于高唐，怠而昼寝，梦见一妇人，自云：我帝之季女，名曰瑶姬，未行而亡，封于巫山之台。闻王来游，原荐枕席。’王因幸之。去，乃言：‘妾在巫山之阳，高丘之阻，旦为朝云，暮为行雨，朝朝暮暮，阳台之下。’旦而视之，果如其言。为之立馆，名曰朝云。”
	卷三四 枚乘《七发》	便蜎、詹何之伦。	《宋玉集》曰：“宋玉与登徒子，偕受钓于玄渊。”
	卷五五 陆机《演连珠》	是以南荆有寡和之歌。	《宋玉集》：“楚襄王问于宋玉曰：‘先生有遗行欤？’宋玉对曰：‘唯，然，有之。客有歌于郢中者，其始曰下俚巴人，国中属而和者数千人。既而阳春白雪，含商吐角，绝节赴曲，国中唱而和之者弥寡。’”
	卷十六 江淹《别赋》	惜瑶草之徒芳。	宋玉《高唐赋》曰：“我帝之季女，名曰瑶姬，未行而亡，封于巫山之台。精魂为草，寔曰灵芝。”[①]

① 按，《文选》虽收有《高唐赋》，但相关文字与此处引文不同，此处引文显然是来自别一版本。结合李善自己所言“然《集》所载，与《文选》不同，各随所用而引之”的征引惯例，我们推测此处引文亦当出自《宋玉集》。

续表

	书名	条目	引述《宋玉集》的文字
隋唐类书	《北堂书钞》卷三十[①]	赐田云梦	《宋玉集·小言赋》。
	《北堂书钞》卷三三	姜桂因地	《宋玉集·序》云："宋玉事楚怀王，友人言之宋玉，玉以为小臣。王议友人，友曰：'姜桂因地而生，不因地而辛；女因媒而嫁，不因媒而亲也。'"[②]
	《初学记》卷一九	巫峡洛川	《山海经》曰：丹山西即巫山也。帝女居焉。宋玉所谓"我帝之季女，名曰瑶姬"。[③]

由上表可见，李善《文选注》中引《宋玉集》文句明确可考者有五处，它们分别出自《对楚王问》(两次)、《高唐赋》(两次[④])和《钓赋》(一次)；隋唐类书中称引《宋玉集》的条目有三处，它们分别提到了《小言赋》《高唐赋》和《宋玉集序》中关乎宋玉的一则逸闻。综合这些信息来看，唐时《宋玉集》传本中的具体篇目，除确切得知的《对楚王问》《高唐赋》《钓赋》和《小言赋》外，尚有一篇《序》文。为此，有学者认为"隋唐时《宋玉集》分量相当可观，而且亦相当完整。而此《宋玉集》之渊源，恐可上溯颇远矣。"[⑤]若此言不虚，据《文选》所选录之宋玉作品与《文选注》所引之宋玉作品文句，我们可推知唐本《宋玉集》还当收录有如下 些篇目，即《九辩》《招魂》《风赋》《登徒子好色赋》《神女赋》《讽赋》《大言赋》和《笛赋》。这样，现今见于宋玉名下的辞赋作品，除《舞赋》情况不明

---

① 按，笔者所用《北堂书钞》为"孔氏三十有三万卷堂影宋本"。

② 按，《北堂书钞》中此节文字下有今案云：陈俞本改注《新序》"友曰"一作"宋玉因其友以见楚襄王，王待之无以异，宋人让其友"云云，与旧钞少异。

③ 按，《初学记》此处所引《高唐赋》之文句不见于《文选》所录之《高唐赋》，而与李善注《杂体诗·潘黄门》时所引的《高唐赋》文句完全相同，李善于彼处明言所引文句出自《宋玉集》，则《初学记》此处所引文句亦当出自《宋玉集》。

④ 按，李善《文选注》中还有三处征引《高唐赋》文句而不同于今本《文选》所录之《高唐赋》者，它们是：卷二张衡《西京赋》及卷十四鲍照《舞鹤赋》所并引的"迁颜引身"一句，及卷八扬雄《羽猎赋》所引"曾不可殚形"一句。此盖引自李善所见之别本，以理揆之，引自《宋玉集》之可能性甚大。

⑤ 香港郑良树《论〈宋玉集〉》，原载《文献》1995 年第 4 期，后经作者修改后收入其所著《辞赋论集》，台湾学生书局，1998 年 2 月出版。笔者转引自吴广平编著之《宋玉集》附录部分，岳麓书社，2001 年第 1 版，第 317 页。

外[①],其余诸作在唐本《宋玉集》中皆有收录。

我们知道,唐代《楚辞》专书收有宋玉的《九辩》和《招魂》,《文选》中又加收了《风赋》《登徒子好色赋》《高唐赋》《神女赋》和《对楚王问》五篇,使宋玉的七篇辞赋得到了很广泛的传播。但这并非宋玉的全部作品,还有《笛赋》《钓赋》《讽赋》《大言赋》《小言赋》和《舞赋》六篇辞赋,从李善《文选注》、唐代类书及唐人诗文中[②],我们业已考知上述六篇辞赋在唐代同样传播并为学者士子们所熟习,其具体传播方式虽不可尽知,但据上文我们的分析来看,除了单篇传播的可能性之外,更大的可能性应是借《宋玉集》这一渠道以传。为此,笔者以为唐本《宋玉集》系统为唐人阅读学习宋玉辞赋提供了较全面的版本,为宋玉辞赋在唐代的传播流布建功不小。

另,《隋书·经籍志》载《宋玉集》为三卷,至“两唐书”时变为两卷,再到《宋史·艺文志》即不见著录了。这也许表明由于唐时《文选》的广泛流传,《宋玉集》已不是人们接触阅读宋玉辞赋的主要传媒了。从传播学角度而言,其传播宋玉辞赋的功能与价值随之也就降低了,故而在唐时即开始慢慢散佚,宋代《古文苑》的发现并传世流布,使未收录进《文选》的宋玉其他作品得到了一条新的传播途径,再次降低了《宋玉集》的地位,最终使《宋玉集》基本上退出了

① 按,有学者认为,宋玉先有《舞赋》之作,后为汉代傅毅所模拟而踵事增华,成另一文本之《舞赋》,此即收录于萧统所编《文选》之《舞赋》,并因傅毅后出同名之作几乎涵括了宋玉原作的所有语句,且铺绘描述更为详尽而在传播过程中取代了原作,进而使人们只知有傅毅《舞赋》而不知宋玉《舞赋》。但宋玉原作并未佚失,而是保留在成于隋唐之际的《古文苑》一书中。(可参看刘刚《关于宋玉〈舞赋〉的问题》一文,见《辽宁大学学报》哲社版,2002年第四期)李善注《文选》时征引《舞赋》文句有二十余条次,皆从《文选》所载傅毅之《舞赋》中可以检得原句,故无法说明他还见过其他文本的《舞赋》。另外,我们知道李善见过唐本《宋玉集》并在其《文选》注中有所征引,但李善《文选》注文并没有向我们透露出《舞赋》有两种不同文本的任何信息。因此,我们还是不能判断唐本《宋玉集》中究竟是否收录有题名宋玉的《舞赋》。但《古文苑》所收题为宋玉的《舞赋》,与唐代类书《艺文类聚》《初学记》所载《舞赋》同,以此或可推出《宋玉集》中应包括《舞赋》一篇,亦即唐代类书所本之版本。

② 按,如李白《安州应城玉女汤作》一诗中云:“散下楚王国,分浇宋玉田。”其中“宋玉田”即化用宋玉《小言赋》文意。

传播宋玉辞赋的行列而几近失传。[①]

四、类书系统

楚辞作品在唐代的传播流布主渠道即前述三种，但笔者以为还有一个不为研究者所注意的辅助传播渠道，那就是《北堂书钞》《艺文类聚》《初学记》《白氏六帖》等类书系统。欲以较全面地认识了解唐人对楚辞作品的学习和接受，我们便不能因其传播屈宋作品的地位不够突出而置之不论。

类书是我国古代特有的一种图书。它“是一种将文献或文献中的资料，按其内容分门别类，组织撮述；或者条分件析、原文照录或摘录的图书。”[②]隋唐时编纂的类书甚多[③]，现存较完整且较知名者有虞世南编著的《北堂书钞》、欧阳询等奉高祖之命撰集的《艺文类聚》、徐坚等奉玄宗之命撰集的《初学记》，以及白居易撰集的《白氏六帖》[④]。这些类书皆为唐前古籍文献的保存、传播与接受作出了很重要的贡献。即以楚辞作品而论，由于上述类书对其文句的摘引转录，不仅使它们多了一种赖以存世的文献保障，更重要的是普及了它们在唐代的传播流布，与《楚辞》专书、《文选》和《宋玉集》形成合力，共同促成了

① 按，就我们目前所知，《宋玉集》在后世还有另外几种本子：其一，据南宋陈振孙《直斋书录解题》卷一六：“《宋玉集》一卷。”可见宋人还辑过一部《宋玉集》，但后世不传。其二，元马端临《文献通考·经籍门》载“《宋玉集》一卷”，至明已佚。其三，明人编纂的《宋玉集》，见于文献记载者有三种：陈第《世善堂藏书目录》著录有“《宋玉集》一卷”，焦竑《国史经籍志》著录有“《宋玉集》二卷”，徐㶿《徐氏家藏书目》著录有“《宋玉集》三卷”。明人所编三种版本的《宋玉集》，现今可见的只有一种两卷本的手抄本，即赵氏培荫堂旧藏本《宋玉集》两卷本。另外，明代李宾编《八代文钞》中有《宋玉文钞》一卷，张燮编《汉魏七十二家集》中有《宋大夫集》三卷（现藏日本内阁文库）。但这些版本的《宋玉集》对宋玉作品的传播均未产生重大影响。

② 夏南强《类书通论》，湖北人民出版社，2001 年第 1 版，第 16 页。

③ 按，隋代纂集的类书主要有虞世南《北堂书钞》、虞绰《长洲玉镜》和杜公瞻《编珠》等；唐代纂集的类书更多，官修的主要有《艺文类聚》《文思博要》《摇山玉彩》《三教珠英》《文府》等；私撰的主要有陆贽《备举文言》、颜真卿《韵海镜原》、张仲素《词圃》、元稹《元氏类集》、白居易《白氏六帖》、于立政《类林》、温庭筠《学海》、皮日休《皮氏鹿门家钞》等。参见《新唐书·艺文志》卷五十九，中华书局，2000 年第 1 版，第 1015—1016 页。

④ 按，该书在宋代又为孔传所续辑增补，故又名《白孔六帖》。

唐人在诗文创作中对它们的接受。

《北堂书钞》虽编纂完成于隋代，但它却主要在唐代流传[①]，故而我们即先从此书开始来探究类书对屈宋及其辞赋的传播。据笔者查检统计，《北堂书钞》全书摘引屈原作品文句约五十五条次，具体涉及的篇目有：《离骚》(11次)、《天问》(9次)、《大招》(7次)、《涉江》(3次)、《惜诵》(1次)、《远游》(1次)、《渔父》(1次)，以及《九歌》(22次)中的《东皇太一》《东君》《湘君》《湘夫人》《少司命》《河伯》和《国殇》等；摘引宋玉辞赋文句约七十条次，具体涉及的篇目有：《招魂》《九辩》《高唐赋》《神女赋》《风赋》《登徒子好色赋》《大言赋》《小言赋》《笛赋》《讽赋》和《对楚王问》，涵括了宋玉的大部分作品。这些摘引文字，大多是原文中的片言只语，也有基本上全文摘引的篇目，如屈原的《渔父》和宋玉的《笛赋》。所有这些摘引到《北堂书钞》中的楚辞作品文句汇集起来便颇为可观，如再加上书中引述的屈宋事闻，即可形成一条传播屈宋声名及其辞赋作品的信息链，让使用该类书的读者借以窥见屈宋作品的一麟半爪，或可进而激起他们对屈宋作品的阅读兴趣。

较之《北堂书钞》，初唐编纂的《艺文类聚》，及约一百年后开元间编修的《初学记》两书[②]，对楚辞作品的传播起到了更大的助推作用。一个主要的原因是，这两部类书的编纂体例较此前的类书不同，各部子目下的分类更为精细清晰，且都列有“诗文”(包括诗、赋、颂、赞等)部分，摘编相关子目下的前代诗文作品。也就是说，这两部类书不仅在其“叙事”及“事对”[③]部分，如《北堂书

① 按，隋朝短祚，故该书在唐代流布要远远多于其在隋代之流布时间，“两唐书”书目著录部分都载有《北堂书钞》一百七十三卷，而《隋书·经籍志》却无著录即是一证。

② 按，《艺文类聚》编修于唐高祖武德五年(622)，始采诗赋；《初学记》编修于唐玄宗开元十五年(727)，并将叙事、事对、诗文三者兼融，实则把总集和类书合为一体，奠定了后世类书的基本体例。另，两部类书的编修时间相距105年。

③ 按，《艺文类聚》尚无“叙事”“事对”之分，而是在各部子目下先列古代典籍文献的相关叙述，次引诗文赋颂等各种文体的相关歌咏记载；至《初学记》则将各部子目下典籍文献的叙述进一步细分为“叙事”和“事对”两类。

钞》一样摘引了大量的楚辞作品文句，而且还在“诗文”部分较完整地抄录了一些楚辞作品。今检《艺文类聚》《初学记》两书，得其引述屈宋作品文句之处甚多，且较《北堂书钞》所引要更为细致，同样也涉及了屈原、宋玉作品的大多数篇目，此处不再一一列举，仅就两书“诗文”部分摘编抄录屈宋作品的情形略作陈述。也许是因为屈原作品在《艺文类聚》与《初学记》两书一些相关子目的“叙事”及“事对”部分摘引较多，因而在“诗文”部分若再抄录即嫌重复，故这两部类书的“诗文”部分并无对屈原作品的摘编。相形之下，两书对宋玉辞赋的摘编便显得较为突出，如《艺文类聚》即摘编宋玉辞赋九篇次，它们是：卷一《风赋》（天部上·风·赋）、卷十八《登徒子好色赋》（人部二·美妇人·赋）、卷十九《大言赋》（人部三·言语·赋）、卷二十四《讽赋》和《钓赋》（人部八·讽·赋）、卷四十三《舞赋》（乐部三·舞·赋）、卷四十四《笛赋》（乐部四·笛·赋）、卷七十九《高唐赋》及《神女赋》（灵异部下·神·赋）；后来，《初学记》也摘编了宋玉辞赋四篇次，它们是：《风赋》（天部上·风第六·赋）、《舞赋》（乐部上·舞第五·赋）、《笛赋》（乐部下·笛第十·赋）、《高唐赋并序》（人部下·美夫人第二·赋）。依类书通例，《艺文类聚》与《初学记》在抄录宋玉辞赋时，皆有程度不同的语词简省，然大体上还是能够保留原作面貌。

类书的编纂目的，主要是为了便于习文者寻检学习前代诗文的秀章隽句，掌握不同类别之人事物象的大体叙写词藻及方式方法，从而提高自身的诗赋素质及属文技巧。欧阳询在其《艺文类聚》序文里称编撰该书目的是“俾夫览者易为功，作者资其用”[①]；《初学记》的编撰目的亦然，具体出发点乃是为指导皇子们的撰文写作。据《大唐新语》记载，玄宗谓张说：“儿子等欲学缀文，须检事及看文体。《御览》之辈，部帙既大，寻讨稍难。卿与诸学士撰集要事及要文，以类相从。务取省便，令儿子等易见成就也”[②]。以此推论，其他各种类书

① 欧阳询《艺文类聚·序》，上海古籍出版社，1982 年新 1 版，第 27 页。

② 刘肃《大唐新语》卷九，中华书局，1984 年第 1 版，第 137 页。

的纂集目的及功用大抵如此，分门别类采录前代诗文便于集中品评、学习并消化吸收，使学习者的写作能力在较短时间内得到较大的提升，此其一；同时类书还为使用者提供了一种查检前代文献的便捷之途，使用者在构思写作过程中可参照前人于同类事象的叙述描写，从中或可激发创作灵感或可寻求典故材料[①]，此其二。正是为此，类书在唐代这样一个重诗赋创作的时代里便散发出异彩，得到了极大的发展，呈现出一派繁盛景象。在现实需求的刺激下[②]，唐代官修私撰了很多类书，修于唐初的《隋书·经籍志》中，类书还列于“杂家”；而“两唐书”在著录类书时，即已在“子部”下专门另立了“类事”一目。所有这些都表明类书在唐代的地位甚为重要，既是学者士子们的案头必备之书，甚至有些也是普通百姓家弦户诵之书[③]，为古代文化的传播普及起了很大的作用。既如此，则采录到类书中的楚辞作品文句及部分楚辞作品全文，自然也会随类书的传播而广泛流布。惜乎唐人所编类书今多已亡佚，我们无从考证它们摘录楚辞作品的具体情形，所以也就很难判断它们在传播楚辞作品方面的具体作用。但仅就《艺文类聚》《初学记》等现存之书，及上述有关唐代类书编撰目的、流布范围等情况的考述，还是可以看出唐代类书对屈宋作品在唐代的传播普及起到了不可替代的作用。

① 按，如《四库全书总目提要》说白居易撰《六贴》，乃“杂采成语故实，备词藻之用”；又，唐代诗人甚至常常随身挟带类书，如王昌龄《诗格》云：“凡作诗之人，皆自抄古人诗语精妙之处，以为随身卷子，以防苦思。作文兴若不来，即须看随身卷子，以发兴也。”引自张伯伟《全唐五代诗格汇考》江苏古籍出版社，2002 年第 1 版，第 164 页。

② 按，唐世激情飞扬，尚诗重文，而且科举进士科试诗赋时，习惯上不禁挟书入试，所以当时士子（肃宗乾元以后）在修习之余，多抄录文集，自撰或自抄类书，挟带韵书，以供场屋采掇。白居易《论重考试进士事宜状》云：“伏准礼部试进士例，许用书策，兼得通宵。”（《白居易集》卷六）另，《太平广记》卷二六一《梅权衡》条云：“唐梅权衡者，入试不挟书策，人皆谓奇才。”这也从反面说明挟书入试是科场为文的一条捷径。

③ 按，如晁公武《郡斋读书志》所录《兔园策》十卷，云：“唐虞世南撰。奉王命纂古今事为四十八门，皆偶俪之语。五代时行于民间，村塾以授学童。”《新五代史》卷五五《刘岳传》云：“《兔园策》者，乡校俚儒教田夫牧子之所诵也。”另，今敦煌卷子中有无名类书一卷（伯 2524），刘师培、王国维诸先生皆定为《兔园策府》，是书“按类隶事，集为对偶……舍不采诗文外，略与徐坚《初学记》同。”

现在，我们可以简单小结：有唐一代，在《楚辞》专书、《昭明文选》《宋玉集》及《艺文类聚》等大量类书的共同作用下，在唐代科考重诗赋的文化政策及世人尚诗重文的时代风习熏染下，楚辞作品得到了较为广泛的传播流布，为唐代学者士子们所熟习熟诵。换言之，这也就为唐人在诗文创作中对屈宋及其辞赋进行接受奠定了基础。

第二节　“矫枉过正，文之权也”

——唐代文学思想中屈宋评价的抑扬变化之迹

楚辞作品是中国古典文学滥觞之地生成的基本根脉，在先唐千余年间的文学发展史上担当过主角，发生过极为重要的作用。与《诗经》一样，楚辞也在很大程度上浸润并影响了古典文学的色彩、风貌及走向。自然而然，对屈宋其人其文的褒贬评说在文学史上也便从未中断，几乎每一特定历史时期都会有代表人物对屈宋作出带有时代印记的阐释和批评，形成了屈宋接受史上的重要组成部分，即屈宋接受阐释史。对此，在前文《先唐屈宋接受史说略》一章里，我们已有所论述。先唐的屈宋阐释经历过一个由重人格精神评价到重其辞赋作品自身文学价值评价的发展变化过程。或重人或重文，实则表露出了某种时代特征，同时也体现出了文学内在的审美属性在不同历史阶段的不同地位，即受时人重视的程度有较大差异。正是因了魏晋六朝以来文学自觉意识的推动，此一时期文士作家们针对屈宋所发表的意见，便多基于其辞赋艺术风貌、审美风格等外部形式进行辨析和讨论。换言之，此一阶段的屈宋阐释即可谓之文学视角下的屈宋阐释。这种时代风潮一方面使屈宋在魏晋六朝获得了很高的文学声誉，形成了屈宋接受史上的一个高潮；另一方面，也为唐人接受屈宋埋下了种种伏笔。唐人上承魏晋六朝，在社会政治、经济、文化各方面必然要受其较大影响，唐人的文学观念和文学主张自不例外，也一定跟此前不远的魏晋六朝有着千丝万缕的关系。要想厘清唐代诗学思想中屈宋评价的抑扬变化及其历史原因,须回到文学发展的历史情境中去寻求答案。

一、屈宋贬抑论

先唐屈宋阐释大略呈现出以屈原为主而宋玉为辅的格局,无论是对屈宋其人的评价还是对屈宋其文的评价,随历史进程又都表现出贬抑与称扬并行发展的线索。自沈约在《宋书·谢灵运传》里将屈宋并举,并认为他们是个体文学创作的源头后①,在具体的诗学批评中视屈宋为一体的论说更多。唐人承此观念,在他们的诗文中也往往将屈宋并称而不加分别,尤其是在唐人阐述其文学思想的表达中更是如此。也许在唐人看来,楚辞作品所体现出的文学风貌、文学精神及文学形态没有什么本质不同,所以也就无需分别对待。由于唐前的魏晋六朝是屈宋接受史上的一段辉煌时期,依一般逻辑,唐人或当承其余风而多称扬屈宋及其辞赋作品。然现实的情形却恰恰相反,唐人——尤其是中晚唐以前—— 对屈宋及其辞赋不仅鲜见称美,而且指责非难之词甚众。

初唐"四杰"中的卢照邻和王勃是较早对屈宋发难的代表人物,卢照邻《驸马都尉乔君集序》云:"屈平、宋玉,弄词人之柔翰。礼乐之道,已颠坠于斯文;雅颂之风,犹绵连于季叶。痛乎王泽既竭,诸侯为麋鹿之场;帝图伊梗,天下作豺狼之国。"②他认为楚辞作品创作乃文人雕章绘句之技,无礼乐教化之功,然而他并没有全盘否定楚辞作品,至王勃《上吏部裴侍郎启》则厉声指斥了:

> 夫文章之道,自古称难。圣人以开物成务,君子以立言见志。遗雅背训,孟子不为;劝百讽一,扬雄所耻。苟非可以甄明大义,矫正末流,俗化资以兴衰,国家由其轻重,古人未尝留心也。自微言既

① 按,《宋书·谢灵运传》云:"然则歌咏所兴,宜自生民始也。周室既衰,风流弥著,屈平、宋玉,导清源于前;贾谊、相如,振芳尘于后,英辞润金石,高义薄云天。自兹以降,情志愈广。王褒、刘向、扬、班、崔、蔡之徒,异轨同奔,递相师祖。"中华书局,1974 年 10 月第 1 版,第 1778 页。

② 董诰等编《全唐文》卷一百六十六,中华书局影印本,1983 年 11 月第 1 版,第 1691 页。

> 绝，斯文不振。屈宋导浇源于前，枚马张淫风于后。谈人主者，以宫室苑囿为雄；叙名流者，以沉酗骄奢为达。故魏文用之而中国衰，宋武贵之而江东乱。虽沈、谢争骛，适足兆齐梁之危；徐、庾并驰，不能止周陈之祸。于是识其道者卷舌而不言，明其弊者拂衣而径逝。《潜夫》《昌言》之论，作之而有逆于时；周公孔氏之教，存之而不行于代。天下之文，靡不坏矣。国家应千载之期，恢百王之业，天地静默，阴阳顺序。方欲激扬正道，大庇生人，黜非圣之书，除不稽之论。①

在王勃看来，屈宋之文遗雅背训而无益世教人心，开启了淫丽佚荡为文之先河，其贻害于后世者实多。其一是败坏文风，惟夸词诞说是务而忽略了文章应蕴含雅正的情志及应担负的化俗重任；其二是此种文风导致了“魏文用之而中国衰，宋武贵之而江东乱”的严重政治后果，并将齐梁周陈的祸乱败亡部分地归咎于其时的尚艳文风。王勃提出的正面主张是“激扬正道，大庇生人，黜非圣之书，除不稽之论”，即要抛弃发端于屈宋、扬波于枚马而流衍于沈(约)谢(灵运)徐(陵)庾(信)的所谓夸丽竞奇之文，回归到“甄明大义、矫正末流”而有资家国世用的正统文学道路上。其实稍加思索即可发现，王勃对屈宋的指斥存在着明显的逻辑漏洞。如楚辞作品风格及其制作模式是否必然就能引起汉魏六朝——尤其是晋宋齐梁以来—— 追求奇艳丰美的文学风尚？恐怕只能说楚辞作品仅在一定程度上与此有所关联而已，尤不能将齐梁浮艳淫靡之文学风习视为楚辞作品发展的必然结果；再如将文学风习与政治联系起来考察，从而认为屈宋以来的文风导致了数代王朝的衰亡，这显然也是夸大其词。王勃在其他论诗文的言辞中同样一味强调文学的王道教化之用，要求文学要发扬经邦治国的功能，认为“缘情体物”之作乃雕虫小技，为君子所耻。如其《平台秘略论·文艺三》云：

① 见《全唐文》卷一百八十，第1829—1830页。

> 《易》称观乎天文，以察时变；《传》称言而无文，行之不远。故文章经国之大业，不朽之能事，而君子所役心劳神，宜于大者远者，非缘情体物，雕虫小技而已。是故思王抗言词讼，耻为君子；武皇裁出篇章，仅称往事。不其然乎？至若身处魏阙之下，心存江湖之上，诗以见志，文宣王有焉。①

卢照邻、王勃主要活动于初唐永徽、龙朔年间，其时弥漫文坛上下的仍是承齐梁而来的绮艳婉媚文风，“上官体”即流行于此时期。“四杰”作为一股新生力量，他们对其时的文风非常不满，立志要打破并改变这种只追求词藻等形式技巧而忽略饱满情志等思想内容的不良习气。为此，他们便要大声疾呼，甚至于不惜矫枉过正，在痛诋六朝文学荡而不返的同时，连同屈宋汉魏以来文学自身发展所取得的系列成就也一并抛弃了。当然，王勃他们在论及屈宋时虽出语激烈，但这也仅限于在他们将楚辞作品与浮艳华靡文风关联起来论述之时，可以说是一时愤激之言。其实无论是就“四杰”的具体创作而言，还是就他们文学主张的实质而言，王勃等人对屈宋都有所接受，也有不少肯定性的评说。换言之，“四杰”要以自己饱含浓郁感情和壮大气势的诗文挽救虚空华艳的文坛流弊，其创作必然就要对楚辞作品强烈充沛的发愤抒情品格有所借鉴和吸收；“四杰”要以自己的理论檄文批驳“上官体”所代表的软媚错金的龙朔文风，同时也就必然要强调屈宋建安以来既重写怀又重刚健的气骨观和缘情观。王勃自己就说过“五际飞文，时动缘情之作”②、“志之所之，用清文而销积恨。我之怀矣，能无情乎？”③这与他在《文台秘府论》一文中称言“缘情体物，雕虫小技而已”的口吻便绝然不同。王勃还在另外一篇文章中肯定屈原辞作：“东山可望，林泉生谢公之文；南国多才，江山

① 见《全唐文》卷一百八十二，第1855页。

② 《越州秋日宴山亭序》，见《全唐文》卷一百八十一，第1843页。

③ 《秋日游莲池序》，见《全唐文》卷一百八十一，第1843页。

助屈平之气。”[1]这其实就是化用刘勰“屈平所以能洞监《风》《骚》之情者，抑亦江山之助乎”[2]的说法，认为屈子之作深蕴浓烈丰沛的情感，是值得学习的文章典范。

继初唐卢照邻、王勃之后，在其文论著述中对屈宋颇有微辞或明确贬抑者有中唐（大约从天宝中期以后至贞元中期）萧颖士、李华、梁肃和柳冕等人。

萧颖士评论屈宋的观点见于李华《扬州功曹萧颖士文集序》：

> 君以为六经之后，有屈原、宋玉，文甚雄壮，而不能经。厥后有贾谊，文词最正，近于理体。枚乘、司马相如，亦瑰丽才士，然而不近风雅。扬雄用意颇深，班彪识理，张衡宏旷，曹植丰赡，王粲超逸，嵇康标举，此外皆金相玉质，所尚或殊，不能备举。左思诗赋有《雅》《颂》遗风，干宝著论近王化根源，此后夐绝无闻焉。近日陈拾遗子昂文体最正，以此而言，见君之述作矣。[3]

从李华的记述可见，萧颖士对文学的认识态度还是较为中正平和的。他虽然认为楚辞作品脱离了儒家正统经典的轨道，但并未因此否定其文学成就，相反还积极肯定了它们的雄壮风貌，其实也就在一定程度上认可了屈宋作品“发愤以抒情”的悲怨品格，以及“一篇之中，三致志焉”的叙写方式。对屈宋之后的贾谊、枚乘、司马相如、扬雄等，萧颖士皆从不同角度有所肯定，有些评价还是很高的。[4]这与初唐王勃等人从指责屈宋开始，沿汉魏六朝一路横扫

---

① 《越州秋日宴山亭序》，见《全唐文》卷一百八十一，第1842页。

② 刘勰《文心雕龙·物色》。

③ 《全唐文》卷三百一十五，第3198页。

④ 按，独孤及《唐故殿中侍御史赠考功郎中萧府君文章集录序》里又记述了萧颖士另一番对屈宋的评价：“扬、马言大而迂，屈、宋词侈而怨，沿其流者，或文质交丧，雅郑相夺，盍为之中道乎？”（见《全唐文》卷三百八十八，中华书局影印本，第3941页）他在这里明确批评扬、马、屈、宋，并点出屈宋作品丰采丽句的形式特点及愤怨的情感内容，认为后世接受其影响的诗文偏离了雅正之“中道”。这显然与李华引述的观点有较大差异，萧颖士此种对屈宋评价的摇摆态度，也许恰恰能从某种意义上表明他本人虽主张宗经的文学观点，但又常常困惑于文学因其自身特质而力图挣脱经学束缚的发展趋势。

历代文学的思维方式便有很大不同。一方面,萧颖士自身的文学观点较为复杂,虽以宗经为主却也不排斥其他各家的文学思想;另一方面,萧颖士对文学内在属性及自身发展的客观规律有较清醒的认识,所以他只是说魏晋以后文学的良性发展线索中断了,他对齐梁绮艳文风未置一词,其反感态度可见一斑。

李华《赠礼部尚书清河孝公崔沔集序》云:

> 文章本乎作者,而哀乐系乎时。本乎作者,六经之志也;系乎时者,乐文武而哀幽厉也。立身扬名,有国有家,化人成俗,安危存亡。于是乎观之,宣于志者曰言,饰而成之曰文。有德之文信,无德之文诈。皋陶之歌,史克之颂,信也;子朝之告,宰嚭之词,诈也;而士君子耻之,夫子之文章,偃、商传焉,偃、商殁而孔伋、孟轲作,盖六经之遗也。屈平、宋玉哀而伤,靡而不返,六经之道遁矣。[①]

李华此段论述置文章于极高之地位,说它可以立身扬名、化人成俗并安危存亡。他还将文章优劣与作文者品德联系起来,分别文章为有德之文和无德之文两类。从具体行文语意辨析,亦即信美雅正之文与夸诞虚丽之文。在此种尊崇儒家经典的立论基础之上,李华对楚辞作品提出了彻底的否定意见,称其"哀而伤,靡而不返,六经之道遁矣"。综观李华所言,他之所以对楚辞作品持断然的否定态度,根本原因在于他明确坚持正统的儒家文道观。屈宋作品偏重抒发个人忧愤悲怨的特点在李华看来,即是对儒家伦理的背离,不仅无益于世道教化,相反还显暴君过有违礼法,实在是持论太过。

其后贾至、独孤及、梁肃、崔祐甫等也对屈宋辞赋发表过意见,如"洎骚人怨靡,扬、马诡丽。班、张、崔、蔡、曹、王、潘、陆,扬波煽飙,大变风雅,齐、梁、陈、隋,荡而不返"[②]、"荀孟朴而少文,屈宋华而无根"[③]、"屈原、宋玉怨刺比兴

---

① 《全唐文》卷三百一十五,第3196页。

② 贾至《工部侍郎李公集序》,见《全唐文》卷三百六十八,第3736页。

③ 梁肃《常州刺史独孤及集后序》文中引独孤及语,见《全唐文》卷五百一十八,第5261页。

之词，深而失中，近于子夏”[①]等等。由于他们都倡导古文，主张先道德而后文学，故在回顾描述先唐文统时便自然要对屈宋进行一番贬抑，这在中唐文体文风的理论探讨过程中似乎已形成了一种定式。中唐时写作专门论文文最多的可算是柳冕，在其文学观点阐述中对屈宋贬抑最多的亦当为柳冕。如其《谢杜相公论房杜二相书》云：

且今之文章，与古之文章，立意异矣。何则？古之作者，因治乱而感哀乐，因哀乐而为咏歌，因咏歌而成比兴。故《大雅》作，则王道盛矣；《小雅》作，则王道缺矣；《雅》变《风》，则王道衰矣；诗不作，则王泽竭矣。至于屈宋，哀而以思，流而不反，皆亡国之音也。[②]

再如《与滑州卢大夫论文书》云：

屈宋以降，则感哀乐而亡雅正；魏晋以还，则感声色而亡风教；宋齐以下，则感物色而亡兴致。教化兴亡，则君子之风尽，故淫丽形似之文，皆亡国哀思之音也。[③]

再如《与徐给事论文书》云：

文章本于教化，形于治乱，系于国风；故在君子之心为志，形君子之言为文，论君子之道为教。《易》云：“观乎人文，以化成天下。”此君子之文也。自屈宋以降，为文者本于哀艳，务于恢诞，亡于比兴，失古义矣。虽扬马形似，曹刘骨气，潘陆藻丽，文多用寡，则是一技，君子不为也。[④]

还有《答荆南裴尚书论文书》云：

及王泽竭而诗不作，骚人起而淫丽兴，文与教分而二。以扬、马之才，则不知教化；以荀、陈之道，则不知文章；以孔门之教评之，非

① 崔祐甫《穆氏四子讲艺记》，见《全唐文》卷四百〇九，第 4293 页。
② 《全唐文》卷五百二十七，第 5354 页。
③ 《全唐文》卷五百二十七，第 5356 页。
④ 《全唐文》卷五百二十七，第 5356—5357 页。

君子之儒也。①

柳冕一而再、再而三地痛诋屈宋，视屈宋辞赋为“亡国之音”，亡“雅正”而失“古义”，并且还是淫丽绮艳文风的始作俑者，开启了后世专务声色辞采而置文章道统于不顾的恶习，真可谓贻害无穷。柳冕何以如此仇视屈宋辞赋呢？我们从他的文章定义中即可看出端倪，如“文章之道，不根教化，别是一枝耳。当时君子，耻为文人”②；再如“文章本于教化，形于治乱，系于国风”③等。在柳冕这里，所有不以儒家政教观为指导思想而创作的诗文都是异端，都应扫除剪灭以正世人视听。先秦而来的文学发展史本是文学自觉意识逐渐苏醒的过程，是文学欲以挣脱经学羁绊而追求自身独立的过程，所以也便表现出了对声韵词藻等文学外在形式技巧的重视和探讨。凡此种种，在柳冕看来都是离经叛道之举，是可忍孰不可忍？在这种绝对的正统文道观支配之下，面对屈宋那些哀伤悲怨、忧郁愤悱而又体现出华美清丽之文学特性的辞赋时，柳冕其实早就有了先入为主的偏见，除了大加挞伐之外，还能指望他对屈宋辞赋说上几句客观公正的评价吗？显然很难！

萧颖士、李华、柳冕等古文先驱而后，对屈宋或不满或贬抑的言论渐少，不经意间即销声匿迹了。今检此阶段唐人诗文，仅得数条于屈宋颇有微辞的说法，举其大者如下。

其一见于白居易《与元九书》：

《国风》变为《骚》辞，五言始于苏李。苏李骚人，皆不遇者，各系其志，发而为文。故“河梁”之句，止于伤别，泽畔之吟，归于怨思，彷徨抑郁，不暇及他耳。然去《诗》未远，梗概尚存，故兴离别则引双凫一雁为喻，讽君子小人则引香草恶鸟为比，虽义类不具，犹得风人

① 《全唐文》卷五百二十七，第 5357 页。

② 《与滑州卢大夫论文书》，见《全唐文》卷五百二十七，第 5356 页。

③ 《与徐给事论文书》，见《全唐文》卷一百二十七，第 5356 页。

之什二三焉，于时六义始缺矣。①

白居易倡导“文章合为时而著，歌诗合为事而作”②的功利文学观，罗宗强先生在《隋唐五代文学思想史》一书中指出白居易重功利诗歌理论大略源自于《诗大序》所谓“经夫妇、成孝敬、厚人伦、美教化、移风俗”的文学思想，并无多少新意。③以此，白居易此处对屈骚的评价也不过是承袭前人，尤其是汉人的意见而已，认为骚人只重抒发个人怨思是一种偏失。但白居易出于其诗人的文学敏感而肯定了骚辞“梗概尚存”的内容，也肯定了楚辞作品“引香草恶鸟为比”的表现手法。④

其二见于孟郊《旅次湘沅有怀灵均》一诗：

分拙多感激，久游遵长途。经过湘水源，怀古方踟蹰。旧称楚灵均，此处殒忠躯。侧聆故老言，遂得旌贤愚。名参君子场，行为小人儒。骚文衒贞亮，体物情崎岖。三黜有愠色，即非贤哲模。五十爵高秩，谬膺从大夫。胸襟积忧愁，容鬓复凋枯。死为不吊鬼，生作猜谤徒。吟泽洁其身，忠节宁见输。怀沙灭其性，孝行焉能俱。且闻善称君，一何善自殊？且闻过称己，一何过不渝？悠哉风土人，角黍投川隅。相传历千祀，哀悼延八区。如今圣明朝，养育无羁孤。君臣逸雍熙，

① 《全唐文》卷六百七十五，第6889页。

② 白居易《与元九书》，见《全唐文》卷六百七十五，第6890页。

③ 参见罗宗强《隋唐五代文学思想史》（中华书局2003年10月第1版）对中唐文学思想的相关论述。

④ 按，白居易在其他一些咏及屈原的诗句里，还承袭班固、扬雄等汉人对屈子的看法，认为其九死未悔的精神及以死殉志的行为乃不知权变之举。或许是因为自身无法企及屈原的高度，所以在面对屈原高洁伟岸的人格精神时便表现出一种负荷不起的惶恐。为了消解这种惶恐而使自己内心求得某种平衡，后世不少士人便搬出“遇不遇命也，何必湛身哉”一类的说辞替屈原叹惋，其实他们更是为了开脱自己。窃以为白居易对屈子的评价亦属此类，如其《咏怀》云：“长笑灵均不知命，江蓠丛畔苦悲吟。”《咏家酝十韵》云：“独醒从古笑灵均，长醉如今敩伯伦。”《和万州杨使君四绝句·竞渡》云：“自经放逐来憔悴，能效灵均死几多？”《咏史诗》云：“士生一代间，谁不有浮沉。良时真可惜，乱世何足钦。乃知汨罗恨，未抵长沙深。”大都以为屈子固守心志不足效法，屈子之悲剧还不如贾谊之悲剧有价值。

德化盈纷敷。巾车徇前侣，白日犹昆吾。寄君臣子心，戒此真良图。[①]

孟郊是“韩孟诗派”的主要成员，无论就此诗派集体对屈宋的评价而言[②]，还是就孟郊个人对屈宋的一贯态度而言[③]，孟郊对屈原的贬抑都显得令人费解。孟氏生于天宝年间，少时适逢社会大乱。四十多岁始登第，之后又沉沦下僚，辗转漂泊，潦倒穷困以终。以此，孟郊诗作多哀怨之音[④]，“写得最多，也用力最深的，是抒写内心痛苦的抒情诗”[⑤]。这与屈宋作品怨愤哀思的格调应该说是相合的，而且孟郊还直接写过不少自比屈宋、同情屈宋的诗篇。如：“嘉禾忌深蠹，哲人悲巧诬。灵均入回流，靳尚为良谋”（《湘弦怨》）、“一掬灵均泪，千年湘水文”（《楚竹吟酬卢虔端公见和湘弦怨》）等。还有一首《楚怨》：“秋入楚江水，独照汨罗魂。手把绿荷泣[⑥]，意愁珠泪翻。九门不可入，一犬吠千门[⑦]”，更是完全借悲叹屈宋不幸遭际之酒杯来浇自身穷辱难达之块垒，流露出对屈宋的认同和志难获伸的无奈，也恰与《旅次湘沅有怀灵均》一诗对屈子的无端责难形成鲜明对比。郝世峰在其《孟郊诗集笺注》一书里概括说，孟郊的心灵历程是从“立身如礼经”到“始惊儒教误”。[⑧]指出孟郊内心深处有着浓烈的儒家正统

---

① 见《全唐诗》卷三七七，中华书局，1999 年 1 月第 1 版，第 4240—4241 页。

② 按，“韩孟诗派”的代表人物韩愈自己就说过：“屈原《离骚》二十五，不肯哺啜糟与醨。”（《寒食日出游夜归张十一院长见示病中忆花九篇因此投赠》）；“静思屈原沉，远忆贾谊贬。”（《陪杜侍御游湘西两寺独宿有题一首因献杨常侍》）；“主人看史范，客子读《离骚》。”（《潭州泊船呈诸公》）等，由此可见其对屈子的推尊。韩孟诗派的另一中坚人物李贺，称赞及模仿屈宋的作品屡见不鲜，所以杜牧称他的诗为“骚之苗裔”（《李长吉歌诗集序》，见《全唐文》卷七五三）。

③ 按，孟郊本人常以屈宋自况，如“泪流潇湘弦，调苦屈宋弹。”（《商州客舍》，见《全唐诗》卷三七四）；“楚屈入水死，诗孟踏雪僵。”（《答卢仝》，见《全唐诗》卷三七八）；他还赞美《楚辞》说“欲识楚章句，袖中艺茝薰。”（《桐庐山中赠李明府》，见《全唐诗》卷三七七）、“楚泪滴章句，京尘染衣裳。”（《张徐州席送岑秀才》，见《全唐诗》卷三七九）等。

④ 按，辛文房《唐才子传》称孟郊诗风“哀怨清切”。见傅璇琮主编《唐才子传校笺》，中华书局，1989 年 3 月第 1 版，第 514 页。

⑤ 郝世峰《孟郊诗集笺注》，河北教育出版社，2002 年第 1 版，第 23 页。

⑥ 按，此句系化用《离骚》“制芰荷以为衣兮，集芙蓉以为裳”，意谓屈原志趣高洁，亦以自喻。

⑦ 按，此句系化用宋玉《九辩》“岂不郁陶以思君兮，君之门以九重。猛犬狺狺而迎吠兮，关梁闭而不通”，意谓自己如宋玉一样都是穷士，受到社会的重重挤压而难以展示才华实现抱负。

⑧ 可参看郝世峰《孟郊诗集笺注》之前言部分。

用世观念，自然对儒家伦理有着较强烈的自觉维护意识，努力要做一个合乎儒家规范的正人君子。因此，当孟郊想要表白自己对“如今圣明朝”的一腔忠心之际，他满脑子涌上来的便都是儒家的纲常伦理，屈原也便马上变成了他笔下的“小人儒”，屈骚一唱三叹的情感抒发也成为自我炫耀的罪责了。此其一。其二，孟郊此诗，可能也包含“借责备屈原而取悦当今，以利个人仕途”[①]的现实动机。诚如是，则《旅次湘沅有怀灵均》一诗对屈子的贬抑即多少有些言不由衷，其中自有某种程度上的做戏成分。

其三见于裴延翰为其舅氏杜牧文集所作的序文：

> 文章与政通，而风俗以文移。在三代之道，以文与忠敬随之，是为理具，与运高下。采古作者之论，以屈原、宋玉、贾谊、司马迁、相如、杨雄、刘向、班固为世魁杰。然骚人之辞，怨刺愤怼，虽援及君臣教化，而不能沾洽时论。[②]

杜牧在《答庄充书》中说“凡为文以意为主，以气为辅，以辞采章句为兵卫”，这即与中唐柳冕等人极端功利的文学观大异其趣，以一般的重内容而轻形式的主张取代内含儒家伦理教化等严格规定性的功利说，确乎是符合文学内在属性的看法。裴延翰遵杜牧遗嘱为其编纂文集并为之作序，全文大体上也体现出了杜牧一贯的文学主张。即如此处对屈宋的评价，也先是肯定其“为世魁杰”，自然就是肯定其辞赋的文学成就，而后又指出屈宋作品因“怨刺愤怼”的内容情感而不能尽合于主流文学观。相对于贾谊、班固等人能够“奋然以拯世扶物为任，纂绪造端，必不空言。言之所及，则君臣礼乐，教化赏罚，无不包焉”[③]而言，裴延翰认为屈宋辞赋指引的方向虽非文学的康庄大道，但也应算是重要的文学遗产。

---

① 郝世峰《孟郊诗集笺注》，第263页。

② 裴延翰《樊川文集后序》，见《全唐文》卷七百五十九，第7881页。

③ 亦见《樊川文集后序》，第7882页。

二、屈宋称扬论

就整个有唐一代而言，较之屈宋贬抑论，对屈宋褒赞称扬并对屈宋辞赋持正面肯定的意见还是占主流地位。

1. 对屈宋其人的称扬。

先唐屈宋接受史上很重要的一个方面就是对屈宋其人的评价，汉代班固、王逸间的分歧也主要出于对屈原人格精神的不同认识。唐世几无专门研究“楚辞”的著述，但对屈宋其人，尤其是对屈原进行评说的言论并不鲜见，而且多称扬褒赞之辞。[①]同样是因为无专门的研究著述可供利用，我们现今可得的屈宋评说资料亦散见于唐人各类文章及笔记的记述之中。以下试略论之。

唐初英主李世民在总结忠孝之道时曾告诫臣下云：

> 孔子曰：“子从令者，不得为孝；臣苟顺者，不得为忠。”如斯之类，不可不察也。逆主耳而履道，戮孔怀以安国，周公是也；顺上心而安身，随君情以杀子，易牙是也；弃己之命，安君之身，纪信是也；挟国谋事，以报私雠，袁盎是也；孑身而执节，孤直而自毁，屈原是也；外显和睦之端，内怀汤火之意，宰嚭是也；忠谄之道，以此观之，足为永鉴。[②]

魏徵在论君子小人时也引屈原为例：

> 善小人之小善，谓之善善，恶君子之小过，谓之恶恶，此则蒿兰同嗅，玉石不分，屈原所以沉江，卞和所以泣血者也。[③]

以上两则称引屈原时，皆表达出对屈子其人的正面肯定。唐太宗以为屈原执

---

① 按，屈宋接受史上对屈宋其人进行评说时，往往会将屈宋分开，即评说者常常只评价屈原而不提宋玉。这与文人士子们在评价楚辞作品时，往往将屈宋并举又有所不同。笔者以为这可能是屈原高洁绝伦的人格精神力量及其影响远远大于宋玉的原因，此其一。其二，屈原形象包蕴着多方面的意义，可以作为忠直伟岸、高情远志及忧国忧君等品格的象征，也是贤士不遇者的代表。而宋玉则主要是一个潦倒寒士的符号。

② 唐太宗《金镜》，见《全唐文》卷十，第 128 页。

③ 魏徵《论君子小人疏》，见《全唐文》卷一百四十，第 1421 页。

着于自己的美政理想,虽遭放流仍坚持忠贞正直的气节,且终因此而酿成自沉汨罗的悲剧。这不能不说是很高的评价。还需注意的是唐太宗此处褒扬屈原,就是为了与宰嚭“外显和睦之端,内怀汤火之意”作对照的,并强调了“忠谄之道,足为永鉴”的警示意义。这更能够说明这位君主是视屈原为忠臣直臣而加以肯定的,以帝王之尊而如此评价屈子,其导向作用应该说是甚为重大的。魏徵称“善小人之小善”而“恶君子之小过”乃一种玉石不分的愚蠢行为,楚怀王正是因了此种愚蠢而疏远屈原,致使忠贤沉江并国削以亡的惨痛结局。换言之,在魏徵看来,屈原是君子是大贤,虽有小过但不掩其大德。

也许是因为唐初君臣的屈原评价规定了基本路向[①],也许是因为唐人远绍两汉以来称美屈原人格精神的主流认识。自此而后,唐人诗文凡论及屈原——有时也包括宋玉在内—— 一般都会同情他无端蒙冤的不幸遭遇,强调他忠正贤直的高洁品格,下举其要:

①周公圣而谤,屈平贤而放,贾谊才而谪。(张说《唐故夏州都督太原王公神道碑》,见《全唐文》卷二百二十八。)

②上帝懵懵,莫知我冤;众人憒憒,不为我言。泣贾谊于长沙,痛屈平于湘沅。(岑参《感旧赋》,见《全唐文》卷三百五十八。)

③士师黜,宣尼困,屈原逐,贾生愤,公其近之矣。(孙逖《太子舍人王公墓志铭》,见《全唐文》卷三百一十三。)

④白,嵚崎历落可笑人也。虽然,颇尝览千载,观百家,至于圣贤,相似厥众,则有若似于仲尼,纪信似于高祖,牢之似于无忌,宋玉

① 据《文献通考》载:“天宝七载诏:令郡县长官,春秋二时择日,粢盛世蔬馔时果酒脯,洁诚致祭。其忠臣义士,孝妇烈女,史籍所载德行弥高者,所在宜置祠宇,量事致祭。……楚三闾大夫屈原(长沙郡)、汉大将军霍光(平阳郡)、汉太傅萧望之(万年县)、汉丞相丙吉(鲁郡)、蜀丞相诸葛亮(南阳郡)。以上忠臣一十六人。”(见元马端临《文献通考·宗庙考》卷一百零三,中华书局,1986年第1版,第939页。)由此可见,唐初统治者对屈原精神价值的认识是一以贯之的,这种建庙祭祀的政治行为本身也会对时人的屈原评价产生莫大影响。

似于屈原。(李白《上安州李长史书》,见《全唐文》卷三百四十八。)

⑤宋玉事楚王,立身本高洁。巫山赋彩云,郢路歌白雪。举国莫能和,巴人皆卷舌。一感登徒言,恩情遂中绝。(李白《感遇四首》之一。)

⑥屈原之忠贞逐于楚,张仪之利口鞭于梁(崔国辅《上何都督履光书》,见《全唐文》卷四百二十。)

⑦摇落深知宋玉悲,风流儒雅亦吾师。(杜甫《咏怀古迹》之一。)

⑧臣闻忠邪不可以并立,善恶不可能同群。吴任宰嚭而伍胥鸱夷,楚任靳尚而屈原放逐。远惟前事,孰不痛心?(邵说《代郭令公请雪裴仆射表》,见《全唐文》卷四百五十二。)

⑨昔龙逄诛而夏亡,比干剖而殷灭,宫奇去而虞败,屈原放而楚衰。(陆贽《奉天请数对群臣兼许令论事状》,见《全唐文》卷四百六十八。)

⑩诚使古之豪杰之士,若屈原、孟轲、司马迁、相如、扬雄之徒,进于是选,必知其怀惭?(韩愈《答崔立之书》,见《全唐文》卷五百五十二。)

⑪仁如比干而剖死,直如屈原而溺死,廉如介推而焚死,忠如萧望之而药死,而道存洋洋乎不已。……呜呼!能养生于道者,生死长短可也。(牛僧孺《养生论》,见《全唐文》卷六百八十二。)

⑫灵均昔日投湘死,千古沉魂在湘水。(李群玉《竞渡时在湖外偶为成章》)

⑬沅湘流不尽,屈宋怨何深。日暮秋烟起,萧萧枫树林。(戴叔伦《过三闾庙》)

⑭何事荆台百万家,惟教宋玉擅才华。(李商隐《宋玉》)

⑮屈平忠而获罪,贾谊寿之不长。(李商隐《代李元为崔京兆祭萧侍郎文》,卷七百八十一。)

⑯节分端午自谁言，万古传闻为屈原。堪笑楚江空渺渺，不能洗得直臣冤。（文秀《端午》）

⑰谗胜祸难防，沉冤信可伤。本图安楚国，不是怨怀王。庙古碑无字，洲晴蕙有香。独醒人尚笑，谁与奠椒浆？（崔涂《屈原庙》）

⑱不肯迂回入醉乡，乍吞忠梗没沧浪。至今祠畔猿啼月，了了犹疑恨楚王。（汪遵《屈祠》）

⑲昔妲己之假，夺比干之真。靳尚之假，夺屈原之真。宰嚭之假，夺伍员之真。是三者，皆以至真之诚，卒不能制其假。（黄滔《公松甲松》，见《全唐文》卷八百二十四。）

上述引文作者，依其生活时代先后，跨唐代初、盛、中、晚四期；依其社会身份地位高低，亦有朝廷重臣与一般士子、文坛领袖与下层文士之别，甚至还有如文秀这样的僧人[①]，但他们对屈宋其人的认识和评价却大体一致。结合前文王勃、李华、柳冕等人在论文道关系及文章风貌时对屈宋的贬抑来看，这种对屈宋人格以较高的一致评价似乎表明当唐人的注意力转向对屈宋的才性气质及一生事功进行言说时，他们往往都会为屈宋的才华所倾倒、为屈宋的遭遇鸣不平、为屈宋的悲剧而大发感慨。此外，从以上引例中我们还可以看出，唐人在称说评价屈宋时，或是以其忠贞获罪对比奸佞得势，或是言其空有才华抱负却难得施展之机，字里行间往往都透露出自比屈宋的意味，亦即借凭吊古人而叹喟自己。以此言之，唐人对屈宋其人的这种褒赞称扬虽只是一般意义上的评价，但也恰恰从侧面表明屈宋的精神价值在唐人那里差不多已凝结定型，完全可以当作忠贤正直、高情远志、风流儒雅等一类历史人物的代表。明乎此，我们对唐人在其诗文创作中对屈宋及其辞赋的广泛接受也就很好理解了，因为整个时代对屈宋的这种肯定性评价即为诗文创作中的接受营造并

① 按，《全唐诗》附“文秀”小传云：“江南僧，居长安。以文章应制，与郑谷善。”

提供了一种良好氛围和思想基础。

除以上这些散见于唐人诗文中的屈宋评价外，唐代还有数篇专为屈子而作的悼念追颂之文，它们是柳宗元的《吊屈原文》、王茂元的《楚三闾大夫屈先生祠堂铭》[①]、蒋防的《汨罗庙记》[②]、罗隐的《三闾大夫意》、唐哀帝李柷的《封屈原敕》[③]和萧振的《重修三闾庙记》[④]。这些文章皆产生于中唐以后，表达了作者们对屈子的怀思、推尊和崇敬之意，多方面称扬了屈子“怀忠履洁、忧君爱国”[⑤]、“义特百夫、文横千古”[⑥]的精神和业绩。这进一步表明唐中叶后以屈原为主的屈宋正面评价呈稳步上升趋势[⑦]，我们亦可借以窥测到中唐以后的诗文创作对屈宋的接受要超过前期。

2. 对屈宋辞赋的称扬。

初唐一批重臣在修史过程中多有评价屈宋辞赋的文字，如令狐德棻《周书·王褒庾信传论》云：

① 按，《楚三闾大夫屈先生祠堂铭》序文云：“元和十五年，余刺建平之再岁也，考验图籍，则州之东偏十里而近，先生旧宅之址存焉。爰立小祠，凭神土偶，用表忠贞之所诞，卓荦之不泯也。”据此，则此文作于唐宪宗元和十五年(820年)。

② 按，蒋防《汨罗庙记》后序记述了该文的写作背景：“唐文宗太和二年春，防奉命宜春抵湘阴，歇帆西渚。邑宰马搏谓予曰‘三闾之坟，有碑无文，岂前贤缺欤？’……文曰：‘屈碑立兮，谗人泣兮。屈碑推兮，谗人咍兮。碑兮碑兮，汨之隗兮。天高地阔，孤魂魄兮’”。文宗太和二年(828年)上距王茂元作铭文仅八年。

③ 按，《旧唐书·哀帝本纪》载“三闾大夫祠，先以澧朗观察使雷满奏，已封昭灵侯，宜依天祐元年九月二十九日敕处分”，据此，《封屈原敕》当作于天祐元年(904年)九月。其时昭宗被杀，哀帝初立，此敕或许含有借阐扬屈子忠君精神而激发朝臣及四方诸侯，合力尊李唐王室而对抗将欲篡位的朱温之意。

④ 按，此文作者萧振系襄州忠义军节度使赵匡凝麾下文士，其作意与哀帝《封屈原敕》同，亦有借尊崇屈原忠君而凝聚人心，以扶王室的目的。

⑤ 萧振《重修三闾庙记》，见《全唐文》卷八百六十九，中华书局影印本，1983年11月第1版，第9099页。

⑥ 王茂元《楚三闾大夫屈先生祠堂铭》，见《全唐文》卷六百八十四，第7006页。

⑦ 按，这些追悼屈原的文章中，有时也会提到宋玉，如蒋防《汨罗庙记》云：“然三闾者，以大忠而揭大文，沉吟楚泽，哀郁自赞，爰兴褒贬，六经同风。至宋玉景差，皆弟子也。”这便表明在唐人的一般观念中，屈宋当属同道中人，此点由唐人评论楚辞作品时往往将他们并举连称中可看得更清楚一些。

逐臣屈平，作《离骚》以叙志，宏才艳发，有恻隐之美。宋玉，南国词人，追逸辔而亚其迹。①

魏徵《隋书·经籍志·集部序》云：

文者，所以明言也。……宋玉、屈原，激清风于南楚，严、邹、枚、马，陈盛藻于西京，平子艳发于东都，王粲独步于漳滏。爰逮晋氏，见称潘、陆，并黼藻相辉，宫商间起，清辞润乎金石，精义薄乎云天。永嘉已后，玄风既扇，辞多平淡，文寡风力。降及江东，不胜其弊。宋、齐之世，下逮梁初，灵运高致之奇，延年错综之美，谢玄晖之藻丽，沈休文之富溢，辉焕斌蔚，辞义可观。梁简文之在东宫，亦好篇什，清辞巧制，止乎衽席之间，雕琢蔓藻，思极闺闱之内。后生好事，递相放习，朝野纷纷，号为“宫体”。流宕不已，讫于丧亡。②

李百药《北齐书·文苑传序》云：

至夫游、夏以文词擅美，颜回则庶几将圣，屈、宋所以后尘，卿、云未能辍简。于是辞人才子，波骇云属，振鹓鹭之羽仪，纵雕龙之符采，人谓得玄珠于赤水，策奔电于昆丘，开四照于春华，成万宝于秋实。③

初唐史家对屈宋辞赋的认识评价，大略承魏晋六朝以来的看法。我们知道，魏晋以前的屈宋评论偏重于其人立身行事及精神价值的探讨，魏晋以后的屈宋评论渐变为对其辞赋作品本身的探讨，尤其是对屈宋辞赋语词意象、独特风貌和作品风格等外部形式的重视和讨论。从某种意义来说，魏晋六朝以来的屈宋阐释开始走向真正的文学阐释。令狐德棻、李百药、魏徵等初唐史家都目睹并亲历了前隋履亡的历史进程，对齐梁“宫体诗”一类绮艳文风流行

① 《周书》卷四十一，《王褒庾信列传》第三十三，中华书局标点本，1971 年 11 月第 1 版，第 743 页。
② 《隋书》卷三十五，《经藉志》第三十，中华书局标点本，1973 年 8 月第 1 版，第 1090 页。
③ 《北齐书》卷四十五，《文苑传》第三十七，中华书局标点本，1972 年 11 月第 1 版，第 601 页。

而影响到国家治乱也都有较明确的认识。以此，围绕在太宗身边的这些史学家们，其文学观即表现出一层鲜明的共性，这就是他们都反对淫靡文风，主张文学要有益于政教。如魏徵在总结前代败亡教训时说："古人有言：亡国之主，多有才艺。考之梁、陈及隋，信非虚论。然则不崇教义之本，偏尚淫丽之文，徒长浇伪之风，无救乱亡之祸矣。"[①]其思考问题的出发点完全着眼于政治，相对于王朝统治而言，文学实在是可有可无的点缀而已。太宗本人及令狐德棻、李百药等在不同场合对文学也表达过同样的意见。[②]魏晋六朝人阐释屈宋辞赋时即模糊认识到其为文学独立自觉的发端和萌芽，是有别于儒家经典的文士文学的源头。如沈约《宋书·谢灵运传论》中称："周室既衰，风流弥著。屈平宋玉，导清源于前；贾谊相如，振芳尘于后。英辞润金石，高义薄云天。自兹以降，情志愈广。"再如裴子野《雕虫论》在标举《诗经》"王化之道"后云："后之作者，思存枝叶，繁华蕴藻，用以自通。若夫悱恻芳芬，楚骚为之祖；靡漫容与，相如扣其音。"其中都透露出他们对屈宋辞赋形式美的注意，但前者正面肯定了这种文学形式方面的创新，而后者则从反面进行了否定。[③]然而，沈约、裴子野虽持论不同，但对屈宋辞赋艺术风貌及形式特征的把握却如出一辙，都强调了它们词藻精美、惊采绝艳而情感深蕴的一面。另外，他们还指出屈宋辞赋此种有异于《诗经》的风格特点开启了后世文士文学的创作，可谓翻开了文学史

---

① 《陈书·后主本纪后论》，中华书局，1972年3月第1版，第119—120页。按：《陈书》为姚思廉撰，但魏徵是监修官，故《本纪》部分及《皇后传》后的史论都出自魏徵之手。

② 按，唐太宗曾对房玄龄说："比见前后汉史载录扬雄《甘泉》《羽猎》，司马相如《子虚》《上林》，班固《两都》等赋，此皆文体浮华，无益劝诫，何假书之史策？其有上书论事，词理切直，可裨于政理者，朕从与不从，皆须备载。"（见《贞观政要·文史》，岳麓书社，2000年9月第2版，第235页）；又，贞观十一年，著作佐郎表请编次太宗文章为集，太宗谓曰："朕若制事出令，有益于人者，史则书之，足为不朽。若事不师古，乱政害物，虽有词藻，终贻后代笑，非所须也。只如梁武帝父子及陈后主、隋炀帝，亦大有文章，而所为多不法，宗社皆须臾倾覆。凡人主惟在德行，何必要事文章耶？"（见《贞观政要·文史》，第236页）两段记述都表现了太宗重史轻文，以文须有益政教为基本出发点。

③ 按，南朝时期楚辞作品评价的总体态势是积极肯定意见要远远多于否定意见。可参《先唐屈宋接受阐释史》一节所论。

上个体创作的新篇章。我们的问题是，唐初重臣兼史学家的魏徵等人既然十分重视并强调文学的政治教化作用，他们又为什么会在史书修撰中表达出对南朝齐梁文人屈宋辞赋观的明显承袭呢？概言之，有这样两点原因：其一，魏晋齐梁以来对屈宋辞赋的文学性阐释是符合文学自身发展的历史规律的，也是文学摆脱经学束缚走向独立自觉的重要表现。至于后来齐梁间“宫体诗”制作大盛而致文风浮靡不堪，这既有追求文学外在形式趋向极端的因素，更有其他复杂的历史原因，若是要求屈宋辞赋为此承担指责显然是简单粗暴的做法。魏徵等初唐开国重臣兼史学家们具有较高的眼光和见识，他们虽然在着眼政权与文学的关系时反对绮丽夸艳之文，但并不反对文学本身，也能够认识到文学自身应具备一定的辞采风情，因此他们便没有将齐梁淫靡俗艳文风泛滥归罪于屈宋辞赋。相反，如上文所引，他们还继承了曹丕、沈约、刘勰等人重视并高度评价屈宋辞赋文学创新成就及其作用于后世文学创作巨大影响的观点，对屈宋辞赋的文学表现形式及历史地位给予了恰当积极的肯定性评价。其二，任何社会风习一旦形成历史潮流，就会有一段较长的历史持续，其惯性力量有时还会产生很大影响。魏晋六朝以来的文学自觉意识促进了人们对文学音韵词采等形式要素的理论探讨和创作实践，形成了追求文学形式美的风潮。唐初，以太宗为首的高层政治家们认识到只顾形式而忽视内容的做法招致了齐梁浮艳文风张炽，为国家的长治久安计，他们反对绮艳而倡导文质并重的新文风。但在此前重文学形式美的历史潮流惯性作用下，“初唐三十余年的诗坛，追求绮艳仍是一种普遍倾向。三十余年间，创作实践上并没有足以振起一代的成就，以开创一代文风，不能够以新的文风去取代旧的文风。”[①]就连唐太宗本人都难以彻底摆脱这种惯性力量的影响，一方面在思想上认识到并时时警惕着绮艳文风，另一

① 罗宗强《隋唐五代文学思想史》，中华书局，2003 年 10 月第 1 版，第 27 页。

方面却创作出宫体诗要求臣下唱和[①]。在这样的时代，魏徵等初唐史家们当然也要受到此惯性力量的影响，其文学思想也就不可能一下子与其时的文学创作实际状况拉开绝大的距离。换言之，初唐史家们对屈宋辞赋的认识评价尚能承袭沈约等人的正确观点，而没有陷入后来王勃、李华、柳冕等人将屈宋辞赋的华美辞采与齐梁流靡文风等同而一棍子打死的偏执和极端，部分原因即是魏徵们还没有从历史的余波中回过神来，这也使他们幸运地避免了沦为只知叫嚷儒家文统而无视文学独立品格的吹鼓手。

除初唐重臣兼史家的魏徵等人外，对屈宋辞赋发表意见的另一史学家亦当一提，即《史通》的作者刘知幾。《史通·载文》篇云：

> 夫观乎人文，以化成天下，观乎国风，以察兴亡。是知文之为用，远矣大矣。若乃宣僖善政，其美载于周《诗》；怀襄不道，其恶存乎楚赋。读者不以吉甫、奚斯为谄，屈平、宋玉为谤者，何也？盖不虚美、不隐恶故也。是则文之将史，其流一焉，固可以方驾南、董，俱称良直者也。

在刘知幾看来，屈原、宋玉与董狐等有名的史官一样堪称良直，其辞赋作品具备“不虚美、不隐恶”的品格。此论既表达了刘知幾对于屈宋的敬仰之情，也表明了他对屈宋辞赋揭露主昏臣佞而致朝政荒蔽的内容持肯定态度，对屈宋辞赋叙写怀襄无道而抒发的怨愤情感持肯定态度。刘知幾本来认为文学与史学之间是有差异的，“然朴散淳销，时移世异，文之与史，较然异辙”，文与史是不能混为一谈的。可是他又为什么要用屈原作品来作为他论史的依据呢？黄中模认为其原因有这样几点[②]：第一，刘氏认为史书是叙事，有的还是“自叙”，而屈骚就具有“自叙”的史诗性的特点。《史通·序传篇》即谓：“盖作者自

---

① 据《新唐书·虞世南传》记述：帝尝作宫体诗，使赓和。世南曰：“圣作诚工，然体非雅正。上之所好，下必有甚者，臣恐此诗一传，天下风靡。不敢奉诏。”帝曰：“朕试卿耳！”见《新唐书》卷一〇二，中华书局，第3972页。

② 可参看黄中模《屈原问题论争史稿》，北京十月文艺出版社，1987年7月第1版。

叙，其流出于中古乎？案屈原《离骚经》，其首章上陈氏族，下列祖考；先述厥生，次显名字。自叙发迹，实基于此。”第二，刘氏主张史书要有文采，方能流传，学习《楚辞》，就可学比兴之法。他说，“文之将史，其流一焉”，文史同源，是互为影响的。第三，刘氏对史官把一些失实之作载入史册的行为深恶痛绝，认为自魏晋已下的史撰著述毛病甚多，其中尤以“虚美”为最。这些虚伪之作，危害极大，“行之于世，则上下相蒙；传之于后，则示人不信”。所以他要将屈骚作为“不虚美、不隐恶”的标准。依笔者之见，刘知幾特拈出屈宋辞赋“不虚美、不隐恶”的特点，较之前人是一大创见，赋予屈宋辞赋的怨愤品格以新的阐释。因为此前班固便指责屈原辞赋“责数怀王，怨恶椒兰”为“露才扬己，显暴君过”，颜之推又诟病屈宋为“自古文人，多陷轻薄”的代表，所以刘知幾此论更显得难能可贵。如能落实指导具体的文学创作实践即会对抗并突破班固、颜之推之流的此类无理指责，有着较强烈的现实理论意义。唐人诗文创作中的屈宋接受，多有称颂屈子忠直精神的，当可视为与刘知幾观点的同声相应。

较之史学家，唐代文学家当中称美屈宋辞赋的声音更为高亢，从李白、杜甫到韩愈、柳宗元、李翱、皇甫湜、皮日休等，可以列出一长串的名单。下择其要论录之，以使窥一斑而知全豹。

①大雅久不作，吾衰竟谁陈？……正声何微茫，哀怨起骚人。（李白《古风》其一）

②屈平词赋悬日月，楚王台榭空山丘。（李白《江上吟》）

③窃攀屈宋宜方驾，恐与齐梁作后尘。（杜甫《戏为六绝句》之五）

对“哀怨起骚人”一句，历来有不同理解。清人刘熙载解释说：“盖有《诗》亡《春秋》作之意，非抑骚也”[①]，笔者同意此说，认为李白并非如有些论者所称是将

① 引自杨金鼎主编《楚辞评论资料选》，湖北人民出版社，1985年5月第1版，第338页。

“正声”与“哀怨”对照，扬前抑后，贬低屈宋作品。恰恰相反，诗句表达的应是对正声微茫后骚人之作继起而避免了文学发展长河断流的庆幸，是对屈宋辞赋文学史地位的肯定。这点从“屈平词赋悬日月”一句中亦能够得到充分的证明，屈骚这个被认为堪与日月同辉的评判对象，难道在另一诗作中会被同一个评判主体视为低俗之作吗？杜甫咏及屈宋的诗句甚多，尤以“窃攀屈宋宜方驾”一句为人所熟知，也是经常被用来作为杜甫善法前人、主张继承文学发展过程中一切优秀成果的重要依据。正是因为杜甫有如此的高明之处，所以他便会视屈宋为师，视屈宋辞赋为可资学习的文章模范。

④屈原《离骚》二十五，不肯餔啜糟与醨。（韩愈《感春四首》其二）

⑤先生之貌不可得兮，犹仿佛其文章。……耀姱辞之曭朗兮，世果以是之为狂。（柳宗元《吊屈原文》，见《全唐文》卷二百九十二）

韩愈、柳宗元是唐代文章大家，二人对屈宋皆抱有同情的理解和景仰之意，对屈宋辞赋亦有很高评价。“不肯餔啜糟与醨”，即是从文学内容及形式方面高度称美屈骚的创新之功，指出其独特风貌对文学演进的推动。柳宗元是唐代屈宋接受史上最重要的人物之一，此篇《吊屈原文》本身就是对屈骚艺术表现形式的绝好学习成果。他说屈子文章“耀姱辞之曭朗”，这与刘勰、沈约及初唐史家等对“楚辞”文辞风格的认识大体一致，即肯定其英词华采、比兴迭起而明显异于《诗经》之质实的艺术体貌。

⑥骚者，愁也，始乎屈原。为君昏暗时，宠乎谗佞之臣。含忠抱素，进于逆耳之谏，君暗不纳，放之湘南，遂为《离骚经》。以香草比君子，以美人喻其君，乃变风而入其骚刺之旨，正其风而归于化也。（旧题贾岛《二南密旨》之《论风骚之所由》，引自张伯伟《全唐五代诗格汇考》）

⑦秦汉以来至今，文学之盛，莫如屈原、宋玉、李斯、司马迁、相

如、扬雄之徒，其文皆奇，其传皆远。……生轻宋玉，而称仲尼、班、马、相如为文学。按司马迁传屈原曰：“虽与日月争光可矣。”生当见之乎？若相如之徒，即祖习不暇者也。（皇甫湜《答李生第二书》见《全唐文》卷六百八十五）

⑧《楚词》《史记》《太玄》之不朽也，岂为资笑谑乎哉？如鸟鹊啁啾，声断便已，人如不闻尔，何足贵也？（皇甫湜《答李生第三书》见《全唐文》卷六百八十五）

⑨幸有烟波兴，宁辞笔砚劳。缘情无怨刺，却似《反离骚》。（钱起，一题钱珝《江行无题一百首》之一）

⑩先知孔圣，飞步天衢。汉承秦弊，尊儒尚学。百氏六经，九流七略。屈宋接武，班马继作。或颂燕然，或赞麟阁。降及三祖，始变二雅。仲宣闲和，公干萧洒。士衡安仁，不史不野。（皎然、汤衡、潘述等《讲古文联句》）

⑪高摘屈宋艳，浓薰班马香。李杜泛浩浩，韩柳摩苍苍。近者四君子，与古争强梁。（杜牧《冬至日寄小侄阿宜诗》）

⑫诗自风雅道息，二百余年而骚人作。其旨愁思，其文婉丽，亡楚之变风欤？至西汉李陵、苏武，始全为五言诗体，源于《风》，流于《骚》，故多忧伤离远之情。（于頔《释皎然杼山集序》《全唐文》卷五百四十四）

⑬自从宋生贤，特立冠耆旧。《离骚》既日月，《九辩》即列宿。卓哉悲秋辞，合在风雅右。（陆龟蒙《读〈襄阳耆旧传〉，因作诗五百言寄皮袭美》）

从例⑥至例⑬，我们可以看到唐代文士评价屈宋辞赋作品时总体上的称扬态度没有什么大的不同，然而其中也有一些细微的变化。如贾岛、皎然、于頔及陆龟蒙所论，即将屈宋辞赋归入儒家文学道统序列之内，认为它们是“变风”

之作，虽意旨情思有怨刺愤悱的一面，文辞形式有婉丽逐艳的一面，然而他们并未因此把屈宋辞赋视为齐梁淫靡文风的源头。相反给予了极高评价，陆龟蒙甚至还称宋玉《九辩》如伴日月之列宿。这便与中唐古文运动先驱者李华、柳冕等痛诋屈宋辞赋为哀以思的亡国之音大异其趣。以儒家正统文道观为标准而贬抑屈宋辞赋固属冥顽不化，但力图将屈宋辞赋牢笼在儒家文学道统之内的做法——尽管这样做是为了肯定它们的价值——其实也有一定程度的偏差。不过还原到具体的历史进程中，我们不得不承认唐人对屈宋辞赋的此种肯定评价无疑会促进唐人创作中的屈宋接受。此外，从这些引例中我们还可以发现，唐人有特意强调从屈宋辞赋中学习为文之法的意见。如皇甫湜写给李生的两封书信便反复陈说《楚词》为不朽之文，屈宋为文章之祖的意思。杜牧在写给侄子的诗章里也说“高摘屈宋艳”，即是说要学习屈宋辞赋的丰美辞采。这些意见，更是直接说明唐人诗文创作对屈宋有较广泛的接受。最后，在这些评论屈宋作品的材料中，钱起的“缘情无怨刺，却似《反离骚》”一句，显然有一些扎眼。因为这种说法与持正统观点或贬抑屈宋辞赋或褒扬屈宋辞赋的态度皆有较大差别，作者似乎就是很欣赏骚人之作的怨刺品格，并认为是其最主要最有价值的特性。如果只是效法学习它们的情思浓郁和惊采绝艳的外在形式，那么也就只是得其皮毛而遗其风骨。笔者以为这种认识表明唐人接受屈宋辞赋时已呈现出较复杂的多元格局。

三、抑扬变化的历史原因

检视有唐一代对屈宋其人其文的评价阐释，大致呈现出如下的图景：分言之，对屈宋其人，历唐代初、盛、中、晚四期我们听到的褒美之声要远远多于批评意见，大体上都表达了对屈宋，尤其是屈原高洁人格的景仰、忠贞罹祸的同情和眷恋宗国的颂扬。纵观唐代对屈宋其人的这种肯定性评价，还表现出越向后期越发明显而普遍的态势，即从初唐的一般性褒扬逐渐演化到中晚唐因社会政治变革而引起的广泛的较有针对性的称颂。如柳宗元《吊屈原文》就是因无罪遭贬而借怀悼屈子以抒写一腔愤懑，再如晚唐哀帝《封屈原敕》更含有高度赞美屈子忠贞精神以激发时人拥唐感情的政治目的。这些都与初、盛唐时人们只是承袭前人观点而泛泛评价屈宋的态度有所不同，体现了社会政治方面的深刻改变带来社会思潮的发展变化。另一方面，对屈宋辞赋作品的评价，也可以理出这样一条线索，即由初唐魏徵等史学家的肯定到“四杰”的否定，由盛唐李杜等诗家的肯定到前于韩柳的古文运动先驱李华、梁肃和柳冕等人更激烈的否定，再由韩愈、柳宗元、李翱等的大力肯定向后一直延续到晚唐杜牧、李商隐、皮日休、陆龟蒙等的肯定。屈宋辞赋终以胜利者的姿态走完了它在唐代文学史上三百余年的历程。

唐人对屈宋其人评价的一致与对屈宋其文评价的不一致，显然是两条不甚合辙的评价走向，也是与一般规律相违离的一种评价走向。究竟是什么原因导致了这样的悖论现象呢？笔者以为问题的实质在于唐代社会政治虽然也有较大的发展变革，但这种变革于屈宋其人的评价并未产生什么颠覆性的影响，唐人也就一直沿汉魏以来基本已定型化的屈宋评价来确认其精神价值了，表现于诗文中的屈宋议论也便一直呈一边倒的称扬之声。可是，唐代三百余年文学思想却有着很大的、甚至于对抗激烈的发展变化，这也就决定了唐人对待屈宋辞赋的态度出现了前后不同且反反复复的变化。当然，具体到唐代文学思想史的实际语境，具体到唐人对屈宋辞赋认识评价的细部变化，笔者以为仍需做具体的辨析。

先说初唐史家对屈宋辞赋的肯定，对此上文我们已有所分析，其一是出于历史惯性让他们继承了魏晋齐梁以来对屈宋文学史地位的高度评价。其二帝国初建时的雄迈气度给了太宗君臣以阔大的胸襟见识，使他们能够认识到屈宋辞赋的文学独创之功。其三是当时的文学创作实际状况仍以追求辞采形式之美为主要倾向，魏徵也提出过融合南北文风而取彼两长的文学主张，这本身也就含有对追求辞采的肯定,何况屈宋辞赋的奇情壮采风貌又是文学自觉的先声,所以也自然就是他们所肯定的对象了。再来说王勃、卢照邻等人对屈宋辞赋的否定,笔者在此欲强调一点,即"四杰"对屈宋辞赋的否定,很大程度上是为了反对"争拘纤微,竞为雕刻。揉之金玉龙凤,乱之朱紫青黄……骨气都尽,刚健不闻"[①]的龙朔文风,而他们使用的却是儒家政教文道观的思想武器,在后人看起来便显得又老又旧,也使他们自己走上了抹杀屈宋作品历史贡献的歧途。究其实,"四杰"提倡"在作品中表现浓郁的感情与壮大的气势"[②],这本身也不同于只强调政教作用而忽视文学特性的极端观点,同时屈宋辞赋又恰恰是蕴含浓郁感情与壮大气势的典范之作。以此,王勃等人的诗文创作自然也就有对屈宋辞赋表现形式及情采内容的诸般接受。

李杜是盛唐文学巨子,也是整个古代文学史上少有的天才诗人。他们对屈宋辞赋的肯定与接受,一方面与盛唐时代追求兴象玲珑与壮美风骨的诗学思想有关,与稍后一段时期重技巧形式的探索有关[③];另一方面,也与李杜卓绝千古而独标特出的文学创作才华有关,即与他们对一切优秀文学成果的敏锐感觉和对文学创作的自觉追求有关。以前者论,盛唐的雄健时世激荡起了人们前所未有的豪气胆略,而文学本质上又是一种抒怀写意的艺术,因此代表盛唐最高文学成就的诗歌即恰当准确地表现了唐人满腔激情的挥洒,尤其是李杜那天籁般的诗作,既集中地抒发了盛世情怀,又完美地体现了文学的本质属性。回头再看屈宋辞赋作品,就其强烈而充实的情感内容而言,与李杜诗作实有异代而同质之感。殷璠在《河岳英灵集序》里总结盛唐诗风时说:"既

① 杨炯《王勃集序》,见《全唐文》卷一百九十一,中华书局影印本,第1931页。
② 罗宗强《隋唐五代文学思想史》,中华书局,2003年10月第1版,第32页。
③ 可参看罗宗强《隋唐五代文学思想史》第三章《盛唐(睿宗景云中至玄宗天宝中)文学思想》及第四章《转折时期(玄宗天宝中至代宗大历中)文学思想》的相关论述。罗氏以为此期的文学思想有这样几个特点:一是崇尚风骨,二是追求兴象玲珑的诗境,三是追求自然的美,四是追求写实的方法,五是重技巧和追求形式美。

闲新声，复晓古体。文质半取，风骚两挟。言气骨则建安为传，论宫商则太康不逮。"[①]即明确表明唐人已认识到此时诗歌创作对屈骚艺术的接受。就后者论，李杜是诗仙诗圣，其文学天才得到历代公认，因此他们本能地会把握并捕捉到前代一切优秀的文学成果，他们绝不会如一般儒士那样固守陋识，只见树木而不见森林。以此，笔者以为李杜对屈宋辞赋的褒赏态度和创作接受，实在是极自然之事。当然，李杜的气质禀赋、生活经历及诗作风貌皆有很大差异，他们对屈宋辞赋的肯定角度与接受情状同样有所差异，可参后文相关章节之论述。

李杜而后，韩柳之前，出现了一个否定屈宋辞赋的小高潮，代表人物即是所谓古文运动先驱的文士群体。他们是萧颖士、李华、独孤及、梁肃及柳冕等人，其否定屈宋辞赋的具体论调已见前。此处需补充说明的是，李华等古文运动先驱之所以否定屈宋辞赋，其时代背景是唐代文学发展过程中出现了一个由骈文走向散文、由绮丽走向质朴的文体文风变革。唐代反对骈文而倡导散文的文学主张大略始于陈子昂，其《修竹篇序》倡风雅兴寄，"就在于明确提出了文体和文风改革的方向，以风雅去取代绮艳"[②]。据罗宗强先生的研究，天宝中后期至贞元间韩柳登上文坛之前，唐代的文体文风改革有了显著进展，文章由骈而散的转变已成不可阻挡之势。[③]否定屈宋辞赋作品的古文运动先驱们亦即主要活动于这一时期，他们否定屈宋辞赋的声音也主要是在对文体文风改革的理论探讨过程中发出的。前文我们已交代过李华、柳冕等人从儒家正统文道观出发，要求文学须有益世用教化，否则便是败俗之物。以此，他们极力反对藻丽雕饰之文而倡导质实简明之文，屈宋辞赋以其惊采绝艳的品格而受到否定也便是其文学思想中的应有之义了。然而，此时期的古文运动先

① 引自《唐人选唐诗》，上海古籍出版社，1978年9月新1版，第41页。

② 罗宗强《隋唐五代文学思想史》，第126页。

③ 参见罗宗强《隋唐五代文学思想史》第六章《中唐（德宗贞元中至穆宗长庆末）文学思想》的相关论述。

驱们亦如唐初的"四杰"一样，虽在理论上对屈宋辞赋严厉指斥，而在实际的创作中却有所接受。如梁肃《送前长水裴少府归海陵序》云："秋风木落，临水一望，远客之思多矣。……若悲秋送远之际，宋玉之所以流叹也，况吾侪乎？"[①]其一，文章起首就化用宋玉《九辩》意境；其二，从"宋玉之所以流叹也，况吾侪乎"的语气来看，梁肃在这里是将宋玉以先贤视之的，笔端流露出一定的敬意。大约与古文运动先驱们在散文理论方面倡导复古宗经的同时，诗歌方面却趋向于崇尚高情、丽辞和远韵，趋向于艺术形式的探索。因此，在对待屈宋辞赋的态度上，诗歌作者及其理论家亦表现出了与散文家们的迥然不同。如大历贞元间的诗人们并不反对丽藻，卢纶赞赏其从弟云："作吏清无比，为文丽有余"(《喜从弟激初至》)，钱起赞赏其友人称："河阳传丽藻，清韵入歌谣"(《和蜀县段明府秋城望期》)，皆是明证。诗论家皎然在其《诗式》中，屡屡阐发丽辞修饰的必要性[②]，对屈宋辞赋当然也就持肯定意见了。如在《诗议》之"论文意"条里称："班固虽谓屈原露才扬己，引昆仑、玄圃之事不经，然其文雅丽，可为赋之宗"[③]；在《诗式》之"文章宗旨"条称扬谢灵运时说："故能上蹑《风》《骚》，下超魏晋"[④]。这些对骚人辞作的正面评价，都可看作是此一时期诗歌理论思想的反映。

韩愈、柳宗元是继李杜后的文学巨匠，他们及其后学李翱、皇甫湜是唐代屈宋接受史上的关键人物，其褒美屈宋辞赋的评价行为为消解并扭转此前李华、柳冕等对屈宋的反对否定功莫大焉。自此而后，唐代诗文中恶评屈宋及其辞赋的论调几乎听不到了，代之而起的是从人到文的全面肯定。因此，可以说

① 见《全唐文》卷五百一十八，中华书局影印本，第5267页。

② 《诗式》卷一论取境说："或云：'诗不假修饰，任其丑朴，但风韵正，天真全，即名上等。'予曰：'不然。无盐阙容而有德，曷若文王太姒，有容而有德乎？'"；在"诗有六至"条又说"诗要至丽而自然"等等。

③ 引自张伯伟《全唐五代诗格汇考》，江苏古籍出版社，2002年第1版，第207页。

④ 引自张伯伟《全唐五代诗格汇考》，第229页。

韩柳对屈宋的重新评价，提醒了唐人对屈宋辞赋情感内容和丽辞形式的再认识，是唐代屈宋接受史上的一道分水岭①。韩柳是中唐时继古文运动先驱们而倡导古文的文坛领袖，他们对前辈是尊重的，如韩愈即是经梁肃荐举而中进士，登上了贞元八年（792）由陆贽主司的所谓“龙虎榜”②；对其文学复古宗经的理论也是继承的，如韩愈的“文以明道”说即是要求文学承担起阐扬儒家道统的责任。可是，为什么前后相承且都以倡导古文为务的两个群体，在对待屈宋辞赋的态度上却褒贬悬隔而大相径庭呢？最主要的原因是韩柳所处的时代不同于其前辈的时代，韩柳领导的古文运动有着与现实政治革新要求相联系的坚实基础与动力，而不仅仅是一场文体文风的改革。因此，韩柳身上都能够体现出积极用世的进取精神，同时也就多了许多遭遇不公时的牢骚愤懑之气。为此，屈原上下求索而九死未悔的坚定追求便深契韩柳之心；屈宋辞赋，尤其是屈骚的怨刺批判精神也便为韩柳所取资，进而演化成了“不平则鸣”说。此外，韩柳虽倡复古，但又强调文学独创，要求学习圣贤时“师其意不师其辞”，“惟陈言之务去”等，都鲜明地体现了他们对文学艺术特征有着较深刻的认识。所以，韩柳不会像其前辈一样简单粗暴地否定屈宋辞赋为浮靡之文，相反，他们认为屈宋作品是创意造言的典范，“其读屈原、庄周也，如未尝有《六经》也”③。在韩柳及其后学眼中，文学作品要明道但也要有文采，“屈原、宋玉、……皆足以自成一家之文，学者之所师归也。故义虽深，理虽当，词不工者不成文，宜不能传也。文理义三者兼并，乃能独立于一时，而不泯灭于后代，能必传也”④。柳宗元谈作文之法时也说过“庄周、屈原之辞，稍采取之”⑤的话。这些

---

① 可参看蒋方《唐代屈骚接受史简论》一文，载于《中国韵文学刊》，2005 年第 4 期。

② 按，《新唐书 欧阳詹传》云：“（詹）举进士，与韩愈、李观、李绛、崔群、王涯、冯宿、庾承宣联第，皆天下选，时称‘龙虎榜’。”见《新唐书》卷二百〇三，中华书局点校本，1975 年 2 月第 1 版，第 5787 页。

③ 李翱《答朱载言书》，见《全唐文》卷六百三十五，第 6411 页。

④ 李翱《答朱载言书》，见《全唐文》卷六百三十五，第 6412 页。

⑤ 柳宗元《报袁君陈秀才避师名书》，见《全唐文》卷五百七十五，第 5816 页。

都表明韩柳能够充分地认识到屈宋作品情采与辞藻两方面的文学价值，并自觉努力学习接受的态度。

杜牧、李商隐、皮日休、陆龟蒙等对屈宋辞赋的肯定是在韩柳及其后学拨乱反正后的晚唐，这一时期的诗文作家普遍怀有对屈宋的景仰之意，其辞赋作品也就成了被接受学习的主要对象①。晚唐何以会出现这样一个全面肯定屈宋的时代倾向呢？原因一是经过初、盛、中唐的光荣与梦想、强盛和风流之后，大唐帝国无可挽回地走向衰老、走向战乱，走向分崩离析。敏感的士人面对时移世易而江河日下的晚唐社稷，忧时伤乱的诸般情感往往会填塞心胸，更兼以世道昏暗个人命途坎坷难料的危机感亦时时紧逼。这就从根本上决定了晚唐文人对屈宋辞赋忧心国难、悲叹穷愁等主题的认同，他们从屈宋的悲剧遭遇中看到了自己的影子。原因二是晚唐文学思想发展中又出现了一次对文学艺术特征的探索，代表人物即是杜牧、李商隐。他们在诗歌方面追求细美幽约的情致，散文思想也由韩柳的“文以明道”走向了反功利而要求“以意为主”，以写真情为务②。这种重文学抒写人之性情的主张自然要冲淡传统儒家文道观的政教色彩，恰恰与屈宋辞赋反复致意的强烈抒情性有相通之处，即都表现出对文学自身属性的张扬。合此两点原因，我们即可看出晚唐对屈宋辞赋的普遍接受，既有内容因素又有形式因素。

要言之，有唐一代屈宋评价的抑扬变化及其历史原因略如上述。以今天的眼光来看，《风》《骚》同为古代文学源头，其滋养后世文学之功同等重要而

① 按，如杜牧在《李长吉歌诗叙》中评李贺诗歌为“《骚》之苗裔”，又曰“少加以理，奴仆命《骚》可也”；李商隐诗作中有许多化用宋玉赋作，尤其是《高唐赋》和《神女赋》的地方，并写过“回看屈宋由年辈”的诗句；皮日休《文薮序》中说“《离骚》者，文之菁英”等。此外，怀悼屈子追思宋玉的诗句，在晚唐诗歌中亦比比而见。如罗隐《渚宫秋思》云“欲招屈宋当时魄，兰败荷枯不可寻”；王鲁复《吊灵均》云“万古汨罗深，骚人道不沉”等。这些都表明晚唐人对屈宋及其辞赋全面肯定的时代倾向。

② 可参罗宗强《隋唐五代文学思想史》第十章《晚唐（敬宗宝历初至宣宗大中末）文学思想》之相关论述。

深远。后世文学思想的具体内容无论有怎样的不同，文学创作的具体形态无论有怎样的差异，究其实都接受了屈宋辞赋的不少沾溉，唐代文学发展自然亦不例外。那些曾否定过甚至是诋毁过屈宋的唐代文士，其否定与诋毁往往是在特定的历史情境下发生的特殊案例，诚如杨炯在《王勃集序》里明确宣称的那样，是“矫枉过正，文之权也”①。

第三节　唐代文学屈宋接受之普泛性与地域性

有关文学地域性的研究近年似乎已渐成风习，俨然开拓并推动了古代文学的总体研究格局和进程。法国哲学家丹纳在其《艺术哲学》一书中即宣称，人类一切物质文明和精神文明的性质面貌都取决于种族、环境和时代三大要素。文学自然也要受此规律制约，其中的环境因素在文学作品中的表现也就是其地域性。我国文学批评家刘勰更早在一千多年前就注意到了文学的地域特点，其《文心雕龙·物色》篇称：“若乃山林皋壤，实文思之奥府；略语则阙，详说则繁。然屈平所以能洞鉴风骚之情者，抑亦江山之助乎？”观刘氏所论，恰好是以屈宋的楚辞作品为例阐述其观点的，可谓为我们将要讨论唐代文学屈宋接受的普泛性与地域性提供了依据。因为文学作品的创作产生既然有地域性特征，那么其传播和接受也就随之具有一定的地域性特征。同时，相对于地域性而言，文学的传播和接受也还具有普泛性。屈宋辞赋由于处于古代文学的上游地位，其特出的艺术成就又润泽惠及后世文学甚多，故后世文学对屈宋辞赋接受的普泛性特点也更为明显。从实际的文学史发展演变来看，“风骚”并提就表明屈宋辞赋是古代文学的源头之一，大量拟骚祖骚的诗文作品也表明屈宋接受的普泛性特点要大于地域性特点。正因为后世文学对屈宋的接受

① 杨炯《王勃集序》，见《全唐文》卷一百九十一，中华书局影印本，1983年第1版，第1931页。

是普遍、广泛而明确的事实，所以我们此节的讨论便重在对唐代文学屈宋接受地域性特征的挖掘和分析。关于唐代南北文学不同的论述，刘师培《南北文学不同论》中有如下一段文字：

> 初唐诗文，与隋代同，制句切响，言务纤密。虽雅法六朝，然卑靡之音，于焉尽革。四杰既兴，文体益恢，诗音益谐。自是以降，虽文有工拙，然俳四俪六，益趋浅弱。惟李杜古赋，词句质素；张陆奏章，析理通明。唐代文人，瞠乎后矣。昌黎崛起北陲，易偶为奇，语重句奇，闳中肆外。其魄力之雄，直追秦汉，虽模拟之习未除，然起衰之功不可没也。习之、持正、可之，皆奉韩文为圭臬，古质浑雄，唐代罕伦。子厚与昌黎齐名，然栖身湘粤，偶有所成，咸则《庄》《骚》，谓非土地使然欤？若贞观以后，诗律日严。然宋沈之诗，以严凝之骨，饰流丽之词，颂扬休明，渊乎盛世之音。中唐以降，诗分南北。少陵、昌黎，体峻词雄，有黄钟大吕之音。若夫高常崔李，诗带边音，粗厉猛起；张孟贾卢，思苦语奇，缒幽凿险：皆北方之诗也。太白之诗，才思横溢，旨近苏张；温李之诗，缘情托兴，谊符楚骚；储孟之诗，清言霏霏，源出道家：皆南方之诗也。晚唐以还，诗趋纤巧，拾六代之唾余，自郐以下，无足观矣。

刘氏所言是一种大体上的宏观把握和论述，为有唐三百年间的文学发展勾画了一幅粗线条的面貌。我们引述这段话一是借其概括唐代文学的演变历史；二是为了说明刘氏对唐代部分诗文作家取法楚骚的注意及其对唐代诗分南北的相关分析，并以此表明唐代楚辞接受的确存在着地域性特征。

一、唐代文学屈宋接受之普泛性

唐代文学从一开始就在理论上倡导融合南北文风，为研究者所经常征引的是魏徵的一段论述：“江左宫商发越，贵于清绮，河朔词义贞刚，重乎气质。

气质则理胜其词,清绮则文过其意,理深者便于时用,文华者宜于咏歌,此其南北词人得失之大较也。若能掇彼清音,简兹累句,各去所短,合其两长,则文质斌斌,尽善尽美矣。”[①]在具体的文学创作方面,唐代文学同样表现出大一统政治格局下的全新面貌,由初唐的摸索过渡,再经“四杰”及陈子昂诗文革新旗帜下的创作实绩推动,至盛唐时渐渐形成并显现出自身的明确特点。这个特点就是殷璠在《河岳英灵集》里所言:“既闲新声,复晓古体。文质半取,风骚两挟。言气骨则建安为传,论宫商则太康不逮。”[②]换言之,随着唐帝国政治、经济、文化的发展,文学思想和文学创作实践较前代皆有很大变化,追求南北文风融合、追求风骚两挟、追求内容与形式的完美统一即是其重要特征。中国文学史之所以能够在唐代翻开最辉煌壮丽的一页,李杜韩柳等诗文大家之所以能够在唐代的文学星空上熠熠升起,文学自身方面的一个重要原因即缘于此。若要推举一位能够代表唐代文学全面学习并汲取古今一切优秀文学成果之精神与努力的文学家,诗圣杜甫当是最合适的人选。其《戏为六绝句》称“别裁伪体亲风雅,转益多师是汝师”、“窃攀屈宋宜方驾,恐与齐梁作后尘”,即明确表明自己积极主动博采众长的对待前代文学遗产的态度,从而成就了杜甫集大成性质的文学思想和崇高的文学地位。元稹在为杜甫所作的墓志铭中概括道:“盖所谓上薄风骚,下该沈宋,古傍苏李,气夺曹刘,掩颜谢之孤高,杂徐庾之流丽,尽得古今之体势,而兼人人所独专矣。”[③]此后,中晚唐的文学风貌虽有种种新变,但毕竟是承续前期文学精神发展而来,虽然一些文论家们也发表过抨击屈宋的言论,然而总体上的文学创作对“风骚两源”传统一直都表现出较全面自觉的继承和融合态势。以此,我们认为唐代文学对屈宋辞赋的接受十分普遍而广泛,基本涵括了初盛中晚各个文学发展时段,也体现于每

① 《隋书》卷七十六《文学传序》,中华书局标点本,1973 年第 1 版,第 1703 页。
② 引自《唐人选唐诗》,上海古籍出版社,1978 年 9 月第 1 版,第 41 页。
③ 元稹《唐故工部员外郎杜君墓系铭》,见《全唐文》卷六百五十四,第 6649 页。

一个诗文作家的绝大多数作品之中。

从楚辞作品在唐代的传播流布情况,我们也可以看到唐代文学楚辞接受的普泛性特点。譬如说《楚辞》专书及《文选》《艺文类聚》和《初学记》等一些收有屈宋主要作品的选本和类书,在唐代皆有较广泛的流布,是当时士子们重要的文学读本和提高文学修养及作文能力的重要途径。尤其是选本和类书,它们在扩大楚辞作品传播流布范围的同时,也就扩大了楚辞作品的影响,为唐代文士们较普遍的阅读接受楚辞作品提供了可靠的文本保障。此外,唐代是一个重诗赋才能的文学鼎盛时代,科考重诗赋对形成社会性的重文风习也起了很大的推动作用。唐人编选的一些文学总集如释惠《续古今诗苑英华》、李康《玉台后集》、蔡省风《瑶池后集》、徐坚《文府》等,皆是对前代著名文章总集《文选》《玉台新咏》及《古今诗苑英华》等书的续选。由续选这一角度,我们即可推知这些总集的编选标准当与其所效法对象的选文标准无实质差别,即都强调入选作品要有文辞情采。也只有这样,方能使其成为对于实际写作具有指导意义的选本,因为选编这些文集的目的之一就是为了给学习作文的士子们提供一个学习模仿的范本,以便他们在科考中能够脱颖而出。究其实,唐人虽在理论上一度对六朝文风大加挞伐,但由唐代类书大量选入他们所激烈批评的六朝作家如沈约、萧纲等的作品来看,这些与实际写作关系较紧密的文学选本、类书等传达出的文学观念,恰恰与其文学理论上对追求声律丽词的反对形成了较明显的反差。如元兢《古今诗人秀句序》即认为"使气飞动,缘情宛密"乃作诗要旨,而《古今诗人秀句》正是唐人诗文选本的一个代表,他的观点在某种程度上也正是唐代实际文学风尚的真实反映。据张伯伟《全唐五代诗格汇考》一书,唐代诗格类著作便有二十余种,而且他还指出"在古代文学批评著作中,作为专有名词的'诗格'是到唐代才有的"[①]。这些诗格类著作

① 张伯伟《全唐五代诗格汇考》,江苏古籍出版社,2002年4月第1版,第2页。

大致都是探讨作诗的技巧和方法的，主要包括声韵、属对、体势等。以上这些或许也能从一个侧面表明唐人的文学创作一直都是重视辞采、声律和情韵等文学要素的。而楚辞作品的最大特点恰恰就是惊采绝艳而蕴意浓烈、婉约深致而细腻幽美、比兴寄托而反复渲染，相对于质实朴茂的《诗经》而言，唐人欲以提高自己的文学修养和创作诗赋的才能时，其首选的学习对象无疑会是楚骚。

唐代楚辞接受的普泛性有这样两个特点：一是就历时性而言，从初盛唐至中晚唐，虽然文学思想中的屈宋评价多有变化，时而贬抑时而褒扬，但文学创作中的屈宋接受实则从未中断。一是就共时性而言，处于同一时期的唐代诗文作家，无论其占籍南北，其文学创作都会体现出对楚辞作品不同程度的接受。据笔者检索《全唐诗》并制成的“唐诗称引屈原数据库”、“唐诗称引楚辞及屈骚篇目数据库”和“唐诗称引宋玉及引用化用宋玉辞赋数据库”，仅唐代诗歌作品中称引屈原的即达 185 篇次，称引楚辞及屈骚篇目的也有 92 篇次；再如唐诗中仅直接称引过宋玉的诗人诗作就有 54 人次，共 99 篇次[①]。这些数据或许能够让我们对唐人接受屈宋的普泛性有一个感性认识。若再看看这些称引屈宋之作的作者时代与籍贯分布，我们便能进一步认识到这种普泛性是无可置疑的事实。因为这些诗人包括从骆宾王、宋之问、张说、李白、杜甫，到韩愈、柳宗元、白居易、杜牧、李群玉、李商隐、皮日休、陆龟蒙、罗隐、齐己、鱼玄机等百多位诗人，他们出生并生活在大唐王朝南北不同的各个地区，同时他们的文学创作活动时期也分属于大唐三百年间的不同历史阶段。此外，唐诗中还有不少直接描述吟咏楚骚的诗句，如：柳宗元“投迹山水地，放情咏《离骚》”（《游南亭夜还叙志七十韵》）、白居易“闲弃水芳生楚思，时时合眼咏《离骚》”（《湖上闲望》）、元稹“旋吟新乐府，便续古《离骚》”（《送东川马逢侍御使

① 按，具体分析见第三章《唐代文学屈宋接受量化析论》。

回十韵》)、张祜"幽栖日无事,痛饮读《离骚》"(《江南杂题》)、汪遵"憔悴莫酬渔父笑,浪交千载咏《离骚》"(《三闾庙》)、韦庄"分明昨夜南池梦,还把渔竿咏《楚词》"(《宿泊孟津寄三堂友人》)、刘兼"登高欲继《离骚》咏,魂断愁深写不成"(《登郡楼书怀》)等。这些咏屈唱骚的诗人生活时代跨越中晚唐百余年间,年辈较早的柳宗元、白居易等辞世数十年甚至是几十年后,年辈较晚的韦庄、刘兼等才出生,其各自的文学活动相差已近多半个世纪。相同的是他们的诗歌中都留下了此类推重楚骚的作品,甚至从具体的诗句中可见他们经常借高吟楚骚以抒情写怀。而且这似乎已变成了他们的一种生活方式,似乎是对东晋王司州在谢安宴会上高诵《九歌》而旁若无人的心领神会[①],是对王孝伯"痛饮酒,熟读《离骚》,便可称名士"[②]的践行。也许是因为"《楚辞》可以培养出一种傲睨万物的人生态度,提高一个人的独立人格,踏进另一超现实的精神境界","《离骚》可以把生活艺术化、诗化"[③],所以后世便有很多将文士风雅与吟咏《离骚》粘附在一起的说法。唐人这一派众口同声的吟咏正表明了其接受屈骚普泛性有特定的文化传统因素。再如南唐冯贽《云仙杂记》[④]内亦载有两条关乎唐人与《离骚》的记述,其一云:

卢杞与冯盛相遇于道,各携一囊。杞发盛囊,有墨一枚,杞大笑。盛正色曰:"天峰煤和针鱼脑,入金溪子手中,录《离骚》古本,比公日提绫文刺三百,为名利奴,顾当孰胜?"已而搜杞囊,果是三百刺。(引《大唐龙髓记》)

---

① 《世说新语·豪爽》载:王司州在谢公坐,诙"入不言兮出不辞,乘回风兮载云旗"。语人云:"当尔时,觉一座无人。"见徐震堮《世说新语校笺》,中华书局,1984 年 2 月第 1 版,第 331 页。

② 《世说新语·任诞》载:王孝伯言:"名士不必须奇才,但使常无事,痛饮酒,熟读《离骚》,便可称名士。"见徐震堮《世说新语校笺》,第 410 页。

③ 饶宗颐《〈楚辞〉与中国文人生活》,见其《二十世纪学术文集》卷十一,新文丰出版股份有限公司,1981 年第 1 版,第 373—374 页。

④ 《四库全书简明目录》称《云仙杂记》曰:"旧本题唐冯贽撰,或以为王铚所伪作也。皆杂记古人逸事,各注其所出之书,而其书皆古来史志所不载,依托显然。然工于造语,词赋家转相引用,知其赝而不能废焉。"

其二云：

钱芸士好读《离骚》，手不暇揭，忘去肉味，半月如斋。（引《姑臧记》）

由此类轶闻趣事性质的记述便可蠡测到楚骚在唐代较为广泛的传播，并见唐人对它们的赏爱之情。这同样也是一种视角，可使我们感觉到唐代文学屈宋接受普泛性的群众基础。

质言之，自刘汉建国而楚文化大兴，楚辞作品亦因之得以大范围地传播流布，并渐渐被后人视为与《诗》并立的文学源头之一种。本来是产生于楚地并染有浓郁楚文化色彩的屈宋之作，自此即已超越地域性限制而取得了全国性的文学地位。文学史演进到去汉已近千年之后的唐代时，楚辞作品的文学地位早已牢固树立而不可撼动了，因为此前历代的文学创作本身就是在《诗》《骚》两种营养的共同滋养下得以成长发育的。刘勰评价楚骚的文学影响时说："其衣被词人，非一代也。故才高者菀其鸿裁，中巧者猎其艳辞，吟讽者衔其山川，童蒙者拾其香草。"①今人姜亮夫也说过，"中国文学史自从有了楚辞，特别到了汉代，得到汉高祖的提倡，可以说，整个中国文学都楚化了，"② 这也是唐代文学屈宋接受普泛性要大于地域性的根本原因所在。

二、唐代文学屈宋接受之地域性

宋人黄伯思《新校楚辞序》云："盖屈宋诸骚，皆书楚语、作楚声、纪楚地、名楚物，故可谓之楚辞。"③从古人一些对楚骚风格独标的情辞及内容特点进行探讨的评论中，往往可见他们对其地域性特征的认识。所谓文学的地域性，最主要的还是指在特定地理条件下，在特定区域范围内，因政治、经济、

---

① 刘勰《文心雕龙·辨骚》。

② 姜亮夫《楚辞今绎讲录》，北京出版社，1981 年 10 月第 1 版，第 27 页。

③ 《宋文鉴》卷九十二《新校楚辞序》，中华书局，1992 年第 1 版，第 1307 页。

伦理、宗教、风俗、语言等一系列要素的合力作用而形成的富有独到特点的地域文化在文学中的表现。那么,楚文化到底是怎样一种地域文化呢?过常宝认为:“如果把楚辞或以屈原为代表的楚文化看作是一个完整的文化形态,我们认为,它显然不同于中原的儒家文化形态。它有着自己独特的品质,它的根本特点就是没有割断和原始巫祭文化的联系,因而使得楚文化带有浓郁的巫魅色彩”。[①]而所谓唐代文学屈宋接受的地域性,最主要的就是指唐代诗文作家或因其本身即生于楚地[②],或因其在较长一段时间内留滞楚地,或因其短时间内漫游经行楚地,从而受到楚文化的浸染和熏陶,在其诗文作品中表现出对屈宋其人的追念和怀思,在其具体的文学创作活动中表现出对楚辞作品的有意学习和效仿,写出了一些内含楚骚遗韵风神的诗文作品。

其一,生于楚地之作家的屈宋接受。

唐代的楚地本土作家,据陈尚君《唐诗人占籍考》所列有一百二十多人,其社会身份地位差异很大,各自的文学成就亦大小悬殊。另据周建军参照傅璇琮《唐才子传校笺》、谭优学《唐诗人行年考》、吴在庆《唐五代文史丛考》及周祖譔主编《中国文学家大词典·唐五代卷》等,并“以学术界最新的研究成果为准”制作的《唐代荆楚本土诗人考表》,共收录有一定文学影响的楚地本土诗人四十九位。这些诗人中初盛唐二十三位,中唐十一位,晚唐十五位。纵观这些楚地诗人的文学成就,较知名者有岑参、戎昱、张继、孟浩然、韩翃、张祜、郑谷、李群玉、段成式、李宣古、秦韬玉、胡曾、齐己和皮日休等。其他大多数诗人都诗名不显,往往仅存诗数首或一首。此外,在《全唐诗》中无诗作存留而在

① 过常宝《楚辞与原始宗教》,东方出版社,1997年6月第1版,第208页。

② 按,据周建军《唐代荆楚本土诗歌与流寓诗歌研究》(中国社会科学出版社,2006年5月第1版),所谓楚地在唐人观念中只是一个相对的模糊概念,主要偏重于地域和文化的分野。本文所言之楚地,取目前学界较普遍的意见,即大致以江汉、湘中为中心,北接故秦,南至袁州、郴州,西连巴东,东至夏口的楚文化典型的地区。

《全唐文》中有作品著录的楚地文人较知名者尚有刘蜕[①]。大体而言，楚地在唐代仍属欠发达地区，甚至于还未完全汉化，仍是许多左降官僚的迁谪之地。[②]因此，较之中原地区，楚地的文化教育也就落后不少，本土士子仕进机会亦大大低于中原地区，本土诗文作家数量及其文学成就和影响也就相应地逊于中原地区。但就是这些为数不多的楚地本土诗文作家，还是在唐代的文学发展进程中留下了他们的印记。

楚辞作品的诞育盖得益于楚地独特的地理、气候、民俗风物，及因之而长期形成的文化精神和文化氛围等条件，反过来它又以其悲壮哀怨的情辞和风格高标的文学成就给后世以莫大影响，尤其是对楚地文学的沾溉滋养之功甚大，推动了楚文化和楚文学的巨大发展，并使其成为了古代文化史和文学史上最重要的一个组成部分。因此，我们认为无论是作为楚文学史发展链条上的一环，还是作为整个中国古代文学史发展链条上的一环，唐代楚地作家的诗文创作都先天地必然地要染上楚辞作品的浓重色彩。而这种色彩，从唐代文学屈宋接受的整体角度而言，就是一种明显的地域性特征。刘勰《文心雕龙·辨骚》中概括楚辞作品的特点云："故《骚经》《九章》，朗丽以哀志；《九歌》《九辩》，绮靡以伤情；《远游》《天问》，瑰诡而慧巧；《招魂》《大招》，耀艳而深华；《卜居》标放言之致，《渔父》寄独往之才。"唐代楚地诗文作家的屈宋接受，从其作品的内容情志到辞采风神，往往也表现出这样一种况味。当然，有些诗文作家虽占籍属楚地，但其主要文学活动却是在楚地以外的其他地区，如边

① 按，刘蜕字复愚，长沙人。唐懿宗咸通间官左拾遗。曾流寓于射洪，聚生平所为文，掘土埋于南山，刻石曰文冢，并作《梓州兜率寺文冢铭》。据《新唐书》载："刘蜕《文泉子》十卷。"《全唐文》收录有刘蜕文共三十一篇。

② 按，如张说贬所在岳州、荆州；张九龄贬所亦在荆州；韩愈贬所在江陵、袁州；柳宗元贬所在永州；刘禹锡贬所在朗州、夔州等。

塞诗人代表岑参、"大历十才子"之一的韩翃[1]等,因之他们诗文创作中的楚文化色彩便淡一些,对楚辞作品的接受也就少一些。不过总会有某种屈宋式的楚文学因子渗透在他们的诗文当中,如岑参便在诗文中称引过屈骚和宋玉,即"帝城谁不恋,回望动《离骚》"[2]、"城边宋玉宅,峡口楚王台"[3]、"楚王犹自惑,宋玉且将归"[4]和"上帝懵懵,莫知我冤;众人憎憎,不为我言。泣贾谊于长沙,痛屈平于湘沅"[5]等。唐人殷璠《河岳英灵集》认为岑参诗"语奇体峻,意亦造奇"[6]也可谓揭示了这一点,因为屈宋作品的"瑰诡慧巧"和"耀艳深华"也正是奇丽、怪奇的一种表现,这说明文学的地域性特点也自有其微妙而不易察觉的渊源和传承关系。至于其他不仅生于斯长于斯,而且其主要的文学活动也多限于楚地境内的诗文作家,屈宋于他们而言即是最熟悉也最亲近的古人,为屈宋遭遇鸣不平的叹惋之声便常常出现在他们的笔端,仅孟浩然就有三首哀悼屈子的诗作,郑谷、胡曾、李宣古等也皆有此类诗作。下举数例:

①为多山水乐,频作泛舟行。五岳追向子,三湘吊屈平。(孟浩然《经七里滩》)

②树白看烟起,沙红见日沉。还因此悲屈,惆怅又行吟。(张祜《洞庭南馆》)

③凄凉怀古意,湘浦吊灵均。故国经新岁,扁舟寄病身。(郑谷《南游》)

④襄王不用直臣筹,放逐南来泽国秋。自向波间葬鱼腹,楚人

① 按,韩翃诗中有不少写及楚地的句子,如"行人楚国道"(《送海州姚别驾》)、"吹角楚天秋"(《送李侍御赴徐州行营》)、"五两楚云暮"(《送寿州陈录事》)、"残春过楚县"(《赠长洲何主簿》)等;亦有怀悼屈子的诗作,如其《送客游江南》"芳芷不共把,浮云怅离居。遥想汨罗上,吊屈秋风初"。皆见《全唐诗》卷二四四。

② 《送赵侍御归上都》,见《全唐诗》卷二〇〇。

③ 《送江陵泉少府赴任,便呈卫荆州》,见《全唐诗》卷二〇〇。

④ 《送崔全被放归都觐省》,见《全唐诗》卷二〇〇。

⑤ 《感旧赋》,见《全唐文》卷三百五十八。

⑥ 《河岳英灵集》卷中,引自《唐人选唐诗》,上海古籍出版社,1978年第1版,第81页。

徒倚济川舟。(胡曾《咏史诗·汨罗》[①])

⑤愤声高,怨声咽,屈原叫天两妃绝。(李宣古《听蜀道士琴歌》)

⑥宋玉亭前悲暮秋,阳台路上雨初收。(戎昱《题宋玉亭》)

⑦行云永绝襄王梦,野水偏伤宋玉怀。(李群玉《九日》)

正是因为楚地本土诗文作家与屈宋之间存在着这样一种因地域关系而产生的情感认同,所以其诗文创作同时也便表现出对楚辞作品更自觉地学习和接受。这种接受最直接的体现是,唐代楚地本土作家的诗文中大量而频繁地出现屈宋作品中的语词物象,如地名类的苍梧、巫山、洞庭、湘水等,草木类的枫、橘、兰芷、藤萝等,人物类的帝舜、湘妃等。这是因为唐时虽上距屈宋时代几近千年,但地理气候条件及自然生态并未发生很大变化,生活在这样一种大致相同环境中的作家,当后来者面对前贤辞赋中熟悉的物象时自然会倍感亲切,因而也就更易于引用化用它们到自己的诗文中。此其一。楚辞作品总体上有别于《诗经》的质朴、简洁和明快,表现出浓浓的哀感、悱恻和反复唱叹,其主旨常流露出怀乡恋土和高蹈适意的归隐情怀,其情感抒写常表现出重个性挥洒的主观特征,其用词造语常显现出清艳婉茂的色彩,所有这些在唐代楚地本土作家的诗文中亦得到了较明显的体现。如孟浩然“弃置乡园老,翻飞羽翼摧。故人今在位,歧路莫迟回”[②]、张祜“乡心日云暮,尤在楚城边”[③]、胡曾“谁念都门两行泪,故园寥落在长沙”[④]等,便颇同于《哀郢》“鸟死反故乡兮,狐死必首丘”和《九辩》“憭栗兮若在远行,登山临水兮送将归”的基调。再如戎昱诗歌多铺陈描写而悲气纵横,诗中多“愁”“泪”“哭”“啼”“悲”“涕”等字,其谪官辰阳时所作《辰州建中四年多怀》诗云:“海上红旗满,生前白发侵。竹寒宁改节,隼静早因禽。务退门多掩,愁来酒独斟。无涯忧国泪,无日不沾

① 按,刘熙载《艺概》谓胡曾诗“哀怨清楚,曲尽幽情”,也是点出其风格近骚的一面。

② 《送丁大凤进士赴举呈张九龄》,见《全唐诗》卷一九五。

③ 《登广武原》,《全唐诗》见卷五一〇。

④ 《寒食都门作》,见《全唐诗》卷六四七。

襟"[1]，亦与《涉江》"苟余心之端直兮，虽僻远而何伤"相类。此其二。周建军博士《唐代荆楚本土诗歌的整体考察》一文对此有较详细的论述，可参看。

楚地本土诗文作家中，较集中地体现了唐代文学屈宋接受地域性特征的当属李群玉、齐己和刘蜕，因为他们的作品既一再称引屈原、宋玉，又多方面借鉴楚辞作品的表现手法、汲取其精神蕴意。李群玉在其《进诗表》中自谓："以居住沅湘，宗师屈宋，枫江兰浦，荡思摇情"[2]，表明了他对屈宋的自觉接受。据笔者检索唐诗所得数据，李群玉称引宋玉及引用化用宋玉辞赋的诗作计有18首，与其全部268首存诗的比例为6.7%，在包括李白、杜甫、李商隐等二十名选作定量分析的诗人中排第一位。此外，他还有数首咏及屈骚的作品，如"落日潇湘上，凄凉吟《九歌》"[3]、"楚客罢奇服，吴姬停棹歌。涉江无可寄，幽恨竟如何"[4]，表达的也是对屈子千古沉冤的哀痛之情。齐己虽为诗僧，但对屈宋亦怀有深情，屡有或感叹或称赏屈宋的诗作，如"君不见楚灵均，千古沉冤湘水滨"[5]、"可怜宋玉多才思，不见天门十六峰"[6]等。刘蜕在《全唐文》中有文一卷，其《古渔父四篇》和《吊屈原辞三章》即是有意学习屈子风神的专门制作。如《哀湘竹》《下清江》《招帝子》等篇其实就是骚体诗，句中杂用"兮"字，错落有致。刘熙载谓其"学《楚辞》有深致""颇得《九歌》遗意"。[7]

其二，过境楚地与留滞于楚地之作家的屈宋接受。

籍贯不属楚地却因贬谪、赴任过道及漫游等各种原因而短期经行楚地或长期留滞楚地的诗文作家，他们在楚地创作的诗文作品往往带有较浓烈的楚骚色彩，遂形成了唐代文学屈宋接受地域性的另一种表现。据周建军的统计，

① 见《全唐诗》卷二七〇。
② 见《全唐文》卷七百九十三，中华书局，1983年11月第1版，第8318页。
③ 《湖中古愁三首》其一，见《全唐诗》卷五六八。
④ 《晚莲》，见《全唐诗》卷五六九。
⑤ 《行路难二首》其一，见《全唐诗》卷八四七。
⑥ 《题天门山》，见《舆地纪胜》卷七十《澧州》。
⑦ 刘熙载《艺概·文概》，江苏古籍出版社，2001年第1版，第75页。

仅《唐才子传校笺》《中国文学家大辞典·唐五代卷》《唐方镇文职僚佐考》及《唐刺史考》等论著中，即提到过九十六位流寓过楚地的诗人。这些诗人“占了整个唐代诗人的相当一部分，而且流寓荆楚的诗人中既有李白、杜甫这样的一流大家，也有刘禹锡、柳宗元等著名诗人。……可以毫不夸张地说，荆楚流寓诗人汇集了唐代诗人的精华，荆楚流寓诗歌，是他们优秀的诗歌素养和奇特的荆楚地域文化相结合的产物”①。其实，不独诗歌创作如此，唐代或短期经行楚地或长期留滞楚地的作家，其散文、辞赋创作同样深受楚文化及屈宋作品的很大影响。同时代人就已注意到了此种现象，如权德舆在其《送张校书归湖南序》中就说：“献岁南征者，以寓环堵于长沙故也，亦将参质文于屈宋，详岁时于荆楚。”②在《送张评事赴襄阳觐省序》中又说：“群贤以地经旧楚，有《离骚》遗风，凡今宴輚歌诗，惟楚词是敩。”③

唐代早期流贬到楚地的知名文士有王昌龄、张说、张九龄、崔成甫、李白、贾至等，仕宦或漫游楚地的有杜甫、刘长卿、戴叔伦等。以下举其诗文一二以言之④：

①枫林已愁暮，楚水复堪悲。别后冷山月，清猿无断时。（王昌龄《送张四》，见《全唐诗》卷一四三）

②咿嚘不可信，以此败怀王。客死峣关路，返葬岐江阳。啼狖抱山月，饥狐猎野霜。一闻怀沙事，千载尽悲凉。（张说《过怀王墓》，见《全唐诗》卷八十六）

③意神奇之可接，陟彼峻隅；想风景之不殊，翦为茂草。司马公又以为岘山故事，感羊祜以兴言；湘水遗风，怀屈原而可作：况登高

① 周建军《唐代荆楚本土诗歌与流寓诗歌研究》，中国社会科学出版社，2006 年 5 月第 1 版，第 128 页。

② 见《全唐文》卷四百九十一，第 5017 页。

③ 见《全唐文》卷四百九十二，第 5025 页。

④ 按，因辞赋作品文长难引，兼以后文将有专门讨论，故本节所引主要是诗文作品。

能赋,得无述焉?(张九龄《岁除陪王司马登薛公逍遥台序》,见《全唐文》卷二百九十)

④湘水吊灵妃,斑竹为情绪。汉水访游女,解佩欲谁与。同心不可见,异路空延伫。浦上青枫林,津傍白沙渚。行吟至落日,坐望只愁予。神物亦岂孤,佳期竟何许。(张九龄《杂诗五首》其一,见《全唐诗》卷四十七)

⑤我是潇湘放逐臣,君辞明主汉江滨。天外常求太白老,金陵捉得酒仙人。(崔成甫《赠李十二白》,见《全唐诗》卷二六一)

⑥关河望已绝,氛雾行当扫。长叫天可闻,吾将问苍旻。(李白《荆州贼平,临洞庭言怀作》,见《全唐诗》卷一八三)

⑦枫岸纷纷落叶多,洞庭秋水晚来波。乘兴轻舟无近远,白云明月吊湘娥。(贾至《初至巴陵与李十二白、裴九同泛洞庭湖三首》其一,见《全唐诗》卷二三五)

⑧谪居潇湘渚,再见洞庭秋。极目连江汉,西南浸斗牛。滔滔荡云梦,澹澹摇巴丘。旷如临渤澥,窅疑造瀛洲。君山丽中波,苍翠长夜浮。帝子去永久,《楚词》尚悲秋。我同长沙行,时事加百忧。(贾至《巴陵早秋,寄荆州崔司马、吏部阎功曹舍人》,见《全唐诗》卷二三五)

⑨何事长沙谪,相逢楚水秋。暮帆归夏口,寒雨对巴丘。帝子椒浆奠,骚人木叶愁。惟怜万里外,离别洞庭头。(刘长卿《巡去岳阳却归鄂州使院留别郑洵侍御侍御先曾谪居此州》,见《全唐诗》卷一四七)

⑩昔人从逝水,有客吊秋风。何意千年隔,论心一日同。(戴叔伦《湘中怀古》,见《全唐诗》卷二七三)

泛览这些诗文,可谓楚风扑面,其中除了有同于楚辞作品中的地理、人物和草木等物象外，亦多有对屈宋其人的怀悼和对其文创作手法的学习。王昌龄在楚地滞顿时间较长①，其诗作哀怨凄切之音甚重。清人沈德潜评曰："深情幽怨，意旨微茫，令人测之无端，玩之无尽，谓之唐人骚语可。"②张说由朝廷高官而贬往楚地，其际遇与屈子有更多相似之处，发而为文也便多悲怨凄清之声。《唐诗纪事》因评其楚地诗作云："谪岳州后，诗益凄婉，人谓得江山助云。"③这种种说法其实就是对刘勰"屈平所以能洞鉴风骚之情者，抑亦江山之助乎"的搬用。唐人当时在评说楚辞作品时亦多类似议论，如王勃《越州秋日宴山亭序》称："南国多才，江山助屈平之气。"李华《登头陁寺东楼诗序》云："屈平、宋玉，其文宏而靡，则知楚都物象，有以佐之。"由此而言，正是因为屈宋作品本身具有浓厚的地域特点，从而使后世文学对它们的接受也表现出了较明显的地域特点。李白、杜甫对屈宋的接受后文将详述，此不赘。

唐代中晚期流贬留滞楚地的知名文士有崔湜、吕温、杨凭、韩愈、元稹、柳宗元、刘禹锡、吴融等，仕宦或漫游楚地的有张谓、郎士元、孟郊、窦常和许浑等。以下试再举其诗文以觇之：

①江山跨七泽，烟雨接三湘。蛟浦菱荷净，渔舟橘柚香。醉中求习氏，梦里忆襄王。宅坏仍思凤，碑存更忆羊。（崔湜《襄阳作》，见《全唐诗》卷五十四）

②暮雨朝云几日归，如丝如雾湿人衣。三湘二月春光早，莫逐狂风缭乱飞。（杨凭《春情》，见《全唐诗》卷二八九）

③猿愁鱼踊水翻波，自古流传是汨罗。蘋藻满盘无处奠，空闻渔父扣舷歌。（韩愈《湘中》，见《全唐诗》卷三四三）

④神明固浩浩，众口徒嗷嗷。投迹山水地，放情咏《离骚》。（柳

---

① 按，据詹瑛考证，王昌龄于开元二十七年（739）贬岭南，傅璇琮《唐才子传校笺》中谓其天宝三载（744）春贬龙标，蒋长栋《王昌龄评传》又谓天宝七载（748）九月贬龙标，目前尚无定论。

② 沈德潜《唐诗别裁集》卷十九，中华书局，1975年版，第263页。

③ 计有功《唐诗纪事》卷十四，中华书局，1965年版，第196页。

宗元《游南亭夜还叙志七十韵》,见《全唐诗》卷三五二)

⑤昧者理芳草,蒿兰同一锄。狂飙怒秋林,曲直同一枯。嘉木忌深蠹,哲人悲巧诬。灵均入回流,靳尚为良谟。我愿分众泉,清浊各异渠。我愿分众巢,枭鸾相远居。此志谅难保,此情竟何如。湘弦少知音,孤响空踟蹰。(孟郊《湘弦怨》,见《全唐诗》卷三七二)

⑥沅江五月平堤流,邑人相将浮彩舟。灵均何年歌已矣,哀谣振楫从此起。……彩旂夹岸照蛟室,罗袜凌波呈水嬉。曲终人散空愁暮,招屈亭前水东注。(刘禹锡《竞渡曲》,见《全唐诗》卷三五六)

⑦雨滴秦中夜,猿闻峡外声。已吟何逊恨,还赋屈平情。暗逐哀鸿泪,遥含禁漏清。直疑游万里,不觉在重城。霎霎侵灯乱,啾啾入梦惊。明朝临晓镜,别有鬓丝生(吴融《府试雨夜帝里闻猿声》,见《全唐诗》卷六八七)

⑧斑竹年来笋自生,白蘋春尽花空落。遥望零陵见旧丘,苍梧云起至今愁。惟余帝子千行泪,添作潇湘万里流。(张谓《邵陵作》,见《全唐诗》卷一九七)

⑨湘山木落洞庭波,湘水连云秋雁多。寂寞舟中谁借问,月明只自听渔歌。(郎士元《夜泊湘江》,见《全唐诗》卷二四八)

⑩君非三谏寤,礼许一身逃。自树终天戚,何禅事主劳。众鱼应饵骨,多士尽餔糟。有客椒浆奠,文衰不继骚。(窦常《谒三闾庙》,见《全唐诗》卷二七一)

⑪宋玉含凄梦亦惊,芙蓉山响一猿声。阴云迎雨枕先润,夜电引雷窗暂明。暗惜水花飘广槛,远愁风叶下高城。西归万里未千里,应到故园春草生。(许浑《早秋韶阳夜雨》,见《全唐诗》卷五三五)

较之唐代早期,唐代中后期往来楚地及长期淹留楚地的文人更多一些,他们在楚地创作的诗文作品量也更大一些。以上引例只是选取了少数有代表性的作家的一两篇诗作，若能通读有过流寓楚地经历之唐代文人的全部诗文，仅凭诗文标题和行文中繁多的富有楚地特色的语词即能初步断定它们是作者创作于楚地的作品，进一步的内容分析往往便印证了我们的判断。因为这些诗文不仅大量描写了楚地风物，同时它们还自然而然地接受了以楚辞作品为代表的楚文化和楚文学的影响，染有较深的楚骚特色。正如韩愈在《祭河南张员外文》中所言："南上湘水，屈氏所沉。二妃行迷，泪踪染林。山哀浦思，鸟兽叫音。予唱君和，百篇在吟。"[①]凡经行楚地或留顿楚地的文人，他们首先会感于楚地风光物态之独特，次之自然就会想到楚辞作品对此地域人情风习之叙写，因此，其一旦有所触动而吟咏为文则必然会使用他们较为熟悉的得于书册典籍的楚骚意象，必然会借鉴学习楚骚惯用的比兴手法。如果再考虑到这些经行或留顿楚地的文人，往往都是流贬官员或穷困不得志者，楚地于他们而言既是远离家乡尤其是中原的异方，而且还具有现实和文化传统上的双重蛮荒之义。那么，楚辞作品务于哀伤悱恻的抒情模式，也就同时必然要为这些在楚地创作的迁客词人们当作可心可意的养料所汲取了。清人程学恂评韩愈《八月十五夜赠张公曹》云："此诗料峭悲凉，源出《离骚》，入后换调，正所谓一唱三叹有遗音者矣。"[②]评其《感遇四首》其二云："第二首直用《楚辞》语，明其所感同也。满怀郁郁，感时伤老。"[③]这些可谓都是对唐代楚地流寓诗文屈宋接受地域性的一种揭示。

正如唐人所言："沅、湘间沉怨抑激，有屈原遗风。"[④]"其地有崇山叠嶂，平田沃野，又有寒泉清流以灌溉之。其君子好义而尚文，其小人力耕而喜斗。而其俗信巫鬼，悲歌激烈，呜呜鸣鼓角鸡卜以祈年，有屈宋之遗风焉。"[⑤]以此，

① 见《全唐文》卷五百六十八，第5750页。
② 引自钱仲联《韩昌黎诗系年集释》，上海古籍出版社，1994年1月第1版，第263页。
③ 引自钱仲联《韩昌黎诗系年集释》，上海古籍出版社，1994年1月第1版，第372页。
④ 元稹《授齐煚饶州刺史王堪沣州刺史制》，见《全唐文》卷六百四十九，第6582页。
⑤ 李远《送贺著作凭出宰永新序》，见《全唐文》卷七百六十五，第7950页。

以外乡人身份而进入楚地的各种文人，其在楚地创作的诗文也就有了“屈宋之遗风”。从上引张谓、刘禹锡、窦常、吴融、许浑和韦庄等人的吟咏中，我们已能感受到这种文学接受中所表现出的地域性特点。如果再加上柳宗元“投迹山水地，放情咏《离骚》”而在楚地创作的诗文，则唐代文士因经行或留滞楚地而自觉学习接受楚骚的地域性特点会得到进一步地证实，因为柳宗元对楚骚的接受不仅是唐代文人中最明显最深刻的一个，甚至也是整个楚辞接受史上最深刻的一个。若要追问其亲近屈骚接受楚辞的原因，非常重要的一点就是贬官南楚的经历使然。后文细论，此不赘。

前文我们说过唐代文学楚辞接受的普泛性要大于地域性，即楚骚作为重要的文学传统，对后世各阶层文士的各类文体创作都有一定影响，唐代自不例外。因此，后文我们讨论或短期过境楚地或长期留滞楚地的作家及其诗文创作的楚辞接受地域性，实际从某种角度而言又再次证实了前文有关普泛性的论述。所不同者，在讨论地域性时，我们偏于强调来自各地且社会地位、身份各不相同的诗文作者，其在楚地的文学活动总是要感染楚地的风土人情，接受楚辞较为明显的滋养。就同一作者而言，较之他在楚地以外其他地区创作的诗文而言，则其在楚地创作的诗文一定带有更多更浓厚的楚骚味道。

第三章 唐诗屈宋接受量化析论

中国古代文学发展到唐代,掀起了一个极大的高潮,唐诗即是那挟万钧之力而直扑长空的潮头。有唐一代可谓是一个真正意义上的诗的王国,清康熙时彭定求等编著的《全唐诗》多达 900 卷,共收诗 48900 余首,作者两千多人。在唐人的这些诗作里,我们发现了不少追念叙说屈宋及引用楚辞作品文句、化用楚辞作品题旨或意境的作品。在唐人的这些诗作中,“屈宋”并称者共有十八篇次。结合唐人在文学理论探讨方面常常视“屈宋”为一体的看法,可以说唐人诗作中也有此倾向,即他们往往将“屈宋”并提,一方面表达对屈宋其人际遇、风范与文名的缅怀称颂,另一方面亦借以抒写自我的种种情怀。但是,若细加分析,我们就会发现唐人诗作中的屈宋面目还是有所分别的,并非完全一致或等同。换言之,唐代诗歌对屈宋及其辞赋作品的接受态度、接受指向和具体的接受表现,存在着不少细部差异与变化。为此,在此章概述唐诗对楚辞的接受时,笔者以为暂时将屈宋分开论述较为合理,亦较为明晰一些。

第一节 唐诗屈骚接受的定量分析与考察

唐诗中的屈骚遗味甚为浓厚,从初、盛、中、晚四期的唐诗中我们或可听到同情屈子遭放沉渊的叹喟,或可听到称美屈子孤傲高洁的颂声,或可听到借替屈子鸣不平而指斥昏暗现实的愤慨,或可听到视屈子为同道中人而低诉一怀辛酸的悲吟。当然,唐诗中有时也会冒出几句对屈子不大恭敬的话,但只是星星点点而已。总体而言,翻拣唐诗随处都能看到屈子的身影,看到唐人诗歌创作中对屈骚文句意旨的有意学习和借鉴。通过检索《全唐诗》,笔者得到几组数据,可资以对唐代诗歌的屈骚接受进行定量分析,并从不同角度考察比照唐代诗歌的屈骚接受情状。

先来看《全唐诗》中称引屈原的具体诗作。为求简明计,下表只列出《全唐诗》中称引屈原的诗人时代分布、诗作总量及不同称引语词等数据。具体详尽的称引数据以附表形式录于此节文后,可参看。此外,关于唐诗分期,笔者主要采用罗宗强先生的说法,同时又有所折衷,即将罗先生在《隋唐五代文学思想史》一书中划分的初盛唐与中唐之间的转折前期划归到前者,将转折后期划归到后者[①]。以此,下表中的数据统计便以初盛唐、中唐、晚唐三段来进行。

表 3-1　唐诗称引屈原的诗人及诗作分布

唐诗称引屈原情况		唐诗分期					
称引语词	诗作篇次	初盛唐		中唐		晚唐	
		诗人数量	诗作数量	诗人数量	诗作数量	诗人数量	诗作数量
屈原	31	5	6	9	10	14	15
屈平	21	5	9	7	8	4	4
灵均	45	1	1	11	21	17	23
屈子	2	0	0	0	0	2	2
屈大夫	4	1	1	1	1	2	2
楚大夫	3	1	1	0	0	2	2

① 按,罗宗强先生在《隋唐五代文学思想史》引言中,将唐代的文学发展划分为七个时期,即初唐、盛唐、转折前期(玄宗天宝中至代宗大历中)、转折后期(代宗大历中至德宗贞元中)、中唐(德宗贞元中至穆宗长庆末)、晚唐前期(敬宗宝历初至宣宗大中末)、晚唐后期。笔者此表合初盛唐及转折前期为一个时期,转折后期与中唐为一个时期,晚唐前后期为一个时期。

续表

唐诗称引屈原情况		唐诗分期					
称引语词	诗作篇次	初盛唐		中唐		晚唐	
		诗人数量	诗作数量	诗人数量	诗作数量	诗人数量	诗作数量
三闾	16	1	1	5	5	9	10
吊屈、悲屈、叹屈	13	2	3	5	5	5	5
骚人	16	3	4	5	5	6	7
汨罗	13	1	1	5	5	6	7
楚臣、楚客	20	2	4	9	13	2	3
湘累	1	0	0	0	0	1	1
小计	185	22	31	57	73	70	81

说明：

①表中数据系笔者检索北大《全唐诗》电子版，并对照中华书局《全唐诗》（1999 年 1 月第 1 版）所得。

②《全唐诗》中指称屈原的语词较为复杂，故表中所列不可能穷尽唐诗中全部称引屈子的诗句。如“楚大夫、骚人、汨罗、楚客”等条目，在唐诗中皆有较高的出现频率，笔者只取自以为系直接称引屈原的诗句，余者皆不录。如“骚人”共检得 40 余条次，表中只列出 15 条；“楚客、楚臣”共检得百余条次，表中仅列出 20 条。这些未摘列的诗作诗句，大多也与屈子有较密切的关系，只不过其指称屈子的意义不够显豁而已。

③由于同一诗人可能会以不同的语词多次称引屈原，如杜甫便分别用过“屈原、楚大夫、骚人、汨罗”等指称过屈子，故表中的诗人数量小计一栏所列数字要高于实际称引屈原的诗人数，但诗作总量不会变化。亦即表中所列为称引屈原的人次数，实际的诗人数量为初盛唐 12 人、中唐 33 人，晚唐 46 人。

由上表统计数据，并结合唐人称引屈原的具体诗作诗句（见本节后附表一“唐诗称引屈原数据库”），我们可以初步得到以下几点认识。

其一，唐人诗作中称引屈子较为常见，已形成了具有某种共性意义的文化现象。换言之，唐诗中出现的这些称引屈子的诗作，大体上表达的都是对先贤屈原的追思情怀和颂美之意，以具体的语言艺术创设了富含多种意蕴的文学情境，并借此塑造了一个唐诗中的屈原形象。这个形象的正面意义通常包括高洁忠贞、忧国怀乡、乱世独醒、上下求索、以身殉志等节操和品质。如：

①尝闻履忠信，可以行蛮貊。……北渚吊灵均，长岑思亭伯。

(刘禹锡《游桃源一百韵》)

②灵均说尽孤高事,全与逍遥意不同。(汪遵《渔父》)

③万古汨罗深,骚人道不沉。明明唐日月,应见楚臣心。(王鲁复《吊灵均》)

④行客谩陈三酎酒,大夫元是独醒人。(洪州将军《题屈原祠》)

⑤屈子生楚国,七雄知其材。介洁世不容,迹合藏蒿莱。(王毂《古意二首》其一)

⑥曾食灵均之肉兮,个个为忠臣。又想灵均之骨兮终不曲。(贯休《读离骚经》)

以上诗例大都直接称美屈原,指出其正道直行品格之可贵,表达了诗作者们对屈子的深切尊崇和敬仰,也表明了唐人对屈子精神遗产的积极肯定和接受。

其二,唐诗称引屈原的语词较为丰富多变,一方面说明唐人对屈子的历史掌故甚为熟谂,所以在他们的诗歌创作过程中往往能信手拈来。另一方面,这也表明唐人诗作中对屈原的称引内涵丰富,指向多端。除上文所引诗例表达的直接颂美之外,尚有感叹屈子无辜蒙冤而忧愤难解等意,从“伤屈、吊屈、叹屈”等称引语词也可感受到这一点。如:

①秋入楚江水,独照汨罗魂。手把绿荷泣,意愁珠泪翻。(孟郊《楚怨》)

②栖栖王粲赋,愤愤屈平篇。各自埋幽恨,江流终宛然。(元稹《楚歌十首》其一)

③襄王不用直臣筹,放逐南来泽国秋。自向波间葬鱼腹,楚人徒倚济川舟。(胡曾《咏史诗·汨罗》)

④节分端午自谁言,万古传闻为屈原。堪笑楚江空渺渺,不能洗得直臣冤。(文秀《端午》)

诸如此类的诗例在唐诗中可谓比比皆是,诗人们其实往往是在嗟咏屈子遭际的同时来抒发自己的幽怀，都是借屈子的杯中之酒来浇自己的满腔恨愁。又如：

⑤笑矣乎，笑矣乎。赵有豫让楚屈平，卖身买得千年名。（李白《笑歌行》）

⑥屈原沉湘流，厥戚咸自贻。何不若范蠡，扁舟无还期。（吴筠《览古十四首》其一）

⑦长笑灵均不知命，江蓠丛畔苦悲吟。（白居易《咏怀》）

⑧懒学三闾愤，甘齐百里愚。耽眠稀醒素，凭醉少嗟吁。（《酬乐天东南行诗一百韵》）

⑨从来不爱三闾死，今日凭君莫独醒。（刘得仁《赠从弟谷》）

这些诗例又是从另一角度来解读屈子，即与正面颂美屈原精神、感叹屈原遭遇相反，诗作者们上承班固、扬雄的观点，认为屈原孤高自许而抱愤沉江的行为不足效法，是咎由自取不知权变。从“唐诗称引屈原数据库”的全部诗例来看，唐诗中像这样从反面解读屈原的诗作虽非主流，但也占有一定比重，是唐诗屈原接受不可忽略的一个方面。

其三，就表一所列初盛唐、中唐及晚唐三阶段来看，唐诗中称引屈原的诗人诗作数量明显呈随时代推移而上升之势。为了更清楚地描述这一变化进程，我们可将表一的数据转化为下面的图形：

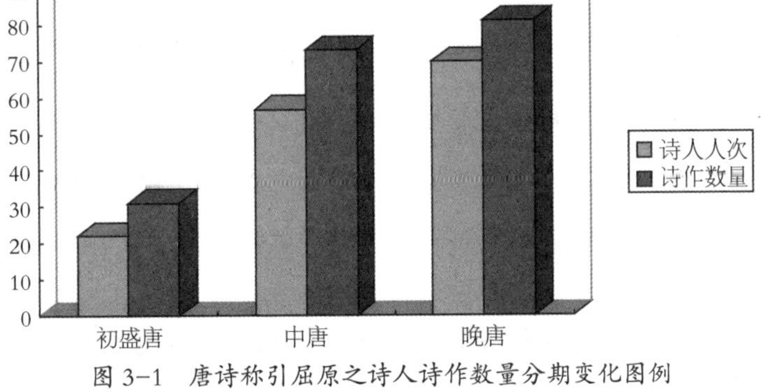

图 3-1　唐诗称引屈原之诗人诗作数量分期变化图例

上面的图例向我们直观地展示了唐诗称引屈原的演变情况。就称引人次言之，初盛唐、中唐、晚唐三阶段在其诗作中称引屈原者分别为 22 人次、57 人次和 70 人次；就诗作数量言之，此三阶段称引屈原者分别为 31 首、73 首和 81 首。比较即可得出如下数据：中唐比初盛唐多出 35 人次，诗作多出 42 篇次；晚唐比中唐又多出 13 人次，诗作多出 8 篇次。中晚唐以后称引屈原的诗人数量及诗作数量皆远远超轶初盛唐时期，如果再考虑到有唐约三百年（618—907 年）的历史中初盛唐时期占一半以上的时间[①]，则更能够说明中晚唐诗人对屈原的情感较之初盛唐诗人要浓烈得多。若再比较一下中唐和晚唐，则晚唐诗人诗作中对屈原的称引又多于中唐，但只是相对数量要稍多一些而已，其差别并不像与初盛唐相比之下的那样悬殊。为什么唐人诗作中对屈原的称引会呈现出这样一个随时代推移而明显增多的变化趋势呢？社会原因是唐帝国由强盛走向式微直至最后的分崩离析，必然要影响到经济、政治、文化等各个方面，人的精神风貌更是难以逃过这一必然规律的制约。所以，唐诗在初盛唐时的雄浑高歌和风雷激荡在中唐诗歌中便渐渐成了稀缺元素，到晚唐诗歌中即成绝响而难觅其踪了。以此，初盛唐人一心向往的是建功立业，而雄健的时世也为他们提供了这样一种可能，故而其诗歌中很少出现屈原忧愤悲吟的形象也就容易理解了。而中晚唐诗人则不同，经“安史之乱”后的唐王朝虽维持了百余年，但元气大伤且百孔千疮，士子们的个人际遇和人生理想也难以与初盛唐时相比。屈原谗于群小而惨遭逐放沉江的悲剧一生，对中晚唐诗人有着很深刻的现实意义，往往能够引起他们感同身受的共鸣；屈原忠贞刚直、乱世独醒、忧时伤国等品格，同样也能够激发起中晚唐诗人的广泛认同。此外，从文学思想自身发展来看，中晚唐的诗歌美学理想也与初盛唐时

---

① 按，本文的初盛唐时期指从唐高祖武德初至代宗大历中，即从公元 618 年至 773 年，大约一百五十余年，而唐王朝的整个统治时间尚不足三百年。可参看前文笔者关于本文初盛唐、中唐和晚唐三阶段分期时限的说明。

异趣。简言之，初盛唐时对风骨兴象的追求已慢慢淡出诗坛，代之而起的是中唐时“崇尚高情、丽辞、远韵”的诗风，和晚唐时“追求细美幽约的情致”“追求绮艳清丽的诗风”。[①]尽管屈骚中也有壮美，但其惊采绝艳的风貌往往在注重诗文辞采之时更能引起人们的注意。因了以上这些要素，中晚唐诗作中随之便大量出现了对屈原的颂美和对屈骚的称扬。中晚唐时仅专门悼念屈子的诗作即有数首，与初盛唐时的空白形成了鲜明对照。如皎然《吊灵均词》[②]：

昧天道兮有无，听汨渚兮踌躇。期灵均兮若存，问神理兮何如。愿君精兮为月，出孤影兮示予。

天独何兮有君，君在万兮不群。既冰心兮皎洁，上问天兮胡不闻。

天不闻，神莫睹，若云冥冥兮雷霆怒，萧条杳眇兮馀草莽。古山春兮为谁，今猿哀兮何思。

风激烈兮楚竹死，国殇人悲兮雨飔飔。雨飔飔兮望君时，光茫荡漾兮化为水，万古忠贞兮徒尔为。

再如李德裕的《汨罗》[③]：

远谪南荒一病身，停舟暂吊汨罗人。都缘靳尚图专国，岂是怀王厌直臣。

万里碧潭秋景静，四时愁色野花新。不劳渔父重相问，自有招魂拭泪巾。

再如齐己的《吊汨罗》[④]：

---

① 可参看罗宗强《隋唐五代文学思想史》的相关论述。

② 见《全唐诗》卷八二一。

③ 见《全唐诗》卷四七五。

④ 见《全唐诗》卷八四七。

落日倚阑干，徘徊汨罗曲。冤魂如可吊，烟浪声似哭。我欲考鼋鼍之心，烹鱼龙之腹。

尔既啖大夫之血，食大夫之肉。千载之后，犹斯暗伏。将谓唐尧之尊，还如荒悴之君。

更有逐臣，于焉葬魂。得以纵其噬，恣其吞。

在某一特定时期的诗歌创作中如此较集中地以屈原为抒写对象，不仅是唐代屈原接受史上的独特景观，甚至也可说是历代屈原接受史上较有特色的现象。因为下章拟专门探讨唐诗在不同阶段对屈宋接受的具体演化轨迹及其深层原因，故此处不再展开论述。

以下我们换一角度，看看在唐诗中称引屈原的具体是哪些诗人，以及这些诗人称引屈原的诗作篇次。据“唐诗称引屈原数据库”，我们可知称引屈原的唐代诗人分布极其广泛，试列举出一些诗人即可明晓，如宋之问、骆宾王、王维、李白、吴筠、刘长卿、钱起、韩愈、孟郊、卢仝、李德裕、王建、郑谷、文秀、陆龟蒙、罗隐、韦庄、齐己……，由此串名单可见这种分布上的广泛不仅表现在唐世初、盛、中、晚的时代方面，也表现在朝野之别的社会地位和穷达有异的身份际遇方面，还表现在知名大家与一般诗人的区分方面。要言之，唐代不同时期不同阶层大大小小的诗人，很多都在诗作中吟咏过屈原，其差别仅在于有的诗人提及的次数多一些，而有的诗人提及的次数少一些。兹据“唐诗称引屈原数据库”的相关数据，分类统计出不同阶段称引屈原的诗人数量，并以图例形式来确证一下上述论点。

表中未列出各类诗人称引屈原的诗作篇次，现补充于此：第一大类中著名诗人（15 人）的诗作总数是 63 首、一般诗人（76 人）的诗作总数是 122 首。其中著名诗人的诗作几占全部称引屈原诗作篇次的三分之一，而其人数总量才约占全部诗人的十二分之一。其一可能是因为著名诗人的诗作存留量要远大于一般诗人的诗作存留量，其二也表明凡成就较高的诗人都对屈原有较深

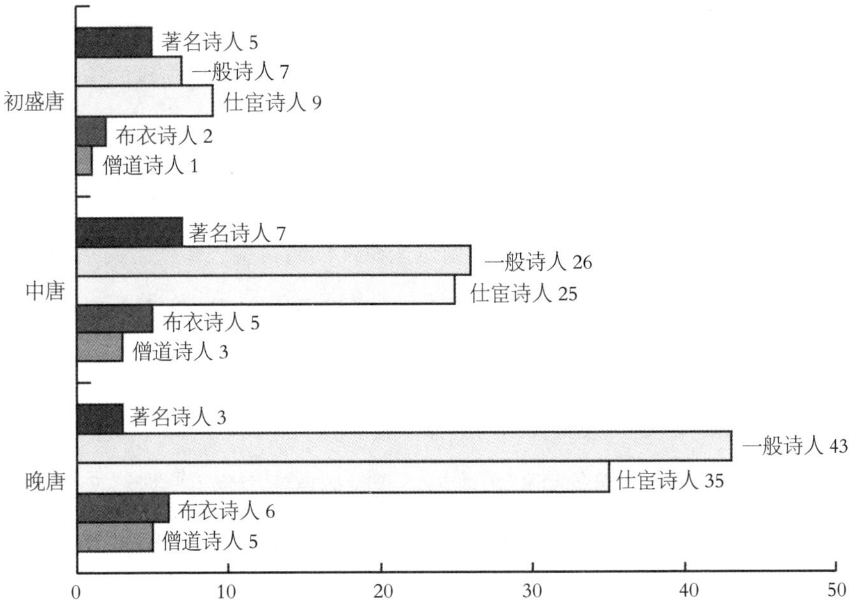

图 3-2　唐诗称引屈原之诗人分布图例

说明:

①同一诗人以不同语词在不同诗作中多次称引屈原,笔者统计数据时只算作一人次,故表中所列为实际称引屈原的诗人人数,即初盛唐 12 人、中唐 33 人,晚唐 46 人。

②表中初盛唐、中唐和晚唐三阶段相对应的五个小类,笔者之意为两个平行的大类组成,即著名诗人和一般诗人为一组,仕宦诗人、布衣诗人和僧道诗人为一组。

③表中所谓著名诗人与一般诗人,主要依后人的认识评价为标准,如初盛唐的著名诗人指骆宾王、李白、杜甫、王维和孟浩然,余者皆划为一般诗人。以此标准,中唐著名诗人指韩愈、柳宗元、刘禹锡、孟郊、白居易、元稹和李贺;晚唐著名诗人指杜牧、李商隐和韦庄。

④表中所谓仕宦诗人主要指通过科考进入仕途的诗人(据笔者调查,数据库中所列诗人多数都是进士出身),如韩愈、白居易等;而布衣诗人则指未参加过科考或未通过科考,且基本终生未仕者,如李白、孟浩然、卢仝、陆龟蒙、李群玉等。僧道诗人指和尚道士,如初盛唐的吴筠、中唐的皎然和无可、晚唐的文秀、贯休和齐己等。

入的接受,得屈辞沾溉甚多。第二大类中仕宦诗人(69 人)的诗作总数是 133 首、布衣诗人(13 人)的诗作总数是 35 首、僧道诗人(9 人)的诗作总数是 17 首。不同身份的诗人总量与其诗作总量之比例基本一致,而以仕途中人为主。这也符合唐时的社会实际,即有诗作传世的诗人多是通过科考而步入仕途,并由此获得了一定的社会声望。同时,这还表明仕途中人更容易遭遇类似屈原那样的挫折打击,也更容易产生对屈原的亲近感和认同感。结合这些数据,再来分析上面的图例，一方面我们能够更直观地看到称引屈原的唐代诗人分布于社会各阶层，其遭际不同，其诗名不一。另一方面，它也向我们传达了这样一条信息，即屈原其人其文作用于唐诗的影响甚为广泛。试想一个为众多诗歌创作者们在三百年间屡屡念及的前代文学巨人，其人格精神难道与这些诗人们毫无关系？其辞赋价值难道与这些诗人们的自身创作毫无关系？回答自然是否定的！这也便进一步证明了唐诗对屈原的接受是较为全面而深入的，至少就诗歌创作主体，即诗人们对屈原一再地称引这一角度来看，我们便有必要厘清、探析这种接受关系的细部面貌。

唐诗中不仅有许多称引屈原的诗作，同时还有不少称引《楚辞》及屈骚篇目的诗作。笔者检索《全唐诗》并制作了“唐诗称引《楚辞》及屈骚篇目数据库”（见文后附录二），资以进一步分析考察唐诗对屈骚的接受。据此数据库，可得到下面有关唐诗称引屈骚篇目的图例。

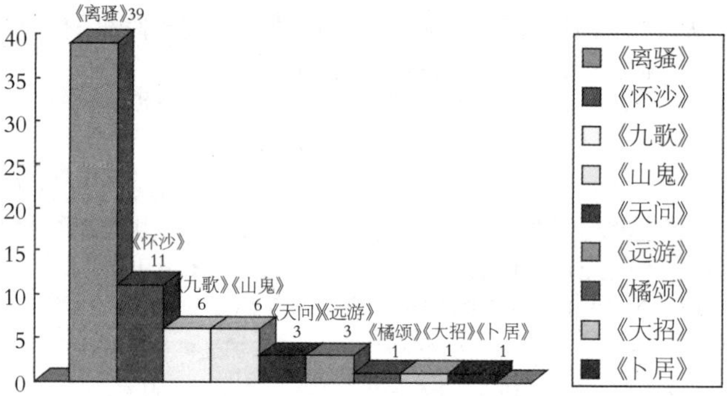

图 3-3　称引屈骚篇目的唐诗篇次图例

说明：

①表中数据系笔者检索北大《全唐诗》电子版，并对照中华书局《全唐诗》(1999 年 1 月第 1 版)所得。

②“九歌、山鬼、远游、卜居”等条目，在《全唐诗》中皆有较高的出现频率，表中只取笔者以为系直接称引屈骚相关篇目的诗句，及明显化用屈骚篇目入诗的诗句，余者皆不录。如“远游”共检得 95 条，表中只统计 3 条；“卜居”共检得 35 条，表中仅统计 1 条。这些未统计的诗作诗句，大多都与屈骚同名辞作有较密切的关系，即屈骚同名辞作往往即是其用典渊源。

③《全唐诗》中亦有不少与《湘君》《湘夫人》《东君》《云中君》《国殇》《涉江》《渔父》等屈骚篇目相同的词条，究其诗意，它们往往或近或远地与屈骚有所关联，但并非明确地称引，故表中没有列出。

据笔者统计，唐诗中称引屈骚篇目的诗作共有71篇次，如加上称引《楚辞》的21篇次，则总数将达到92篇次。相对于唐人来说，屈原已是千余年前的古人了，但就是这样一位古人，仅仅其作品篇名就在唐人诗作中出现过近百次之多。这足以表明唐代诗人对屈骚十分精熟十分喜爱①，学习效法屈骚创作自然也是情理中事。梁肃《送元锡赴举序》云："自三闾大夫作《九歌》，于是有激楚之词，流于后世，其音清越，其气凄厉。吾友君贶者，实能诵遗编，吟逸韵，所作诗歌，楚风在焉"②，从此类唐人自己的记述中便能够看出这点。由上面的图例可见，唐人诗作称引的屈原作品篇目以《离骚》为最，共有39篇次。原因之一，《离骚》是屈原的代表辞作，集中地体现了屈子的理想追求、精神境界和屈骚独特的艺术成就；原因之二，后世常有以《离骚》代指屈原所有作品的习惯，如刘勰"不有屈原，岂见《离骚》"③一句即当以《离骚》概括所有屈作，类似的例子还有很多④。合此两点，便可解释唐诗频繁称引《离骚》的现象了。换言之，与前人接受屈骚的情形相一致，屈子作品对唐人影响最大的一篇即是《离骚》。《怀沙》居于唐人称引屈骚篇目的次席，是不是说它对唐人诗歌创作的影响也仅次于《离骚》呢？从具体的称引诗句来看，唐人笔下出现"怀沙"一词往往是将屈原沉江事当作典故入诗，表达其对屈子沉江行为的某种看法。同时，也借以抒发唐人或同情屈子悲剧结局而叹惋一己遭遇的愤恨之情，如张说《过怀王墓》云："一闻怀沙事，千载尽悲凉"；或反对屈子以身殉志的激

① 按，南唐冯贽《云仙杂记》录有两条关于唐人与《离骚》的轶闻，其一引《姑臧记》云："钱芸士好读《离骚》，手不暇揭，忘去肉味，半月如斋"；其二引《大唐龙髓记》云："卢杞与冯盛相遇于道，各携一囊。杞发盛囊，有墨一枚，杞大笑。盛正色曰：'天峰煤和针鱼脑，入金溪子手中，录《离骚》古本，比公日提绫文刺三百，为名利奴，顾当孰胜？'已而搜杞囊，果是三百刺。"

② 见《全唐文》卷五百一十八，中华书局，1983年第1版，第5269页。

③ 见《文心雕龙·辨骚》。

④ 按，另如谢灵运《山居赋》在"其木则松柏檀栎……送坠叶于秋晏，迟含萼于春初"一段下自注云："皆木之类，选其美者栽之。山脊曰冈。冈上涧下，长谷积石，各随其方。《离骚》云：'青春受谢，白日昭只'"。我们知道"青春受谢，白日昭只"是《大招》里的句子，谢灵运之所以说《离骚》云云，显然是以《离骚》代指所有的屈原作品，属泛指用法。

烈做法而表白自己的处世态度,如赵冬曦《奉和张燕公早霁南楼》云:"雅尚骚人文,怀沙何迫促",再如顾况《酬唐起居前后见寄二首》云:"欲作怀沙赋,明时耻自沉"等。这些都可视为唐人屈原接受阐释史的有机组成部分,而非对其诗歌创作的影响。根据笔者对《全唐诗》的检索结果及阅读唐诗的感受,窃以为除《离骚》外,屈骚作品对唐诗创作影响较大的应是《九歌》,其清丽自然而华美的文辞为不少唐诗所取用,其创设浑然优美之诗歌意境的方法同样为很多诗人所借鉴。如元稹、刘禹锡等都有意学习过楚地民歌[①],他们的这种创作努力其实自然也含有对屈原《九歌》的取法。此外,唐代大量楚骚形式的乐府诗,就其谋篇方式和词藻色彩而言,也是受《九歌》影响较大[②]。再比如说唐诗中有大量写到湘妃的诗作,其典源即是屈原《九歌》中的《湘君》和《湘夫人》两篇。姑举刘长卿《湘妃》诗观之,诗曰:"帝子不可见,秋风来暮思。婵娟湘江月,千载空蛾眉"。《全唐文》载有刘长卿所作《湘妃诗序》,其中即阐述了他对《湘君》和《湘夫人》两篇中人物关系的考论[③],唐人接受《九歌》的情状于此亦可见一斑。

唐诗对《橘颂》《卜居》《大招》等篇的称引,上表统计出来的数据很少;对《哀郢》《渔父》等篇的称引甚至在表中没有数据统计。但这并不表明这些屈骚

① 《新唐书》卷一百六十八载:"宪宗立,叔文等败,禹锡贬连州刺史,未至,斥朗州司马。州接夜郎诸夷,风俗陋甚,家喜巫鬼,每祠,歌《竹枝》,鼓吹裴回,其声伧伫。禹锡谓屈原居沅、湘间作《九歌》,使楚人以迎送神,乃倚其声,作《竹枝辞》十余篇。于是武陵夷俚悉歌之。"见中华书局标点本,第5129页。

② 郭建勋对此有所研究,他说:"唐代楚骚形式的乐府诗更多,如唐'郊庙歌辞'中的《豫和》、卢照邻《明月引》、王叡《公无渡河》、王维《祠渔山神女歌》二首、僧贯休《杞梁妻》、元结《补乐歌》十章等,又宋之问《高山引》《下山歌》《冬宵引》《嵩山天门歌》、卢照邻《怀仙引》等,也是骚体乐府诗。当然,这远不是唐代此类诗歌的全部。大量楚骚体乐府诗的存在,足可说明楚辞在句式上对乐府诗的深刻影响。"可参看其《论乐府诗对楚声楚辞的接受》,《中国文学研究》2002年第2期。

③ 按,刘长卿原文称:韩愈《黄陵庙碑》曰:"秦博士对始皇帝云:'湘君者,尧之二女,舜妃者也。'刘向、郑元亦以二妃为湘君,而《离骚·九歌》既有《湘君》,又有《湘夫人》。王逸以为湘君者自其水神而谓,湘夫人乃二妃,……故《九歌》谓娥皇为君,女英为帝子,各以其盛者推言之也。《礼》有'小君',明其正,自得称君也。"按《琴操》有《湘妃怨》,又有《湘夫人曲》。见《全唐文》卷三百四十六。

作品对唐诗无甚影响，如杜甫著名的《北征》一诗中显然能觅到《哀郢》的因子，只是由于单单用定量分析方法来考察它们与唐诗的关系尚存在诸多障碍和不便，故笔者拟于后文分述唐诗对屈骚的接受时再细加梳理。此外，表四也未列出唐诗称引《楚辞》(一作《楚词》)的具体篇次，现予以简单补充。据笔者统计，唐诗中约有 19 位诗人的 21 篇诗作提到过《楚辞》。这些诗人中有李白、杜甫、李贺、李商隐等大家，也有李峤、刘长卿、崔峒、刘商等一般诗人。这些称引《楚辞》的诗作，往往表达了诗人们对《楚辞》的赏爱态度。如钱起《江行无题一百首》(其一)云："沙上独行时，高吟到《楚词》"；刘长卿《感怀》诗云："愁中卜命看《周易》，梦里招魂读《楚词》"；再如李贺《赠陈商》云："《楞伽》堆案前，《楚辞》系肘后"等，都写出了《楚辞》在其文化生活中占有重要地位。如再以时代先后分别统计，则初盛唐共约五位诗人各有一首诗作称引《楚辞》，中晚唐共约有 14 位诗人的 16 首诗作称引《楚辞》。这样的诗人诗作数量比率及其时代分布，与前文我们分析唐诗对屈原的称引所得到的结论一致，即唐人随时代发展而表现出对屈骚越来越浓厚的关注和兴趣。

最后，让我们将"唐诗称引屈原数据库"与"唐诗称引《楚辞》及屈骚篇目数据库"的数据综合起来，考察初盛唐、中唐、晚唐三时段称引《楚辞》、屈原及屈骚篇目的诗人分布与诗作分布，借以统观唐诗接受屈骚的概貌。

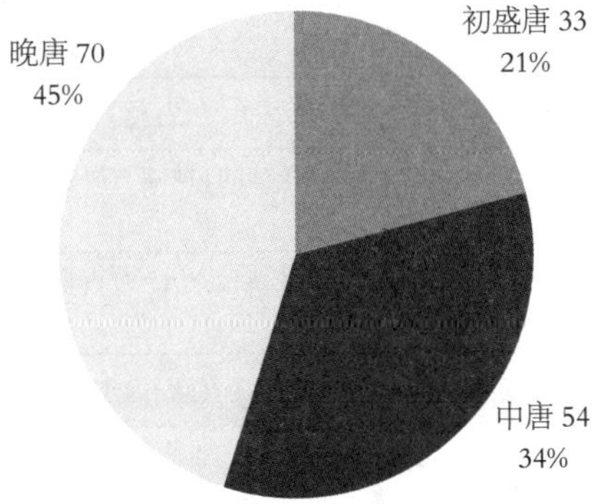

图 3-4　唐诗称引《楚辞》、屈原及屈骚篇目之诗人分布图例

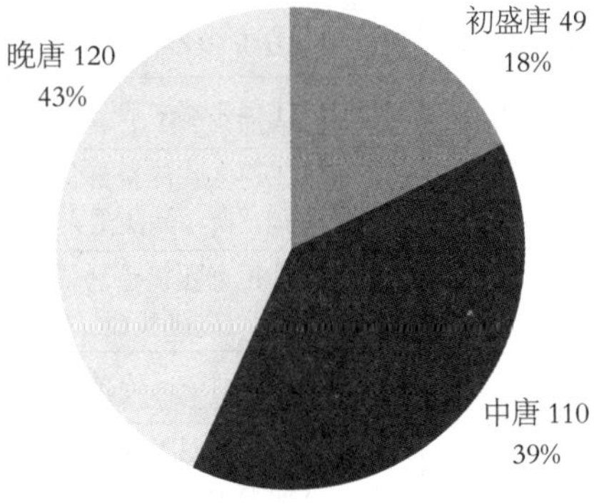

图 3-5　唐诗称引《楚辞》、屈原及屈骚篇目之诗作分布图例

通过比较图 3-4、图 3-5 中的诗人诗作数量及相应的百分比，可以看出唐代诗人中追屈悼骚者由初盛唐到中晚唐渐渐增多，与屈原及屈骚有关联的诗歌作品数量亦相应地呈上升趋势，从总体上再次印证了前文的相关分析。此外，对照两图例还可看出在初盛唐、中唐和晚唐三阶段，称引《楚辞》、屈原及屈骚篇目的诗人分布与其各自对应的诗作分布基本均衡，表明唐诗的屈骚接受大体上显现出稳步推进的态势。其实，唐诗中还有数以千计的作品或在立意、或在题旨、或在辞藻、或在用典诸方面，都与屈骚存在着千丝万缕的关系，而非仅是此种称引数量方面的单一变化和表现。以上这些定量分析考察只是粗线条的勾勒，其他诸如唐诗对屈骚的具体接受方式、接受演变及接受个案研究等相关问题，仍需我们在后面的章节里细加剖析。

附表一：

《全唐诗》称引屈原数据库

称引语词	称引篇次	称引诗人	称引诗作诗句摘要
屈原	31	李白	①吾观自古贤达人，功成不退皆殒身。子胥既弃吴江上，屈原终投湘水滨。（《行路难三首》其一） ②长安宫阙九天上，此地曾经为近臣。一朝复一朝，发白心不改。屈原憔悴滞江潭，亭伯流离放辽海。（《单父东楼秋夜送族弟沈之秦》）
		吴筠	①屈原沈湘流，厥戚咸自贻。何不若范蠡，扁舟无还期。（《览古十四首》其一）
		杜甫	①若道士无英俊才，何得山有屈原宅？（《最能行》）
		李瀚	①屈原泽畔，渔父江滨。（《蒙求》）
		褚朝阳	①但夸端午节，谁荐屈原祠。把酒时伸奠，汨罗空远而。（《五丝》）
		李嘉祐	①逐客临江空自悲，月明流水无已时。听此迎神送神曲，携觞欲吊屈原祠。（《夜闻江南人家赛神，因题即事》）
		蒋冽	①正直死犹忌，况乃未死前。汨罗有翻浪，恐是嫌屈原。……万古惟高步，可以旌我贤。（《经埋轮地》）
		护国	①窗前隐逸传，每日三时看。靳尚那可论，屈原亦可叹。（《归山作》）
		韩愈	①静思屈原沈，远忆贾谊贬。椒兰争妒忌，绛灌共谗谄。谁令悲生肠，坐使泪盈脸。（《陪杜侍御游湘西两寺独宿有题一首，因献杨常侍》） ②近怜李杜无检束，烂漫长醉多文辞。屈原离骚二十五，不肯餔啜糟与醨。惜哉此子巧言语，不到圣处宁非痴。（《感遇四首》其一）

续表

称引语词	称引篇次	称引诗人	称引诗作诗句摘要
屈原	31	李绅	①屈原死处潇湘阴,沧浪淼淼云沉沉。……屈原尔为怀王没,水府通天化灵物。何不驱雷击电除奸邪,可怜空作沈泉骨。(《涉沅潇》)
		白居易	①屈原收泪夜,苏武断肠时。仰秣胡驹听,惊栖越鸟知。何言胡越异,闻此一同悲。(《听芦管》)
		贾岛	①远泊与谁同,来从古木中。长江人钓月,旷野火烧风。……此时樯底水,涛起屈原通。(《寄朱锡珪》)
		卢仝	①假如屈原醒,其奈一国醉。一国醉号呶,一人行清高。(《感古四首》其一)
		张碧	①屈原回日牵愁吟,龙宫感激致应沈。贾生憔悴说不得,茫茫烟霭堆湖心。(《秋日登岳阳楼晴望》)
		许浑	①清湘吊屈原,垂泪撷蘋蘩。……乾坤三事贵,华夏一夫冤。(《太和初靖恭里感事》)
		杜牧	①碧溪留我武关东,一笑怀王迹自穷。郑袖娇娆酣似醉,屈原憔悴去如蓬。(《题武关》)
		李商隐	①朝争屈原草,庙馁莫敖魂。(《哭遂州萧侍郎二十四韵》)
		洪州将军	①苍藤古木几经春,旧祀祠堂小水滨。行客谩陈三酎酒,大夫元是独醒人。(《题屈原祠》)
		清江	①潇湘连汨罗,复对九嶷河。浪势屈原冢,竹声渔父歌。……脉脉东流水,古今同奈何。(《湘川怀古》)
		王建	①向前问个长沙路,旧是屈原沈溺处。谁家丹旐已南来,逢著流人从此去。(《荆门行》)
		于武陵	①北风吹楚树,此地独先秋。何事屈原恨,不随湘水流。(《夜泊湘江》)
		李宣古	①愤声高,怨声咽,屈原叫天两妃绝。(《听蜀道士琴歌》)
		崔涂	①谗胜祸难防,沈冤信可伤。本图安楚国,不是怨怀王。……独醒人尚笑,谁与奠椒浆?(《屈原庙》)
		邵谒	①龟为秉灵亡,鱼为弄珠死。心中自有贼,莫怨任公子。屈原若不贤,焉得沉湘水?(《放歌行》)
		文秀	①节分端午自谁言,万古传闻为屈原。堪笑楚江空渺渺,不能洗得直臣冤。(《端午》)
		罗隐	①騄骥丧来空蹇驱,芝兰衰后长蓬蒿。屈原宋玉邻君处,几驾青螭缓郁陶。(《经耒阳杜工部墓》)
		周昙	①秦陷荆王死不还,只缘偏听子兰言。顷襄还信子兰语,忍使江鱼葬屈原。(《春秋战国门·顷襄王》) ②满朝皆醉不容醒,众浊如何拟独清。江上流人真浪死,谁知浸润误深诚。(《春秋战国门·屈原》)
		徐光溥	①屈原江上婵娟竹,陶潜篱下芳菲菊。(《题黄居寀秋山图》)

续表

称引语词	称引篇次	称引诗人	称引诗作诗句摘要
屈平	21	李　峤	①布义孙卿子，登高楚屈平。……乍有凌云势，时闻掷地声。造端长体物，无复大夫名。(《赋》)
		宋之问	①卧病人事绝，嗟君万里行。河桥不相送，江树远含情。别路追孙楚，维舟吊屈平。(《送杜审言》)
		孟浩然	①为多山水乐，频作泛舟行。五岳追向子，三湘吊屈平。(《经七里滩》)
		王　维	①青草瘴时过夏口，白头浪里出湓城。长沙不久留才子，贾谊何须吊屈平。(《送杨少府贬郴州》)
		李　白	①殷后乱天纪，楚怀亦已昏。夷羊满中野，菉葹盈高门。比干谏而死，屈平窜湘源。虎口何婉娈，女嬃空婵媛。彭咸久沦没，此意与谁论。(《古风》) ②屈平词赋悬日月，楚王台榭空山丘。兴酣落笔摇五岳，诗成笑傲凌沧洲。(《江上吟》) ③君不见沧浪老人歌一曲，还道沧浪濯吾足。平生不解谋此身，虚作离骚遣人读。笑矣乎，笑矣乎。赵有豫让楚屈平，卖身买得千年名。(《笑歌行》) ④范蠡说句践，屈平去怀王。(《留别曹南群官之江南》) ⑤小隐慕安石，远游学屈平。(《秋夜独坐怀故山》)
		刘长卿	①世事终成梦，生涯欲半过。白云心已矣，沧海意如何。……屈平君莫吊，肠断洞庭波。(《同姜濬题裴式微馀干东斋》)
		孟　郊	①拾紫岂宜晚，掇芳须及晨。劳收贾生泪，强起屈平身。(《罗氏花下奉招陈侍御》)
		刘禹锡	①屈平祠下沅江水，月照寒波白烟起。一曲南音此地闻，长安北望三千里。(《采菱行》) ②终日念乡关，燕来鸿复还。潘岳岁寒思，屈平憔悴颜。殷勤望归路，无雨即登山。(《谪居悼往二首》其一)
		白居易	①楚王疑忠臣，江南放屈平。晋朝轻高士，林下弃刘伶。一人常独醉，一人常独醒。醒者多苦志，醉者多欢情。欢情信独善，苦志竟何成。兀傲瓮间卧，憔悴泽畔行。彼忧而此乐，道理甚分明。愿君且饮酒，勿思身后名。(《效陶潜体诗十六首》其一)
		元　稹	①栖栖王粲赋，愤愤屈平篇。各自埋幽恨，江流终宛然。(《楚歌十首》其一)
		雍裕之	①贾谊投文吊屈平，瑶琴能写此时情。秋风一奏沉湘曲，流水千年作恨声。(《听弹沉湘》)
		李　贺	①屈平沉湘不足慕，徐衍入海诚为愚。(《箜篌引》)
		裴　澈	①一章何罪死何名，投水惟君与屈平。从此蜀江烟月夜，杜鹃应作两般声(《吊孟昌图》)
		吴　融	①雨滴秦中夜，猿闻峡外声。已吟何逊恨，还赋屈平情。(《府试雨夜帝里闻猿声》)
		陆龟蒙	①闲吟鲍照赋，更起屈平愁。莫引西风动，红衣不耐秋。(《芙蓉》)
		黄　滔	①泽国多芳草，年年长自春。应从屈平后，更苦不归人。(《芳草》)

续表

称引语词	称引篇次	称引诗人	称引诗作诗句摘要
灵均	45	赵冬曦	①初贞正喜固当然，往蹇来誉宜可俟。盈虚用舍轮舆旋，勿学灵均远问天。（《灉湖作》）
		钱　起	①憔悴异灵均，非谗作逐臣。如逢渔父问，未是独醒人。（《江行无题一百首》其一，作者一作钱珝）
		刘长卿	①洞庭波渺渺，君去吊灵均。……忆想汀洲畔，伤心向白蘋。（《送李侍御贬郴州》）
		司空曙	①吉日兮临水，沐青兰兮白芷。假山鬼兮请东皇，托灵均兮邀帝子。吹参差兮正苦。舞婆娑兮未已。鸾旌圆盖望欲来，山雨霏霏江浪起。神既降兮我独知，目成再拜为陈词。（《迎神》）
		皎　然	①昧天道兮有无，听汨渚兮踌躇。期灵均兮若存，问神理兮何如。……风激烈兮楚竹死，国殇人悲兮雨飔飔。雨飔飔兮望君时，光茫荡漾兮化为水，万古忠贞兮徒尔为。（《吊灵均词》）
		顾　况	①何处吊灵均，江边一老人。汉仪君已接，楚奏我空频。（《酬唐起居前后见寄二首》）
		戴叔伦	①一谪长沙地，三年叹逐臣。上书忧汉室，作赋吊灵均。（《过贾谊宅》）
		孟　郊	①昧者理芳草，蒿兰同一锄。狂飙怒秋林，曲直同一枯。嘉木忌深蠹，哲人悲巧诬。灵均入回流，靳尚为良谟。（《湘弦怨》） ②欲知怨有形，愿向明月分。一掬灵均泪，千年湘水文。（《楚竹吟酬卢虔端公见和湘弦怨》） ③越风东南清，楚日潇湘明。试逐伯鸾去，还作灵均行。江蓠伴我泣，海月投人惊。失意容貌改，畏途性命轻。时闻丧侣猿，一叫千愁并。（《下第东南行》） ④分拙多感激，久游遵长途。经过湘水源，怀古方踟蹰。旧称楚灵均，此处殒忠躯。（《旅次湘沅有怀灵均》）
		白居易	①楚怀放灵均，国政亦荒淫。彷徨未忍决，绕泽行悲吟。（《读史五首》其一） ②在火辨玉性，经霜识松贞。展禽任三黜，灵均长独醒。（《和答诗十首·和思归乐》） ③长笑灵均不知命，江蓠丛畔苦悲吟。（《咏怀》） ④楚怀邪乱灵均直，放弃合宜何恻恻。汉文明圣贾生贤，谪向长沙堪叹息。（《偶然二首》其一） ⑤自经放逐来憔悴，能校灵均死几多。（《和万州杨使君四绝句·竞渡》） ⑥恻恻复恻恻，逐臣返乡国。前事难重论，少年不再得。泥涂绛老头班白，炎瘴灵均面黎黑。（《恻恻吟》） ⑦独醒从古笑灵均，长醉如今敩伯伦。（《咏家酝十韵》）
		刘禹锡	①尝闻履忠信，可以行蛮貊。……北渚吊灵均，长岑思亭伯。（《游桃源一百韵》） ②沅江五月平堤流，邑人相将浮彩舟。灵均何年歌已矣，哀谣振楫从此起。（《竞渡曲》）
		元　稹	①灵均死波后，是节常浴兰。彩缕碧筠粽，香粳白玉团。逝者良自苦，今人反为欢。哀哉徇名士，没命求所难。（《表夏十首》其一）

续表

称引语词	称引篇次	称引诗人	称引诗作诗句摘要
灵均	45	无　可	①兰色结春光,氛氲掩众芳。……灵均曾采撷,纫珮挂荷裳。(《兰》)
		许　浑	①欲吊灵均能赋否,秋风还有木兰开。(《晨起白云楼寄龙兴江准上人兼呈窦秀才》) ②功高恩自洽,道直谤徒侵。应笑灵均恨,江畔独行吟。(《寄郴州李相公》)
		徐　凝	①欲慰灵均恨,先烧靳尚祠。(《浙西李尚书奏毁淫昏庙》)
		李群玉	①昔我睹云梦,穷秋经汨罗。灵均竟不返,怨气成微波。奠桂开古祠,朦胧入幽萝。落日潇湘上,凄凉吟九歌。(《湖中古愁三首》其一) ②灵均昔日投湘死,千古沉魂在湘水。绿草斜烟日暮时,笛声幽远愁江鬼。(《竞渡时在湖外偶为成章》)
		胡　曾	①战国相持竟不休,武关才掩楚王忧。出门若取灵均语,岂作咸阳一死囚。(《咏史诗·武关》)
		马　戴	①疏雨残虹影,回云背鸟行。灵均如可问,一为哭清湘。(《送客南游》)
		吴　融	①天南不可去,君去吊灵均。落日青山路,秋风白发人。(《旅中送迁客》)
		汪　遵	①棹月眠流处处通,绿蓑苇带混元风。灵均说尽孤高事,全与逍遥意不同。(《渔父》)
		王鲁复	①万古汨罗深,骚人道不沉。明明唐日月,应见楚臣心。(《吊灵均》)
		郑　谷	①凄凉怀古意,湘浦吊灵均。故国经新岁,扁舟寄病身。(《南游》)
		陈　陶	①虽同橘柚依南土,终愧魁罡近北辰。好向昌时荐遗逸,莫教千古吊灵均。(《寄兵部任畹郎中》)
		陆龟蒙	①灵均精魄如能问,又得千年贾傅词。(《送羊振文先辈往桂阳归觐》)
		皮日休	①是非既自分,泾渭不相就。粤自灵均来,清才若天漱。(《鲁望读襄阳耆旧传见赠五百言过褒庸材靡有称是然襄阳曩事历历在目夫耆旧传所未载者汉阳王则宗社元勋孟浩然则文章大匠予次而赞之因而寄答亦诗人无言不酬之义也次韵》)
		贯　休	①湘江滨,湘江滨,兰红芷白波如银,终须一去呼湘君。问湘神,云中君,不知何以交灵均。我恐湘江之鱼兮,死后尽为人。曾食灵均之肉兮,个个为忠臣。又想灵均之骨兮终不曲。(《读离骚经》)
		韦　庄	①四顾无边鸟不飞,大波惊隔楚山微。纷纷雨外灵均过,瑟瑟云中帝子归。(《泛鄱阳湖》)
		齐　己	①君不见楚灵均，千古沉冤湘水滨。又不见李太白，一朝却作江南客。(《行路难二首》其一) ②渔父真闲唱,灵均是谩愁。今来欲长往,谁借木兰舟。(《怀洞庭》) ③范蠡东浮阔,灵均北泛长。谁知远烟浪,别有好思量。(《看水》) ④迁来贾谊愁无限,谪过灵均恨不堪。毕竟输他老渔叟,绿蓑青竹钓浓蓝。(《潇湘》)

续表

称引语词	称引篇次	称引诗人	称引诗作诗句摘要
灵均	45	黄　滔	①曾搜景象恐通神，地下还应有主人。若把长江比湘浦，离骚不合自灵均。（《过长江》） ②莫问灵均昔日游，江篱春尽岸枫秋。至今此事何人雪，月照楚山湘水流。（《灵均》）
		徐　铉	①同是多情怀古客，不妨为赋吊灵均。（《送杨郎中唐员外奉使湖南》）
屈子	2	罗　隐	①楚虽屈子重，汉亦忆廉颇。不及云台议，空山老薜萝。（《轻飙》）
		王　毂	①屈子生楚国，七雄知其材。介洁世不容，迹合藏蒿莱。道废固命也，瓢饮亦贤哉。何事葬江水，空使后人哀。（《古意二首》其一，拟陈拾遗）
屈大夫	4	李　白	①悲来乎，悲来乎，凤鸟不至河无图，微子去之箕子奴。汉帝不忆李将军，楚王放却屈大夫。（《悲歌》）
		戴叔伦	①秉心转孤直，沉照随可否。岂学屈大夫，忧惭对渔叟。（《同兖州张秀才过王侍御参谋宅赋十韵》）
		杜光庭	①……谁能含光遁世炼石烧金。君不见屈大夫纫兰而发谏，君不见贾太傅忌鹏而愁吟。（《怀古今》）
		佚　名	①……羁魂汨没兮我名永浮，碧波虽涸兮厥誉长流。向使甘言盛行于曩昔，岂今日居君王之座头。是知贪名徇禄而随世磨灭者，虽正寝之死乎无得与吾侔。（《霅溪夜宴诗·屈大夫歌》）
楚大夫	3	杜　甫	①丧乱秦公子，悲凉楚大夫。平生心已折，行路日荒芜。（《地隅》）
		曹　邺	①惟公执天宪，身是台中杰。一逐楚大夫，何人为君雪。（《续幽愤》）
		罗　隐	①只闻斥逐张公子，不觉悲同楚大夫。（《杜陵秋思》）
三闾	16	张　说	①土尚三闾俗，江传二女游。齐歌迎孟姥，独舞送阳侯。（《岳州观竞渡》）
		戴叔伦	①沅湘流不尽，屈宋怨何深。日暮秋烟起，萧萧枫树林。（《过三闾庙》）
		窦　常	①君非三谏寤，礼许一身逃。……有客椒浆奠，文衰不继骚。（《谒三闾庙》）
		刘得仁	①此世荣枯岂足惊，相逢惟要眼长青。从来不爱三闾死，今日凭君莫独醒。（《赠从弟谷》）
		李　涉	①二女虚垂泪，三闾枉自沉。惟有鹧鸪鸟，独伤行客心。（《鹧鸪词》）
		元　稹	①懒学三闾愤，甘齐百里愚。耽眠稀醒素，凭醉少嗟吁。（《酬乐天东南行诗一百韵》）
		刘　沧	①人度深秋风叶落，鸟飞残照水烟开。寒潮欲上泛萍藻，寄荐三闾情自哀。（《江行书事》）
		李商隐	①宋玉平生恨有馀，远循三楚吊三闾。可怜留著临江宅，异代应教庾信居。（《过郑广文旧居》）
		杜　牧	①幽兰思楚泽，恨水啼湘渚。恍恍三闾魂，悠悠一千古。（《李甘诗》）

续表

称引语词	称引篇次	称引诗人	称引诗作诗句摘要
三闾	16	刘　威	①三闾一去湘山老，烟水悠悠痛古今。再引离骚见微旨，肯教渔父会升沈。(《三闾大夫》)
		曹　邺	①莫唱放歌行，此歌临楚水。人皆恶此声，唱者终不已。三闾有何罪，不向枕上死。(《放歌行》)
		汪　遵	①为嫌朝野尽陶陶，不觉官高怨亦高。憔悴莫酬渔父笑，浪交千载咏《离骚》。(《三闾庙》) ②三闾溺处杀怀王，感得荆人尽缟裳。招屈亭边两重恨，远天秋色暮苍苍。(《招屈亭》)
		鱼玄机	①折牌峰上三闾墓，远火山头五马旗。(《过鄂州》)
		贯　休	①见说还南去，迢迢有侣无。……三闾遗庙在，为我一呜呼。(《送人之岭外》)
		徐　夤	①陆贾几时来越岛，三闾何日濯沧浪。钟仪冠带归心阻，蝴蝶飞园万草芳。(《南》)
吊屈、悲屈、叹屈	13	孟浩然	①大江分九流，淼淼成水乡。……流浪经三湘。观涛壮枚发，吊屈痛沉湘。(《自浔阳泛舟经明海》) ②地接长沙近，江从汨渚分。贾生曾吊屈，予亦痛斯文。(《晓入南山》)
		李　白	①天清江月白，心静海鸥知。应念投沙客，空馀吊屈悲。(《赠汉阳辅录事二首》其一)
		刘长卿	①何事成迁客，思归不见乡。游吴经万里，吊屈向三湘。(《送从弟贬袁州》，一作皇甫冉诗。)
		储光羲	①日望天朝近，时忧郢路长。……贾生方吊屈，岂敢比南昌。(《奉酬张五丈垂赠》)
		韩　翃	①芳芷不共把，浮云怅离居。遥想汨罗上，吊屈秋风初。(《送客游江南》)
		刘禹锡	①人讶征黄晚，文非吊屈哀。一吟梁甫曲，知是卧龙才。(《和杨侍郎初至郴州纪事书情题郡斋八韵》)
		姚　合	①平日时风好涕流，谗书虽盛一名休。寰区叹屈瞻天问。(《使两浙赠罗隐》，一题罗衮诗。)
		杜　牧	①分符颍川政，吊屈洛阳才。(《早春寄岳州李使君，李善棋爱酒，情地闲雅》)
		吴　融	①迎愁敛黛一声分，吊屈江边日暮闻。(《荆南席上闻歌》)
		佚　名	①兰汤备浴传荆俗，水马浮江吊屈魂。(《午日》)
		张　祜	①树白看烟起，沙红见日沉。还因此悲屈，惆怅又行吟。(《洞庭南馆》)
		陈　陶	①内殿无文僧，驺虞谁能牵。因之问楚水，吊屈几潺湲。(《寄元孚道人》)
骚人	16	赵冬曦	①雅尚骚人文，怀沙何迫促。(《奉和张燕公早雾南楼》)
		李　白	①大雅久不作，吾衰竟谁陈。……正声何微茫，哀怨起骚人。(《古风》) ②昨夜秋声阊阖来，洞庭木落骚人哀。(《鲁郡尧祠送窦明府薄华还西京》)

续表

称引语词	称引篇次	称引诗人	称引诗作诗句摘要
骚人	16	杜　甫	①文章千古事,得失寸心知。作者皆殊列,名声岂浪垂。骚人嗟不见,汉道盛于斯。(《偶题》)
		严　维	①文变骚人体,官移汉帝朝。望山吟度日,接枕话通宵。(《赠别刘长卿时赴河南严中丞幕府》)
		刘长卿	①帝子椒浆奠,骚人木叶愁。(《巡去岳阳却归鄂州使院留别郑洵侍御,侍御先曾谪居此州》)
		白居易	①功高虞人箴,痛甚骚人辞。(《寄唐生》)
		刘禹锡	①唐羿断修蛇,荆王惮青兕。秦狩迹犹在,虞巡路从此。轩后奏宫商,骚人咏兰芷。(《韩十八侍御见示岳阳楼别窦司直诗国令属和重以自述故足成六十二韵》)
		贾　岛	①云林颇重叠,岑渚复幽奇。汨水斜阳岸,骚人正则祠。(《送郑长史之岭南》)
		李群玉	①湘岸初晴淑景迟,风光正是客愁时。幽花暮落骚人浦,芳草春深帝子祠。(《湘阴江亭却寄友人》)
		崔　珏	①怀沙有恨骚人往,鼓瑟无声帝子闲。何事黄昏尚凝睇,数行烟树接荆蛮。(《岳阳楼晚望》)
		陆龟蒙	①骚人夸蕙芷,易象取陆苋。漆园逍遥篇,中亦载斥鷃。(《孤雁》) ②兰叶骚人佩,莼丝内史羹。(《江南秋怀寄华阳山人》)
		齐　己	①一家随难在,双眼向书昏。沉近骚人庙,吟应见古魂。(《过湘江唐弘书斋》)
		佚　名	①骚人有遗咏,陶令曾盈掬。傥使怀袖中,犹堪袭馀馥。(《霜菊》)
		裴　说	①骚人久不出,安得国风清。拟掘孤坟破,重教大雅生。(《经杜工部坟》)
汨罗	13	杜　甫	①文章憎命达,魑魅喜人过。应共冤魂语,投诗赠汨罗。(《天末怀李白》)
		顾　况	①……首阳及汨罗,无乃褊其衷。杨朱并阮籍,未免哀途穷。四贤虽得仁,此怨何匆匆。……(《从江西至彭蠡入浙西淮南界道中寄齐相公》)
		刘　复	①遥知布惠苏民后,应向祠堂吊汨罗。(《送黄晔明府岳州湘阴赴任》,一作刘三复诗)
		韩　愈	①猿愁鱼踊水翻波,自古流传是汨罗。蘋藻满盘无处奠,空闻渔父扣舷歌。(《湘中》)
		孟　郊	①秋入楚江水,独照汨罗魂。手把绿荷泣,意愁珠泪翻。九门不可入,一犬吠千门。(《楚怨》)
		李德裕	①远谪南荒一病身,停舟暂吊汨罗人。都缘靳尚图专国,岂是怀王厌直臣。万里碧潭秋景静,四时愁色野花新。不劳渔父重相问,自有招魂拭泪巾。(《汨罗》)
		曹　邺	①……留此奉天下,所以无征伐。至今汨罗水,不葬大夫骨。(《文宗陵》)
		于　濆	①为子惜功业,满身刀箭疮。莫渡汨罗水,回君忠孝肠。(《戍客南归》)

续表

称引语词	称引篇次	称引诗人	称引诗作诗句摘要
汨罗	13	胡　曾	①襄王不用直臣筹,放逐南来泽国秋。自向波间葬鱼腹,楚人徒倚济川舟。(《咏史诗·汨罗》)
		韦　庄	①孤竹庙前啼暮雨,汨罗祠畔吊残晖。(《鹧鸪》) ②千重烟树万重波,因便何妨吊汨罗。(《湘中作》)
		徐　介	①手接汨罗水,天心知所存。固教工部死,来伴大夫魂。流落同千古,风骚共一源。消凝伤往事,斜日隐颓垣。(《耒阳杜工部祠堂》)
		齐　己	①落日倚阑干,徘徊汨罗曲。冤魂如可吊,烟浪声似哭。我欲考鼋鼍之心,烹鱼龙之腹。尔既啖大夫之血,食大夫之肉。千载之后,犹斯暗伏。将谓唐尧之尊,还如荒悴之君。更有逐臣,于焉葬魂。得以纵其噬,恣其吞。(《吊汨罗》)
楚臣、楚客	20	骆宾王	①浦夏荷香满,田秋麦气清。讵假沧浪上,将濯楚臣缨。(《夏日游目聊作》)②芳杜湘君曲,幽兰楚客词。山中有春草,长似寄相思。(《同辛科学理论简仰酬思玄上人林泉四首》其一)
		李　白	①水从天汉落,山逼画屏新。应念金门客,投沙吊楚臣。(《赠崔秋浦三首》其一)②楚臣伤江枫,谢客拾海月。怀沙去潇湘,挂席泛溟渤。(《同友人舟行游台越作》)
		钱　起	①悲来莫向时人说,沧浪之水见心清,楚客辞天泪满缨。(《送毕侍御谪居》)
		刘长卿	①三年谪宦此栖迟,万古惟留楚客悲。……汉文有道恩犹薄,湘水无情吊岂知。(《长沙过贾谊宅》) ②易下杨朱泪,难招楚客魂。风涛暮不稳,舍棹宿谁门。(《冬深》)
		皎　然	①主人非楚客,莫谩讥独醒。(《奉酬李中丞洪湖州西亭即事见寄兼呈吴冯处士时中丞量移湖州长史》)
		韩　愈	①斑竹啼舜妇,清湘沈楚臣。衡山与洞庭,此固道所循。(《送惠师》)
		柳宗元	①楚臣昔南逐,有意仍丹丘。今我始北旋,新诏释缧囚。采真诚眷恋,许国无淹留。再来寄幽梦,遗贮催行舟。(《界围岩水帘》) ②南来不作楚臣悲,重入修门自有期。为报春风汨罗道,莫将波浪枉明时。(《汨罗遇风》) ③长捐楚客佩,未赐大夫环。异政徒云仰,高踪不可攀。空劳慰憔悴,妍唱剧妖娴。(《酬韶州裴曹长使君寄道州吕八大使因以见示二十韵一首》) ④手种黄柑二百株,春来新叶遍城隅。方同楚客怜皇树,不学荆州利木奴。(《柳条城西北隅种柑树》)
		刘禹锡	①佳人对镜容颜改,楚客临江心事违。万古至今同此恨,无如一醉尽忘机。(《送春词》)
		戎　昱	①结茅同楚客,卜筑汉江边。日落数归鸟,夜深闻扣舷。(《汉上题韦氏庄》)
		王　初	①年来若有乘槎客,为吊波灵是楚臣。(《银河》)
		李德裕	①楚客重兰荪,遗芳今未歇。叶抽清浅水,花照暄妍节。(《春暮思平泉杂咏二十首·芳荪》)

续表

称引语词	称引篇次	称引诗人	称引诗作诗句摘要
楚臣、楚客	20	李群玉	①楚客罢奇服，吴姬停棹歌。涉江无可寄，幽恨竟如何。(《晚莲》) ②二年此处寻佳句，景物常输楚客书。(《仙明洲口号》)
		齐　已	①生涯在何处，白浪千万里。曾笑楚臣迷，苍黄汨罗水。(《渔父》)
湘累	1	陆龟蒙	①人谣洞野老，骚怨明湘累。立本以致诘，驱宏来抵巇。(《袭美先辈以龟蒙所献五百言既蒙见和复示荣唱至于千字提奖之重蔑有称实再抒鄙怀用伸酬谢》)

说明：

①表中数据系笔者检索北大《全唐诗》电子版，并对照中华书局《全唐诗》(1999 年 1 月第 1 版)所得。

②表中所列诗作诗句以其作者先后为序。

③《全唐诗》中指称屈原的语词较为复杂，故表中所列不可能穷尽唐诗中全部称引屈子的诗句。"楚大夫、骚人、汨罗、楚客"等条目，在唐诗中皆有较高的出现频率，笔者只取自以为系直接称引屈原的诗句，余者皆不录。如"骚人"共检得 40 余条次，表中只列出 15 条；"楚臣、楚客"共检得百余条次，表中仅列出 20 条。这些未摘列的诗作诗句，大多也与屈子有较密切的关系，只不过其指称屈子的意义不够显豁而已。

附表二：

唐诗称引楚辞及屈骚篇目数据库

称引类别	称引语词	称引次数	唐诗作者	称引诗作诗句摘要
楚辞	楚辞	7	孟浩然	①腊响惊云梦，渔歌激楚辞。(《陪张丞相自松滋江东泊渚宫》)
			杜　甫	①雨急青枫暮，云深黑水遥。梦归归未得，不用楚辞招。(《归梦》)
			刘长卿	①稚子能吴语，新文怨楚辞。(《初贬南巴至鄱阳，题李嘉祐江亭》)
			权德舆	①工为楚辞赋，更著鲁衣冠。(《送山人归旧隐》)
			李　贺	①斫取青光写楚辞，腻香春粉黑离离。(《昌谷北园新笋四首》) ②楞伽堆案前，楚辞系肘后。(《赠陈商》)
			李商隐	①楚辞已不饶唐勒，风赋何曾让景差。(《宋玉》)
	楚词	15	李　峤	①芳树吟羌管，幽篁入楚词。(《军师凯旋自邕州顺流舟中》)
			李　白	①君不来兮，徒蓄怨积思而孤吟。云阳一去已远，隔巫山绿水之沉沉。留馀香兮染绣被，夜欲寝兮愁人心。朝驰余马于青楼，恍若空而夷犹。浮云深兮不得语，却惆怅而怀忧。使青鸟兮衔书，恨独宿兮伤离居。何无情而雨绝，梦虽往而交疏。横流涕而长嗟，折芳洲之瑶华。送飞鸟以极目，怨夕阳之西斜。愿为连根同死之秋草，不作飞空之落花。(《代寄情，楚词体》)

续表

称引类别	称引语词	称引次数	唐诗作者	称引诗作诗句摘要
楚辞	楚词	15	王维	①楚词共许胜扬马，梵字何人辨鲁鱼。(《苑舍人能书梵字兼达梵音，皆曲尽其妙，戏为之赠》)
			李颀	①回云迎赤豹，骤雨飒文狸。受命出炎海，焚香征楚词。(《二妃庙送裴侍御使桂阳》)
			钱起	①沙上独行时，高吟到楚词。难将垂岸蓼，盈把当江蓠。(《江行无题一百首》其一，一作钱珝诗。)
			刘长卿	①愁中卜命看周易，梦里招魂读楚词。(《感怀》，一作张谓诗。)
			崔峒	①梅花岭里见新诗，感激情深过楚词。(《虔州见郑表新诗因以寄赠》)
			刘商	①曲中历历叙乡土，乡思绵绵楚词古。(《秋夜听严绅巴童唱竹枝歌》)
			贾至	①帝子去永久，楚词尚悲秋。(《巴陵早秋，寄荆州崔司马、吏部阎功曹舍人》)
			皎然	①绿水迎吴榜，秋风入楚词。(《送李秀才赴婺州招》)
			元稹	①宋玉秋来续楚词，阴铿官漫足闲诗。(《酬孝甫见赠十首》)
			姚合	①从来此恨皆前达，敢负吾君作楚词。(《题永城驿》，一作薛能诗)
			汪遵	①不是楚词询宋玉，巴歌犹掩绕梁声。(《郢中》)
			蔡京	①肠断楚词归不得，剑门迢递蜀江深。(《咏子规》)
			韦庄	①分明昨夜南池梦，还把渔竿咏楚词。(《宿泊孟津寄三堂友人》)
屈骚篇目	离骚	39	李白	①君不见沧浪老人歌一曲，还道沧浪濯吾足。平生不解谋此身，虚作《离骚》遣人读。(《笑歌行》)
			岑参	①帝城谁不恋，回望动《离骚》。(《送赵侍御归上都》)
			卢象	①未能齐得丧，时复诵《离骚》。(《追凉历下古城西北隅，此地有清泉乔木》)
			钱起	①缘情无怨刺，却似反《离骚》。(《江行无题一百首》其一，一作钱珝诗)
			刘长卿	①往事那堪问，此心徒自劳。独馀湘水上，千载闻《离骚》。(《南楚怀古》，一题陶翰诗。)
			包佶	①章甫经殊俗，《离骚》继雅风。(《酬于侍郎湖南见寄十四韵》) ②于越城边枫叶高，楚人书里寄《离骚》。寒江鸂鶒思俦侣，岁岁临流刷羽毛。(《酬顾况见寄》)
			李嘉祐	①更枉新诗思何苦，《离骚》愁处亦无如。(《酬皇甫十六侍御曾见寄》)
			权德舆	①黯离堂兮日晚，俨壶觞兮送远。远水霁兮微明，杜蘅秀兮白芷生。波泫泫兮烟幂幂，凝暮色于空碧。纷离念兮随君，溯九江兮经七泽。君之去兮不可留，五彩裳兮木兰舟。(《杂言同用离骚体送张评事襄阳觐省》)

续表

称引类别	称引语词	称引次数	唐诗作者	称引诗作诗句摘要
屈骚篇目	离骚	39	韩　愈	①屈原《离骚》二十五，不肯餔啜糟与醨。（《感春四首》其一） ②主人看使范，客子读《离骚》。（《潭州泊船呈诸公》）
			柳宗元	①投迹山水地，放情咏《离骚》。（《游南亭夜还叙志七十韵》）
			白居易	①藤花浪拂紫茸条，菰叶风翻绿剪刀。闲弄水芳生楚思，时时合眼咏《离骚》。（《湖上闲望》）
			元　稹	①旋吟新乐府，便续古《离骚》。（《送东川马逢侍御使回十韵》）②近酬新乐录，仍寄续《离骚》。（《奉和浙西大夫李德裕述梦四十韵》）
			李商隐	①书论秦逐客，赋续楚《离骚》。（《献寄旧府开封公》）
			张　祜	①知君思无倦，为我续《离骚》。（《送卢弘本浙东觐省》） ②幽栖日无事，痛饮读《离骚》。（《江南杂题》）
			汪　遵	①为嫌朝野尽陶陶，不觉官高怨亦高。憔悴莫酬渔父笑，浪交千载咏《离骚》。（《三闾庙》）
			薛　能	①白璧心难说，青云世未遭。天涯望不极，谁识咏《离骚》。（《平盖观》）
			刘　威	①再引《离骚》见微旨，肯教渔父会升沉。（《三闾大夫》）
			廖　融	①休叹不得力，《离骚》千古传。（《谢翁宏以诗百篇见示》）
			周　朴	①凉风移蟋蟀，落叶在《离骚》。（《宿刘温书斋》，一题张乔诗。）
			陆龟蒙	①《离骚》既日月，《九辩》即列宿。（《读〈襄阳耆旧传〉，因作诗五百言寄皮袭美》） ②天问复招魂，无因彻帝阍。岂知千丽句，不敌一谗言。（《离骚》）
			皮日休	①成后料君无别事，只应酣饮咏《离骚》。（《酬鲁望见迎绿罽次韵》）
			贯　休	①湘江滨，湘江滨，兰红芷白波如银，终须一去呼湘君。问湘神，云中君，不知何以交灵均。我恐湘江之鱼兮，死后尽为人。曾食灵均之肉兮，个个为忠臣。又想灵均之骨兮终不曲。千年波底色如玉，谁能入水少取得，香沐函题贡上国。贡上国，即全胜和璞悬璃，垂棘结绿。（《读离骚经》）
			翁　洮	①空向人间修谏草，又来江上咏《离骚》。（《商进士王雄》）
			殷文圭	①日下飞声彻不毛，酒醒时得广《离骚》。（《次韵九华杜先辈重阳寄投宛陵丞相》）
			陈　陶	①江徼无虞才不展，衔杯终日咏《离骚》。（《赠江南从事张侍郎》）
			司空图	①溪涨渔家近，烟收鸟道高。松花飘可惜，睡里洒《离骚》。（《杂题九首》其一）
			黄　滔	①若把长江比湘浦，《离骚》不合自灵均。（《过长江》）

续表

称引类别	称引语词	称引次数	唐诗作者	称引诗作诗句摘要
屈骚篇目	离骚	39	齐　已	①《离骚》传永恨，鼓瑟奏遗魂。（《潇湘二十韵》） ②荣枯得失理昭然，谁教《离骚》更问天。（《荆门勉怀寄道林寺诸友》） ③闻著括囊新集了，拟教谁与序《离骚》。（《喜得自牧上人书》） ④吟把《离骚》忆前事，汨罗春浪撼残阳。（《湘中寓居春日感怀》）
			徐　铉	①词赋《离骚》客，封章谏诤臣。（《哭刑部侍郎乔公诗》）
			刘　兼	①秋霜满领难消释，莫读《离骚》失意书。（《对镜》） ②登高欲继《离骚》咏，魂断愁深写不成。（《登郡楼书怀》）
	九歌	6	储光羲	①《九歌》有深意，捐佩乃言归。（《汉阳即事》）
			权德舆	①《九歌》伤泽畔，怨思徒刺促。十翼有格言，幽贞谢浮俗。（《数名诗》）
			韩　愈	①降集随九歌，饮芳而食菲。（《谴疟鬼》）
			刘禹锡	①惟有《九歌》词数首，里中留与赛蛮神。（《别夔州官吏》）
			李群玉	①奠桂开古祠，朦胧入幽萝。落日潇湘上，凄凉吟《九歌》。（《湖中古愁三首》其一）
			杜　牧	①幽抱吟《九歌》，羁情思湘浦。（《题池州弄水亭》）
	天问	3	张　说	①日月无他照，山川何顿别。苟齐两地心，《天问》将安说。（《冬日见牧牛人担青草归》）
			姚　合	①寰区叹屈瞻《天问》，夷貊闻诗过海求。（《使两浙赠罗隐》，一题罗衮诗。）
			陆龟蒙	①《天问》复《招魂》，无因彻帝阍。岂知千丽句，不敌一谗言。（《离骚》）
	山鬼	6	李　颀	①落日吊山鬼，回风吹女萝。（《登首阳山谒夷齐庙》）
			杜　甫	①山鬼迷春竹，湘娥倚暮花。湖南清绝地，万古一长嗟。（《祠南夕望》）
			刘禹锡	①桃源访仙宫，薜服祠山鬼。（《韩十八侍御见示岳阳楼别窦司直诗国令属和重以自述故足成六十二韵》）
			杜　牧	①宅临三楚水，衣带二京尘。敛迹愁山鬼，遗形慕谷神。（《梁秀才以早春旅次大梁将归郊扉言怀兼别示亦蒙见赠凡二十韵走笔依韵》）
			李商隐	①枫树夜猿愁自断，女萝山鬼语相邀。（《楚宫》） ②回首苍梧深，女萝闭山鬼。（《和郑愚赠汝阳王孙家筝妓二十韵》）
	怀沙	11	张　说	①咿嚘不可信，以此败怀王。……一闻怀沙事，千载尽悲凉。（《过怀王墓》）
			赵冬曦	①雅尚骚人文，怀沙何迫促。未知二贤意，去矣从所欲。（《奉和张燕公早霁南楼》）
			李　白	①楚臣伤江枫，谢客拾海月。怀沙去潇湘，挂席泛溟渤。（《同友人舟行游台越作》）

续表

称引类别	称引语词	称引次数	唐诗作者	称引诗作诗句摘要
屈骚篇目	怀沙	11	顾　况	①霜凋树吹断，土蚀剑痕深。欲作怀沙赋，明时耻自沉。（《酬唐起居前后见寄二首》）
			柳宗元	①鸣玉机全息，怀沙事不忘。恋恩何敢死，垂泪对清湘。（《弘农公……复为大僚天监昭明人心感悦宗元窜伏湘浦拜贺末由谨献诗五十韵以毕微志》）
			孟　郊	①吟泽洁其身，忠节宁见输。怀沙灭其性，孝行焉能俱。（《旅次湘沅有怀灵均》）
			薛　能	①北向秦何在，南来蜀已无。怀沙悔不及，只有便乘桴。（《边城作》）
			崔　珏	①湖中西日倒衔山。怀沙有恨骚人往，鼓瑟无声帝子闲。何事黄昏尚凝睇，数行烟树接荆蛮。（《岳阳楼晚望》）
			褚　载	①除却洛阳才子后，更谁封恨吊怀沙。（残句）
			齐　己	①可怜千古怀沙处，还有鱼龙弄白波。（《怀潇湘即事寄友人》）
			徐　铉	①湘浦怀沙已不疑，京城赐第岂前期。……新诗问我偏饶思，还念鹪鹩得一枝。（《和萧少卿见庆新居》）
	远游	3	李　白	①小隐慕安石，远游学屈平。天书访江海，云卧起咸京。（《秋夜独坐怀故山》）
			张　继	①径行俯仰成今古，却忆当年赋《远游》。（《秋日道中》）
			柳宗元	①论嫌齐物诞，骚爱《远游》伤。（《弘农公以硕德伟材屈于诬枉左官三岁复为大僚天监昭明人心感悦宗元窜伏湘浦拜贺末由谨献诗五十韵以毕微志》）
	橘颂	1	杜　甫	①向来吟《橘颂》，谁欲讨莼羹。不愿论簪笏，悠悠沧海情。（《与李十二白同寻范十隐居》）
	大招	1	沈佺期	①三赦重天造，千推极国详。《大招》思复楚，于役限维桑。（《答魑魅代书寄家人》）
	卜居	1	窦　常	①幸得柱山当郡舍，在朝长咏《卜居》篇。（《先寄刘员外禹锡》）

说明：

①表中数据系笔者检索北大《全唐诗》电子版，并对照中华书局《全唐诗》(1999 年 1 月第 1 版)所得。

②表中所列称引楚辞或屈骚篇目的诗作诗句以其作者先后为序。

③“九歌、山鬼、远游、卜居”等条目，在《全唐诗》中皆有较高的出现频率，表中只取笔者以为系直接称引屈骚相关篇目的诗句，及明显化用屈骚篇目入诗的诗句，余者皆不录。如“远游”共检得 95 条，表中只列出 3 条；“卜居”共检得 35 条，表中仅列出 1 条。这些未摘列的诗作诗句，大多都与屈骚同名辞作有较密切的关系，即屈骚同名辞作往往即是其典源。

④《全唐诗》中亦有不少与《湘君》《湘夫人》《东君》《云中君》《国殇》《涉江》《渔父》等屈骚篇目相同的词条，究其诗意，它们往往或近或远地与屈骚有所关联，但并非明确地称引，故表中没有列出。

第二节　唐诗宋玉接受的定量分析与考察

“屈宋”并称,其来有自,但后人对宋玉的关注则远不如屈原。一个重要的因素是屈原与宋玉的社会地位存在较大差异,其各自的遭际也有诸多不同。相较之下屈原形象更高远、更伟岸一些，也更能体现出某种高尚的人生境界和精神追求,因而便成了古代士子们标示情操并寄托理想的一个历史载体。屈骚又是早期文学史上最重要的拓荒之作，其继往开来的独创性贡献同样具有莫大的文学史价值和意义。以此,宋玉其人似乎经常性地为屈子的光辉所遮蔽,其辞赋作品也似乎只能低伏于屈骚繁枝茂叶的阴影之下。前文在探讨唐代诗学思想中的屈宋评价时,我们已发现唐人在文学批评中常常将“屈宋”并提,或肯定楚辞作品的价值,或否定楚辞作品的风神,且都借此来表达他们的文学观点。换言之,唐人在多数情况下视屈宋辞赋为同类性质的文学作品，给予它们以大体相同的评价。那么,唐人在诗歌创作中又是怎样认识屈原与宋玉的呢?唐诗中的屈原与宋玉又有哪些相同和不同呢?为解答这些疑问,本节拟再对唐诗中的宋玉接受进行定量分析与考察,庶几可与上节唐诗屈原接受之定量分析与考察相比较。

笔者检索《全唐诗》并整理相关资料后,制作了“唐诗称引宋玉及引用化用宋玉辞赋数据库”(详见此节后附录)。现将该数据库的一些主要项目以表格形式小结于此:

表 3-2　唐诗称引宋玉及引用化用宋玉辞赋简表

称引宋玉的诗人数量及其诗作数量				称引宋玉较多的诗人及其诗作篇次								引用化用宋玉辞赋的诗人数量及其诗作数				引用化用宋玉辞赋较多的诗人及其诗作篇次							
诗人数量	54人	诗作数量	99首	李商隐	李白	杜甫	罗隐	韦庄	李贺	齐己	唐彦谦	诗人数量	35人	诗作数量	159首	杜甫	李白	李群玉	李商隐	白居易	韦庄	杜物	吴融
				8首	7首	7首	4首	4首	3首	3首	3首					26首	25首	16首	14首	7首	7首	6首	6首

说明：

①此表数据系笔者参考《全唐诗典故辞典》(湖北辞书出版社，范之麟、吴庚舜主编，1989年2月版)，并结合从北大“《全唐诗》电子检索系统”得来的检索结果汇总而成。因《全唐诗典故辞典》所收诗例并未能穷尽所有称引宋玉及引用化用宋玉辞赋的诗人和诗作，故笔者又多方检索，尽可能力求完备，但仍难免有挂一漏万之嫌。

②表中所谓“引用化用宋玉辞赋”，主要指诗句中对宋玉辞赋语汇的踏袭，如“白狗黄牛峡，朝云暮雨祠”、“昔赠我者谁？东邻婵娟子”等；或对宋玉某篇辞赋作品内容主旨的套用，如“闻道佩郎歌白雪，由来此曲和人稀”、“殷勤好取襄王意，莫向阳台梦使君”等。

③表中统计数据仅限于“唐诗称引宋玉及引用化用宋玉辞赋数据库”所列的诗人诗作，而该数据库又仅收录有诗作明确称引过宋玉的诗人，其他只在诗作中引用或化用过宋玉辞赋却没有明确称引过宋玉的诗人未收。因此表中“引用化用宋玉辞赋的诗人数量及其诗作数量”一栏的数据，并不是唐诗中全部引用化用宋玉辞赋的诗人数及其诗作数。

浏览此数据库摘引的相关诗句，我们较强烈的感受之一是宋玉在唐人那里似乎就是一位他们再熟悉不过的老友，他跟每一个诗人都有交情，并慷慨将囊中所有——自己的篇篇辞赋任这些忘年交们随意地取用。[①]因此，我们看到有唐一代，大至诗仙、诗圣、诗鬼等名家及王公显宦者流，小到一般读书人及薄有诗名者，基本上都有诗作咏及宋玉或其辞赋。一个较为特别的例子或许可以证明唐代知识阶层对宋玉的熟谙程度，即唐代较知名的两位女诗人薛涛和鱼玄机各有一首写到宋玉的诗作，前者题为《谒巫山庙》，以“山色未能忘宋玉”来借古伤怀，叹惋再三；后者题为《赠邻女》，据说是为自己的婚姻不幸而自伤，以“自能窥宋玉”标举自我的容姿才器。薛涛和鱼玄机尽管在当时颇有文名，但她们基本上都沉沦于社会底层(一为歌伎一为道士)，又兼身为女性。由此我们即可推想宋玉这位战国时代的作家在唐代所获得的认可是多么广泛，换言之，其读者群应当说是一个令许多去他不远的所谓文学创作者们十分艳羡的数字。

感受之二是唐人写宋玉大致分三个方向，其一是承《九辩》登高悲秋而来的沉沉叹喟，多与身世之悲，生命不永之叹或怀才不遇之怨。如：

---

① 按，唐时宋玉作品流传的主要途径有三，即《楚辞》专书、《宋玉集》及《文选》《艺文类聚》等选本和类书系统。我们今天所见之宋玉辞赋除《微咏赋》《高唐对》和《郢中对》外，其他宋玉作品唐代都已可见。可参看《楚辞作品在唐代的传播流布》一节。

①直觉巫山暮，兼催宋玉悲。（杜甫《雨》）

②宋玉怨三秋，张衡复四愁。（李嘉祐《暮秋迁客增思寄京华》）

③马卿兼病老，宋玉对秋悲。（李端《赠岐山姜时府》）

④宋玉逢秋正高卧，一篇吟尽奈情何。（赵嘏《寄裴澜》）

其二是承《高唐》《神女》两赋及《好色赋》等其他赋作而来的浓浓艳情，借以写其情感世界之云卷云舒，抒发或真挚深痛或轻靡无聊之男女情爱。如：

①江南弄，巫山连楚梦，行雨行云几相送。（王勃《江南弄》）

②细看只似阳台女，醉着莫许归巫山。（岑参《醉戏窦子美人》）

③少年才子心相许，夜夜高堂梦云雨。（李涉《寄荆娘写真》）

④愿托襄王云雨梦，阳台今夜降神仙。（李群玉《醉后赠冯姬》）

当然这里面也有一些诗作从题材到意旨都逸出前述两个方向而转入“歧途”，且数量也较为可观，此即其三。这部分诗作主要指创作者特借宋玉及其辞赋中的典故作为引子来泛咏他事，包举面较广。有叙写别亲送友的送别诗，有相互酬答的酬唱诗，也有描绘山水的写景诗。此外，这部分诗作所蕴情感也是多种多样的，即诗人们不囿于渗透在所引典故本身之中的原有之意，诗句整体与宋玉原作中的典实只是勉为结合而已，诗人往往将笔墨重点落在其他一些自己想要表达的事理之上。如：

①襄王怜宋玉，愿入兰台宫。（希望被引见）（李白《寄上吴王三首》其三）

②何须妒云雨，霹雳楚王台。（以雷神妒神女写雷势凶猛）（杜甫《雷》）

③吟君白雪唱，惭愧巴人肠。（称扬对方诗作）（李绅《奉酬乐天立秋夕有怀见寄》）

④依依宜织江雨空，雨中六月兰台风。（状江南风暖而柔）（李贺《罗浮山父与葛篇》）

⑤楚王犹自惑，宋玉且将归。（谓友人将失意而归）（岑参《送崔全被放归都觐省》

感受之三是唐代诗人中有一些对宋玉抱有特别感情的读者，他们动辄就想起宋玉与宋玉辞赋中高秋孤雁的冷寂、巫山云雨的瑰丽和高唐神女的可人，故而也就动辄在他们的笔下出现了宋玉及其辞赋中的人物形象和语词意蕴。以"唐诗称引宋玉及引用化用宋玉辞赋数据库"所引作品计，较突出者当为李白、杜甫、李商隐及李群玉等。但该数据库所列仅限于在其作品中明确提及宋玉的诗人及其部分诗作，此外《全唐诗》中还有其他诗人大量引用化用宋玉辞赋的诗作，但限于篇幅，未能一一摘录。为资料的完整全面计，下面选择唐代较重要的一些诗人，并结合该数据库作一补充。

表 3-3　唐诗称引宋玉及引用化用宋玉辞赋较多的诗人排名

知名诗人				一般诗人			
诗人（以生年先后为序）	称引宋玉及引用化用宋玉辞赋的诗作比例	篇次排名	诗作比例排名	诗人（以生年先后为序）	称引宋玉及引用化用宋玉辞赋的诗作比例	篇次排名	诗作比例排名
骆宾王	3/135；2.2%	7	2	钱　起	6/541；1.1%	3	8
孟浩然	6/274；2.1%	6	6	李　端	4/281；1.4%	4	4
李　白	31/1206；2.5%	2	3	权德舆	4/351；1.14%	4	7
高　适	6/268；2.23%	6	4	皎　然	3/504；0.5%	5	10
杜　甫	33/1489；2.21%	1	5	许　浑	6/537；1.17%	3	5
岑　参	6/411；1.4%	6	7	李群玉	18/268；6.7%	1	1
白居易	8/3009；0.3%	5	8	唐彦谦	4/200；2%	4	3
杜　牧	8/544；1.4%	5	7	罗　隐	6/515；1.16%	3	6
李商隐	21/616；3.4%	3	1	齐　己	6/826；0.7%	3	9
韦　庄	11/378；2.9%	4	2	吴　融	7/308；2.27%	2	2

说明：

①此表数据系参考《全唐诗典故辞典》（湖北辞书出版社，1989 年 2 月版），并结合笔者从北大"《全唐诗》电子检索系统"得来的检索结果汇总而成。

②诗人生卒年主要根据游国恩等主篇的《中国文学史》及《中国大百科全书·唐代诗人》部分来确定。

现在,将表 3-2 和表 3-3 的统计数据结合起来就可看到,虽然我们选取的知名诗人与一般诗人各为 10 人次，但知名诗人诗作中关涉宋玉及其辞赋的总量(131 篇次)要远远大于一般诗人(64 篇次)。其原因当与唐代著名诗人称引屈原及屈骚的诗作远多于一般诗人一样,首先是知名诗人的诗作量本身就多于一般诗人,其次也表明知名诗人往往更善于从前代有成就的作家作品中汲取文学养料。此外,以作品数量言,唐诗中出现宋玉及宋玉辞赋语汇较多者当是杜甫(33)、李白(31)、李商隐(21)和李群玉(18);而若以该诗人全部诗作与称引宋玉及引用化用宋玉辞赋的诗作比例言,前三位则又变成了李群玉(6.7%)、李商隐(3.4%)和韦庄(2.9%)。由此看来,唐代诗人中,与宋玉关系最为紧密者当属李群玉、李商隐及韦庄。尤以李商隐接受宋玉的影响为最,其直接称引宋玉的诗作即达 8 篇,亦为唐代诗人中第一。可参后文“唐诗屈宋接受个案研究”的相关论述,兹不赘。

下面我们换个角度,拟以初盛唐、中唐及晚唐三阶段为分期,具体统计并考察唐诗称引宋玉及引用化用其辞赋的诗人分布情况,借以分析唐诗接受宋玉的大致走向。据“唐诗称引宋玉及引用化用宋玉辞赋数据库”,我们可得到下图。

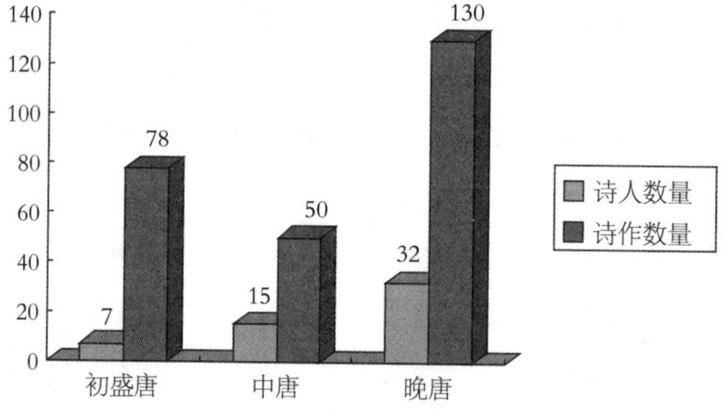

图 3-6　唐诗称引宋玉及引用化用宋玉辞赋之诗人诗作分布图例

观察上面的图例可见,称引宋玉及引用化用其辞赋的诗人数,从初盛唐到中晚唐呈阶梯状上升,中唐大致比初盛唐多出一半有余,晚唐又比中唐多出一半有余。这表明唐人对宋玉的学习和接受也跟对屈原的学习和接受一样,随时代发展而有越来越多的诗人表现出了对其人其作的认同。这也恰好印证了上文我们得出的一个结论，即唐代诗人中堪称宋玉知音者当为李群玉、李商隐及韦庄,而他们也都是晚唐诗人。再来看称引宋玉及引用化及其辞赋的诗作数,初盛唐有 78 篇次、中唐 50 篇次、晚唐 130 篇次。既然有越来越多的诗人随时代推移而表现出了对宋玉的亲近态度,而且称引宋玉及引用化用宋玉辞赋的人数也确实在节节攀升,那么,为什么中唐时关涉到宋玉及其辞赋的诗作数量却较之初盛唐时反而下降了呢?是不是我们得到的结论有问题呢?这里有如下两点需要解释:其一,图例中所谓“诗作数量”不包括那些在诗作中引用或化用过宋玉辞赋却没有明确称引过宋玉的诗人作品,在此前提下因初盛唐时期李白、杜甫两人关涉宋玉的诗作加起来即达 50 首之多,占了此期称引宋玉及引用化用其辞赋之全部诗作的百分之六十四以上。以此,相对而言中晚唐时期更多一般诗人,他们往往各只有数首诗作涉及宋玉或其辞赋。从数据统计的角度来看,这便导致了图例中显现的初盛唐关涉宋玉的诗作数多于中唐诗作数的现象。究其实,若能详尽统计并得到唐代各时期称引宋玉及引用化用其辞赋的诗作篇次,依理中唐时的数量当不会少于初盛唐时的数量。其二,退一步讲,即便是中唐时称引宋玉及引用化用宋玉辞赋的诗作数量确实少于初盛唐时期,考虑到李杜两人的诗作数在其中占有多一半的绝对优势比例,也就不能为此而认定初盛唐诗歌接受宋玉的影响要大于中唐时期。换言之,我们的推论并无大的纰漏,即随唐王朝社会政治的发展变化,文学思潮自然有相应的变化,诗歌领域对宋玉的接受亦表现出较明显的发展变化，至少是中晚唐有更多的诗人开始关注宋玉并在其诗歌创作中取法宋玉。具体的演变情状及原因将在下章进行论述。

从前面的相关统计数据中我们看到唐人称引宋玉的诗句比比皆是,一些个别诗人更是对宋玉情有独钟，其诗作中不仅表现出对宋玉的深切认同,而且还表现出对其辞赋题材情感、主旨意蕴及艺术手法的有意借鉴和学习。以上统计数据只是一个参照，笔者以为由此或能让我们感受到唐代诗人对宋玉的态度，宋玉对唐人及其诗歌创作的影响或可见一斑。至于说宋玉辞赋之于唐人到底产生了多大的影响力？唐人在他们的诗歌创作中到底从宋玉那里汲取了什么营养？仍需进一步地探讨。为较确切地阐明这些问题，我们还应转换视角，来归结一下唐人在其诗作中具体引用化用宋玉辞赋的概况。

表 3-4　唐诗引用化用宋玉辞赋简表

<table>
<tr><th>用　典</th><th>典　源</th><th>数量</th><th colspan="6">唐诗中引用化用宋玉辞赋的篇目排名</th></tr>
<tr><td>云　雨</td><td>《高唐赋》和《神女赋》</td><td>254</td><td rowspan="17">《高唐赋》和《神女赋》</td><td rowspan="17">《对楚王问》</td><td rowspan="17">《登徒子好色赋》</td><td rowspan="17">《招魂》</td><td rowspan="17">《风赋》</td><td rowspan="17">《小言赋》</td></tr>
<tr><td>白　雪</td><td>《对楚王问》</td><td>204</td></tr>
<tr><td>巫　山</td><td>《高唐赋》和《神女赋》</td><td>148</td></tr>
<tr><td>阳　春</td><td>《对楚王问》</td><td>140</td></tr>
<tr><td>阳　台</td><td>《高唐赋》和《神女赋》</td><td>133</td></tr>
<tr><td>行　云</td><td>《高唐赋》和《神女赋》</td><td>93</td></tr>
<tr><td>神　女</td><td>《神女赋》</td><td>90</td></tr>
<tr><td>东邻（宋玉邻、宋玉墙等）</td><td>《登徒子好色赋》</td><td>62</td></tr>
<tr><td>高　唐</td><td>《高唐赋》</td><td>52</td></tr>
<tr><td>郢曲（郢唱、郢雪、郢客等）</td><td>《对楚王问》</td><td>51</td></tr>
<tr><td>曲高和寡（曲高、寡和等）</td><td>《对楚王问》</td><td>6</td></tr>
<tr><td>行　雨</td><td>《高唐赋》和《神女赋》</td><td>41</td></tr>
<tr><td>朝云暮雨（朝云等）</td><td>《神女赋》</td><td>17</td></tr>
<tr><td>招魂（楚些）</td><td>《招魂》</td><td>31</td></tr>
<tr><td>楚襄王</td><td>《高唐赋》和《神女赋》
《对楚王问》</td><td>11</td></tr>
<tr><td>阳城惑（阳城笑、下蔡迷等）</td><td>《登徒子好色赋》</td><td>10</td></tr>
<tr><td>兰台风（宋玉风、大王风等）</td><td>《风赋》</td><td>8</td></tr>
<tr><td>宋玉田</td><td>《小言赋》</td><td>1</td><td>1</td><td>2</td><td>3</td><td>4</td><td>5</td><td>6</td></tr>
</table>

说明：

①表中数据系笔者检索北大“《全唐诗》电子检索系统”，并对照《全唐诗典故辞典》得来。

②表中所列“用典”一栏，一些条目典源与所指内容相同而并不一定用词完全相同，即同一条目还包括其他变体，如：引“郢曲”时变为“郢唱、郢客”等。

③表中未列唐人对《九辩》的引用化用，但仅表3-2称引宋玉的99篇诗作中，约有40首皆显系对《九辩》意境的化用，其中明确点出“悲秋”之意的就有近30首之多。

从表3-4可以得到如下几点看法：

第一，唐人引用化用宋玉辞赋以《高唐赋》和《神女赋》两篇为最，其常引语汇有“行云、云雨、阳台、神女、高唐、巫山”等。如果再结合具体的诗作来看，我们就会发现唐代诗人乃是把宋玉笔下巫山云雨的奇幻、高唐神女的艳丽多情当作一种媒介——即借此典故来写他们自己内心深处男女欢合悲离的经历和难为外人所道的万种风情。“创作中运用高唐神女的艳体素材、艳情典故，极大地便利了文人士大夫。特别是风流文人要想表达自己的心意，或者要表现自己亲历的风流艳事，但又觉得难以直说，或不愿明白表露时，高唐神女的艳词艳典就派上大用场了。他们只需用上‘阳台’、‘巫山梦’等，就可含糊其词，隐约其事，又使诗歌含蓄委婉，无直露之感。”[①]如李群玉《醉后赠冯姬》云：“愿托襄王云雨梦，阳台今夜降神仙。”作者在这里以“云雨、阳台”入诗，向冯姬表明求欢的心愿，含蓄隐约，既说出了己意又避免了直白。李涉《遇湖州妓宋态宜二首》云：“曾识云仙至小时，芙蓉头上绾青丝。当时惊觉高唐梦，唯有如今宋玉知。”与前者有异曲同工之用，句里行间曲蕴其深婉之情。

此外，唐人对《登徒子好色赋》的引用化用基本上类于《高唐》《神女》两赋，所引语汇习见的有“东邻、东家子、宋玉邻、宋玉墙”等。如唐彦谦《离鸾》云：“尘埃一别杨朱路，风月三年宋玉墙。”借以表明离去的女子与自己曾有数年交好之情，说得雅致得体。再如吴融《春晚书怀》写道：“未达东邻还绝想，不劳南浦更销魂。”这里活用东家美女事，借以表现对所忆女子的深切思念。

第二，唐诗中对《对楚王问》的引用化用仅次于《高唐》《神女》两赋，“曲高和寡、白雪、阳春、郢曲、郢唱、郢词、郢客”等是其常见语汇。如：

---

① 胥洪泉《高唐赋、神女赋影响略论》，《西南师范大学学报》，1999年第5期。

①懦夫仰高节,下里继阳春。(杨炯《和刘长史答十九兄》)

②曲高弥寡和,主善代为师。(张说《酬崔光禄冬日述怀赠答》)

③初开郢客缄封后,想见巴山冰雪深。(刘禹锡《酬元九侍御赠壁竹鞭长句》)

④身当青山秀,文体多郢声。(皎然《杼山禅居寄赠东溪吴处士冯一首》)

从以上所举诗例,我们可以发现一个有趣的现象,即它们都是唱和酬答之作。如果不惮其烦的话,我们还可以继续举出大量诸如此类的诗例。因之,我们的看法是:唐人在其诗歌创作中引用化用《对楚王问》的手法,与其引用化用《高唐》《神女》两赋同。换言之,他们同样是将宋玉辞赋中的典故语词当作一个现成的介质,一个方便于自己表意的工具来使用。他们之所以选择这些语汇,就是因为这些语汇能够以较少笔墨表达其全部欲说之意,既言约意富又文雅深致。但较之对《高唐》《神女》两赋的引用化用而言,诗人们的指向或者说目的不同,前者是为了表达男女情事,后者则往往借以表达对师长或朋友诗文的称颂。当然,任何事都不能一概而论,这部分诗作中也有表达怀才不遇及抱负难伸之怨等其他意旨的,如李白《古风》云"郢客吟白雪,遗响飞青天。徒劳歌此曲,举世为谁传",便显有此意。

第三,唐人对宋玉《招魂》《风赋》和《小言赋》的引用化用,较之前述诸赋只能说是一个零头。就笔者的检索结果来看, 这三者相加得到的总数仅为40。若分言之,《招魂》最多(31 例),次之《风赋》(8 例),再次《小言赋》(仅 1 例)。此即说明尽管宋玉辞赋在唐代有文集行世(见前"屈宋辞赋作品在唐代的传播流布"部分),其多数作品当为唐人所熟知,但为唐人所喜闻乐道并给唐人以较大影响者主要有《九辩》(下文详说)《神女赋》《高唐赋》《登徒子好色赋》和《对楚王问》等数篇。

再来说说《九辩》。《九辩》一篇在唐人诗歌创作可谓影响甚巨,引用化用颇多,但表3-4却未列出,这主要是因为个中情形较为复杂特殊,难以简单化处理使然。首先,检索《全唐诗》我们得到称引宋玉及“屈宋”并提的作品共119篇次,这中间约有40多篇皆显系对《九辩》题旨的化用,其中明确点出“悲秋”之意的就有近30首之多。如:

①地远虞翻老,秋深宋玉悲。(李白《赠易秀才》)

②垂白冯唐老,清秋宋玉悲。(杜甫《垂白》)

③江风正摇落,宋玉莫登山。(李端《送司空文明归江上旧居》)

④高梧一叶坠凉天,宋玉悲秋泪洒然。(李郢《早秋书怀》)

其次,这中间还有相当一部分诗作虽未明确点及《九辩》中的语意,只是单纯地把“宋玉”这一历史人物作为典故写入诗句之中,但究其实质也往往是承《九辩》的意境而来。如:

①高丘怀宋玉,访古一沾裳。(李白《宿巫山下》)

②宋玉高吟思万重,澄澄寰宇振金风。(翁洮《秋》)

③宋玉含凄梦亦惊,芙蓉山响一猿声。(许浑《早秋韶阳夜雨》)

④楚天长短黄昏雨,宋玉无愁亦自愁。(李商隐《楚吟》)

除这些明确称引宋玉的诗作而外,唐诗中凡涉及咏秋悲秋的诗作,我们往往都可以从中寻绎出《九辩》的痕迹。唐诗中写及秋的诗作经检索共计有八千余首,笔者不可能对它们一一进行分析,这里权引两例以参之。如:

①五岭恓惶客,三湘顑颔颜。况复秋雨霁,表里见衡山。路逐鹏南转,心依雁北还。唯余望乡泪,更染竹成斑。(宋之问《晚泊湘江》)

②寂寥心事晚,摇落岁时秋。共此伤年发,相看惜去留。当歌应破涕,哀命返穷愁。别后能相忆,东陵有故侯。(骆宾王《秋日送别》)

这样写秋的句子在唐诗中不胜枚举,我们阅读这些诗句后往往会很自然地想到宋玉笔下高风凄紧的凉秋,我们眼前同时也往往会浮现出失意潦倒的文士面目。比如说老杜的《秋兴八首》和《登高》就是这样一组作品,——“万里悲秋常作客,百年多病独登台”,这是作者奔波一生的凄凉写照,诗句赖以搅动我们心底波澜的那股力量,与《九辩》中使我们心颤不已的东西何其相似乃尔。

基于以上三点原因,故笔者未将对《九辩》引用化用列入表 3-4,但通过简析,我们可以得出这样一种看法,那就是如把宋玉辞赋对唐诗创作的影响细化到具体篇目和深广程度,笔者以为《九辩》无可争议当属第一。

通过前文的数据统计与定量分析,我们初步看到了唐诗称引宋玉及引用化用宋玉辞赋的概况,也简单描述了这些称引及引用化用在唐诗中的表现方式。至此,笔者以为可以对唐人的宋玉接受进行一番总结,或可寻绎到一些深层次的原因。要言之,与唐人对屈原接受有较大差异,他们对宋玉的接受有以下两点主要特征:

第一,深受自传性的《九辩》及有关宋玉的一些轶事影响[①],在唐人心中形成了一个才华横溢却屡遭挫折而抱负难伸的士人形象,与此形象相关联的是登高悲秋、赋诗伤怀、嗟老叹贫等一串沉郁的创作题目,当然这些题目中也有洁身自好、志高情远等其他成分在内。沿此方向,我们发现唐诗中的宋玉形象甚为高大突出,比起任何一位古人都不逊色。甚至可以说宋玉是唐代某些诗人群体从前代历史中能够找到的重要知音,大诗人李白、杜甫和李商隐即是显例。这三位尽管生活时代、身世阅历、气质情趣和一生遭际都有很大差异,但他们却都对宋玉心怀敬意,屡屡称扬。这三位大诗人各有一首专咏宋玉的诗作,它们是李白的《感遇》:

宋玉事楚王,立身本高洁。巫山赋彩云,郢路歌白雪。

举国莫能和,巴人皆卷舌。一感登徒言,恩情遂中绝。

杜甫的《咏怀古迹》其三:

---

① 按,这里也有《招魂》中“目极千里兮伤春心”及《高唐赋》中“感心动耳,回肠伤气。孤子寡妇,寒心酸鼻。长吏隳官,贤士失志。愁思无已,叹息垂泪”等描述给予唐人的创作养料。

摇落深知宋玉悲，风流儒雅亦吾师。
怅望千秋一洒泪，萧条异代不同时。
江山故宅空文藻，云雨荒台岂梦思。
最是楚宫俱泯灭，舟人指点到今疑。

李商隐的《宋玉》：

何事荆台百万家，惟教宋玉擅才华。
楚辞已不饶唐勒，风赋何曾让景差。
落日渚宫供观阁，开年云梦送烟花。
可怜庾信寻荒径，犹得三朝托后车。

细绎诗意，李太白对宋玉人格的景仰、才学的激赏以及其因小人进谗而遭人主遗弃之事深为叹惋。当然，此诗也是“太白特借宋玉事以申己之意”[①]。杜甫更是将宋玉以师待之，唱出了一曲令人为之动容的悲歌——宋玉落拓遭遇之不幸与诗人何其相似，风流儒雅之气质让诗人又心生羡慕，所以诗人吟出了“怅望千秋一洒泪，萧条异代不同时”这样饱蘸深情的知音谁觅之浩叹。而且不仅如此，诗人接着还以楚宫的泯灭和文章的传世作对比，再次强调了宋玉无愧于一代文学大家的地位。前文已经说过，李商隐是唐代诗人中对宋玉情有独钟的一位，他的这首诗作便直接以“宋玉”为题来歌咏自己深爱的先贤。“何事荆台百万家，惟教宋玉擅才华。楚辞已不饶唐勒，风赋何曾让景差”，这几句是对宋玉毫无保留的称叹，说他满腹经纶卓尔不凡；“落日渚宫供观阁，开年云梦送烟花。可怜庾信寻荒径，犹得三朝托后车”，这几句又流露出对宋玉的无比羡慕，说“渚宫观阁”及“云梦烟花”都可供他在笔下任意驱遣，创作出一篇篇精美的辞赋传诸后世，文名百代有闻。甚至连庾信仅因居其旧地而沾益多多，以至于三朝为官。乍一看，整篇诗作似乎就是为了表达作者对

① 宋杨齐贤集注、元萧士赟补注《李太白集分类补注》，文渊阁《四库全书》本。

宋玉的无限歆慕之情而作的，但若细究，我们即可从字里行间读出李商隐的愤激和辛酸。表面上句句都在羡宋玉，其实质字字都在悲自己。全诗实乃以宋玉自况，以反语的手法慨叹自己空有才学而半生沉沦，理想抱负无处施展。只有看破这一层意思，我们才能明白李商隐是把宋玉引为同调，为其“贫士失职而志不平”，“羁旅而无友生”的一世凄凉长诵悲吟的。唯其如此，我们才能更强烈感受到李商隐内心世界的寂寞和他对宋玉的深切认同。

除上述三位大家外，唐诗中还有许多歌咏宋玉的诗作，如戎昱的《题宋玉亭》：

宋玉亭前悲暮秋，阳台路上雨初收。
应缘此处人多别，松竹萧萧也带愁。

李郢的《早秋书怀》：

高梧一叶坠凉天，宋玉悲秋泪洒然。
霜拂楚山频见菊，雨零溪树忽无蝉。

其他诗作大多类此，从其所抒情怀来看，一般都是表达诗作者对宋玉或敬慕、或叹赏、或同情的态度，视宋玉为做人楷模和文章宗师。

此外，唐人还常将“屈宋”并列①，即他们常把屈、宋看作同一类人物，如：

①屈宋英声今止已，江山继嗣多才子。（王迥《同孟浩然宴赋》）

②荆门倒屈宋，梁苑倾邹枚。（李白《赠王判官时余归隐居庐山屏风叠》）

③窃攀屈宋宜方驾，恐与齐梁作后尘。（杜甫《戏为六绝句·其五》

通过所引诗例我们就会发现，唐人将“屈宋”并提时，往往强调的是他们的才学。即在唐人眼中，屈原宋玉都是了不起的文学创作者，两人都给后世留

① 按，检清彭定求等编著的《全唐诗》，可得“屈宋”并称者十八篇次，北京大学“《全唐诗》检索系统”又增补两篇次，其并提“屈宋”的句子分别是“遥思屈宋忠魂在，应向风前奠一杯”，出自崔致远《七言记德诗三十首谨献司徒相公》，与“风生屈宋魂应散，雨过黄娥恨亦轻”，出自崔渥《和濮阳人登眺江亭赋长韵》。

下了珍贵的文学遗产。所以在唐人那里并没有屈宋孰高孰低这样的问题存在。而且究屈宋加之于唐人诗歌创作的实际作用力而言,宋玉有时甚或会超过屈原,至少在李商隐身上这是不争的事实。

这一切都说明在唐人心目中宋玉有很重要的位置,与屈原亦差可比拟,——这有没有什么特别的原因存乎其中呢?笔者以为根本的一点是宋玉与众不同的身份、能文善赋的才华和潦倒不偶的际遇使然。[①]所以在那些自认为有经纬天地之才而又沉沦下僚,甚至于不得入仕的"知识阶层"看来,宋玉就是他们自己的一面镜子,从中可以看出如许之多的相同和相似。究其根本层面,即家世、从政经历、与楚王关系之亲疏变迁及志趣而言,屈、宋其实有着很大的不同,比如我们常说宋玉是"寒士",但屈原不是。这也可以用来说明为什么李白、杜甫、李商隐和其他诗人不大以屈原自比而常以宋玉自况的原因。只有在宋玉这面镜子里,诗人们才能够明晰地看清自己的社会地位、洞明自己难以登上权力高层的实质性障碍和不免困穷沦落的必然性结局。面对宋玉,一切都是那么的一目了然,所以傲骨铮铮的李白为之语咽:"茫昧竟谁测,虚传宋玉文"[②],"高丘怀宋玉,访古一沾裳"[③];曾幻想"致君尧舜上"的杜甫也只好苦吟"悲秋宋玉宅,失路武陵源"[④],"清秋巫山暮,兼催宋玉悲"[⑤];李商隐也不再隐约其辞,发出"非关宋玉有微辞,却是襄王梦觉迟"[⑥]的怨声。

宋玉其人其文影响作用于唐人诗歌创作而表现出的特征之二是,受宋玉《高唐赋》《神女赋》《登徒子好色赋》等作品的影响,在唐人笔下出现了一个风

---

① 按,这些意蕴又主要是通过宋玉自传性质的《九辩》得以流布后世并影响到后世文人创作的。
② 李白《感遇六首》其一,《全唐诗》卷一八三。
③ 李白《宿巫山下》,《全唐诗》卷一八一。
④ 杜甫《奉汉中王手札》,《全唐诗》卷二二九。
⑤ 杜甫《雨》,《全唐诗》卷二三〇。
⑥ 李商隐《有感》,《全唐诗》卷五四〇。

流多情的宋玉形象。从“唐诗引用化用宋玉辞赋简表”所列用典数量及典源篇目来看，我们对此首先会有一个感性的认识。再对照“唐诗称引宋玉及引用化用宋玉辞赋数据库”所列具体作家的具体诗句来考察，相信这一认识会得到理性的确证。这层意思笔者在前文已有所论述。此处再补充一点，那就是唐人借宋玉写艳事或化用宋玉辞赋写男女情爱，依照接受美学理论，诗作者们只是为了方便为了避免直白地叙写而采取的一种策略，即以“巫山云雨、阳台一梦”等语词表达某些几乎是约定俗成的内容。换言之，唐诗中尽管有不少依托宋玉来写艳情的诗作，但写出这些句子的诗人们除了读过宋玉相关的作品而外，我们尚不能断言他们都对宋玉非常了解非常认同。因为自宋玉《高唐》《神女》诸赋问世以来，其创设的意境、描绘的人物及相当一部分词藻，屡经后来者再三再四的引述，遂演化固定为表达艳情的一组专有名词。故笔者的意见是较之第一个特征，唐人于诗歌创作中接受宋玉所表现出的第二个特征只是表面性的，并无多少实质性内涵可供挖掘。

要言之，在唐人眼里较真实的宋玉形象应该说主要是从《九辩》中走出去的——他有很高的才学、有济世的抱负、有高洁的情志，但却因出身寒微而进身无阶，偶得一低级官位却很快便“下岗”失职，唯有望长天之归雁伤怀，唯有临晚秋之冷风长吟。如此之气质得到如此之境遇，自然促生了宋玉一肚皮的牢骚、怨气和愤恨。但社会人生的现实是冷冰冰的，甚至是令人绝望的，而作为个体之人生必须继续下去，此一矛盾是生命不可超越之悲剧。穷愁潦倒太多太久，心底原有的无限不平亦有磨损殆尽之可能。以李白、杜甫和李商隐等称引宋玉之作为代表的唐诗中之宋玉形象，大都或浓或淡地散发着这样的气息。

附表：

唐诗称引宋玉及引用化用宋玉辞赋数据库

作者	用典	作品数量	重点诗句摘引
张　说	宋玉	1	①兰成追宋玉，旧宅偶词人。笔涌江山气，文骄云雨神。(《过庾信宅》)
	其他	2	①城临蜀帝祀，云接楚王台。(《下江南向夔州》) ②曲高弥寡和，主善代为师。(《酬崔光禄冬日述怀赠答》)
王　维	宋玉	2	①王昌是东舍，宋玉次西家。(《杂诗》) ②宋玉登高怨，张衡望远愁。馀辉如可托，云路岂悠悠。(《赋得清日悬秋光》)
李　白	宋玉	7	①宋玉事襄王，能为高唐赋。(赠溧阳宋少府陟) ②地远虞翻老，秋深宋玉悲。(《赠易秀才》) ③襄王怜宋玉，愿入兰台宫。(《寄上吴王三首》之一) ④散下楚王国，分浇宋玉田。(《安州应城玉女汤作》) ⑤高丘怀宋玉，访古一沾裳。(《宿巫山下》) ⑥茫昧竟谁测，虚传宋玉文。(《感兴六首》之一) ⑦宋玉事楚王，立身本高洁。巫山赋彩云，郢路歌白雪。(《感遇四首》之一)
	其他	25	①一枝红艳露凝香，云雨巫山枉断肠。(《清平调词三首》其二) ②汉水波浪远，巫山云雨飞。(《江上寄巴东故人》) ③扬清歌，发皓齿，北方佳人东邻子。(《白纻辞三首》其一) ④自古有秀色，西施与东邻。(《效古二首》其二) ⑤郢客吟白雪，遗响飞青天。(《古风》其二十一) ⑥郢人唱白雪，越女歌采莲。(《秋登巴陵望洞庭》) ⑦青蝇易相点，白雪难同调。(《翰林读书言怀呈集贤诸学士》) ⑧长吟白雪望星河，双垂两足扬素波。(《和卢侍御通塘曲》) ⑨去年寄书报阳台，今年寄书重相催。(《久别离》) ⑩虚传一片雨，枉作阳台神。纵为梦里相随去，不是襄王倾国人。(《系寻阳上崔相涣三首》其三) ⑪明年若更征边塞，愿作阳台一段云。(《捣衣篇》) ⑫霓衣不湿雨，特异阳台云。(《江上送女道士褚三清游南岳》) ⑬相思不惜梦，日夜向阳台。(《寄远十一首》其四) ⑭阳台隔杨水，春草生黄河。(《寄远十一首》其六) ⑮美人美人兮归去来，莫作朝云暮雨兮飞阳台。(《寄远十一首》其十一) ⑯楼中见我金陵子，何似阳台云雨人。(《出妓金陵子呈卢六四首》其一) ⑰燕歌落胡雁，郢曲回阳春。(《对雪奉饯任城六父秩满归京》) ⑱鼓琴乱白雪，秋变江上春。(《酬裴侍御留岫师弹琴见寄》) ⑲登崖独立望九州，阳春欲奏谁相和。(《答杜秀才五松见赠》) ⑳昔君听琴枉清角，巴人谁肯和阳春。(《答王十二寒夜独酌有怀》 ㉑荆门倒屈宋，梁苑倾邹枚。(《赠王判官时余归隐居庐山屏风叠》) ㉒寄君郢中歌，曲罢心断绝。(《淮海对雪赠傅霭》) ㉓神女去已久，襄王安在哉。(《古风》) ㉔郢中白雪且莫吟，子夜吴歌动君心。(《白紵辞》) ㉕行云且莫去，留醉楚王归。(《在水军宴韦司马楼船观妓》)

续表

作者	用典	作品数量	重点诗句摘引
岑　参	宋玉	2	①楚王犹自惑，宋玉且将归。(《送崔全被放归都觐省》) ②城边宋玉宅，峡口楚王台。(《送江陵泉少府赴任，便呈卫荆州》)
	其他	4	①闻道佩郎歌白雪，由来此曲和人稀。(《和祠部王员外雪后早朝即事》) ②疑兼阳台雨，似杂巫山猿。(《秋夕听罗山人弹三峡流泉曲》) ③细看只似阳台女，醉著莫许归巫山。(《醉戏窦子美人》) ④独有凤皇池上客，阳春一曲和皆难。(《春和中书舍人贾至早朝大明宫》
梁　锽	宋玉	1	①宋玉东家女，常怀物外多。自从图渤海，谁为觅湘娥。(《观王美人海图障子》)
李嘉祐	宋玉	1	①宋玉怨三秋，张衡复四愁。思乡雁北至，欲别水东流。(《暮秋迁客增思寄京华》)
	其他	1	①可怜应是阳台女，对坐鹭鸶娇不语。(《江上曲》)
杜　甫	宋玉	7	①悲秋宋玉宅，失路武陵源。(《奉汉中王手札》) ②宋玉归州宅，云通白帝城。(《入宅三首》) ③摇落深知宋玉悲，风流儒雅亦吾师。(《咏怀古迹》之一) ④垂白冯唐老，清秋宋玉悲。(《垂白》) ⑤直觉巫山暮，兼催宋玉悲。(《雨》) ⑥曾闻宋玉宅，每欲到荆州。(《送李功曹之荆州充郑侍御判官重赠》) ⑦侍臣双宋玉，战策两穰苴。(《秋日荆南送石首薛明府辞满告别奉寄薛尚书颂德舒怀斐然之作三十韵》)
	其他	26	①荆扬春冬异风土，巫峡日夜多云雨。(寄柏学士林居) ②何髯妨云雨，霹雳楚王台。(《雷》) ③楚江巫峡半云雨，清簟疏帘看奕棋。(《七月一日题终明府水楼二首》其二) ④巫峡长云雨，秦城近斗杓。(《哭王彭州抡》) ⑤始知云雨峡，忽尽下牢边。(《春夜峡州田侍御长史津亭留宴》 ⑥舞石旋应将乳子，行云莫自湿仙衣。(《雨不绝》) ⑦干戈盛阴气，未必自阳台。(《雨》) ⑧呜呼五歌兮歌正长，魂招不来归故乡。(《乾元中寓居同谷县作歌七首》其五) ⑨长笛谁能乱愁思，昭州词翰与招魂。(《追酬故高蜀州人日见寄》) ⑩至今残破胆，应有未招魂。(《至德二载有悲往事》) ⑪不知临老日，招得几人魂。(《得弟消息二首》其一) ⑫老魂招不得，归路恐长迷。(《散愁二首》其二) ⑬梦电电未得，不用楚辞招。(《归梦》) ⑭易下杨朱泪，难招楚客魂。(《冬深》) ⑮不可久留豺虎乱，南方实有未招魂。(《返照》) ⑯羁离交屈宋，牢落值颜闵。(《赠郑十八贲》) ⑰迟迟恋屈宋，渺渺卧荆衡。(《送覃二判官》) ⑱不必伊周地，皆知屈宋才。(《秋日荆南抒怀三十韵》)

续表

作者	用典	作品数量	重点诗句摘引
杜　甫	其他	26	⑲窃攀屈宋宜方驾，恐与齐梁作后尘。（《戏为六绝句·其五》） ⑳先生有道出羲皇，先生有才过屈宋。（《醉时歌》） ㉑晴浴狎鸥分处处，雨随神女下朝朝。（《夔州歌十绝句》） ㉒他日辞神女，伤春怯杜鹃。（《秋日夔府咏怀奉寄郑监李宾客一百韵》） ㉓神女花细落，鲛人织杼悲。（《雨四首》其四） ㉔曲留明怨惜，梦尽失欢娱。（《大历三年春白帝城放船出瞿塘峡久居夔府将适江陵漂泊有诗凡四十韵》） ㉕飘零神女雨，断续楚王风。（《天池》） ㉖白狗黄牛峡，朝云暮雨祠。（《奉使崔都水翁下峡》）
钱　起	宋玉	1	①江山追宋玉，云雨忆荆王。醉里宜城近，歌中郢路长。（《送衡阳归客》）
	其他	5	①蓬山才子怜幽生，白云阳春动新咏。（《紫参歌》） ②蓬莱紫气温如玉，唯予知尔阳春曲。（《山吕寄时校书》） ③齐唱阳春曲，唯君金玉声。（《送李四擢第归觐省》） ④初见歌阳春，韶光变枯木。（《美要侍御清文见示》） ⑤风流无屈宋，空咏古荆州。（《江行无题一百首·其五》）
戎　昱	宋玉	1	①宋玉亭前悲暮秋，阳台路上雨初收。（《题宋玉亭》）
	其他	1	①殷勤好取襄王意，莫向阳台梦使君。（《送零陵妓》）
卢　纶	宋玉（宋生）	2	①清秋来几时，宋玉已先知。（《和太常李主簿秋中山下别墅即事》） ②松篁终茂盛，蓬艾自衰荣。遥仰凭轩夕，惟应喜宋生。（和太常王卿立秋日即事）
李　端	宋玉	2	①江风正摇落，宋玉莫登山。（《送司空文明归江上旧居》） ②马卿兼病老，宋玉对秋悲。（《赠岐山姜明府》）
	其他	2	①巫峡通湘浦，迢迢隔云雨。（《古别离二首》其一） ②盈手入怀皆不见，阳春曲丽转难酬。（《和李舍人直中书对月见寄》）
畅　当	宋玉	1	①故交君独在，又欲与君离。我有新秋泪，非关宋玉悲。（《别卢纶》）
武元衡	宋玉	1	①骑省潘郎思，衡闱宋玉愁。神仙惭李郭，词赋谢曹刘。（《酬严维秋夜见寄》）
	其他	3	①他日相思梦巫峡，莫教云雨晦阳台。（《赠歌人》） ②雄词封禅草，丽句阳春曲。（《安邑里中秋怀寄高员外》） ③芳草落花明月榭，朝云暮雨锦城春。（《同幕府夜宴惜花》）
羊士谔	宋玉	1	①振卧淮阳病，悲秋宋玉文。今来强携妓，醉舞石榴裙。（《暇日适值澄霁江亭游宴》）
杨巨源	宋玉	1	①宋玉本悲秋，今朝更上楼。清波城下去，此意重悠悠。（《登宁州城楼》）
	其他	1	①独有荆王殿，时时暮雨过。（《名姝咏》）
韩　愈	宋玉	1	①宋玉庭边不见人，轻浪参差鱼动镜。（《寒食日出游》）

续表

作者	用典	作品数量	重点诗句摘引
孟郊	宋玉	2	①千载楚襄恨,遗文宋玉言。(《乐府杂曲·鼓吹曲辞·巫山高二首》) ②文章得其微,物象由我裁。宋玉逞大句,李白飞狂才。(《赠郑夫子鲂》)
	其他	2	①泪流潇湘弦,调苦屈宋弹。(《商州客舍》) ②朝云暮雨成古墟,萧萧野竹风吹亚。(《悼亡》)
李贺	宋玉	3	①宋玉愁空断,娇饶粉自红。(《恼公》) ②寻常轻宋玉,今日嫁文鸯。(《谢秀才有妾缟练,改从于人,秀才引留之不得,从生感忆,座人制诗嘲谢,贺复继四首》) ③闻道兰台上,宋玉无归魂。(《自昌谷到洛后门》)
	其他	2	①依依宜织江雨空,雨中六月兰台风。(《罗浮山父与葛篇》) ②行云沾翠辇,今日似襄王。(《追赋画江潭苑四首》其一)
元稹	宋玉	3	①襄王忽妖梦,宋玉复淫辞。(《楚歌十首》) ②宋玉秋来续楚词,阴铿官漫足闲诗。亲情书札相安慰,多道萧何作判司。(《酬孝甫见赠十首》) ③兰成宅里寻枯树,宋玉亭前别故人。(《送友封》)
	其他	1	①因游李城北,偶向宋家东。(《会真诗三十韵》)
白居易	宋玉	1	①梦中那及觉时见,宋玉荆王应羡君。(《卢侍御小妓乞诗,座上留赠》)
	其他	7	①昔赠我者谁,东邻婵娟子。(《感情》) ②楚客难酬郢中曲,吴公兼占洛阳才。(《和河南郑尹新岁对雪》) ③看即曲终留不住,云飘雨送向阳台。(《柘枝妓》) ④蝉鬓鬅鬙云满衣,阳台行雨回。(《长相思·其二》) ⑤朝为灵都游,暮有阳台期。(《早冬游王屋自灵都抵阳台上方望天坛偶吟成章寄温谷周尊师中书李相公》) ⑥阳台宿云慵不飞,中序擘騞初入拍。(《霓裳羽衣歌》) ⑦寡和阳春曲,多情骑省郎。(《裴常侍以题蔷薇架十八韵见示因广为三十韵以和之》)
李涉	宋玉	1	①当时惊觉高唐梦,唯有如今宋玉知。(《遇湖州妓宋态宜二首》)
	其他	2	①少年才子心相许,夜夜高堂梦云雨。(《寄荆娘写真》) ②十二山晴花尽开,楚宫双阙对阳台。(《竹枝词》)
鲍溶	宋玉	1	①谁伤宋玉千年后,留得青山辨是非。(《巫山怀古》)
	其他	3	①唯有阳春曲,永播清玉德。(《悼豆卢策先辈》) ②独唱郢中雪,还游天际霞。(《送僧东游》) ③青春楚女妒云老,白日神人入梦稀。(《巫山怀古》)
张祜	宋玉	1	①嘉陵水初涨,岩岭耗积雪。不妨高唐云,却藉宋玉说。(《送蜀客》)
	其他	1	①萧萧暮雨荆王梦,漠漠春烟蜀帝魂。(《送人归蜀》)
杜牧	宋玉	2	①巫娥庙里低含雨,宋玉宅前斜带风。(《柳长句》) ②刘郎浦夜侵船月,宋玉亭春弄袖风。落落精神终有立,飘飘才思杳无穷。(《送刘秀才归江陵》)

续表

作者	用典	作品数量	重点诗句摘引
杜 牧	其他	6	①戈槛营中夜未央,雨泪云惹侍襄王。(《羊栏浦夜陪宴会》) ②艳质已随云雨散,凤楼空锁月明天。(《伤友人悼吹箫妓》) ③惊杀东邻乡床女,错将黄晕压檀花。(《偶作》) ④城高铁瓮横强弩,柳暗朱楼多梦云。(《润州二首》其二) ⑤高摘屈宋艳,浓熏班马香。(《冬至日寄小侄阿宜诗》) ⑥唱高知和寡,小子斐然狂。(《奉和门下相公送西川相公兼领相印出镇全蜀诗十八韵》)
许 浑	宋玉	2	①秋悲怜宋玉,夜舞笑刘琨。(《闻两河用兵因贻友人》) ②宋玉含凄梦亦惊,芙蓉山响一猿声。(《早秋韶阳夜雨》)
	其他	5	①布令滕王阁,裁诗郢客楼。(《江西郑常侍赴镇之日有寄因酬和》) ②郢歌莫问青山吏,鱼在深池鸟在笼。(《酬杜补阙初春雨中舟次横江喜裴郎中相迎见寄》) ③还似郢中歌一曲,夜来春雪照西楼。(《酬江西卢端公兰口阻风见寄之什》) ④神女暂来云易散,仙娥初去月难留。(《秋晚云阳驿西亭莲池》) ⑤莫学阳台畔,朝云暮雨中(《神女祠》)
李商隐	宋玉	8	①只有安仁能作诔,何曾宋玉解招魂。(《哭刘蕡》) ②料得也应怜宋玉,一生惟事楚襄王。(《席上作》) ③宋玉平生恨有余,远循三楚吊三闾。(《过郑广文旧居》) ④楚天长短黄昏雨,宋玉无愁亦自愁。(《楚吟》) ⑤非关宋玉有微辞,却是襄王梦觉迟。(《有感》) ⑥何事荆台百万家,惟教宋玉擅才华。(《宋玉》) ⑦只应惟宋玉,知是楚神名。(《咏云》) ⑧宋玉临江宅,墙低不碍窥。(《高花》)
	其他	13	①春风自共何人笑,枉破阳城十万家。(《无题》) ②隐忍阳城笑,喧传郢市歌。(《镜槛》) ③陶诗只采黄金宝,郢曲新传白雪英。(《和马郎中移白菊见示》) ④桂岑含芳远,莲塘属意疏。瑶姬与神女,长短空何如。(《木兰》) ⑤岂知为雨为云处,只有高唐十二峰。(《深宫》) ⑥别馆觉来云雨梦,后门归去蕙兰丛。(《少年》) ⑦巫峡迢迢旧楚宫,至今云雨暗丹枫。(《过楚宫》) ⑧众中赏我赋高唐,回看屈宋由年辈。(《偶成转韵七十二句赠四同舍》) ⑨寡和真徒尔,殷忧动即来。(《江亭散席循柳路吟》) ⑩水精如意玉连环,下蔡城危莫破颜。(《赠歌妓二首》) ⑪古有阳台梦,今多下蔡倡。(《夜思》) ⑫不见华胥梦,空闻下蔡迷。(《思贤顿》) ⑬朝云暮雨长相接,犹自君王恨见稀。(《楚宫二首·其一》)
郑 史	宋玉	2	①宋玉正秋悲,那堪更别离。从来襟上泪,尽作鬓边丝。《永州送侄归宜春》) ②新秋宋玉能为赋,永夕袁安好共吟。(《秋日零陵与幕下诸宾游河夜饮》)

续表

作者	用典	作品数量	重点诗句摘引
赵　嘏	宋玉	2	①宋玉逢秋空雪涕,净名无地可容床。(《题崇圣寺简云端僧录》) ②宋玉逢秋正高卧,一篇吟尽奈情何。(《寄裴澜》)
	其他	1	①早惑阳城客,今悲华锦筵。(《昔昔盐二十首·恒敛千金笑》)
李群玉	宋玉	2	①行云永绝襄王梦,野水偏伤宋玉怀。(《九日》) ②曾留宋玉旧衣裳,惹得巫山梦里香。云雨无情难管领,任他别嫁楚襄王。(《赠人》)
	其他	16	①莫令巫山下,幽梦惹云雨。(《送郑京昭之云安》) ②所思云雨外,何处寄馨香。(《临水蔷薇》) ③为报湘川神女道,莫教云雨湿旌旗。(《闻湘南从叔朝觐》) ④云雨无情难管领,任他别嫁楚襄王。(《赠人》) ⑤自从一别襄王梦,云雨空飞巫峡长。(《宿巫山庙二首》其二) ⑥知君调得东家子,早晚和鸣入锦衾。(《戏赠魏十四》) ⑦巴歌掩白雪,鲍肆埋兰芳。(《自澧浦东游江表途出巴丘投员外从公虞》) ⑧庶期白雪调节器,一奏惊风聋。(《呈同馆诸公二十四韵》) ⑨瑶姬不可见,行雨在高丘。(《云安》) ⑩不知精爽归何处,疑是行云秋色中。(《题二妃庙》) ⑪寂寞高堂别楚君,玉人天上逐行云。(《宿巫山庙二首》其一) ⑫我思何所在,乃在阳台侧。(《我思何所在》) ⑬东吴有赋客,愿识阳台仙。(《送友人之峡》) ⑭愿托襄王云雨梦,阳台今夜降神仙。(《醉后赠冯姬》) ⑮彩毫飞白云,不减郢中篇。(《送友人之峡》) ⑯送君扬楫去,愁绝郢城篇。(《送郑请注意如之云安》)
温庭筠	宋玉	2	①倚阑愁立独徘徊,欲赋惭非宋玉才。(《河中陪帅游亭》) ②含蘋不语坐持颐,天远楼高宋玉悲。(《寄岳州李外郎远》)
	其他	1	①白雪调歌响,清风乐舞雩。(《病中书怀呈友人》)
李　郢	宋玉	1	①高梧一叶坠凉天,宋玉悲秋泪洒然。(《早秋书怀》)
霍　总	宋玉	1	①到门车马狭,连夜管弦长。每笑东家子,窥他宋玉墙。(《关山月》)
于　濆	宋玉	2	①宋玉恃才者,凭云构高唐。(《乐府杂曲·鼓吹曲辞·巫山高》) ②西墙邻宋玉,窥见妾眉宇。一旦及天聪,恩光生户牖。(《相和歌辞·宫怨》)
	其他	2	①流苏帐里人,犹在阳台畔。(《早发》) ②郢曲思朋执,轻纱画胜游。(《和绵州于中丞越王作二首》其一)
汪　遵	宋玉	1	①莫言白雪少人听,高调都难称俗情。不是楚词询宋玉,巴歌犹掩绕梁声。(《郢中》)
	其他	2	①仙梦香魂不久留,满川云雨满宫愁。(《瑶台》) ②莫言白雪少人听,高调都难称俗情。(《郢中》)

续表

作者	用典	作品数量	重点诗句摘引
魏朴	宋玉	1	①经秋宋玉已悲伤,况报胎禽昨夜亡。(《和皮日休悼鹤》)
李咸用	宋玉	1	①宋玉谩夸云雨会,谢连宁许梦魂通。(《和友人喜相遇十首》)
	其他	3	①为儒二十霜,酣歌郢雪时飘扬。(《送人》) ②调高非郢雪,思静碍箕瓢。(《览文僧卷》) ③延年不敢歌倾城,朝云暮雨愁娉婷。(《远公亭牡丹》)
胡曾	宋玉	1	①宋玉不忧人事变,从游那赋大王风?(《咏史诗·兰台宫》)
罗隐	宋玉	4	①数枝艳拂文君酒,半里红欹宋玉墙。(《桃花》) ②依依宋玉宅,历历长卿村。(《旧游》) ③翠敛王孙草,荒诛宋玉茅。寇余无故物,时薄少深交。(《杜处士新居》) ④屈原宋玉邻君处,几驾青螭缓郁陶。(《经耒阳杜工部墓》)
	其他	2	①近日篇章欺白雪,早年词赋得黄金。(《寄前户部陆郎中》) ②欲招屈宋当时魄,兰败荷枯不可寻。(《渚宫秋》)
陆龟蒙	宋生	1	①汉皋古来雄,山水天下秀。高当轸翼分,化作英髦囿。暴秦之前人,灰灭不可究。自从宋生贤,特立冠耆旧。《读襄阳耆旧传,因作诗五百言寄皮袭美》
翁洮	宋玉	1	①宋玉高吟思万重,澄澄寰宇振金风。云闲日月浮虚白,木落山川叠碎红。(《秋》)
唐彦谦	宋玉	3	①溪上芙蓉映醉颜,悲秋宋玉鬓毛斑。(《秋日感怀》) ②楚天遥望每长嚬,宋玉襄王尽作尘。(《楚天》) ③尘埃一别杨朱路,风月三年宋玉墙。(《离鸾》)
	其他	1	①醉来拔剑歌,字字皆阳春。(《樊登见寄四首》)
韩偓	宋玉	1	①莫道风流无宋玉,好将心力事妆台。(《席上有赠》)
	其他	3	①手持又豆蔻,的的为东邻。(《无题》其一) ②朝云暮雨会合,罗袜绣被逢迎。(《六言三首·其一》) ③千金莫惜旱莲生,一笑从教下蔡倾。(《偶见》)
吴融	宋玉	1	①虽非宋玉诛茅至,且学王家种竹来。(《岐阳蒙相国对(一作借)宅因抒怀投献》)
	其他	6	①未达东邻还绝想,不劳南浦更销魂。(《春晚书怀》) ②皇恩自抱丹心报,清颂谁将白雪酬。(《闻要翰林游池上有寄》) ③三峡却为行雨客,九天曾是散花人。(《还俗尼》) ④阳城迷处笑,京兆画时嚬。(《倒次元韵》) ⑤悲秋应亦抵伤春,屈宋当年并楚臣。(《楚事》) ⑥城堪迷下蔡,台合上姑苏。(《即席十韵》)
韦庄	宋玉	4	①满庭松桂雨余天,宋玉秋声韵蜀弦。(《夜景》) ②山色未能忘宋玉,水声犹似哭襄王。(《谒巫山庙》)笔者按,此诗在《全唐诗》中亦兼归于薛涛名下,彼处"犹似"作"犹是"。 ③有时自患多情病,莫是生前宋玉身。(《奉和左司郎中春物暗度感而成章》) ④眉眼细,鬓云垂,惟有多情宋玉知。(《天仙子》)

续表

作者	用典	作品数量	重点诗句摘引
韦　庄	其他	7	①白雪篇篇丽,清酤盏盏深。(《对酒赋友人》) ②楚王宫去阳台近,莫倚风流滞少年。(《送李秀才归荆溪》) ③铮纵闻郢唱,次第发巴音。(《三用韵》) ④章华台下(一作上)草如烟,故郢城头月似弦。惆怅楚宫云雨后,露啼花笑一年年(《楚行吟》) ⑤青楼远,队队行云散。(《怨王孙》) ⑥也有绛唇歌白雪,更怜红袖夺金觥(《边上逢薛秀才话旧》) ⑦一弹猛雨随手来,再弹白雪连天起。(《赠峨眉山弹琴李处士》)
徐　夤	宋玉	1	①宋玉邻边腮正嫩,文君机上锦初裁。(《忆牡丹》)
王　硕	宋玉	1	①莫教才子偏惆怅,宋玉东家是旧邻。(《和三乡诗》)
李　中	宋玉	1	①宋玉逢秋何起悲,新恩委寄好开眉。(《海上和郎戬员外赴倅职》)
林　翊	宋玉	1	①江山追宋玉,云雨梦襄王。醉里宜城近,歌中郢路长。(《送安养阎主簿还竹寺》)
无名氏	宋玉	1	①宋玉登高怨,张衡望远愁。余辉如可托,云路岂悠悠。(《秋日悬清光》)
薛　涛	宋玉	1	①乱猿啼处访高唐,路入山霞草木香。山色未能忘宋玉,水声犹是哭襄王。朝朝夜夜阳台下,为雨为云楚国亡。惆怅庙前多少柳,春来空斗画眉长。(《谒巫山庙》)笔者按,此诗在《全唐诗》中亦兼归于韦庄名下。张蓬舟认为"以其风格观之,不类端已诗也"。见其《薛涛诗笺》,人民文学出版社,1983年6月第1版,第38页。
	其他	1	①今日谢庭飞白雪,巴歌不复旧阳春。(《酬文使君》)
鱼玄机	宋玉	1	①自能窥宋玉,何必恨王昌。(《赠邻女(一作寄李亿员外)》)
齐　己	宋玉	3	①尊垒岂识曹参酒,宾客还亲宋玉风。(《荆州新秋寺居写怀诗五首上南平王》) ②浓低似中陶潜酒,软极如伤宋玉风。(《杂曲歌辞·杨柳枝》) ③可怜宋玉多才思,不见天门十六峰。(《题天门山》)
	其他	3	①药中求见黄芽易,诗里思闻白雪难。(《寄曹松》) ②愧把黄梅偈,曾酬白雪才。(《谢王拾遗见访兼寄篇什》) ③郢唱转高谁敢和,巴歌相顾自销声。(《对雪寄荆幕知己》)
庞德公	宋玉	1	①高名宋玉遗闲丽,作赋兰成绝盛才。(《同鹿门少年马绍隆冥游诗·忆荆南》)
毛文锡	宋玉	1	①正是柳夭桃媚,那堪暮雨朝云。宋玉高唐意,裁琼欲赠君。(《赞浦子》)

续表

称引宋玉的诗人数量及其诗作数量				称引宋玉较多的诗人及其诗作篇次								引用化用宋玉辞赋的诗人数量及其诗作数				引用化用宋玉辞赋较多的诗人及其诗作篇次							
诗人数量	54人	诗作数量	99首	李商隐	李白	杜甫	罗隐	韦庄	李贺	齐己	唐彦谦	诗人数量	35人	诗作数量	159首	杜甫	李白	李群玉	李商隐	白居易	韦庄	杜物	吴融
				8首	7首	7首	4首	4首	3首	3首	3首					26首	25首	16首	14首	7首	7首	6首	6首

说明：

①此表数据系笔者参考《全唐诗典故辞典》(湖北辞书出版社，范之麟、吴庚舜主编1989年2月)，并结合从北大"《全唐诗》电子检索系统"得来的检索结果汇总而成。因《全唐诗典故辞典》所收诗例并未能穷尽所有称引宋玉及引用化用宋玉辞赋的诗人和诗作，故笔者又多方检索，尽可能力求完备，但仍难免有挂一漏万之嫌。

②表中"用典"一栏的"其他"项，主要指该诗人引用化用宋玉辞赋语汇的诗作，因此类踏袭语汇众多，不便一一列出，故只能这样简单处理。此类词汇主要有"高唐、云雨、行云、巫山、阳台、白雪、阳春、东邻、郢曲、曲高和寡、招魂、兰台风"等。

③限于篇幅，表中仅收录有诗作明确称引过宋玉的诗人，其他只在诗作中引用或化用过宋玉辞赋却没有明确称引过宋玉的诗人未收。

第四章　唐诗屈宋接受的纵向观照

楚辞基于其文学史之上游地位及特出的艺术成就,而成为后世诗文创作汲取养料的一方丰美沃土,唐代诗歌正是在充分学习并接受前代文学优秀成果的前提下得以攀上新的高峰。以此,唐代诗人对楚辞的自觉学习和有效接受亦当是唐诗走向辉煌的重要原因之一。在上一章里,我们初步考察并描述了唐诗接受楚辞作品的概貌,由定量统计所得的相关数据亦可窥见屈宋辞赋影响于唐诗创作之一斑。同时,从上一章的简单分析中还可看出唐诗对屈宋的接受有一个较明显的发展演进过程,即唐诗中称引屈宋及引用化用其辞赋的诗人诗作数量,从初盛唐到中晚唐呈阶梯状上升之势,无论是称引屈宋及引用化用其辞赋的诗人数还是诗作数,中晚唐都比初盛唐要多出三倍有余。这表明随时代推移而有越来越多的唐代诗人表现出了对屈宋其人其作的认同,并在其诗歌创作中进行多方面地学习和接受。以下即对此进行讨论。

第一节　初盛唐:屈宋接受的复杂多元

在《唐代诗学思想中屈宋评价的抑扬变化之迹》一节里,我们发现初盛唐阶段对楚辞作品的称美不如前代那样普遍,相反贬抑之声却甚众。如"初唐四杰"中的卢照邻、王勃都曾严词责难过屈宋辞赋,认为它们无益教化而徒事淫丽，败坏文风而贻害后世。再如卢藏用在《右拾遗陈子昂文集序》中也说："孔子殁二百岁而骚人作，于是婉丽浮侈之法行焉。"[①]同样表明卢、陈等人对屈宋辞赋风格不予认同的态度。"四杰"及卢藏用针对屈宋辞赋所发表的意见常为研究者所引述，用以证明初盛唐文学创作与屈宋辞赋的关系较为疏离。事实究竟如何呢？我们知道文学史上往往有诗文理论与创作实践不一致的现象，导致这种不一致的原因往往又较为复杂，初盛唐王勃等人的文学主张与其诗文创作即表现出了这种不一致。换言之，他们尽管在主观的理论表达上明确反对屈宋辞赋，但在其具体创作中又自觉不自觉地学习借鉴着屈宋辞赋的艺术手法。此其一。除此点而外，其实初盛唐时对屈宋其人其文的肯定性评价也有不少。如唐太宗君臣皆认为屈原是忠贞正直之士[②]，唐初一些重臣在修史过程中表达了他们对屈宋文学史地位的认可[③]，李白杜甫两位诗坛巨擘也不止一次地称颂过屈宋其人其作[④]。此其二。合此两点，再参以初盛唐诗歌创作的具体文本来考察，便可发现此阶段的诗歌创作对屈宋辞赋的接受呈现出复杂多元的局面。

---

① 见《全唐文》卷二百三十八，中华书局，1983 年 11 月第 1 版，第 2402 页。

② 按，唐太宗《金镜》云："孑身而执节，孤直而自毁，屈原是也"。见《全唐文》卷十，第 128 页；魏徵《论君子小人疏》中也引屈原为例云："善小人之小善，谓之善善，恶君子之小过，谓之恶恶，此则蒿兰同嗅，玉石不分，屈原所以沉江，卞和所以泣血者也"。见《全唐文》卷一百四十，第 1421 页。

③ 按，如令狐德棻《周书·王褒庾信传论》云："逐臣屈平，作《离骚》以叙志，宏才艳发，有恻隐之美。宋玉，南国词人，追逸辔而亚其迹。"见《周书》卷四十一，中华书局标点本，1971 年 11 月第 1 版，第 743 页；魏徵《隋书·经籍志·集部序》云："宋玉、屈原，激清风于南楚。"见《隋书》卷三十五，中华书局标点本，1973 年 8 月第 1 版，第 1090 页；李北药《北齐书·文苑传序》云："至夫游、夏以文词擅美，颜回则庶几将圣，屈、宋所以后尘，卿、云未能辍简。"见《北齐书》卷四十五，中华书局标点本，1972 年 11 月第 1 版，第 601 页。

④ 按，如李白《江上吟》云："屈平词赋悬日月，楚王台榭空山丘。"《感遇四首》其四云："宋玉事楚王，立身本高洁。巫山赋彩云，郢路歌白雪。举国莫能和，巴人皆卷舌。一感登徒言，恩情遂中绝。"杜甫《戏为六绝句》其五云："窃攀屈宋宜方驾，恐与齐梁作后尘。"《咏怀古迹五首》其二云："摇落深知宋玉悲，风流儒雅亦吾师。怅望千秋一洒泪，萧条异代不同时。江山故宅空文藻，云雨荒台岂梦思。最是楚宫俱泯灭，舟人指点到今疑。"

一、对屈宋辞赋体式的接受——以初盛唐的骚体诗为例

骚体诗主要指以屈原《离骚》《九章》《九歌》及宋玉《九辩》等楚辞作品为模范、以诗句中夹用“兮”字为基本形式特征的作品。屈宋辞作是骚体诗之“本源”,后世大量拟骚仿骚之作即是其“流变”。[①]如朱熹《惩咎赋序》引晁补之语曰:“初,宗元窜斥崎岖蛮嶂间,堙厄感郁,一寓于文,为‘离骚’数十篇。”[②]王若虚《文辨》亦云:“东坡之文具万变而一以贯之者也,为四六而无俳谐偶丽之弊,为小词而无脂粉纤艳之失,‘楚辞’则略依其步骤,而不以夺机杼为工。”[③]由此类论述可见在古人眼中“离骚”或“楚辞”也能够被视作一种特定的文学体裁的,与四六、小词等并列无二。既如此,则唐代诗歌中那些采用屈宋辞作“兮”字句形式的作品,便应归入楚辞体,亦可称之为骚体诗。当然,由于时代的发展变化,唐代的骚体诗在具体的情感内容方面可能与屈宋辞作有很大距离,但就体裁而言,它们无疑同属楚辞体。据笔者不完全统计,《全唐诗》中收录的骚体诗有四百首左右,而且尤以产生于初盛唐时期的骚体诗为多,其文学成就也较高。

由表 4-1 具体诗作可见,初盛唐时期骚体诗的创作较为繁盛,出现了不少名家名作,从而成为唐诗接受屈宋最明显最直接的第一特征。宋代晁补之编选《续楚辞》和《变离骚》时,便选录了不少唐代的骚体诗作,仅保留在朱熹《楚辞集注·楚辞后语》中的就有李白《鸣皋歌》、元结《引极》和王维《山中人》《望终南》《鱼山迎送神曲》、韩愈《享罗池》和《琴操》等多篇。除韩愈之作外,其他都是产生于初盛唐时期的作品。这也表明初盛唐诗人对屈宋骚体诗体式有

---

① 按,郭建勋《汉魏六朝骚体文学研究》(湖南教育出版社,1997 年出版)一书中提出了“骚体文学”的概念,并对骚体文学的界定和形式特征、楚辞与赋的复杂关系、汉魏六朝骚体文学的演变、楚骚与它种文体的碰撞交融等问题做了比较全面而深入的探讨。笔者界定骚体诗时即参照了郭教授的意见。

② 《楚辞集注》,朱熹撰、蒋立甫校点,上海古籍出版社、安徽教育出版社,2001 年第 1 版,第 275 页。

③ 王若虚《文辨》,见其《滹南集》卷三十六,影印文渊阁《四库全书》本。

表 4-1　初盛唐主要骚体诗作者及其诗作①

诗人	诗作数量	骚体诗篇名及诗句摘引
卢照邻	7	①《中和乐九章·总歌第九》:……若有人兮天一方,忠为衣兮信为裳。餐白玉兮饮琼芳,心思荃兮路阻长。 ②《明月引》:洞庭波起兮鸿雁翔,风瑟瑟兮野苍苍。浮云卷霭,明月流光。荆南兮赵北,碣石兮潇湘。 ③《狱中学骚体》:……林已暮兮鸟群飞,重门掩兮人径稀。万族皆有所托兮,蹇独淹留而不归。 ④《怀仙引》:若有人兮山之曲,驾青虬兮乘白鹿,往从之游愿心足。…… ⑤《释疾文三歌》其一:岁将暮兮欢不再,时已晚兮忧来多。……死去死去今如此,生兮生兮奈汝何。 ⑥其二:岁去忧来兮东流水,地久天长兮人共死。……麟兮凤兮,自古吞恨无已。 ⑦其三:茨山有薇兮颍水有漪,夷为柏兮秋有实。叔为柳兮春向飞。倏尔而笑,泛沧浪兮不归。
宋之问	4	①《下山歌》:下嵩山兮多所思,携佳人兮步迟迟。松间明月长如此,君再游兮复何时。 ②《冬宵引赠司马承祯》:河有冰兮山有雪,北户墐兮行人绝。独坐山中兮对松月,怀美人兮屡盈缺。 ③《高山引》:……况满室兮童稚,攒众虑于心胸。天高难诉兮远负明德,却望咸京兮挥涕龙钟。 ④《嵩山天门歌》:……重曰:天门兮穹崇,回合兮攒丛,松万接兮柱日,石千寻兮倚空。晚阴兮足风,夕阳兮赩红。试一望兮夺魄,况众妙之无穷。
王无竞	1	①《和宋之问下山歌》:日云暮兮下嵩山,路连绵兮树石间。出谷口兮见明月,心裴回兮不能还。
贾　曾	1	①《和宋之问下山歌》:良游晼晚兮月呈光,锦路逶迤兮山路长。王孙不留兮岁将晏,嵩岩仙草兮为谁芳。
司马承祯	1	①《答宋之问》:时既暮兮节欲春,山林寂兮怀幽人。登奇峰兮望白云,怅缅邈兮象欲纷。白云悠悠去不返,寒风飕飕吹日晚。不见其人谁与言,归坐弹琴思逾远。
阎朝隐	1	①《鹦鹉猫儿篇》:……鹦鹉鸟,同禀阴阳兮异埏埴。彼何为兮,隐隐振振;此何为兮,绿衣翠襟。彼何为兮,窘窘蠢蠢;此何为兮,好貌好音。彷彷兮徉徉,似妖姬躧步兮动罗裳;趋趋兮跄跄,若处子回眸兮登玉堂。爰有兽也,安其忍,觜其胁,距其胸,与之放旷浪浪兮,从从容容。钩爪锯牙也,宵行昼伏无以当。遇之兮忘味,抟击腾掷也,朝飞暮噪无以拒,逢之兮屏气。由是言之,贪残薄则智慧作,贪残临之兮不复攫;由是言之,智慧周则贪残囚,智慧犯之兮不复忧。……

① 按,表中所列诗人仅指初盛唐时期创作骚体较多者,其名下之骚体诗诗作数量亦仅指那些与屈宋骚辞体式完全一致的作品,其他拟骚意味不明显而只是在诗句中偶用“兮”字者未列。另外,此处所谓“初盛唐”的时代分期并没有一个明确的时间划线。唐人骚体诗的创作历初、盛、中、晚四期皆未中断,也没有表现出较明显的分期特征,故笔者欲以此节论析来管窥整个唐代诗歌对楚辞作品体式的接受,后文将不再专门分析中晚唐的骚体诗。为此,此节在列举诗例时便稍稍放宽了时限而向后有所延伸。

续表

诗人	诗作数量	骚体诗篇名及诗句摘引
徐彦伯	1	①《淮亭吟》：贞寂虑兮淮山幽，怜芳若兮揽中洲。崩湍委咽日夜流，孤客危坐心自愁。矧鹤唳兮风晓，复猿鸣兮霜秋。熠耀飞兮蟋蟀吟，倚清瑟兮横凉琴。撷瑶芳兮吊楚水，弄琪树兮歌越岑。山碕礒兮隈曲，水涓涟兮洞汩。金光延起兮骤兴没，青苔竟兮绿蘋歇。……
陈子昂	4	①《春台引》：感阳春兮生碧草之油油。怀宇宙以伤远，登高台而写忧。迟美人兮不见，恐青岁之遂遒。……重曰：群仙去兮青春颓，岁华歇兮黄鸟哀。富贵荣乐几时兮，朱宫碧堂生青苔，白云兮归来 ②《山水粉图》：山图之白云兮，若巫山之高丘。…… ③《彩树歌》：嘉锦筵之珍树兮，错众彩之氛氲。状瑶台之微月，点巫山之朝云。…… ④《喜马参军相遇醉歌》：独幽默以三月兮，深林潜居。时岁忽兮，孤愤遐吟。……
张楚金	1	①《逸人歌赠李山人》：上有尧兮下有由，眠松阳兮漱颍流。其貌古，其心幽，浩歌一曲兮林壑秋。道险可惊兮人莫用，乐天知命兮守岩洞。时击磬兮嗟鸣凤，吾欲知往古之不可追，自悠悠于凡梦。
卢鸿一	10	①《嵩山十志十首》其一《草堂》：草堂者……词曰：山为宅兮草为堂，芝兰兮药房。罗蘼芜兮拍薜荔，荃壁兮兰砌。蘼芜薜荔兮成草堂，阴阴邃兮馥馥香，中有人兮信宜常。读金书兮饮玉浆，童颜幽操兮不易长。 ②其二《倒景台》：倒景台者……词曰：天门豁兮仙台耸，杰屹崒兮零澒涌。穷三休兮旷一观，忽若登昆仑兮中期汗漫仙。耸天关兮倒景台，鲨颢气兮轶嚣埃。皎皎之子兮自独立，云可朋兮霞可吸，曾何荣辱之所及。 ③其三《樾馆》：樾馆者……词曰：紫岩隈兮青谿侧，云松烟茑兮千古色。…… ④其四《枕烟庭》：枕烟庭者……词曰：临泱漭兮背青荧，吐云烟兮合窅冥。…… ⑤其五《云锦淙》：云锦淙者……词曰：水攒冲兮石丛耸，焕云锦兮喷汹涌。…… ⑥其六《期仙磴》：期仙磴者……词曰：霏微阴壑兮气腾虹，迤逦危磴兮上凌空。青霞杪兮紫云垂，鸾歌凤舞兮吹参差。鸾歌凤舞兮期仙磴，鸿驾迎兮瑶华赠。山中人兮好神仙，想像闻此兮欲升烟，铸月炼液兮伫还年。 ⑦其七《涤烦矶》：涤烦矶者……词曰：灵矶盘礴兮溜奔错漱，泠风兮镇冥壑。…… ⑧其八《幂翠庭》：幂翠庭者……词曰：青崖阴兮月涧曲，重幽叠邃兮隐沦躅。…… ⑨其九《洞元室》：洞元室者……词曰：岚气肃兮岩翠冥，空阴虚兮户芳迎。披蕙帐兮促萝筵…… ⑩其十《金碧潭》：金碧潭者……词曰：水碧色兮石金光，滟熠熠兮濙湟湟。泉葩映兮烟茑临，……
王　维	10	①《奉和圣制天长节赐宰臣歌应制》：太阳升兮照万方，开阊阖兮临玉堂，俨冕旒兮垂衣裳。…… ②《登楼歌》：……琥珀酒兮雕胡饭，君不御兮日将晚。秋风兮吹衣，夕鸟兮争返。孤砧发兮东城，林薄暮兮蝉声远。时不可兮再得，君何为兮偃蹇。

续表

诗人	诗作数量	骚体诗篇名及诗句摘引
王　维	10	③《双黄鹄歌送别》:……几往返兮极浦,尚裴回兮落晖。岸上火兮相迎,将夜入兮边城。鞍马归兮佳人散,怅离忧兮独含情。 ④《赠徐中书望终南山歌》:晚下兮紫微,怅尘事兮多违。驻马兮双树,望青山兮不归。 ⑤《送友人归山歌二首》:山寂寂兮无人,又苍苍兮多木。群龙兮满朝,君何为兮空谷。…… ⑥其二:山中人兮欲归,云冥冥兮雨霏霏。水惊波兮翠菅蘼,白鹭忽兮翻飞,君不可兮褰衣。……平芜绿兮千里,眇惆怅兮思君。 ⑦《鱼山神女祠歌·迎神》:坎坎击鼓,鱼山之下。吹洞箫,望极浦。女巫进,纷屡舞。陈瑶席,湛清酤。风凄凄兮夜雨,不知神之来兮不来,使我心兮苦复苦。 ⑧《鱼山神女祠歌·送神》:纷进舞兮堂前,目眷眷兮琼筵。来不言兮意不传,作暮雨兮愁空山。悲急管兮思繁弦,神之驾兮俨欲旋。倏云收兮雨歇,山青青兮水潺湲。 ⑨《白鼋涡》:南山之瀑水兮,激石滆瀑似雷惊,人相对兮不闻语声。翻涡跳沫兮苍苔湿,藓老且厚,春草为之不生。兽不敢惊动,鸟不敢飞鸣。白鼋涡涛戏濑兮,委身以纵横。王人之仁兮,不网不钓,得遂性以生成。 ⑩《宋进马哀词》:背春涉夏兮,众木蔼以繁阴。连金华与玉堂兮,宫阁郁其沈沈。……客有吊之者曰:观未始兮有物,同委蜕兮胡悲?且延陵兮未至,况西河兮不知。学无生兮庶可,幸能听于吾师。
李　白	4	①《代寄情》(楚词体):君不来兮,徒蓄怨积思而孤吟。云阳一去已远,隔巫山绿水之沉沉。留馀香兮染绣被,夜欲寝兮愁人心。……送飞鸟以极目,怨夕阳之西斜。愿为连根同死之秋草,不作飞空之落花。 ②《杂曲歌辞·远别离》:……日惨惨兮云冥冥,猩猩啼烟兮鬼啸雨。我纵言之将何补?皇穹窃恐不照余之忠诚,雷凭凭兮欲吼怒。尧舜当之亦禅禹。君失臣兮龙为鱼,权归臣兮鼠变虎。…… ③《鸣皋歌,送岑征君》:若有人兮思鸣皋,阻积雪兮心烦劳。洪河凌竞不可以径度,冰龙鳞兮难容舠。邈仙山之峻极兮,闻天籁之嘈嘈。霜崖缟皓以合沓兮,若长风扇海涌沧溟之波涛。…… ④《临路歌》:大鹏飞兮振八裔,中天摧兮力不济。馀风激兮万世,游扶桑兮挂石袂。……
杜　甫	1	①《桃竹杖引赠章留后》[①]:……老夫复欲东南征,乘涛鼓枻白帝城。路幽必为鬼神夺,拔剑或与蛟龙争。重为告曰:杖兮杖兮,尔之生也甚正直,慎勿见水踊跃学变化为龙。使我不得尔之扶持,灭迹于君山湖上之青峰。噫,风尘澒洞兮豺虎咬人,忽失双杖兮吾将曷从。

① 按,仇兆鳌《杜诗详注》引黄生语云此诗出于宋之问骚体诗《嵩山天门歌》,然杜之灵奇胜于宋之隽丽。见中华书局,1979 年版《杜诗详注》,第一〇六四页。诗中“鼓枻”系源自屈原《渔父》中“渔父鼓枻而去”一句;“重为告曰”即楚辞“乱曰”“重曰”等之变化。

续表

诗人	诗作数量	骚体诗篇名及诗句摘引
元结[①]	7	①《引极三首》其一《思元极》:天旷莽兮杳泱茫,气浩浩兮色苍苍。上何有兮人不测,积清寥兮成元极。彼元极兮灵且异,思一见兮藐难致。…… ②其二:《望仙府》:山凿落兮眇嶔岑,云溶溶兮木棽棽。中何有兮人不睹,远歃差兮閟仙府。…… ③其三《怀潜君》:深溢漭兮居潜君。彼潜君兮圣且神,思一见兮藐无因。…… ④《演兴四首》其一《招太灵》:招太灵兮山之巅,山屹屼兮水沦涟。祠之襧兮眇何年,木修修兮草鲜鲜。嗟魑魅兮淫厉,自古昔兮崇祭。…… ⑤其二:《初祀》:山之乳兮葺太祠,木孙为桷兮木母榱。云缨为棍兮愚木楄。洞渊禅兮揭巍巍。…… ⑥其三《讼木魅》:登高峰兮俯幽谷,心悴悴兮念群木。见樗栲兮相阴覆,怜棂榕兮不丰茂…… ⑦其四《闵岭中》:群山以延想,吾独闵乎岭中。彼岭中兮何有,有天含之玉峰。……

更多的兴趣,在其创作中有更多的接受。依照接受美学理论,读者接受文学文本的过程就是阅读和理解作品的过程。这一过程既包括接受主体对作品中人物形象与思想情感的认识,也包括对作品所体现出来的整体价值的把握与探究,自然也包括对艺术技巧和语言结构等文学文本形式要素的认识、学习和把握。屈宋辞赋在唐代有较为广泛的传播流布,是广大士子学习写作的重要摹仿对象,所以在当时产生一些骚体诗亦当是情理中事。但如初盛唐时期不少名家都创作过骚体诗,而且取得了不俗的艺术成就而留传于后世的现象,还是值得进行探究的。

艺术内容与艺术形式往往是密不可分的,形式与内容犹如河水与河床的关系一样,河水的流动自然就会冲刷形成河床,合二为一才能产生波光生动的河流。同理,人类以语言文字为材料来从事文学创作自然也就要形成各种文学形式,从而诞生了丰富多样的文学作品。河床虽具有某种程度的稳定性,但同时也会因河水的涨落激荡而不断地发生慢慢的变化,甚至于还会因洪水

① 按,元结另有《补乐歌十首》,其体式亦为骚体诗,如其一之《网罟》云:“吾人苦兮,水深深。网罟设兮,水不深。吾人苦兮,山幽幽。网罟设兮,山不幽。”因其更近更近谣歌,文繁不录。

泛滥而改道，形成新的河床。文学形式亦然，随着文学内容的发展改变，形式也要适应新内容而有所改变。但无论如何，新的河床和新的文学形式与其原有的"过去"总是存在着千丝万缕的关联。以此观之，唐代骚体诗的具体内容肯定与距其千余年前的屈宋辞作有较大差异，但其诗体形式却继承了屈宋骚体诗作长短不拘而以四五六七言为多，且常在句中使用"兮"字的体式。巴赫金针对艺术形式发表过这样的意见："具有审美内涵的形式不是包含空虚，而是包含生活的顽强而自有规律的思想含义方向性。"[①]就骚体诗而言，自屈原以《离骚》《九歌》等杰出作品首创此体式以来，在当时即有宋玉《九辩》继作，从而共同奠定了其富于深刻审美内涵的基本范式。具体表现为句式灵活多变，结构上回环往复而一唱三叹，因此尤长于抒发哀怨之情。此诗歌体式在后世即因其这些独有的审美内涵而获得了很大的影响力，仿拟之作代不乏绝，可参看前文《先唐屈宋接受史说略》一章的相关例举。初盛唐时的骚体诗创作，即是在此前历代文学创作对骚体诗体式绵延不断之接受链条上续接了新的一环，是文学发展史过程中的必然。以下试从句式、辞采、结构及情致等方面来比较探析屈宋辞作与初盛唐骚体诗之异同，进而察其具体的接受之迹。

1. 句式。

楚辞作品的基本句式是长短不拘，多四五六七言，句中往往用"兮"字，且常穿插虚词以连缀意义。与整齐划一的四言、五言及七言诗比较，楚辞作品乃一种散体诗歌。李炳海在《楚辞的句型结构及其诗体生成功能》[②]一文里细分屈宋辞基本句型为多种，其一是上三下二，即诗句的主体部分前面三个字，后面两个字，《离骚》《九辩》《九章》的基本句型便是此类。如"帝高阳之苗裔兮，

① 《巴赫金文论选》，佟景韩译，中国社会科学出版社，1996年第1版，第282页。
② 载于《江汉论坛》，2005年第8期。

朕皇考曰伯庸。摄提贞于孟陬兮，惟庚寅吾以降”[①]，去除虚词“之”“兮”“曰”“于”等之后，诗句实体部分就成了上三下二的形式。其二是上三下三，诗句前后两部分都是三个字，中间以“兮”字相连，多见于《九歌》各篇中。如《湘夫人》之“洞庭波兮木叶下”、《少司命》之“登九天兮抚彗星”等。其三是前四后三，即诗句前后都是四字，但后四字末尾用了“兮”“些”“只”等语气词，《橘颂》《招魂》《大招》等几乎通篇采用此种句型，如“后皇嘉树，橘来服兮”“二八齐容，起郑舞些”“青春受谢，白日昭只”等。除以上三种基本句式外，屈宋辞作句型还有其他一些变式，如宋玉《九辩》中“太公九十乃显荣兮”“骐骥伏匿而不见兮”等，便是一种七言后带语气词“兮”的新句式。再如宋玉赋作中的一些片断也可看作是骚体诗，其句式更是丰富多变，较突出的一个特点便是多连续的三言句模式。

再来看初盛唐骚体诗的句式。通过比较，我们即可发现上述屈宋辞作的各种句式在初盛唐骚体诗中皆有，但总体上以“上三下三”型为多。如宋之问《冬宵引赠司马承祯》云：“河有冰兮山有雪，北户墐兮行人绝。”卢鸿一《嵩山十志十首·云锦淙》云：“水攒冲兮石丛耸，焕云锦兮喷汹涌。苔駮荦兮草夤缘，芳幂幂兮濑溅溅。石攒丛兮云锦淙，波连珠兮文沓缝。”元结《演兴四首·招太灵》云：“招太灵兮山之巅，山屹屼兮水沦涟。祠之襱兮眇何年，木修修兮草鲜鲜。”等等。此外，“上三下二”型在初盛唐骚体诗中也有出现，如陈子昂《彩树歌》云：“嘉锦筵之珍树兮，错众彩之氛氲”即属此例；“前四后三”型较为少见，仅有顾况《朝上清歌》一篇，其诗云：“曼声流睇，和清歌些；至阳无谖，其乐多些；旌盖飒沓，箫鼓和些；金凤玉麟，郁骈罗些；反风名香，香气遐些；琼田瑶草，寿无涯些；君著玉衣，升玉车些；欲降琼宫，玉女家些；其桃千年，始著花些。”这完全就是宋玉《招魂》的句式，所用语气词也是“些”字，模拟之意甚为

① “惟庚寅吾以降”是特例，不合“上三下二”的句型结构，但此类特例在屈宋辞作中不多，不足以致使“上三下二”式句型的分类无效。

明显。至于屈宋辞作句式的其他变体，在初盛唐骚体诗中大多都能够找到相对应的诗例。现姑举数例，三言句模式如陈子昂《春台引》中的“掩白蘋，藉绿芷。酒既醉，乐未已。击青钟，歌渌水”、王维《鱼山神女祠歌·迎神》中的“吹洞箫，望极浦。女巫进，纷屡舞。陈瑶席，湛清酤”等；“上二下二”句式如王维《赠徐中书望终南山歌》之“晚下兮紫微”及“驻马兮双树”即是；诗句长达八九言者如宋之问《高山引》之“攀云窈窕兮上跻悬峰，长路浩浩兮此去何从”、贾曾《和宋之问下山歌》之“良游晼晚兮月呈光，锦路逶迤兮山路长。王孙不留兮岁将晏，嵩岩仙草兮为谁芳”等。

2. 辞采。

楚辞作品的辞采特点甚为鲜明突出，刘勰在《文心雕龙·辨骚》篇中用“耀艳而深华”“惊采绝艳”等来概括，即屈宋辞往往喜用一些色彩感强烈而浓艳的语词入诗，用以营造出华美富丽的氛围。例如屈原《云中君》中有“浴兰汤兮沐芳，华采衣兮若英。灵连蜷兮既留，烂昭昭兮未央”的描写、《少司命》中有“秋兰兮麋芜，罗生兮堂下。绿叶兮素华，芳菲菲兮袭予”的刻画，这些都能给人以明艳扑面之感。宋玉《招魂》描写宫室云：“光风转蕙，氾崇兰些。经堂入奥，朱尘筵些。砥室翠翘，挂曲琼些。翡翠珠被，烂齐光些。蒻阿拂壁，罗帱张些。纂组绮缟，结琦璜些。室中之观，多珍怪些。兰膏明烛，华容备些。”[①]更是令读者目不暇接而徒自称叹。初盛唐时的骚体诗对屈宋辞作的此种辞采特点亦有较多的承袭和接受，整体上呈现出丰茂华艳的风采，甚至在不少诗作中还直接借用了屈宋辞原有的语词。下举徐彦伯《淮亭吟》诗以见：

贞寂虑兮淮山幽，怜芳若兮揽中洲。崩湍委咽日夜流，孤客危坐心自愁。

矧鹤唳兮风晓，复猿鸣兮霜秋。熠耀飞兮蟋蟀吟，倚清瑟兮横

① 引自《楚辞集注》，上海古籍出版社，1979年第1版，第137—138页。

凉琴。

撷瑶芳兮吊楚水，弄琪树兮歌越岑。山碕礒兮隈曲，水涓涟兮洞汩。

金光延起兮骤兴没，青苔竟兮绿蘋歇。绿蘋歇兮凋朱颜，美人寂历兮何时闲？

君不见可怜桐柏上，丰茸桂树花满山。

诗中有“芳若、瑶芳、琪树、青苔、绿蘋、桐柏、桂树”等植物意象，也有“崩湍、鹤唳、猿鸣、蟋蟀吟”等诉之于听觉的系列意象，还有“熠耀、清瑟、凉琴、美人”等其他意象，所有这些共同构成了一个绚丽斑斓的诗歌世界，并吸引读者进入这个诗歌世界。吟咏此诗，我们不仅能读到屈宋辞作中常见的语词如芳若、猿鸣、霜秋、蟋蟀、美人等，更能在繁丽的辞采背后感受到一种清寂和悲凉，而这也正是屈宋大多数骚体辞作带给我们的感受。换言之，这首唐人的骚体诗，因其在辞采方面对屈宋辞的成功学习和接受，从而接近达到屈宋辞作艺术魅力的高度，整体上已形成一个浑然自足的审美空间。

再如王维《鱼山神女祠歌·送神》云：“纷进舞兮堂前，目眷眷兮琼筵。来不言兮意不传，作暮雨兮愁空山。悲急管兮思繁弦，神之驾兮俨欲旋。倏云收兮雨歇，山青青兮水潺湲。”全诗俨然就是对《九歌》中写神灵诗句的着意模仿，辞采风格几乎完全相合。诗中语词基本全都是对屈宋辞语词的化用，其中“堂前”“琼筵”“暮雨”“潺湲”等更是直接地照搬借用，“来不言兮意不传”一句也是对《少司命》中“入不言兮出不辞”稍作改动而已，句意无甚差别。又如陈子昂《春台引》云：“……采芳荪于北渚，忆桂树于南州。何云木之美丽，而池馆之崇幽。星台秀士，月旦诸子。嘉青鸟之辰，迎火龙之始。挟宝书与瑶瑟，芳蕙华而兰靡。乃掩白蘋，藉绿芷。酒既醉，乐未已。击青钟，歌渌水。怨青春之萎绝，赠瑶台之旖旎。愿一见而道意，结众芳之绸缪。曷余情之荡漾，瞩青云以增愁。” 其辞采亦与屈宋辞作大同，“芳荪”“北渚”“瑶瑟”“蕙华”“兰靡”“白蘋”

“绿芷”“瑶台”“众芳”等也是屈宋辞中的常见意象。整首诗传达出的意蕴也是热闹中的悲凉和面对时光流逝的无奈。

除以上诗例外，初盛唐其他骚体诗作，其辞采风貌皆与屈宋辞作一脉相承，很是鲜明地表现出了唐人对楚辞的接受。当然，就辞采而言，我们还应注意到较之《诗经》，屈宋辞作运用修辞手法更加多样而频繁，往往将比喻、比拟、借代、夸张、双关等交互使用，达到了较好的修辞效果，有助于抒发作者深厚而丰沛的情感。此种特点在初盛唐的骚体诗中同样得到了体现，如李白《代寄情》(楚词体)一诗：

君不来兮，徒蓄怨积思而孤吟。云阳一去已远，隔巫山绿水之沉沉。

留馀香兮染绣被，夜欲寝兮愁人心。朝驰余马于青楼，怳若空而夷犹。

浮云深兮不得语，却惆怅而怀忧。使青鸟兮衔书，恨独宿兮伤离居。

何无情而雨绝，梦虽往而交疏。横流涕而长嗟，折芳洲之瑶华。

送飞鸟以极目，怨夕阳之西斜。愿为连根同死之秋草，不作飞空之落花。

诗中先以“云阳一去已远，隔巫山绿水之沉沉”一句，借指相恋之人远别，“隔巫山绿水”同时含有夸张意味，言其相距路途遥远。“使青鸟兮衔书”一句，作者将青鸟拟人化而使其为主人公传送音书，意在写主人公对远在异地他乡恋人的深切思念。结尾一句写主人公甚至向往与自己所爱之人一起成为“连根同死之秋草”，也不愿作“飞空之落花”，足见主人公对心心相印而长相厮守之美好爱情的热切追求。这一句首先用了比喻，即以连根同死的秋草喻男女恋人虽穷困而相互厮守在一起，以独自漂零的落花喻虽富贵却远离恋人而失去了爱情。同时，这句诗也用了音义双关的修辞手法，即以“飞空”谐爱情已空。李白在诗题中即标明此诗为“楚辞体”，我们也的确从该骚体诗中感受到了浓烈的楚辞意味，除“朝驰余马于青楼，怳若空而夷犹”“横流涕而长嗟，折芳洲之瑶华”等明显脱胎于屈宋辞的句子外，多用修辞手法也当是源于作者对屈宋辞采的有意学习。

3. 结构。

楚辞作品不仅在句法上突破了四言的板滞，而且在篇幅上也大大扩充了此前《诗经》的短章结构。相对于屈宋当时所能借鉴的全部文学形态而言，其骚体辞的制作诚可谓巨大的文学创新。仅以结构一端来看，《离骚》《九辩》那样长达数千言的篇章，在屈宋笔下并未散乱不可收拾，其弥纶群言的高超技艺体现于通篇组织得法，使作品成为富于审美价值而浑然自足的文学文本。屈宋骚体辞作反复陈说而回环往复的结构特点，在成功避免了杂乱无章的同时，又恰到好处地强化了抒写情感的力度和强度，于语词之断续无茫中渗入一股鲜活的精神气脉，使全篇围绕此精神气脉而贯通成为一个有机整体。以此我们可以说，屈宋辞作——尤其是屈原《离骚》及《九歌》《九章》中一些篇幅较长的作品——其结构方面最大的成功在于内在形式而非外在形式，即主要依靠内在的强烈情感来统驭笔下的材料，而并不追求表面形式的严密圆融。对此，清人吴大受《诗筏》评曰：“段落无迹，离合无端，单复无缝，此屈宋之神也，惟《古诗十九首》仿佛有之。”①这确是十分精到中肯的评语，揭示了屈宋辞结构与《古诗十九首》结构的共同点，都是诗作者们于自我情感抒发过程中自然形成的一种结构，惟其如此才显得浑然天成而无刻意为之的斧凿痕迹，惟其如此才可当得起“神合”的赞誉。

反观初盛唐时创作的骚体诗，其篇幅多为短制，没有屈宋《离骚》《九辩》那样的长篇，但其结构方面仍能够体现出屈宋辞以“神”合文的特点。换言之，

① 引自《楚辞资料评论选》，杨金鼎主编，湖北人民出版社，1985 年 5 月第 1 版，第 179 页。

唐代的骚体诗也往往写得悲怨悱恻，并以此种浓烈的情感贯注于诗篇的字里行间，从而将全篇凝结为一个审美整体。同时，由于抒情主体情感的强力冲激，篇幅虽不是很长的唐人骚体诗，其结构往往也体现出了回环往复的外在特点。如上文提到的徐彦伯的《淮亭吟》、李白的《代寄情》便都有此特色。前者抒"孤客"愁心，全篇皆为此一线情绪而创作，写山幽、写水流、写鹤唳猿鸣蟋蟀吟、写青苔竟绿蘋歇朱颜凋美人寂等，都是为了营造出孤寂清冷的诗化境界，进而烘托刻画抒情主人公那一颗感叹时光易逝而生命不永、人事消磨而志业无成的愁心！为了写出这颗愁心之沉重，作者多方渲染，在百余字的篇幅内动用了诉之于视觉、听觉的几十个意象，且出之以比喻、对比等多重修辞手法，自然达到了因同类语词的迭出复见而反复致意的效果。后者的中心主旨是写抒情主人公对恋人的深切思念。诗篇开首即点出怨思主题，然后便层层铺叙。一写相距遥远，二写夜不成寐，三写整日惆怅，四写音书难通，五写梦醒成空，六写芳年流逝之嗟叹，七写时不待人之怨恨，直至最后高喊出"愿作连根同死之秋草"的爱情追求，使读者也会怦然心惊。此种紧紧围绕诗章抒情核心而多角度多层次的刻画手法，同样也会使全篇表现出回环往复的特点。

此外，屈宋辞作篇末往往以"乱曰"或"重曰"等形式收尾，初盛唐骚体诗对此结构特色也有所接受。如宋之问《嵩山天门歌》和陈子昂《春台引》后皆有"重曰"云云。

4. 情致。

楚辞作品的情致特色最为鲜明，总体上呈现出哀感顽艳的悲情色彩，语言节奏往往似急管繁弦般紧密而错杂。刘勰《文心雕龙·辨骚》云："《骚经》《九章》，朗丽以哀志；《九歌》《九辩》，绮靡以伤情。"概括得较为准确。后世评骚者亦多踵袭此说而有所生发，如李贺言其"感慨沉痛"[1]，李耆卿论曰"《楚辞》气

① 引自蒋之翘编《七十二家评楚辞》，见杨金鼎主编《楚辞资料评论选》，第 237 页。

悲”①，明人陆时雍更具体地说：“《诗》道雍容，骚人凄惋。读其词，如逐客放臣，羁人嫠妇，当新秋革序，荒榻幽灯，坐冷风凄雨中，隐隐令人肠断。”②初盛唐的骚体诗秉承了屈宋骚辞的情致格调，多抒写人生之种种悲怨之情，读来往往使人气咽，从上举的一些诗例中便可感受到这点。姑再举王维《登楼歌》以见之：

聊上君兮高楼，飞甍鳞次兮在下。俯十二兮通衢，绿槐参差兮车马。

却瞻兮龙首，前眺兮宜春。王畿郁兮千里，山河壮兮咸秦。

舍人下兮青宫，据胡床兮书空。执戟疲于下位，老夫好隐兮墙东。

亦幸有张伯英草圣兮龙腾虬跃，摆长云兮捩回风。

琥珀酒兮雕胡饭，君不御兮日将晚。秋风兮吹衣，夕鸟兮争返。

孤砧发兮东城，林薄暮兮蝉声远。时不可兮再得，君何为兮偃蹇。

诗句中虽也有壮美的高楼通衢和千里王畿，还有生机盎然的绿槐和繁华的车马，但最终描画出的却是一幅时光流逝而人事蹉跎的图景。除了让读者心生悲凉的生命感慨外，剩下的依旧是感慨。需要指出的是，楚骚体这种意象繁富而语言音节高昂低回的文学形态，与其以悲为美的文学追求，如水乳交融而表现出一番别样的格调和情味。无论是屈宋辞还是唐人骚体诗，都能让我们体味到这种文学之美，体味到这种文体的强烈抒情性，笔者以为这正是骚体文学魅力独具之特质。

唐代骚体诗中很重要的一部分是乐府诗，如“郊庙歌辞”中的《豫和》、“鼓吹曲辞”中的《有所思》、“杂曲歌辞”中的《古别离》等。初盛唐时也自不例外，如前表中卢照邻的《明月引》、宋之问《冬霄引》和《下山歌》、王维《鱼山神女祠

① 李耆卿《文章精义》，影印文渊阁《四库全书》本。

② 引自蒋之翘编《七十二家评楚辞》，见《楚辞资料评论选》，第276页。

歌》(两首)皆是。检《全唐诗》我们还能看到不少骚体乐府诗,如《郊庙歌辞·武后大享拜洛乐章·致和》,其辞云:“神功不测兮运阴阳,包藏万宇兮孕八荒。天符既出兮帝业昌,愿临明祀兮降祯祥。”[①]郭建勋在其《楚辞与中国古代韵文》一书中认为这些骚体乐府诗的存在,表明了楚辞楚歌对乐府诗有重要影响,使乐府诗声情摇曳,一唱三叹,极大地丰富了乐府诗的表情功能[②]。这也当是唐人接受屈宋辞体式的表现之一,也是其接受成果之一。

要言之,初盛唐诗人通过骚体诗的创作,显示了其学习接受屈宋辞体式的努力和所取得的文学成绩。这些努力和成绩,不仅能够激发起同时代人学习创作骚体诗的热情,使骚体文学创作得以延续下去。同时,这也给后来的研究者提供了可资追寻的线索,使我们可进一步探析唐人对屈宋在其他方面的接受。

二、对屈宋辞赋“发愤以抒情”及“贫士失职而志不平”之文学传统的接受——以“四杰”的诗歌创作为例

杜甫《戏为六绝句》评“初唐四杰”云:“劣于汉魏近风骚”[③],即说他们的诗作是继承了《诗》《骚》优秀传统的。虽然“四杰”中的王勃、卢照邻对屈宋有过微辞,但那不过是他们持儒家正统文道观而反对齐梁绮靡文风之余波时的矫枉过正之言罢了。若统观“四杰”的诗文作品,内中不仅有对屈宋肯定之意的表露,更有对其辞赋作品内在精神及表现手法的具体接受。如王勃是“四杰”中指责屈宋最严厉的,但其诗文中却明显带有对屈宋辞赋语词的学习、借用

---

① 《全唐诗》卷十二。

② 按,可参看郭建勋《楚辞与中国古代韵文》,湖南师范大学出版社,2001 年 4 月第 1 版,第 220 页。

③ 关于此句的解读,历来是众说纷纭。笔者此处取莫砺锋先生的意见,即“把‘汉魏近风骚’五个字都看作‘劣于’的宾语。这样一来,杜甫的意思就应该是,虽然‘杨王卢骆’的作品还比不上汉魏,因为他们不像汉魏作家那样接近风骚,但还是努力地靠近这个目标的,仅仅是比汉魏作家稍弱一点而已。”引自《杜甫诗歌讲演录》,广西师范大学出版社,2007 年 1 月第 1 版,第 342 页。

和化用之迹,如其《郊兴》诗云"泽兰侵小径"[1],便是脱胎于宋玉《招魂》"皋兰被径兮斯路渐"一句;其《春思赋》云"蕙畹兰皋行可望"[2],便是化用了《离骚》中"余既滋兰之九畹兮,又树蕙之百亩"一句的语词;其《送李十五序》云"水树含香,宛似枫江之上"[3],又是对《招魂》中"湛湛江水兮上有枫"一句的化用。此外,王勃还在《春日孙学士宅宴序》中写道:"楚屈平之瞻望,放于何之;王仲宣之登临,魂兮往矣。"[4]在《感兴奉送王少府序》中又言:"荆山看刖足之夫,湘水闻《离骚》之客。"[5]在《春思赋序》中也说:"屈平有言'目极千里伤春心',因作《春思赋》,庶几乎以极春之所至,析心之去就云尔。"[6]诵读这些句子,我们就会感觉到王勃对屈原遭遇流露出的同情及对其辞作的肯定态度。卢照邻、骆宾王、杨炯本来就没有像王勃那样针对屈宋发表过过于偏激的意见,所以从他们的诗文中便更能看到对屈宋的正面称述,甚至是引为同调。如卢照邻《释疾文序》云:"今为《释疾文》三篇以贻诸好事,盖作《易》者其有忧患乎?删《书》者其有栖遑乎?《国语》之作,非瞽叟之事乎?《骚》文之兴,非怀沙之痛乎?吾非斯人之徒欤!安可默而无述?"[7]作者在这里自况为屈原一类的怀恨抱忧者,以己作方之于屈原的《离骚》,表明其"盖自怨生"的情感特色。再如杨炯《幽兰赋》云:"若夫灵均放逐,离群散侣。乱鄢郢之南都,下潇湘之北渚。步迟迟而适越,心郁郁而怀楚。徒眷念于君主,敛精神于帝女。……"[8]整段即是以屈子为中心来进行抒写,直接颂美称扬屈子。这在唐代的诗文作品中还是不多见的。

---

① 《全唐诗》卷五十六。

② 《全唐文》卷一百七十七,中华书局,1983 年第 1 版,第 1800 页。

③ 《全唐文》卷一百八十一,第 1841 页。按,该文又见《全唐文》卷一百九十九,题为《赠李八骑曹诗序》,作者为骆宾王。

④ 《全唐文》卷一百八十一,第 1840 页。

⑤ 《全唐文》卷一百八十一,第 1838 页。

⑥ 《全唐文》卷一百七十七,第 1800 页。按,王勃此处言"屈平有言'目极千里伤春心'",一种可能是他认为《招魂》为屈原作品,一种可能当是误宋玉为屈原。

⑦ 《全唐文》卷一百六十七,第 1701 页。

⑧ 《全唐文》卷一百九十,第 1920 页。

再如骆宾王身陷狱中时作有《萤火赋》一篇，其《序》云："余猥以明时，久遭幽縶，见一叶之已落，知四运之将终。凄然客之为心乎？悲哉！秋之为气也。光阴无几，时事如何？"[①]在幽系牢狱的特殊环境中，作者感念光阴迫促而遭遇坎坷，直引《九辩》"悲哉！秋之为气"抒怀感慨，亦可见其对宋玉其人其文的熟谙和理解之意。

为什么"四杰"都对屈宋怀有较深切的认同之意且在其诗文中多有称引呢？"四杰"的诗歌创作究竟接受了楚辞作品的哪些特色呢？在笔者看来，最根本的一个原因即是楚辞作品"发愤以抒情"及"贫士失职而志不平"的品格，与"四杰" 由于自身那惨淡甚至于酷烈的人生境遇而激发起的创作动因不期而合。泛览"四杰"诗作，我们往往能感受到较为深广的忧愤、无奈，甚至是绝望，这就让他们的诗作较明显地体现出了类似于楚辞作品式的抒忧写愤之特征。由于《离骚》等精美诗章及司马迁《屈原列传》取得了伟大的文学成就，从而形成一股强大的合力，遂使屈原之伟岸奇崛形象和高洁人格精神播扬千古，使屈原的悲剧人生获得了具有深刻民族文化内涵的典范意义。宋玉是继屈原而后的重要楚辞作家，自六朝以来的文学史上常将"屈宋"并称，在唐人心目中屈宋也并无大的区别。换言之，文学接受史上的唐代屈宋阐释虽有合于其时代内容的新变，但对屈宋及其辞赋作品的主体认识还是要承续前代而来，已经为数代人所接受的核心观点是不会改变的。譬如说对屈宋人格精神的肯定性评价，对楚辞作品愤怨悱恻特色的认识[②]，即便是唐代那些反对屈宋作品最激烈的人也都不会否认这些。最有特色的例子即是"初唐四杰"对待屈宋的态度。他们一方面在其文论主张中对屈宋辞赋大加指斥，另一方面又在自己的

---

① 《全唐文》卷一百九十七，第 1993 页。

② 按，唐人反对屈宋辞赋时，往往就是针对其愤怨悱恻的风貌而大加挞伐，如李华《赠礼部尚书清河孝公崔沔集序》云："屈平、宋玉哀而伤，靡而不返，六经之道遁矣。"崔祐甫《穆氏四子讲艺记》云："屈原、宋玉怨刺比兴之词，深而失中。"这表明他们对屈宋辞赋的这一特色认识得很清楚。

诗文创作中对屈宋多有接受,而且他们接受的重点就是楚辞作品“发愤以抒情”及“贫士失职而志不平”的特性。这恰恰与他们所倡导的儒家正统文道观要求文学须有益教化,文学表达要温柔敦厚形成了一种对比和反差。为什么会有这种情况的出现呢?依照接受美学理论,每个接受主体自身都存在着一种“经验期待视野”,即在对文艺作品阅读之前及阅读过程中,接受主体基于个人遭遇和社会阅历的种种因素,在心理上常会有一种既定的内在期待,或曰结构图式。接受主体据此内在期待而阅读文本,自然会有一种先入为主的意念参与到阅读过程之中,阐释学理论将此称之为“前理解”。这种“前理解”与作者的创作动机、作品的意蕴以及作品所体现出来的艺术价值,可能相合也可能不合。我们可以设想一下“四杰”阅读楚辞作品文本时可能会出现的情形,从他们在文论中对屈宋的反对态度和才性张扬一面来看,他们早年大概不会对楚辞作品有太多的留意;而从他们的诗文格调及长期穷困不偶的悲凉际遇一面来看,他们后来应该都会从楚辞作品中听到合于自我痛苦心灵的歌哭,并引起他们的强烈共鸣。也就是说,“四杰”自身的阅读“经验期待视野”对他们理解并接受楚辞作品起到了很关键的作用。惟其如此,我们才能解释“四杰”之于屈宋所表现出的矛盾;惟其如此,我们今天才看到了“四杰”诗文中对屈宋作品激烈愤怨之声的接受。“四杰”诗歌中发抒不平之气的多为其后期作品亦可说明这一点。以下试就其具体诗作辨析之。

先说王勃。王勃现存诗八十余首,其中多五言律诗和绝句。《唐才子传》称“勃属文绮丽”①,即是指其诗文辞藻华美,这首先便于外在风貌上与楚辞作品有相近之处。与楚辞作品更大的相近之处是王勃诗作抒情真率,苦闷忧愤随心而发,如汩汩江水不加收束。王勃早年仕进之心十分强烈,但仕途并不如意,尤其是因戏作《檄英王鸡文》而被逐出沛王府一事,对他打击甚大。此后漫

① 傅璇琮《唐才子传校笺》,中华书局,1987 年第 1 版,第 32 页。

游蜀中所作诗便渐转深沉，多悲慨之声。如《别薛华》①诗：

送送多穷路，遑遑独问津。悲凉千里道，凄断百年身。

心事同漂泊，生涯共苦辛。无论去与住，俱是梦中人。

路是穷路，津须独问，千里悲凉，百年凄伤。在这一切无可奈何的景况之中，泛上王勃心头的是漂泊异乡的幽闷心事和前途无望的辛苦生涯。什么原因使王勃如此悲哀肠断呢？最主要的就是他对自己在政治上遭受挫折深感愤懑，浸入诗句中的其实就是宋玉式的“贫士失职而志不平”的哀怨之气。其《重别薛华》②又云：“旅泊成千里，栖遑共百年。穷途唯有泪，还望独潸然。”诗中又用了“千里”“百年”“栖遑”“穷途”“独潸然”等语词，再次抒发胸中的不平哀伤。统观两诗，弥漫其间的气氛，俨然就是出于宋玉《九辩》所渲染的那种穷愁失路、寂寞恓惶、心内怆痛而自我悯伤的格调。再如其《山中》诗云：“长江悲已滞，万里念将归。况属高风晚，山山黄叶飞。”又很容易使我们想起宋玉“登山临水兮送将归”的诗句，这不仅是因为两诗语词意境的相似，更是因为语词意境所传达出的作者之悲凉心绪的相近。此类格调的诗作在王勃现存作品中占有很大比重，如“客行朝复夕，无处是乡家”（《始平晚息》）、“江汉深无极，梁岷不可攀。山川云雾里，游子几时还”（《普安建阴题壁》）、“北山烟雾始茫茫，南津霜月正苍苍。秋深客思纷无已，复值征鸿中夜起”（《寒夜怀友杂体二首》其一）等。涌动在这些诗句里的几乎全是羁旅愁思、悲凉孤寂和对自身遭际耿耿于怀的怨愤。若要追问诗人何来如许之多的忧伤，一方面可能是由于诗人多年游迹在外而易生思乡念亲之情，另一方面就是由于诗人仕路坎坷而常怀抑郁不平之气所致。这后者正是王勃在诗歌创作中接受屈宋“发愤以抒情”及“贫士失职而志不平”文学传统的根本基点所在。王勃曾自言：“天地不仁，造化无力。授仆以幽忧孤愤之性，禀仆以耿介不平之气。”（《夏日诸公见寻访诗

① 《全唐诗》卷五十六。

② 《全唐诗》卷五十六。

序》)“仆不才,耿介之士也。窃禀宇宙独用之心,受天地不平之气。”(《春思赋序》)这也许会帮助我们理解他何以接受屈宋的深层因由。

再来说杨炯。杨炯现存诗仅三十三首,其中官场送别酬唱之作又几近二分之一,所写题材自然以官场活动为中心而乏善可陈。但作为“四杰”之一的杨炯肯定有其不同于一般宫廷诗人的地方,首先是其天才早慧而文思勃发的资质[1]与“四杰”中的其他三人相似,其次是仕途不甚得意与其他三人相似,因此常有怀才不遇之叹亦与其他三人相似。杨炯后来因从兄弟杨神让参与反对武则天的扬州起兵事件而受到株连,被贬往梓州,使其身心遭受重大创痛,同时也激发他创作了一些抒忧写愤的诗作,其中最著者当属《巫峡》[2]诗:“……忠信吾所蹈,泛舟亦何伤。可以涉砥柱,可以浮吕梁。美人今何在?灵芝徒有芳。山空夜猿啸,征客泪沾裳”。诗句直陈自己以忠信为怀,坚守节操,虽无端遭受挫折打击而无所忧惧。同时还自信地认为挫折打击可使自己更加坚强,要去“涉砥柱”“泛吕梁”。但心头毕竟负载着沉甸甸的怨愤,所以笔锋一转即感叹“美人”(君王)不见而“灵芝”(自己)徒芳的忧伤,以至于闻猿啼而下泪沾裳。此诗作不仅体现了屈原辞“发愤以抒情”的品格,写出了诗人遭贬后的愤怨之情。同时,在语词句法方面也体现出了对屈原骚辞的学习和接受。如“忠信吾所蹈,泛舟亦何伤”即是对《离骚》中“苟余情其信姱以练要兮,长顑颔亦何伤”句意的化用;“美人今何在?灵芝徒有芳”即是对屈骚“香草美人”设喻手法的运用,而且“美人”“灵芝”“有芳”等也是直接借用或脱胎于屈骚中的语汇。

相对而言,杨炯是“四杰”中际遇还算较为幸运的一个,但由于出身寒门又长期沉沦下僚,周旋官场又遭受挤压,即社会并没给他以实现其志向的机

① 按,杨炯《浑天赋序》云:“显庆五年,炯时年十一,待制弘文馆。”《旧唐书》亦载:“炯幼聪敏博学,善属文。神童举,拜校书郎。”由此可见其早慧之一斑。

② 《全唐诗》卷五十。

会和条件。这便使杨炯跟大多数才情高昂的诗人一样，易于产生郁郁不平之气，从而在其文学活动中也便会选择并接受楚辞作品“发愤以抒情”及“贫士失职而志不平”的一面。

接着说卢照邻。卢照邻现存诗九十多首，内中多怀才不遇之怨。如其早期的《芳树》[①]诗：

芳树本多奇，年华复在斯。结翠成新幄，开红满故枝。

风归花历乱，日度影参差。容色朝朝落，思君君不知。

诗人用诗笔描绘了一株芳树以自喻，“本多奇”是说自己天赋英才，“年华复在斯”是说自己正当青春，其手法颇同于屈原《离骚》“纷吾既有此内美兮”式的自赞。颈联写芳树翠叶扶披，红花满枝，其实是写自己满腹经纶可堪报国用世。然而岁月不居时不我待，经过风吹雨打的芳树只落得一个花乱影斜，暗指自己抱负无由施展而虚度年华。最后一句以“容色朝朝落，思君君不知”，道出了诗人强烈的怀才不遇之叹和有志难骋之怨。卢照邻早年经历颇类于王勃，仕进之心较为强烈，然而多年奔竞却无甚所获，功名无成[②]。不幸的是卢照邻中年后又染上了风疾，甚为病痛所困。事功的艰难兼以病体的折磨，使他心中郁积了太多的不平和愤恨，笔下自然也就时时喷发出悲怨的呼喊。读卢照邻诗，那一句又一句的泣诉，一篇接一篇的哀苦，常给人气咽欲断之感。如《赠益府群官》[③]：

一鸟自北燕，飞来向西蜀。单栖剑门上，独舞岷山足。昂藏多古貌，哀怨有新曲。

---

① 《全唐诗》卷四十二。

② 按，卢照邻在其《释疾文·粤若》中说自己：“下笔则烟飞云动，落纸则鸾回凤惊。通李膺而窃价，造张华而假成。郭林宗闻而心服，王夷甫见而神倾。俯仰谈笑，顾盼纵横。”虽是自夸，但也可见其资禀早慧的一面。然而卢照邻虽负大才却仕路艰难，较如意的一段日子就是在邓王府任典签，随后无论是应制举还是参加常规的科举考试，都名落孙山。大约中年后即患上了严重的风疾，后来竟因不堪病痛而自沉颍水。

③ 《全唐诗》卷四十一。

群凤从之游，问之何所欲。答言寒乡子，飘飖万馀里。不息恶木枝，不饮盗泉水。

常思稻粱遇，愿栖梧桐树。智者不我邀，愚夫余不顾。所以成独立，耿耿岁云暮。

……

这首诗可以看作是诗人的自画像：孤身漂泊异乡以求世用，不愿与“愚夫”为伍而自命清高，空有“愿栖梧桐”的远大志向却落到“独立”无援之境地。但诗人并未因此而放弃自己的节操追求，他只是想要借赋诗以言志，唱一曲哀怨的心声，表达对现实的不满。卢照邻的这类诗作很多，总体上皆与屈宋“发愤以抒情”及“贫士失职而志不平”的辞赋情调相合。而且从具体的诗作中，往往能够发现卢照邻在创作时有意学习楚辞作品的痕迹，最明显的莫过于他的骚体诗了。卢照邻现存诗中有七首骚体诗，这是一个相对较高的数量。此外，他还有骚体文若干篇，其晚年所作《释疾文》《五悲文》等全效屈宋骚辞手法，如《粤若》云：“皇考庆予以弄璋兮，肇锡予以嘉词。名余以照邻兮，字余以昇之。余幼服此殊惠兮，遂阅礼而闻诗……”，纯粹就是对《离骚》句式语词的袭用。下举其《狱中学骚体》一诗试析之：

夫何秋夜之无情兮，皎皛悠悠而太长。圜户杳其幽邃兮，愁人披此严霜。

见河汉之西落，闻鸿雁之南翔。山有桂兮桂有芳，心思君兮君不将。

忧与忧兮相积，欢与欢兮两忘。风袅袅兮木纷纷，凋绿叶兮吹白云。

寸步千里兮不相闻，思公子兮日将曛。林已暮兮鸟群飞，重门掩兮人径稀。

万族皆有所托兮，蹇独淹留而不归。

诗题标明学骚体，故全诗从句法形式到语汇，从意境烘托到主旨，都洋溢着浓烈的楚骚遗味。起首写悠悠秋夜无情，自己处身幽室而披严霜，愁心寂寥之际惟见河汉西沉，惟闻鸿雁南翔。这些其实就是宋玉《九辩》开端所描写的景象，只是字句略加改动而已，诗行间流露出的酸楚情感则全同。“山有桂兮桂有芳，心思君兮君不将”一句即源于《湘夫人》中“沅有茝兮醴有兰，思公子兮未敢言”，用以表达自己思友不见的惆怅。“忧与忧兮相积，欢与欢兮两忘”一句则是对《哀郢》中“忧与愁其相接”的化用，用以强调自己身陷囹圄的哀苦。“风袅袅兮木纷纷”一句又是对《湘夫人》中“袅袅兮秋风，洞庭波兮木叶下”的简缩，再次渲染悲凉气氛。以下的“日将曛”“林已暮”“鸟群飞”“重门掩”“独淹留”等语汇皆是从楚辞作品中借用而来。整首诗以低回哀诉的音调，唱出了诗人求告无门的失望及对自身艰险遭遇的愤慨。这何尝不就是“发愤以抒情”及“贫士失职而志不平”之楚辞作品的唐代版本！

《四库全书总目提要》云：“（卢照邻）盖文士之极坎坷者。故平生所作，大抵欢寡愁殷，有骚人之遗响，亦遭遇使之然也。”[①]联系卢氏遭受仕途穷困与病痛折磨之一生，反观其诗文之愤怨，斯言信然。

最后来看骆宾王。“四杰”之中骆宾王年岁最长，大约长卢照邻十岁，长王勃和杨炯三十余岁。其生活阅历相较而言也最为深厚丰富，诗歌内容也就多样复杂一些，但其诗歌中亦多发愤而抒不平之气的格调则与其他三人相同。清人陈晋熙《骆临海集笺注》中共收诗一百三十三首，这些诗大多是诗人的自我表现和自我剖白，参照骆祥发的概括，我们可将其分为三类[②]：一是正面描写自己的生平行踪和坎坷遭际，二是假借外物以寄托自己的心志抱负，三是在一些寻常的交游赠别诗中，也往往交织着诗人自身遭际的感慨。骆宾王的

---

① 《四库全书总目提要》卷一百四十九之《卢昇之集》提要。

② 按，骆祥发从总体角度出发，概括宾王诗为四类，笔者此处只取其“发愤以抒情”诗作较集中的三类，而略去记载其从军见闻的边塞诗。详参骆祥发《初唐四杰研究》，东方出版社，1993 年第 1 版。

这三类诗作有一个共同特点，那就是情感浓烈且多怨愤之声。如“莫言无皓齿，时俗薄朱颜”（《途中有怀》），写自己空有才华而无人赏识；“寂寥心事晚，摇落岁时秋。共此伤年发，相看惜去留。当歌应破涕，哀命返穷愁”（《秋日送别》），在与友人话别时惺惺相惜，直言同为寒士的寂寥和穷愁；“讵知时不遇，空伤流滞情”（《秋晨同淄川毛司马秋九咏·秋云》），在这秋高云散的悲凉季节里，涌上诗人心头的依旧是怀才不遇之伤感；“赖有阳春曲，穷愁且代劳”（《蓬莱镇》），写自己虽志难获伸却仍以高士自许，如此等等不一而足。通览骆宾王一百三十多首诗作，我们几乎看不到欢愉之词，满篇尽是穷叹之音。其长诗《畴昔篇》①更是以类似于屈原《离骚》自传体的形式，一边追叙身世遭遇一边抒泄满怀幽愤，将诗人因大半生的坎坷艰困而郁积多年的怨苦倾泻在字里行间。如：“判将运命赋穷通，从来奇舛任西东。不应永弃同刍狗，且复飘飖类转蓬。容鬓年年异，春华岁岁同。”写自己时命不济，虽孜孜以求却年华空逝而事功无成，如随风飘飖的转蓬。表面是叹息，实则表达了诗人对现实的强烈不满。然而更大的打击还在后面，诗人在侍御史任上被诬下狱，对此他气愤难平，高声呼冤：

　　丈夫坎壈多愁疾，契阔迍邅尽今日。慎罚宁凭两造辞，严科直挂三章律。

　　邹衍衔悲系燕狱，李斯抱怨拘秦桎。不应白发顿成丝，直为黄沙暗如漆。

　　紫禁终难叫，朱门不易排。惊魂闻叶落，危魄逐轮埋。

　　霜威遥有厉，雪枉遂无阶。含冤欲谁道，饮气独居怀。

诗人先说自己一生多难，于今日遭构陷而入狱为极。其冤有如邹衍衔悲李斯抱怨，一夜之间便有不少白发掉落，只因为这监牢里面狱吏横暴黑暗如

① 《全唐诗》卷七十七。

漆。更可怕的是自己遭受这般冤枉却由于豺狼当道而申告无门，难得昭雪，甚至连一个倾诉冤屈的对象都没有，只好饮恨吞声而独自将息。全诗的悲愤基调和对自己仕路奔波却遭际艰难的反复陈说，与屈子《离骚》之精神实有很大相通之处。

此外，骆宾王一些托物言志的诗作亦深得屈骚比兴手法之妙，常为人所称引的例子是其《在狱咏蝉》[①]。诗云："西陆蝉声唱，南冠客思侵。那堪玄鬓影，来对白头吟。露重飞难进，风多响易沉。无人信高洁，谁为表予心？"首联从蝉鸣勾起诗人被羁狱中之愁思写起。颔联说蝉影孤高而自己满头白发，其凄清之状适可比拟，故闻此蝉鸣而情不能堪[②]。颈联以"露重""风多"喻世道污浊环境恶劣。"飞难进"喻宦海浮沉难进。"响易沉"喻言论受压。即以蝉遭受风露逼迫，欲飞难进，欲鸣声沉，暗喻自己有志难伸而蹉跎沦落。尾联"无人信高洁，谁为表予心"有屈子"国无人莫我知兮"之意，道出了诗人独标高格却难得知遇的忧伤。全诗以蝉之高洁写"我"之品性，以蝉之遭遇写"我"之穷困，托物喻意，一如屈骚。骆宾王曾在该诗《序》中称："仆失路艰虞，遭时徽纆，不哀伤而自怨，未摇落而先衰……感而缀诗，贻诸知己。庶情沿物应，哀弱羽之飘零；道寄人知，悯余声之寂寞。非谓文墨，取代幽忧云尔。"[③]即是明言自己作诗的手法和用意，此亦与屈宋自道其辞赋为"发愤以抒情"及"贫士失职而志不平"之辞相近。

要言之，"四杰"作为初唐一个文学创作集体，其最大的相同点就是他们都天才早慧，文学禀赋极高，较早地在文坛上博得了声名，因而他们早年都自许甚高，成就功名之心志甚为强烈。但现实是他们又都命途坎坷仕路不济，四

① 《全唐诗》卷七十八。

② 按，清人陈晋熙在《骆临海集笺注》中推定宾王入狱的时间为高宗仪凤三年（678）冬，是时骆宾王已逾花甲之年，笔者以为此句之"白头吟"乃双关修辞，一言吟咏《白头吟》，一言自己已是满头白发。

③ 陈熙晋《骆临海集笺注》，上海古籍出版社，1985年第1版，第158—159页。

人都曾有被贬逐甚至陷身牢狱的经历,确乎有造化弄人之感。此种人生经历的相似性决定了"四杰"诗歌创作的相似性,即他们的诗歌主题中多写怀才不遇之恨和有志难骋之怨,诗歌中蕴含的情感真挚而强烈,往往有一唱三叹的低回效果。从"四杰"时代所能接受到的文学遗产来看,主要还是诗、骚这两大共同的文学传统。以接受美学理论的"经验期待视野"观点来看,"四杰"因其政治上的失意和境遇的悲惨,也就在文学审美心理上及自己的诗文创作中更倾向于接受屈宋骚辞的悲怨色彩,因为他们或许能够从屈宋骚辞中获得某种上通古人的心灵慰藉,也因为屈宋骚辞的文学特质便于愤怨不平之情的抒发。但"四杰"又因其年辈不同,具体的生活阅历及性情自然也有差异,这种差异也表现在他们对屈宋的接受上。如卢照邻对屈宋的接受较之其他三人即更明显一些,直接模拟屈宋骚辞的作品便有不少。但就总的指向而言,"四杰"的诗歌皆程度不同地接受了楚辞作品"发愤以抒情"及"贫士失职而志不平"的文学传统。又因"四杰"生活的时代毕竟不同于屈宋,初唐是一个弥漫着昂扬向上精神的时代,而"四杰"诗歌中的哀怨唱叹却往往是仅为一己的穷困不遇而发,尤其是其诗歌的思想内涵中还缺少屈原忧心国事、上下求索而九死未悔的品质,所以也就达不到屈骚那种震憾人心的艺术高度。以此,从某种意义上来说,"四杰"诗歌更多地接受了宋玉"贫士失职而志不平"的一面。

三、对屈宋辞赋"香草美人"比兴寄托手法的接受——以陈子昂《感遇》及王昌龄的"宫怨诗"为例

王逸《楚辞章句·离骚序》云:"《离骚》之文,依《诗》取兴,引类譬谕。"[①]自此而后,历代治"楚辞"者莫不强调这一特性。尽管《诗经》中也有比兴寄托手法的运用,但相对而言,楚辞作品,尤其是屈骚中比兴寄托手法的运用更广泛

① 引自洪兴祖《楚辞补注》(重印修订本),中华书局,1983年第1版,第2—3页。

更成熟也更有其独到特色，从而将《诗经》中较为单纯的起兴譬喻手法发展到一个系统的具有象征意味的新层面。屈骚的这种比兴寄托手法，先是为宋玉所继承，接着为汉魏六朝的文学创作所发扬光大。文学史发展到唐代，我们又将看到"香草美人"比兴寄托手法在唐代诗歌中得到了较广泛的运用，发挥了其较强大的艺术表现力。此节笔者仅拟以陈子昂《感遇》及王昌龄的"宫怨诗"为例，具体比照一番唐人对屈宋"香草美人"比兴寄托手法的接受。

1. 陈子昂《感遇》。

杜甫当年在经过四川射洪县陈子昂故居时写过一首题为《陈拾遗故宅》的诗，其中有这样两句评价陈子昂，说他"有才继骚雅，哲匠不比肩。公生扬马后，名与日月悬"[①]。"继骚雅"即是说陈子昂的诗歌中有接受"楚辞"的一面，而"名与日月悬"显然即是套用了司马迁评价《离骚》"虽与日月争光可也"的说法。陈沆《诗比兴笺》亦称陈子昂是"屈阮之嗣音，杜陵之先导"[②]，指出其诗歌创作与屈原在文学精神上的继承关系。陈子昂还写过一篇《国殇文》，全用骚体，结尾以"重曰"收束，从体式到内容皆散发出浓厚的屈辞味道。此外，我们从陈子昂的诗歌中也可以发现他对屈原其人其文的情感倾向，如"清光委衾枕，遥思属湘沅。空帘隔星汉，犹梦感精魂"（《月夜有怀》），再如"云渊既已失，罗网与谁论？箕山有高节，湘水有清源"（《感遇》其三十）。在这些诗中，诗人以怅惘的语调抒写对屈原的怀思，明确地表达了自己对于屈原的景仰之情。纵观陈子昂的诗歌作品，其与楚辞作品联系最为密切的一点当是对"香草美人"比兴寄托手法的接受，其《感遇三十八首》便是最为集中的体现。

《感遇三十八首》的主旨可以看作是陈子昂感慨身世际遇及系念时政的一组诗作，表达了诗人沉痛幽闷的复杂思想感情。先看其一：

兰若生春夏，芊蔚何青青。幽独空林色，朱蕤冒紫茎。

① 《全唐诗》卷二二〇。

② 陈沆《诗比兴笺》，上海古籍出版社，1981年第1版，第93页。

迟迟白日晚，袅袅秋风生。岁华尽摇落，芳意竟何成。

第一句写秀丽芬芳的兰花和杜若，在春夏之际生长得葱郁繁丽，非常茂盛。实际上是说自己才华出众，抱负满怀。第二句写兰若朱红色的花冠下垂，覆盖着紫色的茎秆。试想在这空无人迹的山林之中，如此幽雅清秀、空绝群芳的色彩是多么的亮丽，又是多么的落寞啊。也就是说自己只能如兰若一样“幽独”而无所用。后四句感叹在风刀霜剑的摧残下，朱蕤紫茎的憔损凋零——太阳眼看着就沉落西山了，丝丝缕缕的秋风也就要吹起来了。“岁华尽摇落，芳意竟何成！”一年一度，草木荣枯，秋天里所有的花朵都要枯萎，包括芳香四溢的兰花和朱蕤紫茎的杜若，时令一到都将很快地凋零。全诗以兰若为中心，描其色状其艳写其香，感叹其随秋风摇落而芳意无成，从而渲染烘托出微茫而深沉绵绵的哀怨氛围，使全诗散发出直击人心深处的悲凉气息。换言之，诗人运用“香草美人”的比兴寄托手法，以兰若自喻，托物感怀，寄意遥深，使整首诗成为一个自足完满的文学审美世界，在给人以审美愉悦的同时，表达了作者自己报国无门、壮志难酬的苦闷，抒发了芳华易失、时不我待的感慨。这首诗不仅在总体上将屈宋式的“香草美人”比兴寄托手法运用得得心应手，同时就其中心描写对象“兰若”而言，也是直接源自于“楚辞”意象，是屈原笔下屡屡称颂的香草，仅《离骚》一篇中写“兰”的句子就有十余处，如“纫秋兰以为佩”“余既滋兰之九畹兮”等；《九歌》中写“若”的句子也有很多，如“华采衣兮若英”“采芳洲兮杜若”等，皆是高洁情志的象征物。

《感遇三十八首》中与第二首内容极为接近的是第三十首，其诗云：“可怜瑶台树，灼灼佳人姿。碧华映朱实，攀折青春时。岂不盛光宠，荣君白玉墀。但恨红芳歇，凋伤感所思。”全篇以“瑶台树”和“佳人姿”为感慨对象，借以悲叹自己命运的不幸。诗中的佳人本来以为可以在自己青春未消逝的时候，找得如意的郎君，同享两情相悦的美好幸福生活。哪知一阵无情的风雨，摧残了瑶台树正在盛开的花朵，也打碎了佳人对理想爱情的向往。全诗以“瑶台树”之遭遇对照“佳人”之不幸，进而以“佳人”之不幸写出自己面对不公现实而无可奈何的惆怅与悲哀！在写法上同样深得“香草美人”比兴寄托手法之妙。

陈子昂《感遇三十八首》虽非一时一地之作，实际却是一个有机的整体。分开来看，每一首的抒写对象皆各各有别，每一首的情感内容也都有其不同的侧重点。但我们更应将其作为完整的一组诗来看，因为这组诗的总体主旨及其主要的艺术表现手法是相近的甚至是同一的，由作者冠以《感遇》之总名即可知此点。通观《感遇三十八首》，我们可以将这组诗当作诗人眼中的时代影像和社会图景，从中看到官场中朋比营私、追利逐臭的种种丑态，如“谗说相啖食，利害纷嶷嶷”（《感遇》其十）、“骄荣贵工巧，势利迭相干”（《感遇》其十六）；看到高层统治者的愚妄自大和荒淫求乐，如“贵人难得意，赏爱在须臾”（《感遇》其十五）、“昔日章华宴，荆王乐荒淫”（《感遇》其二十八）；更能看到忠善弃逐而奸佞得志的不公现实，如“众芳委时晦，鶗鴂鸣悲耳”（《感遇》其七）、“世道不相容，嗟嗟张长公”（《感遇》其十八）。同时，《感遇三十八首》更是诗人“前不见古人，后不见来者”的孤独悲歌，因为诗人笔下的先贤们早已逝去，而自己又困于一个群小当道而进身无阶的无奈境地。出于对自我命运的抗争和对士人社会责任的担当，诗人以这组《感遇三十八首》发出激越的呐喊和深沉的慨叹。组诗的主旨与屈原忧国忧民精神有很大的相通之处，也与宋玉感念穷士失职而前途茫茫的孤寂悲凉有相似的地方。组诗中有很多痛砭“市人矜巧智”（《感遇》其五）、“世人拘目见”（《感遇》其六）及“世情甘近习”（《感遇》其十二）的诗句，一方面表达了诗人对世俗的批判，另一方面表白自己不随波逐流与“众人皆醉我独醒”的孤高品格。所有这些，诗人大抵皆出之以比兴寄托的表现手法，以众芳、芝草、翡翠、青鸟、孤凤等自喻高洁而无人赏识，以市人、商贾、蠹虫、麋鹿等指代世俗小人及奸邪势力。整组诗无论托意寓言还是写景抒情，都寄托遥深，可供读者一再回味。非但如此，陈子昂的《感遇三十八首》作为一个艺术整体，其总体结构也颇类似于屈原《离骚》及宋玉《九辩》。因为是一组长诗，而其思想内容及悲怨情感犹如一条红线将各单篇贯串到了一起,中间有关世道险恶而诗人有志难伸的感慨主题一再复现,也就形成了一唱三叹的回环模式。还有一条内证可见《感遇三十八首》对屈宋的接受,即诗中所用的典实及语词有不少出自楚辞作品的,如《感遇》其二十七及其二十八中有关楚襄王的叙写都源于对宋玉《高唐赋》与《神女赋》相关内容的演化;除前文已言及的“兰若”外,“瑶台”“蛾眉”“佳人”“岁晏”等词也都是屈骚中的常见语词。

“夫孤直者众邪之所憎,至公者群恶之所疾,寡不敌众,孤不胜群”[①],陈子昂的这种认识和议论,与屈原《离骚》中写自己为众小嫉恨而遭受谗害以及忠不必用而贤不必以的历史现象何其相似。也许正是因为空有抱负而无由施展的坎坷际遇,使陈子昂心生忧怨愤懑,进而以屈宋“香草美人”之比兴寄托手法表现于其诗歌中。这当是古代大多数不遇士子之诗文的共有特点,不过陈子昂《感遇三十八首》的表现更集中更显明一些。

2. 王昌龄“宫怨诗”。

沈德潜《唐诗别裁》说:“龙标绝句,深情幽怨,意旨微茫,令人测之无端,玩之无尽,谓之唐人骚语可。”[②]这可谓道出了王昌龄诗歌极重要且极鲜明的一个特色,若上溯此艺术特色之由来,应当承认它与屈宋骚赋之风貌有很大的相通之处。为什么偏偏又是与屈宋骚赋相通呢?笔者以为大致有两方面的因素:一是王昌龄以天纵英才而早著文名,但又可能以性情狂狷而频招嫉妒打击。史称其“不护细行,屡见贬斥”[③]、“晚途不谨小节,谤议沸腾,两窜遐荒”[④],从含糊其词中也可透露出大概是因为言语之祸而遭人议论甚至是陷害。此种才情高简而兼际遇险崛加之于一身,极易使敏感多情的诗人之心变得肝肠寸

① 陈子昂《申宗人冤狱书》,《全唐文》卷二百一十三,第 2158 页。
② 沈德潜《唐诗别裁集》卷十九,中华书局,1975 年版,第 263 页。
③ 《旧唐书》卷一九〇,中华书局,1975 年第 1 版,第 5050 页。
④ 傅璇琮《唐才子传校笺》,中华书局,1987 年第 1 版,第 261 页。

断、泪血迸流。这就让王昌龄诗歌内蕴的思想情感与楚辞作品接近一致。二是王昌龄诗歌在表现手法上多用比兴寄托，尤其是其八首写宫怨的七绝，即《春宫曲》《西宫春怨》《西宫秋怨》和《长信秋词五首》，更是运用屈骚“香草美人”比兴寄托手法的典型。合此两点，即让王昌龄的绝句体现出了较为强烈的屈宋骚辞色彩，对此明人陆时雍其实早于沈德潜发表过相似看法，他说：“王龙标七言绝句，自是唐人《骚》语，深情苦恨，襞积重重，使人测之无端，玩之无尽，惜后人不善读耳。”[①]现在，我们欲尽力做一个“善读”者，从陆时雍所提示的“唐人《骚》语”角度切入，来细细品味王昌龄的八首“宫怨”之作。

王昌龄出身寒微，曾自云：“久于贫贱，是以多知危苦之事。”[②]“每思力养不给，则不觉独坐流涕。”[③]王昌龄于开元十五年(727)中进士，授秘书监校书郎，郁郁不得其志。后中博学宏词科，改授汜水尉，但不久即由汜水尉任上贬谪岭南，几年后又贬为江宁丞，天宝年间再次被贬为龙标尉。天宝十四年(755)由龙标返乡，路经亳州，为刺史闾丘晓所杀，以惨痛的结局终了其坎坷一生。[④]在初盛唐那样一个较为开明向上的时代，命运如王昌龄这般凄凉艰难者实不多见。诗人因长期遭贬遐荒之地而沉沦下僚，加之唐世普遍重京官而轻外任的社会习尚，我们可以想见其内心的伤痛和悽怆的情怀。王昌龄的八首“宫怨诗”即当创作于诗人南贬之后，赵昌平对此开列了三条理由[⑤]：其一，唐人深讳宫闱中事，所以王昌龄不可能在长安作京官时连作八诗显暴之或讽喻之；其二，自殷璠《河岳英灵集》后，唐人选集中除专选中唐之《中兴间气集》《唐御览诗》与别有宗旨的《箧中集》《极玄集》外，均录有王昌龄《长信宫

① 陆时雍《诗镜总论》，引自《历代诗话续编》，中华书局，1983年第1版，第1412页。

② 王昌龄《上李侍郎书》，见《全唐文》卷三百三十一，第3353页。

③ 王昌龄《上李侍郎书》，见《全唐文》卷三百三十一，第3353页。

④ 参见《王昌龄传》，蒋长栋著，中州古籍出版社，1991年第1版。

⑤ 赵昌平《盛唐北地士风与崔颢李颀王昌龄三家诗》，引自《赵昌平自选集》，广西师范大学出版社，1997年9月第1版，第109页。

秋词》。而天宝三年成集,也多收艳诗的《国秀集》,却未录八首“宫怨诗”中的任何一首;其三,这八首诗一而再、再而三,反复抒写怨愁而系念君王之意以至凄凉欲绝,这与王昌龄南贬诗极尽凄伤又反复以言“明时无弃才”[①]的风格及思想等正相一致,甚至连多用明月与凄迷景象映衬也相同。所以无论从创作心态还是创作技法来看,八首“宫怨诗”都以南贬后作可能性为大。

先看《春宫曲》《西宫春怨》和《西宫秋怨》三首:

> 昨夜风开露井桃,未央前殿月轮高。平阳歌舞新承宠,帘外春寒赐锦袍。(《春宫曲》)
>
> 西宫夜静百花香,欲卷珠帘春恨长。斜抱云和深见月,朦胧树色隐昭阳。(《西宫春怨》)
>
> 芙蓉不及美人妆,水殿风来珠翠香。谁分含啼掩秋扇,空悬明月待君王。(《西宫秋怨》)

《春宫曲》写一位失宠者对“昨夜”的追忆。前两句描绘主人公眼见之景:露井旁边的桃树,在春风吹拂下绽开了花朵,未央殿前明月高照,银辉铺洒。这两句诗其实是以自然景象来触物起兴,暗喻宫女承宠,有如桃花沾沐春天的雨露而开放,是兴而兼比的写法。为什么说“未央前殿月轮高”呢?因为那里是新人得宠的地方,在这个失宠者心里是可望而不可及的所在,所以她便觉得似乎那里的月亮更高更亮。后两句写新人的来历和她得宠的具体情状。“平阳歌舞新承宠”指汉代平阳公主的歌女卫子夫,因妙丽善舞,被汉武帝看中而大得宠幸一事。“帘外春寒赐锦袍”指君王惟恐春寒料峭使新人受冷而特赐锦袍,以见其对新人宠遇有加。有了“新承宠”之人,自然会使人联想起失宠的旧人,她正是诗人笔下的抒情主人公——此刻,这位旧人正站在月光如水的幽宫深院,遥望未央殿,想象中似乎听到了新人与君王的歌舞嬉戏之声,而伴随

① 王昌龄《九江口作》,见《全唐诗》卷一四一。

自己的则只有长长的孤影。此景何如伤！此情何以堪？主人公落寞、愁惨、怨悱之情状，至此便可想见。这首诗的目的是为了表现失宠者的幽怨之情，但全诗却从春日美景写起，接着又描绘新人承宠的欢乐，在字面上没有表现出一点怨意，但最终却让读者感受到了抒情主人公内心巨大无言的哀伤。这种似此实彼、以乐衬悲、言近旨远的艺术手法，往往能让诗歌的意蕴更为绵密深厚。

较之《春宫曲》，《西宫春怨》和《西宫秋怨》的意义更为显豁一些，不仅标题中含有“怨”字，而且诗句中直接运用了“春恨”“含啼”等悲怨色彩浓厚的词语。《春怨》以花香恼人的春夜为背景，描写刻画了幽闭于深宫之少女的动作和意态，及其曲折复杂的心理活动。首句以花香袭人反衬主人公的孤独寂寥，第二句以欲卷珠帘又怕春色勾起自己心中更多幽恨的矛盾心情，道出主人公的无奈心绪和愁怀难遣。第三、四句分写抱乐不弹而望月出神，于迷离朦胧的树色中似乎看到了君王所住的昭阳宫。《秋怨》则描绘了一个盛妆美人在秋夜盛情待君王而君王不至，只能对一轮空悬的明月而独自垂泪。

以上三首“宫怨诗”，粗粗读来，好像无非是写深宫中被冷落而无缘君王宠幸的宫女，表达她们的孤苦、凄凉和怨望。但若仅止于此，我们即须追问王昌龄创作这些“宫怨诗”的动因，难道只是为了反映宫女的悲惨命运，表示对她们的同情？其实这些都是表象，诗人真实的用意和目的乃是借宫女的境遇来剖白自我的心曲。这种写法的源头即是屈骚以“香草美人”而托物言志的手法，王昌龄的“宫怨诗”亦即表现出了对此种比兴寄托手法的典型接受。中国文学开山的纲领即是《尚书》中提出的“诗言志”，因而古代文学作品往往都是要求有所寄托的。屈宋则更进一步创造性地发展了这种理论上的要求，在其骚辞创作中自觉实践并奠定了系统的具有象征意味的“香草美人”之比兴寄托手法。屈宋而后，无论是在理论上还是在创作中都主张比兴寄托，遂成为古代诗学的一大传统。后来的诗文创作在具体运用中又多以女性口吻，叙其失宠而不得佳偶的惆怅，借以寄托作者志业不遂的怨痛之情。清人陈廷焯在《白雨斋词话》中将这种手法概括为“托志帷房”[①]。闻一多通俗地说“香草美人”也好，“托志帷房”也好，其实就是“男人说女人话”的手法[②]。王昌龄“宫怨诗”可谓中国文学史上此种由屈骚“香草美人”的比兴寄托，发展到“托志帷房”的比兴寄托之早期作品，具有某种意义的承上启下作用。据此观照《春宫曲》《西宫春怨》和《西宫秋怨》，我们完全可以说王昌龄笔下的宫女其实就是诗人自我形象的写照，就是以宫女的悲怨隐喻寄托自己频遭打击而不得重用、欲以报效君国而无路可通的无奈、彷徨和茫然。这种别有寄托的心理根源是古代士子们在困顿穷愁中的一种情感渲泄和自我慰藉，借以安顿自己痛苦躁动的心灵。

再来看《长信秋词》五首：

金井梧桐秋叶黄，珠帘不卷夜来霜。
熏笼玉枕无颜色，卧听南宫清漏长。
高殿秋砧响夜阑，霜深犹忆御衣寒。
银灯青琐裁缝歇，还向金城明主看。
奉帚平明金殿开，且将团扇暂裴回。
玉颜不及寒鸦色，犹带昭阳日影来。
真成薄命久寻思，梦见君王觉后疑。

---

① 按，见陈廷焯《白雨斋词话》，其自序中指出有些词的毛病是“美人香草，貌托灵修，蝶雨梨云，指陈琐屑”，即表现上似乎是继承屈骚“美人香草”的寄托手法，实则陷于风花雪月的琐屑之中而无深远主旨。又卷五评庄棫《蝶恋花》曰：蒿庵《蝶恋花》四章，所谓托志帷房，眷怀身世者。首章《回头》七字，感慨无限，下半声情酸楚，却又哀而不伤。次章心事曲折传出；下半韬光匿采，忧谗畏讥，可为三叹。三章词殊怨慕；次章盖言所谋有可成之机，此则伤所遇之卒不合也。故下云：“回首行云迷洞户，不道今朝，还比前朝苦。”悲怨已极。结云：“百草千花羞看取，相思只有侬和汝。”怨慕之深，却又深信而不疑；想其中或有谗人间之，故无怨当局之语；然非深于风骚者，不能如此忠厚。四章决然舍去，中有怨情，故才欲说便咽住。

② 闻一多《屈原问题——敬质孙次舟先生》，原文为“可以解释这里面男人为什么要说女人话”，所谓“这里面”即指《离骚》。引自《闻一多全集》第一册，三联书店，1982 年 8 月第 1 版，第 255 页。

火照西宫知夜饮，分明复道奉恩时。

长信宫中秋月明，昭阳殿下捣衣声。

白露堂中细草迹，红罗帐里不胜情。

据《汉书·外戚传序》，班婕妤曾为汉成帝宠幸，后为赵飞燕所谮失宠，惧谗主动请求到长信宫侍奉太后，成帝死后充奉园陵。乐府《婕妤怨》《长信怨》均咏此事。王昌龄《长信秋词》所叙写的故事背景即本于此。从诗句的寄托角度而言，其一是写诗人怀才不遇的孤寂闷愁；其二是写诗人眷怀君上而希冀得用的忠贞之心；其三是写诗人对自己长期困窘沉沦于下僚地位的失望和怨愤；其四是写诗人对自己不堪命运的无奈叹息；其五是写诗人终究还是未能得到重用而使满怀抱负得以施展的无限怅惘之情。以下参照潘雁飞对《长信秋词》五首的分析①，试列表如下：

表 4–2　《长信秋词》五首意象解读

序号	时间意象	室外意象	长信宫意象	昭阳殿意象	宫怨情	诗人志
1	傍晚时分。	金井梧桐秋叶黄、夜来霜。	黯淡的熏笼、玉枕和空房孤卧的宫女。	南宫（皇帝居处）清漏悠扬。	叹怨不得君王恩宠。	怀才不遇之愁怨。
2	夜深之时。	秋砧回响、霜色深沉。	宫女遥望明主居住的金城方向。	宫女想象：君王御衣是否轻寒？	眷念君主冷暖。	忧虑君王社稷得失。
3	平明时分。	寒鸦带昭阳日影而来。	宫女手把团扇而无聊徘徊。	寒鸦尚能蒙君之恩而玉颜见弃。	哀怨凄苦。	怨恨君王所用非人。
4	深夜。		宫女于梦中见到君王，醒后怀疑其真。	西宫灯火通明，君王与宠幸者夜饮作乐。	痴想君恩。	梦想能如当初沐君恩而中进士那样，再为君王所用。
5	天将亮未亮之时。	冷月空明，细草盈盈。	红罗帐里的宫女怨情满怀。	传来阵阵为君王捣衣之声。	羡慕他人承受君恩。	哀怨自己不为君王所用。

① 按，潘雁飞在《悲秋以托志，志深而怨幽——试论王昌龄〈长信秋词〉的本真寄托》一文里，以列表形式解读《长信秋词》的意象，笔者此表参照其说而有所修正。第一，潘文在引用《长信秋词》时不知出于何意而打乱了其原来的次序，笔者对照中华书局《全唐诗》版本予以恢复。（《长信秋词》见中华书局 1999 年版《全唐诗》卷一四三，第 1445—1446 页）；第二，笔者对潘文所列的部分意象内容有所增删。潘文发表于《零陵师范高等专科学校学报》1999 年第 4 期，又见于《喀什师范学院学报》2006 年第 1 期，更名为《〈长信宫词〉文化隐喻探微》。

由表 4-2 可见,《长信秋词》五首以秋夜为大背景,诗歌中的时间意象及室外意象的萧瑟冷清,首先会使人联想到宋玉《九辩》中“悲哉,秋之为气也。萧瑟兮,草木摇落而变衰”的描写。若结合诗句中的寄托之意,这些意象又会使人想到屈原《离骚》中“惟草木之零落兮,恐美人之迟暮”的感叹。在此长信宫深而秋夜漫漫之时,宫女孤影徘徊而遇宠无望之际,她内心翻荡起了种种复杂的情感:有被冷落的寂寞、有对君王恩幸的痴想和期盼、有失望后的凄苦哀怨、也有对他人得宠的羡慕甚至是忌恨。组诗中所有这些写宫女的句子,其实质皆是为了写诗人自己的一腔怨愤。由表中“宫怨情”和“诗人志”一一对应之关系,我们便可明白组诗对屈骚“香草美人”比兴寄托手法的运用,就是以自拟宫女而抒其幽怀的方式来实现和完成的。

除“宫怨诗”这种在字里行间深蕴感伤哀怨之情的作品外,王昌龄的诸多其他诗作往往也都笔调凄婉,意境寂寥,这多半是源于诗人一生际遇悲惨而又多才敏感的气质。以此,王昌龄的诗总体上也有一种清丽幽秀,淡雅伤感之美,这种倾向于阴柔的审美特点也许能够表明他为什么喜欢以“宫怨诗”这种形式来剖白自己的心曲。换言之,这也就是从一定程度上提示了王昌龄诗歌中为什么更多地接受了屈骚“香草美人”比兴寄托手法的创作心理动因。作为朋友的常建,曾写诗以屈原比王昌龄,说他:“谪居未为叹,谗枉何由分!午日逐蛟龙,宜为吊冤文。”[①]就王昌龄的不幸遭遇及其“宫怨诗”为代表的寄托手法而言,拿他与屈子相比,固亦其宜!然而,若就王昌龄诗歌总体上的凄怨哀叹主题及幽丽伤感色彩而言,又似更近于宋玉。

四、对屈宋辞赋感伤幽怨格调的接受——以李百药、宋之问、沈佺期、刘希夷、张说、张九龄等为例

较之于《诗经》的朴质清健,楚辞作品往往更精丽婉约,其字里行间常会

① 常建《鄂渚招王昌龄张偾》,见《全唐诗》卷一四四。

流淌出一股浓浓的感伤和幽怨，从而使之成为“楚辞体”文学很重要的一种共有格调。这种格调在屈原《离骚》《九歌》及《九章》等多篇作品中，从其抒情主人公的怨愤怅惘、无奈徘徊及反复唱叹中皆可深切感知。同时，这种格调也在宋玉《九辩》《招魂》及其一些赋作中有所体现，尤其是《九辩》中抒写贫士失职而彷徨无路的寂寥和高秋风紧的悲凉，及《招魂》中描写春草萋萋而极目千里所引起的强烈感伤，都能给读者以极大的艺术感染。从“文学即人学”的命题出发，我们应当承认从最严格的意义上来说，楚辞作品也都是典型的真正的文学作品，因为从他们的辞赋中能够看到对人的性情和灵魂的描写刻画，能够听到对人本身的生命价值和意义的追问。我们阅读楚辞作品，往往会为其悲士不遇、忧生伤世及叹喟年华等文学主旨和内蕴情感所深深打动，而所有这些又恰恰是反映了人性基本心理层面上的生命需要。概言之，楚辞作品中表现出的那种因外在自然社会境况而引起的敏感细腻的个体生命之悲，那种人的灵魂悸动及内心种种细微的情感活动，在很大程度上开拓了中国古典文学的创作题材和范围。相对而言，宋玉在这方面比屈原走得更远一些，因为屈骚毕竟与政治的距离更近更紧密，而宋玉的寒士身份也使得他的作品更多地偏向于抒写一己悲怨和歌哭，即更多地凸现出了文学的个体性。闻一多先生早就指出过《九辩》超越了《离骚》而具有“近代”意义的“领略孤独感”“对感情写出了体验与分析”之长①的特色，这可以说是从文学发展角度得出的真知灼见。

反观唐代诗歌，其抒写个体悲苦哀怨之作当然也不少。初盛唐虽然是一个总体上较开明向上的时代，也给广大士子们提供了较为宽松的仕进机会。但一方面因政治斗争而被贬逐迁谪的朝臣为数不少，他们往往都会因遭受挫折打击而满腹悲怨；另一方面，作为生命个体，士子诗人的心灵较常人更为敏感，极易因时节变换、人事离合及生活中的其他事体而心生种种感慨，而忧伤

① 参见郑临川述评《闻一多论古典文学》，重庆出版社，1984 年版，第 71—72 页。

嗟叹又常会因“穷苦之言易好”的缘故而更多地表现于诗文之中。古代文学史上，大凡格调感伤幽怨之作或多或少都会因袭楚辞作品的某些质素，表现出对楚辞作品或明或暗的某种接受。以下以李百药、张说、张九龄等人的诗歌创作为例，简单看看他们对屈宋的接受。

从李百药开始，中有宋之问、沈佺期、刘希夷，至张说、张九龄，我们选取的这六位诗人的生活年代跨度约在百年之间[①]，其各自的出身、生活经历及仕宦浮沉也不尽相同，但其部分诗歌作品却都表现出感伤凄苦的格调，从而与楚辞作品的基本风貌有近似之处。据笔者统计，李百药现存诗约 26 首、宋之问约 201 首、沈佺期约 155 首、刘希夷约 35 首、张说约 328 首、张九龄约 217 首。泛览他们的这些诗作，你会吃惊地发现欢愉之词无几而一派悲音扑面。李百药二十余首诗作，写欢情的不过十之一二，其他皆渗泪含戚之作，如“日落征途远，怅然临古城。颓墉寒雀集，荒堞晚乌惊。萧森灌木上，迢递孤烟生。霞景焕馀照，露气澄晚清。秋风转摇落，此志安可平。”(《秋晚登古城》)；“寂寂江山晚，苍苍原野暮。秋气怀易悲，长波淼难溯。索索风叶下，离离早鸿度。丘壑列夕阴，葭菼凝寒雾。日落亭皋远，独此怀归慕。”(《晚渡江津》)这样的诗句，这样的意境，极易使我们想起宋玉《九辩》中的高叶凉天和抒情主人公踽踽独行的背影。只要看一看“怅然、萧森、摇落、寂寂、秋气、索索、离离”这些词语，我们即能感受到诗人心中的悲凉。他如“凄怆起离忧”[②]、“客心悲暮序……怅矣舟壑迁，悲哉年祀倏。虽异三春望，终伤千里目”[③]等诗句在李百药的诗歌中比比皆是。以此，笔者认为也许是隋唐易代的巨大世变让诗人看多了乱离沧

---

① 按，李百药生于 565 年，隋时任过太子舍人等职，入唐后修撰过《北齐书》；宋之问约生于 650 年、沈佺期约生于 656 年，两人均主要活动于中宗及武后时期；刘希夷生卒年不详，据史料载当与沈宋为同时代人而年岁稍晚；张说生于 667 年，武后时登上政坛，于睿宗、玄宗时曾三度为相；张九龄生于 673 年，中宗景龙初年进士，玄宗开元时历官中书侍郎、同中书门下平章事、中书令等。

② 李百药《送别》，见《全唐诗》卷四十三。

③ 李百药《郢城怀古》，见《全唐诗》卷四十三。

桑，也许是其个人气质偏于多愁善感，故而其诗歌明显地沾染了楚辞作品的悲切哀怨之色彩。上例中“虽异三春望，终伤千里目”，就是从宋玉《招魂》“目极千里兮伤春心”演化而来，也许可看作是李百药精熟宋玉辞赋且其诗风之悲感格调更近于宋玉的一个证明。

宋之问、沈佺期诗歌中的哀怨之作多产生于他们神龙年间被贬逐以后。从繁华的宫廷流迁到蛮荒之地[①]，身份地位及生活环境的巨大变化，在他们心中搅动起了无边的惶恐、愁苦和哀痛。蕴含这些情感的诗歌作品，自然要较他们在朝为官时的创作更真实也更感人。论者以为沈、宋诗作内容充实而更有价值的多为其此时之作，诚为知言。他们此期的诗作，多写其流适远荒蛮陌的惶急、孤独和伤感，常流露出恋乡怀土而归心似箭的愁郁忧烦。身为逐臣贬官，他们自有无罪而遭受打击的怨恨、远离京城君王而被遗弃的恐慌，及茕影独吊且朝不保夕的痛楚和危机感。如沈佺期言：“搔首向南荒，拭泪看北斗。”（《初达驩州》其一，）“思君无限泪，堪作日南泉。”（《初达驩州》其二，）“帝乡遥可念，肠断报亲情。”（《岭表逢寒食》）等。再如宋之问“五岭恓惶客，三湘憔悴颜。”（《晚泊湘江》）“楚臣悲落叶，尧女泣苍梧。”（《洞庭湖》）等。尽管历史上沈佺期、宋之问确曾谄附过张易之兄弟，但他们当时却认为自己为此被斥逐是无罪而遭受打压。因此，他们被贬岭南的诗作不仅在悲怨风貌上可寻绎到楚辞作品的格调，而且也常能读到他们将自己的遭遇与屈原、贾谊等历史人物作比的写法。如“流芳虽可悦，会自泣长沙”[②]、“别路追孙楚，维舟吊屈平”[③]

---

① 按，据《旧唐书》卷七十八《张行成列传》载：“神龙元年正月，则天病甚。是月二十日，宰臣崔玄暐、张柬之等起羽林兵迎太子，至玄武门，斩关而入，诛易之、昌宗于迎仙院，并枭首于天津桥南。则天逊居上阳宫。易之兄昌期，历岐、汝三州刺史，所在苛猛暴横，是日亦同枭首。朝官房融、崔神庆、崔融、李峤、宋之问、杜审言、沈佺期、阎朝隐等皆坐二张窜逐，凡数十人。”此次被贬逐者多往岭南，沈佺期的贬所是驩州（今越南中部一带），大约在此待了一年多时间，后于神龙三年赦归；宋之问贬所是泷州（今广东罗定市），后逃归洛阳并又在朝为官。景龙中因太平公主发其知贡举时贪贿一事而被贬越州长史，后又被流钦州，终赐死于钦州。

② 宋之问《经梧州》，见《全唐诗》卷五十二。

③ 宋之问《送杜审言》，见《全唐诗》卷五十二。

等，皆有以屈贾之沉冤比拟自我无端罹祸之意。前引宋之问“三湘憔悴颜”及“楚臣悲落叶”也同样含有借写屈宋之悲而抒一己之怨的用意。这些诗句，从某种意义上也能够表明沈、宋流落岭南后的诗歌创作，确有自觉接受楚辞作品哀感伤怨格调的一面。

刘希夷的生平不甚明晰，应为沈、宋同时而年辈稍晚的诗人。刘希夷大概年寿不永，在《全唐诗》中只留存了二十八题共三十五首诗作。其名句“年年岁岁花相似，岁岁年年人不同”[①]，以极朴实平白的语言道尽了流年飞逝而生命苦短的深深感慨，渗含着既轻淡又绵长的悲凉意味，至今还常为人们所引用。刘希夷的其他诗作大抵皆类此，总是在低徊缠绕地诉说着种种细微的生命体验，让读者感觉到渺渺时空中的个体生命似乎就是浸泡在看不见的苦水之中。如“独坐秋阴生，悲来从所适”(《秋日题汝阳潭壁》)、“日暮松声合，空歌思杀人”(《归山》)、“萋萋春草绿，悲歌牧征马。行见白头翁，坐泣青竹下”(《洛川怀古》)等诗句莫不如是。再如其《巫山怀古》：

巫山幽阴地，神女艳阳年。襄王伺容色，落日望悠然。
归来高唐夜，金釭焰青烟。颓想卧瑶席，梦魂何翩翩。
摇落殊未已，荣华倏徂迁。愁思潇湘浦，悲凉云梦田。
猿啼秋风夜，雁飞明月天。巴歌不可听，听此益潺湲。

全诗大致以宋玉《高唐》《神女》两篇赋作为叙写背景，糅合了宋玉式的“悲秋”和“伤春”两种哀怨感伤的情绪于字里行间，在耀艳深华的语辞外衣里面似包藏着一种慢性草药，持续不断地散发着既清幽又苦涩的气息，读者若细细品味即会悲从中来而心绪沉重。上溯刘希夷诗歌的这种特色，最为接近的应该说就是宋玉《九辩》等辞赋中所表现出的风味，亦就是闻一多先生所言的具有“近代”意义的“领略孤独感”“对感情写出了体验与分析之长”[②]的特色。

---

① 刘希夷《代悲白头吟》，见《全唐诗》卷八十二。

② 参见郑临川述评《闻一多论古典文学》，重庆出版社，1984 年版，第 71—72 页。

张说与张九龄是初盛唐期著名的宰辅大臣，二人在政治上堪为同道，又同为当时之文坛领袖。不过张说较张九龄年长，两人的总体诗风也有较大差异。但可能是因为正直耿介的禀性相近，尤其是在政治涡流中的升浮经历类似，使他们的诗歌风貌又表现出一定程度上的相同。此即两人各自在被贬出京城而任职地方时所作的迁谪诗，都明显带有对屈宋的自觉接受之意。张说由朝廷高官而贬往楚地，其际遇与屈子有更多相似之处，发而为文也便多悲怨凄清之声。计有功《唐诗纪事》因评其楚地诗作云："谪岳州后，诗益凄婉，人谓得江山之助云。"[①]据《旧唐书》载，刘禹锡积岁在湖湘间郁郁不乐，因读《张九龄文集》，乃叙其意曰："世称曲江为相，建言放臣不宜于善地，多徙五溪不毛之乡。今读其文章，自内职牧始安，有瘴疠之叹；自退相守荆州，有拘囚之思。托讽禽鸟，寄辞草树，郁然与骚人同风。"[②]前人的这些意见，提示我们在解读理解张说、张九龄部分诗歌时，或可寻绎其与楚辞作品之间的影响与接受关系。

由于二张以宰辅重臣的身份地位而被贬外放，这便使他们在追念历史人物时往往会更倾向于自我认同为屈原而非宋玉，此种倾向也会表现于其诗歌创作之中。张说的《过怀王墓》[③]云：

> 咿嚘不可信，以此败怀王。客死峣关路，返葬岐江阳。
>
> 啼狖抱山月，饥狐猎野霜。一闻怀沙事，千载尽悲凉。

诗人经行楚怀王墓地，自然而然地想起《史记》所载旧事。屈原当年因小人佞臣们的构陷谤讪而遭放逐，刚愎自用的怀王视听惑乱而误入武关，客死秦国，并终致楚国走上覆亡之路。这样的前车之鉴是很沉重而惨痛的。诗人进而由历史回到现实，念及屈原虽遭放逐而仍系心君王、恋土怀乡，以至于作

① 计有功《唐诗纪事》卷十四，中华书局，1965 年版，第 196 页。

② 《旧唐书》卷一六〇，第 4211 页。

③ 《全唐诗》卷八十六。

《怀沙》篇而殉志沉江，又是多么让人感慨而悲凉无奈的事情啊。“一闻怀沙事，千载尽悲凉”，这既是对屈原的凭吊，实际也是对自己蒙受不白之冤的伤叹。全诗斥责奸小误国而自比屈原之意甚明。再如：“歌闻枉渚邅，舞见长沙促。心阻意徒驰，神和生自足。白发悲上春，知常谢先欲。”（《岳阳早霁南楼》）诗人登楼远眺，但见草木青青，春色宜人，不禁又念古而伤今了。岳州属县有湘阴，传说屈原当年即自沉于此。屈原《九章·涉江》有句云：“朝发枉渚兮，夕宿辰阳。”至少表明他曾经到过枉渚这个与岳州为邻的地方。于是，张说便在诗中想象：南楼的歌声可否传至枉渚，屈子可否闻听？结句“白发悲上春，知常谢先欲”，再次悲叹自己年华徒逝而淹留贬所，亦含有自况屈子的味道。纵观张说贬谪期间所作诗歌，此类凄婉之作比比而见。如“他乡对摇落，并觉起离忧”（《深渡驿》）、“空对忘忧酌，离忧不去心”（《对酒行巴陵作》）、“摇落长年叹，蹉跎远宦心”（《岳州九日宴道观西阁》）、“独歌还太息，幽感见馀声”（《岳州夜坐》）、“有泪皆成血，无声不断肠”（《南中别蒋五岑向青州》）等。这些诗句皆饱渗着诗人强烈的生命悲感，一是源于诗人贬官身份，二当源于湖湘一带旧楚山水风光与人文历史的深厚底蕴。计有功所谓“得江山之助”，主要还是指张说此时期的创作得到了楚地历史文化的浸润，尤其是得到了屈原人格精神及屈骚寄意深婉之文学风格的不少滋养。如“离魂似征帆，恒往帝乡飞”①，极写诗人恋阙怀乡之意，同时也是从屈原《抽思》“惟郢路之辽远兮，魂一夕而九逝”化用而来；“众芳摇落尽，独有岁寒心”②，其表现手法亦用屈原式的比兴寄托，明其“深固难徙，更壹志兮”③的忠贞品质。种种迹象表明张说迁谪湖湘一带时所作诗歌之所以表现出凄婉悲怨之风，最主要的还是地位际遇和所处环境决定了他的文化心态，而文化心态又决定了他对屈骚的接受。

---

① 张说《岳州别赵国公王十一琚入朝》，见《全唐诗》卷八十七。

② 张说《和魏仆射还乡》，见《全唐诗》卷八十七。

③ 屈原《橘颂》，引自洪兴祖《楚辞补注》，中华书局，1983 年 3 月第 1 版，第 153 页。

张九龄与张说一样，虽曾位至宰相，但在政治上也是屡受挫折，两次遭贬，第一次是因张说罢相而受累外迁，第二次是为李林甫所构陷而贬为荆州长史，不久即郁郁而卒。张九龄一生忠正刚直，为朝廷做过不少大事，而晚年却因玄宗的偏听偏信而受谤贬逐，其际遇与屈原颇有相似之处。以此，从张九龄诗文中可看出他对屈原有较深切的认同，对屈骚多所化用引用。如“永日徒离忧，临风怀蹇修”(《感遇》其八)，即化用“离骚者，犹离忧也”和《离骚》中“吾令蹇修以为理”等句意；“极望涔阳浦，江天渺不分”(《初发江陵有怀》)，即化用自《湘君》“望涔阳兮极浦”；“岁华空冉冉，心曲且悠悠。坐惜芳时歇，胡然久滞留”(《高斋闲望言怀》)表现的也是《离骚》中“日月忽其不淹兮，春与秋其代序。惟草木之零落兮，恐美人之迟暮”，及《远游》中“恐天时之代序兮，……悼芳草之先零”等为屈原反复吟咏过的主题。此外，张九龄诗中对屈骚“香草美人”之比兴寄托手法也运用得十分频繁而熟练，刘熙载曾评曰：“曲江之《感遇》出于《骚》。”[①]即是指其诗句蕴意深厚的比兴寄托手法而言。如《感遇》其一云：“兰叶春葳蕤，桂华秋皎洁。欣欣此生意，自尔为佳节。谁知林栖者，闻风坐相悦。草木有本心，何求美人折。”以兰桂喻自己的高洁情怀便是典型的“香草美人”手法。笔者此处欲强调的一点是，张九龄的诗歌还表现出了对楚辞作品哀感幽怨格调的接受。其实，前引刘禹锡的评论已指出了这一特色，所谓“郁然与骚人同风”当包括两方面意思，一个是“托讽禽鸟，寄辞草树”的屈骚式表现手法，一个是“拘囚之思”的伤感格调。在具体的诗作中，这两点与“骚人同风”的接受表现是紧密结合在一起而体现出的诗歌风貌。清人陈沆《张九龄诗笺》对此有较精细的分析[②]，如《感遇》[③]其十一：“我有异乡忆，宛在云溶溶。凭此目不覿，要之心所钟。但欲附高鸟，安敢攀飞龙。至精无感遇，悲惋填心胸。归来扣寂寞，人愿天岂从。”笺曰：《楚辞》“命灵

① 刘熙载《艺概·诗概》，江苏古籍出版社，第99页。

② 参见陈沆《诗比兴笺·张九龄诗笺》，上海古籍出版社，1981年第1版，第116—126页。

③ 《全唐诗》卷四十七。

氛为余占之，曰两美其必合兮”，即“人愿天岂从”之谓也。再如《杂诗》[1]其一：“孤桐亦胡为，百尺傍无枝。疏阴不自覆，修干欲何施。高冈地复迥，弱植风屡吹。凡鸟已相噪，凤凰安得知。”笺曰：自言其守道自愚也。曰亦胡为，曰不自覆，曰欲何施，曰地复迥，曰风屡吹，曰安得知，皆自悯自怪之词。《楚辞》“不抚壮而弃秽兮，何不改此度？”“予固知謇謇之为患兮，忍而不能舍也。”陈沆的评说让我们看到了张九龄诗歌与屈骚都抒发了面对不公现实的愤怨和无奈，也道出了自己孤直刚正而不愿同流合污的品性。通览张九龄“与骚人同风”的迁谪诗，整体上给人一种感怀伤叹而又清峻挺拔之感，确与屈骚有更多精神气脉的相通之处。

以上我们选取了一些诗人的诗歌作品，从不同角度比照分析了初盛唐诗歌与楚辞作品之间的影响和接受关系，所揭示出的可能只是冰山一角。文学创作中的接受是一个十分复杂的现象，不同的接受者对同一接受对象会因种种原因而有所选择地进行接受，从而在他们各自的诗文创作中表现出对同一接受对象不同角度不同层面的接受。上述论析即大致从骚体诗体式、“发愤抒情”和“贫士失职而志不平”的文学传统、“香草美人”比兴寄托手法及感伤幽怨格调等方面出发，与初盛唐时期的诗歌创作相对照，力图将此时期诗歌创作中的楚辞接受情状作一清理。伟大诗人李白、杜甫对楚辞的接受拟于后文专章探讨，故此节从略。另，除上文提到的诗人之外，初盛唐当然还有其他不少诗人的诗作也都对楚辞有所接受。如岑参的“好奇”诗风便与楚辞作品有较紧密的联系[2]。再如孟浩然虽是

---

① 《全唐诗》卷四十七。

② 按，第二章《唐代文学屈宋接受的普泛性与地域性》一节里，曾举过岑参诗中称引宋玉的例子。此处再补充几条岑诗中化用屈原辞作的例子，以见其对楚辞作品之熟悉与活用。如《暮秋山行》中“鶗鴂昨夜鸣，蕙草色已陈”一句，即是本自《离骚》中“及年岁之未晏兮，时亦犹其未央。恐鹈鴂之先鸣兮，使夫百草为之不芳”之句意。再如《和刑部成员外秋夜寓直寄台省知己》中“名香播兰蕙”一句，又是本自《离骚》中“余既滋兰之九畹兮，又树蕙之百亩”之句意。再如《楚夕旅泊古兴》一诗云：“独鹤唳江月，孤帆凌楚云。秋风冷萧瑟，芦荻花纷纷。忽思湘川老，欲访云中君。骐骥息悲鸣，愁见豺虎群。”据《岑参诗校注》（陈铁民、侯忠义校注，上海古籍出版社，1981 年第 1 版），此诗乃大历三年诗人经楚地北归而作，全诗不仅提到了屈原《九歌》中的湘君和云中君，且用语造境皆仿《九歌》笔法，以微淡而悲凉的气氛表现诗人思古伤今的幽怀。

著名的田园诗人，但其诗中却屡屡称引屈宋或引用化用楚辞作品语词，亦可见其接受楚辞影响之一斑。[①]要言之，初盛唐百余年间的众多诗人及其诗作对楚辞的接受表现出交叉多元的格局，为中晚唐诗歌的楚辞接受做了一定的铺垫。

第二节　中晚唐：屈宋接受的转折深化

在《唐代文学思想中屈宋评价的抑扬变化之迹》一节，我们曾指出有唐一

---

① 按，下表系笔者据《孟浩然集注》统计所得，从中或可见孟浩然确实对屈宋有所接受：

类别	孟浩然诗句	屈宋辞句
称引	吊屈痛沉湘。（《自浔阳泛舟经明海作》）	悼念屈原，为其沉江深感哀痛。
	三湘吊屈平。（《经七里滩》）	凭吊屈原，表诗人仰慕之意。
	贾生曾吊屈，余亦痛斯文。（《晓入南山》）	写自己亦如贾谊凭吊屈原一样，对屈原的不平遭遇深感痛心。
借用屈宋辞赋词汇	采秀寻芝草。（《宿天台桐柏观》）	采三秀兮于山间。（《九歌·山鬼》）
	纷吾感耆旧。（《登鹿门山怀古》） 纷吾远游意。（《宿天台桐柏观》）	纷吾既有此内美兮。（《离骚》；悲时俗之迫阨兮，愿轻举而远游。（《远游》）
	黯黮凝黛色。（《彭蠡湖中望庐山》）	彼日月之照明兮，尚黯黮而有瑕。（《九辩》）
	寄言岩栖者。（《彭蠡湖中望庐山》）	愿寄言与浮云兮。（《思美人》）；愿寄言夫流星兮。（《九辩》）
	承欢怀接袂。（《襄阳旅泊寄阎九司户》）	外承欢之汋约兮。（《九章·哀郢》）
	沿月下湘流。（《襄阳旅泊寄阎九司户》）	宁赴湘流，葬于江鱼之腹中。（《渔父》）
	兰枻日周旋。（《冬至后过吴张二子檀溪别业》）	桂棹兮兰枻。（《湘君》）
	渔歌激楚辞（《陪张臣相自松滋江东泊渚宫》）	宫廷震惊，发激楚些。（宋玉《招魂》）
化用屈宋辞赋语句	白日既云暮。（《崔明府宅夜观妓》）	屈原《思美人》：“愿及白日之未暮”。
	目极枫树林。（《宿杨子津寄润州长山刘隐士》）	宋玉《招魂》：“目极千里兮伤春心”。
	浦上摇归恋，舟中失梦魂。（《入峡寄弟》）	言梦中之魂奔逸而归，状思乡之切。当本自屈原《九章·抽思》“魂一夕而九逝”。
	渔父歌自逸。（《登江中孤屿赠白云先生王迥》）	屈原《渔父》云：渔父莞尔而笑，鼓枻而去，歌曰：“沧浪之水清兮，可以濯吾缨……”
	襄王梦行雨。（《襄阳旅泊寄阎九司户》）	宋玉《高唐赋》云：楚襄王与宋玉游于云梦之台……玉曰：“昔者先王尝游高唐，怠而昼寝，梦见一妇人，曰：妾巫山之女也……去而辞曰：旦为朝云，暮为行雨。”又《神女赋》云：楚襄王与宋玉游于云梦之浦，使玉赋高唐之事。其夜玉寝，果梦与神女遇。……

代对屈宋其人的评价，总体上是颂美远多于贬损，尤其是景仰屈原高洁人格、同情其忠贞罹祸和褒扬其眷恋宗国的声音甚众。纵观唐代对屈宋其人的这种肯定性评价，还表现出越向后期越发明显而普遍的态势，即从初唐的一般性褒扬逐渐演化到中晚唐因社会政治变革而引起的广泛的较有针对性的有感而发。如柳宗元《吊屈原文》就是为自己无罪遭贬而借怀悼屈子以抒写一腔愤懑，再如晚唐哀帝《封屈原敕》更含有高度赞美屈子忠贞精神以激发时人拥唐感情的政治目的。这些都与初盛唐时人们只是承袭前人观点而泛泛评价屈宋的态度有所不同，体现了社会政治方面的深刻改变带来社会思潮的发展变化。另一方面，对楚辞作品的评价，中晚唐时期也与初盛唐有较大不同，前于韩柳的古文运动先驱李华、梁肃和柳冕等人虽曾激烈反对楚辞作品，但这些反对似乎并未对诗文创作中的屈宋接受产生多大的影响效果。而且其时的诗歌作者及其理论家们对楚辞作品的态度也与散文家们有所不同，如大历贞元间的诗人们并不反对丽藻，卢纶赞赏其从弟云："作吏清无比，为文丽有余"（《喜从弟激初至》），钱起赞赏其友人称："河阳传丽藻，清韵入歌谣"（《和蜀县段明府秋城望期》），皆是明证。诗论家皎然在其《诗式》中，屡屡阐发丽辞修饰的必要性[①]，对楚辞作品当然也就持肯定意见了。如在《诗议》之"论文意"条里称："班固虽谓屈原露才扬己，引昆仑、玄圃之事不经，然其文雅丽，可为赋之宗。"[②]在《诗式》之"文章宗旨"条称扬谢灵运时说："故能上蹑《风》《骚》，下超魏晋。"[③]这些对骚人辞作的正面评价，都可看作是此一时期诗歌理论思想的反映。此后韩愈、柳宗元、李翱等对楚辞作品更是大力肯定，并一直延续到晚唐杜牧、李商隐、皮日休、陆龟蒙等。单就唐代诗歌的屈宋接受史而言，据笔者

---

① 《诗式》卷一论取境说："或云：'诗不假修饰，任其丑朴，但风韵正，天真全，即名上等。'予曰：'不然。无盐阙容而有德，曷若文王太姒，有容而有德乎？'"；在"诗有六至"条又说"诗要至丽而自然"等等。

② 引自张伯伟《全唐五代诗格汇考》，江苏古籍出版社，2002年第1版，第207页。

③ 引自张伯伟《全唐五代诗格汇考》，第229页。

统计，无论是称引屈宋及引用化用其辞赋的诗人数还是诗作数，中晚唐都比初盛唐要多出三倍有余。这表明随时代推移而有越来越多的唐代诗人表现出了对屈宋其人其作的认同，并在其诗歌创作中进行多方面的学习和接受。这一方面固然是“安史之乱”后唐代社会政治整体情势发生深刻变革，从而引起了广大士子们对楚辞作品更切近更具体的体认和感悟。另一方面也与韩愈、柳宗元等人对屈宋其人其文的高度称扬有很大关系，其褒美楚辞作品的评价行为消解并扭转了此前李华、柳冕等对屈宋的反对和否定。自韩、柳而后，唐代诗文中恶评屈宋及其辞赋的论调几乎听不到了，代之而起的是从人到文的全面肯定。因此，可以说韩、柳对屈宋的重新评价，提醒了唐人对楚辞作品情感内容和丽辞形式的再认识，是唐代屈宋接受史上的一道分水岭。[①]而晚唐之际的帝国在经过前期的光荣与梦想、强盛和风流之后，已无可挽回地走向了衰老，走向了战乱，走向了分崩离析。敏感的士人面对时移世易而江河日下的晚唐社稷，忧时伤乱的诸般情感往往会填塞心胸，更兼以世道暗恶而个人命途坎坷难料的种种危机感亦时时紧逼。这就从根本上决定了晚唐文人对楚辞作品忧心国难、悲叹穷愁等主题的认同，他们从屈宋的悲剧遭遇中看到了自己的影子。还有一个原因是晚唐文学思想发展中又出现了一次对文学艺术特征的探索，代表人物即是杜牧、李商隐。他们在诗歌方面追求细美幽约的情致，散文思想也由韩、柳的“文以明道”走向了反功利而要求“以意为主”，以写真情为务。[②]这种重视文学抒写人之性情的主张自然要冲淡传统儒家文道观的政教色彩，恰恰与楚辞作品反复致意的强烈抒情性有相通之处，即都表现出对文学自身属性的张扬。合此两点原因，我们可看出晚唐对楚辞作品的普遍接受，既有思想内容因素又有文学形式因素。

---

① 可参看蒋方《唐代屈骚接受史简论》一文，载于《中国韵文学刊》2005 年第 4 期。

② 可参罗宗强《隋唐五代文学思想史》第十章《晚唐（敬宗宝历初至宣宗大中末）文学思想》之相关论述。

一、屈宋人格形象在中晚唐诗歌中的接受演化

唐人诗文中往往“屈宋”并称，既视他们同为足可效法的先贤文魁，亦视他们的辞赋同为哀艳悱恻的发愤之作。因而在唐人心目中，屈宋并无很大的区别，如李白“屈宋长逝，无堪与言”的感叹、杜甫“窃攀屈宋宜方驾”的追求及李商隐“众中赏我赋高唐，回看屈宋由年辈”的自我期许，皆可为证。[①]但屈宋的人格形象在有唐三百年间并非定格不变，其随时代社会的发展也会呈现出不同面貌。梳理此种同一接受对象在某一时期的文学作品中所呈现出的不同面貌，或可使我们得以窥探到此接受对象与接受者之间的某些离合关系。以下我们即据此来看中晚唐诗歌中屈宋人格形象的接受演化之迹。

---

① 按，检《全唐诗》可得“屈宋”并称之诗作共 18 篇次：

作者	篇次	称引诗作诗句摘要
李　白	1	荆门倒屈宋，梁苑倾邹枚。苦笑我夸诞，知音安在哉。(《赠王判官，时余归隐，居庐山屏风叠》)
杜　甫	5	①先生有道出羲皇，先生有才过屈宋。德尊一代常轗轲，名垂万古知何用。(《醉时歌》) ②羁离交屈宋，牢落值颜闵。(《商郑十八贲》) ③不薄今人爱古人，清词丽句必为邻。窃攀屈宋宜方驾，恐与齐梁作后尘。(《戏为六绝句》) ④迟迟恋屈宋，渺渺卧荆衡。(《送覃二判官》) ⑤不必伊周地，皆知屈宋才。(《秋日荆南述怀三十韵》)
王　迥	1	屈宋英声今止已，江山继嗣多才子。(《同孟浩然宴赋》)
钱　起	1	行背青山郭，吟当白露秋。风流无屈宋，空咏古荆州。(《江行无题一百首》，一作钱珝诗)
戴叔伦	1	沅湘流不尽，屈宋怨何深。日暮秋烟起，萧萧枫树林。(《过三闾庙》)
皎　然	1	百氏六经，九流七略。屈宋接武，班马继作。(《讲古文联句》)
孟　郊	1	泪流潇湘弦，调苦屈宋弹。识声今所易，识意古所难。(《商州客舍》)
马　戴	1	野风吹蕙带，骤雨滴兰桡。屈宋魂冥寞，江山思寂寥。(《楚江怀古三首》其一)
杜　牧	1	经书括根本，史书阅兴亡。高摘屈宋艳，浓薰班马香。(《冬至日寄小侄阿宜诗》)
李商隐	1	众中赏我赋高唐，回看屈宋由年辈。(《偶成转韵七十二句赠四同舍》)
皇甫冉	1	吴洲见芳草，楚客动归心。屈宋乡山古，荆衡烟雨深。(《酬张二仲彝》)
崔　涂	1	猿狖潇湘树，烟波屈宋祠。无因陪此去，空惜鬓将衰。(《送道士于千龄游南岳》)
吴　融	1	悲秋应亦抵伤春，屈宋当年并楚臣。何事从来好时节，只将惆怅付词人。(《楚事》)
罗　隐	1	欲招屈宋当时魄，兰败荷枯不可寻。(《渚宫秋思》)

由上述具体诗句可见称引者常常是將屈宋其人其作视为同类而不加分别的。

初盛唐诗歌中的屈宋形象大体上承汉魏六朝而来，首先是以屈宋为文学宗师，“屈平辞赋悬日月”[①]可谓是他们对屈宋的一致认识，即使那些明确贬抑楚辞作品者也不得不承认是屈宋开创了文士文学的源头。另兼初盛唐国运蒸蒸日上，诗坛巨匠一时云集而造就了诗歌史上的黄金时期，出现了各臻其极的不同诗歌流派，因而也就表现出了对楚辞作品的多元接受。再次是以屈宋为忠贞被谄、遭际坎坷而有志难伸的直臣形象入诗，用以抒写初盛唐诗人自己的幽怀。中晚唐诗歌中的屈宋人格精神及其形象写照自然又要承初盛唐发展而来，首先也就因袭了前代有关屈宋评价已凝化的一些主要内涵。但中晚唐的社会时代氛围毕竟迥异于初盛唐时期，士人们的胸怀志向亦大异其趣，因此中晚唐诗歌中所表现出的屈宋面貌也便独有其特色。较之初盛唐时期，中晚唐诗歌中吟咏屈宋的诗作数量大大增加。据笔者大略统计，初盛唐时称引屈原的诗作约二十二人次共三十一篇，而中晚唐则约一百二十七人次共一百五十四篇；初盛唐时称引宋玉及化用其辞赋的诗作约七人次共七十八篇，而中晚唐则约四十七人次共一百八十篇。可参看前文《唐代诗歌屈宋接受述略》一章的相关内容。在中晚唐这些涉及屈宋的约一百七十四人共三百三十四篇诗歌中，我们可看到诗人们对屈宋的种种解读和认识。换言之，我们亦可借此勾勒中晚唐诗歌中屈宋人格形象在接受过程中的演化。

其一，在中晚唐诗歌中，屈宋总体上仍是被当作才士和志业不遂的直臣来接受的，只是称引屈宋的声音较前代更多更集中一些而已。仅专门追念屈宋的诗作即有不少，与初盛唐时的空白形成了鲜明对照，如皎然的《吊灵均词》、李德裕的《汨罗》、齐己的《吊汨罗》、李商隐的《宋玉》等。下面先来看一些写屈原的诗句：

① 李白《江上吟》，见《全唐诗》卷一六六。

①静思屈原沉，远忆贾谊贬。椒兰争妒忌，绛灌共谗谄。谁令悲生肠，坐使泪盈脸。（韩愈《陪杜侍御游湘西两寺独宿有题一首，因献杨常侍》，《全唐诗》卷三三七）

②秋入楚江水，独照汨罗魂。手把绿荷泣，意愁珠泪翻。九门不可入，一犬吠千门。（孟郊《楚怨》，《全唐诗》卷三七二）

③楚王疑忠臣，江南放屈平。（白居易《效陶潜体十六首》其一）

④碧溪留我武关东，一笑怀王迹自穷。郑袖娇娆酣似醉，屈原憔悴去如蓬。（杜牧《题武关》）

⑤清湘吊屈原，垂泪撷蘋蘩。……乾坤三事贵，华夏一夫冤。（许浑《太和初靖恭里感事》）

⑥北风吹楚树，此地独先秋。何事屈原恨，不随湘水流。（于武陵《夜泊湘江》）

⑦谗胜祸难防，沉冤信可伤。本图安楚国，不是怨怀王。……独醒人尚笑，谁与奠椒浆？（崔涂《屈原庙》）

⑧节分端午自谁言，万古传闻为屈原。堪笑楚江空渺渺，不能洗得直臣冤。（文秀《端午》）

⑨万古汨罗深，骚人道不沉。明明唐日月，应见楚臣心。（王鲁复《吊灵均》）

⑩灵均精魄如能问，又得千年贾傅词。（陆龟蒙《送羊振文先辈往桂阳归觐》）

据第三章唐诗屈骚接受之定量分析的相关数据，我们已知中晚唐诗歌中仅直接称引《离骚》《九歌》《远游》等屈骚篇名的诗作就有几十篇次，其所流露的情感足以表明中晚唐诗人对屈原文思才情的钦敬和追慕，亦足以表明中晚唐诗人首先接受的是一个文学的屈原。如韩愈之“屈原《离骚》二十五，不肯餔啜糟与醨”[①]、柳宗元之“论嫌《齐物》诞，骚爱《远游》伤”[②]、廖融之“休叹不得力，《离骚》千古传”[③]等便可见一斑，故此处不再赘言。上引十例，皆是中晚唐诗人对屈子遭际的评说，表现出的是他们心目中所想象和所接受的屈原形象。由诗中“屈原恨”“直臣冤”“楚臣心”等高频词来看，中晚唐的大多数诗人是将屈原作为遭谗沉冤而以身殉志的忠贞直臣来看待的。

再来看看中晚唐诗歌中写宋玉的诗句：

①宋玉秋来续楚词，阴铿官漫足闲诗。（元稹《酬孝甫见赠十首之一》，《全唐诗》卷四一三）

②何事荆台百万家，惟教宋玉擅才华。（李商隐《宋玉》，《全唐诗》卷五四〇）

③倚阑愁立独徘徊，欲赋惭非宋玉才。（温庭筠《河中陪帅游亭》，《全唐诗》卷五八二）

④宋玉恃才者，凭云构高唐。（于濆《巫山高》，《全唐诗》卷五九九）

⑤高名宋玉遗闲丽，作赋兰成绝盛才。（庞德公《忆荆南》，《全唐诗》卷八六六）

以上诗例重点强调了宋玉非同一般的文学才华，也就是说在中晚唐诗人看来，宋玉首先同样是一位值得追慕的文章大家，是他们效法学习的对象。

⑥千载楚王恨，遗文宋玉言。（孟郊《巫山高》，《全唐诗》卷三七二）

⑦宋玉逢秋正高卧，一篇吟尽奈情何？（赵嘏《寄裴澜》，《全唐

① 韩愈《感春四首》其一，见《全唐诗》卷三三八。

② 柳宗元《弘农公以硕德伟材屈于诬枉左官三岁复为大僚天监昭明人心感悦宗元窜伏湘浦拜贺末由谨献诗五十韵以毕微志》，见《全唐诗》卷三五一。

③ 廖融《谢翁宏以诗百篇见示》，见《全唐诗》卷七六二。

诗》卷五五〇)

⑧宋玉平生恨有馀,远循三楚吊三闾。(李商隐《过郑广文旧居》,《全唐诗》卷五三九)

⑨高梧一叶坠凉天,宋玉悲秋泪洒然。(李郢《早秋书怀》,《全唐诗》卷五九〇)

⑩宋玉不忧人事变,从游那赋大王风?(胡曾《咏史诗·兰台宫》,《全唐诗》卷六四七)

以上诗例又表明中晚唐诗人对宋玉抱有一种同情的理解态度。其寒士失职而志业无成的潦倒境遇使他的辞赋渗透了悲恨怨愤,因而能够引起仕路坎坷的中晚唐下层士子们的深刻共鸣;其辞赋托喻婉讽的意旨手法,又表明宋玉是一位系心国事盛衰的忠直之士,因而也能够让深受传统儒家伦理熏陶的中晚唐诗人们很自然地接受。

简言之,从中晚唐诗歌中走出来的屈原、宋玉,其人格形象无重大的实质性差异。除上述诗例外,我们还可举一些"屈宋"并称的诗例来证明。如杜牧"高摘屈宋艳,浓薰班马香"[①]、陆龟蒙"自从宋生贤,特立冠耆旧。《离骚》既日月,《九辩》即列宿。卓哉悲秋辞,合在风雅右。"[②]便是将楚辞作品同列,指出其共有的绮丽特色并方之以日月星辰的崇高地位。此即中晚唐诗人所接受的文学家屈宋。再如罗隐"屈原宋玉邻君处,几驾青螭缓郁陶"[③]、吴融"悲秋应亦抵伤春,屈宋当年并楚臣"[④],前者认为杜甫堪比屈原、宋玉,诗意的侧重点在于三位前贤令人叹惋的遭际和忧劳国事的精神;后者是说屈原、宋玉并为楚之良臣却都遭谗罹祸,留给后人的只是或悲秋或伤春的怨叹辞章。此即中晚唐诗人所接受的直臣屈宋。

---

① 杜牧《冬至日寄小侄阿宜诗》,见《全唐诗》卷五二〇。

② 陆龟蒙《读〈襄阳耆旧传〉,因作诗五百言寄皮袭美》,见《全唐诗》卷六一七。

③ 罗隐《经耒阳杜工部墓》,见《全唐诗》卷六六二。

④ 吴融《楚事》,《全唐诗》卷六八五。

其二，中唐诗歌中的屈宋形象与晚唐诗歌中的屈宋形象之异。细读中晚唐涉及屈宋的诗作，我们发现由中唐到晚唐，人们在继续前人颂美屈宋高洁品格和同情其不偶遭际的同时，内中也存在着一些较明显的差异。试看以下两组诗例：

中唐诗歌：

①草色迷征路，莺声伤逐臣。独醒空取笑，直道不容身。（刘长卿《负谪后登干越亭作》，《全唐诗》卷一四九）

②独醒从古笑灵均，长醉如今斅伯伦。（白居易[①]《咏家酝十韵》，《全唐诗》卷四九九）

③假如屈原醒，其奈一国醉？一国醉号呶，一人行清高。便欲激颓波，此事真徒劳。（卢仝《感古四首》其二，《全唐诗》卷三八八）

④无限居人送独醒，可怜寂寞到长亭。（柳宗元《离觞不醉，至驿却寄相送诸公》，《全唐诗》卷三五一）

晚唐诗歌：

⑤芦花深泽静垂纶，月夕烟朝几十春。自说孤舟寒水畔，不曾逢着独醒人。（杜牧《赠渔父》，《全唐诗》卷五二四）

⑥破檗供朝爨，须怜是苦辛。晓天窥落宿，谁识独醒人？（陆龟蒙《风人诗四首》其二，《全唐诗》卷六二七）

---

① 按，白居易一人计有四首写屈子“独醒”的诗章，其他三首分别是：①楚王疑忠臣，江南放屈平。晋朝轻高士，林下弃刘伶。一人常独醉，一人常独醒。醒者多苦志，醉者多欢情。欢情信独善，苦志竟何成。兀傲瓮间卧，憔悴泽畔行。彼忧而此乐，道理甚分明。愿君且饮酒，勿思身后名。（《效陶潜体诗十六首》之十三，《全唐诗》卷四二八）②退不苟免难，进不曲求荣。在火辨玉性，经霜识松贞。展禽任三黜，灵均长独醒。（《和答诗十首·和思归乐》，《全唐诗》卷四二五）③一岁春又尽，百年期不赊。同醉君莫辞，独醒古所嗟。（《和微之诗二十三首·和新楼北园偶集从孙公度周巡官韩秀才卢秀才范处士小饮郑侍御判官周刘二从事皆先归》，《全唐诗》卷四四五）。其中三首对屈子“独醒”精神持反对批判态度，认为不足效法；一首又持肯定态度，认为是坚贞品质。由此亦可见中唐士人面对险恶时世，一方面意欲调适心态以应对外部世界，另一方面又不得不接受传统贤德文化影响的矛盾处境。

⑦苍藤古木几经春，旧祀祠堂小水滨。行客谩陈三酎酒，大夫元是独醒人。（洪州将军《题屈原祠》，《全唐诗》卷七八四）

⑧烟浪漾秋色，高吟似有邻。一轮湘渚月，万古独醒人。岸湿穿花远，风香祷庙频。只应谀佞者，到此不伤神。（贯休《晚泊湘江作》一作《晚泊湘江怀古》，《全唐诗》卷八二九）

⑨满朝皆醉不容醒，众浊如何拟独清？江上流人真浪死，谁知浸润误深诚。（周昙《屈原》，《全唐诗》卷七二八）

上述诗例都化用了《楚辞·渔父》“举世皆浊我独清，众人皆醉我独醒”一句，但中唐诗人与晚唐诗人流露出的态度有很大不同。中唐诗人对屈原的“独醒”精神或表示否定，用“空取笑”“真徒劳”等嘲讽色彩较浓的字眼表达了他们的价值判断。或表示理解但又似感其并无现实意义，如柳宗元。这种态度初看起来是在批评屈原的偏执而不知权变，与汉人扬雄的观点有相通之处。若结合中唐的社会现实来看，其实乃是士人们有意识地进行自我调适，隐含了中唐士人在帝国中衰的大背景之下自我期许难以实现、及政治理想破灭之后而不得不退缩时的失望与悲慨。以此，中唐诗歌中描画的此种屈子形象，究其实只是士人借屈子来抒写心绪的一种手法而已，并非他们心目中真正的屈子形象，也非中唐诗文中屈子人格形象的主流。但中唐诗人毕竟描画过这样一种屈子的形象，这便使它与晚唐诗歌中同样写屈子“独醒”一面的形象大异。在晚唐诗人笔下，对屈子“独醒”精神完全做正面的积极肯定。“不曾逢着独醒人”“万古独醒人”“众浊如何拟独清”等诗句以强烈的情感表达了诗人们对屈子的尊崇和敬仰，也折射出晚唐士人面对分崩离析的王朝江山和奸佞满朝的污浊现实，深刻体悟到了屈子忠贞清醒品格的难能可贵，因而在其诗歌中突出强调了这种品格。这甚或也反映了晚唐的某种社会心理，即诗人们下意识里可能希图有屈子一样正道直行的贤德忠臣能出来扭转末世王朝的颓丧局面。中晚唐诗歌中恰相对照的这两种屈子形象，正反映了唐王朝政治社会无可挽回地走向了衰亡。因为中唐人面对纷乱时世还可进行自我调适，而晚唐人则只能无奈而绝望地眼看着自己为时代殉葬了。换言之，中唐诗人在否定屈子“独醒”精神之时，只是表明如屈子一样的清醒者日见其少，所以他们自己也不得不假借否定屈子来调适心态。而晚唐诗人在强烈呼唤屈子“独醒”精神之时，正表明屈子式的清醒者已几近绝迹，所以他们才会在诗歌中发出痛心疾首的呐喊。

从中晚唐诗人写宋玉的诗句中也约略可见这种时代的影子，即中唐诗人笔下的宋玉有多重形象，如源自《高唐》《神女》等赋作的多情一面便常被诗人们借用来叙写男女情事。而晚唐诗人则更多地强调了宋玉穷悲不遇的命运，反映了他们对宋玉有更多的认同。如许浑“秋悲怜宋玉，夜舞笑刘琨。徒有干时策，青山尚掩门”[①]；唐彦谦“溪上芙蓉映醉颜，悲秋宋玉鬓毛斑。无情最恨东流水，暗逐芳年去不还”[②]等，都是以宋玉自况而叹喟自己空有才华抱负却不得施展，只能任时光流逝，落得个两鬓斑斑。罗隐《渚宫秋思》有句云：“欲招屈宋当时魄，兰败荷枯不可寻。”[③]也许这恰可表明晚唐诗人心目中的屈宋形象确与此前初盛中唐时有所不同。

二、韩愈、柳宗元的屈宋接受及其范型意义

中唐诗文大家韩愈、柳宗元都对屈宋持积极的推崇肯定态度，且在其诗文创作中自觉学习并接受楚辞作品的艺术手法。因为在韩、柳之前，唐人尽管对屈宋其人多有褒美，但对其辞赋的批评之声却从未中断，尤其是古文运动先驱梁肃、柳冕等更是态度激烈。从初唐王勃到古文运动先驱，他们反对楚辞作品的理由如出一辙，即皆以儒家正统文道观为准绳，认为楚辞作品典则不

① 许浑《闻两河用兵因贻友人》，见《全唐诗》卷五二九。

② 唐彦谦《秋日感怀》，见《全唐诗》卷六七一。

③ 见《全唐诗》卷六五八。

够而淫丽有余，从而成为后世那些只重华丽形式而遗弃政教内容的浮靡文风之源头。在这种观点支配下，他们反对楚辞作品之时便攻其一点而不及其余，既看不到楚辞作品与后世如齐梁时那样的浮靡文风仅仅存有面貌上的相似而实质迥异，也就顺理成章地忽略了楚辞作品从语辞情韵到篇章结构等多方面的文学独创之功。换言之，前于韩、柳反对楚辞作品的言论往往是以政教为出发点而非以文学本身为出发点的，这样便让他们为一叶障目而不见森林，即仅因为楚辞作品表面上的繁采丽辞和多愤怨悱恻之声便否定其文学价值。韩柳虽也倡古文，既看重儒家道统又主张“文以明道”，但他们不愧是文学大家，因为他们能够看到楚辞作品巨大而独到的文学创新价值，他们能够以敏锐的文学眼光发现楚辞作品从形式到内容的精美闪光之处，并以其文坛领袖的身份地位对楚辞作品作出高度的肯定，及自觉的学习和接受，从而取得了更大的文学成就。这既是韩柳高于前人之处，也是韩柳和屈宋共同的幸运。

韩愈、柳宗元对屈宋的大力肯定和自觉接受表现在多个方面，首先他们明确宣称过对屈宋及其辞赋的推扬，如韩愈在阐述其“不平则鸣”的文学观时曾列举古之善鸣者云：“楚，大国也，其亡也，以屈原鸣。”[①]柳宗元不仅作过《吊屈原文》，而且还说为文须“参之《离骚》以致其幽”[②]。其次他们的诗歌、散文及辞赋的创作中皆可寻闻到浓厚的楚骚气息，有许多学习楚辞作品的成功之作。此节仅以韩柳的诗歌创作为例简析之。

先看韩愈。检读韩诗，我们可发现他时有同情并自况屈宋之语，如：

①静思屈原沉，远忆贾谊贬。椒兰争妒忌，绛灌共谗谄。谁令悲生肠，坐使泪盈脸。（《陪杜侍御游湘西两寺独宿有题一首，因献杨常侍》，《全唐诗》卷三三七）

②斑竹啼舜妇，清湘沉楚臣。衡山与洞庭，此固道所循。（《送惠

① 韩愈《送孟东野序》。

② 柳宗元《答韦中立论师道书》。

师》,《全唐诗》卷三三七)

③宋玉庭边不见人,轻浪参差鱼动镜。自嗟孤贱足瑕疵,特见放纵荷宽政。(《寒食日出游》《全唐诗》卷三三八))

④郡城朝解缆,江岸暮依村。二女竹上泪,孤臣水底魂。(《晚泊江口》,《全唐诗》卷三四三)

⑤猿愁鱼踊水翻波,自古流传是汨罗。蘋藻满盘无处奠,空闻渔父扣舷歌。(《湘中》,《全唐诗》卷三四三)

也有不少直接称赏楚辞作品的诗句,如:

⑥屈原《离骚》二十五,不肯餔啜糟与醨。(《感遇四首》其一,《全唐诗》卷三三八)

⑦降集随《九歌》,饮芳而食菲。(《谴疟鬼》,《全唐诗》卷三四二)

⑧主人看使范,客子读《离骚》。(《潭州泊船呈诸公》,《全唐诗》卷三四五)

这些诗例,一方面表明韩愈对楚辞作品甚为精熟,这也是其接受屈宋的基本前提。另一方面表明他对屈宋人格精神的认同和景仰,这又是其接受屈宋的心理基础。

就韩愈的个性气质而言,笔者以为有似于屈子正直刚烈的一面,故其辄遇不平便憾恨迸发而诉诸诗章。韩愈一生遭际又颇坎坷,这又会使他内心经常滋生并体验到宋玉那“贫士失职而志不平”的凄凉情感。韩愈曾自云“少小尚奇伟,平生足悲咤”[①],又云“岁时易迁次,身命多厄穷”[②],这种远大抱负与蹉跎现实之间的反差往往是古代大部分士人共有的悲剧命运,韩愈自不例外。当人生在艰险的仕路浮沉升降中一日日老去之时,渐生渐浓的忧伤使浸透了韩愈的诗歌。作为读者,我们常会感受到韩诗中扑面袭来的一股苦寒、萧瑟和

① 《县斋有怀》,见《全唐诗》卷三三七。

② 《赠徐州族侄》,见《全唐诗》卷三四五。

感愤之气,这也就是韩愈所“鸣”的不平之气。“其‘鸣’往往通过奇险的、常人难以入诗的题材与意象表现出来;或者说,韩愈诗中所汇集的奇险怪诞的景象,正是诗人用来展示自己对充满险恶、冷酷与厄运之现实的深刻的内心体验。”[①]溯源此种抒愤写恨的文学主题和刻意求新求奇的文学独创精神,应当说主要是得益于屈宋楚骚的沾溉。孟二冬在《韩孟诗传》中称:“韩愈的诗歌,无论语言、思想,还是神气、风格,对屈骚以至司马相如、扬雄等人继承的痕迹,都相当明显。”[②]并引李重华《贞一斋诗说》“诗家奥衍一派,开自昌黎。然昌黎全本经学,次则屈、宋、扬、马,亦雅意取裁,故得字字典雅”,及陈沆《诗比兴笺》“当知昌黎不特约六经以成文,亦进约《风》《骚》以成诗”等前人评说以证之。

具体而言,韩愈诗歌学习接受屈宋的表现有二:其一是诗歌形式,如骚体诗的创作及诗歌语言意象的求奇和创新。韩愈现存诗歌中共有十三篇骚体诗,它们是《琴操十首》《马厌谷》《送陆歙州傪》和《柳州罗池庙碑·迎享送神诗》。其中《琴操十首》中的《将归操》《龟山操》《拘幽操》《残形操》[③]和《迎享送神诗》[④]收于朱熹《楚辞集注·楚辞后语》内,在所选取的四首《琴操》诗前引晁补之语云:“愈博学群书,奇辞奥旨,如取诸室中物,以其所涉博,故能约而为此也。夫孔子于《三百篇》皆弦歌之。操,亦弦歌之辞也。其取兴幽眇,怨而不言,最近《离骚》。”[⑤]姑举两首以觇之:

将归操

秋之水兮其色幽幽,我将济兮不得其由。涉其浅兮石啮我足,乘其深兮龙入我舟。

---

① 沈松勤《唐诗研究》,浙江大学出版社,2006 年 1 月第 1 版,第 95 页。

② 孟二冬《韩孟诗传》,吉林人民出版社,2003 年 2 月第 1 版,第 22 页。

③ 按,《全唐诗》中此四首诗的次序为《拘幽操》《将归操》《龟山操》和《残形操》,与《楚辞集注》稍异。

④ 按,该诗《全唐诗》中无收,笔者取于《全唐文》卷五百六十一韩愈《柳州罗池庙碑》文后。又,《楚辞集注》中题作《享罗池》。

⑤ 《楚辞集注》,上海古籍出版社,1979 年第 1 版,第 277 页。

我济而悔兮将安归尤？归乎归乎，无与石斗兮无应龙求。

残形操

有兽维狸兮我梦得之，其身孔明兮而头不知。

吉凶何为兮觉坐而思，巫咸上天兮识者其谁？

诚如晁补之所言，从上引诗例的“兮”字句式及“巫咸”等采自屈骚的语词，读者首先就会将它们与“楚辞”联系起来，因为这种文学形式本身就是对“楚辞”的直接仿效。若进一步品味诗歌的情韵，读者还会感受到抒情主人公面对的似乎是一个凄冷残败的世界，进取无路而彷徨欲归，心绪不宁以至于连梦中的景象都奇形怪状而难测吉凶。作者之所以会营造出这样一种灰暗深沉的色调，完全是因为内心失望躁急而穷愁忧伤的反映。凡此种种，无不与屈宋《离骚》《九辩》等抒写的情感相一致。严羽《沧浪诗话·诗评》云：“韩退之《琴操》极高古，正是本色，非唐贤所及。”[①]即是指其得骚之风韵。

再如其《迎享送神诗》。该诗乃为祭祀友人柳宗元所作，而柳本人又是韩愈的文学同道，且钟情屈骚，故以骚辞形式来表达对他的缅怀追悼，亦其宜矣。诗中“春与猿吟兮，秋鹤与飞”，即是典型的屈辞句法[②]。既为祭祀，故全诗描写及抒情的结构章法亦类似于《九歌》中一些祭神的篇章。如先写“荔子丹兮蕉黄，杂肴蔬兮进侯堂”等语以言迎柳子神灵的准备，中叙想象中柳子神灵朝游暮归福佑百姓，最后以颂词收束。

其二是诗歌精神，如韩愈多数成功诗作都是抒发其志业不遂及屡遭挫败的压抑愤懑之情的。这类诗作往往染有感伤阴郁的色彩，有时甚或会泪血迸流，既怨而怒又哀而伤，与儒家传统诗道的中庸之旨距离颇远。韩愈在文论及诗歌中之所以屡屡称赏楚辞作品，一方面是由于他从屈宋的不幸中看到了自

① 《沧浪诗话校释》，严羽著、郭绍虞校释，人民文学出版社，1961年第1版，第187页。

② 按，沈括《梦溪笔谈》载：韩退之集中《罗池神碑铭》有“春与猿吟兮，秋与鹤飞”，今验石刻，乃“春与猿吟兮，秋鹤与飞”。古人多用此格，如《楚词》“吉日兮辰良”，又“蕙肴蒸兮兰籍，奠桂酒兮椒浆”，盖欲相错成文则语势矫健耳。

己的影子,在楚辞作品中发现了似乎是替自己所抒发的怨望和愤恨之情。另一方面,楚辞作品以耀艳深华的文辞来抒写忧烦哀伤、穷愁困苦和惨淡凄凉等生命中“不平之气”的手法,也许深深地吸引、打动并启发了韩愈,使他下定决心要从中汲取养份来丰富创新自己的诗文。以此,韩愈才能够超越去他不远的古文运动先驱,打破他们加于楚辞作品的负面评价所带来的阻力,提出了“不平则鸣”等合于文学抒情本质的主张。笔者以为,这一主张正如研究者所经常指出的那样,是源于屈原“发愤以抒情”的说法,但同时也内含了宋玉“贫士失职而志不平”的文学精神。韩愈在《荆潭唱和诗序》中说:

> 夫和平之音淡薄,而愁思之声要妙;欢愉之辞难工,而穷苦之言易好也。是故文章之作,恒发于羁旅草野。至若王公大人气满志得,非性能所好之,则不暇以为。①

由此而言,在韩愈看来所谓好诗即须动人心魄,而非一般的恬淡寡味。而能够写出动人心魄的要妙之辞者,事实上多是处于羁旅草野的穷寒之士。至于那些踌躇满志的王公大人,因其物质生活的优裕往往会使他们的精神世界日渐萎缩而很难作出什么好诗来。一言以蔽之,韩愈在这里将“和平之音”与“愁思之声”对举,进而指出“欢愉之辞难工”而“穷苦之言易好”。究其根源,乃是因为社会底层寒士忧虑多端,他们的生命体验要远远较王公大人们丰富得多,鲜活得多,他们心中往往蓄积着太多的勃郁怨愤之气,发而为诗文自然也就更能引起读者的共鸣。这种理论,从某种意义上来说,它可能得自于宋玉“贫士失职而志不平”的启发更多一些。

韩愈不仅仅在理论上这样倡导,而且在自己的诗歌创作中切实地进行着这样的实践,他自己的大多数诗作所抒发的也正是“愁思之声”和“穷苦之言”。如《龊龊》一诗言:“龊龊当世士,所忧在饥寒。但见贱者悲,不闻贵者叹。

① 见《全唐文》卷五五六。

大贤事业异，远抱非俗观。报国心皎洁，念时涕汍澜。……排云叫阊阖，披腹呈琅玕。致君岂无术？自进诚独难。”[1]我们从中能够感受到强烈的不遇之悲，而且其具体诗句也有明显学屈骚的痕迹。再如《感春四首》其一云：“皇天平分成四时，春气漫诞最可悲。杂花妆林草盖地，白日坐上倾天维。蜂喧鸟咽留不得，红萼万片从风吹。岂如秋霜虽惨冽……”[2]在一派繁华春光中，诗人却满腔的悲伤和苦闷。诗句以明丽的语词铺写明丽的景象，于热闹中反衬出自己的落寞凄凉。这种写法也是屈骚的惯常手段。再如《八月十五夜赠张功曹》一诗（“纤云四卷天无河，清风吹空月舒波。沙平水息声影绝，一杯相同君当歌。君歌声酸辞且苦，不能听终泪如雨……”），全篇大放悲声，苦酸毕呈，情绪强烈而一气呵成。钱仲联《韩昌黎诗系年集释》引程学恂评此诗曰：“此诗料峭悲凉，源出《楚骚》，入后换调，正所谓一唱三叹有遗音者矣。”[3]质言之，笔者以为韩愈诗歌有意学习楚辞作品甚明，其总体意旨风神得楚辞作品沾溉亦甚大。

现在再来看柳宗元。宋葛立方《韵语阳秋》中有一段关于柳宗元及其诗章的评述：

> 柳子厚可谓一世穷人矣。永贞之初，得一礼部郎，席不暖即斥去为永州司马。在贬所历十一年，至宪宗元和十年，例召至京师，喜而成咏。所谓“投荒垂一纪，新诏下荆扉。”又云“十一年前南渡客，四千里外北归人”是也。既至都，乃复不得用，以柳州去。由永至京已四千里，自京徂柳又复六千，往返殆万里矣。故《赠刘梦得诗》云：“十年憔悴到秦京，谁料翻为岭外行。”《赠宗一诗》云：“一身去国六千里，万里投荒十二年”是也。呜呼，子厚之穷极矣！观《赠李夷简书》云：“曩者齿少心锐，径行高步，不知道之艰，以陷于大阨，穷踬

① 见《全唐诗》卷三三七。
② 见《全唐诗》卷三三八。
③ 钱仲联《韩昌黎诗系年集释》，上海古籍出版社，1994年第1版，第263页。

陨坠,废为孤囚,日号而望十四年矣。"当时同贬之士,程异为宰相,而梦得亦得召用,则子厚望归之心为如何?然竟不生还,毕命于蛇虺瘴疠之区,可胜叹哉!韩退之有言曰:"子厚斥不久,穷不极,虽有出于人,其文学词章,必不能自力以致必传于后,如今无疑也。虽使得所愿于一时,以彼易此,孰得孰失?"

此段文字差不多说尽了柳宗元一生的凄苦困顿之状,"一世穷人"的概括言简意赅而名至实归。正是因了这异乎寻常的艰虞遭际成就了柳宗元传于后世的文学词章,而其之所以能够具备传于后世而摇荡人心的艺术魅力,又恰恰是因为其诗文中浸染着他多年穷困生涯的哀感愤郁所致。无论是就文学表现个体生命感受的深度而言,还是就屈宋骚辞与柳宗元诗文所蕴含的悲恻情感之真挚浓烈而言,我们都可以认为柳宗元的文学创作接受了屈宋的巨大影响。据《旧唐书·柳宗元传》载:"少聪警绝众,尤精西汉《诗》《骚》"[①],跟大多数唐代读书人一样,柳宗元自幼便熟读屈宋作品。成年入仕后很快就因参与永贞革新而被贬南土,先是永州后迁柳州,并长期留滞而终死其地。忠而见弃,报国被逐,永贞革新失败后遭贬而活动于楚地的数十年间,柳宗元创作了大量诗文作品,反映了他对天道人事及种种社会政治问题的思考和探索。因为人既在楚地,所以他更易于时时追念起楚地的先贤屈宋,尤其是屈原那无罪遭弃而沉身江流的命运更能感发他的身世之悲,所以屈骚也就会引起他更多的共鸣。以此,柳宗元不仅作有骚体专文以吊屈原,表达自己效法屈子坚贞品行的心志。同时,他还创作了许多学习模拟"楚辞"风格的文赋和诗章,《旧唐书·柳宗元传》称"既罹窜逐,涉复蛮瘴,崎岖堙厄,蕴骚人之郁悼,写情叙事,动必以文。为骚文十数篇,览之者为之凄恻。"[②]

柳宗元存诗约一百六十余首,且多为其南贬永州和柳州时的作品。通览

① 刘昫等撰《旧唐书》卷一六〇,中华书局,1975 年 5 月第 1 版,第 4213 页。

② 《旧唐书》,第 4214 页。

柳宗元的这些诗作，绝少欢词而悲音凝重，一股冷气常会逼人而来。这股冷气至少包含了如下几方面的内容：其一是被抛弃的悲愤，如“远弃甘幽独”①、“窜身楚南极”②、“孤臣泪已尽，虚作断肠声”③、“窜伏常战栗，怀故逾悲辛”④等。诗人之所以念念不忘自己的贬官身份，表面上看起来似乎只是表达哀痛，其实更是为了表达无罪遭弃的愤慨和不平。其二是深蓄胸中的忧伤，如“碧霄无枉路，徒此助离忧”⑤、“惨凄日相视，离忧坐自滋”⑥、“吾子幸淹留，缓我愁肠绕”⑦、“从此忧来非一事，岂容华发待流年”⑧等，对柳宗元而言，忧伤简直就是他的影子，近到赶不走，浓到化不开。其三是对处境的感叹，如“蹇连困颠踣，愚蒙怯幽眇”⑨、“困志情惟旧，相知乐更新”⑩、“春风无限潇湘意，欲采苹花不自由”⑪等，道尽了诗人困顿穷苦身心的煎熬。其四是家园故友之思，如“海畔尖山似剑铓，秋来处处割愁肠。若为化得身千亿，散上峰头望故乡”⑫，诗句以骇人听闻的比喻使思乡的惆怅苦痛之情得到了最大限度的强化，又以奇幻大胆的夸张想象描画出一幅超现实的壮伟图景，千亿个诗人耸立在高入天边的尖山之上北望故乡！——我们分明看到了诗人千亿颗思乡之心在滴血。凡此种种，与楚辞作品——尤其是屈骚的情蕴极为接近，柳宗元在具体的诗歌创作之中，亦表现出了对屈子的景仰认同和对屈骚的自觉学习与接受。如：

①楚臣昔南逐，有意仍丹丘。今我始北旋，新诏释缧囚。采真诚

---

① 《酬娄秀才将之淮南见赠之什》，见《全唐诗》卷三五一。
② 《构法华寺西亭》，见《全唐诗》卷三五二。
③ 《入黄溪闻猿》，见《全唐诗》卷三五二。
④ 《种白蘘荷》，见《全唐诗》卷三五三。
⑤ 《酬娄秀才寓居开元寺，早秋月秋病中见寄》，见《全唐诗》三五一。
⑥ 《零陵赠李卿元侍御简吴武陵》，见《全唐诗》卷三五一。
⑦ 《与崔策登西山》，见《全唐诗》卷三五二。
⑧ 《岭南江行》，见《全唐诗》卷三五二。
⑨ 《与崔策登西山》，见《全唐诗》卷三五二。
⑩ 《酬娄秀才将之淮南见赠之什》，见《全唐诗》卷三五一。
⑪ 《酬曹侍御过象县见寄》，见《全唐诗》卷三五二。
⑫ 《与浩初上人同看山寄京华亲故》，见《全唐诗》卷三五一。

眷恋，许国无淹留。再来寄幽梦，遗贮催行舟。(《界围岩水帘》,《全唐诗》卷三五一)

②南来不作楚臣悲，重入修门自有期。(《汨罗遇风》,《全唐诗》卷三五一)

③鸣玉机全息，怀沙事不忘。(《弘农公以硕德伟材屈于诬枉左官三岁复为大僚天监昭明人心感悦宗元窜伏湘浦拜贺末由谨献诗五十韵以毕微志》,《全唐诗》卷三五一)

④手种黄柑二百株，春来新叶遍城隅。方同楚客怜皇树，不学荆州利木奴。(《柳条城西北隅种柑树》,《全唐诗》卷三五二)

这些诗句中的“楚臣”“楚客”“怀沙事”等既指屈原，亦皆可看作是柳宗元自己。诗人动辄念及屈子，正可见他与屈子内在人格精神的高度相通和契合。再如：

⑤论嫌《齐物》诞，骚爱《远游》伤。(《弘农公复为大僚天监昭明人心感悦宗元窜伏湘浦拜贺末由谨献诗五十韵以毕微志》,《全唐诗》卷三五一)

⑥投迹山水地，放情咏《离骚》。(《游南亭夜还叙志七十韵》,《全唐诗》卷三五二)

柳宗元在这里明确表达了自己对屈骚情有独钟的喜好，而且点出一个“伤”字来强调他喜好屈骚的缘由。这一个“伤”字，也能让读者明白为什么柳宗元诗歌中会有如许之多的幽忧哀感，原来就是他有意效法屈骚以抒写心志所致。所谓“放情咏《离骚》”，这行为本身涵括了多少沉甸甸的情感，既见诗人对《离骚》的赏爱之情，更可见其凭借吟咏《离骚》以舒泻满怀苦闷的目的。诗人彷徨无依的心灵只有在屈骚中才能找到依归，哀苦怨愤的情绪也能够在这样的吟咏过程中暂时得以稀释。

前人对柳宗元诗风学习接受屈骚论述较多，下举其要：

①唐人惟柳子厚深得《骚》学，退之、李观皆所不及。（严羽《沧浪诗话·诗评》）

②刘梦得七言绝，柳子厚五言古，俱深于哀怨，谓《骚》之余派可。（明陆时雍《诗镜总论》）

③柳子厚哀怨有节，律中《骚》体，与梦得故是敌手。（清沈德潜《说诗晬语》）柳诗"长于哀怨，得《骚》之余意。"（《唐诗别裁集》卷四）

④柳子厚幽怨有得《骚》旨，而不甚似陶公，盖怡旷气少沉至语少也。（清施补华《岘佣说诗》）

由这些论述来看，历代的诗评家都注意到了柳宗元诗歌与屈骚风貌之间的联系，强调指出了《骚》之哀怨对柳诗的影响。前引诗例中我们已经感受到了柳诗字里行间散发弥漫的浓浓感伤，姑再举一首完整的诗篇以见之，如其著名的《南涧中题》[①]：

秋气集南涧，独游亭午时。回风一萧瑟，林影久参差。
始至若有得，稍深遂忘疲。羁禽响幽谷，寒藻舞沦漪。
去国魂已远，怀人泪空垂。孤生易为感，失路少所宜。
索寞竟何事，徘徊只自知。谁为后来者，当与此心期。

细吟全诗，一派孤寒萧瑟之气袭人，失路无据之叹盈耳。首句中一"集"字既描绘了深秋寒气之盛，又暗示了心中寒气之浓。"回风一萧瑟，林影久参差"，诗人笔下的意象并不是十分确切明晰，但传达出的凄美况味却至真至深，故刘熙载称其为"骚人语"[②]。禽鸟本是谷中的自在之物，但诗人主观上却以为是羁縻不得离去而哀鸣，水藻也似经不住苦寒而频舞挣扎。从"去国魂已远，怀人泪空垂"起，诗人开始直陈内心忧伤，写自己孤独无依、寂寞无聊、徘徊无路的酸楚和苦痛。清人何焯在《义门读书记》中评此诗曰："'秋气集南

① 见《全唐诗》卷三五二。
② 按，见刘熙载《艺概·诗概》，第104页。原文为：柳云"回风一萧瑟，林影久参差"，是骚人语。

涧’，万感俱集，忽不自禁，发端有力。‘羁禽鸣幽谷’一联，似缘上‘风’字，即书直目，其实乃兴中之比也。羁禽哀鸣者，友声不可求，而断迁乔之望也，起下‘惊人’句。寒藻舞者，潜鱼不能依，而乖得胜之乐也，起下‘去国’句。”①这段分析可谓深中肯綮，道出了柳宗元强烈而巨大的幽独感。如《南涧中题》这样的诗章，在柳诗中俯拾即是，举不胜举。

韩愈在《柳子厚墓志铭》中说柳宗元“俊杰廉悍”“踔厉风发”，又以怜惜的口吻说他“勇于为人，不自贵重顾藉”，因之参与了王叔文的革新运动而终致贬谪岭南，潦倒一生。由此而见，柳宗元生性当是一个刚直激切的人，这便使他与传统士大夫们遵循的温良恭俭准则产生了一定的距离，甚至连文学同道韩愈这样的同时代人也对他的此种性情颇有微辞。那么，柳宗元从哪里去寻求自己的知音呢？前贤古人中大概也只有屈原最让柳宗元倾心了，因为他一定能够从屈骚中感受到屈子那同于自己的激切性情和纯洁品格，他更能从屈子那同于自己的放逐遭遇中汲取到对抗命运的力量、从后人对屈子的千年颂美中得到某种慰藉。所有这些，都是柳宗元接受屈骚最根本的心理动因。

元代周昂《读柳诗》云：“功名翕忽负初心，行和骚人泽畔吟。开卷未终还复掩，世间无此最悲音。”②柳宗元诗歌确乎是世间最悲音，堪可比拟者也只有屈宋骚辞了。从柳宗元的一些诗论里也可看出他对屈宋所倡之“发愤抒情”和“贫士失职而志不平”的继承，如其柳宗元《娄二十四秀才花下对酒唱和诗序》云：“君子遭世之理，则呻呼踊跃以求知于世，而遁隐之志息焉。于是感激愤悱，思奋其志略以效于当世。故形于文字，伸于歌咏，是故有其具而未得行其道者之为也。”③这种观点即明显相通于楚骚之精神。柳宗元的这种文学观也是他喜好楚骚并接受屈宋的原因之一。

① 何焯《义门读书记》，中华书局，1987年8月第1版，第668页。
② 引自元好问编《中州集》卷四，文渊阁影印《四库全书》本。
③ 见《全唐文》卷五百七十八，中华书局，1983年第1版，第5846页。

“读柳子厚诗，知其人无与偶。读韩昌黎诗，知其世莫能容。”①明人陆时雍的这句话从一定意义上揭示出了韩愈、柳宗元接受屈宋的内在原因。以韩柳在中唐文坛上的领袖地位及其所取得的巨大文学成就而言，他们对屈宋的高度肯定和自觉接受具有很重要的现实意义，在当时及其后较长一段时间内产生了积极的示范效应，促进了唐人对屈宋的正面接受。尤需指出的是，韩柳以其推尊屈宋的态度和学习楚辞作品的具体诗文创作，从根本上扭转了此前古文运动先驱梁肃、柳冕、李华等人对楚辞作品的否定，消解了从保守文道观出发忽视文学本质特性而对楚辞作品所持的偏见。自韩柳而后，唐代文学的屈宋接受进入了一个新的阶段，几乎再也听不到如初盛唐时期那样对楚辞作品的批评指责之声了。

三、刘禹锡、李群玉的屈宋接受

1. “惟有《九歌》词数首”——刘禹锡对楚辞民歌风韵的接受。

所谓楚辞的民歌风韵，指的是屈宋作品书楚语而作楚声，名楚物而言楚事，此其地域文化特色之一面。另一方面，更指屈宋创作之时有意学习借鉴楚地民谣民歌的声色风致，从而创作出如《九歌》那样对答唱叹、深情绵渺，而又明快简妙的诗歌精品。其用词也浅，而其蕴意也深；其抒写也行云流水般轻盈，而其情思辞赋也九曲回肠般婉转！在唐代诗歌中，有意效法屈宋民歌风韵，特别是学习屈原汲取地方民歌语言形式等养料而创作《九歌》作法的，较明显者当推刘禹锡的部分诗歌。

据《旧唐书》载，刘禹锡因王叔文之败而贬朗州司马，“禹锡在朗州十年，唯以文章吟咏，陶冶情性。蛮俗好巫，每淫祠鼓舞，必歌俚辞。禹锡或从事于其间，乃依骚人之作，为新辞以教巫祝。故武陵溪洞间夷歌，率多禹锡之辞

① 陆时雍《诗镜总论》，引自《历代诗话续编》，第1420页。

也。”[1]刘禹锡自己也曾在《别夔州官吏》一诗中写道:“三年楚国巴城守,一去扬州扬子津。青帐联延喧驿步,白头俯伛到江滨。巫山暮色常含雨,峡水秋来不恐人。惟有《九歌》词数首,里中留与赛蛮神。”[2]刘禹锡将自己学习楚地民歌而创作的诗歌称之为《九歌》,其实也就传达出这样一个信息,即他是有意识地走屈原创作《九歌》的路子,从地方歌谣俚辞中获益不少。刘禹锡此类风格的创作主要体现于他的《竹枝词》《杨枝词》等作品中,如“巫峡巫山杨柳多,朝云暮雨远相和。因想阳台无限事,来君回唱竹枝歌。”(《杨枝词二首》其二,见《全唐诗》卷三六五)“楚水巴山江雨多,巴人能唱本乡歌。今朝北客思归去,回入纥那披绿罗。”(《竹枝词二首》其一,见《全唐诗》卷三六五)这些诗句中同样也透露出作者学习民歌入诗乃特意之举,而且还透露出所学民歌大致亦即屈原当年放流沅湘一带时所仿效的楚地民歌。宋郭茂倩编《乐府诗集》云:“唐贞元中,刘禹锡在沅湘,以俚歌鄙陋,乃依骚人《九歌》作《竹枝》新辞九章,都里中儿歌之,由是盛于贞元、元和之间。”[3]下再举其《竹枝词九首》[4]中数首以见之:

两岸山花似雪开,家家春酒满银杯。
昭君坊中多女伴,永安宫外踏青来。
城西门前滟滪堆,年年波浪不能摧。
懊恼人心不如石,少时东去复西来。
瞿塘嘈嘈十二滩,人言道路古来难。
长恨人心不如水,等闲平地起波澜。
巫峡苍苍烟雨时,清猿啼在最高枝。
个里愁人肠自断,由来不是此声悲。

---

① 《旧唐书》卷一六〇,中华书局,1975 年第 1 版,第 4210 页。
② 见《全唐诗》卷三六一。
③ 郭茂倩《乐府诗集》卷八十一,中华书局,1979 年第 1 版,第 1140 页。
④ 见《全唐诗》卷三六五。

这些诗例，语言明快清新，口语化较为明显，具有民谣易于传唱的特点。如“懊恼人心不如石”“人言道路古来难”及“个里愁人肠自断”等句，用词通俗，将地方歌谣的一些形式要素，如语词、音节等成功地点化融入到自己的诗歌中。正是因为刘禹锡这种自觉学习楚地民歌的创作态度，使他的《竹枝词》等诗歌取得了较高的艺术成就，从而成为当时普通民众所口耳相传的流行歌曲，“盛于贞元、元和间”。一切文学品种最初都萌芽在民间百姓新鲜丰富的生活中，因为是萌芽阶段，所以它往往无比鲜活、灵动而充满生机。从大的文化背景来说，“楚辞体”作品的一大源头即楚地民歌民谣；以具体的作品而言，屈原《九歌》即是直接叙写并改编楚人祀神歌舞而创作出来的。正是受前代屈宋“楚辞体”作品成功范例之启示，刘禹锡在民歌资源丰富的“巴山楚水凄凉地”身为贬官之际，才顺理成章地效法屈宋而汲取民歌营养，从而表现出唐诗接受屈宋的一个新视角。清人翁方纲《石洲诗话》云：“刘梦得《竹枝》，亦骚之裔”[①]，所指的也就是这个新视角。

除《竹枝词》《杨枝词》外，刘禹锡的其他诗歌在精神气韵上也有与屈宋骚辞的相通之处。明人陆时雍就认为“刘梦得七言绝……深于哀怨，谓《骚》之余派可。”[②]我们也可从刘诗中发现一些屈骚中的常见语汇，如“蕙兰、杜若、白芷、北渚、澧浦、涔阳、兰桡、枉渚”等；还可从刘诗中找到一些化用屈骚意境的诗句，如“骚人昨夜闻鶗鴂，不叹流年惜众芳”（《窦朗州见示》，《全唐诗》卷三五九），当是化于“哀众芳之芜秽”，还有“宁知楚客思公子，北望长吟澧有兰”“芷江兰浦恨无梁”“晓露庭中橘柚香”“兰在幽林亦自芳”“枉渚逢春十年伤”等，皆是从屈骚中点化而来。所有这些都表明刘禹锡效法屈宋而自觉向楚地民歌学习的创作精神有其认同屈宋的思想基础，并非出于纯粹的技法学习。其实，刘禹锡对楚辞作品的接受更主要的体现于其赋作中，从那里我们可更

① 翁方纲《石洲诗话》，人民文学出版社，1981 年 1 月第 1 版，第 61 页。

② 陆时雍《诗镜总论》，引自丁福保辑《历代诗话续编》，中华书局，1983 年第 1 版，第 1420 页。

清楚地了解到他何以接受屈宋的原因。见于后文相关论述,兹不赘。

2.“居住沅湘,宗师屈宋”——李群玉楚辞接受的地域性。

李群玉,澧州澧阳(今湖南澧县)人。他应算是来自荆楚故地最知名的一位唐代诗人。元辛文房《唐才子传》云:

> 夫澧浦,古骚人之国。屈平仕遭谮毁,不知所诉,心烦意乱,赋为《离骚》。骚,愁也。“已矣哉,国无人知我兮,又何怀乎故都?”委身鱼腹,魂招兮不来。芳草萎蔫,萧艾参天,奚独一时而然也?群玉继秉修能,翱翔大化,人不知而不恤,禄不及而不言。望涔阳之亡极,挹杜兰之绪馨,款君门以披怀,需一命而潜退,风景满目,宁无愧于古人。故其格调清越,而多登山临水,怀人送归之制,如“远客坐长夜,雨声孤寺秋。请量东海水,看取浅深愁”等句,已曲尽羁旅坎壈之情。壮心千里,于方寸不扰,亦大难矣。①

此段评述其实已较明晰地道出了李群玉对屈宋的地域性接受,即因其生长楚地而对楚地先贤屈原宋玉怀有一种异于他人的亲切和景仰之情;又因相同生活环境下气候草木、风俗人情的近似,使李群玉诗中常出现同于楚辞作品的物象风光②;兼以李群玉个人命途不济的寒士地位,也强化了他对屈宋的情感认同。诚如李群玉自己在《进诗表》中所言:“臣所贡前件歌诗,以居住沅湘,宗师屈宋,枫江兰浦,荡思摇情。”③更清楚地表明其诗歌创作由于地域原因而以屈宋为师,因而多描叙“枫江兰浦”的楚地风物,并表现出浓郁的“荡思摇情”之楚风格调。

在《全唐诗》中,收李群玉诗三卷,计有二百三十五题二百六十一首。内中即有怀悼屈子的诗作,如《竞渡时在湖外偶为成章》④云:

---

① 傅璇琮《唐才子传校笺》,中华书局,1990 年第 1 版,第 397 页。

② 按,可参《唐代文学屈宋接受的普泛性与地域性》一节相关论述。

③ 见《全唐文》卷七百九十三,第 8318 页。

④ 见《全唐诗》卷五六八。

灵均昔日投湘死，千古沉魂在湘水。绿草斜烟日暮时，笛声幽远愁江鬼。

再如《湖中古愁三首》其二[①]云：

昔我睹云梦，穷秋经汨罗。灵均竟不返，怨气成微波。

奠桂开古祠，朦胧入幽萝。落日潇湘上，凄凉吟《九歌》。

也有借吟咏宋玉以抒怀的诗章，如《九日》[②]：

年年羞见菊花开，十度悲秋上楚台。
半岭残阳衔树落，一行斜雁向人来。
行云永绝襄王梦，野水偏伤宋玉怀。
丝管阑珊归客尽，黄昏独自咏诗回。

在这些诗篇中，李群玉对屈原的沉湘悲剧满怀同情，对宋玉的贫士失职深切叹惋，以悲凉的笔调遥寄诗人的私淑追念之意。此外，李群玉诗中写楚地风情物象的笔墨亦极多，仅由“楚色忽满目”[③]、“冥默楚江畔”[④]、“烟光浩楚秋”[⑤]、“楚水五月浪”[⑥]、“楚国傲名客”[⑦]、“二年此处寻佳句，景物常输楚客书”[⑧]等句便可窥其一斑。试想多年生活并浸润在这样一种自然环境与文化氛围中，李群玉的诗歌接受屈宋及其辞赋亦当是理之必然了。因此，李群玉诗作中借用楚辞作品语词之处便比比而见，其笔下无论写景还是抒情往往都会自然而然地念及屈宋，并经常化用楚辞作品所创设的意境。如其送寄友人时即云：“兰香佩兰人，弄兰兰江春。……竹花不给口，憔悴清湘滨”（《送萧绾之桂林》，

---

① 见《全唐诗》卷五六八。

② 见《全唐诗》卷五六九。

③ 《江楼独酌怀从叔》，见《全唐诗》卷五六八。

④ 《始忝四座奏状闻荐蒙恩授官旋进歌诗延英宣赐言怀纪事呈同馆诸公二十四韵》，见《全唐诗》卷五六八。

⑤ 《我思何所在》，见《全唐诗》卷五六八。

⑥ 《送郑京昭之云安》，见《全唐诗》卷五六八。

⑦ 《广州重别方处士之封川》，见《全唐诗》卷五六八。

⑧ 《仙明洲口号》，见《全唐诗》卷五六九。

见《全唐诗》卷五六八)、“幽花暮落骚人浦,芳草春深帝子祠”(《湘阴江亭却寄友人》,见《全唐诗》卷五六九)、“君吟《高唐赋》,路过巫山渚”(《送郑京昭之云安》,见《全唐诗》卷五六八)、“荆台兰渚客,寥落共含情。空馆相思夜,孤灯照雨声”(《寄韦秀才》,见《全唐诗》卷五七〇)、“曾留宋玉旧衣裳,惹得巫山梦里香。云雨无情难管领,任他别嫁楚襄王”(《赠人》,见《全唐诗》卷五七〇)等。再如其写景抒怀时又云:“芳意长摇落,蘅兰谢汀洲”(《江楼独酌怀从叔》,见《全唐诗》卷五六八)、“所嗟芳桂晚,寂寞对汀洲”(《岳阳春晚》,见《全唐诗》卷五六八)、“渔父一曲歌,沧浪遂知名。未知斯水上,可以濯吾缨”(《大云池泛舟》,见《全唐诗》卷五六八)、“楚客罢奇服,吴姬停棹歌。涉江无可寄,幽恨竟如何”(《晚莲》,见《全唐诗》卷五六九)、“树暗荆王馆,云昏蜀客舟。瑶姬不可见,行雨在高丘”(《云安》,见《全唐诗》卷五六九)、“庶期白雪调,一奏惊凡聋”(《呈同馆诸公二十四韵》,见《全唐诗》卷五六八)等。读李群玉此类诗歌,读者恍然会有步入楚辞作品世界之感,似乎四处都发散着楚辞作品的音响和色彩。较之唐代其他诗人,李群玉诗作中借用楚辞作品语汇、化用楚辞作品意境的密度要大得多。若再具体区分屈宋对李群玉诗歌创作的不同影响,则可见李群玉对宋玉的认同和接受要大于屈原。据笔者粗略统计,若以该诗人全部诗作与其称引宋玉及引用化用宋玉辞赋的诗作比例而言,李群玉以百分之六点七的比率位居榜首,这或许也能从一个侧面说明李群玉诗歌与宋玉辞赋的密切关系。①

与唐代其他诗人稍有不同的是,李群玉因其生长故楚之地而对屈子怀有更深切的情感,所以其诗歌中也就更多对屈子的追怀、更多对屈骚语词情韵等文学手法的自觉学习和接受。与其对屈原的接受不同,李群玉对宋玉持更强烈的认同态度,屡屡以宋玉自况。这不仅仅是因为宋玉也是楚地先贤,更是

---

① 按,可参《唐诗宋玉接受的定量分析与考察》一节的相关论述。

因为宋玉《九辩》所塑造的自我形象更能够引发起李群玉的惺惺相惜之感。李群玉一生命途不济而怀才不遇，这恰与宋玉“贫士失职而志不平”的坎壈遭际前后映照。我们推想，从宋玉的辞赋中，李群玉定能够品味到许多合于自我心绪的哀苦和凄凉。读者对某一文本的阅读、理解和接受过程，要受其基于个人和社会的种种因素而形成的“经验期待视野”的制约和指引。以此而言，李群玉一则生长楚地，宋玉为其乡土之著名前贤；二则两人皆为失意文士，社会地位较低；三则宋玉生活在楚国将亡之时，而李群玉也处于唐世乱象丛生之末季。合此三条，李群玉偏好宋玉辞赋当为情理中事，其诗歌创作接受宋玉辞赋的影响也便在所难免。

泛览李群玉诗作，其幽怆凄哀的基调如低徊的背景音乐始终回响于字里行间而挥之难去。仅以其诗句中出现“愁”字计有五十六次之多而言①，镇日萦绕李群玉心头的悲苦是何等深重。这种哀愁其实就是诗人郁郁不得志而形之于笔墨的一种诉说，与宋玉《九辩》中反复陈说秋高气悲之际而彷徨失路的诉说相同。从前引诗例中我们可见，李群玉笔下无论是送亲别友、寄远念近，还是吊古伤今，也无论是行旅淹留还是平居宴饮，凡触目所及之处往往皆能搅动起诗人的一怀愁绪。或许是因为与宋玉一样，李群玉亦生当唐季末世，他们的这种愁绪即是衰颓时世社会低层士子们共有的凄寒伤感心态之表现。此当是李群玉诗歌接受宋玉的第一个特点。李群玉还有大量化用宋玉《高唐赋》《神女赋》《登徒子好色赋》等赋作故事、人物及语汇的诗歌。这类诗歌几乎涉及生活的各个方面，如《宿巫山庙二首》云“寂寞高堂别楚君，玉人天上逐行

① 按，此数据为统计羊春秋《李群玉诗集》所收诗得来。如：“愁穷重如山，终日压人头”（《雨夜呈长官》）；“吴云楚水愁茫茫”（《醒起独酌怀友》）；“客愁看柳色，日日逐春深”（《客愁二首》之一）；“摇落江天欲尽秋，远鸿高送一行愁”（《江楼闲望怀关中亲故》）；“春灯含思静相伴，夜雨滴愁更向深”（《长沙紫极宫雨夜愁坐》）；“绿草斜烟日暮时，笛声幽远愁江鬼”（《竞渡时在湖外偶为成章》）；“瑟瑟凉海风，西来送愁容”（《秋怨》）；“柳暗花香愁不眠”（《湖寺清明夜遣怀》），“风暖草长愁自醉”（《长沙春望寄涔阳故人》），等等。

云。停舟十二峰峦下，幽佩仙香半夜闻。庙闭春山晓月光，波声回合树苍苍。自从一别襄王梦，云雨空飞巫峡长”[①]，诗人在描写自然山水时，掺之以巫山神女的传说，从而使诗味更悠长更富文化底蕴。再如《送友人之巫峡》云“巫云多感梦，桂楫早回旋”[②]、《送郑京昭之云安》云“莫令巫山下，幽梦惹云雨”[③]等，又是送别友朋时的劝勉之语。但李群玉化用宋玉诸赋写男女情事的诗章则更多一些，如《醉后赠冯姬》云“愿托襄王云雨梦，阳台今夜降神仙”[④]、《赠人》云：“云雨无情难管领，任他别嫁楚襄王”[⑤]、“知君调得东家子，早晚和鸣入锦衾”[⑥]、《我思何所在》云：“我思何所在？乃在阳台侧。良宵相望时，空此明月色”[⑦]等。前文我们已经说过，唐人借宋玉写艳事或化用宋玉辞赋写男女情爱，只不过是诗作者们为了避免直白地叙写而采取的一种技法，李群玉自不例外。换言之，李群玉以“巫山云雨、阳台神女、高唐襄王”等语词入诗，他所接受的已几乎是约定俗成的内容。因为自宋玉《高唐》《神女》诸赋问世以来，其创设的意境、描绘的人物及相当一部分词藻，屡经后来者再三再四的引述，遂演化固定为表达艳情的一组专有名词。李群玉较之其他唐代诗人之所以在诗中较多地化用宋玉辞赋写艳情，其不同之处仅在于他是“居住沅湘”的楚人，故从心理情感上倾向于对楚地先贤的作品以更多关注而已。权德舆曾在其《送张校书归湖南序》中称“献岁南征者，以寓环堵于长沙故也，亦将参质文于屈宋，详岁时于荆楚。枫树千里，片帆鸟飞，晨征夜泊，无非诗兴。彼湘君帝子之遗迹，江蓠杜蘅之春色，皆落君彀中矣。”[⑧]移此评李群玉诗作对屈宋及其辞赋的接受，

① 见《全唐诗》卷五七〇。
② 见《全唐诗》卷五六八。
③ 见《全唐诗》卷五六八。
④ 见《全唐诗》卷五六九。
⑤ 见《全唐诗》卷五七〇。
⑥ 见《全唐诗》卷五七〇。
⑦ 见《全唐诗》卷五六八。
⑧ 见《全唐文》卷四百九十一，中华书局，1983 年第 1 版，第 5017 页。

亦可谓恰如其分。

四、末世诗人的楚骚情怀——晚唐诗歌之屈宋接受

前文笔者曾以定量分析的方法统计过一些称引屈宋及其辞赋的相关数据。先看屈原,初盛唐、中唐、晚唐三阶段在其诗作中称引屈原的诗人分别为二十二人次、五十七人次和七十人次,称引屈原的诗作分别为三十一首、七十三首和八十一首。相较之下,晚唐称引屈原的诗人及诗作数皆多于初唐、盛唐和中唐。再来看称引宋玉及引用化用其辞赋的诗作数,初盛唐有七十八篇次、中唐五十篇次、晚唐一百三十篇次。数据同样表明晚唐诗人对宋玉及其辞赋的兴趣日见浓厚,常常出之于笔端。从前文的相关数据中我们还得到过一个看法,即唐代诗人中堪称宋玉知音者当为李群玉、李商隐及韦庄,而他们也都是晚唐诗人。面对这些数据,人们不禁要问为什么晚唐诗歌中会有如许之多吟咏屈宋,尤其是吟宋玉的声音呢?其实我们在前文中对此已作过一些初步的解释,即晚唐江山社稷已处于风雨飘摇之际,衰败时世带给诗人敏感心灵的只有压抑、感伤和绝望。这样一种末世景象下的诗歌创作,其总体风貌便必然与屈宋骚辞的神色气味有更多相通之处,因为晚唐诗人从屈宋骚辞中能够感受到更多同于他们自己的怨愤、悲凉和无奈。以下我们即以晚唐诗人关涉屈宋的诗作为例,具体剖析这群末世诗人的楚骚情怀,看看他们究竟从屈宋那里接受了一些什么。

首先,晚唐诗人上承前代的屈宋评价,在他们的诗歌中接受并刻画出了忠直立身而屡遭谗毁、才能卓异而际遇悲凉的屈宋形象。可参看前文有关屈宋人格形象接受演变之论述。此处我们欲以指出的是,晚唐诗人之所以在其诗作中如此较大规模地集中歌咏屈宋,根本原因即在于颓丧灰暗的时代空气使他们憋闷难耐而呼吸艰难,楚辞作品中表现出的高洁抒情主人公形象也许会使他们眼前一亮,能够给予他们疲累的心灵以些许慰藉。换言之,在晚唐这

样的末世，从楚辞作品及前人诗文评说中走出来的屈宋形象，较之一般的情形下更具光彩和魅力，因而也就吸引了晚唐更多诗人的关注和歌咏。据接受美学的“经验期待视野”理论，晚唐诗人可能会发现前代文学作品中最能让他们感受到冰冷现实况味和家国个人之痛的即是屈宋辞赋，从前代诸多贤哲才士身上最能让他们看到自我影子和宿命的就是屈宋。为此，屈宋之于晚唐诗人便显得更亲切更有现实意义，其诗歌中也才会每每加以称引、颂扬和自况。如[①]：

①功高恩自洽，道直谤徒侵。应笑灵均恨，江畔独行吟。（许浑《寄郴州李相公》，《全唐诗》卷五三七）

②灵均说尽孤高事，全与逍遥意不同。（汪遵《渔父》，《全唐诗》卷六百〇二）

③战国相持竟不休，武关才掩楚王忧。出门若取灵均语，岂作咸阳一死囚。（胡曾《咏史诗·武关》，《全唐诗》卷六百四十七）

④万古汨罗深，骚人道不沉。明明唐日月，应见楚臣心。（王鲁

① 按，其他称引怀悼屈原的诗作还有很多，此处可再补充一些：郑谷“凄凉怀古意，湘浦吊灵均”（《南游》）；陈陶“好向昌时荐遗逸，莫教千古吊灵均”（《寄兵部任畹郎中》）；陆龟蒙“灵均精魄如能问，又得千年贾傅词”（《送羊振文先辈往桂阳归觐》）；皮日休“是非既自分，泾渭不相就。粤自灵均来，清才若天漱”（《鲁望读〈襄阳耆旧传〉见赠五百言寄答》）；齐己“君不见楚灵均，千古沉冤湘水滨”（《行路难二首》其一）；“渔父真闲唱，灵均是谩愁。今来欲长往，谁借木兰舟”（《怀洞庭》）；“迁来贾谊愁无限，谪过灵均恨不堪”（《潇湘》）；“沉近骚人庙，吟应见古魂”（《过湘江唐弘书斋》）；徐铉“同是多情怀古客，不妨为赋吊灵均”（《送杨郎中唐员外奉使湖南》）；罗隐“只闻斥逐张公子，不觉悲同楚大夫”（《杜陵秋思》）；刘沧“人度深秋风叶落，鸟飞残照水烟开。寒潮欲上泛萍藻，寄荐三闾情自哀”（《江行书事》）；杜牧“幽兰思楚泽，恨水啼湘渚。怳怳三闾魂，悠悠一千古”（《李甘诗》）曹邺“莫唱放歌行，此歌临楚水。人皆恶此声，唱者终不已。三闾有何罪，不向枕上死”（《放歌行》）；贯休“见说还南去，迢迢有侣无。……三闾遗庙在，为我一呜呼”（《送人之岭外》）；张祜“树白看烟起，沙红见日沉。还因此悲屈，惆怅又行吟”（《洞庭南馆》）；李群玉“湘岸初晴淑景迟，风光正是客愁时。幽花暮落骚人浦，芳草春深帝子祠”（《湘阴江亭却寄友人》）；崔珏“怀沙有恨骚人往，鼓瑟无声帝子闲。何事黄昏尚凝睇，数行烟树接荆蛮”（《岳阳楼晚望》）；陆龟蒙“骚人夸蕙芷，易象取陆苋。漆园逍遥篇，中亦载斥鷃”（《孤雁》）；于濆“为子惜功业，满身刀箭疮。莫渡汨罗水，回君忠孝肠”（《戍客南归》）；胡曾“襄王不用直臣筹，放逐南来泽国秋。自向波间葬鱼腹，楚人徒倚济川舟”（《咏史诗·汨罗》）；韦庄“孤竹庙前啼暮雨，汨罗祠畔吊残晖”（《鹧鸪》）、“千重烟树万重波，因便何妨吊汨罗”（《湘中作》）；徐介“手接汨罗水，天心知所存。固教工部死，来伴大夫魂。流落同千古，风骚共一源。消凝伤往事，斜日隐颓垣”（《耒阳杜工部祠堂》）；褚载“除却洛阳才子后，更谁封恨吊怀沙”（残句）。

复《吊灵均》,《全唐诗》卷四百七十)

⑤屈子生楚国,七雄知其材。介洁世不容,迹合藏蒿莱。(王毂《古意二首》其一)

⑥莫问灵均昔日游,江篱春尽岸枫秋。至今此事何人雪?月照楚山湘水流。(黄滔《灵均》,见《全唐诗》卷七〇六)

这些诗例从不同侧面表达了晚唐诗人对屈原的感情和看法。许浑援引屈子正道直行而被谤之事劝导朋友，结句以貌似达观的口吻说不必效法灵均，其实正是诗人自比屈子而道出的悲愤之语。这种对屈子的态度在晚唐很有代表性,它反映了末世诗人因政治昏暗而进身无阶、理想破灭而出路缈茫的悲慨和孤独。汪遵一句"灵均说尽孤高事,全与逍遥意不同",便包含了多少徒事挣扎后的凄凉与无奈,恰可为许浑之激愤语作一注脚。胡曾以咏史为名,嘲笑楚怀王身囚而死于秦完全是不听屈原忠言直谏的咎由自取之举,以对照的手法颂美了屈原尽心国事的忠直和才干。王鲁复《吊灵均》一诗又以"骚人道不沉"来称颂屈原为国为民的精神,同时明确地点出其作诗意图,即希冀并呼唤能有更多如屈子一样的直臣能士在当世出现以挽救危亡的大唐社稷。此种从历史落笔而着眼于现实来称引屈原的角度，同样是晚唐诗歌中具有代表性的,它表现了晚唐诗人对奸佞当道的憎恨及对国势日颓的焦虑。就屈骚接受史而言,此前有关屈子的评说还未突出这一方面,而晚唐诗人较为集中的吟唱便赋予并深化了屈原形象以尽瘁国事的能臣之新意。[①]这也丰富并启发了

---

① 按,传统的屈原评价一般皆循汉人颂美和贬抑两派之观点,称扬者多强调其正道直行、忠君恋阙、以死殉志的一面,如司马迁《屈原列传》云:"屈平疾王听之不聪也,谗谄之蔽明也,邪曲之害公也,方正之不容也,故忧愁幽思而作《离骚》。"王逸《楚辞章句·离骚后叙》云:"今若屈原,膺忠贞之质,体清洁之性,直若砥矢,言若丹青,进不隐其谋,退不顾其命,此诚绝世之行,俊彦之英也。"贬抑者多称屈原性格过于刚直而不知权变、甚至自沉汨罗也是,最有代表性的即是班固的议论,其《离骚序》云:"今若屈原,露才扬己,竞乎危国穷小之间,以离谗贼。然责数怀王,怨恶椒兰,愁神苦思,强非其人,忿怼不容,沉江而死,亦贬絜狂狷景行之士。多称昆仑、冥婚、宓妃虚无之语,皆非法度之政,经义所载。"魏晋六朝以至晚唐以前的屈原评价,基本未出汉人范围。

后人接受屈原的新路向。王毂“介洁世不容，迹合藏蒿莱”与黄滔“至今此事何人雪？月照楚水湘山流”的感喟，是晚唐诗人更为普遍的怀悼屈子之辞句。它们流露出时人面对污浊社会乱象而无法可想、也无路可遁的怅惘和痛心，也许借吟咏屈子还能使他们获得某种上通古人的心理安慰。再如汪遵《三闾庙》云：“为嫌朝野尽陶陶，不觉官高怨亦高。憔悴莫酬渔父笑，浪交千载咏《离骚》”[1]、《招屈亭》云“三闾溺处杀怀王，感得荆人尽缟裳。招屈亭边两重恨，远天秋色暮苍苍”[2]，以及陈陶《寄元孚道人》云：“内殿无文僧，驺虞谁能牵。因之问楚水，吊屈几潺湲”等诗，所表达的皆是对屈子的追怀，所创作的动因皆是为了从屈子身上寻求对抗现实的精神力量。

⑦谁伤宋玉千年后，留得青山辨是非？（鲍溶《巫山怀古》）

⑧宋玉含凄梦亦惊，芙蓉山响一猿声。（许浑《早秋韶阳夜雨》）

⑨宋玉平生恨有余，远循三楚吊三闾。（李商隐《过郑广文旧居》）

⑩含颦不语坐持颐，天远楼高宋玉悲。（温庭筠《寄岳州李外郎远》）

⑪宋玉高吟思万重，澄澄寰宇振金风。云闲日月浮虚白，木落山川叠碎红。（翁洮《秋》）

晚唐诗人称引宋玉的这些诗句，其实是末世下诗人痛苦心灵的一种追问方式。“宋玉含凄梦亦惊”“宋玉平生恨有余”“天远楼高宋玉悲”“宋玉高吟思万重”，从这些诗句中人们感受到的既是宋玉的凄凉和悲愤，更是晚唐诗人们穷困不偶而有志难伸的凄凉和悲愤。下文笔者拟详析晚唐诗人对宋玉的接受，此从略。

其次，晚唐诗人较多地接受了楚辞作品感伤兴寄的笔法格调。晚唐诗人

---

① 见《全唐诗》卷六〇二。

② 见《全唐诗》卷六〇二。

出于时代原因而偏好屈宋骚辞，仅由大量描写读《骚》的诗句即可见他们对楚骚之精熟。据笔者统计，晚唐诗作中称引《离骚》篇名者共有十八人次，计二十四篇。而初唐、盛唐、中唐三阶段称引《离骚》篇名的全部诗作加起来才共有十二人次，计十五篇。两相对照，可见晚唐诗人对楚骚的钟爱是一普遍现象。因为在唐人这些称引《离骚》的诗句中，晚唐诗人几乎是异口同声地“咏《离骚》”“读《离骚》”，往往表现出对楚骚的一往情深，而初盛中唐的诗人大多则只是偶引《离骚》，其流露出的感情要淡一些。不仅如此，晚唐还有不少诗人在其诗作中一再咏及《离骚》，如张祜有两篇次，刘兼有两篇次，贯休有四篇次。以下姑举数例以觇其概[①]：

①再引《离骚》见微旨，肯教渔父会升沉。（刘威《三闾大夫》，《全唐诗》卷五六二）

②《离骚》既日月，《九辩》即列宿。（陆龟蒙《读〈襄阳耆旧传〉，因作诗五百言寄皮袭美》，《全唐诗》卷六一七）

③江徼无虞才不展，衔杯终日咏《离骚》。（陈陶《赠江南从事张侍郎》，《全唐诗》卷七四六）

---

① 按，其他称引《离骚》的晚唐诗人诗作还有：李商隐“书论秦逐客，赋续楚《离骚》”（《献寄旧府开封公》）；张祜“知君思无倦，为我续《离骚》”（《送卢弘本浙东觐省》）；汪遵“为嫌朝野尽陶陶，不觉官高怨亦高。憔悴莫酬渔父笑，浪交千载咏《离骚》”（《三闾庙》）薛能“白璧心难说，青云世未遭。天涯望不极，谁识咏《离骚》”（《平盖观》）；廖融“休叹不得力，《离骚》千古传”（《谢翁宏以诗百篇见示》）；周朴“凉风移蟋蟀，落叶在《离骚》”（《宿刘温书斋》，一题张乔诗。）；陆龟蒙“《天问》复《招魂》，无因彻帝阍。岂知千丽句，不敌一谗言”（《离骚》）；皮日休“成后料君无别事，只应酣饮咏《离骚》”（《酬鲁望见迎绿罽次韵》）；贯休“湘江滨，湘江滨，兰红芷白波如银，终须一去呼湘君。问湘神，云中君，不知何以交灵均。我恐湘江之鱼兮，死后尽为人。曾食灵均之肉兮，个个为忠臣。又想灵均之骨兮终不曲。千年波底色如玉，谁能入水少取得，香沐函题贡上国。贡上国，即全胜和璞悬璃，垂棘结绿”（《读〈离骚经〉》）；翁洮“空向人间修谏草，又来江上咏《离骚》”（《商进士王雄》）；殷文圭“口下飞声彻不毛，酒醒时得广《离骚》”（《次韵九华杜先辈重阳寄投宛陵丞相》）；司空图“溪涨渔家近，烟收鸟道高。松花飘可惜，睡里洒《离骚》”（《杂题九首》其九）；黄滔“若把长江比湘浦，《离骚》不合自灵均”（《过长江》）；齐己“《离骚》传永恨，鼓瑟奏遗魂”（《潇湘二十韵》）、“荣枯得失理昭然，谁敎《离骚》更问天”（《荆门勉怀寄道林寺诸友》）、“闻著括囊新集了，拟教谁与序《离骚》”（《喜得自牧上人书》）；徐铉“词赋《离骚》客，封章谏诤臣”（《哭刑部侍郎乔公诗》）；刘兼“秋霜满领难消释，莫读《离骚》失意书”（《对镜》）。

④幽栖日无事，痛饮读《离骚》。（张祜《江南杂题》，《全唐诗》卷八八三）

⑤吟把《离骚》忆前事，汨罗春浪撼残阳。（齐己《湘中寓居春日感怀》，《全唐诗》卷八四五）

⑥登高欲继《离骚》咏，魂断愁深写不成。（刘兼《登郡楼书怀》，《全唐诗》卷七六六）

这些诗例即可充分表明晚唐诗人对楚骚的熟谙与偏好，同时也表明他们的诗歌创作较多地受到了楚骚的影响，其中较明显的一条便是接受了楚辞作品感伤兴寄的格调和笔法。从上举诗例中我们其实已能感知到这一特点，如刘威云“再引《离骚》见微旨”即明言其对屈骚比兴寄托手法的学习，而陈陶、张祜、齐己、刘兼等人的诗句，无不表露出沉重的愁绪和忧伤的心怀。

若细加考察，我们会发现晚唐诗人对屈宋的接受有所分别，即其诗歌中的感伤格调主要源于宋玉辞赋，而寄托手法则主要源于屈骚。接受感伤格调是因为晚唐奄奄一息的时世，使诗人们看到了自己陷身末世泥坑而不能自拔的命运，注定将要为这个时代殉葬的悲凉于是就弥漫于其诗歌的字里行间了。因下节还将继续讨论晚唐诗人偏好宋玉的问题，故此处从略。自王逸总结出屈辞“香草美人”的比兴寄托手法以来，后世诗文作家学习继承这种手法的代不乏人。晚唐诗人因其更浓烈的楚骚情怀而宗师屈宋，因之其诗歌创作也更多学习运用楚辞作品的比兴寄托手法。如李商隐《谢河东公和诗启》自道为诗之法：“某前因假日，出次西溪。既惜斜阳，聊裁短什。盖以徘徊胜境，顾慕佳辰，为芳草以怨王孙，借美人以喻君子”[①]，便是直陈其对楚骚比兴寄托手法的自觉效法。而其大量蕴意深长的诗歌，皆可谓善于比兴而托意遥广的成功范例[②]。笔者以为晚唐诗人接受屈宋而表现出的感伤寄托格调和笔法，其根由乃

① 见《全唐文》卷七百七十八。

② 按，因下章拟以专文讨论李商隐对屈宋的接受，故此处从略。

是衰颓世风的折射。这也许能从一个侧面证明为何晚唐文学提倡兴寄幽约之美，要求文学须以“写意为主”，重视抒写人之性情的新风尚。吴融《楚事》诗云：“悲秋应亦抵伤春，屈宋当年并楚臣。何事从来好时节，只将惆怅付词人。”[①]这颇能够反映出晚唐诗人的确是自觉地继承了始自屈宋的“伤春悲秋”传统，并出之以感伤的浅吟低唱。而诗歌的浅吟低唱，以比兴寄托的手法表现出来则显得更委婉幽深一些，这恰与晚唐诗人的精神意绪合拍合辙。

再次，若纵向比较唐代诗歌的宋玉接受，则晚唐诗人对宋玉及其辞赋的兴趣明显要更浓厚一些。晚唐诗人笔下出现宋玉的频率较之此前的唐诗要高许多，计有五十余篇次，而借用或化用宋玉辞赋文句意旨的诗篇则更是数不胜数。为什么晚唐诗人会选择宋玉作为他们寄情托意的对象呢？或者说宋玉及其辞赋的什么色彩吸引了晚唐诗人的目光呢？笔者以为主要的原因有三点：一是才华，二是感伤，三是艳情。

宋玉以其《九辩》及众多赋作塑造了自己才气横溢的俊彦形象。《对楚王问》《登徒子好色赋》《大言赋》《小言赋》等皆以假设对问的方式，都以宋玉面对诘难或被动局面时从容不迫且应对自如，最终全面胜出来收束文章，突出了宋玉自己口多微辞而知音善辩的卓异才能。自汉代以来的宋玉接受史上，历代文人也首先将宋玉作为一位才士来称引。宋玉这种年轻才俊形象之所以能够引起晚唐诗人的众多观注，关键仍在于特殊时代置相当多下层士子于困顿潦倒之境中挣扎的缘故。在晚唐那样的时世中，不仅出身寒微的士子们往往奔竞经年而功名无成，就是高门子弟此时也感染上了颓唐之风。愁闷愤恨的心绪当然需要发泄，出之于诗章时他们也就常常想起了宋玉，以宋玉的才名或自况或反观他们自己的境遇。如：

①刘郎浦夜侵船月，宋玉亭春弄袖风。落落精神终有立，飘飘

① 见《全唐诗》卷六八五。

才思杳无穷。(杜牧《送刘秀才归江陵》,《全唐诗》卷五二二)

②非关宋玉有微辞,却是襄王梦觉迟。(李商隐《有感》,《全唐诗》卷五四〇)

③倚阑愁立独徘徊,欲赋惭非宋玉才。(温庭筠《河中陪帅游亭》,《全唐诗》卷五八二)

④自从宋生贤,特立冠耆旧。(陆龟蒙《读〈襄阳耆旧传〉,因作诗五百言寄皮袭美》,《全唐诗》卷六一七)

从上举诗例中,我们不仅能够感受到晚唐诗人对宋玉才华的推崇,而且更能够感受到他们称扬宋玉文字背后的心曲。因为这些诗句的基调往往都是低沉悲凉的,所以它们蕴含的情感也常是孤寂无奈的。杜牧以“落落精神”对“飘飘才思”状一己情怀、李商隐以“宋玉微辞”难“醒襄王”道胸中愤懑、温庭筠以“惭无宋玉之才”写满怀愁绪、陆龟蒙以颂宋玉高名寓忧伤叹息,大略都是借宋玉之酒杯而浇自我块垒的。这种情形,实在可以说是晚唐时代大幕布下的必然景象。

感伤是宋玉辞赋的重要特征。自宋玉《九辩》唱出“悲哉,秋之为气也”之后,历来的悲秋之作都不免要染上一些宋玉式的感伤气息。此外,宋玉《招魂》极力渲染四方之苦寒危险,在华丽的语辞之上始终浮散着轻烟似的哀感和惆怅,其结尾处云“朱明承夜兮时不可淹,皋兰被径兮斯路渐。湛湛江水兮上有枫,目极千里兮伤春心。魂兮归来,哀江南!”[①]其所流露出的伤痛更是砭人肌骨,具有极强的艺术感染力。还有《高唐赋》中写纤条悲鸣时道:“感心动耳,回肠伤气。孤子寡妇,寒心酸鼻。长吏隳官,贤士失志。愁思无已,叹息垂泪。”[②]又云:“登高远望,使人心瘁。”[③]《神女赋》中写两情不得时云:“徊肠伤气,颠倒

① 引自《楚辞集注》,上海古籍出版社,1979年10月第1版,第144页。
② 引自《楚辞集注》,上海古籍出版社,1979年10月第1版,第55页。
③ 引自《楚辞集注》,上海古籍出版社,1979年10月第1版,第57页。

失据。阖然而螟,忽不知处。情独私怀,谁者可语。惆怅垂涕,求之至曙。"[①]所有这些都构成了宋玉式感伤的主要内容,其实也是所有生命个体置身于自然社会变迁过程中经常会涌上心头的一些情感。只是因为宋玉在文学史上较早地对这种感伤作了细致真切的艺术描写和表现,所以后来者在诗文中抒发同样的情感时便绕不开宋玉,便不得不接受宋玉辞赋所表现的这种感伤。晚唐诗人因心头笼罩着末世阴云,其忧郁愁苦也就更浓重,其接受宋玉感伤的态度也就更积极而自觉,甚至可以说是一种集体无意识的举动和现象。如:

⑤秋悲怜宋玉,夜舞笑刘琨。(许浑《闻两河用兵因贻友人》)

⑥宋玉正秋悲,那堪更别离。从来襟上泪,尽作鬓边丝。(郑史《永州送侄归宜春》)

⑦宋玉逢秋空雪涕,净名无地可容床。(赵嘏《题崇圣寺简云端僧录》)

⑧宋玉登高怨,张衡望远愁。余辉如可托,云路岂悠悠。(无名氏《秋日悬清光》)

此类诗句在晚唐诗歌中还有很多。与其说是晚唐诗人深受宋玉"悲秋伤春"式感伤格调的影响,还不如说是宋玉辞赋的感伤笔法正好投合了晚唐诗人的口味,帮助他们表达出了内心郁积的忧闷和绝望。在那样一个凋敝危殆的社会时局中,天性敏感的诗人们如果不刻意让心灵麻木,那么留给他们的除了忧愤感伤还能有什么呢?以此,晚唐诗歌总体上即呈现出哀伤的风貌,在具体内容与表现手法上也留下了接受宋玉及其辞赋的明显痕迹。仅就晚唐诗歌成就较著者如许浑、杜牧、李群玉、李商隐、温庭筠、韦庄等而言,他们的诗风都染有程度不同的感伤色彩,以至于后人提起晚唐诗常有体格萎靡、徒事外华而气息卑弱之评。对此,笔者以为清人叶燮的看法较为客观公允,其《原

① 引自《楚辞集注》,上海古籍出版社,1979年10月第1版,第75页。

诗》卷四云:“论者谓晚唐之诗,其音衰飒。然衰飒之论,晚唐不辞;若以衰飒为贬,晚唐不受也。夫天有四时,四时有春秋,春气滋生,秋气肃杀,滋生则敷荣,肃杀则衰飒,气之候不同,非气有优劣也。使气有优劣,春与秋亦有优劣乎?故衰飒以为气,秋气也。衰飒以为声,商声也。俱天地之出于自然者,不可以为贬也。又盛唐之诗,春花也。桃李之秾华,牡丹芍药之妍艳,其品华美贵重,略无寒瘦俭薄之态,固足美也。晚唐之诗,秋花也。江上之芙蓉,篱边之丛菊,极幽艳晓香之韵,可不为美乎?夫一字之褒贬,以定其评,固当详其本末,奈何不察而以辞加人,又从而为之贬乎? 则执盛与晚之见者,即其论以剖明之,当亦无烦辞说之纷纷也已。”[①]

艳情是宋玉辞赋的又一特征。宋玉《高唐赋》《神女赋》《登徒子好色赋》等作品对女性美作了具体细致的描摹刻画,甚至有性爱情节的描写[②],且取得了很高的艺术成就而流布后世。这就使后来创作同类主题诗文的作家有了前车之鉴,借用宋玉的语汇并学习宋玉的笔法。此其一。其二是宋玉因其《高唐赋》《神女赋》《登徒子好色赋》等作品的传播和影响,在后世诗文中逐渐演化形成了一个风流多情的宋玉形象,后人于是常借宋玉来指称风流多情。唐人当然也不会例外,他们称引宋玉或化用其辞赋意旨也多踵袭宋玉接受史上业已完成的此种蕴意和路向。今观晚唐诗人借用宋玉及点化其辞赋写艳情的诗作更多,原因之一即是文学史上的惯性力使晚唐诗人接受了宋玉及其辞赋的这一面,原因之二则须归结到晚唐诗人的末世心态,即昏浊无望的现实已将晚唐诗人们逼到了山穷水尽的死角,然而个体生命还得延续下去,于是他们或转向男女情爱中去体验人生的乐趣、或于灯红酒绿中去麻醉自己的心灵。如:

---

① 叶燮《原诗》,人民文学出版社,1979 年 9 月第 1 版,第 66—67 页。

② 按,荷兰高罗佩《中国古代房内考》即据宋玉《高唐赋》“闻君游高唐,愿荐枕席”等叙述来分析具有中国特色的“性学术语”,认为出现在宋玉赋作中的“云雨”一词奠定了中国文学中指向性爱的经典意象。

⑨戈槛营中夜未央，雨沾云惹侍襄王。球来香袖依稀暖，酒凸觥心泛滟光。（杜牧《羊栏浦夜陪宴会》，《全唐诗》卷五二四）

⑩西墙邻宋玉，窥见妾眉宇。一旦及天聪，恩光生户牖。（于濆《宫怨》，《全唐诗》卷五九九）

⑪愿托襄王云雨梦，阳台今夜降神仙。（李群玉《醉后赠冯姬》。《全唐诗》卷五六九）

⑫小雁斜侵眉柳去，媚霞横接眼波来。鬓垂香颈云遮藕，粉著兰胸雪压梅。莫道风流无宋玉，好将心力事妆台。（韩偓《席上有赠》，《全唐诗》卷六八三）

⑬未达东邻还绝想，不劳南浦更销魂。晚来虽共残莺约，争奈风凄又雨昏。（吴融《春晚书怀》，《全唐诗》卷六八六）

⑭今日尚追巫峡梦，少年应遇洛川神。有时自患多情病，莫是生前宋玉身。（韦庄《奉和左司郎中春物暗度感而成章》，《全唐诗》卷七〇〇）

⑮莫教才子偏惆怅，宋玉东家是旧邻。（王硕《和三乡诗》，《全唐诗》卷七二六）

以上诗例多是直接称引宋玉而赋艳情的，晚唐诗歌中还有更多踏袭宋玉辞赋语汇或化用宋玉辞赋意境来写艳情的作品，可参看《唐诗宋玉接受的定量分析与考察》一节后附表。所有这些诗作的意旨，由杜牧、韩偓直陈美色而迷醉其中的神态，由李群玉、吴融抒发心中情爱和思念的委婉含蓄，由韦庄、王硕以宋玉自况而言多情的自恋即可窥其一斑。

要言之，晚唐诗歌接受宋玉之迹甚明，其情形诚如张祜诗云："嘉陵水初涨，岩岭耗积雪。不妨高唐云，却藉宋玉说。"[1]在晚唐诗人笔下，或登临山水，

① 张祜《送蜀客》，见《全唐诗》卷五一〇。

或友朋赠别，或男女相悦，很多主题似乎都可借宋玉来抒写。也许吴融的《宋玉宅》[①]一诗颇能道出这种现象的个中因由：

草白烟寒半野陂，临江旧宅指遗基。

已怀湘浦招魂事，更忆高唐说梦时。

穿径早曾闻客住，登墙岂复见人窥。

今朝送别还经此，吟断当年几许悲。

晚唐诗人对宋玉的认同情感，对宋玉辞赋作品的欣赏态度，对他们面对宋玉而涌上心头的黍离之悲，诗句中都有所表露，也就无需再作辞费了。

---

① 见《全唐诗》卷六八六。

第五章　唐诗屈宋接受个案

唐代诗歌楚辞接受史上，历初、盛、中、晚四期皆有从不同角度接受楚骚精神风貌较明显的诗人诗作。前文已论析过韩愈、柳宗元、李群玉等诗人诗作的楚辞接受，本章笔者拟再选取李白、杜甫、李贺与李商隐等唐诗大家，以个案研究形式来探讨他们对屈宋及其辞赋的接受情状。

第一节　"屈宋长逝，无堪与言"
——李白的屈宋接受

李白是星光灿烂的唐代诗国天空中极为耀眼的太白金星，李白的诗歌是唐代诗国田园中长出的神草奇葩。后人面对李白其人其诗，除了惊愕与震憾之外，似乎再也无需置喙也不容置喙。但人类总是抑制不住自己的表达欲望，李白身后评说其人其诗的话语仍是滚雪球一样不断地堆积起来。李白其人其诗乃古代文学史与文化史上的奇迹，清代龚自珍《最录李白集》云："庄、屈实二，不可以并，并之以为心，自白始。儒、仙、侠实三，不可以合，合之以为气，又自白始也。其斯以为白之真原也已。"[①]这句话可谓一语中的，道出了李白特立

① 《龚自珍全集》，上海人民出版社，1975 年第 1 版，第 255 页。

独行的精神气质和天纵英才的禀赋。然而,李白毕竟不是生活于真空中的仙人,其诗文中所表现出的思想和才华无论多么伟异卓绝,定然也要有一条深植于传统文化之中的根脉。沿着这条根脉,我们不难发现李白诗歌其实从前人那里吸取了不少养料,楚辞文学对其沾溉滋润尤多。现在,让我们也来为说不尽的李白续上一段说辞,即由其具体诗歌创作及诗歌风貌抽绎其对楚辞作品的接受。

一、由李白的骚体诗看其对楚辞形式的喜好和仿效

李白对楚辞作品是相当精熟的,他早年曾"三拟《文选》"①,而《文选》中即收录了屈宋的大多数作品。此外,由李白诗文中动辄称引屈宋或引用化用其辞赋语汇也可见其对楚辞作品的喜好和精熟。据前文"唐诗楚辞接受的定量分析与考察"一节所得相关统计数据,李白诗歌中仅明确称引屈宋的就有近二十篇次,引用化用楚辞作品语汇的诗句则更是举不胜举。②这在唐人诗歌中是较为突出的。与同时代的其他诗人相比,李白对屈宋其人其文显然抱有更多的认同和更大的兴趣。如"一朝复一朝,发白心不改。屈原憔悴滞江潭,亭伯流离放辽海。"(《单父东楼秋夜送族弟沈之秦》)"小隐慕安石,远游学屈平。"(《秋夜独坐怀故山》)"悲来乎,悲来乎,凤鸟不至河无图,微子去之箕子奴。汉帝不忆李将军,楚王放却屈大夫。"(《悲歌》)"天清江月白,心静海鸥知。应念投沙客,空馀吊屈悲。"(《赠汉阳辅录事二首》其一)"昨夜秋声阊阖来,洞庭木落骚人哀。"(《鲁郡尧祠送窦明府薄华还西京》)"水从天汉落,山逼画屏新。应念金门客,投沙吊楚臣。(《赠崔秋浦三首》其一)"正声何微茫,哀怨起骚人。"(《古风》)"屈平词赋悬日月,楚王台榭空山丘。"(《江上吟》)这些诗句无不表

---

① 段成式《酉阳杂俎》前集卷十二《语资》载:"白前后三拟词选,不如意,悉焚之。唯留《恨》《别》赋。"

② 按,可参看第三章之附表。

达了李白对屈子悲剧命运的叹惋和对屈子文学才思的钦服。再如“宋玉事襄王，能为《高唐赋》。”(《赠溧阳宋少府陟》)、“高丘怀宋玉，访古一沾裳。”(《宿巫山下》)、“茫昧竟谁测，虚传宋玉文。”(《感兴六首》之一)、“宋玉事楚王，立身本高洁。巫山赋彩云，郢路歌白雪。”(《感遇四首》之一)、“地远虞翻老，秋深宋玉悲。”(《赠易秀才》)这些诗句同样也流露出李白对宋玉较为深切的感情。基于这样的前提，我们以为李白对屈宋的接受表现于多个层面，首先应注意的一点即是对楚骚诗体式的学习和仿效，明显的例子莫过于今存李白诗歌中的骚体诗。

检《全唐诗》，李白诗歌中的骚体诗计有四篇，它们分别是《代寄情》(楚词体)、《鸣皋歌》《远别离》和《临路歌》。其《代寄情》诗题中即标为“楚词体”，说明这是一首特意效法楚骚的诗作，前文我们已作过简单分析，此不再论。以下先来看《鸣皋歌》①：

若有人兮思鸣皋，阻积雪兮心烦劳。

洪河凌竞不可以径度，冰龙鳞兮难容舠。

邈仙山之峻极兮，闻天籁之嘈嘈。

霜崖缟皓以合沓兮，若长风扇海涌沧溟之波涛。

玄猿绿罴，舔舕崟岌。危柯振石，骇胆栗魄，群呼而相号。

峰峥嵘以路绝，挂星辰于岩嶅。送君之归兮，动鸣皋之新作。

交鼓吹兮弹丝，觞清泠之池阁。君不行兮何待？若反顾之黄鹤。

扫梁园之群英，振大雅于东洛。

巾征轩兮历阻折，寻幽居兮越巇崿。

盘白石兮坐素月，琴松风兮寂万壑。

望不见兮心氛氲，萝冥冥兮霰纷纷。

① 见《全唐诗》卷一六六。

水横洞以下渌，波小声而上闻。虎啸谷而生风，龙藏溪而吐云。

寡鹤清唳，饥鼯颦呻。魂独处此幽默兮，愀空山而愁人。

鸡聚族以争食，凤孤飞而无邻。蝘蜓嘲龙，鱼目混珍。

嫫母衣锦，西施负薪。

若使巢由桎梏于轩冕兮，亦奚异乎夔龙蹩躠于风尘？

哭何苦而救楚，笑何夸而却秦。

吾诚不能学二子沽名矫节以耀世兮，固将弃天地而遗身。

白鸥兮飞来，长与君兮相亲。

该诗亦收于宋人晁补之的《变离骚》，朱熹编《楚辞集注》时收入该书《楚辞后语》卷四[①]。晁补之《变离骚序》云："唐李白诗文，最号不袭前人，而《鸣皋》一篇，首尾楚辞也。末云：'鸡聚群以争食，凤孤飞而无邻。嫫母衣锦，西施负薪。'辞不彫而指类。唐人知'楚辞'者少，误以为诗云。"[②]揣晁补之之意，《鸣皋》一篇当视为纯粹的楚辞体而与一般的诗体区分开来，亦可见此篇与楚骚渊源之深。

《鸣皋歌》有一副标题曰"送岑征君"，原来此诗是李白因朋友岑征君要到嵩县鸣皋山隐居而作的送别诗。[③]此诗原题下自注曰："时梁园三尺雪，在清泠池作。"可见此诗乃李白漫游梁宋期间所创作。我们可以想象一下，在天寒地冻之日，尽眼望去只见遍地白雪皑皑。诗人在此情此境中要作别朋友岑征君，送他去梁园数百里以外的鸣皋山去隐居。将去者心中定有不少忧伤，送别者

① 按，朱熹在《鸣皋歌》前序云："《鸣皋歌》者，唐翰林供奉李白之所作也。白天才绝出，尤长于诗，而赋不能及魏晋，独此篇近楚辞。然归来子犹以为白才自逸荡，故或离而去之者，亦为知言云。"见《楚辞集注》，上海古籍出版社，1979 年第 1 版，第 259 页。

② 晁补之《鸡肋集》卷三十六，文渊阁《四库全书》本。

③ 按，《全唐诗》卷一七六录有李白《送岑征君归鸣皋山》一诗，诗云："岑公相门子，雅望归安石。奕世皆夔龙，中台竟三拆。至人达机兆，高揖九州伯。奈何天地间，而作隐沦客。贵道能全真，潜辉卧幽邻。探元入窅默，观化游无垠。光武有天下，严陵为故人。虽登洛阳殿，不屈巢由身。余亦谢明主，今称偃蹇臣。登高览万古，思与广成邻。蹈海宁受赏，还山非问津。西来一摇扇，共拂元规尘。"可与此骚体《鸣皋歌》相参看。

亦因之难得轻松。诗作起首一句“若有人兮思鸣皋，阻积雪兮心烦劳”便定下了全诗的凄怆基调。诗人缘何“心烦劳”呢？其最根本的原因乃在于诗人自己和朋友皆怀才不遇而有志难伸，无奈之下岑征君只好选择归隐，这便激发了李白对不平现实的满腔感愤。“洪河凌竞不可以径度，冰龙鳞兮难容舠。邈仙山之峻极兮，闻天籁之嘈嘈……峰峥嵘以路绝，挂星辰于岩嶅”一段描写，既可以看作是诗人“烦劳”之心所想象出的艰险景象，表明朋友岑征君此去路途遥远而危困重重，诗人为此担心不已。也可以看作是诗人对世路崎岖、俊异之士难骋其志的一种深沉感叹。大河冰封以致龙鳞冻僵难翔，小舟难通。仙山虽令人向往但高不可攀，连天籁之音此时听起来也似有些嘈杂。群山起伏绵延，如长风掀起的巨浪令人生畏，而各种群呼相号的动物更给诗句平添了一层惊恐。所有这些无不深刻地反映了诗人的内心忧苦，其极度夸张的笔法与幻化的景象，又易使我们想起屈宋骚辞的风貌。[①]由“送君之归兮”一句开始叙写送行的具体场面和情景，“交鼓吹兮弹丝，觞清泠之池阁。君不行兮何待？若反顾之黄鹤。”所用句式完全来自《九歌》，所渲染的气氛也与《九歌》多数篇章散发的轻冷和惆怅同调。[②]以下接着赞美岑征君，称其“扫梁园之群英，振大雅于东洛”，进而言其将赴鸣皋山幽居之情：“盘白石兮坐素月，琴松风兮寂万壑。望不见兮心氛氲，萝冥冥兮霰纷纷。……块独处此幽默兮，愀空山而愁人。”此段描写同样深得屈骚风神。“萝冥冥兮霰纷纷”一句大略是从《涉江》中“深林杳以冥冥兮”及“霰雪纷其无垠兮”化用而来，“幽默”一词即系《怀沙》“孔静幽默”中借用而来。从“鸡聚族以争食，凤孤飞而无邻”至“白鸥兮飞来，长与君兮

---

① 按，如屈原《离骚》中“吾令帝阍开关兮，倚阊阖而望予”一段写天路难通的象征意味，即与此段寓意近似；再如宋玉《招魂》中极陈四方之恶而怪兽出没的描写，其手法也与此段近似。

② 按，屈原《九歌》中描写迎送神场景时常有各种乐管声，如《东君》云：“緪瑟兮交鼓，箫钟兮瑶簴，鸣篪兮吹竽。”《九歌》中亦多有对等待送别之情的描写，诗句往往都笼罩着一层无奈、凄迷和怨叹，如《湘君》云：“君不行兮夷犹，蹇谁留兮中洲？”再如《湘夫人》云：“袅袅兮秋风，洞庭波兮木叶下。”

相亲”一节收束文字,诗人的不平之气再次喷发,以屈骚中常用的鸡凤对举之比喻手法[①],写世道贤愚不分,既感叹岑征君不为时用,同时也是感叹自己功名无成。然而心灵中的痛苦总得寻求一个出口,李白开出的药方是不学申包胥也不学鲁仲连,而是从当下开始就要遗世独立,与白鸥相亲,完全退回到自然无为之中,从而获得身心的彻底解放和自由。联系李白的思想实际,他此间所言只是一种暂时开脱自己,亦用以劝慰朋友的说法罢了,实在是无奈之余的感喟。我们在屈骚中也经常看到相同的说辞,如《涉江》结句云:“阴阳易位,时不当兮。怀信侘傺,忽乎吾将行兮。”《远游》则更是以“悲时俗之迫阨兮,愿轻举而远游”发端,抒写作者因现实昏浊而欲退身求安的愿望。[②]究其实,李白与屈原一样,都怀有强烈远大的政治抱负,所以他们便都对自身在现实中遭遇的挫败极为敏感极为苦痛。正是为此,李白的这首《鸣皋歌》才写得如此接近屈骚,从形式到风神皆表现出对屈骚的明显接受。

由李白选择楚骚诗体式来表现胸中忧闷的《鸣皋歌》来看,他喜好并仿效楚辞作品形式的重要原因是这种形式宜于抒发激荡蓬勃的感情,这种长短不拘的形式也便于表现语气情绪的丰富变化。这些都合于李白倾泻满腔爱恨而真率为诗的气质和风格。它如《远别离》《临路歌》,大致也都与《鸣皋歌》相近,诗人以骚体诗形式营造了一个迷离惝恍的艺术世界,以酣畅淋漓的笔墨挥洒出不平之气。宋人曾季貍《艇斋诗话》评曰:“古今诗人有《离骚》体者,惟李白一人,虽老杜亦无似《骚》者。李白如《远别离》云‘日惨惨兮云冥冥,猩猩啼烟兮鬼啸雨。’……如此等语,与《骚》无异。”[③]范德机评《远别离》云:“最有楚人

---

① 按,鸡、凤、鹤等动物是屈骚中的常见意象,鸡凤对举之例如《怀沙》结末云:“凤皇在笯兮,鸡鹜翔舞。”

② 按,刘熙载《艺概·诗概》云:“太白与少陵同一志在经世,而太白诗中多出世语者,有为言之也。屈子《远游》曰‘悲时俗之迫阨兮,愿轻举而远游。’使疑太白诚欲出世,亦将疑屈子诚欲轻举耶?”即是指出屈、李二人故作出世语的因由。江苏古籍出版社,第100页。

③ 丁福保辑《历代诗话续编》,中华书局,1983年第1版,第322页。

风，所贵乎楚言者，断如复断，乱如复乱，而词义反复曲折，行乎其间，实未尝断而乱也，使人一唱三叹而有遗音。”[①]胡震亨亦评此篇曰：“使其词闪幻可骇，增奇险之趣，盖体干于楚《骚》，而韵调于汉铙歌诸曲，以成为一家语，参观之，当得其源流所自。”[②]

除骚体诗外，李白诗集中还有大量的自制歌行体诗及乐府诗，是创作歌行与乐府尤多的唐代诗人之一。这两类诗作体式皆与楚骚有着极为密切的关系，可以说是深受楚骚诗体影响而产生的新诗体。如歌行体诗句同骚体诗一样不拘长短，变换自如，而乐府诗本身即可以说是从楚声楚调演变而来，句中多夹用“兮”字，从一开始即吸取了不少的楚骚养分。[③]从文学发展角度而言，歌行体亦可以看作是乐府诗的一种[④]，它同样接受了楚骚散漫纵横、开阖起伏的结构风格。李白大量创作歌行体诗及乐府诗，据薛天纬统计，仅歌行体诗即有歌辞性诗题 35 首和非歌辞性诗题 41 首。乾隆御定《唐宋诗醇》云：“白诗天才纵逸，至于七言长古，往往风雨争飞，鱼龙百变；又如大江无风，波浪自涌；白云从空，随风变灭，诚可谓怪伟奇绝者矣。”[⑤]此种诗歌精神风貌其实从上引《鸣皋歌》中我们也可领略一二，若追问其文学源渊，不得不承认只有楚骚才具备这样往复回环而一气贯注的鲜活与生动，这也从一个侧面表明了李白对屈宋楚骚诗体形式确有偏好倾向。屈宋所开创的“骚”体文学具有一种奇伟恣肆的形式特点，这与李白天纵英才的个性气质恰相合拍。唐人殷璠注意到了李白诗歌与楚骚的此种联系，他在《河岳英灵集》中说：“至如《蜀道难》等篇，

---

① 《李太白集注》，崔蜕园、朱金诚校注，上海古籍出版社，1980 年第 1 版，第 194 页。

② 《李太白全集》，清王琦注，中华书局，1977 年第 1 版，第 159 页。

③ 按，可参看郭建勋《楚辞的文体学意义——兼论楚辞与几种主要的古代韵文》，《中国文学研究》，2001 年第 4 期。

④ 按，可参看薛天纬《李杜歌行论》一文。作者认为歌行源于古乐府，兴起于初唐，一般有七言及杂言两种句式，韵律灵活多变，篇幅长短随意，实际上确立了一种以七言为主的自由体诗。《文学遗产》1999 年第 6 期。

⑤ 《御选唐宋诗醇》卷六，文渊阁《四库全书》本。

可谓奇之又奇。自骚人以还，鲜有此体调也。”[①]方东树《昭昧詹言》评《梁父吟》云：“此是大诗，意脉明白，而段落迷离莫辨。……‘我欲’句入己；以下奇横，用《骚》意。‘帝旁’句，指群邪也。‘三时’二句，言喜怒莫测。‘阊阖’句归宿，如屈子意，承上一束；‘以额’句奇气横肆，承上一束。”[②]清代屈大均《采石题太白祠》诗亦言“乐府篇篇是楚辞，湘累以后汝为师。”这些都是强调指出李白喜好并着力学习楚骚这一文学史事实的。易言之，恰恰是李白对屈宋楚骚诗体形式的喜好和学习，使其骚体诗、乐府诗及歌行体诗的创作达到了相当高的艺术水准，成为后人创造性接受前代文学遗产的典范。李白对楚辞作品形式的喜好和仿效还表现于他所创作的一些赋体作品中，如其《惜馀春赋》《悲清秋赋》等，其主题皆为肇自屈宋的伤春悲秋之作，其叙写亦多化用楚辞作品文句之处，如“若有一人兮湘水滨”即用《山鬼》中“若有人兮山之阿”之句式；“归去来兮人间不可以托些”即用《招魂》中的基本句式。

二、独立自由的生命意识和激越真切的强烈情感——从李白诗歌与屈原骚辞的内在气蕴看其相通之文学精神

饶宗颐认为“《楚辞》可以培养出一种‘傲睨万物’的人生态度，提高一个人的独立人格，踏进另一超现实的精神境界。”[③]并举王胡之咏“入不言兮出不辞，乘回风兮载云旗”之时而自我感觉一座无人的精神状态为例，表明屈骚的确有激发个体独立自由生命意识的功能和作用。屈骚为什么有这样的艺术能量呢？根由在于作者屈原有着清醒自觉的个体生命意识，其长诗《离骚》即带有某种自传性质，由追述远祖写到自己为美政理想而上下求索的艰难历程，抒怀写愤之间传达出一种强烈的实现个体生命价值的需要和追求。同时，屈

① 引自《李白集校注》，崔蜕园、朱金城校注，上海古籍出版社，1980年7月第1版，第204页。

② 方东树《昭昧詹言》卷十二《李太白》，人民文学出版社，1961年10月第1版，第250页。

③ 饶宗颐《二十世纪学术文集·楚辞与词曲音乐》，台湾新文丰出版股份有限公司，2003年第1版，第373页。

骚还表现出十分鲜明突出的抒情性，其字里行间所涌动的悲愤情感激越而真切，往往如狂风暴雨般向读者扑面倾泻，其强大的艺术感染力常使人气塞语咽，随作者忧愤与共而心潮难平。除《离骚》外，屈原的其他作品也都染有此种色彩，如《九章》中的多数篇章，皆以饱蘸血泪的笔墨书写自我方正高洁的品性、遭忧被放的困苦和持守理想的执着。一方面让读者看到抒情主人公在昏浊现实中凛然高昂的伟岸形象，似一把骇目惊神的火炬燃烧于漫漫长夜，不屈不挠地向世人昭示着怎样才算是人性的高贵、怎样才算是生命的独立自由；另一方面，这些诗篇的强烈抒情性仍一如挟风带雨，同样给读者以极深刻的心灵震撼。约言之，屈原对于加于己身的谗祸和迫害极度愤怒而忧心如焚，发而为诗便呼天抢地般反复陈说，在屈骚中歌吟的完全是一个被忧怨困苦之酒灌醉的诗人形象。屈原的大多数作品诚如他自己所言，都是在"惜诵以致愍兮，发愤以抒情"！但屈原的心智并没有被忧愤恨怨所摧毁所淹没，涌动在屈骚强烈情感之流中的还有他那始终清醒的个体生命意识。如《离骚》中"汩余若将不及兮，恐年岁之不吾与"[①]"日月忽其不淹兮，春与秋其代序"[②]，即表现出生命苦短时不我待的忧恐，可以看出屈原以诗人的敏感意识到了个体生命在宇宙时空中的定位，以及欲以实现个体生命价值的迫切意愿；再如《涉江》中"与天地兮比寿，与日月兮齐光"、《抽思》中"何灵魂之信直兮？人心不与吾心同"、《橘颂》中"独立不迁，岂不可喜兮？深固难徙，廓其无求兮。苏世独立，横而不流兮"等等，又都表现出屈原对自我生命独立自由特性的明确认识和追求。他始终坚信自己的高洁，始终固守着自己的美政理想，对一切或胁迫或同化"自我"心志的异己力量始终保持义无反顾的决绝态度。以古揆今，屈原在两千多年前通过其诗骚所表达的此种高贵的生命自觉意识，其实是要让当

---

① 按，王逸注曰："言我念年命汩然流去，诚欲辅君，心中汲汲，常若不及。又恐年岁忽过，不与我相待，而身老耄也。"见洪兴祖《楚辞补注》，中华书局，1983年第1版，第6页。

② 按，王逸注曰："言日月昼夜常行，忽然不久。春往秋来，以次相代，言天时易过，人年易老也。"同上，第6页。

下无数浑浑噩噩的我们感到无比汗颜的。

若要在古代文学史上找寻与屈骚内蕴之独立自由生命意识和激越真切情感相通的作品,李白的诗歌无疑是最为接近此种文学精神的一类。读李白诗,我们往往能够感受到那种同于屈骚的天然清真与酣畅淋漓,能够感受到诗作者创作之时披肝沥胆般地肆意挥洒,全然不加一丝一毫的遮掩以袒露自我之襟怀。具体而言,李白诗歌的激越情感与强烈主观性特点,较之屈骚似更为明显。这是因为李白的个性气质及屈、李所处的时代与具体境遇存在较大差异所致。较之于楚国风雨飘摇的国势,盛唐则是蒸蒸日上之时;较之于屈原的处境,李白更自在一些;较之于屈原的执着,李白更旷达一些。但是,这些并未影响到屈骚与李诗在总体风貌与文学精神方面的一致性,李白的诗歌创作受屈骚沾溉殊多,李白集中比比可见受屈骚影响的诗篇。前人对此多有所言,如清吴大受《诗筏》云:"太白《梦游天姥吟》《幽涧泉吟》《鸣皋歌》《谢朓楼饯别叔云》《蜀道难》诸作,豪迈悲愤,《骚》之苗裔。"①

李白诗歌强烈的主观性特点十分鲜明突出,恰与屈骚独立自由的生命意识前后相辉映,犹如亮起在古代文学史上两盏耀眼的明灯。李诗中随处可见重点表现"自我"的诗句,而且常采用夸张等修辞手法,向读者展示出一个个完全以"自我"为中心的诗歌世界。在李白笔下,似乎外界的一切都是为"我"而存在并因"我"而精彩。这种将"自我"的重要性置于所有外物之上的笔法,其实即反映了李白对个体生命的珍视、对个体生命价值必须在现实中予以兑现的强烈追求精神。如"天生我材必有用,千金散尽还复来"(《将进酒》,见《全唐诗》卷一六二)、"大道如青天,我独不得出"(《行路难》,见《全唐诗》卷一六二)、"东风兮东风,为我吹行云使西来"(《久别离》,见《全唐诗》卷一六三)、"悲来不吟还不笑,天下无人知我心"(《悲歌行》,见《全唐诗》卷一六六)、"仙

① 引自杨金鼎主编《楚辞评论资料选》,湖北人民出版社,1985 年 5 月第 1 版,第 293 页。

人浩歌望我来，应攀玉树长相待”（《怀仙歌》，见《全唐诗》卷一六七）、“君看我才能，何似鲁仲尼。大圣犹不遇，小儒安足悲”（《书怀赠南陵常赞府》，见《全唐诗》卷一七一）、“我昔东海上，劳山餐紫霞。亲见安期公，食枣大如瓜”（《寄王屋山人孟大融》，见《全唐诗》卷一七二）、“安能摧眉折腰事权贵，使我不得开心颜”（《梦游天姥吟留别》，见《全唐诗》卷一七四）等等。从这些诗句中，我们始终看到的是一个高扬“自我”大旗的诗人形象，无论情绪悲欢亦无论处境顺逆，诗人从未放弃对“自我”价值的信仰而自嗟自叹。在李白看来，“我”乃天生英才，纵是千金散尽、前路迷茫、识者难觅并此生不遇，但这些皆无损于“我”的高贵气性和超绝禀赋，连仙人也期盼与“我”一游，更不可妄想让“我”降颜屈尊去媚事权贵！凡此种种，与屈原《离骚》《九章》等辞作始终以“自我”为中心来颂美自己的品质和才干，抒发其遭祸罹冤的忧愤与持守理想的坚贞何其相似。质言之，正是屈原和李白共有相通的个体生命意识，使他们自觉认识到“自我”生命的个别性与独立性，使他们始终对自己抱有一种高远的期许，从而去追求一种散发着异彩的人生理想。试看李白《古风》中的一首①：

青春流惊湍，朱明骤回薄。不忍看秋蓬，飘扬竟何托。
光风灭兰蕙，白露洒葵藿。美人不我期，草木日零落。

诗中“青春流惊湍”当化于《大招》“青春受谢”句；“光风灭兰蕙”当化于《招魂》“光风转蕙，泛崇兰些”句。萧士赟评此诗曰：“《楚辞》：‘日月忽其不淹兮，春与秋其代序。惟草木之零落兮，恐美人之迟暮。’诗意全出于此。美人，况时君也。时不我用，老将至矣。怀才而见弃于世，能不悲夫？”②即是指出此诗对屈骚意旨的踏袭之处。这也可以当作是李白诗歌与屈骚所内蕴的生命意识相通的一个注脚。

李白诗歌激越真切的情感力量与屈骚相比，同样有过之而无不及。如果

① 见《全唐诗》卷一六一。
② 《李太白集注》，崔蜕园、朱金诚校注，上海古籍出版社，1980年第1版，第180页。

说屈骚是悲愤忧怨的反复陈说,那么李白诗歌便是心灵歌哭的自由倾泻。屈骚的情感强烈而深沉,李诗的情感真切而飞动。屈骚是悲剧,李诗是壮美。为什么说李白诗歌的情感力量有时甚于屈骚呢?笔者以为除两人个性气质有差异而外——如李白性情中有一股天然的狂放之气,所以其笔端常会流淌出出人意表之语句——更主要的原因是李诗创作后于屈骚几近千年,李白得以学习取法的文学资源较屈原要丰富许多。如前人常指出的那样,李白诗歌接受前人最多的不仅有楚骚,同时还有《庄子》的深刻影响。章学诚曾言:“屈原不能以身之察察受物之汶汶,不屑不洁之狷也;庄周独与天地精神相往来而不傲倪于万物,进取之狂也。昔人谓庄、屈之书,哀乐过人,盖言性不可见,而情之奇至如庄、屈,狂狷之所以不朽也。”[①]李白并庄、屈以为心,故其发而为诗也就兼有庄、屈共有的特点,即毫无保留地吐露胸中的思想情感,往往以夸张铺陈的方式让自己的情感在笔下喷薄而出,因之也就更有气势更具感染力。若要再追问为什么屈骚和李白诗歌独具此种摄人心魂的情感力量呢?笔者以为这恰恰就是李白接受屈骚较多的一个内证,明人黄文焕在《楚辞听直》中说过“唐李太白得《骚》之情”的话,其意亦当在此。因为李白率真的天性和绝高的自我期许,与屈骚中所表现的个体情怀及生命追求合辙如一,所以李白自然对屈骚会一见倾心,不仅学习仿效其文学之节奏形式,进而汲取其文学手法来表达自己内在的悲乐忧苦。这也是李白诗歌与屈骚在文学精神层面上之所以相通的根由。当然,李白对于屈骚的种种接受都有一个重要的前提,即李白自身所独具的禀赋,舍此则一切皆无从谈起。

① 《文史通义校注》,章学诚著,叶瑛校注,中华书局,1985 年 5 月第 1 版,第 418 页。

三、"宋玉逞大句，李白飞狂才"——由李白诗歌的大言特点看其对宋玉《大小言赋》夸饰传统的继承[①]

孟郊有诗道："宋玉逞大句，李白飞狂才。"[②]这表明唐代人即注意到了宋玉《大言赋》和《小言赋》务为夸饰的突出特色与李白诗歌好为大言极为接近的一面。李白《上李邕》诗云："世人见我恒殊调，闻余大言皆冷笑。"[③]其《赠王判官时余归隐居庐山屏风叠》诗中也说："苦笑我夸诞，知音安在哉？"[④]由这些诗句也可见李白喜好以不羁之思而在诗歌创作中随兴夸饰。李白对那些以能言善辩而腾达取官之士极为钦慕，如《鞠歌行》云："君不见蔡泽嵌枯诡怪之形状，大言直取秦丞相。"[⑤]他自己也时常幻想能够一步登天而建伟业立奇功，使"寰区大定，海县清一"[⑥]。李白为何会有此种好尚和表现呢？其具体原因较为多样，但主要还是出于李白狂放自负的个性与天才横溢的气质。若要从文学史角度来寻求李白诗歌大言夸饰特色的渊源，笔者以为其受宋玉《大小言赋》的影响为大。

以下试录宋玉《大言赋》为例[⑦]：

> 楚襄王与唐勒、景差、宋玉游于阳云之台。王曰："能为寡人大言者上坐。"王因唏曰："操是太阿戮一世，流血冲天，车不可以厉。"至唐勒，曰："壮士愤兮绝天维，北斗戾兮太山夷。"至景差，曰："校士猛毅皋陶嘻，大笑至兮摧覆思。锯牙云，晞甚大，吐舌万里，唾一世。"至宋玉，曰："方地为车，圆天为盖，长剑耿介，倚天之外。"王

① 按，此节写作得胥洪泉教授《论李白的大言》一文颇多启发，可参看。载于《西南师范大学学报》（人文社科版），2006年第1期。

② 孟郊《赠郑夫子鲂》，见《全唐诗》卷三七七。

③ 见《全唐诗》卷一六八。

④ 见《全唐诗》卷一七〇。

⑤ 见《全唐诗》卷一八五。

⑥ 李白《代寿山答孟少府移文书》，见《全唐文》卷三四八。

⑦ 录自吴广平编注《宋玉集》，岳麓书社，2001年第1版，第106页。个别文字与《四库》本有异。

> 曰:“未可也。”玉曰:“并吞四夷,饮枯河海。跂越九州,无所容止。身大四塞,愁不可长。据地跻天,迫不得仰。”

在宋玉作《大小言赋》之前,《庄子》中的一些寓言已颇多夸张手法,但题名《大言》《小言》而特意以夸饰笔法创作为文者当始自宋玉。有研究者认为此类赋作是宋玉作为文学侍从之臣娱乐君王而作的游戏文字，没有多大价值和意义。但其好为夸张而极言小大的笔法却给后世文学以较大影响,后世多有模拟之作,形成了一个游戏文学的支流。如南朝萧统、沈约等人皆写过《大言诗》及《细言诗》;至唐代此风气依然存在,《全唐诗》中今存有权德舆的《大言》《小言》诗两首、雍裕之的《大言》《细言》诗两首,还有颜真卿、皎然、张荐等人的《七言大言联句》和《七言小言联句》各一首。李白天性豪放,同时就有好奇尚异的一面。从李白诗歌中屡屡称引宋玉其人其文可知他对宋玉的辞赋十分精熟,像《大小言赋》这样的作品自当更能引起他较为强烈的兴趣,从而借鉴其故意极度夸饰而为文的笔法来作诗也就很好理解了。

胥洪泉在《论李白的大言》一文里将李白诗歌好大言的表现概括为四个方面:一是在诗中常常有意夸大数目、用巨额数量词进行修饰。如《望庐山瀑布》其一:“挂流三百丈,喷壑数十里。”《襄阳歌》:“百年三万六千日,一日须倾三百杯。”《上云乐》:“天子九九八十一万岁,长倾万年杯。”《古风》三十三:“北溟有巨鱼,身长数千里。仰喷三山雪,横吞百川水。”又如《将进酒》中的“三百杯”“千金裘”“万古愁”等;二是对雄伟阔大、奇特壮美的意象的追求。如《当涂赵炎少府粉图山水歌》:“峨眉高出西接天,罗浮直与南溟连。”《蜀道难》:“连峰去天不盈尺,枯松倒挂倚绝壁。”《庐山谣寄卢侍御虚舟》:“登高壮观天地间,大江茫茫去不还。”《将进酒》:“黄河之水天上来,奔流到海不复回。”三是言辞虚妄,语言荒诞。如《江夏赠韦南陵冰》:“我且为君碎黄鹤楼,君亦为吾倒却鹦鹉洲。”《金乡送韦八之西京》:“狂风吹我心,西挂咸阳树。”《寄东鲁二稚子》:“南风吹归心,飞堕酒楼前。”四是爱用艺术变形的手法。如《北风行》:“黄河捧土尚可塞,北风雨雪恨难裁。”《寄韦南陵冰》:“月色醉远客,山花开欲燃。春风狂杀人,一日剧三年。”《结袜子》:“感君恩重许君命,太山一掷轻鸿毛。”笔者以为胥洪泉教授以上的概括较为精准,很好地说明了李白诗歌好为大言的突出特色。但其归纳的第三点认为李白诗歌“言辞虚妄,语言荒诞”,并强调说“这样的大言,也让人觉得浮夸虚妄”,笔者以为似有待商榷。由胥教授所举“我且为君碎黄鹤楼,君亦为吾倒却鹦鹉洲”“狂风吹我心,西挂咸阳树”“南风吹归心,飞堕酒楼前”等诗例而言,说它们字面上或给人一种虚妄荒诞之感则可,而若言其真是“让人觉得浮夸虚妄”则非。因为这些诗例在笔者看来,恰恰正是李白诗歌大言夸饰手法运用得最为成功的表现, 字句表面的荒诞实则生动传神地写出了诗人内心情感的炽烈、纯粹和真切,带给读者的自当是一种骇骨惊神的审美感受,是一种大真实!

我们说李白诗歌好为大言(当然也包括极度夸小)的夸饰特点是接受宋玉《大小言赋》影响的一种表现,只是从古代文学发展史角度出发所作的管窥而已。因为由李白诗歌作品中我们确可感受到这种影响的存在,也能够发现一些化用《大小言赋》语句的具体用例。如“手中电曳(击)倚天剑,直斩长鲸海水开”(《司马将军歌》,见《全唐诗》卷一六三)、“壮士愤,雄风生,安得倚天剑,跨海斩长鲸”(《临江王节士歌》,见《全唐诗》卷一六三),都来自《大言赋》中的“方地为车,圆天为盖,长剑耿介,倚天之外”一句;再如“北斗戾,南山摧,天子九九八十一万岁,长倾万年杯”(《上云乐》,见《全唐诗》卷一六二),也是从《大言赋》中的“北斗戾兮太山夷”化出。为此,笔者以为就李白喜好大言夸饰这一点来说,其诗歌创作明显接受了宋玉《大小言赋》的影响,至于构成李白夸饰诗风的其他原因不在本文探讨之列,此不具论。

四、屈骚"托游"方式对李白的影响——以《梦游天姥吟留别》为中心

屈原辞作在构思方面的一大特点是以"托游"方式来抒情[1]。其代表作《离骚》中叙写自己驾龙乘日而周流天下、回鸾引凤而西游昆仑，其所描绘的完全是一幅幻化的神妙景象。有论者据此以为屈原其实是楚王身边的一位巫士，《离骚》中"灵氛占卜""问计巫咸"及种种奇丽的"周游"幻境都是巫士思维的产物。从文学角度而言，这也是屈原成功地将巫术文化转化运用到诗歌创作方面的一大伟绩，是他将原本宗教意味浓烈的祭祀歌舞场面，经由创造性地加工而写成了具有瑰丽光彩的神奇诗篇，深刻形象地表现了诗人自己深广而复杂的心理活动。再如《惜诵》以"昔余梦登天兮，魂中道而无杭"引起"厉神占卜"的情节、《抽思》结尾以"倡曰"写诗人潜意识里"惟郢路之辽远兮，魂一夕而九逝"的"梦游"、《悲回风》以大量篇幅叙写自己忽而出行旷野忽而上摅青虹的"漫游"，都是以"托游"方式来抒发幽怀的。屈骚中还有一篇《远游》，其构思叙写自然更是运用娴熟的"托游"方式，王逸所作"题解"云："意中愤然，文采铺发，遂叙妙思，讬配仙人，与俱游戏，周历天地，无所不到"[2]，也点出了这一特点。屈骚所开创的此种"梦游""神游"和"幻游"等形式，给后来的文学创作以很大启发，古代文学史上以"托游"方式结构诗文者比比而见，李白即是其中较有代表的一位。

据笔者粗略翻览，李白诗歌写游历题材者极多，而且往往出之以"梦游""神游"与"幻游"等浪漫主义的叙写方式，给读者以强烈的奇幻之审美感受。以下试就李白诗中较典型的一些漫游诗简说之：

---

① 按，可参看潘啸龙、蒋立甫《诗骚诗学与艺术》的相关论述，世纪出版集团、上海古籍出版社，2004 年第 1 版。

② 见洪兴祖《楚辞补注》，中华书局，1983 年第 1 版，第 163 页。

诗题	题旨
《古风》之"太白何苍苍"篇	梦游,写诗人上到"去天三百里"的太白山遇到绿发仙人,抒发遁世自适的情志。
《古风》之"昔我游齐都"篇	神游,写诗人骑白鹿、挟青龙与赤松仙人同游,表达不屑名利之意。
《蜀道难》	幻游,以奇幻壮丽的景象表现蜀道艰险。
《梁父吟》	梦游,以"我欲攀龙见明主,雷公砰訇震天鼓"引起对昏暗现实的象征描写,表现诗人的反抗精神。
《飞龙引二首》	神游,写自己时而骑龙乘鸾时而驾云从风,遨游青天而侍轩辕、载玉女、过紫皇、见王母的经历,表达诗人追求生命自由解放的理想。
《天马歌》	幻游,以天马自喻,写其"腾昆仑,历西极"的壮游历程,表达诗人难骋其志的悲愤之情。
《驾去温泉后赠杨山人》	幻游,以"忽蒙白日回景光,直上青云生羽翼,幸陪鸾辇出鸿都,身骑飞龙天马驹。王公大人借颜色,金璋紫绶来相趋"的想象之情景,来抒写诗人上辅圣王以成功业的政治理想。
《秋夜宿龙门香山寺奉寄王方城十七丈奉国莹上人从弟幼成令问》	幻游,以"朝发汝海东,暮栖龙门中"的想象历程写秋山松风、明月银河,表达年华流逝的轻愁。
《忆旧游,寄谯郡元参军》	幻游,以"紫阳之真人,邀我吹玉笙。餐霞楼上动仙乐,嘈然宛似鸾凤鸣。袖长管催欲轻举,汉中太守醉起舞。手持锦袍覆我身,我醉横眠枕其股……",来追忆昔游之盛乐,表达友情之真挚。
《送王屋山人魏万还王屋》	幻游,以繁富的夸饰笔法写友人与自己共游天下名山大川的欣悦。
《至陵阳山登天柱石,酬韩侍御见招隐黄山》	神游,写自己与仙人同游的自在之乐,表现了诗人"遗形入无穷"的道家思想。
《游泰山六首》	以幻游与神游结合的方式写诗人的泰山之游。
《效古二首》其一	幻游,以"朝入天苑中,谒帝蓬莱宫"的想象之词抒写诗人愿早立事功的渴望。

上表所列仅为李白诸多写漫游景象诗作中的一部分,但也可看出李白喜好写漫游并常以想象夸张的手法描绘出一个个非现实的神仙幻境或奇丽梦境,给诗作笼罩上一层迷离惝恍的色彩。李白在其诗歌创作题材方面的此种偏好与表现这种题材的方式,与同时代其他诗人相比,甚至于跟古代文学史上的众多诗人相比,显然是较为特殊的一个现象,从而形成了李诗自身一个突出的特点。寻绎李白诗歌此特点的形成根由,从思想方面也许可以说是诗人受道家神仙观念影响较深的一种表现,从气质方面也许可以说是诗人狂放好奇的天才流露。而若从文学自身的发展史来看,笔者以为此乃李白对屈骚

以“托游”方式抒情的创造性借鉴和运用，是李诗接受屈骚的又一表现。如其《游泰山六首》其六：“朝饮王母池，暝投天门关。独抱绿绮琴，夜行青山间。山明月露白，夜静松风歇。仙人游碧峰，处处笙歌发。寂静娱清晖，玉真连翠微。想像鸾凤舞，飘飖龙虎衣。扪天摘匏瓜，恍惚不忆归。举手弄清浅，误攀织女机。明晨坐相失，但见五云飞。”①出现在诗人笔下的意象有王母池、天门关、绿绮琴、仙人、鸾凤等等，共同构成了奇幻的诗歌世界。诗人以这样的主观想象场景来形象化地表达内心情怀的手法，不正同于屈骚的“托游”方式吗？李白《秋夜独坐怀故山》诗云：“小隐慕安石，远游学屈平。”②这或许也可看作是他有意学习屈原“托游”方式以抒情的文学自觉。李白也曾在诗中自道：“余尝学道穷冥筌，梦中往往游仙山。”③“十五游神仙，仙游未曾歇。吹笙坐松风，泛瑟窥海月。”④所以他便创作了如许之多的“神游”“梦游”与“幻游”之作。其最著者当属《梦游天姥吟留别》⑤一诗：

海客谈瀛洲，烟涛微茫信难求。越人语天姥，云霓明灭或可睹。
天姥连天向天横，势拔五岳掩赤城。
天台四万八千丈，对此欲倒东南倾。
我欲因之梦吴越，一夜飞度镜湖月。湖月照我影，送我至剡溪。
谢公宿处今尚在，渌水荡漾清猿啼。脚著谢公屐，身登青云梯。
半壁见海日，空中闻天鸡。千岩万转路不定，迷花倚石忽已暝。
熊咆龙吟殷岩泉，栗深林兮惊层巅。
云青青兮欲雨，水澹澹兮生烟。
列缺霹雳，丘峦崩摧。洞天石扇，訇然中开。

---

① 见《全唐诗》卷一七九。
② 见《全唐诗》卷一八二。
③ 《下途归石门旧居》，见《全唐诗》卷一八一。
④ 《感兴六首》其四，见《全唐诗》卷一八三。
⑤ 见《全唐诗》卷一七四。

> 青冥浩荡不见底，日月照耀金银台。
> 霓为衣兮风为马，云之君兮纷纷而来下。
> 虎鼓鼓瑟兮鸾回车，仙之人兮列如麻。
> 忽魂悸以魄动，怳惊起而长嗟。惟觉时之枕席，失向来之烟霞。
> 世间行乐亦如此，古来万事东流水。
> 别君去时何时还，且放白鹿青崖间，须行即骑访名山。
> 安能摧眉折腰事权贵？使我不得开心颜。

这是一首歌行体诗，篇幅较长，结构上有回环往复之姿，且夹杂了一些“兮”字句，从形式到内容都明显带有楚骚的痕迹。这里我们只说说作者叙写“梦游”的艺术手法。在转述了“海客”与“越人”的传说而从侧面渲染天姥山的高峻神妙之后，作者以一句“我欲因之梦吴越”引出以下自己梦游天姥山所见到的一路奇幻景象：先是飞过镜湖，湖泊绿水荡漾，林中猿啼清哀，已让人始觉此地不同寻常。接着继续向高处攀登，“半壁见海日，空中闻天鸡”，所见壮丽所闻神奇；正当诗人在崎岖的山路上难辨方向之际，暮色忽然就悄然降临了。这时四周响起了熊咆龙吟之声，与瀑布的飞鸣相应和，连林木和峰峦似乎都因之惊恐而战栗；抬眼望去，青云欲雨而淡水生烟，又似一派安和宁静。忽然一声霹雳，山峦崩摧之后，崖壁上的石门轰然打开，又展现给诗人一个全新的别样世界：只见这里“青冥浩荡不见底，日月照耀金银台。霓为衣兮风为马，云之君兮纷纷而来下。虎鼓鼓瑟兮鸾回车，仙之人兮列如麻”。但好景不长好梦难续，这时诗人却猛然惊醒而“失向来之烟霞”。这段“梦游”中的情景与李白多数同类题材的诗作一样，也是以奇崛恣肆的笔墨来表现想象中的神仙世界，可谓“梦游”与“神游”的结合，其实质都是一种“幻游”。这种“托游”以抒情的方式，与屈原叩天阍、游昆仑、驾鸾凤、骖白螭的“幻游”应当说是相同而一致的，都是为了借“幻游”来表达作者心理活动，并抒发内心复杂情感的。屈原周游上下是出于备受群小打压而为君王疏远、自己的美政理想难以实现而徒叹时光流逝的悲愤、怨恨和生命紧迫感；李白梦游天姥同样是出于在现实世界中难以实现自我期许的惆怅和无奈，所以他才转而在神仙世界中寻求平衡与安慰。《梦游天姥吟留别》结末云“安能摧眉折腰事权贵？使我不得开心颜”一句，实即点题之笔，读者从中可窥探到诗人不得意的痛苦、对不公现实的不满厌恨，以及不愿屈心抑志的人格精神。这更与屈骚多数篇章所反复表达的意旨相通。陈沆在其《诗比兴笺》中说：“此篇即屈子《远游》之旨，亦即太白《梁甫吟》‘我欲攀龙见明主，雷公砰訇震天鼓，帝旁投壶多玉女，三时大笑开电光，倏烁晦冥起风雨，阊阖九门不可通，以额扣关阍者怒’之旨也。太白被放以后，回首蓬莱宫殿，有若梦游，故托天姥以寄意……题曰‘留别’，盖寄去国离都之思，非徒酬赠握手之什。”[①]可见前人早已注意到了李白此诗与屈骚间的离合关系。

李白在《夏日诸从弟登海州龙兴阁序》中叹息：“屈宋长逝，无堪与言。”表明诗人对始自屈宋的楚骚文学传统十分重视，对屈宋其人亦十分钦服景仰。李白《于五松山赠南陵常赞府》诗云：“为草当作兰，为木当作松。兰秋香风远，松寒不改容。松兰相因依，萧艾徒丰茸。鸡与鸡并食，鸾与鸾同枝。”[②]此种屈骚式的“香草美人”比兴手法既道出了诗人情志高远的人生追求，同时亦约略可窥其偏好并接受屈宋的内在原因。

第二节　“窃攀屈宋宜方驾”
——杜甫的屈宋接受

晚唐徐介《耒阳杜工部祠堂》[③]诗云：

---

① 陈沆《诗比兴笺》，上海古籍出版社，第158—159页。

② 见《全唐诗》卷一七一。

③ 见《全唐诗》卷七七五。

手接汨罗水，天心知所存。固教工部死，来伴大夫魂。

流落同千古，风骚共一源。消凝伤往事，斜日隐颓垣。

宋人阮阅《诗话总龟》载欧阳修独称此诗，这表明古人早就认识到了杜诗与楚骚之间千丝万缕的联系。刘开扬教授说“特别中二联，指出杜甫对屈原的继承关系，比那些所谓杜甫不重屈原的论者高出万万。”①清人郑日奎《读少陵集》亦评杜诗曰：“荡除尘翳斩荆榛，为经为骚复为史。”②此种认为杜诗既汲取了前代文学的多重营养同时又独创一格的客观态度，也提示我们须注意杜诗与楚辞作品间应有的继承与接受关系。因为就连杜甫自己也表达过“窃攀屈宋宜方驾”的创作追求，以此我们就其具体诗作来寻绎屈宋其人其文对杜甫的影响，当不至于是一种枉然。

一、杜诗对屈宋辞赋语汇及意旨的借用化用

杜甫诗歌创作具有集大成的特点，对前代一切文学优秀成果无不有所吸收和利用。元稹评曰“至于子美，盖所谓上薄风骚，下该沈宋，言夺苏李，气吞曹刘，掩颜谢之孤高，杂徐庾之流流，尽得古今之体势，而兼昔人所独专矣。”③对于古代文学源头之一的楚辞作品，杜甫自然非常重视。尽管在杜甫的时代，颇有一些视屈宋辞赋为淫丽之文的反对之声，但杜甫因其深刻的眼光和深厚的学养，清楚地认识到了楚辞作品独具的文学特色及其文学价值，并在自己的诗歌创作中多所学习和借鉴。杜诗之所以能够取得千古特出的伟大成就，其中很重要的一个原因即是杜甫转益多师的开阔眼界使然，当然也包括他对楚辞作品所采取的正面评价和积极接受态度。阅读杜诗，我们不时会发现源自楚辞作品的一些语词、句法及修辞方式，也能发现一些化用楚辞作品文句

① 刘开扬《唐诗的风采》，上海书店出版社，2000 年 6 月第 1 版，第 388 页。

② 见仇兆鳌《杜诗详注》附录，中华书局，1979 年第 1 版，第 2297 页。

③ 元稹《唐故工部员外郎杜君墓系铭》，见《全唐文》卷六五四，中华书局，1983 年第 1 版，第 6649 页。

意旨的诗作。这也许从一个侧面表明杜甫对楚辞作品的文学形式其实也多有接受，只不过杜诗以其集大成的特点及圆熟高超的创作技法，使这种形式方面的接受犹如自出而不露痕迹。如果将杜诗借用化用楚辞作品的具体情形能作一番梳理，或许会有助于我们更全面地认识杜诗，也更全面地认识杜诗与楚辞作品之间的离合关系。为此，笔者据《全唐诗》及《杜诗详注》列出下表，以便简单分析杜诗对楚辞作品的学习与接受。

杜诗借用化用楚辞作品简表

杜甫诗歌	屈原骚辞
阊阖晴开昳荡荡。(《乐游园歌》)	《离骚》：倚阊阖而望予；《远游》：排阊阖而望予。
羲和鞭白日，少昊行清秋。(《同诸公登慈恩寺塔》)	《离骚》：吾令羲和弥节兮。
浮云暮南征，可望不可攀。(《前出塞九首》)；敢违渔父问，从此更南征。(《陪裴使君登岳阳楼》)	《离骚》：济沅湘以南征兮；《招魂》：汩吾南征兮。
篱边野外多众芳。(《叹庭前甘菊花》)	《离骚》：哀众芳之芜秽。
不合用骐骥。(《送从弟亚赴安西判官》)	《离骚》：乘骐骥以驰骋兮。
风连西极动。(《秦州杂诗二十首》其十九)	《离骚》：夕余至乎西极。
仆夫行不进。(《早发射洪县南途中作》)	《离骚》：仆夫悲余马怀兮。
天涯春色催迟暮。(《奉寄高常侍》)	《离骚》：惟草木之零落兮，恐美人之迟暮。
远行不劳吉日出。(《忆昔二首》其二)	《离骚》：灵氛既告余以吉占兮，历吉日乎吾将行。
发轫在远壑。(《昔游》)	《离骚》：朝发轫于苍梧兮。
尊罍临极浦，凫雁宿张灯(《赠特进汝阳王二十韵》)	《湘君》：望涔阳兮极浦。《河伯》：惟极浦兮寤怀。
杜子将北征。(《北征》)	《湘君》：驾飞龙兮北征。
杖藜徐步立芳洲。(《绝句漫兴九首》其五)	《湘君》：采芳洲兮杜若。
秋风袅袅动高旌。(《奉和严大夫军城早秋》)	《湘夫人》：袅袅兮秋风。
洞庭春色悲公子。(《赠韦七赞善》)	《湘夫人》：思公子兮未敢言。
鼓瑟至今悲帝子。(《追酬故高蜀州人日见寄》)；寒深北渚云(《舟中夜雪，有怀卢十四侍御弟》)	《湘夫人》：帝子降兮北渚。
轩冕罗天阙，琳琅识介珪。(《奉赠太常张卿二十韵》)	《东皇太一》：璆锵鸣兮琳琅。
绝壁上朝暾。(《贻华阳柳少府》)	《东君》：暾将出兮东方。

续表

杜甫诗歌	屈原骚辞
浩歌弥激烈。(《自京赴奉先县咏怀五百字》);浩歌渌水曲,清绝听者愁。(《奉同郭给事汤东灵湫作》)	《大司命》:望美人兮未来,临风怳兮浩歌。
冻雨落流胶,冲风夺佳气。(《枯楠》)	《大司命》:使冻雨兮洒尘;《少司命》:冲风至兮水扬波;《何伯》:冲风起兮横波。
云车纷少留。(《奉同郭给事汤东灵湫作》)	《少司命》:乘回风兮载云旗;《离骚》:欲少留此灵琐兮。
水清石礧礧。(《白沙渡》)	《山鬼》:石礧礧兮葛蔓蔓。
裴李春兰馨。(《桥陵诗三十韵,因呈县内诸官》)	《礼魂》:春兰兮秋菊。
障子松林静杳冥。(《题李尊师松树障子歌》)	《涉江》:深林杳以冥冥兮。
晚来幽独恐伤神。(《题郑县亭子》);空山无以慰幽独。(《久雨期王将军不至》)	《涉江》:幽独处乎山中。
鄂渚分云树。(《过南岳入洞庭湖》)	《涉江》:乘鄂渚而反顾兮。
霏霏云气重。(《望兜北寺》)	《涉江》:云霏霏而承宇。
万方声一概。(《秦州杂诗二十首》其四)	《哀郢》:同糅玉石兮,一概而相量。
丧乱死多门,呜呼泪如霰。(《白马》)	《哀郢》:涕淫淫其若霰。
悲辛但狂顾。(《有怀台州郑十八司户》)	《抽思》:狂顾南行。
青冥却垂翅,蹭蹬无纵鳞。(《奉赠韦左丞丈二十二韵》);自到青冥里。(《赠陈二补阙》);青冥寒江渡。(《桔柏渡》)	《悲回风》:据青冥而摅虹兮。
旷野号禽兽。(《九日赠岑参》)	《悲回风》:鸟兽鸣以号群兮。
信美无与适,侧身望川梁。(《成都府》)	《惜诵》:愿侧身而无所。
秉德崔瑗铭。(《桥陵诗三十韵,因呈县内诸官》)	《橘颂》:秉德无私,参天地兮。
郁结回我首。(《述怀一首》)	《远游》:独郁结其谁语?
朝野色枯槁。(《送长孙九侍御赴武威判官》)	《远游》:形枯槁而独留。
舟子喜甚无氛埃。(《渼陂行》)	《远游》:氛埃辟而清凉。
忽得炎州信。(《得广州张判官叔卿书,使还,以诗代意》)	《远游》:南州之炎德兮。
江水清源曲,荆门此路疑。(《九日曲江》)	《远游》:轶迅风于清源兮。
晨霞高可餐。(《空囊》)	《远游》:漱正阳而含朝霞。
满目悲生事,因人作远游。(《秦州杂诗二十首》其一)	屈原有《远游》篇。

续表

杜甫诗歌	屈原骚辞
点水蜻蜓款款飞。(《曲江二首》其二)	《卜居》:吾宁悃悃款款。
诛茅初一亩。(《寄题江外草堂》)	《卜居》:宁诛锄草茅以力耕乎?
卜居尚百里。(《积草岭》)	屈原有《卜居》篇。
东飞駕鹅后鹙鶬。(《乾元中寓居同谷县,作歌七首》其三)	《大招》:鹍鸿群晨,杂鹙鸧只。
忆观昆仑图,目击悬圃存。(《木皮岭》)	《天问》:昆仑县圃。
渔父忌偏醒。(《秦州见敕目薛三璩授司议郎毕四曜除监察与二子有故远喜迁官兼述索居凡三十韵》);独醒时所嫉。(《赠裴南部,闻袁判官自来欲有按问》)	《渔父》:众人皆醉我独醒。
杜甫诗歌	宋玉辞赋
转益愁向驽骀辈。(《李鄠县丈人胡马行》);态与驽骀异。(《遣兴五首》其二)	《九辩》:策驽骀而取路。
终身恨不平。(《不归》)	《九辩》:坎廪兮贫士失职而志不平。
泱泱泥污人,听听国多狗。既未免羁绊,时来憩奔走。(《大云寺赞公房四首》)	《九辩》:猛犬狺狺而迎吠兮。
四序本平分。(《宿花石戍》)	《九辩》:皇天平分四时兮。
块独委蓬蒿。(《送重表侄王砅评事使南海》)	《九辩》:块独守此无泽兮。
秋来未曾见白日,泥污后土何时干?(《秋雨叹三首》其三)蜀雨几时干?(《重简王明府》)	《九辩》:皇天淫溢而秋霖兮,后土何时而得干?
庶足充淹留。(《夏日李公见访》);心折此淹留。(《秦州杂诗二十首》其一);淹留景不延。(《秋日夔府咏怀奉寄郑监李宾客一百韵》)	《九辩》:蹇淹留而无成。
凤凰从东来,何意复高飞?(《述古三首》其一)	《九辩》:凤凰高飞而不下。
江湖后摇落。(《蒹葭》)	《九辩》:萧瑟兮草木摇落而变衰。
草木岁月晚。(《送行》);草木变衰行剑外。(《恨别》)	《九辩》:萧瑟兮草木摇落而变衰。
鹍鸡号枉渚。(《两当县吴十侍御江上宅》)	《九辩》:鹍鸡啁哳而悲鸣。
仰视皇天白日速。(《乾元中寓居同谷县,作歌七首》其七)	《九辩》:皇天平分四时兮。
凛凛悲秋意。(《送裴五赴东川》)	《九辩》:窃独悲此凛秋。
令严夜寂寥。(《后出塞五首》其二)	《九辩》:寂寥兮收潦而水清。
露下天高秋水清。(《夜》)	《九辩》:悲哉秋之为气也,泬寥兮天高而气清,寂寥兮收潦而水清。

续表

杜甫诗歌	宋玉辞赋
开坼日离披。(《陪郑广文游何将军山林十首》其三);蒹葭离披去。(《渼陂西南台》)	《九辩》:奄离披此梧楸。
形制开古迹,曾冰延乐方。(《登历下古城员外孙新亭》此诗见《杜诗详注》卷一,《全唐诗》作李邕诗);安得赤脚蹋层冰?(《早秋苦热,堆案相仍》)	《招魂》:增冰峨峨。
魂招不来归故乡。(《乾元中寓居同谷县,作歌七首》其三)	《招魂》:魂归来兮,反故居些。
蝮蛇东来水上游。(《乾元中寓居同谷县,作歌七首》其六);蝮蛇暮偃蹇。(《毒热寄简崔评事十六弟》)	《招魂》:蝮蛇蓁蓁。
素楫分曹往。(《陪郑公秋晚北池临眺》)	《招魂》:分曹并进。
艰难归故里,去住损春心。(《送贾阁老出汝州》);地僻伤极目。(《南池》)	《招魂》:目极千里兮伤春心。
湛湛长江去。(《梅雨》)	《招魂》:湛湛江水兮上有枫。
雨急青枫暮,云深黑水遥。梦归归未得,不用楚辞招。(《归梦》)	《招魂》:湛湛江水兮上有枫,目极千里兮伤春心,魂兮归来哀江南!
粔籹作人情。(《戏作俳谐体遣闷二首》)	《招魂》:粔籹蜜饵,有餦餭些。
层轩皆面水。(《怀锦水居止二首》其二)	《招魂》:高堂邃宇,槛层轩些。
上天铄金石。(《雷》)	《招魂》:十日代出,流金铄石些。
侧塞被径花。(《大云寺赞公房四首》)	《招魂》:高兰被径兮斯路渐。
新炊间黄粱。(《赠卫八处士》)	《招魂》:稻粢穱麦,挐黄粱些。
魂来枫叶青,魂返关塞黑。(《梦李白二首》其二)	《招魂》:湛湛江水兮上有枫,目极千里兮伤春心,魂兮归来哀江南!
高堂见生鹘。(《画鹘行》)	《招魂》:翡帷翠帐,饰高堂些。
应有未招魂。(《至德二载甫自京金光门出问道归凤翔乾元初从左拾遗移华州掾与亲故别因出此门有悲往事》);长笛谁能乱愁思,昭州词翰与招魂。(《追酬故高蜀州人日见寄》)	宋玉有《招魂》篇。
羌儿青兕裘。(《送韦十六评事充同谷郡防御判官》);杀声落日回苍穹,幕前生致九青兕。(《冬狩行》)	《招魂》:君王亲发兮惮青兕。
朝云暮雨祠。(《奉使崔都水翁下峡》)	《高唐赋》:朝为行云,暮为行雨。
忆昔霓旌下南苑。(《哀江头》)	《高唐赋》:蜺为旌,翠为盖。
种竹交加翠。(《春日江村五首》其三)	《高唐赋》:交加累积。

续表

杜甫诗歌	宋玉辞赋
云气无处所。(《火》)	《高唐赋》:风止雨晴,云无处所。
雨随神女下朝朝。(《夔州歌十绝句》)	《高唐赋》:楚先生梦见一妇人曰:“妾巫山之女也,旦为朝云,暮为行雨,朝朝暮暮,阳台之下。”
雕鹗离风尘。(《奉赠鲜于京兆二十韵》)	《高唐赋》:雕鹗鹰鹞,飞扬伏鼠。
梦尽失欢娱。(《大历三年春白帝城放船出瞿塘峡久居夔府将适江陵漂泊有诗凡四十韵》)	《神女赋序》:寐而梦之,寤不自识。罔兮不乐,怅然失志。
时闻杂佩声珊珊。(《郑驸马宅宴洞中》)	《神女赋》:动雾縠以徐步兮,拂墀声之珊珊。
长歌激屋梁。(《白水县崔少府十九翁高斋三十韵》)	《神女赋》:日朝出,照屋梁。
秋风已飒然。(《宿赞公房》)	《风赋》:楚襄王游于兰台之宫,有风飒然而至。
醒酒微风入,听诗静夜分。絺衣挂萝薜,凉月白纷纷。(《陪郑广文游何将军山林十首》其九)	《风赋》:清清泠泠,愈病析酲。《山鬼》:被薜荔兮带女罗。
野棹没青蘋。(《赠王二十四侍御契四十韵》)	《风赋》:风起于青蘋之末。
爽合风襟静。(《月三首》其三)	《风赋》:有风飒然而至,王乃披襟而当之。
乘陵破山门。(《三川观水涨二十韵》)	《风赋》:乘陵高坡。
翠眉萦度曲。(《数陪李梓州泛江,有女乐在诸舫,戏为艳曲二首赠李》)	《登徒子好色赋》:眉如翠羽。
尚衣方进翠云裘。(《和贾舍人早朝大明宫之作》)	《讽赋》:主人之女,披翠云之裘。
为我炊雕胡。(《白水县崔少府十九翁高斋三十韵》)	《讽赋》:主人之女,为臣炊雕胡之饭。
倚剑短亭中。(《寄司马山人十二韵》);不似长剑须天倚。(《荆南兵马使太常卿赵公大食刀歌》)	《大言赋》:长剑耿介,倚天之外。
青蛾皓齿在楼船,横笛短箫悲远天。(《城西陂泛舟》)	《笛赋》:摛朱唇,曜皓齿,頩颜臻,玉貌起。吟《清商》,追《流徵》……发久转,舒积郁。

上表所列内容是笔者先从《杜诗详注》中一一择出,再以《全唐诗》与楚辞作品相比照所得。据笔者不完全统计,杜诗借用化用楚辞作品约有 220 条之多,上表所列内容,仅是笔者对这些条目加以筛选后的一小部分。筛选的主要依据有二:一是诗中确有源自楚辞作品的语汇,或是诗句本身即是由楚辞作品中的句子点化而来,对那些仅字面相同而从实际意义尚不能明确判定源自楚辞作品,或虽可定为源自楚辞作品而杜诗中的用意已完全改变的诗例不录;二是杜诗中对楚辞作品某些语词的借用化用多次出现,对此笔者只取较

突出的一二例，余不再录。此外，还有一些称引屈宋及借用化用楚辞作品的杜诗在《杜诗详注》中也未注明，上表自然没有引录，但前文第三章有一些相关的统计，可参看。由上表所列可见，杜诗对楚辞作品的借用化用各五十条上下，具体涉及的篇目较多。如涉及的屈原作品主要有《离骚》《九歌》和《九章》中的各篇，其他像《天问》《大招》《远游》《卜居》《渔父》亦时有引用；涉及的宋玉作品主要有《九辩》《招魂》《高唐赋》《神女赋》《风赋》《讽赋》《登徒子好色赋》，就连《大言赋》《笛赋》等不大知名的赋作在杜诗中也对其语汇有所借用化用。这表明杜甫对楚辞作品十分地精熟，不然便不会在其诗作中如此大范围地借用化用，而且往往运用得得心应手，很好地表达了诗人欲以抒写的情感和意义。曾亚兰、赵季《说仇兆鳌以楚辞注杜诗》和黄震云、管亚平《杜甫诗歌题目、笔法、语言与楚辞》两文，对杜诗学习借鉴楚辞文学形式皆有所探讨①，对笔者亦多有启发。如前者将杜诗在作诗之法方面模仿楚辞的表现形式概括为借词、改写、紧缩、衍化、取意、变化发展等几个方面；后者又指出杜诗题目受楚辞影响很深，并分五小类剖析了 23 首诗题与楚辞有联系的杜诗，同时还从笔法、语言角度对杜诗与楚辞的联系作了一些分析。因为上述两文皆是从楚辞与杜诗的角度立论，故论述取例便与笔者本文不尽一致，一方面列举了不少汉人的作品，另一方面又将宋玉的赋作排除在外。以此，笔者此间所论对两文业已阐明之处不再辞费，而主要就与楚辞作品有关联的部分杜诗语句进行具体分析，借以探查其对楚辞作品的接受。

据前表，笔者以为杜诗汲取楚辞作品养料的首要表现即是借用其语词意象和化用其句法意旨。以下试分类评述。

1. 借用楚辞作品语词意象。

此类用例，一般表现为直接或间接地将楚辞作品中的语词，或一些蕴意

---

① 按，两文均见《杜甫研究学刊》，前者刊于 1999 年第 2 期；后者刊于 2003 年第 3 期。

较为丰富的意象转化融入到自己的诗歌当中,使其成为自己诗歌的一个组成部分。如:

①朝发轫于苍梧兮。(《离骚》)/发轫在远壑。(《昔游》)

②璆锵鸣兮琳琅。(《东皇太一》)/轩冕罗天阙,琳琅识介珪。(《奉赠太常张卿二十韵》)

③驾飞龙兮北征。(《湘君》)/杜子将北征。(《北征》)

④昆仑县圃,其尻安在?(《天问》)/忆观昆仑图,目击悬圃存。(《木皮岭》)

⑤鹍鸿群晨,杂鹙鸧只。(《大招》)/东飞駕鹅后鹙鸧。(《乾元中寓居同谷县,作歌七首》其三)

⑥策驽骀而取路。(《九辩》)/转益愁向驽骀辈。(《李鄠县丈人胡马行》)

⑦蹇淹留而无成。(《九辩》)/淹留景不延。(《秋日夔府咏怀奉寄郑监李宾客一百韵》)

以上诗例,都是直接引楚辞作品语汇以入诗,且在杜诗中被转用的语词与该语词在楚辞作品中的原有含义大体一致。如“发轫”“琳琅”“驽骀”“鹙鸧”等,杜甫把它们仅作为一般的语词来使用,在自己的诗句中对其基本未作引申。换言之,从杜甫对这些语汇的借用中尚难以看出诗人对屈宋的态度和情感。

⑧狂顾南行。(《抽思》)/悲辛但狂顾。(《有怀台州郑十八司户》)

⑨袅袅兮秋风。(《湘夫人》)/秋风袅袅动高旌。(《奉和严大夫军城早秋》)

⑩幽独处乎山中。(《涉江》)/空山无以慰幽独。(《久雨期王将军不至》)

⑪宁诛锄草茅以力耕乎？（《卜居》）/诛茅初一亩。（《寄题江外草堂》）

⑫块独守此无泽兮。（《九辩》）/块独委蓬蒿。（《送重表侄王砅评事使南海》）

⑬窃独悲此凛秋。（《九辩》）/凛凛悲秋意。（《送裴五赴东川》）

⑭十日代出，流金铄石些。（《招魂》）/上天铄金石。（《雷》）

⑮风止雨晴，云无处所。（《高唐赋》）/云气无处所。（《火》）

⑯动雾縠以徐步兮，拂墀声之珊珊。（《神女赋》）/时闻杂佩声珊珊。（《郑驸马宅宴洞中》）

以上诗例，初看似乎也仅是对楚辞作品语汇的一般借用，细究则会发现有所变化。其一，这些诗例不再是直接的搬用楚辞作品语汇，而是对原来的语词做了或扩展或紧缩的加工，如"袅袅兮秋风"改写为"秋风袅袅"，"流金铄石"简缩为"铄金石"，"云无处所"扩展为"云气无处所"等。这样的加工主要是为了适应五言或七言的字数与格律之限所作的灵活处理。其二，这些诗例虽只借用了楚辞作品的语词，但多数诗句都表现出了杜甫对楚辞作品原句的整体理解，由一个语词的借用可见杜甫对屈宋的认同之意。如"悲辛但狂顾"即是具体解释屈原"狂顾南行"的原因；"空山无以慰幽独"同样是阐发屈原"幽独处乎山中"所深蕴的内心活动；"块独委蓬蒿"又是以更形象的手法来表达宋玉"块独守此无泽兮"的悲愤。要言之，这类借用楚辞作品语汇的杜诗往往流露出诗人以屈宋自况而抒胸中不平的用意。

2. 化用楚辞作品句法意旨。

此类用例，主要指一些将楚辞作品原句进行适当地改写，从而使其呈现出新意义。就其来源看，杜诗中的此类语句皆胎息于楚辞作品；就其诗意看，它们或是对楚辞作品原句加以解释拓展，使其蕴意更为显豁，或是借楚辞作品原句反其意而用之，表现了杜甫化用前人成句时的灵活多变。

①吾令羲和弥节兮。(《离骚》)/羲和鞭白日,少昊行清秋。(《同诸公登慈恩寺塔》)

②惟草木之零落兮,恐美人之迟暮。(《离骚》)/天涯春色催迟暮。(《奉寄高常侍》)

③灵氛既告余以吉占兮,历吉日乎吾将行。(《离骚》)/远行不劳吉日出。(《忆昔二首》其二)

④深林杳以冥冥兮。(《涉江》)/障子松林静杳冥。(《题李尊师松树障子歌》)

⑤同糅玉石兮,一概而相量。(《哀郢》)/万方声一概。(《秦州杂诗二十首》其四)

⑥鸟兽鸣以号群兮。(《悲回风》)/旷野号禽兽。(《九日赠岑参》)

⑦愿侧身而无所。(《惜诵》)/信美无与适,侧身望川梁。(《成都府》)

⑧漱正阳而含朝霞。(《远游》)/晨霞高可餐。(《空囊》)

⑨众人皆醉我独醒。(《渔父》)/独醒时所嫉。(《赠裴南部,闻袁判官自来欲有按问》)

⑩皇天淫溢而秋霖兮,后土何时而得干?(《九辩》)/秋来未曾见白日,泥污后土何时干?(《秋雨叹三首》其三)

⑪凤凰高飞而不下。(《九辩》)/凤凰从东来,何意复高飞?(《述古三首》其一)

⑫萧瑟兮草木摇落而变衰。(《九辩》)/草木变衰行剑外。(《恨别》)

⑬魂归来兮,反故居些。(《招魂》)/魂招不来归故乡。(《乾元中寓居同谷县,作歌七首》其三)

⑭湛湛江水兮上有枫,目极千里兮伤春心,魂兮归来哀江南!

(《招魂》)/魂来枫叶青,魂返关塞黑。(《梦李白二首》其二)

⑮楚襄王游于兰台之宫,有风飒然而至。(《风赋》)/秋风已飒然。(《宿赞公房》)

⑯长剑耿介,倚天之外。(《大言赋》)/不似长剑须天倚。(《荆南兵马使太常卿赵公大食刀歌》)

由以上诗例，我们可能会惊异于杜甫对楚辞作品取用自如的精熟程度。从屈原《离骚》《九歌》等到宋玉各赋,杜甫皆可信手拈来而点化入诗,且点化手法多样,表达效果突出。上引诗例如“天涯春色催迟暮”即是浓缩了“惟草木之零落兮,恐美人之迟暮”,而诗境似更开阔;“信美无与适,侧身望川梁”即是对“愿侧身而无所”一句的扩充,而诗意更为丰富,感叹更为深广;“凤凰从东来,何意复高飞？”即是对“凤凰高飞而不下”的引申,以问句形式传达出更为强烈的无奈与不平;“魂来枫叶青,魂返关塞黑”即是对“湛湛江水兮上有枫,目极千里兮伤春心,魂兮归来哀江南”的有意追摹,而意境也更为奇崛惊心。凡此种种,都体现了杜诗对楚辞作品句法意旨的成功化用。这类化用不仅具有学习屈宋文学表现形式之意义,也可见杜甫对屈宋其人的尊崇和对其辞赋文学精神的接受。

二、杜诗对屈骚深广忧愤之文学精神的吸收接受

杜诗汲取楚辞作品养料的表现之二便是对楚骚文学,尤其是屈原作品深广忧愤之文学精神的吸收与接受。较之对楚辞作品语词、句法等形式因素的借鉴,杜诗对屈骚文学精神的接受更为明显也更为重要,是杜诗沉郁顿挫之总体风貌的成因之一。明胡应麟云:“少陵不效四言,不仿《离骚》,不用乐府旧题,是此老胸中壁立处。然《风》《骚》、乐府遗意,杜往往深得之。”[①]胡氏何出此

---

① 胡应麟《诗薮》内编卷二。

言呢?笔者以为其意似指杜诗在外在形式方面并无表现出对前代某特定作家或某特定诗体的刻意学习和摹仿,但却如海纳百川般取得了巨大卓越的文学成就,尤其是体现出了对前代一切优秀文学成果如《诗》《骚》等文学精神的继承和发扬。明陆钿即明确指出古代文学史上之名家诗近于楚《骚》一派者仅有五人,唐代"李太白得《骚》之情,杜子美得《骚》之志,李长吉得《骚》之骨"。[①]清人吴瞻泰对此稍有发挥,其《杜诗提要自序》中云:

> 子美之诗,驾乎三唐者,其旨本诸《离骚》,而其法同诸《左》《史》。不得其法之所在,则子美之诗,多有不能释者,其旨亦因之而愈晦。三闾之作《骚》也,疾王听之不聪,悲一世之温蠖。故离忧郁结,常托于沅兰湘芷之间,以冀君之一悟。流连比兴,有《国风》之遗焉。少陵遭两朝板荡之馀,播迁夔、蜀,卒无所见于时。故其诗沉郁顿挫,常自写其慷慨不平之气,以致情于君父。举凡山川跋涉,草木禽语,一喜一愕,咸寄于诗。盖先有物焉蓄于其中,而后肆焉。此作诗之本,所以有"窃攀屈宋宜方驾"之语也。[②]

综括前人评述可见,他们都注意到了杜诗情蕴旨意与屈骚的一致之处,即他们都认识到了杜诗与屈骚所共有的念时伤乱而忧心国事、感怀蹉跎遭遇而抒写怨愤之文学精神。

杜甫对屈原是抱有深切感情的,笔端时有感念颂美之词,如其《建都十二韵》一诗回忆自己当年上疏救房琯而被贬事云:"牵裾恨不死,漏网荷殊恩。永负汉庭哭,遥怜湘水魂。"[③]明显是以屈、贾自比而剖白自己的忠贞;再如作于夔州的《最能行》,其结句云:"若道士无英俊才,何得山有屈原宅?"[④]流露出的也是对屈子才华的钦服和人格的景仰之情;再如《天末怀李白》诗云:"文章憎

---

① 引自杨金鼎主编《楚辞评论资料选》,湖北人民出版社,1985 年第 1 版,第 121 页。

② 引自《楚辞评论资料选》,第 303-304 页。

③ 见《全唐诗》卷二二六。

④ 见《全唐诗》卷二二一。

命达，魑魅喜人过。应共冤魂语，投诗赠汨罗。”[①]这既是将朋友罹难比拟为屈子含冤被放，同时又何尝不是诗人把自己、朋友和屈子看作遭受不公现实所挤压而命途同归的叹息呢！杜甫对屈宋楚辞文学从未说过偏颇激烈的反对意见，相反他不止一次地在诗作中将《风》《骚》并提而加以称扬，如“陶谢不枝梧，《风》《骚》共推激”[②]、“山居精典籍，文雅涉《风》《骚》”[③]、“有才继《骚》《雅》，哲匠不比肩”[④]等。在杜甫看来，楚骚的经典意义同于《诗经》，它们都是给后人提供了无尽文学滋养的典范文本。正是基于以上原因，杜甫的诗歌创作才会自觉取法楚骚，尤其是取法其“发愤以抒情”的诗学思想及其文学精神。诚如莫砺锋教授所言：“杜甫在学习《诗经》《楚辞》这些典范时，主要的着眼点不在于它们的艺术形式而在于它们的精神实质。就《楚辞》来说，这种精神中最核心的部分就是深沉的忧患意识。”[⑤]

那么，杜诗所接受的楚骚文学精神实质体现于哪些方面呢？对此，往哲时贤多有灼见，笔者此处拟简括各家看法以略作陈述，并举必要的诗例以证之。

其一，杜诗深浸屈骚式的“怨愤”情感。

屈原的所有作品几乎都是遭谗被逐而政治理想破灭后的怨愤之作，如《离骚》中抒情主人公上下求索而反复剖白心曲的长吟、《九章》中对昏乱时局与自身遭遇的深沉感叹，无不染有诗人的热泪和心血。杜甫与屈原一样，同怀高远的济世抱负却陷于现实的泥淖之中，因而其诗歌中便不时发出愤激怨叹之声。杜甫生活的时代虽异于屈子的时代，但其时唐王朝已由盛转衰，特别是“安史之乱”前后的社会局势动荡不安，诗人自己的个人生活亦随之颠簸流离。此时杜甫面对的不仅是个人的前路渺茫而且是整个家国的危亡艰难，诗

---

① 见《全唐诗》卷二二五。

② 杜甫《夜听许十损诵诗爱而有作》，见《全唐诗》卷二一六。

③ 杜甫《题柏大兄弟山居屋壁二首》其一，见《全唐诗》卷二三一。

④ 杜甫《陈拾遗故宅》，见《全唐诗》卷二二〇。

⑤ 莫砺锋《杜甫评传》，南京大学出版社，1993 年 10 月第 1 版，第 301 页。

人敏感的内心遭此变故不知会生出多少的幽恨和怨愤。也好在他是一个诗人,他可以“愁极本凭诗遣兴”[①],以诗歌来抒写出满腔的愁思。此种创作动因与屈原“发愤以抒情”的创作精神可谓完全一致。杜甫身上有着浓重的儒家入世思想,一生都期望能有机会实现自己“上为君担忧下替民解困”的政治抱负。屈原在其《离骚》中表达了“乘骐骥以驰骋兮,来吾导夫先路”的美政理想,杜甫在诗中也说过“致君尧舜上,再使风俗淳”的美好愿望;屈原曾长吟“哀民生之多艰”的感叹,杜甫同样常念念不忘天下苍生的穷困苦难,如“乱世诛求急,黎民糠籺窄”[②]、“上感九庙焚,下悯万民疮”[③]等诗句,从中即能感受到诗人同于屈原的悲悯情怀。可是,杜甫一生遭际却惨淡凄苦,现实不仅没有给他任何机会以实现自己的高远抱负,相反倒给了他种种的挫败、贫寒、饥饿、困苦和磨难。“但看古来盛名下,终日坎壈缠其身”[④]。这本是杜甫感慨友人不遇命运的诗句,今天看来何尝不是对他自己凄惶一生的概括呢？正是因为诗人的心志与现实之间差距太大,所以其诗歌中自然就多了怨愤不平之气;又因为杜甫与屈原一样都是正道直行之士,所以面对丧乱不公的现实他的怨愤不平之气也就更为强烈。试看以下诗例:

①儒术于我何有哉?孔丘盗跖俱尘埃。(《醉时歌》,见《全唐诗》卷二一六)

②朝扣富儿门,暮随肥马尘。残杯与冷炙,到处潜悲辛。(《奉赠韦左丞丈二十二韵》,见《全唐诗》卷二一六)

③当歌欲一放,泪下恐莫收。浊醪有妙理,庶用慰沉浮。(《晦日寻崔戢李封》,见《全唐诗》卷二一七)

④自古有羁旅,我何苦哀伤?(《成都府》,见《全唐诗》卷二一八)

---

① 杜甫《至后》,见《全唐诗》卷二二八。

② 杜甫《驱竖子摘苍耳》,见《全唐诗》卷二二一。

③ 杜甫《壮游》,见《全唐诗》卷二二二。

④ 杜甫《丹青引,赠曹将军霸》,见《全唐诗》卷二二〇。

⑤我生苦飘零,所历有嗟叹。(《通泉驿南去通泉县十五里山水作》,见《全唐诗》卷二二〇)

⑥万国城头吹画角,此曲哀怨何时终?(《岁晏行》,见《全唐诗》卷二二三)

⑦年年至日长为客,忽忽穷愁泥杀人。(《冬至》,见《全唐诗》卷二三一)

⑧琴乌曲怨愤,庭鹤舞摧颓。(《秋日荆南述怀三十韵》,见《全唐诗》卷二三二)

用心读这些诗句，我们仿佛可从字里行间看到诗人的失望穷愁越堆越多,他的怨愤不平之气亦因之不时喷发。因为诗人半生遭时艰虞而命途不济,所以内心怨愤也就表现于宴饮、赠友、写景等各类题材的诗作当中。换言之,诗人即便是在平居生活中也时常听到哀怨之曲、看到摧颓之景、想到并嗟叹自己哀伤的人生经历。这种怨愤之气始终萦绕于杜甫胸中而挥之难去,只好吟咏为诗而求得暂时的情绪发泄。尽管杜甫也说过“孔丘盗跖俱尘埃”和“儒冠多误身”的愤激之语,但较之屈原的锋芒毕露和泪血迸流,杜诗中的怨愤似更温和更节制一些。这也许是两人天性禀赋的差异使然,也是杜甫更重温柔敦厚的儒家诗教使然。如其《自京赴奉先县咏怀五百字》云:“杜陵有布衣,老大意转拙。许身一何愚?窃比稷与契。居然成濩落,白首甘契阔。盖棺事则已,此志常觊豁。”[1]这几句诗类于屈原《离骚》开头部分的叙写,交代自己的身世和志向追求。先说自己的心志越老越发执着,偏要去自比稷、契这样的往古贤臣!因而在世人看来是如此迂阔而空廓无用,一事无成也就是命中注定。然而尽管心里明知这样的理想不合时宜,却甘心辛苦至死而不愿有所改易。从诗人所用“拙”“愚”“濩落”等字眼中可看出自嘲之意,然而这实在是渗着诗人心

① 见《全唐诗》卷二一六。

血的一种自嘲，带有浓重的辛酸与幽愤。屈原在理想破灭时决心要以死殉志，他的怨愤染有一种刚烈色彩，“既莫足与为美政兮，吾将从彭咸之所居”；而杜甫则显得敦厚持重得多，“盖棺事则已，此志常觊豁”虽也怨愤，但更重在表达诗人此志长存、死而后已的坚贞。

“长安苦寒谁独悲？杜陵野老骨欲折。”[①]众生芸芸，为什么只有杜甫最为悲苦呢？他心中何来如许之多的怨愤呢？也许只能反过来说这就是杜甫不同凡众之处，这就是杜诗动人心魄之因，当然这也是杜诗与屈骚的相通之因。

其二，杜诗最具屈骚式的忧患意识。

宋人葛立方《韵语阳秋》有言：“杜云‘文章千古事，得失寸心知。骚人嗟不见，汉选盛于斯。’则知杜之所得在《骚》。”[②]清刘熙载《艺概·诗概》又云：“少陵纯乎《骚》，太白在《庄》《骚》间。”[③]依笔者理解，其实他们欲以强调指出的乃是杜诗同于屈骚的文学精神，尤其是同于屈骚的强烈忧患意识，因为只有从此角度才能够寻求到杜诗与屈骚最大的相通和一致。对此，莫砺锋教授《杜甫评传》中有具体精当的评说，兹引录其中的一段：

> 杜诗中充满着沉重的忧患感：首先，诗人身遭丧乱，穷愁潦倒，当然不能不为自己及其亲友担忧。……更为可贵的是，诗人已经跳出了个人的小圈子，他忧郁的目光投向了远为广阔的现实。《自京赴奉先县咏怀五百字》《北征》《诸将五首》《秋兴八首》等名篇固不必说，即使在那些似乎与国政时事无关的题材中，其忧国忧民之情也时时有所流露。例如在饮酒时，他写道：“岂无成都酒，忧国只细倾”（《八哀诗·赠左仆射郑国公严公武》）；在送别时，他写道：“国步犹艰难，兵革未衰息”（《送韦讽上阆州录事参军》）；在题画时，他想

① 杜甫《投简成、华两县诸子》，见《全唐诗》卷二一九。

② 清何文焕辑《历代诗话》，中华书局，1981年第1版，第502页。

③ 刘熙载《艺概·诗概》，江苏古籍出版社，第107页。

> 到“时危惨淡来悲风”(《题李尊师松树障子歌》);在观舞时,他想到“风尘澒洞昏王室”(《观公孙大娘弟子舞剑器行》);咏月则云:“干戈知满地,休照国西营”(《月》);咏雨则云“不愁巴道路,恐湿汉旌旗”(《对雨》)。正如宋人所说:“少陵有句皆忧国。”(周紫芝《乱后并得陶杜二集》,《太仓稊米集》卷十)忧患感不但直接给杜诗抹上了沉郁的感情色彩,而且使杜诗在反映社会和时代时具有无与伦比的深刻性,在预见或预感当时尚未发生的历史进程时也具有惊人的准确性。所以我们说感情的深挚和思想的深刻是杜诗沉郁风格最深层面的内涵。[①]

也许有人会心生疑问,文学史上抒写忧患意识的诗文可谓多矣,凭什么说杜诗的忧患意识就是对屈骚文学精神的接受呢?凭什么就认为杜诗“纯乎《骚》”呢?从莫砺锋教授的评析中我们注意到这样一句,即杜甫的忧思不仅仅是为个人悲苦而发的,“他忧郁的目光投向了更为广阔的现实”。笔者以为这正是杜诗高于文学史上其他一些同类主题诗文的地方,也是我们认为杜诗继承并光大发扬屈骚忧患精神的原因。黄庭坚题杜甫画像说:“中原未得平安报,醉里眉攒万国愁。”[②]真正是触到了杜甫心底最深处的衷曲。杜甫曾自谓“悲见生涯百忧集”[③],诗人满腔忧愤常化为满纸焦虑和叹息,但其实他却很少单单为一己的遭遇而焦虑,很少陷于自己的不幸而叹息。相反,我们在杜诗中更多读到的是如下这样一些句子,如“穷年忧黎元,叹息肠内热”(《自京赴奉先县咏怀五百字》,见《全唐诗》卷二一六)、“默思失业徒,因念远戍卒。忧端齐终南,澒洞不可掇”(同上)、“再光中兴业,一洗苍生忧。深衷正为此,群盗何淹留”(《凤凰台》,见《全唐诗》卷二一八)、“安得广厦千万间,大庇天下寒士俱欢

---

① 莫砺锋《杜甫评传》,南京大学出版社,1993 年 10 月第 1 版,第 268—269 页。

② 黄庭坚《老杜浣花溪图引》,见于《山谷外集》卷四及《山谷外集诗注》卷一六,影印文渊阁《四库全书》本。

③ 杜甫《百忧集行》,见《全唐诗》卷二一九。

颜，风雨不动安如山。呜呼，何时眼前突兀见此屋，吾庐独破受冻死亦足”(《茅屋为秋风所破歌》，见《全唐诗》卷二一九)等。能写出这些诗句的诗人该是多么值得我们尊敬，诗人笔端的忧心伤悲何等凝重而又何等洁净崇高。杜诗这种强烈的忧患意识，正是人类伟大而高贵的悲悯情怀的集中体现，也应是一切优秀文学作品所共同追求的精神品格。正是在此意义上，人们认为杜诗接受了屈骚，因为杜甫之忧同于屈原之忧，他们都是跳出“小我”而关注“大我”的伟大诗人，其诗歌都是感于家国兴衰与万民苦乐而发出的歌哭，绝非那些仅为个人悲欢而制作的浅吟低唱所能比拟。

第三节 “咽咽学楚吟”
——李贺的屈宋接受

李贺是中唐诗坛的重要诗人，也是一个全力从事诗歌创作的专业诗人。李贺传为唐皇室郑王后裔，但至贺时家世早已沦落。他本人大概也仅担任过一段时间协律郎的微官，年二十七即弃世，留给后世二百四十余篇诗歌作品。据《新唐书》载：“(贺)为人纤瘦，通眉，长指爪，能疾书。每旦日出，骑弱马，从小奚奴，背古锦囊，遇所得，书投囊中。未始先立题然后为诗，如它人牵合程课者。及暮归，足成之。非大醉、吊丧日率如此。过亦不甚省。母使婢探囊中，见所书多，即怒曰：‘是儿要呕出心乃已耳。’”[①]由此可见，诗歌创作就是李贺全部生活的中心，他的确是古代文学史上真正以诗歌创作为自我生命存在方式的惟一诗人了。也许只有通过诗歌创作，他才能体验到精神的愉悦，才能确证自我存在的意义。以此，李贺的诗歌表现手法堪称精工细雕，语词奇崛且色味艳异；而其诗歌内容又可谓呕心沥血，意境凄迷，鬼泣神惊。李贺有诗曰“笔补

---

① 欧阳修《新唐书》卷二〇三，中华书局标点本，1975年第1版，第5788页。

造化天无功”①，用以说明他自己的诗歌创作十分恰当。古今的诗评家多注意到了李贺诗歌与楚骚之间的密切关系，发表过不少灼见，从李贺与屈原的身世、思想及其作品的意旨神理等方面作过深入的探讨。而笔者以为李贺之所以倾心楚骚而着力学习其命意、造境和辞采，至为关键的一点即是他迷醉沉浸于诗歌世界的这种精神状态，与楚骚反复致意而迷离惝恍的幻化诗境极为契合，尤其与屈原创作《离骚》《惜诵》《远游》等篇章时思飞天外的巫士式思维极为接近。因此，楚骚在李贺看来就是一座辉煌神秘的文学殿堂，充满着现实世界中所没有的奇丽景象，飞动着诗人轻灵而自由的灵魂，喷发出绵绵不尽的哀怨、愤恨和不平。这种种气息都非常合于李贺的气质，闻起来简直是沁人心脾，既入于脏腑又渗透血骨。从此意义上说，唐代学习接受楚骚的诗人中李贺是最为自觉的一个，其诗歌也是最能够体现出楚骚奇思万端而惊采绝艳总体风貌的一个。明人陆钿说“李长吉得《骚》之骨”，诚哉斯言。

一、李贺的楚骚评论

唐代是一个激情飞扬的时代，我们看到这个时代诗人辈出而文星璀璨，他们渴望建功立业的热情和理想远甚于其学术兴味。以是唐代的楚辞研究也便处于一个低谷状态，几乎没有留下什么像样的研究成果。但唐人对楚辞作品其实是非常熟悉也非常重视的，这从他们的诗文作品屡屡称引屈宋及大量化用其辞赋语词即可窥一斑。惜乎唐人或是不屑于或是无暇于从事故纸堆中的楚辞研究，像李白、杜甫、韩愈这样的诗文大家对屈宋楚骚亦仅有片言只语的评说，而且这些评说往往都是在他们表达自己某种诗文主张时因涉及楚骚而发表的意见，并非专门之论。后人能够看到的唐代楚辞研究成果，除了依托《文选》一书而留存的部分唐人注解外②，其他评论性资料大多以零星的即兴

---

① 李贺《高轩过》，见《全唐诗》卷三九三。

② 按，唐李善注《文选》、五臣注《文选》，及《唐钞本文选注》中，皆保留有唐人对收于其中的楚辞作品之注解，是后人研究唐代楚骚研究的重要资料。

评说形式存在于唐人的诗文作品之中。相较之下，李贺应算是一个特例，因为从其留存至今的楚辞评论来看，其形式内容与同时代其他诗人的楚辞评论判然有别。以下试详说之。

①(《离骚》)感慨沉痛，读之有不欷歔欲泣者，其为人臣可知矣！

②《天问》语甚奇崛，于《楚辞》中可推第一，即开辟来亦可推第一。贺极意好之。时居南园，读数过，忽得“文章何处哭秋风”之句。

③(《九章》)其意悽怆，其辞瓌瑰，其气激烈。虽使间有重复，然临死时求为感动庸主，自不觉言之不足，故重言之，要自不为冗也。

④《远游》篇仅铺叙畅达，托志高远，取其意可也，若以文论，尚不尽屈氏所长。

⑤《卜居》为《骚》之变体，辞复宏放，而法甚奇崛。其宏放可及也，其奇崛不可及也。

⑥读此(指《渔父》)一过，居然觉山月窥人，江云罩笠，光景宛宛在目。

⑦宋玉赋当以《招魂》为最幽秀奇古，体格较《骚》一变。予有诗云“愿书汉戟招书鬼，休令恨骨埋蒿里”，亦本之。

以上七条针对楚骚的评述见于明蒋之翘《七十二家评楚辞》。蒋之翘于文献搜求颇有兴趣，朱彝尊《明诗综》有小传：“之翘，字楚稺，秀水布衣。甲申后隐于市。……详对《楚辞》《晋书》《韩柳文集》，镂板以行。又辑《檇李诗乘》四十卷，搜录乡党先正诗无遗，兼能备举逸事，使听者忘倦。晚年无子，书籍散佚无余，《诗乘》亦亡。可叹也。”[①]蒋之翘将自司马迁以下至明时计七十余家评论楚骚的意见进行了搜罗编辑，分载于其校定本《楚辞集注》各篇之中。此即所谓《七十二家评楚辞》，堪称明以前楚辞评论资料之总汇。笔者所引出自《楚辞评

① 朱彝尊《明诗综》卷七十九，影印文渊阁《四库全书》本。

论资料选》一书。据李贺这些对楚骚的评论来看,他确乎是唐代着意研究过屈宋作品的诗人。蒋之翘《七十二家评楚辞》的资料来源今虽难考知,但相信他定有所本。就其中所收唐人的楚骚评论而言,除另有贾岛的一段评说外[①],就只有李贺这七条了。由此亦足见李贺对楚骚抱有非同寻常的态度,或许其实际的评骚言论当不至蒋之翘所搜辑之数。仅观留存于今的这些评说,显然与多数唐人一般性的抑扬毁誉有所不同。

其一,李贺对楚骚所发表的意见表现为一种较专门的评论形式,是他用心研读楚骚作品后所得情感感染和审美感受之真实表达,更倾向于较纯粹的文学批评。这与此前王勃、李白、杜甫、李华、萧颖士等人针对楚骚发表看法有较大不同。因为后者往往只是在一些阐述表达其文学主张的诗文中或推崇或贬抑楚辞作品,他们的主要目的不是为了阐述对屈宋楚骚的理解,而是借抑扬屈宋楚骚来表明各自的文学立场及其对待文学遗产的态度。换言之,李贺的楚骚评论带有较浓厚的学术色彩,从而与同时代多数诗文作者片言只语地附带性谈及楚骚作品相区别开来。

其二,李贺对屈宋骚辞的论评涉及范围较广而且具体。现存的七条评说分别针对《离骚》《天问》《九章》《远游》《卜居》《渔父》《招魂》等而发,基本涵括了屈宋的主要作品。合理的推测是李贺既然对这些作品发表过意见,当然也就十分精熟屈宋的全部作品了，同时也应会针对屈宋的其他作品有所评论，只可惜未能留存下来。这也与唐代其他涉及楚骚的评说不同。从《唐代文学思想中屈宋评价的抑扬变化之迹》及其他一些章节中引用过的唐代楚骚评论诗文来看,它们多数情况下都是以"楚辞""离骚"或"屈宋"来指代楚骚作品,常将屈宋的全部作品当作一个整体来概括其风貌特色,像李贺这样针对屈宋作品具体篇目进行评说的几近于无。可以说李贺的楚骚评论是剖析一个个明确

① 按,收于《七十二家评楚辞》之贾岛评骚意见,蒋之翘应是本之于《二南密旨》,张伯伟《全唐五代诗格校考》中有论。

的对象，表达自己对某篇具体作品的阅读感受；而同时代人的楚骚评论则往往是就与“风雅”传统相对应的“楚骚”进行大体的笼统言说。

其三，李贺的楚骚评论涉及作品语辞特色、结构章法、体貌风格及思想情感等诸方面。如“《天问》语甚奇崛，于《楚辞》中可推第一，即开辟来亦可推第一”“（《九章》）其辞瓌瑰”“（《卜居》）辞复宏放”等，即是评说楚骚语辞特色的。这里的“奇崛”“瓌瑰”和“宏放”，颇类于刘勰所言之“瑰诡慧巧”“耀艳深华”及“标放言之致”之意[①]。如“（《九章》）虽使间有重复，然临死时求为感动庸主，自不觉言之不足，故重言之，要自不为冗也”“《远游》篇仅铺叙畅达”，前句指出《九章》各篇具有回环往复的结构特点，并说明这是作者强烈情感的自然表达，并非赘辞拖沓。李贺的意见同于司马迁所言“一篇之中三致志焉”的看法[②]；后句认为《远游》篇铺叙畅达，同样是概括其结构章法特点。如“（《卜居》）法甚奇崛。其宏放可及也，其奇崛不可及也”“宋玉赋当以《招魂》为最幽秀奇古，体格较《骚》一变”两句，分别强调了《卜居》的“奇崛”和《招魂》的“幽秀奇古”，表明李贺注意到了楚骚此种别具一格的体貌风味。再如说《离骚》“感慨沉痛，读之有不欷歔欲泣者，其为人臣可知矣”，说《九章》“其意悽怆”而“其气激烈”，则主要揭示了楚骚作品蕴涵的思想情感，指出屈子眷恋故国而刚直忠贞的高尚人格及其“发愤以抒情”而表达出的无限悲凉激烈之气。

其四，由李贺的楚骚评论，可见他最为称赏楚骚“奇崛”之气，并着意学习汲取此种“奇崛”之气。在李贺的七条楚骚评论中，两次用到“奇崛”，它们是“《天问》语甚奇崛，于《楚辞》中可推第一，即开辟来亦可推第一。贺极意好之。时居南园，读数过，忽得‘文章何处哭秋风’之句”，和“（《卜居》）法甚奇崛……其奇崛不可及也”。前句用“奇崛”形容《天问》篇的语言特色并极力推扬，称自

---

① 按，刘勰《文心雕龙·辨骚》云：“《远游》《天问》，瑰诡而慧巧，《招魂》《招隐》，耀艳而深华；《卜居》标放言之致……”此当为李贺所本。

② 按，《史记·屈原列传》云：“屈平既嫉之，虽放流，睠顾楚国，系心怀王，不忘欲反，冀幸君之一悟，俗之一改也。其存君兴国而欲反覆之，一篇之中三致志焉。”此当为李贺所本。

己诵读之际灵感突发而得佳句。可见李贺完全为《天问》瓌诡奇异的语言形式所征服，整个身心都沉浸于诗句所渲染的特别氛围之中，以此才会触发自己的创作冲动。后句以“奇崛”说明《卜居》篇的体貌风格，进而称这种层层叠进而让愤恨情绪恣肆流泻的手法令人惊异，达到了一个很难仿效的高度。还有一次用到“幽秀奇古”，即“宋玉赋当以《招魂》为最幽秀奇古，体格较《骚》一变。予有诗云‘愿书汉戟招书鬼，休令恨骨埋蒿里’，亦本之。”此句又是概括《招魂》篇的风貌，所用“奇古”一词当与“奇崛”相近，皆是指楚骚作品所独具的惊采绝艳与浓厚楚风之特色。而且李贺这次又交代出一句自己本于《招魂》而创作的诗歌，可见研习楚骚已成为他获取创作资源的一种方式了。所有这些都表明楚骚的“奇崛”之气对李贺吸引力最大，对其诗歌创作的影响也最为明显。

二、“《骚》之苗裔”的同异之辩

接受美学理论认为所有接受活动都须具备接受主体、接受对象及接受关系三种要素。而接受活动的主体应当为接受活动的发动者，接受对象即是主体所指向的目标，接受主体与接受对象互动形成的联系纽带就形成了二者之间的接受关系。据此，李贺因其对屈宋楚骚的钟情而具有了指向楚骚而发起接受活动的强烈内驱力，其具体的接受关系除了前文已述及的楚骚评论，即通过对屈宋作品进行阐释而达到理解接受之目的而外，更重要的应当是通过其具体的诗歌创作来学习、仿效并汲取屈宋作品的语辞风采和神理气味。对此，同时代人杜牧在李贺辞世十五载后为其诗集作序时概括道：

云烟绵联，不足为其态也；水之迢迢，不足为其情也；春之盎盎，不足为其和也；秋之明洁，不足为其格也；风樯阵马，不足为其勇也；瓦棺篆鼎，不足为其古也；时花美女，不足为其色也；荒国陊殿，梗莽邱垅，不足为其恨怨悲愁也；鲸呿鳌掷，牛鬼蛇神，不足为其虚荒诞幻也。盖《骚》之苗裔，理虽不及，辞或过之。《骚》有感怨刺怼，言及君臣理乱，时有以激发人意。乃贺所为，无得有是？贺复能探寻前事，所以深叹恨古今未尝经道者，如《金铜仙人辞汉歌》《补梁庾肩吾宫体谣》，求取情状，离绝远去，笔墨畦迳间，亦殊不能知之。贺生二十七年死矣，世皆曰："使贺且未死，少加以理，奴仆命《骚》可也。"①

自杜牧此言一出，后人凡评李贺诗者无不随声附和，"《骚》之苗裔"亦几成通识定见。这足以表明李贺诗歌创作确实深受屈宋楚骚影响而带有较鲜明的楚骚气味。然而围绕杜牧对"《骚》之苗裔"所作的具体阐发，后世却见仁见智而看法不一。争论的焦点在于李贺诗歌是否内涵楚骚之理，李贺诗歌的意蕴与体貌究竟当如何理解等，总体上对杜牧的意见多有从不同角度出发而有所驳议。

先是宋刘辰翁《笺注评点李长吉歌诗》云："旧看长吉诗，固喜其才，亦厌其涩，落笔细读，方知作者用心。料他人观不到此也，是千年长吉犹无知己也。以杜牧之郑重，为《叙》直取二三歌诗而止，始知牧亦未尝读也，即读亦未知也。微一二歌诗，将无道长吉者矣。谓其理不及《骚》，未也，亦未必知《骚》也；《骚》之荒忽，则过之矣。更欲仆《骚》，亦非也。千年长吉，余甫知之耳。诗之难读如此，而作者常呕心何也？"又云："樊川反复称道，形容非不极至，独惜理不及《骚》，不知贺所长正在理外，如惠施'坚白'，特以不近人情，而听者惑焉，是为辨。若眼前语，众人意，则不待长吉能之，此长吉所以自成一家欤！"②刘氏以李贺知音的口气感叹千年以来无人读懂长吉诗，只有自己才真正理解李贺。他认为杜牧评价贺诗理不及《骚》是不对的，"奴仆命《骚》"亦不尽恰当。言外

① 杜牧《李长吉歌诗叙》，见陈治国编《李贺研究资料》，北京师范大学出版社，1983年第1版，第3页。

② 刘辰翁《须溪集》卷六，影印文渊阁《四库全书》本。

之意似杜牧既未完全理解李贺歌诗，也未真正理解楚骚，所以才会作出此种不合适的简单比附。刘氏自己的看法是李贺诗歌创作学《骚》非学其理，因为“贺所长正在理外”。其诗歌创作亦是特意舍弃习见常用之语辞物景而代之以奇诡惊骇之意象，以此才达到了超越“《骚》之荒忽”的艺术境界，才成就了李贺诗歌自成一家的地位。

明代李维桢《昌谷诗解序》则持更大的反对意见，他说：“杜樊川《序》谓《骚》之苗裔，令未死，且加以理，可奴仆命《骚》，未为不知长吉，亦未为深知长吉。诗有别才，不必尽出于理。……《骚》诣绝穷微，极命庶物，力夺天工，浑成无迹。长吉则锋颖太露，蹊径易见，调高而不能下，气峻而不能平，是于《骚》特长拟议，未臻变化，安得奴仆《骚》也？”[①]李氏认为李贺诗歌有学《骚》之处，亦堪称独自成家，但较之于《骚》仍有很大距离。一是琢磨太过而不如楚骚之浑然天成，二是一味高峻而不如楚骚之低昂多变。以此，杜牧以“理不及《骚》”评李贺歌诗既已不当，而谓其“少加以理可奴仆命《骚》”便尤为荒谬。

明清之际的贺贻孙《诗筏》又云：“杜牧之作李长吉序……谓长吉诗为‘骚之苗裔’一语甚当。盖长吉诗多从风、雅及《楚辞》中来，但入诗歌中，迸成创体耳。又谓‘理虽不及，辞或过之，使加以理，奴仆命骚可也’数语，吾有疑焉。夫唐诗所以敻绝千古者，以其绝不言理耳。……楚骚虽忠爱恻怛，然其妙在荒唐无理，而长吉诗歌所以得为《骚》苗裔者，正当于无理中求之，奈何反欲加以理耶？理袭辞鄙，而理亦付之陈言矣，岂复有长吉诗歌？又岂复有《骚》哉？”在贺贻孙看来，楚骚之妙即在荒唐无理，李贺诗歌正可谓得其无理，所以才可称之为“《骚》之苗裔”。与他持相同观点者还有稍后的舒梦兰，其《古南余话》卷三云：“（长吉）善学《楚辞》，试将《招魂》《大招》中‘些’‘只’语助一一点去，以七字断句，不全似长吉乐府之声乎！樊川谓其少理，盖不能读《骚》。《骚》正越理

---

① 《李贺研究资料》，北京师范大学出版社，1983年第1版，第37页。

摅情，贵声情而略词理者。有娀之女可求乎？鸠可为媒乎？鱼可媵乎？天可冲乎？水中可筑室而芙蓉可为裳乎？其理安在？"[1]其实，从刘辰翁和李维桢反驳杜牧的言论中已隐隐流露出对楚骚之理该作何解的疑问，认为从"理"的角度比照楚骚与贺诗是不恰当的。而到了贺贻孙和舒梦兰这里，他们反驳杜牧而明确声称楚骚与贺诗最大的相同点正在于"贵声情而略词理"。也正是从此意义出发，可将贺诗看作是学习接受楚骚的成功典范。然而人们的意见总是难于一致起来，宋琬在《昌谷注叙》中又提出李贺歌诗学《骚》的主要体现即是以一颗屈原式的孤忠之心而抒其哀愤忧国之情，其理正同于楚骚。然而世人皆不深察，以为李贺诗歌是"呕心作诡谲之辞""神鬼悠谬不可知"，实在是对李贺的巨大误解和谗毁。杜牧"可谓爱贺矣，然犹以为理所未及，虽爱亦谗也"[2]。宋氏的看法可谓是对此前众家评说的一大反拨，回到了杜牧的思路上但并不认同杜牧"理不及《骚》"的说法。

综括以上论争，笔者以为各家都有自己的道理，并不能简单地认定孰是孰非。这样的争论亦有助于我们更好地理解李贺诗歌与楚骚之间复杂的接受关系。因为围绕此命题之所以会出现如许之多的不同看法，这本身即表明楚骚作用于李贺诗歌创作的影响力不局限于某一个方面，而是从辞采形式到思想内容皆有浸染，是一种整体体格上的学习和接受。由于以上各家评说的角度和侧重点有所不同，从而在理解李贺诗歌与楚骚间的关系时产生一些歧见也就在所难免了。不管杜牧对"《骚》之苗裔"的阐述有无偏差，也不管后世围绕此命题展开的讨论有无对错，我们认为所有的意见都是有价值的。因为这些意见可启发人们从多方面去探析李贺诗歌，更好地读懂李贺诗歌。诚如清人姚文燮所说："杜牧之言贺理不及《骚》而为《骚》之苗裔也，是不必以《骚》抑贺也；又谓少加以理可奴仆命《骚》也，是又不必以贺抑《骚》也。《骚》理何必皆

---

① 转引自钱钟书《谈艺录》，中华书局，1984 年 9 月第 1 版，第 367 页。

② 《李贺研究资料》，北京师范大学出版社，1983 年第 1 版，第 45 页。

贺，贺理何必皆《骚》也？”[①]以此，关乎“《骚》之苗裔”的同异之辩可视为一条前人于无意中挖掘而成的通道，它可指示我们更方便准确地进入李贺的诗歌世界。

三、李贺诗歌的屈宋接受表现

李贺钟爱楚骚而其创作亦深得楚骚之赐，对此不仅前人多有评说，李贺自己在诗歌中也屡屡言及。如“《愣伽》堆案前，《楚辞》系肘后”（《赠陈商》，见《全唐诗》卷三九一）、“斫取青光写《楚辞》，腻香春粉黑离离”（《昌谷北园新笋四首》其二，同上）、“咽咽学楚吟，病骨伤幽素”（《伤心行》，同上）、“坐泛楚奏吟《招魂》”（《南园》，见《全唐诗》卷三九四）等，夸张地表现了他对楚骚须臾不离的痴迷程度，同时还将自己的诗歌创作径直称之为“楚辞”。李贺诗歌到底体现出了对屈宋楚骚怎样的继承和接受呢？前人所谓“《骚》之苗裔”的具体根由是什么呢？这些皆须从李贺的诗歌作品中去求得解答，而且只有从具体作品中寻绎到的接受关系才最为真实可靠。

其一，奇诡浓丽而又哀婉寒峭的辞采。李贺诗歌用语新奇独特，带有韩孟一派的苦吟作风。李贺的诗歌创作态度由《新唐书》载其母称“是儿要呕出心乃已耳”可以想见一二。李贺的苦吟一旦与其对楚骚的爱赏结合起来，很自然地就形成了奇诡浓丽而又哀婉寒峭的辞采。如《苏小小墓》一诗[②]：

> 幽兰露，如啼眼。无物结同心，烟花不堪剪。
>
> 草如茵，松如盖。风为裳，水为珮。油壁车，夕相待。
>
> 冷翠烛，劳光彩。西陵下，风吹雨。

全诗传达出一种幽幽冷气，让人心生寒意。然而这种寒意并不是作者刻意渲染的，而是在描写幽兰、烟花、绿草、青松、翠烛等一系列色彩鲜明的物象

---

① 姚文燮《昌谷诗注自序》，引自《李贺研究资料》，北京师范大学出版社，1983年第1版，第43页。

② 见《全唐诗》卷三九〇。

时不经意间从字里行间渗透出来的。换言之，该诗最为成功之处即是其辞采。全诗的意境氛围之所以揪心冷峭，主要是因为作者选取了一些在他看来蕴意指向一致的语词，并将它们巧妙地搭配组织起来，从而使诗句凝成一个整体，产生了强烈的审美冲击力。李贺此诗的作法，显然就是对屈子《九歌》，尤其是《山鬼》篇的一种学习。相类的诗例在李贺诗集中随处可见，如其乐府诗《十二月乐辞·三月》："东方风来满眼春，花城柳暗愁几人。复宫深殿竹风起，新翠舞襟静如水。光风转蕙百馀里，暖雾驱云扑天地。军装宫妓扫蛾浅，摇摇锦旗夹城暖。曲水飘香去不归，梨花落尽成秋苑。"[①]诗中写春色满眼、花城柳暗、竹摇深宫、暖雾驱云、曲水飘香、梨花落尽等等，辞采绚烂堂皇，令人目不暇接。但同样表现的却不是欢情而是哀愁，字面的热闹背后深藏着冷寂。此种堆积繁盛艳丽语词而实质上是为写凄凉无奈的笔法当是源于《招魂》，该诗中"光风转蕙百馀里"即本于《招魂》"风光转蕙，泛崇兰些"一句，此亦可看作李贺诗歌辞采受楚骚影响的注脚。再如《雁门太守行》中写道："黑云压城城欲摧，甲光向日金鳞开。角声满天秋色里，塞上燕脂凝夜紫。半卷红旗临易水，霜重鼓寒声不起。报君黄金台上意，提携玉龙为君死。"[②]诗作中的"黑云压城""甲光向日""燕脂夜紫"等，色彩皆极为刺目，是作者苦心"锻炼"出的句子。而这层层光影散射出的苍凉和悲壮，又能给读者以深刻感动。叶葱奇评此诗云："很像屈原《九歌》中的《国殇》。杜牧说贺诗是'《骚》之苗裔'，所见甚确，集中像这一类的诗实在都是胎息《楚辞》，而很能得其神理的。"[③]

奇诡浓丽而又哀婉寒峭的辞采是李贺诗歌学习并接受楚骚而表现出来的基本特征，因此我们读李贺诗歌首先也便会感受到它们在辞采方面与楚骚的相近相通，往往在五彩斑斓的奇丽语词外衣下窥到诗人内心世界的寂寞伤

---

① 见《全唐诗》卷三九〇。
② 见《全唐诗》卷三九〇。
③ 叶葱奇疏注《李贺诗集》，人民文学出版社，1980年第1版，第24页。

感。如“羲和敲日玻璃声，劫灰飞尽古今平”(《秦王饮酒》，见《全唐诗》三九〇)、“衰兰送客咸阳道，天若有情天亦老”(《金铜仙人辞汉歌》，见《全唐诗》卷三九一)、“南风吹山作平地，帝遣天吴移海水。王母桃花千遍红，彭祖巫咸几回死”(《浩歌》，见《全唐诗》卷三九〇)、“星依云渚冷，露滴盘中圆。好花生木末，衰蕙愁空园。夜天如玉砌，池叶极青钱”(《河南府试十二月乐词·七月》，同上)等。李贺诗歌中喜用的意象有蕙、兰、露、竹、月等，这与楚骚多写草木霜露或烘托气氛或寄寓比附有一致之处。特别是当用到“蕙兰”“杜若”“木叶”“兰风”等语词时，结合整首诗的意蕴来看，它们显然是李贺从楚骚中借用而来。从一定意义上说，这些诗歌即因为此类借用而沾染上了楚骚惊采绝艳的凄迷色彩。沈德潜《说诗晬语》云：“李长吉诗，每近《天问》《招魂》，楚《骚》之苗裔也；特语语求工，而波澜堂庑又窄，所以有山节藻棁之诮。”[①]施补华《岘傭说诗》又云：“李长吉七古，虽幽僻多鬼气，其源实自《离骚》来，哀艳荒怪之语，殊不可废，惜成章者少耳。”[②]他们都注意到了李贺诗学《骚》语而成其新异哀艳之辞采特色的一面，同时也指出其因“语语求工”而不如楚骚之浑整天然的不足。

其二，出人意表的构思和奇崛险幻的意境。李贺被称之为“鬼才”，一个原因是其笔下多荒怪幽冷之气，另一个原因是其诗歌构思往往能独辟蹊径而出人意表，从而营造出幻化莫测而恣肆奇崛的诗歌意境，引领读者精骛八极而神游万仞。这与楚骚中描写乘风腾云而上天入地等幻思游历的手法类似，都会使读者在称奇之余感受到作者内心涌动着的巨浪狂涛。先让我们来看一篇李贺的《李凭箜篌引》[③]：

吴丝蜀桐张高秋，空白凝云颓不流。

① 丁福保辑《清诗话》，中华书局，1963年第1版，第538页。

② 丁福保辑《清诗话》，中华书局，1963年第1版，第989页。

③ 见《全唐诗》卷三九〇。

江娥啼竹素女愁，李凭中国弹箜篌。
昆山玉碎凤凰叫，芙蓉泣露香兰笑。
十二门前融冷光，二十三丝动紫皇。
女娲炼石补天处，石破天惊逗秋雨。
梦入坤山教神妪，老鱼跳波瘦蛟舞。
吴质不眠倚桂树，露脚斜飞湿寒兔。

这首诗是《李贺诗集》中的第一篇，也是能够很好地体现其新颖构思和奇崛诗境的一篇。诗篇起首描绘出一幅开阔辽远又凄凉清冷的图景，给人以壮美之感。你看那秋天高远的长空之下，李凭如痴如醉地弹拨箜篌，声震林越而响遏行云，连江娥素女听了也一下子便愁绪满怀而泪洒竹枝。“昆山玉碎凤凰叫，芙蓉泣露香兰笑”，这句的拟人手法即表现出李贺想象力之丰富惊人，极精准灵妙地形容出音乐之幽美清越，给人以强烈的审美感受。同时，从此句始，诗人的思绪不知不觉间进入到了幻想世界，笔下所出现的人物景象全都来自于神话传说，与现实有着明显的距离。诗中先后写到天门前冷光消融，紫皇亦为乐声感动，女娲炼石补天而石破天惊，极其夸张地表现李凭弹奏箜篌的饱满高昂和激烈有力。接着诗人又以“梦入”两字转入到另一层想象空间，在那里似乎看到不是李凭而是神仙在弹奏，鱼蛟随着音乐的节奏翩翩起舞；夜已深沉露湿寒兔，然而月宫中的吴质却为音乐所陶醉而斜倚桂树不能入眠。这样就将李凭的音乐才能刻写得出神入化而无以复加。从整体上来读这首诗，一方面我们可看到李贺创作构思的奇异和诗境的奇崛，那些繁复的幻化景象也只有楚骚可与之相比；另一方面我们也能够感受到诗句字行间渗出的一股愤激之意，诗人为什么要写乐声使“江娥啼竹素女愁”呢？为什么要用“芙蓉泣露”“石破天惊”和“老鱼瘦蛟”这样一类骇人耳目的语汇呢？这其实当是诗人黯然心境的无意流露。

李贺诗集中类似于《李凭箜篌引》的诗作甚众。沈德潜说“长吉诗依约楚

《骚》,而意取幽奥,辞取环奇。”[①]所谓“意取幽奥”,主要当指新颖别致的构思和奇崛险幻的意境。诗人往往能以超绝的想象将现实、传说和神话融铸到一首诗当中,使之成为一个独立自足的审美对象。以此,在李贺诗歌中我们常能读到出奇不意的幻怪之语,如“东指羲和能走马,海尘新生石山下”(《天上谣》,见《全唐诗》卷三九〇),写仙人从上天俯视人间须臾千年的巨大变化,想象十分奇特。李贺另有“遥望齐州九点烟,一泓海水杯中泻”(《梦天》,同上),其构思亦同于此。再如“思牵今夜肠应直,雨冷香魂吊书客。秋坟鬼唱鲍家诗,恨血千年土中碧”(《秋来》,同上)、“秦王骑虎游八极,剑光照空天自碧”(《秦王饮酒》,同上)、“空将汉月出宫门,忆君清泪如铅水”(《金铜仙人辞汉歌》,见《全唐诗》卷三九一)等,诗思的新奇夸张皆富于独创性,确有李贺式的“幽奥”之色。若从李贺诗中抽出一篇最能代表其心裁独出之构思的,笔者以为莫过于《罗浮山父与葛篇》[②]了。此诗题材无甚特别之处,不过是写一块葛布而已。但诗人却从织布时的江雨与和暖的兰台风写起,表明葛布的不凡来历;次写洞中老仙送布与人而织布的鬼工吝惜啼哭,极言葛布的不同寻常;接着以蛇喘湿洞与鱼立不食形容天气酷热,此时用这样素洁如天的葛布剪裁为衣当是何等的美妙。全诗纯粹出于诗人的丰富想象,将江雨细风、老仙鬼工、蛇毒湿洞、江鱼衔沙和箱中一尺天等奇幻意象,以拟人、夸张、比喻等手法围绕葛布组织成为一个整体。作者创作此诗之精妙构思一如纺织葛布之巧夺天工,可谓煞费苦心而周折不少。而若从李贺诗中抽出一篇最能代表其意境奇崛险幻的,又莫过于《苦昼短》[③]一篇了。此诗从长短不一而多四字句和问句的形式,

① 沈德潜《唐诗别裁集》卷八,中华书局,1975年第1版,第126页。

② 诗云:“依依宜织江雨空,雨中六月兰台风。博罗老仙时出洞,千岁石床啼鬼工。蛇毒浓凝洞堂湿,江鱼不食衔沙立。欲剪箱中一尺天,吴娥莫道吴刀涩。”见《全唐诗》卷三九一,叶葱奇疏注《李贺诗集》题为《罗浮山人与葛篇》。

③ 诗云:“飞光飞光,劝尔一杯酒。吾不识青天高,黄地厚,唯见月寒日暖,来煎人寿。食熊则肥,食蛙则瘦。神君何在?太一安有?天东有若木,下置衔烛龙。吾将斩龙足,嚼龙肉。使之朝不得回,夜不得伏。自然老者不死,少者不哭。何为服黄金,吞白玉?谁似任公子,云中骑碧驴。刘彻茂陵多滞骨,嬴政梓棺费鲍鱼。”见《全唐诗》卷三九二。

以及强烈的怀疑精神等来看，应当是受屈原作品尤其是《天问》的不少沾溉。诗人以邀劝太阳跟自己一同畅饮美酒写起，使诗作染上一层浓重的浪漫色彩。诗人激烈地宣称自己不知天高地厚，只知寒暑易节人寿不永，不管贵贱贫富都将终老死去，哪里有什么神君和太一的保佑呢？更惊人的想象是诗人要斩杀驾日之龙而食其肉，从而使长昼亘古，再也没有黑夜和生老病死之困。根本用不着去服食什么黄金白玉，刘彻嬴政不都枉然死于求仙问道吗？诗人以腾挪险幻之思构造出了一个奇崛非常的诗境，使人心生惊悸和震憾。有论者以为此诗是讽刺宪宗好神仙的，而笔者倒更愿意视其为诗人抒发人生苦短而无可奈何的生命之痛的，是诗人对生命存在本质的一种形而上的追问。

其三，幽怆寂寥的悲愤情感。李贺诗歌创作宗师屈宋而仰范楚骚，以奇诡寒峭的语辞、丰富奇异的想象和新颖的构思，创设出一种奇崛华美而又变幻莫测的艺术境界。然笔者以为除了这些形式特点外，李贺诗歌之所以被公认为“《骚》之苗裔”，还在于其对楚骚文学精神的接受，即抒发作者幽怆寂寥的悲愤情感。李贺诗云“天荒地老无人识”①，此约略可概其诗歌多幽怨愤慨之根由。清张澍曰：“余读长吉之诗，窃以为似杨雄之文也，其幽思诘屈，奇采陆离，寄兴无端，《离骚》与伍。世之论者，辄议其险怪难解，有心雕缋，则惑之甚。夫以昌谷之才，髫龄惊众，而媢忌者流沮其进用，使之陒塞不伸，情菀志懣，发为歌诗，舒写郁抱，宜其龙腾虎攫，波谲云诡也。”②这正可看作是对“天荒地老无人识”的解说。李贺自称是唐宗室郑王后裔，此与屈子为楚王同宗类似，这一点让他们自己心中会产生较常人更多一些的社稷忧患感；然而李贺生年潦倒穷困，没有取得过什么像样的政治地位，此与屈子遭谗被逐亦有近似之处，但笔者以为实则更类同于宋玉的“贫士失职而志不平”之情形。以李贺之诗才和

① 李贺《致酒行》，见《全唐诗》卷三九一。

② 《养素堂文集》卷三十四《李长吉诗跋》，引自《续修四库全书》，上海古籍出版社，第1507册，第129页。

甚高的自我期许，对照其落拓的现实境遇，自然会有满腔的怨愤从笔端喷涌而出了。

李贺多次在诗中强调自己“唐诸王孙”的出身地位，明显带有以此为荣的自豪和自命不凡之意。其《南园十三首》其五云：“男儿何不带吴钩？收取关山五十州。请君暂上凌烟阁，若个书生万户侯。”《马诗二十三首》其五云：“大漠沙如雪，燕山月似钩。何当金络脑，快走踏清秋。”皆表露了诗人昂扬向上的精神风貌，渴望建功立业而一展抱负。但早已败落的家境和因讳父名而不得参加进士考试，使李贺的热情和理想遭遇到了寒流，诗人的敏感便一下子将他推入了精神的苦闷深渊。试看这些诗句，“我有迷魂招不得，雄鸡一声天下白。少年心事当拏云，谁念幽寒坐呜呃？”（《致酒行》，见《全唐诗》卷三九一）、“园中莫种树，种树四时愁。独睡南床月，今秋似去秋。”（《莫种树》，见《全唐诗》卷三九二）、“落莫谁家子，来感长安秋。壮年抱羁恨，梦泣生白头。”（《崇义里滞雨》，同上）、“秋风吹地百草干，华容碧影生晚寒。我当二十不得意，一心愁谢如枯兰。”（《开愁歌》，同上）、“驱马出门意，牢落长安心。两事谁向道？自作秋风吟。”（《京城》，见《全唐诗》卷二九二）细细读来，相信我们会被李贺的愤恨不平之气和落寞寂寥之意所淹没的。

若要更深地理解李贺在抒写幽怆悲愤情感方面接受了楚骚的影响，最好来读读他的《公无出门》[①]一诗：

天迷迷，地密密。熊虺食人魂，雪霜断人骨。

嗾犬唁唁相索索，舐掌偏宜佩兰客。帝遣乘轩灾自息，玉星点剑黄金軛。

我虽跨马不得还，历阳湖波大如山。毒虬相视振金环，狻猊猰貐吐馋涎。

① 见《全唐诗》卷三九三。

鲍焦一世披草眠,颜回廿九鬓毛斑。颜回非血衰,鲍焦不违天。天畏遭衔啮,所以致之然。分明犹惧公不信,公看呵壁书《问天》!

此诗开首即描绘了一幅极恐怖的场景:天上飘飞着断人肌骨的霜雪而昏昏沉沉,地上爬行着食人魂魄的恶兽而密密麻麻,猛犬被啸嗾纵使着扑向一个个善良无辜的人。接着诗人写自己跨马他方,所见更是百倍地险绝艰难。人们幻想着也许能够得到天帝的护佑而免除灾殃,但天帝原来却也是欺软怕硬之辈,他非但不帮助善良弱小,相反竟与毒虫怪兽们一起来折磨天下百姓。颜回安贫乐道而困顿早夭,鲍焦与世无争而穷苦潦倒,这其实都是上天故意所为!最后诗人以极度愤激的语调喊出:“分明犹惧公不信,公看呵壁书《问天》!”表现出对上天不公的强烈抗议和指斥。

李贺此诗在很多方面体现了对楚骚的接受,语汇方面如“熊虺食人魂”化自《招魂》“雄虺九首,往来倏忽,吞人以益其心些”;“嗾犬唁唁”化自《九辩》“猛犬狺狺而迎吠”;“佩兰客”化自《离骚》“纫秋兰以为佩”等。构思方面如极言天地四方之恶显然系借鉴《招魂》之法;跨马巡游的情形又当受屈骚多写游历景象的启发。当然,最主要的还应是对楚骚“发愤以抒情”文学精神的接受。诗人将胸中的孤愤与绝望、压抑与窒息、抗争与呐喊,以楚骚式的超现实手法,出之以荒怪而又凄厉的意象,营造出惊心动魄的诗境,表现出一种极其强烈的反庸俗反现实的冲击力量。“公看呵壁书《问天》”一句,即流露出李贺对屈原悲剧的深切同情和对楚骚写恨精神的完全认同。

北宋道潜有诗称扬李贺曰:“少年肯事事,苦学志独强。《风》《骚》拟屈宋,妙处相颉颃。”[①]李贺的匆迫一生却取得了不凡亦不朽的诗名,实在是因为他胸中郁积了太多的幽忧、头脑中充满了太多的幻梦使然。这同时也使他异乎

① 道潜《观明发画李贺高轩过图》,《参寥子诗集》卷十,《四部丛刊》三编。

寻常地偏好楚骚，在自己的诗歌创作中学习、仿效并融合楚骚的手法和意趣。对此，明王文禄《诗的》说："李长吉鬼才，非也，仙之奇才也。法楚《骚》，多惊人句，无烟火气，在太白之上。"①语虽太过，但却不无道理。清张谦宜《絸斋诗谈》亦云："骚学不深者，莫惹昌谷派，恐学他一片墨晕耳。"②同样是强调李贺诗歌深染楚骚气息。

第四节　"回看屈宋由年辈"
——李商隐的屈宋接受

义山诗是晚唐诗坛最为惹眼的一道风景，也是唐诗王国的鼎盛与灿烂即将成为过去的最后一幕辉煌。元遗山有诗云："望帝春心托杜鹃，佳人锦瑟怨华年。诗家总爱西昆好，独恨无人作郑笺。"③也许是时世、家世和身世多方面的因素造成了李商隐易于感伤的性情和曲折含蓄的表达习惯，其诗作往往偏好以比兴、象征及多重的典故来建构恍惚迷离的意象世界，表现出隐约朦胧的独有特色。元好问此评既有对李商隐诗歌情致深邈的向往和赞叹，同时对其难以索解也流露出或多或少的遗憾之意。换言之，解读义山诗是一项颇艰难的工作，但关乎义山诗的言说仍代不乏人，比比而是。在探讨义山诗的创作手法、表现技巧及意蕴风貌过程中，前人多注意到了其对楚辞作品的学习和接受。举其要者，如清魏裔介云："元和之后，得骚人之深者，莫过李义山。余尝叹服其绝句之妙，以为有独至之识，而蕴藉宏深，江宁、供奉未能过也。"④朱鹤龄云："义山之诗，原本《离骚》。余向为笺注而序之曰：'男女之情，通于君臣朋

---

① 引自《楚辞评论资料选》，第 103 页。

② 张谦宜《絸斋诗谈》卷二《统论》下，引自《续修四库全书》第 1699 册，第 635 页。

③ 元好问《论诗三十首》之十二，引自《元诗选》（初集），中华书局，1987 年 1 月第 1 版，第 82 页。

④ 魏裔介《兼济堂文集》卷六《李义山无题诗新注序》，影印文渊阁《四库全书》本。

友。'夫屈原之时,其君则怀王也,其所与同朝者子椒、子兰也。原之耿介,能无怨乎? 怨而不忍直致其怨,则其辞不得不诡谲曼衍。而义山一祖其杼轴以为诗,以故瑰采惊人。……义山受知令狐楚,后就王、郑之辟,绚与党人排斥之,终其身。义山固功名之士也,能无怨乎? 怨则以神仙之境为艳情,巾帨之间作廋语,斯固夫君、美人、灵修、山鬼,屈宋之家法也,岂徒丽藻云尔乎!"[①]再如晚近学者吴调公的《李商隐研究》[②],其中有一节文字专门讨论义山诗与屈原辞的关系;刘学锴的《李商隐与宋玉——兼论中国文学史上的感伤主义传统》[③]一文,重点梳理了义山诗与宋玉辞赋的种种纽结;孟修祥的《论李商隐对楚辞的接受》[④]一文,又探讨了义山诗接受楚辞的两点表现:一是借"香草美人"意象表达政治之恋,二是叙"高唐"故事寄寓感伤和艳情。笔者循此而接着讨论李商隐的屈宋接受似再也挖掘不出多少新意,但相信从具体诗作切入应该会有一些收获,即便是陋见亦或可为时贤的论证起到某种补苴缺漏之用,同时当加深我们对义山诗与楚辞作品之关联在细部层面上的认识。

根据刘学锴、余恕诚的整理研究[⑤],李商隐流传下来的诗歌共五百九十八首,从题材来看主要有政治抒情诗、咏物抒怀诗、爱情诗和应酬赠答诗等几类。泛览这些诗作,读者不时会发现一些楚辞作品染于其上的色彩和印记,尤以其诗中的感伤意绪与强烈的生命意识最为接近屈宋之作的文学风貌和文学精神。笔者此处所论在吸收已有研究成果的同时,尽可能另辟路径而以义山诗为中心剖析其学习接受屈宋之情状。熊国华《李商隐诗歌的心灵性结构》一文云:"李商隐诗歌的心灵性结构不同于以前的叙事性结构、描绘性结构、

---

① 朱鹤龄《西昆发微序》,引自刘学锴、余恕诚《李商隐诗歌集解》,中华书局 1988 年第 1 版,第 2268 页。

② 《李商隐研究》,上海古籍出版社,1982 年第 1 版。

③ 见《文学遗产》1987 年第 1 期。

④ 见《广西民族学院学报》(哲社版),2002 年第 5 期。

⑤ 参见刘学锴、余恕诚《李商隐诗歌集解》。

抒情性结构、涵括性结构和梦幻性结构，标志着诗人认识世界的思维方式和艺术构思能力的重大突破，完成了唐诗由主要对外部世界的描写进而向心灵世界拓展的艺术转型。其诗歌的心灵性结构打通了人与世界的阻隔，建构人与人、人与物、物与物之间的审美关系，超越时空限制，重整现实秩序，展示了人对自由与无限的追求，为中国诗歌史提供了新的艺术经验。”[①]笔者同意他的看法并深受启发，认为李商隐诗歌的此种心灵性结构最主要的源头即是屈宋楚骚文学，是他学习接受楚骚文学情致与文学精神而取得的最大创获。据笔者不完全统计，义山诗中关涉到楚辞作品语汇、句式及意旨者约有六十处左右[②]，它们即可视为李商隐学习楚辞作品的直接证据。此外，义山诗中尚有更多近于楚辞作品神理气味的作品，它们也都是我们考察的对象。

一、义山诗语言与屈宋辞赋

义山诗中关涉到楚辞作品语汇、句式及意旨的诗句，约略可从其入诗的手法切入分析，以下试对此作一梳理。

1. 以屈宋其人入诗。义山诗中言及屈宋较多，可参看前章《唐诗屈宋接受量化析论》的相关统计数据。以下试引数例：

①朝争屈原草，庙馁莫敖魂。（《哭遂州萧侍郎二十四韵》，《全唐诗》卷五四一）

②不学汉臣栽苜蓿，空教楚客咏江蓠。（《九日》，同上）

③已为秦逐客，复作楚冤魂。（《哭刘司户二首》其二，《全唐诗》卷五三九）

④宋玉平生恨有余，远循三楚吊三闾。（《过郑广文旧居》，同上）

⑤楚天长短黄昏雨，宋玉无愁亦自愁。（《楚吟》，同上）

---

① 见《江汉论坛》2004年第10期。

② 参见此节后附表。

⑥料得也应怜宋玉，一生惟事楚襄王。（《席上作》，同上）

⑦非关宋玉有微辞，却是襄王梦觉迟。（《有感》，《全唐诗》卷五四〇）

⑧众中赏我赋高唐，回看屈宋由年辈。（《偶成转韵七十二句赠四同舍》，《全唐诗》卷五四一）

由以上诗句可见李商隐对屈宋的敬慕态度，在他的心目中，屈宋是堪可师法的前贤、是空怀才志而遭忧不遇的沦落之人。李商隐言屈宋，尤其是言宋玉的诗句中，其自况之意甚为明显。“回看屈宋由年辈”，这正道出了义山诗接受楚辞作品的心理动因。无论是从人格精神而言，还是从文学风貌而言，屈宋及其辞赋都对李商隐产生了较为强烈的吸引力，是前代文学资源中适于向他提供创作养料并易于为他所汲取转化的重要品种。这既与李商隐仕途多艰而一生落拓的遭际有关，也与他重视文学艺术特征而强调诗文须抒写人之情性的诗学主张有关[1]。这方面吴调公、刘学锴等在各自的论文中多有论析，兹不赘。

此外，义山诗中还有两首分别专写屈宋的作品，也算是唐诗中独有的一家，并可见李商隐对屈宋有较为特殊的情感。写宋玉的一首即题名《宋玉》，前文已作过分析；写屈原的一首题为《楚宫》[2]：

湘波如泪色漻漻，楚厉迷魂逐恨遥。
枫树夜猿愁自断，女萝山鬼语相邀。
空归腐败犹难复，更困腥臊岂易招。
但使故乡三户在，彩丝谁惜惧长蛟。

刘学锴、余恕诚《李商隐诗歌集解》中引了数十家对此诗的笺评，大多以

---

① 如李商隐《上崔华州书》云：“以是有行道不系今古，直挥笔为文，不能攘取经史，讳忌时世”。见《全唐文》卷三百七十六；亦可参看《唐代文学思想中屈宋评价的抑扬变化之迹》一节所论。

② 见《全唐诗》卷五四〇。

为它是诗人因经行楚地而有所感发的怀古之作，中心意旨是伤悼追颂屈原。如胡以梅曰："此过楚宫而吊屈原，覩湘水之深清，哀其魂迷而恨逐水之遥也。枫树夜猿声惨，其魂自断，惟女罗山鬼为之相邀耳。沉渊腐败即已难复，何况为鱼所啖，其魂岂易招乎？但使三户在而得亡秦复楚，死亦不惜也。起以'如泪'领'清'，通用《离骚》楚些融洽出之，若断若续，用古活法。妙在一结道出灵均心事，归于忠蹇得体。"[①]他如姜炳璋、张采田等皆认为该诗是专为吊三闾而作，反驳了一些穿凿附会时事的看法。刘、余在总结前人意见的按语中云："通观全诗，实寻常咏古凭吊之作，未必有所寓讬。前六句由湘波起兴，引出吊古情怀，谓今历屈子沉湘故地，惟目睹江上青枫，耳闻山间猿啼，恍见女萝山鬼殷勤相邀而已，楚厉迷魂则杳不可招寻矣。末联复借彩丝惧蛟之传说，表明人民对屈原之崇敬追思。哀愤之中复含赞颂屈原精神不朽之意。"[②]

2. 借用楚辞作品语词意象入诗。义山诗中有不少直接源自楚辞作品的语词意象，如：

①骅骝忧老大，鶗鴂妒芬芳。(《崇让宅东亭醉后沔然有作》)/《离骚》："恐鶗鴂之先鸣兮，使夫百草为之不芳。"

②万里风波一叶舟，忆归初罢更夷犹。(《无题》)/《九歌·湘君》："君不行兮夷犹。"

③玉轮顾兔初生魄，铁网珊瑚未有枝。(《碧城三首》其三)/《天问》："夜光何德？死又何育？厥利维何？而顾兔在腹。"

④章台从掩映，郢路更参差。(《赠柳》)/《九章·抽思》："惟郢路之辽远兮，魂一夕而九逝。"

⑤摇落伤年日，羁留念远心。(《摇落》)/《九辩》："萧瑟兮，草木摇落而变衰。"

---

① 刘学锴、余恕诚《李商隐诗歌集解》，中华书局，2004 年第 2 版，第 832 页。

② 《李商隐诗歌集解》，第 835 页。

⑥含情春晼晚，暂见夜阑干。(《无题四首》其三)/《九辩》:“白日晼晚其将入兮。”

⑦战蒲知雁唼，皴月觉鱼来。(《子初全溪作》)/《九辩》:“雁皆唼夫梁藻兮。”

⑧约眉怜翠羽，刮目想金篦。(《和孙朴韦蟾孔雀咏》)/《登徒子好色赋》:“眉如翠羽。”

⑨几时销薄怒，从此抱离忧。(《拟意》)/《神女赋》:“频薄怒以自持兮。”

这些诗例中所出现的楚辞作品之语词意象承袭了楚辞作品中的原有含义而基本未变，是作者信手拈来而运用到自己的诗歌创作之中的。由上引诗例涉及的《离骚》《九歌》《九章》《天问》《九辩》《登徒子好色赋》和《神女赋》等楚辞作品篇目来看，李商隐对屈宋作品自是十分精熟，以此能够大量地借用其语词意象以抒怀写意。较之同时代其他诗人，这一特点当可看作是李商隐有意学习并接受楚辞作品的一种表现。

3. 化用楚辞作品意旨入诗。

①钧天虽许人间听，阊阖门多梦自迷。(《寄令狐学士》)/《离骚》“吾令帝阍开关兮，倚阊阖而望予。”阊阖指天门，此句表达了作者希望能够得到令狐绹的援引。

②楚歌重叠怨兰丛。(《潭州》)/《离骚》:“兰芷变而不芳兮，荃蕙化而为茅。”此句化用《离骚》中屈原痛斥“君子更为小人，忠信更为佞伪”的昏浊时世之意，抒发作者胸中郁塞不平之慨。

③有娀未抵瀛洲远，青雀如何鸩鸟媒？(《中元作》)/《离骚》:“望瑶台之偃蹇兮，见有娀之佚女。吾令鸩鸟为媒兮，鸩告余以不好。”刘学锴、余恕诚谓《中元作》系抒写作者与女冠之艳情的。此末联化用屈骚语意，“以有娀氏居瑶台之佚女借指女冠，谓彼之所居，未若瀛洲之遥远，青鸟传书，情愫可通，奈何令

鸩鸟为媒哉？言外似有所讬非人，致使好合难再之叹。”[1]

④湘波如泪色漻漻，楚厉迷魂逐恨遥。枫树夜猿愁自断，女萝山鬼语相邀。(《楚宫》)/《离骚》“及行迷之未远”；《招魂》：“湛湛江水兮上有枫，目极千里兮伤春心”；《九歌·山鬼》：“若有人兮山之阿，被薜荔兮带女萝。”“楚厉迷魂”，意指屈子冤魂。此两联糅合屈原沉江殉志的本事及《离骚》《招魂》和《山鬼》的语辞意蕴，巧妙地渲染出一派凄迷伤神的怀悼气氛，使读者恍然进入了楚辞作品所描摹刻写的楚骚世界之中，感受到浓烈的楚风遗韵。

⑤荆王枕上原无梦，莫枉阳台一片云。(《代元城吴令暗为答》)/宋玉《神女赋》“楚襄王与宋玉游于云梦之浦，使玉赋高唐之事，其夜王寝，果梦与神女遇。”此句以高唐神女传说托寓男女情事，沈祖棻《唐人七绝诗浅释》分析此诗是“借题发挥，来记录自己生活中一段不适宜于十分公开的经历”。[2]

⑥拟问阳台事，年深楚语讹。(《肠》)/《高唐赋序》云：“昔者，先王尝游高唐，怠而昼寝，梦见一妇人，曰：妾，巫山之女也，为高唐之客，闻君游高唐，愿荐枕席。王因幸之。去而辞曰：妾在巫山之阳，高丘之阻，旦为朝云，暮为行雨，朝朝暮暮，阳台之下。”此诗乃大中二年义山自桂管北归，行近京师时所作[3]，末联写自己欲效法神女自荐而与令狐绹修好，但是又担心两人之间的误解年深日久，“楚语”已讹，只怕心意难通。一说此联只是诗人借高唐神女事来泛写自己坎坷难遇的萦肠愁思，即谓像宋玉那样以辞赋来感讽主上的事再也不会发生于现实之中，那自己又何能求得别人的赏识呢？

⑦一春梦雨常飘瓦，尽日灵风不满旗。(《重过圣女祠》)/《高唐赋》：“昔者楚襄王与宋玉游于云梦之台，望高唐之观……”此句同样系化用高唐神女故事，明写圣女祠环境之幽寂凄清，暗寓作者志不获伸的无奈落寞。

---

① 《李商隐诗歌集解》，第1904页。

② 《李商隐诗歌集解》，第2032页。

③ 《李商隐诗歌集解》，第902页。

由以上诗例可见义山诗化用楚辞作品意旨入诗的情况较为多样，有的诗句承楚辞作品原意而有所引申，有的诗句则完全是用旧瓶装新酒，生发出其他的意义。无论是哪种形式的化用，李商隐皆能处理得自然妥帖而一如己出，在给诗句增添了丰富意蕴的同时，也表现出作者对楚辞作品创造性的学习和接受。

二、春心莫共花争发：屈原骚辞内质与义山诗的生命之思

李商隐著名的《锦瑟》一诗引发了后世无穷的笺释，见仁见智而莫衷一是，若就各家解说的丰富纷繁而言，《锦瑟》实可谓中国诗歌史上最为复杂的一首诗。为什么《锦瑟》会成为这样一首说不尽的“经典”之作呢？笔者以为追寻思考这样的疑问，即由此诗的内涵及历代对此诗的笺评，可使我们窥探到义山诗与屈原骚辞的某些相通之处。

先引《锦瑟》诗：

锦瑟无端五十弦，一弦一柱思华年。
庄生晓梦迷蝴蝶，望帝春心托杜鹃。
沧海月明珠有泪，蓝田日暖玉生烟。
此情可待成追忆，只是当时已惘然。

综括历来对该诗的注释，或以为是悼亡之作，或以为是闺情之言，或以为是伤时之篇，或以为是自序其诗之论。相较之下，笔者最为认同“诗人自悼”之说，姑录前人论此诗之一二如下：

> 辑评朱笔批[①]曰：“此篇乃自伤之词，骚人所谓美人迟暮也。‘庄生’句言付之梦寐；‘望帝’句言待之来世；‘沧海’、‘蓝田’，言埋而不得自见；‘月明’、‘日暖’，则清时而独为不遇之人，尤可悲也。”[②]

---

① 按，“辑评”指清沈厚塽辑《李义山诗集辑评》，辑何焯、朱彝尊、纪昀三家评笺。其中何焯评为“朱笔评”、朱彝尊评为“墨笔评”。

② 引自刘学锴、余恕诚《李商隐诗集解》，第1586—1587页。

姜炳璋曰:“此义山行年五十,而以锦瑟自况也。和雅中存,文章外著,故取锦瑟。瑟五十弦,一弦一柱而思华年,盖无端已五十岁矣。此五十年中,其乐也,如庄生之梦为蝴蝶,而极其乐也;其哀也,如望帝之化为杜鹃,而极其哀也。哀乐之情,发之于诗,往往以艳冶之辞,寓悽绝之意,正如珠生沧海,一珠一泪,暗投于世,谁见之者?然而光气腾上,自不可掩。又如蓝田产玉,必有发越之气,《记》所谓精神见于山川是也,则望气者亦或相赏于形声之外矣。四句一气转折,莫可端倪。末二言诗之所见,皆吾情之所钟,不历历堪忆乎?然在当时,用情而不知情之何以如此深,作诗而不知思之何以如此苦,有惘然相忘于语言文字之外者,又岂能追忆耶?盖心华结撰,工巧天成,不假一毫凑泊。此义山之自评其诗,故以为全集之冠也。”[①]

汪辟疆曰:“此义山自道生平之诗也。第二句‘思华年’三字,即一篇眼目。‘庄生’句,喻己功名蹭蹬,以彼其才,又似非终身郁郁下僚者,天为之抑人为之也?故用庄生梦蝶事以见迷离恍惚,而迷字已透露之。‘望帝’句,喻己抱一腔忠愤,既不得信,而又不甘抑郁,只可以掩饰之词出之,即楚天云雨尽堪疑之意也。沧海月明喻清时,然珠藏海中,不能自见,以见自伤之意。蓝田日暖喻抱负,然玉韫土中,不为人知,而光彩终不可掩,则文章之事也。”[②]

刘学锴、余恕诚在概括前人种种意见时说:“此诗底蕴,遗山《论诗绝句》实首发之。‘望帝春心托杜鹃,佳人锦瑟怨年华’二语,人但以转述义山诗语视之,不知其实借以发明诗旨也。‘望帝’‘佳人’均指义山。二语盖谓:义山一生心事均托之于如杜鹃啼血之哀惋悲凄诗作,而此《锦瑟》一首,又正抒写其美人迟暮之情者也。遗山实已揭橥‘郑笺’之纲要矣。”[③]笔者之所以认同“自悼”说并

① 引自刘学锴、余恕诚《李商隐诗集解》,第1593—1594页。
② 引自刘学锴、余恕诚《李商隐诗集解》,第1596页。
③ 引自刘学锴、余恕诚《李商隐诗集解》,第1601页。

不厌其烦地征引前人之说，是因为由此可见义山诗内蕴有深沉强烈的个体生命之思，不惟《锦瑟》如此，其多数诗作皆如此。在此意义上将义山诗与屈原辞作对照，我们发现二者最大的相通即是诗人创作之际都怀有极其清醒的生命独立意识和观照反省意识。屈原骚辞艺术感染力的核心即是其遭忧处困而独立不改的情怀，上下求索而九死不悔的精神，以及“恐年岁之不吾与”的生命紧迫感。所有这些在屈原骚辞中以憾心动魄的艺术手法得以浓墨重彩地反复陈说和表现，是构成并支撑屈原骚辞成为“衣被词人，非一代也”之经典地位的最根本要素。后于屈原千年的李商隐，其具体的人生经历虽异于屈子，但其郁结心怀的难言之痛和至苦之情则同于屈子。兼以屈辞耀采凄美而迷离惝恍的文学气息颇合于李商隐的个性气质，以此选择屈原骚辞作为自己诗歌创作取法的对象便是自然而然之事。较之对屈辞文学形式的学习接受，李商隐的诗歌创作中当然也有不少对屈辞语汇的借用化用，但更为重要的则是对其文学精神内质的吸收和消化，即对个体生命面对外部世界种种积极的和消极的因素，诸如挫折、困辱、欣悦、悲愤等而激发感兴的反应，以文学形式加以艺术地记录和表现。也许有人会说，凡文学皆是对人之情性的反映，独屈原辞与义山诗乎？就实际的文学史而言，此种文学观被普遍接受当较迟；就实际的文学创作而言，屈原辞与义山诗较之一般诗文其抒情性更为特出，其个体的生命独立意识得到了更多的凸现。

试看李商隐的《乐游原》[①]一诗：

向晚意不适，驱车登古原。
夕阳无限好，只是近黄昏。

这是一首写登高望远的诗，明白如话却能够让人吟味再三而唏嘘叹惋。也许就是因为这首短诗蕴涵了深厚的生命体

① 见《全唐诗》卷五三九。

验。“向晚意不适，驱车登古原”，登高望远是常人排遣抑郁情怀的常法；“夕阳无限好，只是近黄昏”，这又恰恰易激发起天下不遇之人年华空逝而事功无成的日暮途穷之感。即便不是不遇之人，此情此景也往往会让人产生时不我待而人生易老的叹慨。瞬间的百感交集全都浓缩于二十字之中，且不动声色，不留痕迹。其实，屈原骚辞中此类叙写甚多，诗人在遭受挫顿而理想难以实现之际，最通常的一个发泄痛苦悲愤的通道即是驾车登高而游历四方，如《离骚》中“回朕车以复路兮，及行迷之未远。步余马于兰皋兮，驰椒丘且焉止息”，“忽反顾以游目兮，将往观乎四荒”等。而其《九章·悲回风》中云：“登石峦以远望兮，路眇眇之默默。入景响之无应兮，闻省想而不可得。愁郁郁之无快兮，居戚戚而不可解。心鞿羁而不形兮，气缭转而自缔。穆眇眇之无垠兮，莽芒芒之无仪。”这更可以看作是对李商隐《乐游原》诗内蕴情怀的一种别样笺释，反过来也正可见义山诗在表现生命之思方面对屈原辞确有学习和接受。从义山诗中我们可以发现很多情思深致的作品，足见诗人自觉强烈的生命内省意识在其诗歌创作中发挥了重要的作用，为其诗歌注入了鲜活强大的生命力。再如《荆门西下》诗：“一夕南风一叶危，荆云回望夏云时。人生岂得轻离别，天意何曾忌崄巇？骨肉书题安绝徼，蕙兰蹊径失佳期。洞庭湖阔蛟龙恶，却羡杨朱泣路岐。”[1]诗人多年游宦在外而身不由己，骨肉分离而团聚不得，今朝过洞庭之时又遇大风恶浪，以致于感到连临岐路而哭的杨朱都比自己的命运要好上一些。屈原《涉江》《哀郢》等篇中多次描述自己浮舟洞庭的情景，其“哀吾生之无乐兮”的人生感叹和“背夏浦而西思兮”的念亲情感，与义山此诗意旨差近。这些诗句都指向抒情主人公的内心深处，从“人之常情”的角度来揭示出真切的哀痛感受。诚如熊国华所言：“（李商隐）那些对爱情、事业与理想的追求中所产生的阻隔与渴望、焦虑与感伤、苦闷与孤独、迷惘与执着的心理感受，那种

① 见《全唐诗》卷五三九。

‘春蚕到死丝方尽，蜡炬成灰泪始干’的生命体验，早已由个人经验进入人类集体经验而获得了普遍的美学意义。”①此种能够体现出普遍美学意义之生命经验的诗句，在义山诗中比比而见，最惊心的一句即是“春心莫共花争发，一寸相思一寸灰”了！相信由此一句便可让读者体味到义山诗关注体贴生命的特质，因为这句诗中包蕴的生命领悟真是难以道尽而又销魂蚀骨，发人深思。

三、刻意伤春复伤别：宋玉作品意蕴与义山诗的情感之殇

从前章有关统计数据来看，李商隐是唐代诗人中称引宋玉次数最多的一个，共有八首诗作，而且有一篇专咏宋玉之作。从附表《关涉楚辞作品语汇、意旨的义山诗》来看，李商隐笔下借用、化用宋玉辞赋的诗句亦远多于对屈原骚辞的借用和化用，语涉宋玉《九辩》《招魂》《高唐赋》《神女赋》《对楚王问》《登徒子好色赋》和《风赋》等多数篇目。可参看前文《唐诗宋玉接受的定量分析与考察》一节。这从一定意义上表明李商隐对宋玉及其辞赋的关注兴趣甚为浓厚，不少学者亦对此作过一些阐发分析，这里我们欲重点从义山诗强烈的感伤意绪入手，再来比勘探测其与宋玉辞赋的丝缕关联。

李商隐《江亭散席循柳路吟归官舍》②一诗，与以《锦瑟》自序其诗一样，对自己的为诗生涯作了一番感慨：

春咏敢轻裁，衔辞入半杯。已遭江映柳，更被雪藏梅。

寡和真徒尔，殷忧动即来。从诗得何报？惟感二毛催。

在李商隐看来，自己倾尽半生辛苦作此诗文，然而饱蘸一腔情怀的诗句却难得知音见赏，只是激发起胸中更多更浓的忧伤罢了。“从诗得何报？惟感二毛催。”这无奈的感慨即是由于“殷忧动即来”的缘故。为什么义山诗中会有如许之多的“殷忧”呢？最主要的便是晚唐日见颓丧的国势和诗人仕途偃蹇的

---

① 《李商隐诗歌的心灵性结构》，载《江汉论坛》2004年第10期。

② 见《全唐诗》卷五三九。

困窘境遇使然。在此大前提下，李商隐在诗中常自况同为“贫士”的宋玉，并一再抒写其“失职而志不平”之气，自然会使他的诗作染上宋玉式的感伤底色[①]。这种底色既是宋玉辞赋与义山诗风貌最为接近之处，也是李商隐自觉学习接受宋玉辞赋的一种表现。李商隐曾评杜牧诗云：“刻意伤春复伤别”，移此来评他自己的诗歌或许更为恰切。

那么，义山诗具体从哪些方面体现出了对宋玉式感伤的接受呢？其一是承《九辩》《招魂》之悲秋伤春主题而来的伤时亦自伤之作，如：

①摇落伤年日，羁留念远心。（《摇落》，见《全唐诗》卷五四一）

②滞雨长安夜，残灯独客愁。故乡云水地，归梦不宜秋。（《滞雨》，同上）

③西亭翠被馀香薄，一夜将愁向败荷。（《夜冷》，同上）

④古木含风久，平芜尽日闲。心知两愁绝，不断若寻环。（《戏赠张书记》，同上）

⑤北思惊沙雁，南情属海禽。关山已摇落，天地共登临。（《念远》，同上）

⑥风朝露夜阴晴里，万户千门开闭时。曾苦伤春不忍听，凤城何处有花枝？（《流莺》，见《全唐诗》卷五四〇）

⑦若教春有意，惟遣一枝芳。我意殊春意，先春已断肠。（《春风》，同上）

---

① 孟修祥《论李商隐对楚辞的接受》一文称：“从李商隐作品中，反复言及宋玉的身世遭际，借用宋玉作品中的意象和创作模式来看，他把宋玉视为异代知己而自觉地走近宋玉，感受宋玉的生命历程，体味他的创作特色，借用宋玉笔下的人物、意象、故事，从而自觉地走近宋玉。”又云：“宋玉与李商隐，都是怀才不遇的失意文人，都具有多愁善感的性格特点，他们都愤慨于统治者的荒淫腐朽，却只能婉言以讽，关心国家命运，幻想成为末世的拯救者而又无能为力。性格的软弱性决定了他们只能沉溺于个人不幸命运的痛苦之中，并把这种痛苦放在内心反复咀嚼而使其心灵变得愈加敏感。因此，感伤成了他们诗歌的非常鲜明的一个特点。”载《广西民族学院学报》（哲社版），2002 年第 5 期。亦可参看刘学锴《李商隐与宋玉——兼论中国文学史上的感伤主义传统》一文的相关论述。

义山诗中此类伤绝之声可时时耳闻。从李商隐的诗作中读者很难看到愉悦欢快的情绪,对他而言似乎草长木落的四季变换过程中,触目所及而搅动心肠所发者皆是悲音。让诗人如此彻骨寒凉的究竟是什么呢?是时世更是诗人自己"芬芳光上苑,寂默委中园。赤白徒自许,幽芳谁与论"①的满怀怨嗟。以此,李商隐从前代文士中发现了宋玉及其抒发寒士不遇之悲愤的辞赋作品,偏于阴柔内向的个性使他对宋玉辞赋钟情有加,对其文学技法及主题意旨多有吸收。当然,李商隐毕竟上距宋玉时代已近千年,李商隐所面对的前代文学遗产也绝非宋玉辞赋一家,所以其诗歌风貌亦必当多姿多态,但若仅就文学的感伤情蕴而言,义山诗确乎接受了宋玉辞赋的莫大影响。由以上诗例中多用"摇落""登临""伤春"等宋玉辞赋中的习见语词,及客愁念远、思亲怀乡等主题亦可见一斑。对此,刘学锴曾解释为"(李商隐)从生活经历、境遇遭际、思想感情到文学创作,都公然以宋玉式的人物自命。这已经超出了通常的向前代作家学习的范围,而表现为一种异代同心式的精神气质上的高度契合。"②笔者以为,此种高度契合的精神气质在义山诗中的重要表现即是浓烈的感伤气息。

其二是寓感伤于艳情,即借宋玉赋中的"高唐神女"故事来叙写自我生活中的种种感受,"把感伤的情绪放在一个特殊的艳情故事中反复加以吟咏,构成了'高唐神女系列'现象。"孟修祥《论李商隐对楚辞的接受》一文对此作过较细密的论析,笔者此处不再赘述,只欲略为补充一二。先看孟氏原举诗例:

①淡云轻雨拂高唐,平殿秋来夜正长。(《席上作》,见《全唐诗》卷五三九)

②瑶姬与神女,长短定何如?(《木兰》,见《全唐诗》卷五四一)

③岂知为雨为云处,只有高唐十二峰。(《深宫》,见《全唐诗》卷五四〇)

---

① 李商隐《赋得桃李无言》,《全唐诗》卷五三一。

② 见其《李商隐与宋玉》一文。

④如何一梦高唐雨，自此无心入武关。（《岳阳楼》，见《全唐诗》卷五三九）

笔者再罗列几条如下：

①朝云暮雨长相接，犹自君王恨见稀。（《楚宫二首·其一》，见《全唐诗》卷五四〇）

②一春梦雨常飘瓦，尽日灵风不满旗。（《重过圣女祠》，见《全唐诗》卷五三九）

③峡中寻觅长逢雨，月里依稀更有人。（《题二首后重有戏赠任秀才》，见《全唐诗》卷五四〇）

④楚女当时意，萧萧发彩凉。（《细雨》，见《全唐诗》卷五四〇）

⑤楚妃交荐枕，汉后共藏阄。（《拟意》，见《全唐诗》卷五四一）

清人叶燮云："唐人艳体诗，首推李商隐，然其寄托深远，多藉美人幽离之思，靡曼之音以写之，盖得楚《骚》之遗意者。"[1]从义山诗的实际情况来看，他的所谓艳体诗其实并非全都为吟咏男女情爱之作，其实不过是"藉美人幽离之思"而"靡曼之音以写之"而已，真正表达的却往往是诗人的牢落哀怨心怀。叶氏谓其得楚《骚》之遗意确为卓见，但从义山此类诗作选用耀采语词、渲染迷离气氛而多用神女意象而言，它们显然是接受了宋玉《高唐》《神女》二赋的较多影响。换言之，义山诗"寓感伤于艳情"的表现技法是对宋玉赋作的创造性接受和运用，将原本主要指向两性情爱的神女故事转化为自己诗歌中指向多端的意象符号。以此，义山此类诗歌既保留了奇丽华美而易于激发读者想象的外在形式，同时又抒写出丰富细腻的感伤情愫，寄寓了自己种种欲说还休的意绪。细味义山诗此种"寓感伤于艳情"的特色，不仅可见李商隐对宋玉及其辞赋的喜好，更可见他在学习接受前人文学遗产时灵活多变而为我所用

① 叶燮《已畦集》卷八之《小丹丘词序》。

的态度。刘学锴说:“他不仅频繁地运用宋玉《高唐》诸赋的故事情节、人物形象、语言词汇,而且吸取了其华美奇幻的意境,创造出像《燕台四首》《圣女祠》《重过圣女祠》一类极富情采意境之美的艳诗。他笔下许多‘神女’式的人物,明显从《高唐》《神女》等赋得到启发,所谓‘神女生涯原是梦’、‘一春梦雨常飘瓦’、‘我是梦中传彩笔,欲书花叶寄朝云’,说明他的诗思与联想常受到宋玉赋艳之作的影响。”①

当然,作为晚唐一大家的义山诗,其独有风貌和文学成就源自多方,仅就汲取前代文学营养一端而言也绝非只限于对屈宋的学习和接受。但笔者以为奠定义山诗华美凄惋、深致绵邈而动人神骨之审美格调的主要营养成分还当是源自于楚辞作品。

附表:

关涉楚辞作品语汇、意旨的义山诗

义山诗	楚辞作品
一春梦雨常飘瓦,尽日灵风不满旗。(《重过圣女祠》)	宋玉《高唐赋》:“昔者楚襄王与宋玉游于云梦之台,望高唐之观……”
约眉怜翠羽,刮目想金篦。(《和孙朴韦蟾孔雀咏》)	宋玉《登徒子好色赋》:“眉如翠羽。”
人欲天从竟不疑,莫言圆盖便无私。(《人欲》)	宋玉《大言赋》:“方地为车,圆天为盖。”
寡和真徒尔,殷忧动即来。(《江亭散席循柳路吟》)	宋玉《对楚王问》:“其曲而高,其和而寡。”
湘泪浅深滋竹色,楚歌重叠怨兰丛。(《潭州》)	《离骚》:“兰芷变而不芳兮,荃蕙化而为茅。”
已断燕鸿初起势,更惊骚客后归魂。(《赠刘司户》)	屈平有《离骚》,后人遂多称诗人为骚人,骚客即骚人,宋玉《招魂》:“魂兮归来。”
已为秦逐客,复作楚冤魂。(《哭刘司户二首》其二)	“楚冤魂”指屈平。
章台从掩映,郢路更参差。(《赠柳》)	《九章·哀郢》:“惟郢路之辽远兮,魂一夕而九逝。”
精如意玉连环,下蔡城危莫破颜。(《赠歌妓二首》)	宋玉《登徒子好色赋》:“嫣然一笑,惑阳城,迷下蔡。”
钧天虽许人间听,阊阖门多梦自迷。(《寄令狐学士》)	《离骚》“吾令帝阍开关兮,倚阊阖而望予。”阊阖,天门也。暗含渴望援引之意。

① 见其《李商隐与宋玉》一文。

续表

义山诗	楚辞作品
逡巡又过潇湘雨，雨打湘灵五十弦。瞥见冯夷殊怅望，鲛绡休卖海为田。（《七月二十八日夜与王郑二秀才听雨后梦作》）	“五十五弦”指瑟。屈平《远游》：“使湘灵（湘水神）鼓瑟兮，令海若（海神）舞冯夷（水仙）。”
上帝深宫闭九阍，巫咸不下问衔冤。广陵别后春涛隔，湓浦书来秋雨翻。只有安仁能作诔，何曾宋玉解招魂。平生风义兼师友，不敢同君哭寝门。（《哭刘蕡》）	宋玉《招魂》：“魂兮归来，君无上天些。虎豹九关，啄害下人些。”
年年芳物尽，来别败兰荪（《蝶》）	荪，香草《九歌》《九章》中屡见，《抽思》：“数惟荪之多怒兮，伤余心之忧忧。”
战蒲知雁唼，皱月觉鱼来。（《子初全溪作》）	宋玉《九辩》：“雁皆唼夫梁藻兮。”
如何一梦高唐雨，自此无心入武关。（《岳阳楼》）	此借宋玉《高唐赋》梦神女事，来指襄王迎归于秦。
罗荐谁教近，时斋锁洞房。（《风》）	宋玉《风赋》：“跻于罗帏，经于洞房。”
含情春晼晚，暂见夜阑干。（《无题四首》）	宋玉《九辩》：“白日晼晚其将入兮。”
东家老女嫁不售，白日当天三月半。（《无题四首》其四）	宋玉《登徒子好色赋》：“臣里之美者，莫若臣东家之子。”
照梁初有情，出水旧知名。（《无题》）	宋玉《神女赋》：“其始来也，耀乎若白日初出照屋梁。”
紫凤放娇衔楚佩，赤鳞狂舞拨湘弦。（《碧城三首》其二）	《离骚》：“纫秋兰以为佩。”
玉轮顾兔初生魄，铁网珊瑚未有枝。（《碧城三首》其三）	《天问》：“夜光何德？死又何育？厥利维何？而顾兔在腹。”
荆王枕上原无梦，莫枉阳台一片云。（《代元城吴令暗为答》）	宋玉《神女赋》“楚襄王与宋玉游于云梦之浦，使玉赋高唐之事，其夜王寝，果梦与神女遇。”
笑处如临镜，窥时不隐墙。敢言西子短，谁觉宓妃长。（《判春》）	宋玉《登徒子好色赋》“此女登墙窥臣三年，至今未许也。”又：“东家之子，增之一分则帮度，减之一分则太短。”
瑶席乘凉设，金羁落晚过。（《荷花》）	《九歌》“瑶席兮玉瑱。”
南浦无穷树，西楼不住烟。（《谢先辈防记念拙诗甚多，异日偶有此寄》）	《九歌》“送美人兮南浦。”
拟问阳台事，年深楚语讹。（《肠》）	想学宋玉以词赋来悟主的事，在今天已不可能，所以不必过自忧伤、求高。这是借题来抒写坎坷不遇、萦结的愁思的。
山上离宫宫上楼，楼前宫畔暮江流。楚天长短黄昏雨，宋玉无愁亦自愁。（《楚吟》）	宋玉《高唐赋》“昔者楚襄王与宋玉游于梦之台，望高唐之观。”“黄昏雨”，即用《高唐赋》“暮为行雨”（宋玉作《高唐赋》《神女赋》《对楚王问》《登徒子好色赋》等以微词示讽，比起屈平似较乐观，所以说“无愁”。

续表

义山诗	楚辞作品
十二峰前落照微，高唐宫暗坐迷归。朝云暮雨长相接，犹自君王恨见稀。(《楚宫二首》其一)	这是借楚王以讥讽当代皇帝的。上二句说他沉迷忘返，下二句说朝暮聚欢。言外是说对于才俊之士却漠然不肯接近，寄讽深婉，主题完全含蕴在言外。
峡中寻觅长逢雨，月里依稀更有人。(《题二首后重有戏赠任秀才》)	用巫山神女事。
有娀未抵瀛洲远，青雀如何鸩鸟媒。(《中元作》)	《离骚》："望瑶台之偃蹇兮，见有娀之佚女。吾令鸩鸟为媒兮，鸩告余以不好。"
湘波如泪色漻漻，楚厉迷魂逐恨遥。枫树夜猿愁自断，女萝山鬼语相邀。(《楚宫》)	《离骚》有"及行迷之未远"语，所以说"迷魂"，意指冤魂。宋玉《招魂》："湛湛江水兮上有枫，目极千里兮伤春心。"屈平《九歌·山鬼》："若有人兮山之阿，被薜荔兮带女萝。"
岂知为雨为云处，只有高唐十二峰。(《深宫》)	用高唐神女事。
骅骝忧老大，鶗鴂妒芬芳。(《崇让宅东亭醉后沔然有作》)	《离骚》："恐鶗鴂之先鸣兮，使夫百草为之不芳。"
隐忍阳城笑，喧传郢市歌。(《镜槛》)	宋玉《对楚王问》。
非关宋玉有微辞，却是襄王梦觉迟。一自高唐赋成后，楚天云雨尽堪疑。(《有感》)	用"高唐神女"事。
巫峡迢迢旧楚宫，至今云雨暗丹枫。微生尽恋人间乐，只有襄王忆梦中。(《过楚宫》)	用"高唐神女"事。
楚女当时意，萧萧发彩凉。(《细雨》)	楚女，指巫山神女；当时意，指"暮为行雨"而言。
摇落伤年日，羁留念远心。(《摇落》)	宋玉《九辩》："萧瑟兮，草木摇落而变衰。"
人闲始遥夜，地迥更清砧。(《摇落》)	靓杪之摇夜兮，心缭悷而有哀
不学汉臣栽苜蓿，空教楚客咏江蓠。(《九日》)	"楚客"指屈原。
宋玉临江宅，墙低不碍窥。(《高花》)	宋玉《登徒子好色赋》："臣东家之子……嫣然一笑，惑阳城，迷下蔡，然此女登墙窥臣三年，至今未许也。"
罢执霓旌上醮坛，慢妆娇树水晶盘。(《天平公座中呈令狐令公时蔡京在坐京曾为僧徒故有第五句》)	《高唐赋》："霓为旌，翠为盖。"又："醮诸神，礼太一。"
陶诗只采黄金实，郢曲新传白雪英。(《和马郎中移白菊见示》)	宋玉《对楚王问》："客有歌于郢中者……其为《阳春白雪。"
联辞虽许谢，和曲本惭巴。(《喜雪》)	宋玉《对楚王问》："客有歌郢中者，其始曰《下里巴人》，国中属而和者数千人。"
浮云不相顾，寥泬谁为梯。(《井泥四十韵》)	宋玉《九辩》："泬廖兮天高而气清。"
万里风波一叶舟，忆归初罢更夷犹。(《无题》)	《湘君》："君不行兮夷犹。"

续表

义山诗	楚辞作品
减衣怜蕙若,展帐动烟波。(《春深脱衣》)	《离骚》多言以香草为衣裳,脱去衣裳所以说怜蕙若。
瑶姬与神女,长短定何如。(《木兰》)	《文选·宋玉·高唐赋》注:赤帝女曰姚姬,未行而卒,葬于巫山。宋玉《神女赋》:"礼不短,减不长。"《登徒子好色赋》:"东家之子,增之一分则太长,减之一分则太短。"
楚妃交荐枕。(《拟意》)	宋玉《高唐赋序》梦见妇人曰"……闻君游高唐,原荐枕席。"
几时销薄怒,从此抱离忧(《拟意》)	宋玉《神女赋》:"频薄怒以自持兮。"
书论秦逐客,赋续楚离骚。(《献寄旧府开封公》)	屈原有《离骚》篇。
楚水招魂远,邙山卜宅孤。(《哭虔州杨侍郎》)	宋玉有《招魂》篇,屈原有《卜居》篇。
春风自共何人笑,枉破阳城十万家。(《无题》)	宋玉《对楚王问》:"惑阳城,迷下蔡。"
别馆觉来云雨梦,后门归去蕙兰丛。(《少年》)	化用"高唐神女"和屈骚多称蕙兰。
古有阳台梦,今多下蔡倡。(《夜思》)	《高唐赋序》:"朝朝暮暮,阳台之下。"
不见华胥梦,空闻下蔡迷。(《思贤顿》)	宋玉《对楚王问》:"迷下蔡。"

第六章　唐代辞赋屈宋接受

唐代辞赋创作十分兴盛，存留于《全唐文》中的辞赋作品即达两千篇左右。[①]尽管明代李梦阳提出过“唐无赋”之论，不少学者亦围绕此命题多有辩说。[②]无论争议者的意见是肯定还是否定，而唐代辞赋洋洋大观的创作实绩却是任谁也不能一笔抹煞的。唐代一些诗文大家，如李、杜、韩、柳等同时也是辞赋高手，创作了不少辞赋史上的名篇。笔者以为，一切研究首先当着眼于其本真形态，以此我们在讨论唐代辞赋屈宋接受之际亦当尽可能地贴近唐代文学创作的真实历史，从而对此命题作一较全面的观照和梳理。

---

① 据叶幼明《辞赋通论》的相关统计，《全唐文》中“单只以赋名篇的作品即有 1622 篇，有赋存留的辞赋作家 544 人。《全唐文》尚未收入敦煌赋近 20 篇。此外尚有大量的骚体赋、对问体赋、七体赋和赋体文未统计进去。如果将这些赋一并计入，唐赋当在 2000 首以上。”湖南教育出版社，1991 年版，第 106 页。

② 按，如明王文禄即反驳李梦阳“唐无赋”说，其《文脉》中云：“（李空同）曰唐无赋。予曰李太白《大猎》《明堂》，杨炯《浑天》、李庾《两都》、杜甫《三大礼》、李华《含元殿》、柳宗元《闵生》、卢肇《海潮》、孙樵《出蜀》，岂曰无赋？”见《四库全书存目丛书》第 417 册，齐鲁书社，1997 年版，第 106 页；王芑孙甚至发表过“诗莫盛于唐，赋亦莫盛于唐”的观点，见《读赋卮言》。许结师《“唐无赋”说辨析——兼论明赋创作与复古思潮》一文，综括前人争议，从文学史的宏观发展演变背景切入，条分缕析地探讨剖析了“唐无赋”说的自存价值及其内涵的深层隐蕴。见《文学遗产》1994 年第 4 期。

第一节　唐代辞赋屈宋接受散论

唐代辞赋创作可谓“百体争开”[①]，许结师在《中国辞赋发展史》中概括道：“唐代辞赋形式多样化，骚、散、诗、骈、文、律、俗各体应有尽有，许多优秀的作者，不愿为固定形式所束缚，力求革新创造，使得各种体裁都有一些变化。”[②]在这样一种较为繁荣的辞赋创作局面下，对处于辞赋发展史源头地位的楚辞作品，唐代各体辞赋自然皆多有借鉴、吸收和接受。

一、屈宋辞赋表现形式在唐代辞赋创作中的流行变化

1. 骚体“兮”字句式的运用。

唐代辞赋创作各体皆备，尤以律赋为盛，但不管哪种体式的赋作，它们皆对楚辞作品标志性的骚体“兮”字句有较广泛的吸收和运用。骚体辞赋固不必说，即如唐代的散体大赋、骈赋、文赋和律赋而言，其中夹用“兮”字的骚体句式亦往往而见。这表明唐人在构思下笔而创作辞赋之际，其心目中常会预为呈现出一种范型和模式，此即辞赋史上的肇端之作——楚辞作品。推寻背后之因由，一是楚辞作品自身强大的艺术生命力使其光彩卓然，对后世任一阶段的各体文学创作都足以产生莫大影响；二是唐代文学崇尚激情，重在以感性思维为诗文，以此其辞赋创作自然也重直陈式地抒发情感，而楚辞作品（尤其是骚体文学）恰恰是直抒胸臆的典范之作。合此两点，便使我们看到了唐人辞赋对楚辞作品有着多方面的学习和接受，而其各体辞赋中多用骚体“兮”字句仅为这种学习和接受的表现之一。

据笔者翻阅统计《全唐文》中的辞赋作品，一多半以上的篇章中皆有较多

① 王芑孙语，见其《读赋卮言》，光绪五年上海淞隐园排印本。

② 郭维森、许结师合著《中国辞赋发展史》，江苏教育出版社，1996年8月第1版，第336页。

的骚体“兮”字句式。因后文要专门讨论骚体辞赋，故此处姑举骚体而外的其他各体赋作为例。先说初唐盛唐时期，此阶段的辞赋创作受六朝文学影响较大而多为骈赋，其他各体也皆有少量创作。具体的辞赋作家约达百人之多，较知名的一些诗文作家诸如王绩、“初唐四杰”、“沈宋”、陈子昂、张说、王维、高适、岑参、王昌龄、李白、杜甫等皆有辞赋作品传世。就初盛唐时期辞赋作品的总体面貌而言，骚体“兮”字句的使用极为广泛，在除骚体而外的其他各体赋作中皆有出现，且在部分赋作中占有较大的比重。即以唐太宗而言，他的五篇赋作仅《威凤赋》中无“兮”字句，其他四篇虽为骈赋，但内中却大量运用了骚体“兮”字句。如“循今踪兮览前迹，俯层城兮临太液”（《临层台赋》，见《全唐文》卷四）、“岁月运兮寒复暑，日月流兮夜还昼”（《感旧赋》，同上）、“细影杂兮俱乱，弱势交兮共萦”（《小山赋》，同上）等。而宋之问《太平公主山池赋》和《秋莲赋》两篇骈赋，通篇几乎全用“兮”字句，其不同于骚体赋之处仅在于这些“兮”字句两两成对，更严饬整齐而已。再如王勃的《七夕赋》《采莲赋》等散体大赋，其具体行文颇类宋玉《高唐》《神女》诸赋，骚体“兮”字句于篇中随处可见。像“餐素实兮吸绛房，荷为衣兮芰为裳。永洁已于丘壑，长寄心于君王。且为歌曰：芳华兮修名，奇秀兮异植，红光兮碧色。禀天地之淑丽，承雨露之霑饰。莲有藕兮藕有枝，才有用兮用有时”（《采莲赋》，见《全唐文》卷一百七十七）一类句子，即带有浓厚的楚骚韵味。散体大赋多用骚体“兮”字句式的还有杨炯的《盂兰盆赋》、骆宾王的《萤火赋》、李白的《明堂赋》和《大猎赋》等。另如在初盛唐时创作数量较少的律赋，其中的骚体“兮”字句同样不为鲜见。如韩休《驾幸华清宫赋》[1]中有十八个“兮”字句，几近全篇的一半。自中唐韩柳等鼓吹倡导“古文运动”以来，不仅促使了骚体赋创作的勃然繁兴，掀起一个较大的高潮，其流风所向也影响到了其他各体辞赋的创作，骚体“兮”字句更是为

① 见《全唐文》卷二百九十五，题后注以“温泉毖涌，荡邪难老”为韵。

许多辞赋作家频频用于他们的辞赋创作当中。此处我们仅以中晚唐的律赋为例，在不少律赋作品中都夹杂有骚体“兮”字句，少则两三处，多则十余处。拿中唐律赋大家王起来说[①]，他现存有 65 篇律赋作品，其中 31 篇内夹用了“兮”字句。如“神之至兮云映暖，灵之降兮日扬飞。列缀兆于峻舞，徵歌颂于丝衣。礼成文兮乐终变，神胥乐兮俨将归”（《祠灵星赋》，见《全唐文》卷六百四十二），即显然是仿效《九歌》中的描写。再如李观《高宗梦得说赋》中的骚体句：“说之居兮山之幽，云峨峨兮水浩浩。彼人兮何斯，欻中心兮梦之。如渴兮在兹，如饥兮在兹。想遗者兮素隐，抚空怀而叹思。”[②]读起来亦颇有屈骚遗韵。晚唐律赋因种种缘由而趋向散体化[③]，以此律赋创作运用骚体“兮”字句的情形更为普遍。如徐寅现存赋作二十余篇，夹用骚体“兮”字句者即达 17 篇之多，而且不少篇目中的“兮”字句都占到了一半左右的篇幅。因为律赋是随科场应试而发展成熟起来的一种赋体，韵律对偶等方面的要求较为严格，多用节奏舒缓的骚体“兮”字句似乎于行文不大方便。此其一。中晚唐是律赋创作的黄金时期，《全唐文》中留存的中晚唐辞赋作品以律赋为多，如白居易存赋十六篇，其中律赋竟达十四篇；欧阳詹有赋作十三篇，其中律赋九篇[④]。此其二。以此，通过考察该时期律赋创作中使用骚体“兮”字句，进而能够窥测到骈赋、文

---

① 按，王起现存律赋 65 篇，是唐人中存赋最多的。赵俊波认为王起之赋在中唐时代最为突出，因为绝大多数作家留传后世的律赋作品仅寥寥数篇，而王起赋作能够留存如此之多，也可从一个侧面看出其律赋质量之高和后人的珍重。详参赵俊波《中晚唐赋分体研究》，中国社会科学出版社、华龄出版社，2004 年 10 月第 1 版，第 312 页。

② 见《全唐文》卷五百三十二，题后注以“恭默思道，帝赉良弼”为韵。

③ 按，晚唐律赋散体化的主要原因一是受古文运动的影响，二是受晚唐科场文学创作注重散体的文化取向影响，三是律赋文体自身盛极而衰的自然规律所致。可参看赵俊波《中晚唐赋分体研究》一书的相关论述。

④ 按，许结师《论唐代赋学的历史形态》一文认为：中晚唐人对律赋的态度可分为两派，即古体派和律体派。古体派的代表是以韩愈为首的古文家，他们从文体、文用方面考虑问题而反对律赋，但并不盲目排斥律赋。兼以当时科考需试律赋，所以他们也都创作有律赋作品，如欧阳詹即属古体派。律体派的代表是元稹、白居易，他们“不仅赞同试赋制度，而且自觉从事律赋创作。”《南京大学学报》（哲社版），1996 年第 1 期。

赋、散体赋等其他赋体创作中较之律赋更多使用骚体“兮”字句的情状，从而从一个侧面看出唐代辞赋作家们接受楚辞作品影响的广泛程度。当然，骚体“兮”字句并非楚辞作品所独有，但它确是在楚辞作品中最初大量使用并成就了其强烈抒情性特质与巨大艺术感染力的一种句式，而且楚辞作品又是文学史上具有“元典”意义的作品。从接受心理和实际的接受史情况而言，后世赋家在创作中运用骚体“兮”字句式，归根结底当溯源到楚辞作品，大多都是受了楚辞作品的沾溉。

唐人为什么在自己的辞赋创作中喜用楚辞作品标志性的骚体“兮”字句呢？从不同角度可能会寻绎出很多不同的原因，但笔者以为最重要的一个接受心理则是出于唐人对楚辞作品文学“元典”地位的看重和仰慕，是唐人在辞赋创作实践中“思欲存古”文学观念的反映和表现。尽管唐代曾有过不少反对楚辞作品的声音，但就多数诗赋作者的具体作品来看，他们无一能够完全摆脱楚辞作品的影响。理论主张与创作实践之间通常会存有很大的距离，况且部分唐人之反对屈宋辞赋，更多地是出于文学功利性考虑而强调正统的儒家文道观，对楚辞作品的文学成就，包括骚体“兮”字句式这样的形式技巧并未明确否定，其实也根本否定不了。所以，在唐人的创作中，我们便看到他们不仅在辞赋中吸收使用骚体“兮”字句，而且在其他文体，尤其在一些祭祀碑铭及颂赞文章中，更是大量使用这种句式。此种“思欲存古”的接受心理，或许由唐人许敬宗的一段话可以佐证，其《上恩光曲歌词启》中说：“窃寻乐府雅歌，多皆不用六字，近代有《三台》《倾杯乐》等，艳曲之例，始用六言。今故杂以兮字，稍欲存于古体。”①

2. 假设对问的结构模式及以“乱曰”“重曰”作结的方式。

唐人辞赋创作各体皆备，且各体在篇章组织方面对楚辞作品皆有所学习

① 见《全唐文》卷一百五十二。

和仿效。这主要表现在一些作品对假设对问结构模式的借鉴，以及用“乱曰”“重曰”来收束全文并点化强调作品意旨。

假设对问通常采用假托客主问答并以“问”和“对”的形式来结构文章，后来遂演化形成了一种特殊的文学体类，即“对问体”。据李乃龙教授考述，“对问”作为一种文体，其渊源可追溯到《尚书》《论语》等古代典籍，是对问形式的结晶，并非专得自某一家，然而若以宋玉《对楚王问》作为对问体之确立来看，则其受《孟子》和《战国策》的影响较大①。萧统编《文选》时，首立“对问”体，并选录了宋玉的《对楚王问》，以此刘勰也在《文心雕龙·杂文》篇中道：“宋玉含才，颇亦负俗，始造《对问》，以申其志，放怀廖廓，气实使之。”那么，古人为什么要将宋玉的《对楚王问》认定为“对问”体的确立呢？《对楚王问》有何范型意义呢？李乃龙认为其一是该文从表现形式上看，楚王以问起，宋玉以对结，一问一对结体成文。全文以问为宾，以对为主，是典型的对问体；其二是从情感基调上看，对问者宋玉借题发挥以抒发落魄牢骚之情，此种抒之以情使之与《孟子》的对之以道、《战国策》的对之以计区别开来，这一特征也使《对楚王问》较之此前其他文献中的问对形式具备了更为鲜明的文学色彩。除《对楚王问》之外，宋玉的《风赋》《登徒子好色赋》《神女赋》《高唐赋》《大小言赋》等系列赋作，其实也都是采用假托对问的方式来结构全篇的，从一定意义上说，后世辞赋创作中假设对问的体式主要即是源自对宋玉这些赋作的学习和仿效，当然也包括屈原《卜居》《渔父》，甚至《离骚》中诗人对答巫咸及陈词重华等结

① 可参看李乃龙《论〈文选〉“对问”体——兼论先秦对问体式的发展历程》一文，李教授在文中指出：“‘对问’是《文选》所收文体之一类，见载是书卷四十五，仅收宋玉《对楚王问》一篇。关于它的文体渊源，前人有多种推测，如余嘉锡《古籍校读法·明体例第二》‘秦汉诸子即后世之文集设论’条谓宋玉之《对问》‘仿《庄子》之寓言’、张立齐《文心雕龙注订》谓‘《对问》一体，其源最古，《尚书》《论语》正导先河’，并认为《文心雕龙·杂文》‘宋玉……始造《对问》’的判断是‘又忽于《卜居》《渔父》之在其前也’。可见张氏又把《卜居》《渔父》当作《对问》的另一源头。今按：诸家之说各得一端，对问作为文体是作为问对形式的结晶，并非专得自某家。”《广西师范大学学报》，2005 年第 4 期。

构模式的影响。唐代辞赋创作中有不少作品以假设对问的结构方式成篇，其所继承的文学遗产显然亦需远追至楚辞作品。举例言之，如元结有《说楚何荒王赋》《说楚何惑王赋》和《说楚何昏王赋》[①]三篇，即假托梁宠王与君史之对问，讨论楚国的各种乱政，从而达到“君史说楚，似欲戒梁；敢愿君王，示鉴不忘”的效果。它如李观《苦雨赋》（假托客主对答而抒发对清明之治的向往之情）、柳宗元《愈膏肓疾赋》（假托景公、秦缓及景公之臣三者之间的对问，以膏肓之疾与衰亡之国相比，表达了作者内心对自身命运与国事前路的难言隐忧和焦虑之情）、刘禹锡《何卜赋》（假托作者与卜者问答，反映了作者对待现实命运的积极态度）、李德裕《黄冶赋》（假托汉武帝与董仲舒问答，表达了作者对方士冶沙为金谬说的反感，并劝谏为君者宜循顺正道而追求德业）、《蚍蜉赋》（假托作者与蚁问答而表达万物皆有其存在之理）、孙樵《大明宫赋》（假托大明宫神与作者对答，暗讽唐王朝统治者乱德败行而使社稷黎民遭殃）等。这些赋作都采用了假托对问的结构方式，一般也都是以“问”引起话题，以“对”进行深入的阐发辨析，进而或揭明事理或抒发感慨，其接受楚辞作品假设对问以陈词抒情的痕迹较为明显。另如孙樵《寓居对》和《乞巧对》两篇，从形式到内容都与宋玉《对楚王问》极相似。前者假托曾识面者与作者问对，借以表明自己心存大道而谨慎出处的人生态度；后者假托从者与作者问对，表明自己持朴守拙而鄙弃巧言诡行的志节。当然，以对问形式结构文章自屈宋而后得到很大发展，如汉人东方朔《答客难》、扬雄《解嘲》、唐人卢照邻《对蜀父老问》一类设论文皆是。这里我们仅从唐人辞赋创作接受角度简单涉及此种结构模式，不再细论。

“乱曰”“重曰”在楚辞作品中出现频率较高，从一定意义上来也可看作是肇始于楚辞作品的一种独特的表达手法。有学者通过专门研究，认为“乱曰”

---

① 见《全唐文》卷三百八十。马积高《赋史》解释曰：“其所谓‘荒’，指荒于宫室、游乐；所谓‘惑’，指惑于女色声伎；所谓‘昏’，指劳民竭财，扩土开疆。”

一类形式“在《诗经》时代是声乐与舞容配合的相关表达记录，相当于换场，起到结构照应、变化调节的作用。在《楚辞》中保存了这样的意义，但均固定放在末尾。”[①]在可考知的古代文献中明确使用“乱曰”“重曰”一类表达手法的最早作品是屈骚，其后宋玉《九辩》《招魂》《笛赋》等起而效之，遂沿为后世辞赋创作所习用的一种结尾方式。王逸曾解释“乱曰”云：“乱，理也。所以发理词指，总撮其要也。屈原舒肆愤懑，极意陈词，或去或留，文采纷华，然后总括一言，以明所趣之意也。”[②]换言之，他认为“乱曰”是置于全文最后概括文章大意的，起总结提要的作用。又释“重曰”云：“愤懑未尽，复陈词也。”[③]其作用与“乱曰”稍异而大同，都有强调抒发作者情志之意。宋代洪兴祖亦道：“《国语》云‘其辑之乱’。辑，成也。凡作篇章既成，撮其大要以为乱辞也。《离骚》有乱有重，乱者，总理一赋之终；重者，情志未申，更作赋也。”[④]当然，“乱曰”“重曰”一类表达形式的来源及初义可能更为复杂，古人对此亦多有探讨。[⑤]而究之文学史实际，自楚辞作品而后的具体创作者大略都是将“乱曰”“重曰”作为收束全文的一种表达手法来运用的。唐人自不例外，他们当时对这一形式也是作为卒章显志而总结全篇的手段来看待的，如叔孙矩《大唐扬州六合县灵居寺碑》在收束全文时写道：“拟诸乱曰，而作偈言。其词曰……”云云，所谓“拟诸乱曰”，明确表明自己是对楚辞作品之“乱曰”形式的仿效，亦即以“乱曰”领起一段文字来收束全文，并再次点化全文主旨。再如陆龟蒙《野庙碑》文末写道：“既而为

① 黄震云、孙娟《“乱曰”的乐舞功能与诗文艺术特征》，载《文艺研究》2006年第7期。

② 引自洪兴祖《楚辞补注》，中华书局，1983年3月第1版，第47页。

③ 引自洪兴祖《楚辞补注》，中华书局，1983年3月第1版，第166页。

④ 引自洪兴祖《楚辞补注》，中华书局，1983年3月第1版，第47页。

⑤ 按，如朱熹又从诗乐舞角度对“乱曰”形式进行了考察，并指出“乱者，乐节之名。”吴仁杰更进一步阐发道：“诗者，歌也，所以节舞者。曲终乃更变章乱节，故谓之乱。按《乐记》言，《大武》之舞，‘复乱以饬归’，《正义》曰：‘乱，治也；复，谓《武》曲终，舞者复其位而整治。’盖舞者，其初纷纶赴节，不依行位；比曲终，则复整治焉。故谓之乱。今舞者尚如此。诗乐所以节舞者也，故其辞之终，《商颂》辑之乱是已；乐曲之终，《关雎》之乱是已。《离骚》有乱辞，实本之诗乐。”依黄震云的意见，朱熹、吴仁杰的看法更为接近历史真实。可参看其《“乱曰”的乐舞功能与诗文艺术特征》一文。

诗，以乱其末”云云，亦属同样的情形。以此，我们在考察唐代辞赋使用“乱曰”“重曰”之时，便不能违离文学史发展的客观实情，即须将唐人辞赋运用“乱曰”“重曰”看作是对楚辞作品这一特殊形式的继承和接受。

据笔者统计，唐人辞赋中以“乱曰”收束全文的共有16篇，它们是：王绩《燕赋》、王勃《游庙山赋》、韦承庆《枯井赋》、崔融《瓦松赋》、苏颋《长乐花赋》、颜真卿《象魏赋》、杜頠《白环赋》、张鼎《霹雳赋》、赵良器《印赋》、乔潭《霜钟赋》、梁肃《过旧园赋》、柳宗元《佩韦赋》、刘禹锡《山阳城赋》、李绅《寒松赋》、徐寅《均田赋》、高无际《大武西垣竹赋》。这些作品中有骚体赋、骈赋和散体大赋，甚至也有律赋，可见唐人学习接受“乱曰”这一形式运用了各体辞赋创作之中。此其一。总观这些作品的“乱曰”形式，其中很多都是骚体“兮”字句，而且不少句子还明显带有化用楚辞作品语句的痕迹。如“乱曰：已矣哉！吾谁欺？林壑逢地，烟霞失时。托宇宙兮无日，俟虬鸾兮未期。他乡山水，祇令人悲。”（王勃《游庙山赋》，见《全唐文》卷一百七十七）；再如“乱曰：有通有塞兮道之恒，时用时舍兮业方宏。疏而泄兮甘润腾，壅而竭兮汙泥增。彼幽涸兮如重启，济穷渴兮良所能。”（韦承庆《枯井赋》，见《全唐文》卷一百八十八）。此其二。从这些作品“乱曰”所领起的具体内容来看，它们无一不是对全篇主旨的总括和点化。此其三。综此三点，不难看出唐人运用“乱曰”手法是有意地学习楚辞作品。

此外，以“重曰”方式收束全文的唐人辞赋共有18篇，它们是：卢照邻《释疾文》之《粤若》《悲夫》和《命曰》、杨炯《幽兰赋》、陈子昂《国殇文》、刘知几《思慎赋》、崔明允《红嘴乌赋》、达奚珣《秦客相剑赋》、乔琳《慈竹赋》、丁春泽《日观赋》、梁肃《指佞草赋》、张仲素《稼如云赋》、元稹《镇圭赋》、李德裕《振鹭赋》和《灵泉赋》、陆瑰《冰赋》、张彦胜《露赋》、上官逊《松柏有心赋》。这些辞赋作品中，约有一半是律赋，其次为骚体赋和骈赋。在律赋中运用“重曰”结文，这反映了唐代律赋创作繁盛的现实，也表明了唐人接受“重曰”形式的灵活态度。与唐人运用“乱曰”一样，这些辞赋作品中的“重曰”亦多骚体“兮”字句，且有化用楚辞作品原句之处，如“重曰：若有人兮山之阿，纫秋兰兮岁月多。思握之兮犹未得，空佩之兮欲如何？乃抽琴操为幽兰之歌。”（杨炯《幽兰赋》，见《全唐文》卷一百九十）再如“重曰：日有观兮绝代独立，登之望兮无远不及。何太阳之至精，莫不专于出入？”（丁春泽《日观赋》，见《全唐文》卷四百五十七）这同样表现了唐人在辞赋创作中对“重曰”手法的自觉接受。

3. 对楚辞作品语汇意旨的袭用化用。

唐代辞赋中有不少对楚辞作品语汇意旨的借用、袭用或化用之处，这也是唐人接受楚辞作品的一个表现。

先看借用楚辞作品语汇的，如：

①鸣鹔鹴与鹭鸶，舞鹍鸡与翡翠。（杨炯《盂兰盆赋》）/鹍鸿群晨，杂鹙鸧只。鸿鹄代游，曼鹔鹴只。（《大招》）；鹍鸡啁哳而悲鸣。（《九辩》）

②何生涯之侘傺兮，蹇吾降此中州？（独孤及《梦远游赋》）/忳郁邑余侘傺兮。（《离骚》）；心郁邑余侘傺兮。（《惜诵》）；蹇谁留兮中州？（《湘君》）

③于是泬寥兮日暮而天晶，萧瑟兮霜落而风清。（乔潭《霜钟赋》）/泬寥兮天高而气清。（《九辩》）；萧瑟兮草木摇落而变衰。（同前）

④若乃路转涔阳，波连沅湘。杜蘅秀兮蕙若芳，写云翠兮沉夕阳。月明露下霭苍苍，结遐想于骚人兮，悄目极以心伤。（权德舆《洞庭春溜满赋》）/望涔阳兮极浦。（《湘君》）；济沅湘以南征兮。（《离骚》）；令沅湘兮无波。（《湘君》）；临沅湘之玄渊兮。（《惜往日》）；杂杜蘅与芳芷。（《离骚》）；谓蕙若其不可佩。（《惜往日》）；不得见兮心伤悲。（《九辩》）

⑤有美一人兮明时节，求暑备兮珍簟长。知薜荔之空靡，意荃兰之虚芳。（仲子陵《清簟赋》）/有美一人兮心不绎。（《九辩》）；贯薜荔之落蕊。（《离骚》）；被薜荔兮带女罗。（《山鬼》）；令薜荔以为理兮。（《思美人》）；荃不察余之中情兮。（《离骚》）；纫秋兰以为佩。（《离骚》）

还有袭用楚辞作品原句或袭用而稍作改动的，如：

①若有人兮山之阿，纫秋兰兮岁月多。（杨炯《幽兰赋》）/若有人兮山之阿。（《山鬼》）

②汀洲兮极目，芳菲兮袭予，思公子兮不言，结芳兰兮延伫。（杨炯《幽兰赋》）/芳菲菲兮袭予。（《少司命》）；思公子兮未敢言。（《湘夫人》）

③占顾兔兮离毕星，雷阗阗兮雨冥冥。（杨炯《青苔赋》）/雷填填兮雨冥冥。（《山鬼》）

④袅袅兮秋风，湛湛兮春江，伤吾心其何已？（梁肃《过旧园赋》）/袅袅兮秋风。（《湘夫人》；湛湛江水兮。（《招魂》）

⑤别有荷为衣兮蕙为带，鼓轻枻兮张翠盖。（徐彦伯《汾水新船赋》）/荷衣兮蕙带。（《少司命》）

也有撷取楚辞作品语句而采用引申、紧缩或扩张之法加以化用的，如：

①彼其艺兰兮九畹，采蕙兮五柞。（宋璟《梅花赋》）/余既滋兰之九畹兮，又树蕙之百亩。（《离骚》）

②渔父游兮汉川曲，歌沧浪兮濯吾足。桂舟横兮兰枻触，浦溆邅回兮心断续。（杨炯《青苔赋》）/沧浪之水浊兮，可以濯吾足。（《渔父》）；桂棹兮兰枻。（《湘君》）；入溆浦余儃佪兮，迷不知吾所如。（《涉江》）

③亦藐兮不可长，辰兮不可逢。恐鶗鴂吟兮众芳晚，幸左右之先容。（王勔《百合花赋》）/恐鹈鴂之先鸣兮，使夫百草为之不芳。

(《离骚》)

④徒有愿兮且未克，忧深沉兮萃胸臆。风兮雨兮，思君子兮何极！(萧颖士《爱而不见赋》)/思公子兮徒离忧。(《山鬼》)；私自怜兮何极。(《九辩》)

更多的是对楚辞作品意境主旨的承袭和演用，如李华《木兰赋》云：

露草白兮山凄凄，鹤既唳兮猿复啼；宵深林以冥冥，覆百仞之元谿。彼逸人兮有所思，恋芳阴兮步迟迟；怅幽独兮人莫知，怀馨香兮将为谁？

这段文字明显带有屈骚那种哀感轻愁的迷离气息。首先是因为作者化用了《涉江》中“深林杳以冥冥兮”和“幽独处乎山中”两句，同时，“怀馨香兮将为谁”其实亦当是源自于《山鬼》中“折芳馨兮遗所思”一句。其次，这段文字所渲染的孤寂凄清之意境与所抒发的年华流逝而知者难遇之忧伤焦虑情感，同样合于屈宋骚辞的内质。

再如权德舆《行舟逗远树赋》云：

有美一人兮，桂为楫，兰为舟。逗远树之晴影，泛春江之碧流。乍迷云叶，稍映蘋洲。凝暮色于愁睇，空蔼蔼以悠悠。的的轻舟，亭亭远质。喜扬舲之渐近，嗟转岸而还失。映微波以葱蒨，贮岚翠之蒙密，怆南浦之别离，占横塘之风日，柳怨别兮枫伤春，望不辨兮愁杀人，空江边兮远郊外，纷离绪兮相对颦。摽落照以微明，幂夕烟而又晦。波茫茫兮景沉沉，思结缆于清阴。惜归舟之不驻，伤远目以轸离心。

该赋是作者为送友人严謩赴东阳而作。权德舆曾针对当时南下经行楚地的文士之诗文创作发表过一些值得注意的看法，如“献岁南征者，以寓环堵丁长沙故也，亦将参质文于屈宋，详岁时于荆楚”①。“群贤以地经旧楚，有《离骚》遗

① 《送张校书归湖南序》，见《全唐文》卷四百九十一，第5017页。

风,凡今宴輣歌诗,惟楚词是敩"[1]。这表明他注意到了楚辞作品的地域性影响,同时也透露出他本人在辞赋创作方面主动接受此种文学影响的意愿,《行舟逗远树赋》即是一例。赋作一开首便化用屈宋骚辞语句,表明其仿效学习的对象和方向。后文在铺排别离之种种情状而抒写伤悲之情时,运用了较多的骚体"兮"字句,烘托出寒凉、寂寥而哀切的氛围,其风调颇同于《涉江》《九辩》等文。且如"怆南浦之别离"即是化自《河伯》"送美人兮南浦"一句;"柳怨别兮枫伤春""伤远目以轸离心"即是化自《招魂》"湛湛江水兮上有枫,目极千里兮伤春心"一句。全文演用楚辞作品意旨之迹甚明。

还如姚幹《谒华山岳庙赋》的开头一段:

> 沐兰汤兮同之子,采白蘋于南涧。羞府君之明祀,祠肃肃兮山之下,神萃萃兮凛千古,辛夷楣兮药房,载云旗兮驾蚪虎。澹閟宫之浏俭,纷进拜于轩宇,灵连蜷兮既留,予蹁跹而屡舞。愿馨香而嘉荐,岂神祇之或吐。

《云中君》有"浴兰汤兮沐芳""灵连蜷兮既留";《湘夫人》有"辛夷楣兮药房";《离骚》有"载云旗之委蛇"、《少司命》有"乘回风兮载云旗"等句子,在这几行赋文中我们能够发现大致相同的句子。此其一。这段赋文描绘祭祀神灵的场面,因而作者便模仿《九歌》的抒写模式,着意渲染肃穆馨香气氛,表现神灵的端洁美好。此其二。合此两点以观,作者完全是在效法屈骚。

综上所言,唐代辞赋借用、袭用或化用楚辞作品语汇意旨的包举面较广,一方面涉及屈宋的大多数作品,另一方面也体现于唐人的各体辞赋创作之中。

4. 对宋玉部分赋作的模仿。

从《全唐文》中还可发现一些完全模仿宋玉《风赋》等赋作的篇章,不仅以

① 《送张评事赴襄阳觐省序》,见《全唐文》卷四百九十二,第 5025 页。

问答形式来构思布局，而且有些赋作中连假托对答的人物也是襄王和宋玉。如陆龟蒙《春寒赋》：

宋玉云梦侍从，赋成酒兰，君王惨憺，顾曰春寒。玉少进曰："大王之国三分，水居其一。大王之宫庭，女子充溢。洪波浮其空，幽忧积其中。不得不雨，不得不风。风横雨斜，天地溟濛。寒之中人，有异于严冬。其来也低迷，其状也惆怅。理虽辨而词怍，色虽庄而意荡。明灭薰垆，留连绣帐。相逢置酒，则少避酡颜。独自登楼，则偏凌远望。临窗户，绕池塘，丝轻畏逼，花怯愁当。游蜂为之绝迹，好鸟为之深藏。齐纨失色，越絮腾光。掩抑兮幽襟更远，连牵兮别绪弥长。芳神失职，阴御争强。朝耕犊战，暮箔蚕僵。民病如此，君何勿伤。"襄王于是下席称谢，撤燕戏，省嫔嫱，以黄金为玉寿，然后返驾于高唐。

全篇仿宋玉《风赋》而成，借宋玉向襄王描述春寒中人的种种情状以达到讽谏目的，使襄王觉悟到了民生疾苦而对宋玉"下席称谢"。陆龟蒙还有一篇《歌赋》，写楚襄王"听歌适情"之际命宋玉作赋助兴，宋玉遂趁机发表了一番音乐与国政治乱的议论，强调指出"宫不乱而为君，商不乱而为臣。徵不乱以为事，角不乱以为民。羽不乱以为物，五音备以为真。如此则天地同和，阴阳代顺。一讴而王道敦化，再唱而民心端信。"其意也在讽谏襄王要直道正行。赋作结尾借襄王之口道："斯赋之盛，珠辉玉映。可以发昏蒙，佐明圣。为前古之楷式，作后来之龟镜。"即是点题之笔。另有徐寅《寒赋》，作者虚拟安处王与凭虚侯的对答，其具体叙写与陆龟蒙《寒赋》相近，但更像是宋玉《风赋》的翻版：

壬子岁，大雪濛濛，繁云锁空。白日光没，樵蹊脉穷。地涸冱而履不得，天飗飗而飞不通。庭兰落翠，禁树催红。安处王乃去广殿，即深宫，兽炭呀焰，狐裘御风。频谓左右曰："寡人今日之寒斯甚，曷与下民而同?”凭虚侯进言曰:“大王自恐严凝,罔忧邦国。下民将欲冻死,大王未有寒色。”王曰:“下民之理,闻之可得?”对曰:“只如负御三边,弥年不还。戍远燕岭,衣单雁山。铁甲冰彻,金刀血殷。风刮衰力,砂昏少颜。大军之生死频决,上国之英豪甚闲。今则冻平辽水,雪满萧关。此战士之寒也,王曷知其险艰。至若荷锸田里,劳乎农事,草荒而耒耜无力,地冷而身心将悴。赋役斯迫,锄耰何利。冻体斯露,疏蓑莫庇。东皋孰闵其耕耘,北阙但争其禄位。今则元律将结,元冬已继。此农者之寒焉,王曷知其忧愧。复有万里辞亲,求名进身。韬玉待价,燃金食贫。贺清平于四塞,冒霜霰于三秦。北户无席,冬衣有鹑。幸偶乎勋华为主,同思乎伊吕称臣。今则颛顼威至,元冥令臻。此儒者之寒焉,主曷知其苦辛。别有苦寒之者,不能殚写。在臣说矣,恐王烦也。”于时阳气收,阴气浮,火井灭,朔风愁。千山之冻树频折,八水之凝波不流。王乃闵征战之劳,命偃乎兵革。念农耕之苦,命蠲乎徭役。知儒者之寒,命选于宗伯。

此外,罗隐还有《后雪赋》和《市赋》,赋中人物虽未假托于襄王与宋玉之对答,但构思谋篇的形式亦模仿了宋玉《风赋》《登徒子好色赋》等作。如《后雪赋》虚构叙写了梁王、邹生与司马相如关于雪的一段对话,借邹阳之口议论道:“恶其不择地而下,然后浼洁白之性焉”,意谓雪本具有“莹净之姿,轻明之质”,但却随风飘零,往往会落到污秽之处,从而玷污了其洁白之性。作者将讽刺的矛头指向了那些攀附权贵的势利小人。此赋直接的摹仿对象是谢惠连的《雪赋》,但溯其源当至宋玉赋作。《市赋》借齐侯问晏子什么是“市”而引起了晏子的一段评说,最后以齐侯得到“今先生以交易进退,祛寡人之蒙昧。……吾知之矣。谨以从政,庶无尤悔”的启发为收束。其情形亦颇同于宋玉《风赋》一类。

二、屈宋辞赋文学精神在唐代辞赋创作中的回响

1. 长于抒情的内质。

清人王邦采评《离骚》云:“如怨如慕,如泣如诉,屈子之情生于文也;忽起忽伏,忽断忽续,屈子之文生于情焉。”[①]此语其实可移以概括全部屈原作品的强烈抒情性风貌,如《九章》《九歌》等无不渗透着作者的心血和怨愤。祖述宗师屈原的宋玉,其辞赋作品的抒情性与屈骚可谓一脉相承,读来同样动人心魄而酸心寒骨。黄凤显《屈辞体研究》中说:“就诗歌而言,屈辞的抒情性及其抒情样式,既有别于前代,亦独步于当时,可谓‘奇文郁起’;而屈子之诗歌创作,意旨没有道德教化等直接的功利目的,乃着意于抒发其内心情感,这在以言说见称的战国士人中,固是别树一帜。”[②]宋玉辞赋的抒情性与抒情样式亦类于屈辞。

唐世是中国历史上用浓墨重彩书写的一段高潮,高昂奔放的激情是它最为鲜明的时代气息,而能够反映并表现这种时代气息的最佳艺术载体即是文学作品。从现存的大量唐人诗文中,我们可以感受到种种强烈的情感抒发,这些皆可视之为唐人精神世界的忠实展现和原始记录。作为唐代文学创作的有机组成部分,唐代辞赋亦呈现出与诗文相一致的偏重抒情的特色,不少作品写得辞意真切而一唱三叹。寻绎唐代辞赋此种重情特色的诸种因由,楚辞作品的影响当是一个不可忽略的要素。任何时代的任何文学创作,一方面必然要于字里行间深染作者所处时代的印记,另一方面也不可能完全割断与前代同类体裁文学作品的联系。唐人的辞赋创作亦然,时代本身既风云激荡而开阔昂扬,客观上有益于丰富并激发起创作主体的种种情感体验,发而为辞赋也就自然要抒写这些情感,以此顺理成章地会接受楚辞作品长于抒情的内质。唐代辞赋创作各体皆备,就其抒情品性强弱而言,当以骚体辞赋为最,次

① 王邦采《离骚汇订·自序》,引自北京出版社《四库未收书》丛刊第五辑第十六册,第99页。
② 黄凤显《屈辞体研究》,湖南人民出版社,2002年6月第2版,第12页。

骈赋、次散体大赋、次律赋。这个排序其实也反映出了唐代各体辞赋接受楚辞作品影响的程度有所不同,如骚体辞赋以“血缘”最为接近楚辞作品而受其影响最大,其抒情品质也最为突出,律赋因与科举粘附过于密切且不少即产生于场屋之上,其抒情品质也就大打折扣了。

初盛唐时的辞赋创作以骈体赋为主,间有骚体赋、散体赋和律赋之制作,一些文学价值较大的辞赋往往都是抒情性突出的作品,举其要者如卢照邻《五悲文》和《释疾文》、骆宾王《荡子从军赋》和《萤火赋》、李峤《楚望赋》、张说《江上寄愁心赋》、李白《拟恨赋》和《惜馀春赋》等。这些作品多为骚体或骈体,以抒发作者自我内心悲欢等情感体验为依归,带有较强烈的主观抒情性。中晚唐以来,律赋创作大盛,然而真正富有文学生命力的还是抒情品格浓烈的骚体辞赋及骈赋,尤以中唐倡导“古文运动”后而蓬勃兴起的骚体辞赋价值为大。如韩愈《复志赋》、柳宗元《惩咎赋》《梦归赋》和《吊屈原文》、刘禹锡《伤往赋》、李翱《幽怀赋》等,皆是唐人辞赋中的名篇。对照楚辞作品长于抒情的特质,及其深入笔触刻写个体种种细微情感的方式,唐人辞赋在此方面显然对它们有较多的接受。凡辞采艳发而动人情思的唐人辞赋,从中皆可寻觅到楚辞作品的抒情因子。从辞赋发展史角度来说,楚辞作品为后世的辞赋创作确立了一种抒情范式,唐人在运用辞赋这种体裁来抒发情怀时,楚辞作品的“元典”意义即会散发出不尽的影响作用。因后文对此多有涉及,此不再赘。

2. 忧时写愤与悲怨伤感的主题。

从一定意义来说,屈宋之作既是文学史上个体独立创作的开始,也是文学自觉的先声。从屈宋笔端汩汩涌出的是他们抗争不公命运的呼喊,是他们精神情感的具体呈现。这恰恰即是一切文学作品所应追求的价值目标之一。屈原骚辞多忧时抒愤之音,宋玉辞赋亦多愁怨悲慨之叹。反观唐代辞赋作品,或感念国事以忧,或抒发个人志业不遂而怨,较多地继承并体现了楚辞作品这一突出风貌和主要特色。唐人辞赋在当时及后世较有影响者,亦多为与楚辞作品忧愤和悲怨主题相通的作品。

初盛唐时骈赋创作较多，上承六朝抒情辞赋余风，同时对六朝一味追求华美形式而往往流于轻靡的文风有所扬弃，融入了较多的现实内容，从而表现出情蕴更为真切质实的一面。散体大赋、骚体赋及律赋亦间有制作，不少作品中都可寻绎到屈宋的某些表现因子，尤显者当是其总体上较为浓郁的抒情风味。这也许正暗合了唐人重感性而情气满怀的时代特点。自韩柳倡导“古文运动”后，中晚唐的辞赋创作便散发出更多更强烈的骚怨气息。此阶段的文章大家如韩愈、柳宗元、刘禹锡、欧阳詹、皇甫湜、李翱、陆龟蒙、皮日休等，创作了数量众多的辞赋作品，且多为骚体。一则因为韩柳宗尚复古文学理论并明确要求文学须“不平则鸣”，一则因为中晚唐之际政局日趋昏浊动荡社会民生每况愈下，因此文士们在辞赋创作中便多了一些对时局的批判和忧虑，同时更多地抒写其志业不遂的坎坷与愤恨、个人生活的失意和悲怨。就创作主题而言，中晚唐辞赋的此种选择其实即是对楚辞作品抒怀写愤之旨的回归。下节详论，此从略。

3. 祭祀悲歌的继承。

以骚体形式撰写用于祭祀的碑铭体文辞，或可视为古代文学史上的一种传统，且与屈原及其辞作紧密相关。一则因为屈原的《九歌》本身即源自于民间祭祀乐歌，是作者对祭祀神灵场面的铺叙和描写；一则因为贾谊作《吊屈原赋》时采用了骚体形式，表达了对屈子的同情哀悼之意。受此两方面影响，后世遂多以骚体为祭文，以至相沿成习。[①]唐人碑铭撰写深受楚辞作品——尤其是《九歌》——的莫大影响。今检《全唐文》，可得用于哀悼祭祀的碑铭传记文

① 按，对以骚体作品作祭祀哀悼之文的传统，日本学者星川清孝亦认为是后人接受了“楚辞”的影响。其《楚辞的传统》一文论说《楚辞》中除《橘颂》外，“都潜伏着哀辞的性质，这种性质从贾谊作《吊屈原》开始，就被明确地表面化地写出来了，这篇赋作既已作吊辞写了，汉代以后的吊辞或哀辞中，也就逐渐使用起《离骚》或《九歌》式的兮字来”。见《楚辞资料海外编》，尹锡康编，湖北人民出版社，1986年版，第326页。

不少，其创作模式多承袭楚辞作品之处，骚体句式在文中往往而见，或竟全篇皆用骚体。下举数篇以觇之。

①桂栋兮兰橑，气氤氲兮袭人。……日之吉，灵之来。蜺为旌兮翠为盖，雷为车兮电为策。鼓之以南箕，风袅袅而先路；……命俦兮啸侣，徙倚兮徘徊。……回风兮云旗，入不言兮出不辞；荷衣兮蕙带，倏而来兮忽而逝。……日吉兮辰良，浴兰汤兮沐芳。扬枹兮拊鼓，尊桂酒兮椒浆。（杨炯《少室山少姨庙碑铭》）

②专思君兮不返，伐石登山。山高兮望远，怀车马于言告，欲弦歌于言偃。人实去思，我无愧词。（陈子昂《临邛县令封君遗爱碑》）

《全唐文》中收存杨炯的各种碑铭文三十篇，骚体兮字句于其中比比可见。如上例①中“桂栋兮兰橑”“入不言兮出不辞”“荷衣兮蕙带”“日吉兮辰良，浴兰汤兮沐芳。扬枹兮拊鼓，尊桂酒兮椒浆”等，多为《九歌》中的成句，或对其略加变化而已。陈子昂所作铭文亦多用骚体“兮”字句，而其《唐陈州宛邱县令高府君夫人河南宇文氏墓志铭》《故宣议郎骑都尉行曹州离狐县丞高府君墓志铭》《堂弟孜墓志铭》《周故内供奉学士怀州河内县尉陈君石人铭》等数篇，则纯用“兮”字句。上例②中“专思君兮不返”“山高兮望远”又是对《九辩》中成句的点化运用。

③……对死地兮出阵，临伤门兮用师。军夺帅兮虹食垒，车脱辐兮火焚旗。有栾黡兮愎矣，无范宣兮丑之。命穷迮兮短兵错，肤迎刃兮血染锷。旋残溃兮弃组练，山犹号兮穀馀战。殆原野兮奈何？违君亲兮不见。於戏！何天命之奄忽？俾仁义之理兵，为蛮夷之俘馘。虢六校之飞将，镇五营之劲卒。吾见出兮不归，噫，名存兮身没。（张说《吊国殇文》）

④……摄提贞岁兮奉扬仁风，跋涉草莽兮词吊纪公。善彼勇兮杀身为忠，九原不作兮予将焉同？金石刻名兮千万岁，魂魄光烈兮

为鬼雄。(卢藏用《吊纪信文》)

例③和例④是两篇吊文,全篇皆用骚体“兮”字句式,其取法屈原《国殇》之迹明甚。《全唐文》中吊文亦复不少[①],除此类效仿《国殇》者而外,也有一些在写法上学习贾谊的《吊屈原赋》。大略都以骚体成文,抒发哀悼追念之意,深染楚骚余风。这也许从另一方面表明骚体形式更便于表达哀痛悲切之意,其韵散结合的句法既可使碑铭文读起来齐整而不失板滞,又能够以徐舒婉转的音调节奏抒发哀情。此外,从文辞角度而言,采用骚体为碑铭显得凝重雅正,亦更适于祭祀的场合与气氛。

要言之,唐代辞赋创作对屈宋的接受表现于不同层面,其具体接受情状亦颇为多样,上文仅大略言之而已。另如唐太宗曾作《小山赋》《小池赋》,许敬宗及徐贤妃各有应和之作,其铺排夸张的手法即源于宋玉《大小言赋》,是宋玉此类游戏文学的唐代嗣响;再如唐代科考律赋的取士制度定然要对时人的辞赋创作产生较重要的规范和导向作用,也必然要造成辞赋创作在某种程度上对楚辞作品流于性情而发抒真诚之文学精神的疏远甚至背离。凡此种种细末关节,不再叙。

第二节　唐代骚体辞赋屈宋接受

唐代辞赋创作各体皆备而以律赋为盛,而从文学精神和文学价值角度审观唐代辞赋,古赋——尤其是骚体辞赋的创作——则显得更为重要,也更能够体现出唐人在汲取前代辞赋养料基础上所发展创获的新成就。同时,骚体辞赋与屈宋的关系更为紧密,从唐代的骚体辞赋亦可窥探到唐人辞赋创作接受屈宋的细部特征及其变化。

---

① 按,如陈子昂《国殇文》、柳识《吊夷齐文》、柳宗元《吊苌弘文》《吊屈原文》和《吊乐毅文》皆是。

一、唐代骚体辞赋创作概貌

骚体辞赋如何界定呢？对其内涵和外延，本文取多数学者的意见，即从表现形式方面来看，一般要以标志性的骚体“兮”字句为主，二要体现出“辞赋”的铺叙性写法；从内在精神方面来看，应当是继承了屈宋悲怨风貌的抒忧写愤之作。以此标准来筛选唐代辞赋，可得骚体辞赋近百篇。

唐代骚体辞赋统计

作者	篇次	篇名
卢照邻	2	《五悲文》(包括《悲才难》《悲穷道》《悲昔游》《悲今日》和《悲人生》)；《释疾文》(包括《粤若》《悲夫》和《命曰》)
杨　炯	2	《幽兰赋》《青苔赋》
陈子昂	2	《麈尾赋》《国殇文》
张　说	3	《江上愁心赋寄赵子》《畏途赋》《吊国殇文》
富嘉谟	1	《丽色赋》
沈佺期	2	《峡山赋》《蝴蝶赋》
卢藏用	2	《吊纪信文》《祭拾遗陈公文》
宋之问	1	《秋莲赋》
李　峤	1	《楚望赋》
苏　颋	2	《长乐花赋》《利州北题佛龛记》
苏　诜	1	《开大庾岭铭》
赵冬曦	2	《谢燕公江上愁心赋》《三门赋》
李　白	4	《惜馀春赋》《悲阳春赋》《剑阁赋》和《悲清秋赋》
岑　参	1	《招北客文》①
柳　识	1	《吊夷齐文》
独孤及	1	《梦远游赋》
权德舆	2	《洞庭春溜满赋(送陆灞赴荆州)》《行舟逗远树赋(送严暮赴东阳)》
李　观	1	《东还赋》
韩　愈	6	《感二鸟赋》《复志赋》《闵己赋》《别知赋》《讼风伯》《欧阳生哀辞》

① 按，《全唐文》归此篇于独孤及；《文苑英华》作岑参，文仿《招魂》。据闻一多考证，以为即杜确《岑嘉州诗集序》所云《招蜀客归》，写作时间系于大历四年。

续表

作者	篇次	篇名
柳宗元	20	《佩韦赋》《解祟赋》《惩咎赋》《闵生赋》《梦归赋》《囚山赋》《乞巧文》《骂尸虫文》《斩曲几文》《宥蝮蛇文》《憎王孙文》《逐毕方文》《辨伏神文》《愬螭文》《哀溺文》《招海贾文》《吊苌宏文》《吊屈原文》《吊乐毅文》《天对》
刘禹锡	9	《望赋》《何卜赋》《伤往赋》《山阳城赋》《砥石赋》《楚望赋》《秋声赋》《谪九年赋》《问大钧赋》
李　翱	4	《感知己赋》《幽怀赋》《释怀赋》《拜禹言》
白居易	2	《泛渭赋》《伤远行赋》
皇甫湜	5	《东还赋》《伤独孤赋》《醉赋》《春心》《悲汝南子桑文》
沈亚之	4	《柘枝舞赋》《古山水障赋》《梦游仙赋》《为人撰乞巧文》
杜　牧	2	《望故园赋》《晚晴赋》
刘　蜕	2	《悯祷辞》《吊屈原辞三章》(包括《哀湘竹》《下清江》和《招帝子》)
孙　樵	1	《出蜀赋》
皮日休	3	《九讽》(包括《正俗》《遇谤》《风逐》《悲游》《悯邪》《端忧》《纪礼》《舍慕》《洁死》)和《悼贾》《反招魂》
陆龟蒙	1	《自怜赋》
司空图	3	《题山赋》《春愁赋》《情赋》
罗　隐	1	《秋虫赋》
张彦胜	1	《露赋》

由上表可见，初盛唐阶段创作骚体辞赋的作者约略有十多人，共得作品二十余篇；中唐时创作骚体辞赋的作者亦约略有数十人，共得作品五十余篇；晚唐创作骚体辞赋的作者不足十人，共得作品十多篇。若考虑到初盛唐阶段占去了唐王朝一多半统治时间这条因素[①]，则可视中唐时期为唐代骚体辞赋创作的高潮和分界，自此而后骚体辞赋呈现出一派繁盛蓬勃景象。许结师曾指出："此时期的辞赋除律赋之外，无不在楚辞的精神笼罩之下，其中最突出的当然要数柳宗元。"[②]中唐之际萃集于古文运动旗帜下的韩愈、刘禹锡、李

① 按，本文的初盛唐时期指从唐高祖武德初至代宗大历中，即从公元 618 年至 773 年，大约一百五十余年，而唐王朝的整个统治时间尚不足三百年。可参看前文相关说明。

② 郭维森、许结师《中国辞赋发展史》，第 349 页。

翱、皇甫湜等皆创作了为数不少的骚体辞赋，刘蜕、皮日休、司空图等又当是晚唐骚体辞赋创作的代表作家。

初盛唐阶段的骚体辞赋创作虽不及中晚唐之盛，然而也颇有可说者。表中所录作者有卢照邻、杨炯、陈子昂、张说、富嘉谟、宋之问、李峤、赵冬曦、李白、柳识等十多位，他们生活于前后跨度一百多年间的不同年代，其身份地位亦有很大差距，但他们的骚体辞赋却都体现出了自觉接受屈宋的一致倾向。以下试简略言之。

其一，一般都以抒发悲怨心声为基调。卢照邻有《五悲文》和《释疾文》两篇骚体辞赋，由《悲才难》《悲穷道》《悲昔游》《悲今日》《悲人生》《悲夫》《命曰》这样的小标题即可揆知其内蕴情绪之伤绝黯淡。卢照邻一生落拓，中年后深为风疾所苦，以此他即对楚辞作品恣意倾泻一己情怀的品格有契于心，他的骚体作品也就写得血泪淋漓而最为痛彻肺腑。张说《江上愁心赋》是作者贬官楚地时所作，表达了他"感四节之默运，知万化之潜迁"的生命体验，以及欲以"贯愁肠于巧笔"却不知言之所出的犹疑与彷徨。赵冬曦的应和之作亦云："缅一日其如岁，矧四运之相迁。离别也，骚愁焉？恶乎然？恶乎不然？"同样传达出一种深沉的人生悲慨。他如李峤有言"恨游襟之浩荡，愤羁怨之忉怛。寂焉长想，倏若有亡，固将言而已叹，信无哀而自伤。抚余情之增轸，悼人事之多戚；曾浮促之几何？"(《楚望赋》，见《全唐文》卷二四二)、李白亦云："魂一去兮欲断，泪流颊兮成行。吟清风而咏沧浪，怀洞庭兮悲潇湘。"(《惜馀春赋》，见《全唐文》卷三四七)、"试登高而望远，痛切骨而伤心。春心荡兮如波，春愁乱兮如雪。"(《愁阳春赋》，同上)这些句子读来皆悲声如咽，其风貌与楚辞作品可谓一脉相承。

其二，对楚辞作品的形式手法多有借鉴。卢照邻《五悲文》序云："自古为文者，多以九、七为题目。乃有《九歌》《九辨》、……五者，亦在天地之数。今造

《五悲》，以伸万物之情，传之好事耳。”[①]《释疾文》序中亦有类似说法[②]，此皆表明了作者效法楚辞作品的主观意愿。再如岑参《招北客文》，先总写蜀地险恶，劝说人们“蜀之不可往，北客归去来兮”。接着从东、西、南、北四方详尽铺叙蜀地气候异常、交通绝塞、怪兽出没、民人因顿，极言蜀中非北客久留之地而宜早图归。全文模仿《招魂》，从结构安排到具体铺比夸饰之手法，都甚为神似。再如卢照邻《释疾文》中以排比手法连续发问，亦明显带有对《天问》表现形式的拟则学习，试看以下两段文字：

皇穹何亲兮诞而生之？后土何私兮鞠而育之？何故邀余以好学？何故假余以多辞？何余庆之不终兮，当中路而废之？（《粤若》）

天且不能自固，地且不能自持，安得而育万物？安得而运四时？彼山川与象纬，其孰为之主司？生也既无其主，死也云其告谁？何必拘拘而踽踽？（《命曰》）

这种呼天抢地的连续问难之语，使作者一腔怨愤的心血如激湍般喷涌四射，达到了很强烈的表达效果。此外，《命曰》篇写自己在穷极无路之际而梦游上天，见到了玉女、灵妃、伯阳等仙人，并与之探讨生死大义等问题，且中间还穿插有巫阳为我占卜的情节，其构思颇类《离骚》。

其三，对楚辞作品的语词句式多有袭用。如卢照邻《释疾文·粤若》云：“皇考庆予以弄璋兮，肇锡予以嘉词。名余以照邻兮，字余以昇之。余幼服此殊惠兮，遂阅礼而闻诗。”即完全仿《离骚》起首之句法形式。《命曰》中“虽粉骨而糜躯，终不改乎此度”[③]、“予既昧此杳冥兮，迷之不知其所届”[④]、“玉虬纷其旖旎，

① 见《全唐文》卷一百六十六，中华书局，1983年版，第1696页。

② “今为《释疾文》三篇以贻诸好事，盖作《易》者其有忧患乎？删《书》者其有栖遑乎？《国语》之作，非瞽叟之事乎？《骚》文之兴，非怀沙之痛乎？吾非斯人之徒欤！安可默而无述？”见《全唐文》卷一百六十七，第1706页。

③ 按，《离骚》中有“虽体解吾犹未变兮”及“何不改此度”之语，当为此句所本。

④ 按，《涉江》中有“深林杳以冥冥兮”及“迷不知吾所如”之语，当为此句所本。

青鸾俨其容裔。霓为裳兮羽为旗,雷为车兮电为旆”[1]等,亦皆套用屈辞成句。此类套用在初盛唐辞赋中较为常见,他如“江上之深林兮,杳冥濛而不已”[2](张说《江上愁心赋》,见《全唐文》卷二二一)、“荆有玉兮玉为音,湘有芷兮芷为心”[3](赵冬曦《谢燕公江上愁心赋》,见《全唐文》卷二九六)、“飘扬兮思无限,念佳期兮莫展”[4](李白《惜馀春赋》,见《全唐文》卷三四七)、“望夫君兮安极”和“悲白日之西匿”[5](李白《剑阁赋》,见《全唐文》卷三四七)等皆是。至于袭用楚辞作品语汇及意象之处更是比比而见,如“怨复怨兮坎壈乎今之代,愁莫愁兮侘傺乎斯之时”及“怆怳懭悢兮无所见”(卢照邻《释疾文·粤若》,见《全唐文》卷一六七)、“听萧瑟之悲蝉,廓独处而无晤”(李峤《楚望赋》,见《全唐文》卷二四二)、“蹇淹留兮潇湘”(赵冬曦《谢燕公江上愁心赋》,见《全唐文》卷二九六)等句,其中画线部分皆是。

简言之,唐代骚体辞赋创作与屈宋之间始终有着较为密切的关联。这既反映了唐人对屈宋人格形象的一种认同景仰,更表现出唐人对楚辞作品文学精神的自觉接受。尤当社会现实昏浊而个人遭际困穷多舛时,文士们也就会在情感上更亲近屈宋,在自己的辞赋创作中更着意效法屈宋。考察中晚唐的骚体辞赋作者及其创作背景,或可有助于我们理解这一点。

二、古文运动影响下的骚体辞赋创作

中唐古文运动是文学史上一件大事，其反对骈体而倡导散体的风习观念较有力地促使骚体辞赋的创作走向繁兴,而其最主要的理论主张“不平则鸣”则直通屈原的“发愤以抒情”及宋玉的“贫士失职而志不平”之说,影响于骚体辞

① 按,《离骚》中有“驷玉虬以乘鹥兮”、《东君》中有“青云衣兮白霓裳”和“驾龙辀兮乘雷”等语,当为此句所本。

② 按,《涉江》中有“深林杳以冥冥兮”,当为此句所本。

③ 按,《湘夫人》中有“沅有茝兮醴有兰”,当为此句所本。

④ 按,《湘夫人》中有“与佳期兮夕张”,当为此句所本。

⑤ 按,《湘君》中有“望夫君兮不来”、《九辩》中有“白日晼晚其将入兮”,当为此两句所本。

赋创作尤为重大。古文运动的中坚力量是韩愈及众多韩门弟子、柳宗元、刘禹锡等，这些人恰恰就是中唐骚体辞赋的主要创作者和生力军。以下试分述之。

1. 韩愈——以《复志赋》为中心。

韩愈的骚体赋有《感二鸟赋》《复志赋》《闵己赋》和《别知赋》，马其昶说："公之赋见于集者四，大抵多有取于《离骚》之意。"[①]另有《讼风伯》《欧阳生哀辞》两篇骚体辞。[②]《讼风伯》是一篇历数风神错咎的奇文，警告风神若继续作恶而使天旱不雨，则"天诛加兮不可悔，风伯虽死兮人谁汝伤？"《欧阳生哀辞》是为祭悼欧阳詹而作，类于其祭悼柳宗元的《柳州罗池庙诗》。两文皆全用"兮"字句式，颇得楚骚风神。

从韩愈四篇骚体赋来看，其接受屈宋表现多端，较著者有二：其一是悲怨格调，如《感二鸟赋》叹喟"余生命之湮阨，曾二鸟之不如。汩东西与南北，恒十年而不居"的流离恓惶生活。苏舜钦评曰："悲激顿挫，有骚人之思。"[③]《闵己赋》抒写世无知音且志业不遂的孤独困顿，《别知赋》在送别友人时感叹日月不淹而欢情难久，婉转绵深的骚体句读来使人倍感哀恻凄伤。其二是结构句法，韩愈四篇赋作中有不少语词和句法都与楚辞作品有一定关联，如"虽家到而户说，祇以招尤而速累"（《感二鸟赋》）即是对《离骚》中"众不可户说兮，孰云察余之中情"一句的化用；"聊固守以静俟兮，诚不及古之人兮其焉悲"（《闵己赋》）又当是对《九歌》中"时不可兮再得，聊逍遥兮容与"蕴意的拓展延伸。楚骚况味最为浓烈的《复志赋》，宋晁补之曾收于《变离骚》内，马其昶亦云："此赋句法，步骤《离骚》，往往相似。"[④]全篇布局结构及语词句法多类楚辞作

① 马其昶《韩昌黎文集校注》第一卷，古典文学出版社，1953 年第 1 版，第 1 页。

② 按，韩愈现存诗歌中还有十三篇骚体诗，它们是《琴操十首》《马厌谷》《送陆歙州傪》和《柳州罗池庙碑·迎享送神诗》。其中《琴操十首》中的《将归操》《龟山操》《拘幽操》《残形操》和《迎享送神诗》收于朱熹《楚辞集注·楚辞后语》内。

③ 引自《韩昌黎文集校注》第一卷，第 1 页。

④ 引自《韩昌黎文集校注》第一卷，第 3 页。

品,以此可视为具有一定范例意义的作品细析之。

居悒悒之无解兮,独长思而永叹。岂朝食之不饱兮,宁冬裘之不完。昔余之既有知兮,诚坎轲而艰难。当岁行之未复兮,从伯氏以南迁。凌大江之惊波兮,过洞庭之漫漫。至曲江而乃息兮,逾南纪之连山。嗟日月其几何兮,携孤嫠而北旋。值中原之有事兮,将就食于江之南。始专专于讲习兮,非古训为无所用其心。窥前灵之逸迹兮,超孤举而幽寻。既识路又疾驱兮,孰知余力之不任。考古人之所佩兮,阅时俗之所服。忽忘身之不肖兮,谓青紫其可拾。自知者为明兮,故吾之所以为惑。择吉日余西征兮,亦既造夫京师。君之门不可径而入兮,遂从试于有司。惟名利之都府兮,羌众人之所驰。竞乘时而附势兮,纷变化其难推。全纯愚以靖处兮,将与彼而异宜。欲奔走以及事兮,顾初心而自非。朝骋骛乎书林兮,夕翱翔乎艺苑。谅却步以图前兮,不浸近而逾远。哀白日之不与吾谋兮,至今十年其犹初。岂不登名于一科兮,曾不补其遗余?进既不获其志愿兮,退将遁而穷居。排国门而东出兮,慨余行之舒舒。时凭高以回顾兮,涕泣下之交如。戾洛师而怅望兮,聊浮游以踌躇。假大龟以视兆兮,求幽贞之所庐。甘潜伏以老死兮,不显著其名誉。非夫子之洵美兮,吾何为乎浚之都?小人之怀惠兮,犹知献其至愚。固余异于牛马兮,宁止乎饮水而求刍。伏门下而默默兮,竟岁年以康娱。时乘间以获进兮,颜垂欢而愉愉。仰盛德以安穷兮,又何忠之能输?昔余之约吾心兮,谁无施而有获?疾贪佞之洿浊兮,曰吾其既劳而后食。惩此志之不修兮,爱此言之不可忘。情怊怅以自失兮,心无归之茫茫。苟不内得其如斯兮,孰与不食而高翔?抱关之阨陋兮,有肆志之扬扬。伊尹之乐于畎亩兮,焉富贵之能当?恐誓言之不固兮,斯自讼以成章。往者不可复兮,冀来今之可望。

此赋前有小序："愈既从陇西公平汴州，其明年七月，有负薪之疾，退休于居，作《复志赋》。"据此当为贞元十三年病困期间所作，身心皆颇不自适，笔下自然无欣快之辞。先看结构，全篇虽仅六百余字，具体叙写却低徊婉转一波三折，随作者情绪起伏变化而变化。赋作以"昔余之既有知兮，诚坎轲而艰难"引起对早岁辛苦生活的回忆，笔调凄凉；次写入京赴试，"忽忘身之不肖兮，谓青紫其可拾"，透出一股盛气；然而现实却远非自己所想象的那样简单，"哀白日之不与吾谋兮，至今十年其犹初。岂不登名于一科兮，曾不补其遗余"，颓丧中含有愤愤不平之气；就在此穷极涕泣之际，作者的命运稍有好转，谋得汴州推官之职，产生了"时乘间以获进"的想法，而且也有了"颜垂欢而愉愉"的高兴之情；但转念又想到如果安于这种生活则有违自己一贯的追求，其实是说眼前的官位实在没有什么前途也不可能实现自己的抱负和理想，于是又"情怊怅以自失兮，心无归之茫茫"，情绪又跌落下来；不过作者对未来并未死心，而是以"往者不可复兮，冀来今之可望"表明了自己持守志向的积极态度。纵观全篇叙写模式，表面上是在不同的时间点上缀以不同的事件，其实质则是以作者心绪情怀为贯穿全篇的线索。该赋的创作目的也决非为叙事，而是为抒发作者悒悒无解的悲慨复杂情感。此种以抒怀为旨归而回环往复的层次结构，显然是对《离骚》《九辩》等屈宋作品抒情模式的学习和借鉴。

再来看语汇句式。《复志赋》中源于楚辞作品的语汇句式极多，是唐人辞赋中甚为突出的一篇。今列其要：

①居悒悒之无解兮，独长思而永叹。/心郁郁之忧思兮，独永叹乎增伤。(《抽思》)

②凌大江之惊波兮。/凌大波而流风兮(《悲回风》)

③超孤举而幽寻。/超惘惘而遂行。(《悲回风》)；超逍遥兮今焉薄？(《九辩》)

④考古人之所佩兮，阅时俗之所服。/謇吾法夫前修兮，非世

俗之所服。(《离骚》)

⑤择吉日余西征兮。/历吉日乎吾将行。(《离骚》)

⑥羌众人之所驰。/羌众人之所仇。(《惜诵》)

⑦君之门不可径而入兮。/君之门以九重。(《九辩》)

⑧竞乘时而附势兮。/忽驰骛以追逐兮。(《离骚》)

⑨进既不获其志愿兮,退将遁而穷居。/进不入以离尤兮,退将复修吾初服。(《离骚》)

⑩戾洛师而怅望兮,聊浮游以踌躕。/欲远集而无所止兮,聊浮游以逍遥。(《离骚》)

⑪愿乘閒以获进兮,/愿承閒以自察。(《抽思》)

⑫排国门而东出兮,慨余行之舒舒。/出国门而轸怀兮。(《哀郢》)

⑬泣涕下之交如。/横流涕兮潺湲(《湘君》);涕泣交而凄凄兮(《悲回风》)

⑭谁无施而有获?/孰无施而有报,孰不实而有获?(《抽思》)

⑮情怊怅以自失兮,心无归之茫茫。/意荒忽而流荡兮,心愁凄而增悲。(《远游》)

以上句子不仅取法楚骚之语汇句式,同时大多也袭用其内容意蕴。从出处来看,韩愈所拟则的语式涉及屈宋多篇辞作,较主要的有《离骚》《抽思》《惜诵》《哀郢》《悲回风》和《九辩》等。有些近乎直接套用,而有些则有所紧缩或扩展。有些句意基本未变,有些则有所引申转化。要言之,《复志赋》从表现形式到内容情蕴,无不体现出作者对屈宋作品的精熟和有意学习。

2. 柳宗元——最得楚骚神韵的唐代骚体辞赋创作之顶峰。

严羽《沧浪诗话》云:"唐人惟柳子厚深得骚学。"[①]刘弇亦云:"柳子厚之

① 严羽《沧浪诗话·诗评》,引自何文焕辑《历诗诗话》,中华书局,1981年第1版,第698页。

文，如蒲牢叩鲸，钟骁壶跃，俊矢壮伟捷发，初不留赏，而喜为愀怆凄泪之辞，殆骚人之裔比乎？”[①]柳宗元留存的骚体辞赋是唐人中最多的，计有二十篇，大略可分为三类。一类是以“赋”命篇的，有《佩韦赋》《解祟赋》《惩咎赋》《闵生赋》《梦归赋》《囚山赋》；一类是以“文”命篇的，有《乞巧文》《骂尸虫文》《斩曲几文》《宥蝮蛇文》《憎王孙文》《逐毕方文》《辨伏神文》《愬螭文》《哀溺文》《招海贾文》[②]、《吊苌宏文》《吊屈原文》《吊乐毅文》；一类是专门就屈原《天问》而作的《天对》。《旧唐书·柳宗元传》载：“既罹窜逐，涉复蛮瘴，崎岖堙厄，蕴骚人之郁悼，写情叙事，动必以文。为骚文十数篇，览之者为之凄恻。”[③]其主要所指即是这些骚体辞赋。

韩愈称柳宗元“俊杰廉悍”“踔厉风发”“勇于为人”[④]，柳宗元自己也说：“始仆之志学也，甚自尊大，颇慕古之大有为者。”[⑤]又自陈志向云：“以兴尧舜孔子之道，利安元元为务。”[⑥]联系到柳宗元多数诗文锥心刻骨的强烈情感表现及其峻峭深拔之气，我们会发现他的才性气质与屈原有很大的相通之处。若再比较屈、柳的个体遭际，则有更多相似的地方，如他们都系出望族名门，天赋卓异并一度深受重用，然而短暂的辉煌过后即陷入人生低谷而未能再获一丝翻身机会，以至于悲怨穷顿以终。以此，柳宗元在情感上对屈子有极深刻的理解和认同，不仅每每以屈子自比[⑦]，且作《吊屈原》专文以寄怀悼称颂之情。其文曰：“先生之不从世兮，惟道是就。支离抢攘兮，遭世孔疚。”又曰：“穷与达固不渝兮，夫惟服道以守义。矧先生之悃愊兮，蹈大故而不贰。沉璜瘗佩兮，孰幽而不光？荃蕙蔽匿兮，胡久而不芳？”这些既是为屈子而发，其实也是

① 刘弇《龙云集》卷十五之《上曾子固先生书》，影印文渊阁《四库全书》本。
② 按，以上十篇在《柳宗元集》中以“骚”为名编为一卷，因之又称为“十骚”。
③ 刘昫等撰《旧唐书》，中华书局，1975 年 5 月第 1 版，第 4214 页。
④ 韩愈《柳子厚墓志铭》，见《全唐文》卷五百六十三，中华书局 1983 年第 1 版，第 5697、5698 页。
⑤ 柳宗元《答贡士元公瑾论仕进书》，见《全唐文》卷五百七十五，第 5815 页。
⑥ 柳宗元《寄许京兆孟容书》，见《全唐文》卷五百七十三，第 5789 页。
⑦ 按，可参第四章相关论述。

剖白自我心迹，感叹不遇之痛，强调自己要与屈子一样持守正道，不会因个人穷达而变心易志。以此，柳宗元的辞赋创作自然成为唐人中最近楚骚精神之作，对此前人即多所议论，清末林纾《春觉斋论文》的评说堪为总括，其文曰：

> 乃知《骚经》之文，非文也，有是心血，始有是至言。……后人引吭佯悲，极其摹仿，亦咸不能似，似者唯一柳柳州。柳州《解祟》《惩咎》《谅生》《梦归》《囚山》诸赋，则直步《九章》。而《宥蝮蛇》《斩曲几》《憎王孙》，则又与《卜居》《渔父》同工而异曲。惟屈原之忠愤，故发声满乎天地；惟柳州之自叹失身，故追怀哀咎，不可自已，而各成为至文。①

当今学界举凡研究柳宗元的著述，屈原及楚骚对柳氏创作，尤其是对其辞赋创作的影响仍是一个绕不过去的话题。如戴伟华《柳宗元贬谪期创作的骚怨精神》、吴正岚《论柳宗元与屈原的精神契合》、刘洪仁《论柳宗元辞赋对屈赋的继承与发展》等，即多所涉及。赵俊波的博士论文《中晚唐赋分体研究》中，专设一节用来讨论柳宗元辞赋创作与屈骚间的种种关联，其论述甚为详密，较多地吸取了各家的种种观点和研究成果。②以此，笔者此处仅欲略述柳宗元骚体辞赋创作接受楚骚之大要，而重点将探析柳宗元辞赋对楚骚的创新和发展。综合古今各家看法，柳宗元骚体辞赋同于楚骚者有这样几点：其一，柳赋中的抒情主人公形象非常接近屈原辞赋——尤其是《离骚》及《九章》——中的抒情主人公形象，此之谓“神似”。换言之，柳宗元和屈原的辞赋作品中都表现出了他们甘为自己的政治理想而献身的精神、都抒发了罹谗被谤的怨愤、贬谪远乡的愁楚，以及对屑小之徒的抗言指斥。屈原《离骚》中反复陈述“亦余心之所善兮，虽九死其犹未悔”“苟余情其信姱以练要兮，长顑颔亦何伤”的坚定信念。柳宗元也说：“古固有一死兮，贤者乐得其所。大夫死忠兮，君子所与。”（《吊苌弘文》）而且其《惩咎赋》篇题显然即是化用“虽体解吾犹未变兮，岂余心之可惩”句意，

① 林纾《春觉斋论文》，人民文学出版社，1959 年 11 月第 1 版，第 49 页。
② 可参看赵俊波《中晚唐赋分体研究》，中国社会科学出版社、华龄出版社，2004 年 10 月第 1 版。

暗喻自己无咎可惩。柳宗元在篇中回顾了自己早年的济世志向和积极进取的行为,认为自己并没有什么错失。“愚者果于自用兮,惟惧夫诚之不一。不顾虑以周图兮,专兹道以为服。谗妒构而不戒兮,犹断断于所执。哀吾党之不淑兮,遭任遇之卒迫。势危疑而多诈兮,逢天地之否隔。欲图退而保己兮,悼乖期乎曩昔。欲操术以致忠兮,众呀然而互吓。进与退吾无归兮,甘脂润乎鼎镬。”这段陈述其实只是一种反省而非悔过,表现了柳宗元与屈原相一致的抗争精神。屈原常用香草繁花装扮自己以表达高洁伟岸的人格追求,柳宗元亦云:“为与世而斥谬兮,固离披以颠陨。骐骥之弃辱兮,驽骀以为骋。玄虬蹶泥兮,畏避蛙黾。行不容之峥嵘兮,质魁垒而无所隐。”(《闵生赋》)在对比中强调了自己的不同与众。屈骚中另一个往复回响的主题是忠而获谤能而见逐,因之而激发的怨愤在屈子笔端汩汩奔涌。千余年后柳宗元的遭遇几于屈子如出一辙,其辞赋中的怨愤情感自当一致。如《解祟赋》中道:“胡赫炎薰熇之烈火兮,而生夫人之齿牙。上殚飞而莫遁,旁穷走而逾加。九泉焦枯而四海滲涸兮,纷挥霍而要遮。风雷唬唬以为橐籥兮,回禄煽怒而喊呀。炖堪舆为甗鏊兮,爇云汉而成霞。邓林大椿不足以充干燎兮,倒扶桑落棠胶轕葛而相叉。膏摇唇而增炽兮,焰掉舌而弥葩。”[①]以形象的笔法写出了扑向自己的汹汹众口,铺叙中含有深沉的激愤。屈骚及宋玉《九辩》中多悲愁之声,或悲叹际遇、或感伤时序、或萦念故乡,这也是柳宗元骚体辞赋的风貌之一,根本原因则在于他无端遭逐被贬,久处于蛮荒之地而返京无望,悲楚填塞满胸而不得化解。柳宗元只能将郁积的情怀诉诸于笔端:“闵吾生之险阸兮,纷丧志以逢尤。气沉郁以杳渺兮,涕浪浪而尝流。膏液竭而枯居兮,魄离散而远游。言不信而莫余白兮,虽遑遑欲焉求?”(《闵生赋》),这与屈子“哀吾生之无乐兮,幽独处乎山中”(《涉江》)、“揽茹蕙以掩涕兮,霑余襟之浪浪”(《离骚》)的悲伤相类,亦与宋玉“众鸟皆有所登栖兮,凤独遑遑而无所集”(《九辩》)的叹息相类。楚辞作品中一再抒写对家国故土的思念,如“陟升皇

---

① 按,此颇类于《离骚》中“众女嫉余之娥眉兮,谣诼谓余以善淫”,然描写更具体细致。

之赫戏兮，忽临睨夫旧乡。仆夫悲余马怀兮，蜷局顾而不行"(《离骚》)、"鸟飞反故乡兮，狐死必首丘"(《哀郢》)、"去乡离家兮徕远客，超逍遥兮今焉薄"(《九辩》)等皆是。柳宗元不仅在诗文中屡屡表达北归中原的强烈渴盼和对故土亲人的深切思念[①]，而且还作有《梦归赋》一篇，以哀感深婉之笔触抒发自己沉重盈胸的乡关之情。如"指故都以委坠兮，瞰乡闾之修直。原田芜秽兮，峥嵘棒棘。乔木摧解兮，垣庐不饰。山嵎嵎以岩立兮，水汩汩以漂激。魂恍惘若有亡兮，涕汪浪以陨轼。类曛黄之黪漠兮，欲周流而无所极。纷若喜而佁儗兮，心回互以壅塞。钟鼓喤以戒旦兮，陶去幽而开寤。罾罻蒙其复体兮，孰云桎梏之不固。精诚之不可再兮，予无蹈夫归路……"作者在悲喜交集而神情恍惚的描写铺叙中，流露出难以言说的忧愤和哀怨。屈原《离骚》《九章》等骚辞及宋玉《九辩》中，多以君子小人对比来指斥奸邪势力，柳宗元则作有《骂尸虫文》《斩曲几文》《宥蝮蛇文》《憎王孙文》《逐毕方文》《辨伏神文》等，以比兴寓言笔法对形形色色的黑恶屑小之徒进行了痛快淋漓的鞭挞怒骂，可见柳宗元方正刚烈的性格精神。其二，柳赋的表达手法对楚骚多所继承，此之谓"形似"。赵俊波从语言、句式、比兴手法、回环往复的情感表达等几方面对此有所总结[②]，可参看。其三，柳宗元

① 按，柳诗中写此主题最知名者当属其《与浩初上人同看山寄京华亲故》一诗，诗云："海畔尖山似剑铓，秋来处处割愁肠。若为化得身千亿，散上峰头望故乡。"见《全唐诗》卷三五一。至于其致故交亲友的书信及其他散文中，抒发故土之思的笔墨则更多。

② 按，兹以赵文为主并结合笔者所见略述之：在语言方面柳宗元辞赋沿袭化用楚骚语词处甚众，如《惩咎赋》"飘风击以扬波兮，舟摧抑而回邅"中，"飘风"多见于楚骚，例有《离骚》"飘风屯其相离兮"、《大司命》"令飘风兮先驱"、《悲回风》"随飘风之所仍"等；而"回邅"则明显源于"邅吾道夫昆仑"。再如《惩咎赋》"苟余齿之有惩兮，蹈前烈而不颇"，"不颇"即当源于《离骚》"循绳墨而不颇"；《闵生赋》"宜触祸之阽身"，"阽身"即当源于《离骚》"阽余身而危死兮"。至于柳宗元辞赋袭用楚骚语意，刻意学习效法楚骚句法之处则更是举不胜举。句式方面，柳宗元辞赋多骚散结合，就其骚体兮字句的运用而言是唐人中较多亦较为成功的一个。比兴手法方面，柳宗元辞赋同样多以楚骚为法，如《吊屈原文》描述黑白颠倒的社会状况："华虫荐壤兮，进御羔袖。牝鸡咿嚘兮，孤雄束咮。哇咬环观兮，蒙耳大吕。堇喙以为羞兮，焚弃稷黍。"这与《涉江》中"鸾鸟凤凰，日以远兮；燕雀乌鹊，巢堂坛兮"的手法如出一辙。情感表达方面，楚骚有回环往复之特点，柳宗元辞赋亦最善于通过描写矛盾思想以抒发哀伤、愁苦、悲愤的感情。其情恰如《抽思》中所言"魂一夕而九逝"，迂回曲折地将作者的百转愁肠作了全方位地表现。

专门针对屈原的《天问》而创作了《天对》。宋晁补之录《天问》于《续楚辞》中，并为序曰："《天问》，盖自汉以来，患其文义不次，后之学者或不能读，读亦不知何等语，而公博学无不窥，又妙于辞，颇爱《离骚》之幽，独能高寻远抉，其有所得，如坠云出渊，与原之辞无廋焉。此唐以来《离骚》之雄也。盖屈原作《离骚》，经扬雄为《反离骚》，补之尝曰：'非反也，合也。'而宗元以《天对》媲《天问》，虽问对相反，其于发扬则同。《离骚》因反而始明，《天问》因对而益彰。"① 对柳宗元《天对》之作，古今论者纷纷，是非之见颇多不同。《天对》主旨究竟谓何，其对《天问》的具体对答究竟是否妥当，我们皆可暂置不论。仅就柳宗元精心构撰出这样一篇前无古人后无来者的专门之作，即可见他对屈子作品非同寻常的情感，其接受效法楚骚的主观用意自当是唐人中最显著的。

柳宗元骚体辞赋之所以取得巨大成功而获得后人广泛好评，除了其似于屈子的人生遭遇使他获得了似于屈子的人格操守、思想气质和情感体验等因素外，还有一个原因是他在悉心学习接受楚骚文学精神及艺术手法的过程中多有创新。其一，楚骚以香草美人模式的比兴手法为其显著特色，柳宗元骚体辞赋在继承这一手法的同时有所发展，即一方面对用于比兴的对象描写铺叙得更具体细致，另一方面又使其辞赋从全篇角度看起来具有某种寓言意味。如《憎王孙文》中以猿与猢狲对比，刻画猢狲的丑恶云："跳踉叫嚣兮，冲目宣断。外以败物兮，内以争群。排斗善类兮，哗骇披纷。盗取民食兮，私己不分。充赚果腹兮，骄傲欢欣。嘉华美木兮硕而繁，群被竞啮兮枯株根。毁成败实兮更怒喧，居民厌苦兮号穹旻。"又写猿之仁德云："猿之仁兮，受逐不校。退优游兮，惟德是效。"这就比楚骚运用比兴手法时仅点到为止更形象更有感染力。再如柳宗元的许多骚体辞赋都用一小序交代写作对象及缘由，然后集中笔墨展开铺叙，在比兴象征体系下让全文俨然成为一则骚体寓言。最典型的例子

① 引自《柳宗元集》，中华书局，1979 年第 1 版，第 364—365 页。

莫过于《哀溺文》,小序述一小氓腰系千钱而溺死江中的经过,正文以骚体形式具体铺陈,其旨归则在于表达作者“得不有大货之溺大氓者乎”的感慨。赵俊波认为柳宗元骚体辞赋的这些创新主要是接受屈原《橘颂》影响而变其意旨为讽刺鞭挞,同时也表明柳宗元具有自觉结合楚辞而创作寓言的意识。笔者以为此亦或是柳宗元敏锐文学发展眼光促使自我主体所采取的一种创新策略,更深层的原因则还应是柳宗元基于自身经历而对屈子及楚骚的强烈认同和爱赏使然。其二,在具体的表达手法方面,柳宗元骚体辞赋在多取法楚骚的同时,也表现出某些独有特色。如骚散结合句式较频繁的运用,且散句出现于篇首、篇中或篇末而不拘一格,往往随作者情感的抒发而自由改换。另如在以骚体为主的篇章中有时插入类似七言诗体的句子,像《招海贾文》中“歧路脉布弥九区,出无入有百货俱。周游傲睨神自如,撞钟击鲜恣欢娱”这样的句子即有多处。这些便是对楚骚句式的突破与发展。①其三,柳宗元骚体辞赋在总体情感表达方面,较之楚骚更愤激强烈一些。仅从其辞赋标题中亦可窥其一斑,如“骂”“憎”“斩”“逐”“愬”“吊”“哀”等语词,皆带有很重的感情色彩。这种或嬉笑怒骂或厉声指斥或哀切直诉的情感抒发,颇有悖于温柔敦厚的传统文学思想,柳宗元也为此受到不少人的责难②。但我们以为这也恰恰是柳宗元对楚骚怨刺品格更进一步地发扬光大。

要言之,柳宗元骚体辞赋创作接受并发展楚骚之处良多,诚所谓“先生之貌不可得兮,犹仿佛其文章。托遗编而叹喟兮,涣余涕之盈眶”③。因了柳宗元对屈子的深切认同,所以他便十分赏爱楚辞作品,不仅“投迹山水地,放情咏

① 可参赵俊波《中晚唐赋分体研究》一书的相关论述。

② 按,如王若虚评柳宗元说:“子厚才识不减退之,然而令人不爱者,恶语多而和气少耳。”见《滹南遗老集》卷三十五,《四部丛刊》初编,上海商务印书馆,第 180 页。王世贞也认为柳文“非掊击则夸毗,虽复斐然,终乖大雅”。见其《读书后》卷三《书柳文后》,引自吴文治编《古典文学研究资料汇编·柳宗元卷》,中华书局,1964 年第 1 版,第 256 页。

③ 《吊屈原文》,见《全唐文》卷五百九十二,第 5989—5990 页。

《离骚》”,而且也经常采用骚体辞赋形式来抒写满怀的愤恨愁怨。章士钊称其作“步武骚经,声情激越”“骚心不远,允为嗣响”[①],从而成就了他唐代辞赋史上的巅峰地位。

3. 刘禹锡——骚体赋作的新变。

刘禹锡的骚体辞赋约有九篇,它们是《望赋》《何卜赋》《伤往赋》《山阳城赋》、《砥石赋》《楚望赋》《秋声赋》《谪九年赋》和《问大钧赋》。刘禹锡与柳宗元为时人并称为“刘柳”,曾一道参与永贞革新,又为此而同被贬往南方荒州。刘禹锡创作的骚体辞赋作品数量在唐代也是仅次于柳宗元,其《刘氏集略说》自序云:“及谪于沅湘间,为江山风物之所荡,往往指事成歌诗;或读书有所感,辄立评议。穷愁著书,古儒者之大同,非高冠长剑之比耳。”虽自称比不上屈原,实际正流露出其学习效法屈原的心曲。与柳宗元一样,刘禹锡首先也是为屈子的不幸遭遇所打动为其峻洁人格所感染,进而究心于楚骚并以骚体辞赋的创作来抒发一己幽怀。

刘禹锡的骚体辞赋形式不拘一格而较为多样,长篇如《望赋》《楚望赋》《何卜赋》《伤往赋》《问大钧赋》等,往往多达数千言;短制如《山阳城赋》《谪九年赋》《秋声赋》等,则仅三五百言。较之他人的骚体辞赋,刘禹锡所作显然以长篇为多,其多角度展开而详尽具体铺叙的构思及行文方式颇近于散体大赋的体制。这在唐代骚体辞赋创作中是较为特出的一点,亦可视为刘禹锡接受楚骚而于自我创作中的新变。其次,刘禹锡骚体辞赋的总体抒情性质及抒情方式类于楚骚,主要是为了表达作者积于胸中的郁郁不平之气,包括才志难伸之叹、贬谪生涯之怨和怀土念乡之痛等。如《望赋》中写道:“望如何其?望最伤。俟环玦兮思帝乡。龙门不见兮,云雾苍苍。乔木何许兮,山高水长。春之气兮悦万族,独含颦兮千里目。秋之景兮悬清光,偏结愤兮九回肠。”《谪九年

① 章士钊《柳文指要》上册卷二,中华书局,1971 年第 1 版,第 63、65 页。

赋》又道："伊我之谪，至于数极。长沙之悲，三倍其时。……叹息兮倘佯，登高高兮望苍苍。"然而，刘禹锡的性情气质较之屈宋及柳宗元似乎要开朗乐观得多，以此其骚体辞赋中尽管也抒发哀伤悲怨，但强度却不如楚骚及柳作那样浓重和激烈。而且刘禹锡的不少辞赋作品甚至还直接表达出自己的乐观，如《何卜赋》末云："于是蹈道之心一，而俟时之志坚。内视群疑，犹冰释然。"即有寄希望于将来之意。又如《谪九年赋》收笔时亦作自我慰藉之语："不可得而知，庸讵得而悲？苟变化之莫及兮，又安用夫肖天地之形为？"汉世以后踵武楚骚之作往往满纸凄苦伤怨，刘禹锡的骚体辞赋与此明显有异。这也应是楚骚接受史上的一个新变。再次，刘禹锡的骚体辞赋在具体表达形式方面，较之柳宗元而言，其与楚骚的距离似更远一些。如刘禹锡辞赋中借用化用楚骚语词及句式之处即远少于韩柳。此外，刘禹锡骚体辞赋中往往随意夹用散句，甚至是七言诗体句，且数量不少，使全篇叙写形式更灵活自由。这同样是一种新变。最后要指出的是，刘禹锡学习拟则楚骚的事实不容置疑，从其构思谋篇角度可证。如《何卜赋》即是受屈原《卜居》之启发，假设作者与卜者之间的问答，借以抒怀写忧。又如《问大钧赋》则又是得《天问》之启发，从篇中"天为独阳，高不可问"及"楚臣《天问》不酬"等语可见。又如《秋声赋》开篇云："碧天如水兮，窅窅悠悠。百虫迎莫兮，万叶吟秋。欲辞林而萧飒，潜命侣以啁啾。送将归兮临水，非吾土兮登楼。晚枝多露蝉之思，夕草起寒蛩之愁……"读来宛若宋玉《九辩》，其用语及意境皆似之。

除韩愈、柳宗元和刘禹锡外，中唐骚体辞赋的主要创作者还有李观、李翱、皇甫湜等，他们的骚体辞赋创作与韩柳之作桴鼓相应，共同掀起了"古文运动"旗帜之下接受楚骚而创作辞赋的新局面。李观有《东还赋》一篇骚体作品，李翱有《感知己赋》《幽怀赋》《释怀赋》《拜禹言》四篇骚体辞赋，皇甫湜有《东还赋》《伤独孤赋》《醉赋》《春心》《悲汝南子桑文》五篇骚体辞赋。从这些作品的具体内容和文学精神来看，它们多抒发伤怀悲怨之情，在表达方式及语言运用上亦多继承楚骚特色,染有较明显的楚骚痕迹。其中成就较特出的当推李翱,如他的《感知己赋》即被前人称为"怨而不乱,盖《小雅》、骚人之余风也"[①]。而《幽怀赋》和《释怀赋》则皆可视为微型之《离骚》,如前者内云:"众嚣嚣而杂处兮,咸嗟老而羞卑。视予心之不然兮,虑行道之犹非。傥中怀之自得兮,终老死其何悲? "又云:"哀予生之贱远兮,包深怀而告谁? 嗟此诚之不达兮,惜此道而无遗。独中夜以潜叹兮,匪君忧之所宜。"这种清醒的众我分别意识、持守正道的自觉和心志难通的忧闷,与屈子何其相似?此外其所采用的语词句式也多矩步屈骚。《释怀赋》云:"吾心直以无差兮,惟上天其能知。邪何德而必好兮,忠何尤而被疑?"又云:"哀贞心之洁白兮,疾苗莠之纷生。令农夫以手锄兮,反剪去乎嘉茎。岂不指秽而语之兮,佯瞪瞢而不肯听。"这种叹恨奸小得势而忠贤被谤的对比,所表达的亦是《离骚》及《九章》各篇反复致意之主题,而"苗莠""嘉茎"对举的手法同样是典型的屈骚式比兴。

三、晚唐骚体辞赋创作

晚唐兵连祸结而国势日衰,社会一般民众生活朝夕不安,深重的危机感横梗于士人心头,忧时伤乱的诸般情感都快要崩断他们那敏感脆弱的神经了。以此,忠直立身而屡遭谗毁、独醒守志而际遇悲凉的屈宋形象即屡屡出现于晚唐诗歌中,个中因由在于晚唐文人对楚辞作品悲叹穷愁而系心家国一类主题有更清晰具体的认识,因为他们自身就生活在一个丧气灰暗的时代中,所以他们便从屈宋的悲剧遭遇中看到了自己的影子,从楚辞作品中感受到了冰冷的现实况味和家国个人之痛。除诗歌中的屈宋接受外,晚唐文人还创作了不少骚体辞赋,从中亦隐隐可见他们对楚骚的学习和效法。较之中唐骚体辞赋创作的兴盛局面,晚唐骚体辞赋创作者及作品数量皆有所不及,据《全唐

---

① 王定保《唐摭言》卷七,上海古籍出版社,1978 年第 1 版,第 77 页。

文》统计，骚体辞赋作者主要有沈亚之、杜牧、皮日休、陆龟蒙、孙樵、刘蜕、司空图、罗隐、张彦胜等，其中成就较为突出的当数皮日休、刘蜕和司空图。

皮日休有骚体辞赋《九讽》[①]、《悼贾》和《反招魂》。皮日休在其《文薮序》中言："《离骚》者，文之菁英者，伤于宏奥。今也不显《离骚》，作《九讽》。"[②]而其《九讽序》更言："在昔屈平既放，作《离骚》经，正诡俗而为《九歌》，辨穷愁而为《九章》。是后词人摭而为之，皆所以嗜其丽辞，撢其逸藻者也。至若宋玉之《九辨》，……昔者圣贤不偶命，必著书以见志，况斯文之怨抑欤？噫！吾之道不为不明，吾之命未为不偶，而见志于斯文者，吾惧来世任臣之君，因谤而去贤，持禄之士，以猜而远德，故复嗣数贤之作，以九为数，命之曰《九讽》焉。呜乎？百世之下，复有修离骚章句者乎？则吾之文未过，不为乎《广骚》《悼骚》也。"这些皆明确表达了他怀慕屈子而祖式楚骚之创作意图。《九讽》全文以代屈原立言的方式，大致依照屈原一生行事为线索，叙述刻写其正道直行却罹祸被谤，并因之见逐流放的悲剧遭遇。同时作者还重点突出了屈原忧心国事而痛恨奸佞、怀土念乡而悲愤难平的种种精神活动，主旨在于树立并颂美彰显屈子的千古贞臣形象。《悼贾》以哀恻深婉的笔墨写贾谊"乃出傅於沅湘。侼沅波之滃泋兮，或漾棹以夷犹。望灵均之没所兮，顾其心之怊怊。临汨罗之浩漾兮，想怀沙之幽忧……"同样抒写了作者对屈原、贾谊一类忠贞之士的悲悯之意，读来颇为感伤。《反招魂》亦有序云："屈原作《大招魂》（或曰景差作，疑不能明），宋玉作《招魂》，皮子以为忠放不如守介而死，奚招魂为？故作《反招魂》一篇以辨之。"全篇构思及叙写模式取法《招魂》，连句末语气词"些"字也一仍其旧。宋玉《招魂》尽陈四方之恶而渲染故都之美，呼唤飘荡在外的灵魂及早返回。而皮日体的《反招魂》则一反宋玉原作主旨，反过来极力刻写"故都"之恶：

---

① 按，《九讽》仿《九歌》《九章》及《九辩》等以"九"命篇之方式，共包括《正俗》《遇谤》《见逐》《悲游》《悯邪》《端忧》《纪祀》《舍慕》和《洁死》九部分。

② 皮日休《文薮序》，见《全唐文》卷七百九十六，第8353页。

君兮归来，故都慎不可留些。其君雄虺兮，其民封狐些。食民之肝鬲以为其肉兮，摘民之发肤以为其衣些。朝刀锯而暮鼎镬兮，上暧昧而下眉痴些。

作者以“君兮归来，故都慎不可留些”引领起五段类似的抒写，反复告诫屈原之魂要远离故都，盖因此地君为雄虺而民为封狐，食肉嗜血而异常残暴，绝非正人君子久留之所。皮日休《反招魂》所表达的这种思想，其实即是其《九讽》“将飘飘以高逝兮，亦何必怀此奸邪之故都”一句的具体化与形象化，都表明了作者对晚唐黑暗现实的强烈不满和猛烈抨击。

刘蜕，字复愚，湖南长沙人。清刘熙载云：“刘蜕文意欲自成一子，如《山书》十八篇，《古渔父》四篇，辞若僻而寄托未尝不远。学楚辞尤有深致。《哀湘竹》、《下清江》《招帝子》，虽止三章，颇得《九歌》遗意。”[①]刘蜕《吊屈原辞》自序云：“大夫之为臣，千万年其谁肖？宋玉、淮南王、刘向、东方朔、王褒继有悼语事。蜕一小儒也，思贤人之作，悲胥人之佞，著吊屈原辞三章，吊公之志也。”此亦明言其作意为悲悼屈子。史载刘蜕为人刚正直行，敢言无畏，王夫之称其为“左徒嫡系”。又因刘蜕本为楚人，故其对楚骚悲怨品格和抗争精神当有更深刻的理解。《哀湘竹》以竹喻屈子，称颂“灵均之节兮依然，想贞姿兮千年若此”；《下清江》指斥小人造谣生事，感慨“浪可平兮人心不可平，波澜一翻兮孰测其情”；《招帝子》伤悯屈子沉江悲剧，发出“九疑之翠兮不可寻，怀沙之水兮恨之深”的叹惋。徐舒灵动的句式节奏传达出绵延不尽的感恨，确与屈原《九歌》神似。

司空图有《题山赋》《春愁赋》《情赋》三篇骚体作品。较之多数唐人的骚体辞赋，司空图之作似更近于六朝风格，如其《情赋》云：“暖融溶兮傍曲塘，扶兰心兮牵藕肠。雨丝丝兮幂暗芳，阻佳期兮日难忘。情烟绵兮悄自伤。”[②]华美语

① 刘熙载《艺概·文概》，江苏古籍出版社，2000 年第 1 版，第 75 页。

② 见《全唐文》卷八〇七，第 8483 页。

词下流露出的哀伤给人一种轻靡之感，全然失却了楚骚揪心怆骨的力度。也许这正是晚唐颓丧而无可奈何的时代空气在文学中的表征。然而，司空图在创作这些骚体作品时也系念着屈原，如其《春愁赋》云："江枫暮兮江水渌，荡羁魂兮劳远目。倚兰棹兮雨霏霏，历蘋洲兮衣馥馥。千古兮此时此地，愍输忠而见逐。"此即表达了对屈子放逐遭遇的同情态度。

简言之，在晚唐的骚体辞赋作品中，创作者们从不同角度抒发了对屈子的颂美怀思之意，在创作手法上也往往可见对楚骚的接受和继承，惜乎没有产生出如柳宗元那样的一流作家与一流作品，因而也就未能如中唐那样再度掀起一个骚体辞赋的创作高潮。

参考文献

（以音序排列）

一、著作类

白居易集	[唐]白居易	岳麓书社 1992 年版
白居易集综论	谢思炜	中国社会科学出版社 1997 年版
北堂书钞	[唐]虞世南	学苑出版社 1998 年版
贬谪文化与贬谪文学	尚永亮	兰州大学出版社 2004 年版
楚辞笔记	张　炜	江西教育出版社 2000 年版
楚辞补注	[宋]洪兴祖	中华书局 1983 年排印本
楚辞集解	[明]汪　瑗	北京古籍出版社 1994 年版
楚辞集注	[宋]朱　熹	上海古籍出版社 1979 年排印本
楚辞今绎讲录	姜亮夫	云南人民出版社 2002 年版
楚辞论析	汤漳平、陆永品	山西教育出版社 1990 年版
楚辞美论	颜翔林	学林出版社 2001 年版
楚辞书目五种	姜亮夫	上海古籍出版社 1993 年第 1 版
楚辞书目五种续编	崔富章	上海古籍出版社 1993 年版
楚辞通故	姜亮夫	云南人民出版社 2002 年版
楚辞通论	黄震云	湖南教育出版社 1997 年版

楚辞通释	[清]王夫之	中华书局1959年排印本
楚辞文化	萧　兵	中国社会科学出版社1990年版
楚辞文化背景研究	赵　辉	湖北教育出版社1995年版
楚辞文献学史论考	李大明	巴蜀书社1997年版
楚辞新探	萧　兵	天津古籍出版社1988年版
楚辞选	马茂元	人民文学出版社1998年版
楚辞选注	金开诚	北京出版社1980年版
楚辞学论文集	姜亮夫	上海古籍出版社1984年版
楚辞学史	李中华、朱炳祥	武汉出版社1996年版
楚辞研究	中国屈原学会编	齐鲁书社1988年版
楚辞研究论文集	杨金鼎主编	湖北人民出版社1985年版
楚辞要籍解题	洪湛侯等	湖北人民出版社1984年版
楚辞要论	褚斌杰	北京大学出版社2003年版
楚辞影响史论	孟修祥	湖北人民出版社2003年版
楚辞与神话	萧　兵	江苏古籍出版社1987年版
楚辞与中国古代韵文	郭建勋	湖南师范大学出版社2001年版
楚辞直解	陈子展	江苏古籍出版社1988年版
初学记	[唐]徐　坚	中华书局1962年版
辞赋通论	叶幼明	湖南教育出版社1991年版
当代楚辞研究论纲	周建忠	湖北教育出版社1992年版
大唐新语	[唐]刘　肃	中华书局1984年版
地域文化与唐代诗歌	戴伟华	中华书局2006年版
杜甫评传	莫砺锋	南京大学出版社1993年版
杜甫诗歌讲演录	莫砺锋	广西师范大学出版社2007年版
杜诗详注	[清]仇兆鳌注	中华书局1979年版

二十世纪学术文集·楚辞与词曲音乐	饶宗颐	台湾新文丰出版公司2003年版
郭沫若古典文学论文集	郭沫若	上海古籍出版社1985年版
韩昌黎文集校注	马其昶校注、马茂元整理	上海古籍出版社1987年版
韩昌黎诗系年集释	钱仲联集释	上海古籍出版社1994年版
韩孟诗传	孟二冬	吉林人民出版社2003年版
汉楚辞学史	李大明	中国社会科学出版社、华龄出版社2004年版
汉书	[汉]班　固	中华书局1960年版
汉文学史纲要	鲁　迅	人民出版社1973年版
汇评本李商隐诗	刘学锴	上海社会科学院出版社2002年版
河岳英灵集注	王克让集注	巴蜀书社2006年版
校补襄阳耆旧记	[晋]习凿齿撰、黄惠贤校补	中州古籍出版社1987年版
接受美学	朱立元	上海人民出版社1989年版
接受美学译文集	刘小枫编	北京三联书店1989年版
接受美学与接受理论	[德]姚斯、[美]霍拉勃著,周宁、金元浦译	辽宁人民出版社1987年版
九歌新考	周勋初	上海古籍出版社1986年版
旧唐书	[后晋]刘昫等撰	中华书局1974年版
离骚解诂	闻一多	上海古籍出版社1985年版
离骚纂义	游国恩	中华书局1980年版
李白全集编年注释	安旗主编	巴蜀书社1990年版
李太白集注	崔蜕园、朱金城校注	上海古籍出版社1980年版
李贺诗集	叶葱奇疏注	人民文学出版社1980年版
李贺全集	王步高、刘林整理	珠海出版社2001年版
李贺研究资料	陈治国编	北京师范大学出版社1983年版

李群玉诗集	羊春秋辑注	岳麓书社 1987 年版
李商隐传论	刘学锴	安徽大学出版社 2002 年版
李商隐诗歌接受史	刘学锴	安徽大学出版社 2004 年版
历代诗话	何文焕	中华书局 1981 年版
历代诗话续编	丁福保	中华书局 1983 年版
历代诗话论诗经楚辞	蔡守湘、江风主编	武汉出版社 1991 年版
刘禹锡集笺证	瞿蜕园	上海古籍出版社 1989 年版
刘禹锡评传	卞孝萱、卞敏	南京大学出版社 1996 年版
刘申书遗书	刘师培	江苏古籍出版社 1997 年版
柳宗元评传	孙昌武	南京大学出版社 1998 年版
柳宗元全集	曹明纲标点	上海古籍出版社 1997 年版
柳文指要	章士钊	中华书局 1971 年版
骆临海诗集笺注	[清]陈晋熙	东方出版社 1993 年版
孟郊诗集笺注	郝世锋	河北教育出版社 2002 年版
青溪集	[清]程廷祚	金陵丛书本
屈辞体研究	黄凤显	湖南人民出版社 2002 年版
屈赋类稿	汤炳正	巴蜀书社 1988 年版
屈赋新编	谭介甫	中华书局 1978 年版
屈骚精神及其文化背景研究	王德华	中华书局 2004 年版
屈骚艺术新研	毛　庆	湖北人民出版社 1990 年版
屈原辞研究	金开诚	江苏古籍出版社 1992 年版
屈原赋注	[清]戴　震	清华大学出版社 1992 年版《戴震全集》第二册
屈原评传	郭维森	南京大学出版社 1998 年版
屈原问题论争史稿	黄中模	北京十月文艺出版社 1987 年版

屈原与他的时代	赵逵夫	人民文学出版社2002年版
屈原赞古今诗词选	江南编注	中国文联出版公司1989年版
全上古三代秦汉三国六朝文	[清]严可均辑	中华书局1958年版
全唐诗	[清]彭定求等编	中华书局1960年版
全唐诗补编	陈尚君辑校	中华书局1992年版
全唐诗典故辞典	范之麟、吴庚舜主编	湖北辞书出版社1989年版
全唐文	[清]董诰等编	中华书局1983年版
全唐五代诗格汇考	张伯伟	江苏古籍出版社2002年版
山带阁注楚辞	[清]蒋　骥	中华书局1958年排印本
审美经验论	[德]罗伯特·姚斯著，朱立元译	作家出版社1992年版
诗人屈原及其作品研究	林　庚	上海古籍出版社1980年版
诗骚诗学与艺术	潘啸龙、蒋立甫	世纪出版集团、上海古籍出版社2004年版
史记	[汉]司马迁	中华书局1997年版
世说新语校笺	徐震堮校笺	中华书局1984年版
石洲诗话	[清]翁方纲	人民文学出版社1981年版
宋书	[南北朝]沈　约	中华书局1974年版
宋玉集	吴广平编注	岳麓书社2001年版
宋玉研究	吴广平	岳麓书社2004年版
隋书	[唐]魏　征	中华书局1973年版
隋唐五代文学思想史	罗宗强	中华书局2003年版
隋唐五代文学研究	杜晓勤	北京出版社2001年版
隋唐五代文艺理论汇编评注	肖占鹏主编	南开大学2002年版
谈艺录	钱钟书	中华书局1984年版

唐钞文选集注汇存	佚名编选	上海古籍出版社 2000 年版
唐才子传校笺	傅璇琮	中华书局 1990 年版
唐代集会与诗人群体研究	贾晋华	北京大学出版社 2001 年版
唐代交通与文学	李德辉	湖南人民出版社 2003 年版
唐代荆楚本土诗歌与流寓诗歌研究	周建军	中国社会科学出版社 2006 年版
唐代诗学	乔惟德、尚永亮	湖南人民出版社 2000 年版
唐人选唐诗十种	[唐]元结等选	上海古籍出版社 1978 年版
唐诗别裁集	[清]沈德潜	中华书局 1975 年版
唐诗的美学阐释	李　浩	安徽大学出版社 2000 年版
唐诗的风采	刘开扬	上海书店出版社 2000 年版
唐诗风貌	余恕诚	安徽大学出版社 2000 年第 2 版
唐诗纪事	[宋]计有功	中华书局 1965 年版
唐诗演进论	罗时进	江苏古籍出版社 2001 年版
唐诗研究	沈松勤	浙江大学出版社 2006 年版
唐诗与政治	孙琴安	世纪出版集团、上海人民出版社 2003 年版
唐摭言	[五代]王定保	上海古籍出版社 1978 年版
天问疏证	闻一多	上海古籍出版社 1985 年版
天问纂义	游国恩	中华书局 1982 年版
王维孟浩然诗选评	刘　宁	上海古籍出版社 2002 年版
文起八代之衰——韩愈传	任崇岳	郑州大学出版社 2002 年版
文史通义校注	[清]章学诚著、叶瑛校注	中华书局 1985 年版
文心雕龙注	范文澜	人民文学出版社 1958 年版
文选	[梁]萧统编、[唐]李善注	中华书局 1977 年影印出版清嘉庆十四年胡克家刻本

须溪集	[宋]刘辰翁	影印文渊阁四库全书本
现代楚辞批评史	黄中模	湖北教育出版社 1990 年版
新唐书	[宋]宋祁、欧阳修	中华书局 1975 年版
一代宗师柳宗元	翟满桂	岳麓书社 2002 年版
游国恩学术论文集	游国恩	中华书局 1989 年版
艺概	[清]刘熙载	上海古籍出版社 1987 年版
艺文类聚	[唐]欧阳询等	上海古籍出版社 1982 年版
义门读书记	[清]何　焯	中华书局 1987 年版
酉阳杂俎	[唐]段成式	中华书局 1981 年版
元前陶渊明接受史	李剑锋	齐鲁书社 2002 年版
原诗	[清]叶　燮	人民文学出版社 1979 年版
阅读活动	[德]伊瑟尔著，金元浦、周宁译	中国社会科学出版社 1991 年版
乐府诗集	[宋]郭茂倩	中华书局 1979 年版
泽畔悲吟	刘毓庆	山西教育出版社 1994 年版
贞观政要	[唐]吴　兢	岳麓书社 2000 年第 2 版
中国楚辞学史	易重廉	湖北教育出版社 1991 年版
中国辞赋发展史	郭维森、许结	江苏教育出版社 1996 年版
中国古代接受诗学	邓新华	武汉出版社 2000 年版
中国古典诗歌接受史研究	陈文忠	安徽大学出版社 1998 年版
中国古典文学接受史	尚学锋、过常宝、郭英德	山东教育出版社 2000 年版
中国接受美学导论	张思齐	巴蜀书社 1989 年版
昭昧詹言	[清]方东树	人民文学出版社 1961 年版
中晚唐赋分体研究	赵俊波	中国社会科学出版社、华龄出版社 2004 年版
周书	[唐]令狐德棻等	中华书局 1974 年版

二、论文类

《哀郢》对后世的影响	柴国珍	《晋阳学刊》2002 年第 2 期
《楚辞》和韦庄的诗歌创作	张　鹤	《云梦学刊》2004 年第 6 期
曹植对屈赋继承与创新的动态过程	周建忠	《江西社会科学》1989 年第 4 期
长吉诗艺术渊源论	吴企明	《文学遗产》1997 年第 6 期
初唐“四杰”与《楚辞》	姚圣良	《中国矿业大学学报》社科版 2003 年第 1 期
初唐革新派诗人对《楚辞》的接受	姚圣良	《云梦学刊》2005 年第 4 期
楚辞《九歌》《九章》与“巴”地民歌之比较	周晓春	《民间文学论坛》1996 年第 4 期
楚辞和贾岛的诗歌创作	张　鹤	《贵州文史丛刊》2005 年第 3 期
楚辞与魏晋南北朝文学	王　亮	《阴山学刊》1991 年第 2 期
楚声流变与汉乐府的成熟	王小兰	《社科纵横》1995 年第 2 期
从汉代的拟骚创作看屈原对汉代文学的影响	王洲明	《山东大学学报》1993 年第 1 期
从接受美学角度看屈骚、楚辞在汉初的流传	盛树屏	《安庆师范学院学报》2002 年第 2 期
导开传统写艳文学的祖师——杂论宋玉和他的艳赋	陈向春 辛　眉	《社会科学战线》1993 年第 5 期
杜甫诗歌题目、笔法、语言与楚辞	黄震云 管亚平	《杜甫研究学刊》2003 年第 3 期
杜甫与屈原的诗歌渊源	管亚平	《龙岩师专学报》2003 年第 4 期
对宋玉及其作品的再评价	易小松	《重庆师院学报》哲社版 1996 年第 2 期
古江汉民歌是楚辞产生的摇篮	黄永林	《华中师范大学学报》哲社版 1992 年第 4 期
汉代楚辞学述略	张来芳	《江西大学学报》社科版 1989 年第 2 期
汉代楚辞研究述评	徐志啸	《铁道师院学报》社科版 1990 年第 2 期
李贺歌诗与屈原楚辞之比较	房日晰	《中州学刊》1996 年第 1 期

李贺诗情源于骚	姚圣良	《固原师专学报》2005 年第 2 期
李商隐与屈原悲剧比较论	郝倖仔	《江淮论坛》2005 年第 5 期
李商隐与宋玉——兼论中国文学史上的感伤主义传统	刘学锴	《文学遗产》1987 年第 1 期
离骚学与中国古代文论	许　结	《西南师范大学学报》1994 年第 4 期
丽词艳情有文绩，风流亦不失儒雅——也说宋玉文学贡献和历史地位	张廷银	《中南民族学院学报》1996 年第 3 期
柳宗元贬谪期创作的“骚怨”精神	戴伟华	《文学遗产》1994 年第 4 期
论宋玉赋的纯文学化倾向	许　结	《阴山学刊》1996 年第 1 期
论《楚辞·九歌》的来源、构成和性质	诸斌杰	《河北大学学报》1995 年第 2 期
论楚辞对汉诗的影响	孟修祥	《云梦学刊》2003 年第 5 期
论楚辞文体在魏晋六朝的传播与接受	蒋　方 张忠智	《湖北师范大学社会科学学报》2002 年第 4 期
论楚辞在形制与表现上对文体赋的影响	郭建勋	《中国文学研究》2000 年第 3 期
论词对楚辞的接受	郭建勋	《求索》2002 年第 1 期
论汉赋对《楚辞》的接受与创新	郑明璋	《山西师大学报》2004 年第 3 期
论乐府诗对楚声楚辞的接受	郭建勋	《中国文学研究》2002 年第 4 期
论李白人生境界与并庄屈以为心	蔡觉敏	《求索》2006 年第 3 期
论李纲的荆湘贬谪诗及其对屈原思想的补正	罗敏中	《湖南师范大学社会科学学报》2000 年第 2 期
论柳宗元辞赋对屈赋的继承和发展	刘洪仁	《四川师范大学学报》1996 年第 1 期
论屈原与柳宗元的精神契合	吴正岚	《云梦学刊》1995 年第 4 期
论宋玉	马中星	《浙江师范大学学报》1994 年第 4 期
论宋玉赋及其历史地位	方　铭	《中国文学研究》1996 年第 2 期
论唐人小赋	霍松林	《文学遗产》1997 年第 1 期

屈宋遗响到唐诗	梁文勤	《绥化师专学报》2002年第1期
屈原赋接受史二题	易思平	《深圳教育学院学报》2001年第1期
沈约与楚辞	林家骊	《中州学刊》1995年第1期
试论楚辞对唐代文人的影响	郭学英	《太原城市职业技术学院学报》2005年第2期
试论张九龄对屈原继承和发展	张玉娟 赵广荣	《山东电大学报》2003年第2期
说“楚辞”之名——楚辞文体在汉代的接受情况刍议	蒋　方	《理论月刊》1998年第9期
宋玉的文学成就与地位	蔡靖泉	《云梦学刊》1995年第4期
宋玉的文学贡献与历史地位	罗　漫	《中南民族学院学报》1995年第4期
宋玉的文学选择:感伤与艳情	孟修祥	《荆州师专学报》社科版1995年第6期
宋玉论评	戴志钧	《云梦学刊》1996年第2期
宋玉形象的历史变迁及评价	金荣权	《中州学刊》1989年第3期
唐代楚辞学散论	钟葵生	《湘潭师范学院学报》1990年第4期
唐诗骚影——略论屈骚与唐诗之影响与接受的关系	孟修祥	《湖北大学学报》2005年第3期
王勃和《楚辞》	姚圣良	《淮北煤炭师院学报》2002年第2期
正声何微茫,哀怨起骚人——论柳诗“深得骚学”	姜淙伦	《云南师范大学》1991年第5期
中国古代梦幻主义文学的名作——论宋玉《高唐赋》《神女赋》的艺术成就及其影响	傅正谷	《名作欣赏》1991年第6期
祖骚与非屈——元代屈原接受史片论	李灿朝	《云梦学刊》2003年第1期
唐代诗人“风骚”情结探微	李金坤	《南京师范大学文学院学报》2009年第4期
拟骚作品的接受与传播	熊良智	《四川师范大学学报》2010年第4期
管窥初唐宫廷女诗人诗歌对楚辞的接受	尚二岭 张　鑫	《山西师范大学学报》2014年第3期

一棵荒草的细言碎语

（代后记）

中国西北黄土丘陵腹地的西海固，苦寒甲天下，曾经是这世上最贫穷荒寂的地方。黄土上长出的各色草木都是低矮枯瘦的，庄稼也是一样。那些随便长在土坡沟畔的荒草极为常见，其中任何一棵不起眼的荒草便可能是我。我家住在黄土高坡。读高中时我有一个小收音机，每个周末从学校回家和从家往学校的砂石路上，挂在我自行车前把书包里的小收音机经常响着“大风从坡上刮过”的苍凉歌声。我那时不大好好读书，却热衷于用文字胡乱指点比划，而且颇为自得地创作过所谓小说，记得有一篇的题目是《我们生活在穷乡僻壤》，在县一中的油印校刊上登载过。

后来我竟然也读了大学，接着便教书，接着再读大学，再教书，一直到今天这个下午。屈指数来已届知天命之年，我却活得天昏地黑，依然没一点灵性和长进。翻开自己以前的涂鸦文字，我找到了二十多年前的几行小诗：

在秋天，老人的白发
洒满天空

硕大的秋天平静如一马平川

阳光寂然无声地淌过
淌成一条苍凉的河
所有的村庄
都已被阳光淹没
只有天空还横在头顶
像母亲的眼睛一样
注视着我们在土地上劳作
在土地上漂泊

硕大的秋天平静如一马平川
老人猎猎飘响的白发
洒满天空
犹如从四面八方飞起的候鸟
扇动翅膀的声音
无限苍凉

这是秋天,母亲的呼唤
洒满天空
就像果实一样挂满枝头

回头看,这些句子多少让我明白了在劫难逃的宿命,即我永远只是一棵荒草而已。黄土是我的底色,黄土也是我的幸福之本。我划拉出的文字不过是一棵荒草随风摇荡间发出的细言碎语而已。在苦寒的西海固大地上,我能读书识字显然是得到了机运的偏私和厚爱,算是荒草中长得较为茂盛的。每每在不同场景中看到各种做苦力的,我常觉得亲切又愧疚不安,因为大家都是根系相连的兄弟，也因为我好像是挤占了大家共有的养分却无力回报。我只有尽己所能做好本分，——庸言之信，庸行之谨，唯真唯实，修辞立其诚。如果这能够算作优点，我也便可聊以自慰自勉了。

今春疫疠肆虐，我正好居于老家小村，一边忙于准备线上教学，一边校对书稿。同时，有关疫情的消息铺天盖地，小村里也积极应对而严密防守。每日闻感颇多，我还特意写过一些表达心绪的文字，比如这几句：

村庄里多数时候吹过的是南风
偶尔也会吹几天北风
四季光阴就是一架风车
在呜呜风声中运转不歇
婴孩出生老人离世
我们欣喜我们伤悲
村庄漠不关心

忽然又是春天
尽管大地无声无息
草木却跟我们一样激动
探头探脑
急着想要出去看看究竟
从今天起我们热爱一切
包括那些讨厌的事物
万物也兴高采烈
像喝醉了一样
这些都是朴素的生活

都是大地母亲的慈悲

时空相隔多年，而我能写出的东西却没啥两样，依然是一棵荒草随风而起的细言碎语。也许我天生就得了一种长不大的病症，总想要跟着蚂蚁周游世界，想要天黑就能听到母亲呼唤我的乳名。这更加证实了我只是一棵黄土中的荒草而已，不可能长成参天大树。眼下已是春尽夏初的五月，疫情仍难言结束，令人忧心。不见学生嘈杂身影的校园有一股格外的温凉，似乎连草木都怏怏不乐。于我自己此时却有一个好消息，即我这棵荒草也结出了小小的籽粒，以自己博士论文为底稿的这本小书要出版了。与我的其他文字一样土气，这本书稿也是拙卑而无甚高论，然则好歹算是可把我归于读书人的一个小标志。是以为记。

本书责编靳红慧女士是我的同乡，去岁至今春，她不惮繁难地反复打磨我的书稿。这种帮助，也许可以看作是一棵草对另一棵草的拂动。在此真心感谢她的劳苦付出。最需说出的话写在最后，那就是请允许我笨拙而深情地感谢我的至爱亲人、同学友朋，还有我遇见的每一个人。因为他们都深度攸关我笔底文字的形态色彩，是对我的引领和成全。我尤其要感谢生我养我的长满荒草的西海固。那是故园，也是归途。据说得人身者不过是掌中土，因此无论是一棵草还是一个人，我自始至终皆与泥土融在一起，相依偎，通声息。

祁国宏

2020 年 4 月 26 日